Mükemmel, Açıklamalı Ansiklopedik
Büyük Rûyâ Kitabı

# ANSİKLOPEDİK BÜYÜK RÛYÂ TÂBİRLERİ

Şu anda elinizde bulunan bu rûyâ kitabımız alfabetik (harf sırasına göre) dizayn edilmiş, maddeler halinde açıklamaları yapılmış, anlaşılır bir dille kaleme alınmış bir **rûyâ** kitabıdır.

Kaleme Alan:
El'Hacc
Hattat Hafız
Yusuf Tavaslı
Emekli İmam Hatib

| | | |
|---|---|---|
| Dizgi | : | Tavaslı Yayınları |
| Grafik | : | Tavaslı Yayınları |
| Kapak | : | Zeki Şahin |
| Baskı & Cilt | : | Tavaslı Bas. Yay. ve Mat. Ltd.<br>Davutpaşa Cad.<br>Emintaş Davutpaşa San. Sitesi<br>No : 70 Topkapı / İst.<br>Tel.: (0-212) 612 03 71 |



TAVASLI YAYINLARI
Ticarethane Sk. No:14
34410 S.Ahmed / İst.
Tel.: (0212) 512 11 46 • 511 60 34
Faks: (0212) 522 60 46

EYLÜL 1996

بسم الله الرحمن الرحيم

# Ö N S Ö Z

*Ey Dost!* Rûyâ denilen muamma, insanoğlunun var oluşuyla başlamıştır. İnsanın yaratılmasıyla başlamış olan rûyâ ilmi, bütün peygamberlerin kabul ettiği ve önem verdiği bir ilim olarak devam ede gelmiştir. Peygamberler rûyâ ilmine değer vererek onunla amel etmişlerdir. Bu husustaki örnekleri yeri geldikçe okuyacağız.

Rûyâ denilen hadise (olay) çok önemli bir hadisedir. İnsanoğlunu devamlı meşgul etmiştir. Dünyanın var oluşundan bu yana insanoğlu, rûyâ denilen olayları göre gelmiş ve görmeye devam edecektir.

Rûyâ'nın bu denli öneminden olacak ki, Batı ve Doğu'da pek çok ilim erbabı, rûyâ ile ilgilenmiş ve bu konuda insanların ilgisini çeken eserler (kitablar) yazmışlardır.

Modern ilmin dahi, rûyâ denilen bu muammayı çözebilmek için kolları sıvadığını görüyoruz. Bununla bereber bu ciddi ve hummalı çalışmalara rağmen, henüz rûyânın muammalığı ve esrarı çözülebilmiş değildir.

Rûyâ, gayıbdan haber alma gerçeğine dayanır. Hz. Peygamber Hadis-i Şeriflerinde:

***"Salih imanlı bir kimsenin gördüğü güzel rûyâ, peygamberliğin kırkaltı cüz'ünden (parçasından) biridir."***

*"Mü'min bir kimsenin gördüğü rûyâ, sanki Rabbiyle uykuda konuştuğu bir çeşit sevindirici müjdelerdir."*

***"Benden sonra peygamberlik müjdelerinden hiç bir şey kalmamıştır. Ancak doğru ve salih rûyâ müjdeleri kalmış olacaktır"*** buyurmuşlardır.

Dinimiz müslümanlıkta güzel rûyânın önemi büyüktür. Doğru ve gerçek rûyâ, Peygamberlerin özelliklerinden bir parçadır.

Yani, peygamberler vahiy yoluyla gayıbdan haber alırlar, gayıbdan haberdâr edilirler. Hz.Peygamber, salih, doğru ve güzel rûyâyı gayıbdan haberdâr olma anlamına gelen peygamberlerin vahiy yoluyla gayıbdan haberdâr olma özelliğine benzetiyor.

Evet, rûyânın insan hayatıyla birlikte ortaya çıktığı ve insanoğlunun var oluşuyla başlamış olduğu gerçeği gözönünde tutulursa, bu ilâhi nimetin insanoğluna bir lutûf, bir gaye ve bir amaç için verilmiş olduğu gerçeği ortaya çıkmış olur ve işin aslı da budur.

*Ey Dost!* Gerçek şudur ki, bu dünyada herkes rûyâ görebilir. İyi rûyâlar olduğu gibi, kötü rûyâlar da vardır. Önemli olan iyi rûyâlar görebilme kabiliyet ve saâdetine erişmektir.

İnsan, rûyâda bazen ileride başına gelecek iyilikleri veya kötülükleri aynen görebilir. Bu gündüz gibi apaçık güneş gibi rûyâlardır. Bazen de rumuzlu *(ileride başına gelecek halleri işâretle)* görür ki, bu tür rûyâlar ancak yorumlatılarak öğrenilebilir.

Unutulmamalıdır ki rûyâlar bir bilen ve rûyâ işinden anlayan birisine yorumlatılır. Her önüne gelene rûyâ yorumlattırılmaz. Bu bilgileri yeri geldikçe okuyacağız.

*Ey Dost!* Rûyâ, insanoğlunun yaşamında kayıtsız ve şartsız olarak bulunduğuna göre, bu hadiseyi, bu olayı tabir edenlerin de bulunmuş olması bir gerçeğin ifadesidir. Rûyâ denilen bu güzel nimeti tabir edebilmek, onu kurallarına göre yorumlayabilmek için bu konuda bilgi sahibi olmak gerekir.

Görülen bir rûyâya yalan katmak nasıl ilâhi bir suç ise, bilmediği bir rûyâyı yalan karıştırarak yorumlamak ta aynı şekilde ilâhi bir suç işlemek demektir.

Sevgili Peygamberimiz Hadis-î Şeriflerinde:

***"Kim yalancıktan rûyâ gördüm diye söylerse, kıyâmet günü iki arpa tanesini birbirine düğümlemesi emredilir."*** buyurmuşlardır.

Evet iki arpa tanesini birbirine bağlamak, düğümlemek mümkün olmadığına göre, görmediği rûyâyı gördüm diyen ve bu yalan rûyâyı anlatmak için yalan sözler uyduran kimsenin âhiret azabı çok çetin ve şiddetli olacak demektir. İki arpayı birbirine düğümleyemeyecek ve bu şekilde azab edilecektir. Azabı ve cezâsı devamlı olacaktır.

Neden cezası büyüktür diyecek olursan, cevâb olarak deriz ki, doğru rûyâ peygamberlikten bir parçadır. Doğru rûyâ, mü'min ve müslüman kullarına Allah tarafından sevindirici bir müjdedir. görmediği bir rûyâyı gördüm diyen kimse, Allâh'a iftira etmiş olur. Allâh'a iftira etmenin cezâsı ise, şiddetli ve devamlı olacak demektir.

Yine Hadis-i Şerifde buyuruluyor ki:

*"Kim ki, rûyâsına kasıtlı olarak yalan karıştırıp anlatırsa, âhirette ateşten bir oturacak yer hazırlanmıştır."*

Evet, rûyâsına yalan karıştıranın göreceği azâb böylece bildirilmiş oluyor. Aynı cezâ ve azab rûyâya yalan karıştırarak yorum ve tabir eden kimseye de verilecektir.

İslâm dininde rûyânın önemi bu denli büyük ve kıymetlidir. Bunun kıymet ve değerini korumalı, bu değerli nîmete yalan, dolan karıştırmamalıdır.

## KUR'ÂN-I KERÎM'DE RÛYÂ:

Kur'ânı Kerîm'de güzel rûyâlar ile ilgili örnekler verilmektedir.

*Önce rûyâlar iki kısma ayrılır:*

*1. Doğru ve gerçek* (salih) *rûyâlar.*

*2. Yalan ve karmakarışık rûyâlar.*

*1. Doğru rûyâlar, Allah'tandır. Bunlara Ramâni rûyâlar da diyoruz. Aynı zamanda salih ve sâdık rûyâlar da deniyor.*

*2. Kötü ve yalan rûyâlar, şeytandandır. Bunlara şeytânî rûyâlar da diyoruz ki bunlar karışık, karmakarışık rûyâlardır.*

• Doğru rûyâlar, gündüz gibi âşikâr olup apaçık gerçekleşen rûyâlardır. Bunların tabir edilmeye, yorumlanmaya ihtiyacı yoktur. Doyayısiyle bu rûyâlar tâbir edilmez, görüldüğü gibi tatbik edilir *(uygulanır)*.

Kur'ân-ı Kerim'de bunun örnekleri vardır. Bu gerçek rûyâları olduğu gibi kabul etmişlerdir. Görüldüğü gibi uygulamışlar ve rûyâ ile amel edilmiştir.

Hz. İbrâhim peygamberin rûyâsını örnek alabiliriz.

Hz. İbrahim (A.S.) kurban bayramı günlerinde, Kurban bayramından üç gün önce bir rûyâ görür. Rûyâsında bir zât:

**"Ya İbrâhim! Allah, sana oğlunu kurban etmeni emrediyor"** diye seslenir.

Hz. İbrâhim, uykusundan heyecanla titreyerek uyanır. Görmüş olduğu rûyânın Rahmâni mi, yoksa şeytâni mi olduğunu bir türlü karar veremeyip şüphe ve tereddüde düşer. Bu sebebden dolayıdır ki, arifeden bir gün evvelki güne yevm-i terviye ismi verilmiştir.Yani, görülen rûyâ hakkında inceden inceye düşünüp şübhe ve tereddüdü gidermek anlamına gelen terviye günü demek olur.

Hz. İbrâhim (A.S.) ikinci gece de aynı rûyâyı tekrar görmüştü ve artık gördüğü rûyânın Rahmâni olduğunu, bu emrin Cenâb-ı Allah tarafından geldiğini anlamıştı. Bu sebebden artık bu güne, yani bayramdan bir gün evvelki güne de arife günü adı verilmiştir.

Hz. İbrâhim (A.S.), üçüncü gece de yine aynı şekilde görmüş olduğu rûyâyı tekrar görmüştü. Artık bu emir yerine getirecektir. Bu emir Allah tarafından gelen İlâhi bir emirdi. İşte bu güne, Kurbanın kesilmesi gününe *"yevmün-nahr-Kurban bayramı, Kurban kesme günü"* diye isim verilmişti.

Kur'ân-ı Kerîm, bu konuyu Saffat Sûresinin 101 ile 107'nci âyetlerinde şöyle anlatmaktadır:

Cenâb-ı Hak, şöyle buyuruyor:

فَبَشَّرْنَاهُ بِغُلَامٍ حَلِيمٍ ۝ فَلَمَّا بَلَغَ مَعَهُ السَّعْيَ قَالَ يَا بُنَيَّ إِنِّي أَرٰى
فِي الْمَنَامِ أَنِّي أَذْبَحُكَ فَانْظُرْ مَاذَا تَرٰى قَالَ يَا أَبَتِ افْعَلْ
مَا تُؤْمَرُ سَتَجِدُنِي إِنْ شَاءَ اللّٰهُ مِنَ الصَّابِرِينَ

Mânâsı: *"Biz İbrâhim'e, halim, selim bir oğul (İsmâil) ile müjdeledik. Oğlu İsmâil, babası ile beraber yürüyüp koşacak, gezip dolaşacak çağa gelince, babası İbrâhim, oğlu İsmâil'e:*

*"Oğlum, biricik yavrum diyor, ben seni, rûyâmda kurban ediyorum gördüm; bak düşün, bu hususta sen ne diyorsun, fikrin düşüncen nedir?"* diyerek oğlunun görüşünü ve fikrini alıyordu. Gerçekten Allah'ın müjdelediği, halîm, selim oğul mu? Allah'ın emrine itâat edip boyun eğiyor mu? Evet, İbrâhim (A.S.) büyük bir olay, büyük bir imtihan ile karşı karşıya idi. Oğluna, biricik evlâdı İsmâil'e bu gerçeği açmış ve düşüncesini öğrenmişti. Bu çok azîm

bir imtihan büyük bir sınav idi. Ama yerine getirmesi gerekiyodu. Çünkü emr-i ilâhî idi.

Hz. İbrâhim'e Allah tarafından müjdelenen o halim, selim oğul Hz. İsmâil, babası Hz. İbrâhim'e şu göz yaşartıcı cevabını bildiriyordu:

*"Babacığım, emrolunduğun gibi yap. Beni boğazla, kurban et. İnşaallah beni sabredenlerden bulursun, bulacaksın"* dedi.

Bu azîm imtihanı âyet-i kerim'e devamla şöyle bildiriyor:

فَلَمَّا أَسْلَمَا وَتَلَّهُ لِلْجَبِينِ ۝ وَنَادَيْنَاهُ أَنْ يَا إِبْرَاهِيمُ ۝ قَدْ صَدَّقْتَ
الرُّؤْيَا إِنَّا كَذَٰلِكَ نَجْزِي الْمُحْسِنِينَ ۝ إِنَّ هَٰذَا لَهُوَ الْبَلَاءُ الْمُبِينُ ۝
وَفَدَيْنَاهُ بِذِبْحٍ عَظِيمٍ ۝ وَتَرَكْنَا عَلَيْهِ فِي الْآخِرِينَ ۝
سَلَامٌ عَلَىٰ إِبْرَاهِيمَ

*"Baba oğul her ikisi de Allah'ın emrine teslim olup boyun eğerek baba-evlâdını Allah için fedâ, oğul da Rabbinin rızası için canını fedâ etmeye hazır bir durumda ilâhi huzurda vaziyet aldılar. İbrâhim* (A.S.), *oğlu İsmâil'i* (A.S.) *alnı yere gelmek üzere yatırınca, biz ona:*

*"Ey İbrâhim! diye seslendik. Rûyâna sadâkat gösterdin,* (gördüğün rûyâyı doğruladın). *Gerçek ki biz, iyi kimselere böyle mükâfatlandırırız diye nidâ ettik. Şüb-*

*hesiz ve gerçek ki, bu apaçık bir imtihandı. Biz ona (İbrâhim'e) oğlunun yerine bedel olarak büyük bir kurbanlık (koç) verdik. İbrâhim'e selâm olsun. Sonradan gelecek, nesiller arasında ona iyi bir ün şöhret bıraktık."*

Hz. İbrâhim (A.S.) görmüş olduğu bu rûyâyı uyguladı. Gördüğü rûyânın Rahmâni bir rûyâ olduğunu anladı ve onunla amel etmiş, doğru ve gerçek bir rûyânın peygamberlikten, peygamberliğin özelliğinden olduğunu anlamıştır.

Hz. İbrâhim oğlu İsmâil'i kurban etmek üzere yere yatırmış ve bıçağını onun boynuna dayamıştır. Cenâb-ı Hak, melekleri vasıtasıyla gökten bir kurbanlık koç göndermiş ve İsmâil'in yerine o koç kurban edilmiştir. Konu uzunca bir konudur.

Biz bunu Kur'ân'da doğru ve sadık rûyânın, apaçık yorum istemeyen, rûyânın örneği olarak verdik.

## HZ. YÛSUF'UN RÛYÂSI

Kur'ân-ı Kerîm'in bildirdiği Hz. Yûsuf Peygamberin rûyâsıda gerçekleşmiş, doğru rûyâ örneklerinden biridir.

Sevgili Peygamberimiz Hz. Muhammed'e inzal olan Kur'ân-ı Kerim 23 senede tamam olmuştur. Kur'ân-ı Kerim, Peygamberimize geçmiş peygamberlerin hayatlarından, ibretli örnekler, önemli mesajlar vermektedir.

Bunlardan biri de Hz. Yûsuf Peygamberin başından geçen önemli hadiselerdir ki, Kur'ân-ı Kerîm Hz. Yûsuf hakkında pek çokca bilgi vermektedir.

Rûyâ ile ilgili bilgilerde şöyle buyrulmaktadır. Hz. Yûsuf rûyâ görür ve gördüğü rûyâyı babasına anlatır:

إِذْ قَالَ يُوسُفُ لِأَبِيهِ يَا أَبَتِ إِنِّي رَأَيْتُ أَحَدَ عَشَرَ كَوْكَبًا
وَالشَّمْسَ وَالْقَمَرَ رَأَيْتُهُمْ لِي سَاجِدِينَ ۝

Mânâsı: *"Hani bir zamanlar Yûsuf* (A.S.) *babası Yakub'a* (A.S.) *şöyle demişti: — Babacığım! Rûyâmda on bir yıldızla, ayın ve güneşin bana secde ettiklerini gördüm."*

Evet Hz. Yakub (A.S.) oğlu Yûsuf'un bu rûyâsını hemen tabir etmişti. Ve kardeşleri küçük Yûsuf'a bir kötülük yaparlar endişesine düşmüştü. Oğlu Yûsuf'a şöyle tenbih ve nasîhatte bulunmuştu:

قَالَ يَا بُنَيَّ لَا تَقْصُصْ رُؤْيَاكَ عَلَىٰ إِخْوَتِكَ فَيَكِيدُوا لَكَ كَيْدًا
إِنَّ الشَّيْطَانَ لِلْإِنْسَانِ عَدُوٌّ مُبِينٌ ۝ وَكَذَٰلِكَ يَجْتَبِيكَ
رَبُّكَ وَيُعَلِّمُكَ مِنْ تَأْوِيلِ الْأَحَادِيثِ

Ma'nâsı: *"Babası Yakub* (A.S.), *oğlu Yûsuf'a şöyle demişti: "— Yavrucuğum! Bu rûyânı sakın olaki sakın kardeşlerine anlatma, sonra onlar şeytanın hilesine kapılıp sana bir tuzak kurabilirler. Şübhesiz* (gerçek) *ki şeytan, insanlara apaçık bir düşmandır."*

*"— Oğlum Yûsuf, gördüğün bu rûyâ delâlet ediyor, gösteriyor ki, Rabbin sana peygamberlik verecek ve sana rûyâları tabir etme ilmini öğretecektir..."*

*Evet Ey Dost!* Hz. Yûsuf peygamberin gördüğü bu rûyâ ayniyle çıkmıştı. Babası Hz. Yakub peygamberin korktuğu ve endişe ettiği başına gelmişti. Kardeşleri şeytana uyup Hz. Yûsuf'u kuyuya atmıştı. Hz. Yûsuf, kuyudan çıkartılıp köle olarak Mısır'ın maliye vekiline satılmıştı. Maliye vekilinin (bakanının) evinde hizmetçilik yaparken iftiraya uğramış ve oniki sene zindanda (hapiste) kalmıştı. Sonra Allâh, kendisine (Hz. Yûsuf'a) peygamberlik verdi. Mısırın sultanı oldu. Kendisine iftira eden hanım (Züleyha) ile evlendi. Kardeşlerini ve ana ve babasını yani Yakûb âilesini Mısıra getirip yerleştirdi.

Hz. Yûsuf'un onbir kardeşi ve ebeveyni ona saygı ve hürmet için eğilmişlerdi. Hz. Yûsuf'a kavuştukları için Cenâb-ı Hakk'a şükür için secdeye kapanmışlardı.

Bunun üzerine Hz. Yûsuf, babası Hz. Yâkub'a:

قَالَ يَٓا اَبَتِ هٰذَا تَاْوٖيلُ رُءْيَايَ مِنْ قَبْلُ قَدْ جَعَلَهَا رَبّٖي حَقًّا

*Ma'nâsı: "— **Ey babacığım! İşte bu daha önceki** (daha o zamanlar çocukken) **gördüğüm rûyânın tabiridir** (yorumudur). **Rabbim onu gerçekleştirdi."*** demişti.

Evet, bu da Kur'ân'ın bildirdiği gerçekleşmiş doğru rûyâlardan bir örnektir.

***İnsanlar rûyâ görme yönünden üç kısma ayrılırlar:***

***1. Peygamberler,***

***2. Sâlihler, velîler,***

***3. Ve halk tabakası denen diğer insanlar.***

*1. Peygamber efendilerimizin gördüğü rûyâlar, tümüyle doğru ve gerçek olup çok kere görüldüğü gibi tatbiki ve uygulanması gerekir. Çünkü Peygamberlerin (A.S.) görmüş olduğu rûyâlar, ilâhî vahyin bir koludur. Bu rûyâlar, peygamberlikten bir cüz, bir parçadır.*

Hz. İbrahim peygamberin rûyâsını bu konuda örnek alabiliriz. Hz. Yûsuf'un (A.S.) rûyâsı ise ibret alınacak gerçek rûyâ örneğidir. Bunlar hepsi rûyânın önemini vurgulayan örneklerdir diyebiliriz.

Hz. Peygamber Efendimize ilk vahiy, doğru rûyâ ile gelmeye başlamıştır. Ve altı ay böyle devam etmiştir. Bu altı ay zarfında içinde gördüğü rûyâlar, aynen çıkar ve olduğu gibi gerçekleşirdi. Bu gerçeği önsözümüzün başında da işâret etmiştik.

Hz. Ayşe vâlidemizin şöyle rivâyet ettiği bildirilmektedir:

***"Hz. Peygambere peygamberlik** (vahiy)**, doğru ve salih rûyâ ile başlamıştır. Hz. Peygamber, her ne zaman rûyâgörürse, o, rûyâ sabahleyin aynen çıkıyor ve olduğu gibi gerçekleşiyordu"*** demiştir.

Hz. Peygamber Efendimizin peygamberliği 23 sene sürmüştür. 23 sene devam eden peygamberliğinin, ilk altı ayı rûyâ yoluyla, doğru ve sâdık rûyâ ile devam etmiştir.

Bu hikmetten dolayıdır ki, Hz. Peygamber (Aleyhisselâm) Efendimiz; Hadis-i Şerîflerinde:

اَلرُّؤْيَا الْحَسَنَةُ مِنَ الرَّجُلِ الصَّالِحِ

جُزْءٌ مِنْ سِتَّةٍ وَ اَرْبَعِينَ جُزْأً مِنَ النُّبُوَّةِ

*Ma'nâsı: "Sâlih (takva ehli)* ***bir müslümanın gördüğü güzel rûyâ, peygamberliğin kırk altı cüzündün bir cüzdür"*** buyurmuştur.

Bu Hadis-i Şerîf, dindâr ve dînî ölçüler çerçevesinde müslümanlığını yaşayan bir müslüman kadın olsun, erkek olsun için çok sevindirici bir müjdedir.

2. **Salihlerin, velîlerin gördüğü rûyâlar da genellikle doğru ve gerçek rûyâlardır.** Allâh'ın bu sevgili kullarının gördüğü güzel rûyâlar da, bazen hiç bir yoruma muhtaç olmadan, apaçık bir şekilde, güneş gibi gerçekleşir. Bu ise, o muhterem kimseler için bir çeşit ilham gerçekliği taşır. Bu zatların gördüğü rûyâlar hayırlı rûyâlardır. Bununla beraber, rûyâda ilham almak çok nadir (pek az) olan bir durumdur. Her zaman ilham gelmez. Ama rûyâ ise, her zaman görülebilir.

Yani, her müslüman, rûyâ yoluyla, güzel ve sâdık -doğru bir rûyâ yoluyla gelecekten haber alabilir. Salih-dindâr bir kimse için, gaayıbdan haber almanın tek yolu güzel rûyâ olduğunu unutmamalıdır.

Sevgili Peygamberimiz, Hadis-i Şerîflerinde bize rûyâ ile ilgili bir çok bilgiler vermişlerdir:

Hadis-i Şerîflerinde:

***"Sâlih, dindar bir müslümanın rûyâsı, kendisine Allâh tarafından bir müjdedir. Bu güzel , rûyâ Peygamberlikten bir cüz, bir parçadır."***

*"Ey ümmetim! Peygamberliğin belirtilerinden (özelliklerinden) yalnız güzel rûyâ kalmıştır."*

***"Benden sonra peygamberlik yoktur. Ancak salih, doğru rûyâ bâki kalacak ve o devamlı olacaktır."***

*"Bir mü'min için sevindirici müjde gördüğü veya göreceği güzel rûyâdır."* buyurmuşlardır.

*Evet Ey Dost!* Cenâb-ı Allâh dilerse, müslüman bir kuluna rûyâsında gayibden (gelecekten) haberdâr eder, edebilir. Ve dolayısıyla bu sâlih, dindâr müslümanın gördüğü rûyâ aynen çıkar ve olduğu gibi gerçekleşebilir. Bu da peygamberlerin gayibdan haber aldıkları gibidir. Yani, doğru rûyâ sebebiyle gelecekten haberdâr olan bir müslümanın bu durumu peygamberliğe, yani vahiy yoluyla gayibden haber almaya benzetiliyor.

Nasıl ki, peygamberlere vahiy yoluyla gelecek haberler bildiriliyorsa, hakîki, gerçek bir müslümana da rûyâ yoluyla böyle bir müjde gelebileceği bildiriliyor.

Hz. Peygamber vefatı zamanında ***"Benden sonra peygamber yoktur' buyurmuştur. Peygamberler vefat edince, vahiy-gayibden haber alma özelliği ortadan kalkar. Çünkü vahiy peygambere gelir. Peygamberden başka kimseye vahiy gelmez. Ama doğru rûyâ, böyle değildir. O bâkidir. İnsanlar dünyada olduğu sürece doğru rûyâ ile gayibden haber alma olayı devam edecektir.***

Sevgili peygamberimizin ***"benimle peygamberlik bitti'***. Artık peygamberin vahiy yoluyla gayibden haber alması yoktur. *"Ancak doğru ve salih rûyâ ile gayibden haber alma olayı devam edeceektir"* buyurması bu gerçeği dile getirmektedir. Doğru rûyâ ile gayibden haber alma özelliğine peygamberlikten bir cüz, bir parçaya benzetmesi bu gerçeğe işârettir.

Demek oluyor ki, dindâr bir kimse, güzel rûyâ ile Cenâb-ı Hakk'ın gayıbdan-gelecekten haberdâr etmesi nîmetine erebilir. Bunun için de güzel ve doğru rûyâların değerini bilmek gerekir.

*3. Halk tabakası denen diğer insanlar:* Halk tabakası denen insanların gördüğü rûyâlar ise, doğru ve gerçek rûyâlar olabileceği gibi, karışık ve yalan bir rûyâda olabilir.

Günâh ile iç içe olan kimselerin (günâhkârların) rûyâsı ise, pek az olarak doğru ve gerçek çıkar. Bu kimseler, genellikle yalancı ve aslı olmayan rûyâlar görürler. Kâfirlerin rûyâları da bunlara yakındır. Doğru çıkanı pek nâdirattandır. Salih, dindâr kimselerin rûyâlarının Cenâb-ı Hak tarafından bir nîmet ve müjde olacağı ölçüleri vardır. Okuduğumuz bilgiler bu gerçeğe ışık tutuyor.

## GÜZEL RÛYÂ BİR MÜJDEDİR

Salih ve doğru bir rûyâ, güzel bir rûyâ, Allâh tarafından bir müjdedir. Rûyâyı gören kimse, gördüğü bir rûyâ sebebiyle yaptığı veya yapacağı bir işle müjdelenmiş, bu müjde, bu sevindirici olaydan daha önce haberdâr edilmiş olabilir. Veya bu gördüğü rûyâ ile uyarılmış, ikaz edilmiş olabilir.

Korkulu bir rûyâ ile rûyâyı gören kimse, bir kötülükten veya başına gelebilecek, gelecek zararlı durumdan men edilmiş ve dolayısıyla kendisi uyarılmış olabilir. Dikkatli olması için kendisine bir işâret gösterilmiş olabilir.

*Evet Ey Dost!* Rûyânın insan yaşamındaki, insan hayatındaki, önemi pek çok değer taşımaktadır. Okuduğumuz Âyet ve Hadîs-i Şerîflerden ve diğer rûyâ ile ilgili bilgi ve örneklerden bu gerçeğin önemini kavramış bulunuyoruz sanırım.

## RÛYÂLAR ÜÇ KISIMA AYRILIR

*Ey Dost!* Rûyâlar, insanın içinde bulunduğu hâlet-i rûhiyesiyle bağla ntılıdır. Bir insan, gündüzleri geçirdiği stresleri gece rûyâsında görebilir.

Ne demişler: *"Aç tavuk rûyâsında mısır görür."*

Onun için bu tip rûyâlardan korkmamalıdır. Çünkü bunlar, gerçek rûyâ değildir. İnsanın gündüzleri başınan geçen stresli ve bunalımlı olayların tekrar tekrar edip rûyâsına girmesi demektir.

Bunun içindir ki, bazı yorumculara göre rûyâlar üç kısma ayrılır:

*1- Rahmâni rûyâlar,*

*2- Şeytâni rûyâlar,*

*3- Kişinin kendisi tarafından meydana gelenler.*

*1- Rahmâni rûyâlar:* Allah tarafından kullarına müjde olarak gösterilen bir rûyâdır ki, salih ve doğru rûyâdır. Bu rûyâ Rahmânidir, Allah tarafındandır. Bunlara örnek verdik. Yukarıda geçen bilgilere bakabilirsiniz.

*2- Şeytâni rûyâlar:* Şeytan tarafından bir kişiyi korkutmak için meydana gelen, görülen rûyâdır. Şeytânî rûyâlar, yalan rûyâlardır.

*3- Kişinin özellikle kendisinin meydana getirdiği rûyâlardır ki:* kişi gündüzleri kendi kafasında kurduğu kuruntuları, hâdise ve olayları, gece rûyâsında aynen görmesi demektir.

Yâni, şeytan tarafından rûyâ gören kişiyi korkutmak için meydana gelen, gösterilen bu gibi rûyâlar ve kişinin kendisi tarafından şuur altı kuruntularla meydana getirdiği rûyâlar, yalan ve gerçek dışı rûyâlardır. Bu rûyâlar dikkate alınmaz. Bunlar hiçbir anlam taşımayan rûyâlardır. Bu tip rûyâlardan Allah'a sığınmak gerekir. Çünkü gören kişiyi rahatsız eder ve huzurunu kaçırır, moralini bozar.

Şimdi gelelim iyi rûyâ gören kimseler ne yapmalı nasıl hareket etmeli ve kötü rûyâ gören ne yapmalı ve nasıl hareket etmelidir?

## GÜZEL RÛYÂ GÖREN:

*1- Güzel bir rûyâ gören kimse Allah'a şükretmelidir.*

*Evet Ey Dost!* Her güzelliğin bir teşekkürü olması gerekir. Güzel ve sevindirici bir rûyâ gören kimse, bu rûyâyı, Cenâb-ı Hak'tan bir müjde ve hayırlı bir haber olarak kabul etmelidir. Ve Cenâb-ı Hakk'a *"Ya Rabbi! Sana şükürler olsun"* diyerek şükretmelidir.

*2- Gördüğü bu güzel rûyâyı, sevdiği kimseye veya kimselere anlatmalıdır.* Sevmediği kimseye veya kimselere asla anlatmamalıdır. Hz. Yûsuf peygambere babası *"oğlum, rûyânı kardeşlerine anlatma"* demişti. İşte bu inceliklerden dolayı görülen güzel rûyâ öyle önüne gelene anlatılmaz, anlatılmamalıdır.

## KÖTÜ BİR RÛYÂ GÖREN:

1. Kötü (korkulu), rûyâ gören kimse ise, gördüğü bu hoşlanılmayan ve hoşlanmadığı rûyânın hayra dönmesi için Cenâb-ı Allah'a sığınmalı ve O'na duâ edip yalvarmalıdır.

2. Gördüğü bu kötü rûyânın şerrinden (zararından) ve şeytanın şerriden Allah'a sığınmalı ve üç defa *"Eûzü billahimineşşeytanirracîm"* duâsını okumalıdır. Yâni:

*"Allah'ım! gördüğüm bu korkunç rûyânın şerrinden ve senin ilâhî rahmetinden koğulmuş şeytanın şerrinden sana sığınırım"* demektir.

3. Bu kimse, gördüğü karışık rûyânın etkisiyle korku içinde titreyerek uyandığı zaman, **"üç defa sol tarafına"** hafif bir sesle tükürür gibi **"tuh tuh"** demelidir. Ve rûyâyı gördüğü zamanki yatıyor olduğu yanından **diğer yanına dönmelidir.** Böyle yaptığı zaman sakinleşecektir.

4. Bu kimse, gördüğü bu tür korkulu rûyâyı hiç bir kimseye anlatmaz ve asla kesinlikle anlatmamalıdır. İşte o zaman, yani bu şekilde hareket

ederse, görmüş olduğu bu korkulu rûyânın şerrinden ve zararından kurtulmuş ve korunmuş olur.

Yani, Bu tür karışık ve korkulu rûyâları gören kimse, anlatmaya çalıştığım bu şartlara ve ölçülere, bu gerçeklere uyarsa, görmüş olduğu bu korkulu rûyâlardan hiç bir zarar görmez. Çünkü, yorumlanmayan rûyâlar gerçekleşmez. Hiç bir yere bulaşmadan olduğu gibi zararsız kalır. Ve böylece kişi, görmüş olduğu rûyânın zararından korunmuş ve neticede kurtulmuş olur demektir.

Sevgili Peygamberimiz Aleyhisselâm, Hadis-i Şeriflerinde:

*"— Şeytan sizden biriyle rûyâsında oynarsa, karışık ve korkulu şeyler gösterirse, gördüğü bu tür rûyâları insanlara anlatmasın."*

*"Anlatılmayan rûyâlar, kuşun ayağına bağlanmış bir şey* (taş) *gibidir. Anlatılıp tabir ettirilmez* (yorumlatılmazsa) *öylece olduğu gibi kalır. Anlatılır, yorumlattırılırsa başına düşer"* buyurmuştur.

*Evet Ey Dost!* Bu ölçüyü unutma ve dostlarına da söyle. *"Kötü ve korkulu rûyâlardan ve onların zararından kurtuluş çaresi, onu kimseye söylememek ve yorumlatmamaktır"* Böyle bir rûyâ görürsen unut gitsin.

Bu ölçüler insana huzur veren ölçülerdir. Bunları unutmamak gerekir.

*Evet Ey Dost!* Şu halde yapılacak en güzel hareket, gördüğümüz korkulu ve kötü rûyâlar kimseye söylememeli ve dolayısiyle tabir (yorum) yaptırılmamış olur. Şayet anlatılır, yorum yaptırılırsa rûyâ kötü şekliyle, zararıyla gerçekleşmiş olur. Bu ise, kendi eliyle belâyı kendi üzerine çekilmiş demek olacaktır.

Konuyla ilgili bir Hadis-î Şerîf daha söyleyelim. Hz. Peygamber (S.A.V.):

*"Rûyâlarınızı salih ve bilen kimselerden başkalarına anlatıp tabir ettirmeyiniz (yorumlattırmayınız)"* buyurmuştur.

Demek oluyor ki, gördüğümüz rûyâları ehil olan (konuyu bilen) ve iyi huylu dürüst kimselere söyleyip, yorumlatmak gerekmektedir.

Son olarak derim ki, rûyâlar insanoğluna bir başka alemle haberleşmeyi sağlayan mânevi bir telefon görevini yapmaktadır. Belkide bu kâinatın sahibi tarafından kullarına verilen ilâhi lutfunun bir nişânesi ve hatta değerli bir hediyesidir.

Şu bir gerçek ki, hiç kimse, ben rûyâ görmüyorum diyemez. Şunu da söyleyelim ki, zâten insan, kendisi istese de rûyâ göremez. Çünkü insana rûyâ denilen o nîmeti, henüz esrarı çözülemeyen o muammayı gösteren mânevî bir kudret vardır.

Bir kimse şâyet doğru ve sahih bir rüya görmek istiyorsa, sözünde ve özünde doğru dürüst bir müslüman olmalıdır. Yalan dolan, dedikodu, gıybet, onu bunu çekiştirmek, kötü huy, görülecek rûyâlara etki yapar. Güzel rûyâlarla sevinmek isteyen kimse, uykuya yatarken güzelce bir abdest almalı ve Allah Teâlâ'ya çok duâ etmeli ki, sevindirici ve güzel yararlı bir rûyâ görsün.

**Hayırlı bir iş için rûyâya yatmak;**

İstihare dediğimiz olay da, rûyâ yoluyla Cenâb-ı Hak'tan hayır istemek, iyilik taleb etmek demektir.

Kendi hakkımızda bir şeyin hayırlı ve isâbetli olup olmadığına dair rûyâ yoluyla mânevî bir işâret alabilmek için, **2 rek'ât namaz kılar. Bu namaza istihâre namazı denir.** Namazdan sonra duâsını okur ve abdestli olarak yatar. Rûyâda yeşil veya beyaz bir işâret görmek, hayır ve iyiliğe, o işin iyi olacağına, siyah veya kırmızı görülürse şerre, iyi ve uygun olmayacağına işâret olarak kabul edilir.

*Evet Ey Dost!* Görüyoruz ku, güzel rûyâ biz insanlar için çok büyük bir nimettir. Önemli olan da bu nîmete erebilmektir.

Gerçek olan şudur ki, insanoğlu, gördüğü iyi ve güzel rûyâlardan sonsuz neş'e ve zevk alıyor, kötü ve çirkin rûyâlardan ise, korku ve dehşet duyarak sıkıntı ve bunalıma düşerek strese giriyor.

Sağlıklı düşünebilen insanlar için rûyâ, önemli bir olaydır. Çünkü, rûyâ var ki, mutluluk haberini insana önceden getirir. Rûyâ var ki, bir uyarı haberini insana önceden fısıldamak sûretiyle uyarı getirir. Bazı sevindirici rûyâlardan örnekler verebiliriz. Hz. Peygamberin (A.S.) torunu Hz. Hasan'ın doğumundan evvel görülen rûyâ bir mutluluk haberini getirmişti.

Bir gün, peygamberimizin amcası Hz. Abbas'ın hanımı Ümmül'Fadl, Hz. Peygamber Efendimize gelerek heyecanlı heyecanlı şöyle dedi:

"— *Ey Allah'ın Resûlü! Bugün korkunç bir rûyâ gördüm.*" Hz. Peygamber Aleyhisselâm:

"— *Gördüğün rûyâ hayırdır.*" buyurdu.

Ümmül'Fadl, titreye titreye anlatmaya başladı:

"— *Ey Allah'ın Resûlü! Mübârek vücûdunuzdan bir parça kesilmiş ve benim kucağıma bırakılmıştı.*"

Hz. Peygamber (Aleyhisselâm) tebessüm buyurarak:

"— **Hayrı müjdeleyen bir rûyâ görmüşsün. Kızım Fatıma bir oğlan çocuğu dünyaya getirecek. Sen de onu kucağına alacak süt emzireceksin"** diyerek tabir buyurdular.

Rûyâ, sevgili Peygamberimizin yorumladığı gibi gerçekleşti. Hz. Fatıma vâlidemiz oğlu Hz. Hasan'ı (R.A.) dünyaya getirdi. Ümmül'Fadl, Hz. Hasan'ı (R.A.) kucağına aldı ve kendi çocuğu ile birlikte Hz. Hasan'a da süt emzirdi.

## HZ. PEYGAMBERİ RÛYÂDA GÖRMEK

*Ey Dost!* Hz. Peygamber Efendimizi rûyâsında gören bir müslüman, gerçekten o yüce efendimizi görmüştür. Yani, bu görülen rûyâ rahmâni rûyâdır. Allah'ın rahmetinden kovulmuş olan o la'netlik şeytan, O yüce Peygamberin şekline, simâsına asla ve kat'â giremez. Bu konuda Yüce Peygamberimizin pek çok Hadis-i Şerîfi vardır. Efendimiz (S.A.V.) buyurmuşlardır ki:

مَنْ رَاٰنِى فِى الْمَنَامِ فَقَدْ رَاٰنِى فَاِنَّ الشَّيْطَانَ لَا يَتَمَثَّلُ بِى

*Ma'nası: "Her kim rûyâsında beni görürse, o kimse, gerçekten beni görmüştür. Çünkü şeytan, asla bana benzer bir şekle giremez"* demektir.

Sevgili Peygamberimizi rûyâda görmek, bir müslüman için mutlulukların en güzeli olduğunu unutmamak gerekir. O Yüce Efendimizi görmek, Cennetlik olmamıza bir ilâhi işâret olabilir. Ne mutlu böyle bir nîmet'e erenlere.

***Evet Ey Dost!*** O yüce Efendimizi rûyâsında görme mutluluğuna eren kimseye gerekir ki, Efendimizin mübarek şeklini, şemâilini bilsin. Çünkü rûyâsında O'nu görme mutluluğuna ererse, O'nu (A.S.) tanısın.

## EZÂN-I MUHAMMEDÎ VE RÛYÂ

*Ey Dost!* Bugün minârelerimizde beş vakit okunan Ezân-ı Muhammedî'nin doğru rûyâ ile bağlantısı vardır.

Hz. Peygamber Aleyhisselâm, Medîne'de müslümanları beş vakit namaza dâvet etmek ve namaz vakitlerinin girdiğini duyurmak için ashâbıyla iştişâre buyurmuştu.

Ashâb-ı Kiramdan bazıları, hıristiyanlar gibi çan çalınmasını, kimi de yahûdiler gibi boru çalınmasını söylediler. Hz. Peygamber, bu görüşlerin hiç birinden hoşlanmadı.

Daha sonraları Abdullah bir Zeyd (R.A) bir rûyâ gördü. Rûyâsında Ezân-ı Muhammedî'nin sözlerini okuyan bir kişinin gökten indiğini görmüştü ve Ezânın kelimelerini ezberlemişti. Durumu Hz. Peygambere haber verdi.

Aynı gece Hz. Ömer (R.A.) de aynı şekilde rûyâ gördü, o da ezân kelimelerini ezberlemişti. Hz. Ömer (R.A.) Efendimiz de rûyâlarını anlattılar.

Hz. Peygamber Efendimiz: *" O gördüğünüz ezân okuyan, kardeşim Cebrâil'di"* buyurdu.

Böylece Ezân-ı Muhammedî meşrû, kılınmıştı. Bu da doğru ve salih rûyânın bir nimet olduğunu gösterir.

Hz. Peygamber Aleyhisselâm, Hz. Ebûbekri rûyâsında görür. Gördüğü bu rûyâyı Hz. Ebûbekr'e anlatır ve şöyle buyurur:

*"—Ya Ebâbekir! Dün gece rûyâda seninle birlikte Cennette olduğumuzu gördüm. İkimiz, Cennette bir merdivenden çıkıyorduk. Gördüm ki, ben seni iki buçuk basamak geçiyorum".*

Hz. Ebûbekir (R.A.), Resûlullah'ın (A.S.) rûyâsını hemen yorumlamıştı ve:

**"— Ey Allah'ın Resûlü! Bu gördüğümüz rûyâ, benim sizden ikibuçuk yıl sonra vefat edeceğimi bildiriyor."** demişti.

Ve bu aynen, olduğu gibi gerçekleşti. Hz. Ebûbekir (R.A.), Efendimizden ikibuçuk yıl sonra vefat etti. Hz. Ebûbekir rûyâ tabiri ilmini çok iyi biliyordu. Yani, Ebûbekir (R.A.) rûyâ yorumlama ilminde ehildi.

Hz. Ebûbekrin islamdan önce gördüğü rûyâ da çok anlamlı bir rûyâ idi.

## HZ. EBÛBEKRİN (R.A.) RÛYÂSI

Hz. Ebûbekir (R.A.) Efendimiz henüz islamla müşerref olmamıştı ki bir rûyâ gördü. Rûyâyı gördüğü zaman ticaret için gittiği Şam'da bulunuyordu. Rûyâsında, ay gökten inerek gelip kucağına girdi. Hz. Ebûbekir ayı alıp eliyle göğsüne koydu. Heyecanla uyandı. heyecanını yatıştırmak için kalkıp rûyâ tabirini bilen birisini aradı. Bir rahibi tavsiye ettiler. Hz. Ebûbekir bu rahibe gitti ve rûyâsını anlattı.

Rahib, Hz. Ebûbekre:

"— Nerelisin?" diye sordu. Hz. Ebûbekr:

*"— Mekke'liyim, burada ticaret için bulunuyorum"* dedi. Rahib, gülümseyerek konuştu:

"— Ey dost, sana pek yüce bir müjde vardır. " dedi. Hz. Ebûbekir (R.A.) heyecanlandı. Ve sordu:

*"— Nedir o büyük müjde?"* dedi. Rahib gülerek:

"— Ey Dost! dedi. Gökten inip sînene gelen ay. Âhir zaman peygamberidir.Yakında meydana çıkacaktır. Sen ona ilk imân eden arkadaş ve dost olacaksın. Ve sonra sen halife olacaksın. Benim sağlığımda o büyük peygamber gelecek olur, ona kavuşursan, bana haberci gönder." diye yalvarmıştı.

Hz. Ebûbekrin rûyâsı aynıyla çıktı ve tam olarak gerçekleşti.

Hz. Ebûbekir, ilk imân edenlerden oldu. Ona (A.S.) dost ve arkadaş, vefatından sonra da ilk halifesi olmuştu.

Hatta rûyâ kitablarında Hz. Ebûbekir (R.A.) ile ilgili bir rûyâ tabiri (yorumu) menkibesi vardır:

Adamın biri gelip Hz. Ebûbekr'e (R.A.):

"— ***Dün gece rûyâmda gördüm ki, bana yetmiş tane ağaç yaprağı verildi.***" diye rûyâsını anlattı. Hz. Ebûbekir (R.A.):

"— ***Sana yetmiş sopa (değnek) vurulacak***" diye adamın rûyâsını tabir etti (yorumladı).

Bu rûyâ aynıyle gerçekleşti. Adam bir suç işledi. Bu suçun cezası da yetmiş sopa imişti.

Aradan bir birbuçuk sene geçmişti ki, adam yine gelerek aynı rûyâyı gördüğünü söyledi.

Hz. Ebûbekir (R.A.) Efendimiz, bu sefer rûyâyı:

"***Eline yetmiş bin akçe gelecek***" diye tabir buyurmuştu:

Adamcağız, "— ***Efendim, geçen sene yetmiş sopa ile, bu sene yetmiş bin altın veya akçe ile tabir buyurdunuz. Bunun hikmeti, sebebi nedir?***" demiş.

Hz. Ebûbekir (R.A.) Efendimiz, *"Evlat demiş, geçen sene bu rûyâyı gördüğün zaman, mevsim sonbahardı, ağaçlar yaprak döküyordu. Bu rûyâda ise, mevsim ilkbahardır. Ağaçların yeni yapraklandığı bir zamandır"* buyurmuştur.

Rûyâ bir kaç gün sonra aynen gerçekleşmiştir. Rûyâ sahibinin eline hiç ummadığı bir kimseden yetmiş bin akçe gelmiştir.

*Ey Dost!* Rûyâlar hakkındaki bu gerçekleri hiç unutmaz ve yaşamın içinde uygularsan, hayatın huzûr ve neş'e içinde geçecektir.

Rûyâ ile ilgili bu kısa ve öz bilgileri siz okurlarımıza vermekle küçük bir hizmette bulunduğumu ümîd ediyorum.

Kitabımızın bu yeni baskısında Rûyâ ile ilgili maddelerinin sayılarını arttırmış ve açıklamalarını da çoğaltmış bulunuyoruz.

Tevfik ve hidâyet, muvaffakiyet ve başarı Cenâb-ı Allâh'ın lütûf ve yardımıyladır.

*"Ve minallâhit'Tevfîk"*

*El'Hac*

*Hattat Hafız*

*Yusuf Tavaslı*

# A

**AB:** Su demektir. Su ile ilgili görülen rûyânın yorumları su kelimesinde gelecektir.

**ABA:** Rûyâda kaba yünden *(kumaştan)* yapılmış aba görmek ve bu abayı giydiğini de görmek sevinçli *(sevindirici)* bir haberle yorumlanır.

• Rûyâsında bu kaba kumaştan yapılmış abanın üzerine oturduğunu görmek, rütbesinin artacağına işâretle yorumlanır.

• Rûyâsında abayı sırtından çıkardığını görmek ise, zararla yorumlanır. Örneğin, esnaf olan kimse görse, işinde büyük zarar göreceğine işarettir. Memur ise, memuriyetten uzaklaştırılacağına işârettir.

• Rûyâsında abayı yırttığını görmek ise, kendi işini kendisi bozacağını yani, kendi işinin bozulmasına kendisi sebeb olacağına işaretle yorumlanır.

• Rûyâsında sırtındaki abasını çıkartıp başka birisine verdiğini görmek, malını veya parasını başkalarına kaptıracağına işâretle yorumlanır.

• Arkasındaki abanın siyah olduğunu görmek, yâni, rûyâsında siyah bir aba giydiğini görmek, üzüntülü bir haberle yorumlanır.

• Rûyâda siyah renkli abasını arkasından *(sırtından)* çıkardığını görmek ise, içinde bulunduğu bir sıkıntı ve darlıktan kurtulacağına işâretle yorumlanır.

• Rûyâsında aba giydiğini görmek, beklenmedik bir yerden bir menfaat göreceğine işârettir, diye de yorumlanmıştır.

**ABANOZ AĞACI:** Rûyâda abanoz ağacı görmek, uzak bir yolculuğa çıkılacağı ile yorumlanır.

• Rûyâda abanoz ağacından yapılmış ev eşyası görmek ise, sert huylu bir eş ile evlenilmeye işâret olarak tabir edilir. ***(Bu yorum hem kadın, hem erkek için geçerlidir)***.

• Rûyâda abanoz ağacından yapılmış mobilya almak, inatçı bir misâfirle karşılaşılacağına işârettir diye tabir edilir.

• Rûyâda abanoz ağacından imâl edilmiş mobilyayı sattığını görmek ise, misâfirden kurtulmaya işâretle yorumlanır.

• Abanoz ağacından yapılmış ev eşyası *(mobilyayı)* yaktığını veya tahrib ettiğini görmek ise, komşusu ile kavga veya münâkaşa edileceğine işârettir, diye yorumlanır.

• Rûyâda abanoz ağacından yapılmış çok miktarda eşya görmek, Muhîddin-i Arabiye göre kaza veyahut ölüm gibi acı bir haberin geleceğine işâret olarak tabir edilmiştir.

• Rûyâda abanoz ağacı görmenin sert huylu biriyle iş yapılacağına işâretle de yorumlayanlar olmuştur.

**ABDEST ALMAK:** Rûyâda abdest aldığını görenlerin rûyâsı genellikle hayırla yorumlanır. Şöyleki:

• Hasta olan bir kimse, rûyâsında abdest aldığını görse, bu onun en kısa zamanda hastalıktan şifâ bulup kurtulacağına, iyileşeceğine işâretle yorumlanır.

• Günâh işleyip duran *(günâhkâr)* bir kimse, rûyâsında abdest aldığını görse, bu rûyâ o kimsenin tevbe edeceğine ***(ve dolayısıyle günâhlarından temizleneceğine)*** işâret olarak yorumlanır.

• Borçlu olan bir kimse, rûyâsında abdest aldığını görse, bu rûyâ o kimsenin borçtan kurtulacağına işâret olarak tabir edilir.

• Rûyâsında temiz bir su ile ***(yani abdest alınan normal su, abdest almanın câiz olduğu su ile)*** abdest aldığını gören ve abdestini tamamladığını da görmek, tüm muradına ereceğine ve dileklerine kavuşacağına işâretle yorumlanır.

Şayet böyle bir abdest alışta abdesttini tamamlayamamış olarak rûyâsı sona ererse, o zaman rûyâ tersiyle yorumlanır, Yani muradına nâil olamıyacağına işâret olarak tabir edilir.

• Sıkıntı ve bunalımda olan bir kimse, rûyasında abdest aldığını görse, bu rûyâ onun kurtuluşa ereceğine, yani sıkıntı ve bunalımdan kurtulacağına işaretle yorumlanır.

• Rûyâda abdest aldığını ve namaza girdiğine veya namaza durduğunu gören kimsenin bu rûyâsı, üzüntülerden, kederlerden kurtulacağına işâret olarak yorumlanır.

• Rûyâda **kendi evinde** veya oturduğu odada abdest aldığını gören kimsenin bu rûyâsı, bundan sonra o odada veya o evde kalmayacağına yani, oradan ayrılacağına işâret olarak yorumlanır.

• Rûyâda soğuk ve karanlık bir yerde *(mahzende)* abdest aldığını görmek, zâyi' olan *(çalınan veya kaybolan)* eşyasının bulunacağına işâret olarak tabir edilir.

• Rûyâsında **sıcak su** ile abdest aldığını gören kimsenin bu rûyâsı, kendisine hastalık gibi üzüntü ve keder isâbet edeceğine işâretle yorumlanır. Ayrıca istediği bir işin güç olacağına işaretle de yorumlanır.

• Rûyâda yatak veya minder üstünde abdest aldığını ve yatağından kalkamadığını ve şiddetli bir hastalık içinde olduğunu görmek, eşinden veya sevdiği bir dosttundan ayrılacağına işâretle tabir olunur.

• Rûyâda bal veya süt ile abdest aldığını görmek, rûyâ sahibinin dînî konuda hayatının iyiye gideceğinin işâreti ile tabir olunur. Örneğin; ibâdetlerinde başarıya ulaşacağına ve dîne hizmet edeceğine işâretle yorumlanır.

• Rûyâda sokak veya hamamlarda abdest aldığını görmek, rûyâ sahibinin büyük bir zarara uğrayacağına ve sırlarının *(gizlediği şeylerin)* meydana çıkacağı ve dolayısıyle insanlar arasında mahcup ve rezil olacağına işâret olarak tabir olunur.

• Rûyâsında kırda ve su kenarında, çöplük veya deniz kenarında halkın abdest aldığı bir mahalde *(yerde)* abdest aldığını görmek, rüyâyı gören kimse, üzüntülerden, keder ve sıkıntılarından kurtulacağına işâretle yorumlanır.

• Rûyâsında bir arkadaşı veya tanıdığı bir kimsenin başı ucunda abdest aldığını görmek, rûyâyı gören kimse, o arkadaş veya tanıdığı kimseden dünyalık bir menfaat elde edeceğine işârettir. O kimseden emlak gibi, para ve mal gibi varis olacağı bir dünyalık eline geçecektir diye tâbir edilir.

• Rûyâsında başka biri kendisinin *(rûyâyı gören kimsenin)* başı ucunda abdest aldığını görse, bu rûyâyı gören kimse, o abdest aldığını gördüğü kimseden herhangi bir zarar göreceğine ve ondan sebeb üzüntü ve keder, sıkıntı çekeceğine işârettir diye tabir olunur.

• Rûyâda abdesti bozan hallerden birinin vaki oluduğunu görmek, iyiye yorulmaz. Rûyâyı gören kimsenin sıhhatinin bozulacağına veya mal zararına uğrayacağına işâretle yorumlanır.

**ABDEST BOZMAK:** Bir kimse, rûyâsında küçük abdest bozduğunu görse, bu rûyâ onun sıkıntılardan üzüntü ve kederlerden kurtulacağına işâretle tabir olunur.

• Rûyâsında büyük abdest bozduğunu görmek, borçtan ve hasta ise, hastalıktan kurtulacağına işaretle tabir olunur.

• Rûyâda evinin odasında abdest bozduğunu görmek, rûyâyı gören kimsenin düşmanlarının olduğuna işârettir.

• Rûyâsında yatağına *(döşeğine)* abdest bozduğunu görmek, servetle veya hastalıkla yahut da eşinden ayrılmaya işâretle yorumlanır.

• Bir kimse, rûyâsında bir yere abdest bozup üzerine toprakla örttüğünü görse, malını bir yerlere gömüp malını saklayacağı ile tabir olunur.

• Rûyâsında donuna veya pantolonuna abdestini yaptığını görmek, mal, servet veya eşler arasında *(karı koca)* kavgası ile yorumlanır.

• Rûyâda yol üzerine abdest bozmak, dolandırıcıya veya eşkiyaya rastlanılacağına işaretle tabir olunur.

• Rûyâsında elbisesine abdestini yaptığını görmek, servet, haram mal ve çirkin bir işle yorumlanır.

• Rûyâsında insanlara karşı abdest bozduğunu görmek, açık ve çirkin bir durumla karşılaşılacağına işâretle tabir olunur.

• Rûyâsında helâya abdest bozduğunu görme ise, iyiye yorulur.

• Rûyâda vucûduna veya donuna pislik bulaştığını görmek, günâh işlemekle tabir olunur.

• Rûyâda helâya, kuyuya veya bilmediği bir yerlere abdest bozmak, umulmadık yerden eline para veya mal geçeceğine işâretle tâbir edilir.

• Rûyâda küçük abdest bozduğunu görmek, iyiye yorulur. Rûyâyı gören gurbette ise evine, vatanına döner, hasta ise şifâ bulup iyileşir şeklinde tabir edilir.

• Rûyâda donuna veya pantolonuna kan bulaştığını görmek, haram mal eline geçeceğine işârettir.

**ABDESTHÂNE:** Rûyâda abdesthâne *(helâ)* gören kimsenin fakirlikten kurtulacağına işâretle tabir edilir.

• Rûyâda helâya *(Abdesthâneye)* girip çıktığını görmek, o kimsenin zengin olacağına işarettir.

• Rûyâda abdesthâneyi süpürdüğünü gören kimsenin, sıkıntıya düşeceğine işaretle yorumlanır.

• Helâdan pislik çıkarıp attığını görmek, o kimsenin mal mülk satacağının işaretidir.

• Rûyâda küçük abdest bozduğunu görmek, üzüntü ve sıkıntıdan kurtulmaya işarettir.

• Rûyâda abdesthâneye *(helâya)* su döküp taşlarını yıkadığını görmek, iyiye ve sağlığa yorulur, hastalıktan şifa bulacağı ile yorumlanır.

• Rûyâda helâ *(abdesthâne)* kapısını kilitlediğini görmek, rûyâyı görenin evinden bir kimsenin ayrılacağına işaretle tabir olunur.

• Rûyâsında abdesthâneyi temizlediğini görmek, rûyâyı görenin fakirleşeceğine işârettir.

• Rûyâda abdesthânenin taşıp aktığını ve bazı eşyayı ıslatıp zarar verdiğini görmek, sıkıntı ve üzüntüye düşüleceğine işâretle tabir edilir.

• Rûyâda abdesthâne *(helâ)* yeri kazdığını görmek, servete, zenginliğe kavuşmaya işârettir.

• Rûyâda abdesthâneye düştüğünü ve oradan çıkamadığını görmek, büyük bir servete kavuşacağına işâretle yorumlanır. Bazılarına göre de hapse atılmaya işârettir.

• Rûyâda abdesthâneye süt döktüğünü veya bal işediğini, süt işediğini gören kimse, cinsi sapıklıkla karşılaşacağına işârettir diye tabir edilir.

• Abdesthâne rûyâsı zevceye de işârettir, demişlerdir. Çünkü kişi zevcesiyle yalnız kaldığı gibi, helâda da yalnız kalır diye tabir edilmiştir.

• Rûyâda abdesthânede *(içinde)* pislikleri görmek,para ve mal ile tabir edilir.

• Rûyâda abdesthâneyi boşaltmak zenginlikle yorumlanır.

**ABESE SÛRESİ:** Bir kimse, rûyâsında Abese Sûresini okuduğunu veya dinlediğini görse, bu rûyâ iyiye yorulmaz. Bu rûyâyı gören kimsede insanlar tarafından sevilmeyen hallerin bulunduğuna işâretle tabir edilir. Bu kimsede gurur, kibir, ekşi suratlılık gibi insanları inciten kötü huyların bulunduğuna işârettir.

**ÂB-I HAYAT:** Rûyâsında âb-ı hayattan *(insana hayat ve canlılık veren)* sudan *(hayat suyundan)* içtiğini görmek, iyiye yorulur. Örneğin; bu rûyâyı gören, hasta ise şifâ bulup iyileşir. Hasta olmayan görürse, ömrü ve hayatı boyunca önemli bir hastalık görmeyeceğine, yani sağlıklı yaşayacağına işâretle yorumlanır.

**ÂBİDE:** Rûyâda bir şehrin meşhur *(ünlü)* bir âbide eserini görmek, Rûyâ sahibinin uzun bir ömür yaşayacağına işâret olarak tabir olunur. Rûyâda görülen âbide eser, tarihsel bir kalıntı ise, rûyâyı gören kimse, ileride ünlü ve adı unutulmayacak bir kişi olarak kalacağı şeklinde yorumlanır.

**ABLA:** Rûyâda ablasını gören bir kadın, bekar ise, yakında iyi bir evlilik yapacağına, evli ise, bir kız çocuğu olacağına işâretle yorumlanır. Rûyâyı gören erkek ise, beklemediği bir yerden eline para veya mal geçeceğine veyahut da çok hayırlı bir haber alacağına işâret olarak yorumlanır.

**ABLUKA:** Rûyâsında etrafının kuşatıldığını, ablukaya alındığını görmek veya herhangi bir abluka yani muhasara görmek, endişeli bir haber alınacağına işâretle yorumlanır. Dolayısıyla böyle bir rûyâ gören kimse, günlük yaşamındaki kimseleri dikkatle seçmeli, bunlardan düşmanlık ve rekabet edenler olabilir.

• Rûyâda etrafındaki kuşatmayı *(ablukayı)* yararak ondan kurtulduğunu görmek, işlerinin yolunda gideceğine işâretle yorumlanır.

• Rûyâsında bir sevdiği kimsenin ablukada olduğunu görmek, ve onun kendisinden yardım istediğini görürse, mali bakımdan sıkıntılı birinin kendisinden borç isteyeceğine işâretle tabir olunur.

• Rûyâda, kendi evinin düşmanları tarafından abluka edildiğini görmek, rûyâ sahibinin beklemediği bir yerden para ve yardım elde edeceğine işârettir.

**ABONE:** Rûyâsında gazete ve mecmua gibi herhangi bir şeye abone olduğunu gören kimse, vakitlerini boşa harcadığının uyarısını işâretini almış demektir. Hal ve durum böyle olunca da ömrü boyu mesleğinde ve işinde başarı elde edemiyecek olduğuna işârettir. Bu uyarı ile kendi durumunu kontrol edip kendisine çeki düzen vermek gerekir demek olur.

**ABRAŞ:** Rûyâda abraş *(alaca)* hastalığıyla hasta olan hallerden bir belirti görmek iyiye yorulmaz. Şöyleki:

• Rûyâsında kendi evinde abraş hastalığı görmek, evinde bir tatsızlık çıkacağına işâretle tabir edilir.

• Rûyâsında kendi yüzünde abraş *(alaca)* hastalığı belirtisi görmek, âilesi ile arasında sebebsiz hiç yüzünden bir münakaşa çıkacağına işâretle yorumlanır.

• Rûyâsında dostlarından *(ahbablarından)* birinin abraş hastası olduğunu görmek, o dostu ve ahbabıyla aralarındaki dostluğun ve ahbablığın bozulacağına işâret olarak yorumlanır.

**ACELE:** Rûyâda **acele** ve **acelecilik** ile ilgili bir husus görmek iyiye yorulmaz. Çünkü acele ve acelecilik şeytanın işidir. Bu konuda değişik yorumlar vardır. Şöyleki:

• Bir kimse, rûyâsında dünya ile ilgili herhangi bir iş için acele ettiğini görse, o işinde pişmanlık duyacağına işârettir. Bu tabir **İbn-i Sîrînin** tabiridir. Rûyâda bir işi için acelecilik ettiğini gören kimse, o işi yaparsa sonunda o işten zarar göreceğine ve dolayısıyla da pişman olacağına işâret ve ikaz olarak tabir olunmuştur.

Bazı rûyâ tabircileri *(yorumcuları)* değişik yorumlar da getirmişler ve acele edilecek durumları ayırmışlardır:

• Bir kimse rûyâsında dîne âit işlerde çok acele hareket ettiğini görse, bu rûyâ iyiye yorulmuştur.

• Rûyâsında dünyâ ile ilgili bir işinde çok acele davrandığını görmek iyiye yorulmaz ve bu işin sonu pişmanlık ile sonuçlanır diye tabir edilmiştir.

• Kirmânînin yorumuna göre, rûyâsında bir işi için acele etmeyip sükûnet ile hareket ettiğini gören kimse, bu işinde selâmet ve başarı ile maksadına kavuşur diye tabir edilmiştir.

**ACEM:** Rûyâsında yabancı bir adam görmek, ırk ne olursa olsun tanımadığı birini görmek, yeni bir arkadaş edinileceğine işâretle yorumlanır.

**ACEMİ:** Rûyâsında acemilik çektiğini ve acemice davranışı yüzünden bir işi bozduğunu görmek iyiye yorulmaz. Başarısızlıkla tabir edilir. Böyle bir rûyâ gören kimse dikkatli olmaya çalışmalıdır.

**ACENTA:** Bir kimse rûyâsında vapur veya tren acentasından bilet aldığını yahut da bilet almak için acentaya gittiğini görse, bazı işleri için birilerine başvuracağına ve bu başvurusunda da olumlu cevablar alacağına işâret olarak yorumlanır.

**ACI:** Rûyâda acı şeyler yediğini görmek, iyiye yorulmaz. Böyle bir rûyâ gören dikkatli olmalıdır. Çünkü böyle bir rûyâ kötürümlüğe işâretle tabir edilir.

**ACI BAKLA:** Rûyâda acı bakla görmek değişik şekilde tabir edilir. Şöyle ki:

• Rûyâda acı baklanın tâzesini görmek, amelsiz ve neticesiz *(faydasız)* ilme delâlet eder ve dolayısıyla bir sürü meşakkat ve yorgunlukla ve geçim zorluğu ile tabir edilir.

• Rûyâda acı baklanın kurusunu görmek, şiddet ve zorlukla karşılaşılacağına işâretle tabir olunur.

• Rûyâda acı baklanın dövülmüşünü görmek, çabuk tarafından *(âcilen)* bir rızka, kazanca nâil olunacağına işârettir.

• Rûyâsında acı bakla unu görmek, üzüntüye işâretle tabir edilir.

**ACI ÇEKMEK:** Rûyâsında bir kimse, herhangi bir yerinin acıdığını duyduğunu görse, yeni bir işe gireceğine işârettir.

• Rûyâda acıyan bir yerinin iyileşmesi için ilaç aldığını görmek, kendinden büyük bir kimseden yardım göreceğine işâret olarak tabir olunur.

• Rûyâda gördüğü acıyan yerinde çıban ve buna benzer yara olduğunu görmek, kısmete işarettir. Bu yarayı ameliyat ettirdiğini görmek, kısa zamanrda dünyalığa *(zengin olacağına)* işâretle yorumlanır.

**ACIKLI:** Rûyâda acıklı bir olay yaşadığını görmek, içinde bulunduğu sıkıntılardan kurtuluşa işâretle yorumlanır.

**ACIKMAK:** Rûyâda acıktığını görmek, rûyâyı gören kişinin durumuna göre tabir edilir. Şöyle ki:

• Büyük makam sahibi ve ileri gelenlerin ***(halkı idâre eden idârecilerin);*** rütbe ve makam sahibi kişilerin rûyâlarında acıktıklarını görmek, kendisine tabi' olan kimselerin zillet içinde perişan olduklarına işâretle yorumlanır.

• İlim erbabı, âlim ve bilginlerin rûyâlarında acıktıklarını görmesi, kendilerinin ilim ve bilgileriyle yaramaz iş ve hareketlerde bulunduklarına işâret olarak yorumlanır.

• Rûyâda acıktığını görmek, bazı kişi için, murâdına ereceğine işârettir. Ve evli bir kimse için zenginliğe işârettir.

• Hasta olan bir kimse, rûyâsında acıktığını görse, hastalıktan kurtulacağına işârettir, diye tabir edilir. Ve çok yediği halde rûyâda doymadığını görmek, hastalığının uzayacağına işâret olarak yorumlanır.

• Bekar bir kimse, rûyâsında acıktığını görse, evlilik işini biraz ağırdan alması gerektiğini *(yani hemen evlenmesinin doğru olmadığı)* ile yorumlanır.

• Rûyâda acıkmak ve acıktığını görmek, bollukla da tabir olunur.

**ACIMAK:** Rûyâda bir yetim veya fakir birine acıdığını görmek, Cenâb-ı Allâh'ın mağfiretine nâil olacağınıza işarettir. Acımak ile ilgili rûyâlar hayırla yorumlanır.

**ACITMAK:** Rûyâsında kendisinin bir yerini acıttığını görmek, dostlarınızdan birilerini kaybedeceğinize veya dostlarınızın sitemi ile karşılaşacağınıza işâretle yorumlanır.

**ACI YEMEK:** Rûyâsında kendisinin acı bir şey yediğini görmek, olumlu ve başarılı bir evliliğe işarettir.

Rûyâlar bazen zıddıyla *(tersiyle, aksine)* yorumlanır. Örneğin bazen rûyâda görülen ölüm rûyâları hayatla, ömrün uzayacağına işaretle yorumlanır. İşte bunun için olacak ki, rûyâda acı yemek veya acı tatmak, tatlı, gönül alıcı bir sözle yorumlanır.

**ÂCİZ:** Rûyâsında kendisini âciz bir durumda gören kimsenin bu rûyâsı, gelecek günlerde hayatının başarıya doğru gittiğini, yaşamında ergeç başarıya ulaşacağına işâret olarak yorumlanır. Bu da tersiyle yorumlanmış oluyor. Âcizlik başarı ile ve başarı müjdesi ile tabir ediliyor.

**ACÛZE:** Rûyâsında acûze *(sevimsiz ihtiyar bir kadın)* gören kimsenin işlerinin ters gideceğine, üzüntü ve kederle tabir olunur.

**AÇ:** Rûyâda aç kalmış birini görmek, bol rızıkla tabir olunur.

• Rûyâda aç birini doyurduğunu görmek, beklemediği bir yerden kendisine bir yarar ve fayda geleceğine işârettir.

• Rûyâsında aç bir kimseyi sofrasına çağırıp onunla yemek yediğini görmek, uzaklardan hayırlı ve sevindirici bir haber alacağına işâretle tabir edilir.

**AÇ GÖZLÜ:** Rûyâda birilerini veya kendinizi aç gözlülük yaptığını görmek, rahatsızlık geçirileceği ve gönlündeki keder ve sıkıntının bir müddet daha devam edeceğine işârettir.

**AÇIKGÖZ:** Rûyâda açıkgözlülük ile ilgili rûyâ görmek pek iyiye yorulmaz. Bu çeşit rûyâ bir nevi uyarma olabilir.

• Rûyâsında açıkgözlülük yapan birini görmek, yanlış hareket ve davranışları ile maddî ve mânevî zararların gün be gün çoğaldığına işaretle yorumlanır. Dolayısıyla böyle bir rûyâ gören kimse davranışlarını kontrol etmelidir.

**AÇILIŞ:** Rûyâsında herhangi bir yerin açılışında bulunduğunu görmek, pek yakında iyi ve güzel günlerin geleceğine işaretle ve bütün istek ve dileğinin gerçekleşmesine de işaretle tabir olunur.

**AÇLIK:** Rûyâsında bir kimse açlık çektiğini ve yemekle karnını doyurduğunu görse, rûyâ sahibinin sağlık ve sıhhatinin yolunda gideceğine işârettir.

**AÇMAK:** Rûyâsında bir kapıyı açtığını görmek, zafer ve başarıya ulaşılacağına işâretle tabir edilir.

• Rûyâda kapalı bir şeyi açtığını görmek, bu rûyâyı gören kimsenin kolaylıkla dileklerinin gerçekleşeceğine işâretle yorumlanır.

• Rûyâda dürülmüş *(katlanmış)* bir elbiseyi açtığını görmek, dışarıda bulunan birinin geri geleceğine *(döneceğine)* işaretle yorumlanır.

• Rûyâsında dürülü bulunan bir elbise kumaşını açtığını görmek, yolculuğa çıkacağına veya kaybolmuş birşeyini bulacağına işârettir.

• Rûyâda kilitli bir şeyi açtığını görmek, rûyâ sahibinin iş durumlarının açılacağına, istek ve arzularının gerçekleşeceğine işârettir.

• Rûyâsında kilitli yerleri açtığını görmek, rûyâyı gören kimsenin, maiyşet ve rızkını kolayca elde edip bolca kazanacağına işaretle tabir olunur.

• Rûyâda dolaşık ve karışık birşeyi açtığını görmek, rûyâyı gören kimsenin işlerinde karşılaştığı zorlukların kalkacağına işaretle yorumlanır.

**AD** *(İSİM):* Rûyâsında adının *(isminin)* başka bir isimle değişmiş olduğunu görmek, hayra *(iyiye)* yorulur. Yani bu rûyâ yeni bir hayatın *(mutlu yaşamın)* işâreti olarak tabir edilir.

• Rûyâsında adının kötü bir adla değiştiğini ***(meselâ; kör, topal ve aksak ve benzeri gibi isimlerle değişmiş olduğunu)*** görmek, iyiye ve hayra yorulmaz. Bu isimler gibi istenmeyen bir durumla karşılaşılacak işâretidir.

• Rûyâsında kendisini iyi bir ad *(isim)* ile çağrıldığını görmekse iyiye yorulur. İyi bir isimle adlandığını *(isimlendiğini)* görme izzet ve şerefe nâil olmaya işâret olarak yorumlanır.

**ADA:** Rûyâda ada görmek, beklenmedik bir kısmet ve ele gelecek para ile yorumlanır.

• Bir kimse rûyâsında bir ada görse veya adada bulunduğunu görse yahut adaya çıktığını görse, bu rûyâyı gören kimsenin ummadığı ve beklemediği bir yerden kendisine mirâs yoluyla mal veya para geleceğine işâretle yorumlanır.

• Rûyâda adadan ayrıldığını görmek ise, rûyâyı gören kimsenin, herhangi bir mal zararına uğrayacağına işâret olarak tabir olunur.

• Rûyâda bir adadan yüzerek herhangi bir sahile çıktığını görmek, rûyâ sahibinin sıkıntılarından kurtulup feraha ve selâmete çıkacağına işâretle yorumlanır.

**ADA ÇAYI:** Rûyâsında ada çayı içtiğini görmek, sevinçli ve hayırlı bir hadise *(olay)* ile karşılaşılacağına veya uzaktan bir menfaat geleceğine ve dolayısıyla bahtının açılacağına işaret olarak tabir olunur.

• Rûyâda başka birine ada çayı ikram ettiğini görmek, rûyâ sahibinin başkalarına yardım edeceğine işâretle yorumlanır.

**ADAK:** Rûyâda adak adadığını görmek, hayırlı bir işe ön ayak olunacağına işârettir.

• Rûyâda adağını yerine getirdiğini görmek, yeni bir iş tutmaya işârettir.

• Rûyâda adak satın aldığını görmek, murada ermeye işârettir.

• Rûyâda adağınızın etinden dağıttığınızı görmek, sevab işlediğinizi ve dolayısıyle günâhlarınızın affedildiğine işâretle tabir olunur.

**ADAM:** Rûyâda tanımadığınız herhangi bir adamı görmek, yeni yeni dostlar edineceğinize işârettir.

• Rûyâda genç bir adam görmek ise, müjdeli ve iyi bir haber alınacağına işâretle tabir olunur.

• Rûyâda bildiğiniz *(tanıdığınız)* genç bir adamı görmeniz, uzaktan bir mektup ve hayırlı haberler alacağınıza ve aynı zamanda kaybetmiş olduğunuz şeyin geri döneceğine işâret olarak yorumlanır.

• Rûyâda bilmediğiniz *(tanımadığınız)* ihtiyar bir adamı görmek ise, yükselişe ve dileklerinizin gerçekleşeceğine delâlet ettiğiyle tabir olunur.

**ADA SOĞANI:** Rûyâda ada soğanı görmek, hayra *(iyiye)* yorulmaz.

• Rûyâsında ada soğanı görmek, kötü bir arkadaş, kötü bir dost veya kötü bir akrabaya işâretle yorumlanır. Rûyâ sahibinin bunlara karşı dikkatli olması gerekir. Çünkü gördüğü rûyâ kendisine bir uyarı niteliğindedir ki, kötü birileriyle karşı karşıya gelmek durumundadır.

**ADA TAVŞANI:** Rûyâda ada tavşanı görmek, hayra *(iyiye)* yorulur. Rûyâsında ada tavşanı gören kimse, büyük bir kısmet ve rızka kavuşacağının işâretini almış demek olur.

**ADAY:** Rûyâda kendisinin bir iş için aday olduğunu görmek, eğer gerçekten adaylığını koymak gibi bir durum varsa, kazanacağına delâletle yorumlanır. Şâyet böyle bir adaylığı söz konusu değilse, işlerinde başarılı olacağına işâret olarak tâbir edilir.

**ADEM** *Aleyhisselâm*: Rûyâda Hz. Adem peygamberi görmek, çeşitli şekillerde, değişik tabirler ile yorumlanmıştır:

• Rûyâda Hz. Âdem'i *(A.S.)* görmek, Hacca gideceğine veya dostlarıyla, ahbablarıyla buluşup hasret giderileceğine veyahut da zürriyetinin *(neslinin)* çoğalacağına işâretle yorumlanır.

• Hz. Âdem'i *(A.S.)* rûyâda görmek, hata ve unutkanlığa, bazen de hîlekârlıkla ve şeytânî durumlarla karşı karşıya gelineceğine işâret olarak bir uyarıdır. Böyle durumlarda rûyâyı gören elinden geldiğince dikkatli olarak temkinli olmalıdır.

• Rûyâda Âdem *(A.S.)* Peygamberi görmek, büyüklüğe ve halk arasında saygı ve hürmet göreceğine işâret olarak yorumlanır.

• Hz. Âdem'i *(A.S.)* rûyâda iyi bir durumda olduğunu görmek, çok iyi bir rûyâdır, bu rûyâ iyiye ve hayra yorulur.

• Ancak O'nu *(A.S.)* iyi bir durumda değil de eksik ve noksan bir halde görmek, iyiye yorulmaz. Rûyâ sahibinin işlerinde eksiklik ve noksanlık olacağı işâreti olarak yorumlanır.

Bazı rûyâ tabiri ilmiyle uğraşan yorumculara, rûyâ bilimcilerine göre, Hz. Âdem *(A.S.)* ile ilgili rûyâlar şu durumlara işârettir.

• Rûyâsında Hz. Âdem'i *(A.S.)* gören kimse, bir hata yapmış veya bir günâh işlemiştir. Bu günâhından tevbe etmesi gerektiğine işârettir diye yorumlanır.

• Hz. Âdem'i *(A.S.)* görmek, düşmanlarının sözlerine aldanarak zarara uğrayacağına ve mağdur olacağına ve bir müddet *(zaman)* sonra bu zarardan kurtulup tekrar durumunu düzelteceğine işâret olarak tabir edilir.

• Hz. Âdem'i *(A.S.)* görmek, rûyâyı gören kimsenin kız evlâdından daha çok erkek evlâdı olacağına işâretle ve erkek evladından rızıklanacağı *(erkek evlad tarafından bakılacağı)* ve erkek evladının daha çok olacağı ile de tabir edilir.

- Rûyâsında Hz. Âdem'i (A.S.) gören kimse, hasta ise şifâ bulacağına, göz ağrısı varsa o da iyileşeceğine işâretle yorumlanır.
- Rûyâda Hz. Âdem'i kendisi ile konuştuğunu görmek, rûyâyı gören kimsenin ilim sahibi *(bilgin)* olacağına işâretle yorumlanır.
- Rûyâsında kendisini Hz. Âdem olduğunu veya Hz. Âdem'in arkadaşı olduğunu görmek, şâyet ehil ise velâyete *(devlet adamı olmaya)*, eğer âlimse, insanların ilminden istifade edeceğine *(yararlanacağına)* işâretle yorumlanır.
- Rûyâsında Hz. Âdem'i (A.S.) kestiğini görmek, liderine ihânet, anne-babasına veya öğretmenine âsî olacağına işâretle tabir olunur.
- Rûyâsında Hz. Âdem'in (A.S.) renginin uçuk *(sararmış)* ve renginin kaçmış olduğunu gören kimse, bir yerden başka bir yere göç edeceğine ve tekrar eski yerine döneceğine işâretle tabir edilir.

Demek oluyorki, Hz. Âdem peygamberi rûyâda görmek, rûyâ sahibinin durumuna göre bir takım mânevî işâretler verilmiş oluyor. Her insan kendi hâlet-i ruhiyesine göre bu durumunu değerlendirir.

**ADI BATMAK:** Rûyâsında adının battığını, isminin silindiğini görmek, itibâr sahibi, saygın ve beğenilen bir kimse olacağına işâretle tabir edilir. Bu rûyâ bazen de dünyada rızkın kesileceğine ve ölümün yaklaşmış olduğuna işâret olarak tabir olunur.

**ADIM, ADIMLAMAK:** Rûyâda bir yeri adımladığını görmek, iş hayatında önemli konularla karşılaşılacağına, bu konuda sıhhatinin bozulmaması için dikkatli olunmasına işâret olarak bir uyarı niteliği taşıyan rûyâ olarak yorumlanır.

• Yolda hızlı adımlarla yürüdüğünü görmek, rûyâyı gören kimsenin, bazı işlerini acele yapması hususunda bir ikâz *(uyarı)* işâreti olarak yorumlanır.

**ADLİYE BİNÂSI:** Rûyâsında adliye binası görmek, rûyâyı gören kimsenin işlerinin bozulacağına işâretle yorumlanır. Adliye binasında hakim görmek ise hayra *(iyiye)* yorumlanır.

• Rûyâsında kendisini adliye binasında olduğunu görmek, bazı önemli işlerini halletme zamanının geldiği hususunda bir ihtar *(uyarı)* niteliği taşır. Bu rûyâ aynı zamanda rûyâ sahibinin, alacak ve borçlarını da vâdesinin geldiği ve kapatmasının lâzım geldiğine de işâret olarak yorumlanır.

**ADRES:** Rûyâda birisinden adres aldığını ve birisine adres verdiğini görmek, akraba ve dostlarınızı arayıp sormadığınızı ve onları ziyaret etmeniz gerektiğine işâret ile yorumlanır.

**ÂFET:** Rûyâda bulunduğu yerin herhangi bir âfete maruz kaldığını, sel, dolu ve benzeri âfetlerin olduğunu görmek, rûyâyı gören kimsenin dînî vazîfelerini ihmal ederek günâh işlediğine işâret olarak yorumlanır. Bu rûyâyı gören bu uyarı niteliğindeki rûyâsına önem vererek tevbe etmeli ve dînî vazîfelerini yerine getirmelidir. Özellikle namazını kılmıyorsa kılmaya başlamalıdır. Bu rûyâ aynı zamanda rûyâ sahibinin iş hayatında da ihmal sonucu olarak büyük zararla karşılaşacağına da ihtar niteliğindedir.

**AFFEDİLMEK:** Rûyâsında cezâyı hak ettiği halde *(suçlu olduğu halde)* Cenâb-ı Allâh tarafından affedildiğini görmek, rûyâyı gören kimsenin Allâh katında iyi bir kimse olduğuna işâret olmakla berâber bu kimsenin keffâret vermesine de işârettir.

**AFFETMEK:** Rûyâda hata ve kusur *(suç)* işleyen birini affettiğini görmek, rûyâ sahibinin Allâh'ın affını hak edeceği bir sevâb işleyeceğine işâretle yorumlanır.

• Rûyâsında kendi yaptığı bir hata ve kusurdan dolayı başkası tarafından affedildiğini görmek, rûyâyı gören ve affedilen kimsenin ömrünün uzayacağına işâretle yorumlanır. Aynı zamanda şöhret sahibi olur ve korunur diye de tabir edilir.

• Rûyâsında kendi kusurlarının Allâh tarafından affedildiğini veya peygamberin affettiğini görmek, rûyâyı gören kimsenin tevbe edeceğine ve hidâyete kavuşacağına ve âkibetinin *(geleceğinin)* çok güzel olacağına işâretle yorumlanır.

**AFRİKA:** Rûyâda kendisini Afrika'da olduğunu görmek, sıhhat ve servet *(para)* konularında işlerin yolunda olduğuna işâret olarak yorumlanır.

**AFSUN: Efsun** maddesine bakınız

**AFSUNCU: Efsuncu** maddesine bakınız

**AFYON:** Rûyâda afyon alıp satmak ve içmekle ilgili görülen rûyâ hayra *(iyiye)* yorulmaz. Çünkü sağlığa zararlı bir maddenin rûyâda görülmesi bile hayra yorulmaz.

• Rûyâsında afyon kullandığını görmek, rûyâyı gören kimsenin yaşamında maddî, mânevî bakımdan ömrünü büyük zararlarla hebâ edeceğine işâretle yorumlanır.

• Rûyâsında afyon sattığını görmek, kendi sıhhatinin *(rûyâyı görenin)* telâfisi zor bir bozulmaya gireceğine işâretle tabir olunur. Bu uyarıcı rûyâların verdiği işâretleri önemsemeli ve kendisini kontrol altına almalıdır.

**AĞ:** Rûyâda ağ görmek, rûyâyı gören kimsenin, karışık işlerinin düzeleceğine ve bol rızka kavuşacağına işâretle yorumlanır.

• Rûyâsında denize balık ağı attığını görmek, rûyâyı görenin âile geçiminde bolluk *(bol rızık)* ve berekete işâret olmakla attığı ağa bir çok balığın girdiğini ve bol balık yakaladığını görmek, kazancının artacağına işarettir.

• Bir dalyandan attığı ağların deniz yüzüne serildiğini ve balıkların ağ içinde oynadığını görmek, bu içinde bulunduğu sene bol rızık ve bol kazanca işârettir, diye tabir olunur.

• Futbol sahası kale direklerine gerilmiş ağı görmek, yeni ve büyük bir iş için anlaşmaya ve büyük bir menfaat sağlanacağına işâret olarak yorumlanır.

**AĞA:** Rûyâsında bir köy ağası görmek, bir memûriyete *(bir işe)* ve bu işte başarıya ulaşılacağına işâretle yorumlanır. Rûyâyı gören kadın olsa, evinde saygınlığının artacağına işâret ile tabir olunur.

**AĞABEY:** Rûyâsında bir kimse ağabeyini ***(kendisinden büyük erkek kardeşini)*** görse, rûyâyı gören bu kimse hayatı boyunca hiç bir kimsenin yardım ve desteğine ihtiyaç duymadan yaşayacağına ve hiç bir zaman yoksulluk çekmeyeceğine işâret olarak yorumlanır. Bu rûyâ çok güzel bir rûyâdır. Çünkü mutlu ve güvenli bir hayat sürüleceğinin işâretidir.

**AĞAÇ VE ÇEŞİTLERİ:** Ağaçlarla ilgili rûyâlar çok değişik yorumlara işâret etmektedir. Ağaç çeşitleri çok ve değişik olduğu için yorum ve tabirleri de değişik ve ayrıcalık arzeder.

Rûyâda bir grup ağaçlar görmek, ağaçların cinsine, sağladığı yararlarına ve rûyâyı gören kimsenin durumuna göre tabir olunur.

• Rûyâda görülen ağaçlar, insanlardan kadınlara ve huyları farklı muhtelif erkeklere işâret eden durumlara da yorumlanır. Rûyâda ağaç görmek, kavgaya da işâret olarak tabir edilir.

• Rûyâda bilinmeyen, tanınmayan ağaçlar görmek, endişeye şiddet ve bağırmaya işâret eder, şeklinde tabir olunur. Ancak rûyâyı gören kimsenin bir ihtiyacından dolayı ağaçlardan faydalanması, örneğin şiddetli bir sıcaklıktan dolayı ağaçların gölgesinde gölgelenmesi veya yağmurdan veya bir hayvan korkusundan dolayı ağaçlara sığındığını görmesinin tabir ve yorumu ise, rızka veya güçlü kuvvetli bir kimseye dayanmaya veya dayanacağına işârettir.

• Rûyâda bahçesinde ağaç görmek, iyidir. Evlâd veya akrabadan birilerine işâret olarak tabir olunur. Ağaç üzerine veya üstüne çıktığını görmek, her konuda yükselmeye, ilerlemeye ve artarak çoğalmaya işâret ile tabir olunur.

• Rûyâsında ağaç üstünden indiğini görmek, ayrılığa işinden ayrılmak veya işinden atılmak, makamından ayrılmak veya düşürülmek gibi şeylere işâret olarak tabir edilir.

• Rûyâsında dalları çok ve sık ağaç görmek, evlada, akrabalara, arkadaş ve dostlara sahib olduğunuza işâretle tabir olunur.

• Rûyâsında dalsız bir ağaç görmek, fakir, âciz ve işe yaramaz bir adama işâret olarak tabir olunur. Evde ağaç bittiğini görmek pek iyi değil, bulunduğunuz halin devam etmesi kavga, gürültü ve çalışmalar, boğuşmalara işâretle tabir olunur.

• Rûyâsında ağaçtan birşeyler aldığını ve topladığını görmek, alacağı mala, kazanacağı paraya ve bunlardan faydalanmaya işâretle tabir olunur.

• Rûyâsında ağaçtan düştüğünü gören kimse, işlerinden zarar edeceğine veya herhangi birşeyden zarara uğrayacağına veya işinden ayrılacağına yada atılacağına veyahut ölümüne, öleceğine işâretle tabir olunur. Rûyâsında ağaçtan düşerek bir yerinin kırıldığını görmek, üzüntüye, kedere ve sıkıntıya düşeceğine, itibarının saygınlığının yok olup gideceğine işâretle tabir olunur.

• Rûyâsında ağaç diktiğini görmek, şerefinin, saygınlığının, itibarının artacağına, başarılarının çoğalacağına işâretle tabir olunur.

• Rûyâsında bir ağacın devrildiğini görmek, şiddetli rüzgârla karşılaşmak durumunda kalacağına, dikenli ağaç görmesi, zararlı bir adamla karşılaşacağına ve bir tehlike ile karşı karşıya kalacağına, gökte bir ağaç olduğunu görmesi, büyük bir zatın ölümüne işâret olarak tabir olunur.

• Rûyâsında ağacı köklediğini, kökünden çıkardığını gören kimse, işinden çıkarılır veya işinden ayrılır veya işinden kovulur yada işinden uzaklaştırılır, şeklinde tabir olunur.

• Rûyâda görülen meyveli ağaç, mal-mülk sahibi, herkese faydası ve yararı dokunan zengin bir adama işâretle tabir olunur. Rûyâda görülen meyvesiz ağaç ise, fakir, hiç kimseye menfaatı ve yararı dokunmayan gereksiz adama işâretle tabir olunur.

• Rûyâda bol yapraklı ağaç görmek, ferahlık, dilek ve murâdına, istek ve arzularına kavuşmaya işâretle tabir olunur. Rûyâda yeşillenmiş ağaç görmek, muradına ermek veya ereceğine işâretle tabir olunur.

• Rûyâsında yapraksız ağaç görmek, üzüntü ve kedere düşmek, fakirlik ve yoksulluğa düşmek, isteğine, muradına erememek veya eremiyeceğine işâretle tabir olunur.

• Rûyâsında kurumuş ağaç görmek, ümidsizliğe düşmek, hasta olan bir kimseninde ölümüne veya öleceğine işârettir. Ağaç kırılmasını, ağacın kırıldığını görmek, birinin veya oradan bir kimsenin ölümüne veya öleceğine işâretle tabir olunur.

• Rûyâsında bir ağaç diktiğini *(veya ektiğini)* gören kimse, bir şerefe nâil olur veya olacağına işârettir. Dikmiş olduğu ağacın filizlendiğini görmesi de aynı şekilde tabir olunur. Eğer dikmiş, ekmiş olduğu tohum veya fideler filizlenmemiş olduğunu görse, rûyâyı gören kimse bir kedere veya sıkıntıya düşer şeklinde yorumlanır.

• Rûyâsında üzüm ağacının *(bağın-asmanın)* dalını *(fidesini)* kestiğini *(budadığını)* görmek, bir şerefe ermeye, bir şeref kazanmaya işârettir.

• Rûyâsında kış gününde *(mevsim dışında)* üzerinde üzüm bulunan bir asma veya bir ağaç gören kimse, zengin zannettiği bir erkek veya bir kadına aldanarak malını, parasını sarfeder, harcar, yani rûyâyı gören kimse bir erkek veya bir kadın tarafından aldatılarak zarara sokulur, zarara uğratılır, şeklinde tabir olunmuştur.

• Rûyâda ayva ağacı görmek, aklından, fikrinden faydalanılamayan akıllı bir adama işârettir.

• Bir kimse rûyâsında bir ağaç ektiğini *(diktiğini)* ve o ağacın filizlenmeye başladığını da görse, rûyâyı gören kimse değerli bir âileye damat olmakla şereflenir, şeklinde tabir olunur.

• Bir kimse, rûyâsında bir ağaç kestiğini görse, rûyâyı gören kimseye ve onun ev halkına, âilesine bir hastalık geleceğine işâretle tabir olunur ***(demek ki ağaç kesmek iyi bir rûyâ değildir demek olur).***

• **Ceviz ağacı** görmek, cimri, faydasız ve güçlük çıkaran, zorluk gösteren bir adama işâretle tabir olunur. **Bâdem ağacı** garib bir adama işârettir. **Nar ağacı,** din ve dünyalık sahibi bir adama işârettir. Nar ağacını kesen kestiğini gören, doğduğu yerleri ziyâret edemiyeceğine işârettir. **Sedir ağacı,** soylu, şerefli, cömert ve fazîletli bir adama işârettir. **Muz ağacı,** din ve dünyalık sahibi zengin ve tedbirli bir adama işârettir. **Üzüm ağacı *(asma)*** şan, izzet ve güç sahibi bir adama işârettir. **İncir ağacı,** âilesine faydalı olan ve düşmanı bile kendisine sığınan mert, yiğit bir adama işâretle yorumlanır.

• **Dut ağacı,** âilesine ve halka karşı cömert davranan ve düşkün kimselere yardım eden, yardımcı olan, malı çok, çocuğu çok bir adama işârettir.

• Rûyâda görülen **fıstık ağacı,** zengin, hafif ruhlu *(hafif meşreb)*, cömert ve âilesiyle mes'ûd ve mutlu yaşamı olan bir adama işârettir.

• Rûyâda görülen **Ebû Cehil Karpuzu** adı verilen ağaç, dinsiz, zengin ve korkak yaramaz bir adama işârettir.

• Rûyâda **kayısı ağacı** görmek, kendisinden faydanılmayan doğru bir adama işârettir. Bazı yorumculara göre, **kayısı ağacı** görmek, şer bir adam, bazı kere münâfık bir adam, bazılarında, zengin bir kadındır, şeklinde işâretle yorumlanır, demişlerdir. Rûyâsında kayısı ağacından meyve topladığını gören kimse, zengin bir kadınla evlenir veya evleneceğine işâret olarak tabir olunur.

• Bazı yorumculara göre, **kayısı ağacı** görmek, bütün insanlara faydası dokunan, yardımı dokunan bir adama işâret eder, diye yorumlamışlardır.

• Rûyâda **elma ağacı** görmek, hizmet sahibi, hizmet erbabı değerli bir adama işâretle tabir olunur.

• Rûyâda görülen **şeftali ağacı,** zengin, yiğit, mert ve çok mal biriktiren, zengin bir adama işârettir, şeklinde tabir olunur.

• Rûyâda görülen **incir ağacı,** herkese faydalı, sert *(otoriter)* ve malı çok zengin bir adama işâret eder, şeklinde tabir olunur.

• Rûyâda görülen **keçi boynuzu ağacı,** herkese faydası ve hayrı az bir adama işârettir.

• Rûyâda görülen **limon ağacı,** halka *(insanlara)* faydası çok olan, yardımı çok yapan bir adama işâret olarak tabir olunur.

• Bazı yorumculara *(rûyâ tabircilerine)* göre, rûyâda görülen **limon ağacı,** malı-mülkü çok, bütün hallerinde, davranışlarında hayırlı ve faydalı-yararlı meşhûr *(ünlü)* bir kadına işârettir, şeklinde tabir edilir, demişlerdir.

• Rûyâda görülen **portakal ağacı,** güzel, sevimli, sevilen bir kimseye işâret eder, şeklinde tabir olunur.

• Rûyâda **hurma ağacı** görmek, insanlara *(halka)* çok çok faydalı ve yararlı bir adama işâret olarak tabir edilir. **Hurma ağacı,** uzun ömürlü olmaya ve evlad sahibi olmaya da işârettir.

• Bir hasta, rûyâsında **mersin ağacı** görse, hastalığından şifâ bularak iyileşir, şeklinde yorumlanır.

Bazı kere de, **mersin ağacı**, elde etmek istediği şeyden ümidini kesmeye ve kesilmesine işârettir. Bazı kere de, verdiği sözü yerine getiren adama işârettir, şeklinde yorumlanır, demişlerdir, yorumcular. Mersin ağacı, dostluğa, sevince ve rahatlığa ve mal sahibi olmaya da işâret eder, demişlerdir, rûyâ tabirci ve yorumcuları.

• Rûyâsında evinde **mersin ağacı** görmek, kesilmeyen devamlı olan bir hayra işârettir. Mersin ağacı diktiğini görmek, işlerinde dikkatli, tedbir ve ihtiyatlı hareket etmesine veya edeceğine işâret eder, şeklinde tabir edilir.

• Rûyâda **ılgın ağacı** görmek, zenginlere zarar ve fakirlere yardım eden münâfık ***(riyakar, gösteriş delisi)*** bir adama işâret eder, şeklinde yorumlanır.

• Rûyâda **meşe ağacı** görmek, ömrünün uzun olması, uzun ömürlü bir hayat yaşanacağına işârettir.

• Rûyâda **dağ armudu *(yaban armudu)*** görmek, herkese zararı dokunan âdî, aşağılık, yaramaz bir adama işâret eder, şeklinde yorumlanır. Bazı rûyâ tabircileri ise, rûyâda görülen **dağ armudu ağacı**, şerefli, sağlam karakterli bir adama işârettir, şeklinde tabir edilir, şeklinde yorumlamışlardır.

• Rûyâda **abanoz ağacı** görmek, sevinçli, neş'eli ve zengin bir kadına veya kabi *(anlayışsız)* katı kalbli zengin bir adama işâret eder, şeklinde yorumlanır.

• Evet ağaçların bazılarının işâret ettiği yorumları kısaca buraya almış olduk. Ağaçlar hakkında daha bir çok yorumu da buraya alamadık. Çünkü kitabımızın hacmi elvermiyor.

**AĞAÇKAKAN:** Rûyâsında ağaçkakan isimli kuşu görmek, güzel fakat geçimsiz bir kadınla tanışmaya veya onunla evlenmeye işâretle yorumlanır.

**AĞAÇ KAVUNU:** Rûyâda ağaç kavunu görmek, genellikle iyiye yorulur. Şöyle ki:

• Rûyâda ağaç kavunu görmek, soylu, şerefli, evlâd sahibi olacak bir eşe işârettir. Bazen de mü'min ve Kur'an okuyan kimseye, ilim ve amel sahibi, güzel huylu, uyumlu ve sevgi sahibi kimseye işârettir.

• Bazı tabircilere göre, ağaç kavunu görmek, çocuk olacağına işârettir diye yorumlamışlardır.

• Bazı tabirciler de, ağaç kavununu sevimsiz görerek bununla ilgili rûyâyı nifaka işârettir, diye yorumlamışlardır.

• Rûyâda yeşil ağaç kavunu görmek, o senenin bolluğuna ve rûyâyı gören kimsenin sağlıklı olacağına da işâretle yorumlanır.

• Rûyâda sarı ağaç kavunu görmek ise, yine o senenin bolluğuna işâretle beraber hastalık olacağına da işâretle tabir edilir.

• Rûyâsında kendi odasında ağaç kavunu bulunduğunu gören bir kadın, hürmete layık, saygı değer bir erkek evlad sahibi olacağına işâretle tabir olunur.

• Rûyâsında bir kadın tarafından kendisine ağaç kavunu verildiğini gören bir adam, kendisinin bir erkek evlâd sahibi olacağına işârettir.

• Rûyâsında bir kimseye ağaç kavunu attığını gören kimse, rûyâsında o ağaç kavunu attığı kimse ile hısımlık kuracağına ve ona damat olma arzusunda olduğuna işâretle yorumlanır.

**AĞAÇ KURDU:** Rûyâda ağaç kurdu görmek, rûyâyı gören kimse hakkında dedikodu yapıldığına, fakat onun buna önem vermediğine işâretle yorumlanır. Rûyâda ağaç kurdu görmek, rûyâyı gören kimsenin ölümüne, öleceğine de işârettir.

• Ağaç kurdu görmek, aynı zamanda rûyâyı gören kimsenin işlerinin bozulması için aleyhinde çalışan bazı kimselerin de bulunduğuna işâretle tabir edilir. Bunun için rûyâsında ağaç kurdu gören kimsenin dikkatli hareket etmesi gerekmektedir ki, rûyâsının haber verdiği tehlikelerden gerekli uyarıyı almış olsun demek olur.

**AĞAÇ SAKIZI:** Rûyâda ağaç sakızı görmek, güç bir işin başarılacağına işâretle yorumlanır. *(Ağaç sakızı, ağaç gövde ve dallarından çıkan ve zamk adı verilen parlak bir sakızdır.)*

• Rûyâda ağaç sakızı görmek, başka bir tabire göre, rûyâyı gören kimsenin iş yaptığı kimseler tarafından engellemeler çıkararak zorluklar meydana getirmeye çalışacaklarına, fakat bu engellemelerin bir zarar veremeyeceğine ve başarı ile işlerine devam edeceğine işâretle tabir edilir.

**AĞAÇ TEKNE:** Rûyâda görülen ağaç tekne, para veya mal yani dünyalığa işârettir. Sâdece tekne görmek ise, kendi şehrinde kazanacağı dünyâlığa işâretle tabir edilir.

**AĞAÇ YAPRAĞI:** Rûyâda ağaç yaprağı görmek, elbiseye işârettir. İncir yaprağı görmek ise, üzüntüye işâretle yorumlanır.

**AĞAÇ YONUCUSU:** Rûyâda ağaç yonan ve ağacı oyan birini görmek, iki yüzlü bir takım kimselerle alış veriş yapan ve onlardan hile ile mal alan kimseye işâretle yorumlanır.

**AĞDA:** Rûyâda ağda görmek iyiye yorulur. Rûyâda bir kimse, ağda yaptığını ve ağda yaptığı yerdeki tüylerin döküldüğünü görse, yakın zamanda tüm sıkıntılardan kurtulacağına ve korkulardan sıyrılıp emniyete ereceğine ve mutluluk dolu iyi günlerin geleceğine işâretle yorumlanır.

**AĞIL:** Rûyâda *(koyun, keçi cinsinden)* hayvan ağılı görmek, iyiye işâret olup hayırla yorumlanır.

• Rûyâda ağıl görmek, rûyâyı gören kimsenin mesleğinde yükseleceğine işâretle yorumlanır.

• Bir kadın rûyâsında ağıl görse, eşiyle arasının düzeleceğine ve aralarındaki sevginin artacağına işâretle tabir olunur.

• Rûyâsında ağıl gören genç kızlar için, dilek ve muradlarına ereceklerine işâretle yorumlanır.

• Rûyâda sürülerini *(hayvanlarını)* ağıla götürdüğünü görmek, kazancın bol ve helal olduğuna işâretle yorumlanır.

• Rûyâsında sürüyü ağıldan çıkardığını görmek, bu sene hasadın bol ve bereketli olacağına işâretle tabir olunur.

• Rûyâda ağıl görmek, her sınıf insan için, berekete, bolluğa ve yararlanma konusunda iyiye ve hayra yorulmuştur.

**AĞIT:** Rûyâda bir ölü için ağıt yakıldığını *(söylendiğini)* görmek, iyiye yorulmaz. O yerde bir felâket ve musîbetin meydana geleceğine işâretle tabir olunur.

• Rûyâsında kendisinin ağıt söylediğini görmek, rûyâyı görenin bir yakınının öleceğine işârettir.

**AĞIZ:** Rûyâda görülen ağızla ilgili rûyâlar değişik şekillerde yorumlanır. Ağızla ilgili rûyâları maddeler halinde arz edebiliriz:

• Rûyâda ağzına ilaçlı bir şey koyduğunu görmek, bu rûyâ, rûyâ sahibi için sıhhat, iyilik ve âfiyetle iyiye yorulur.

• Ağzına yiyecek bir şey koyduğunu görmek, iyiliğe ve bol rızka işârettir.

• Ağzına tatlı bir şey koyduğunu görmek, iyi bir yaşama, bol ve helal rızka işârettir.

• Rûyâda ağzına acı bir şey koyduğunu *(veya aldığını)* görmek, kötülüğe, haram para ve haram mala işârettir.

• Rûyâda ağız etlerinin döküldüğünü görmek, rûyâyı gören için zarar ve kedere işârettir.

• Rûyâda ağzının eğrildiğini görmek, bir sözden dolayı zarar görmeye işârettir.

• Rûyâda bağlı bir ağız görmek, kendini savunmadan âciz kalınacağına işârettir.

• Rûyâda büyük bir ağız görmek, bol rızık ve kuvvetli bir sözle kendini anlatabilmek ve bol rızık elde edileceğine işârettir.

• Rûyâda ağzından iyi bir şey çıktığını görmek, gıybet, dedikoduya ve kötü sözle karşılaşılacağına işârettir.

• Rûyâda ağzına su dolduğunu görmek, bol kazanç ve rızka kavuşulacağına işârettir.

• Rûyâda dar bir ağız görmek, rızık ve kazançta azlık olacağına işârettir.

• Rûyâda ağzına kan dolduğunu görmek, haram kazanç ve haram servete işâretle yorumlanır.

• Rûyâda ağzının kuruduğunu görmek, fakirlik ve sıkıntı çekileceğine ve ihtiyaçlarını görmekde zorluk çekileceğine işâret olarak tabir olunur.

• Rûyâda ağzına et aldığını görmek, bol rızık, bol menfaat göreceğine işârettir.

• Rûyâsında ağzının ekşidiğini görmek, üzüntü ve kedere işârettir.

• Rûyâsında ağzının yok olduğunu görmek, bu rûyâ o kimsenin ölümüne işâret olarak tabir olunur. Bazılarına göre ise, evinin düzeninin bozulacağına, evinin harab olacağına işâret olarak tabir edilmiştir.

• Hamile bir kadın rûyâsında ağız görse, selâmetle doğum yapacağına işârettir. Yani rûyâda ağız görmek, hamile bir kadının doğum yapacağına ve selâmetle kurtulacağına işârettir diye tabir olunmuştur.

**AĞIZ KAVGASI:** Rûyâda dünya işleri sebebiyle birileriyle kavga ettiğini görmek, rızık ve dünya geçimi için fazla gayret etmesine işârettir. Demek ki, dünya işleri yolunda gitmiyor demek olur, bunun için de çok çalışmak gerektiği anlaşılır. Biriyle kavga ettiğini görmek ve bu kavgada yenildiğini görmek, rûyâyı görenin istediğini elde edemiyeceğine işârettir.

• Rûyâda âhiret işleri için kavga ettiğini görmek ve bu kavgada yenildiğini gören, tersiyle yorumlanır. Yani, yenilen üstün gelmiş demek olur.

• Rûyâda devlet başkanı ile ağız kavgası ettiğini görmek, malından zarar göreceği ile tabir olunur.

**AĞIZ KOKUSU:** Rûyâ ağız kokusu ile ilgili görülen rûyâlar sıkıntıya işâretle tabir olunur.

• Rûyâsında ağzının koktuğunu görmek, rûyâyı gören kimse, kendisini öğen bir konuşma yaparak kendisini bu konuşması sebebiyle sıkıntıya ve zor bir duruma sokacağına işâret olarak yorumlanır.

• Rûyâda başka birinin ağzının koktuğunu görmek, rûyâ sahibinin çirkin sözler işiteceğine ve üzüntüsüne işârettir.

Bazı yorumculara göre ise, Örneğin **İbn-i Sîrin:**

• Rûyâda ağzının güzel koktuğunu görmek, saygın ve güzel bir konuşma yapacağına işârettir.

• Rûyâsında ağzının kötü koktuğunu görmek, kötü sözler söyleyeceğine ve kırıcı konuşma yapacağına işârettir.

**AĞIZLIK:** Rûyâda sigara ağızlığı görmek ve kullanmak, dostlar arasında dedikodu yapacağınıza işâretle yorumlanır.

• Rûyâda sigara içmek için cebinden ağızlık çıkardığını görmek, yeni bir işe girmek için bir yere başvurulacağına işâretle tabir olunur.

**AĞLAMAK:** Rûyâda ağlama genellikle iyiye yorulmaz. Bazı yorumculara *(tabircilere)* göre ise, rûyâda ağlamak, tersiyle yorumlanır. Yâni rûyâda ağlamak, sevinmeye ve sevinileceğine işâretle yorumlanır.

• Rûyâda oynayarak yüksek sesle ağladığını görmek, keder ve üzüntüye işâretle yorumlanır.

• Rûyâsında sessizce ağladığını görmek, rûyâyı gören kimsenin sevineceğine ve ferâha ereceğine işâret olarak yorumlanır.

• Rûyâda birinin vefât ettiğini görmek ve onun ölümü için feryâdla bağırarak ağladığını görmek, rûyâyı gören kimse, o ölümü için ağladığı kimseden kötülük göreceğine işâret olarak yorumlanır.

• Rûyâda birinin öldüğünü görüp onun için sessizce ağladığını görmek, rûyâyı gören kimse, o ölüsü için ağladığı kimseden iyilik göreceğine işârettir.

• Rûyâsında gözünden yaş akmadan ağladığını görmek, rûyâyı gören kimse, bir işinden dolayı pişman olacağına işâretle yorumlanır.

• Rûyâsında ağlamadığı halde gözlerinden yaş aktığını görmek, rûyâyı gören kimsenin dilek ve muradına ereceğine işâretle yorumlanır.

• Rûyâsında ağladığını ve fakat gözünden yaş yerine kan aktığını görmek, rûyâ sahibi için elinden kaçırdığı fırsatlardan dolayı pişman olduğuna ve bazı hata, kusur *(günâhlarından)* pişmanlıkla tevbe edeceğine de işâret olarak yorumlanır.

• Rûyâsında ağladığını ve gözyaşlarının yanaklarını yaktığını görmek, sevinç ve iyilikle tabir edilir. Şayet gözyaşları yanaklarını üşütüyorsa, üzüntüye işâret olarak tabir olunur.

• Rûyâsında yüksek bir sesle, bağırıp çağırarak elini yüzüne vurarak, üstünü başını yırtarak, yolarak ağladığını görmek, iyiye yorulmaz, rûyâyı görenin aynı şekilde ağlayacağına işâretle de tabir olunur.

• Rûyâda Kur'an dinlediğini ve ağladığını görmek, sevinçle ve kederlerden kurtuluşla yorumlanır. Allâhtan korkarak ağlamak ta aynı yoruma tabidir.

• Rûyâsında sağ gözünden çıkıp *(akıp)* sol gözüne yaş girdiğini görmek, yakınlarına kavuşacağına işâretle yorumlanır.

• Rûyâsında ağladığını görüp sonra da güldüğünü görmek, rûyâ sahibi *(rûyâyı gören kimse)* için ecelinin yaklaştığına işâret olarak yorumlanır.

• Rûyâda ağlamanın iyiye yorulması, bağırıp çağırmadan sessizce ağlamaktır. Bu yorum Câfer-i Sadık'ın yorumudur. Bunu binden fazla denediğini ve hep hayır ve iyilikle karşılaştığını söylemektir.

**AĞRI:** Rûyâda ağrı ile ilgili görülen rûyâlar değişik şekilde yorumlanmıştır. Şöyle ki:

• Rûyâda bir yerlerinin ağrıdığını hissetmek, genellikle pişman olmaya ve pişman olunacağı ile yorumlanır.

• Rûyâsında boynunun ağrıdığını görmek, rûyâyı görenin kararsızlığını ve ne yapacağını bilmemesiyle şaşkınlığa işârettir. Bazı tabircilere göre, boyun ağrısı, rûyâyı görenin, bir emânete ihânet edeceğine veya Allâh tarafından kendisine bir ceza geleceğine işâretle tabir olunur.

• Rûyâda omuzunun ağrıdığını görmek, rûyâyı gören için kötü ve haram kazanca ve yaptığı işin kötülüğüne işârettir.

• Rûyâda karın ağrısı çektiğini görmek, rûyâyı gören kimsenin âilesine *(hanımına)* karşı kötü davrandığına işârettir.

• Rûyâda kalbinin ağrıdığını görmek, rûyâyı görenin itikâdının bozukluğuna işâret ile yorumlanır.

• Rûyâsında ciğerlerinin ağrıdığını görmek, rûyâ sahibinin çocuklarına karşı kötü davrandığına işârettir.

• Rûyâda şiddetli bir dalak ağrısı çektiğini görmek, rûyâ sahibinin ölümünden korkulur şeklinde yorumlanır.

• Rûyâda akciğeri ağrıdığını görmek, rûyâyı görenin ölümünün yaklaştığına işârettir.

• Rûyâda sırtının ağrıdığını görmek, rûyâyı görenin kardeşinin ölümüne işârettir.

• Rûyâda belinin büküldüğünü görmek, rûyâ sahibinin fakir düşeceğine, yoksullaşacağına veya ihtiyarlığa işârettir. Bel ağrısı ise tembelliğe ve takatsizliğe işârettir.

• Rûyâda ayaklarının ağrıdığını görmek, Allâh'a isyan olan *(günâh olan)* yerlerde dolaştığına işârettir. Bazı yorumculara göre ise, mal çokluğu ile tabir olunur.

• Rûyâda dişinin ağrıdığını görmek, rûyâyı görenin kin ve düşmanlık besleyen biri olduğuna işârettir.

• Gözlerinin ağrıdığını gören kimse, ileriyi göremediğine ve bu yüzden iş hayatında sıkıntı çekmesine işârettir.

• Rûyâda göğüs ağrısı çekmek, rakibleri için kötü düşünmeğe işârettir.

• Rûyâda diz ağrısı görmek, tembelliğe işârettir.

• Rûyâda ayaklarının ağrıdığını görmek, uzun bir yolculuğa işâret olarak da yorumlanır.

• Rûyâda dilinin ağrıdığını görmek, rakiblerinin ihâneti ile karşılaşacağına işârettir.

• Rûyâda oyluklarının ağrıdığını görmek, rûyâyı gören kimsenin, akraba ve dostları için kötü düşündüğüne işârettir.

**AĞUSTOS BÖCEĞİ:** Rûyâda ağustos böceği görmek gönül ferahlığına *(sevinmeğe)* işârettir.

**AHIR:** Rûyâda herhangi bir ahırda bulunduğunu görmek, rûyâ sahibinin dikkatli olup hareketlerini kontrol etmesi için uyarı rûyâsıdır. Çünkü bu rûyâ tevbeye ve yaptığı işlerden dolayı pişmanlık duyması gerektiğine işârettir.

• Rûyâda ahır görmek, aynı zamanda geçici bir şöhretle de tabir olunur. Böyle bir rûyâ sahibini uyarır.

• Rûyâda *(sığır cinsinden)* hayvan ahırı görmek, genel olarak hayra, iyiye yorulur.

**ÂHİRET:** Rûyâda kendisini ölmüş ve âhirette bulunduğunu ve günâhlarından dolayı hesab verdiğini görmek, rûyâ sahibi kimsenin ecelinin yaklaştığına ve tevbe etmesi gerektiğine işâret olarak yorumlanır.

• Yine rûyâsında âhiret alemini görmek, rûyâyı gören için ve âilesi için de iyiye yorulur.

**ÂİLE:** Rûyâda kendi ev halkını *(âilesini)* görmek, rûyâyı gören kimse için zenginliğe işârettir.

**ÂİŞE:** Rûyâsında Hz. Âişe validemizi görmek, hayır ve berekete işâret olarak yorumlanır.

• Rûyâsında Hz. Âişe anamızı gören bir kadın için, yüksek bir makama ve güzel bir şöhrete işâret olmakla beraber, rûyâyı gören bu değerli kadının kocası ve babası yanında da büyük bir itibar sahibi olduğuna da işâret olarak yorumlanır.

**AKAR ÇEŞME VE AKARSU:** Rûyâsında akar bir çeşme veya akar bir su ve benzerlerini görmek, rûyâyı gören kimsenin ömrünün uzun olacağına ve üzüntü, kederden kurtulmuş bir hayat *(yaşam)* süreceğine işâret olarak tabir olunur.

**AKASYA:** Rûyâsında akasya ağacı görmek, yüksek makam sahibi kimselerle dostluk ilişkileri kurulacağına işâretle tabir olunur.

• Rûyâda akasya ağacının altında oturduğunu görmek, dilek ve murada erileceğine işâret olarak tabir olunur.

• Rûyâda akasya ağacının dalını kopardığını görmek, bir iş için birilerine veya bir yerlere başvurulduğuna işâretle yorumlanır.

**AKBABA KUŞU:** Rûyâda gece, akbaba kuşu görmek, ahmak ve anlayışsız bir insana işârettir. Gündüz uyurken akbaba kuşu görmek ise, hastalığa işâretle yorumlanır.

• Rûyâda akbaba kuşu görmek, rûyâyı gören kimsenin bir korku vahşet ile karşılaşacağına işârettir.

• Rûyâda akbaba kuşunun sesini duymak, keder ve sıkıntıdan kurtuluşa işârettir.

• Rûyâda görülen akbaba kuşları, işsiz kimselere, haram kazanç ile uğraşanlara, hırsızlara ya da kötü söz duyulacağına işâretle yorumlanır.

• Rûyâda hasta bir kimsenin kendi evinde akbaba kuşu görmesi, hastanın kendi ölümüne işâret olarak yorumlanır.

**AKCİĞER:** Rûyâda akciğer görmek, genellikle sevinç ve ferahlıkla yorumlanır.

• Rûyâsında kendisine bir akciğer verildiğini görmek, vereni tanıyorsa, ondan sevineceği bir haber alır ve ondan fayda ve yarar görür. Şâyet ciğer vereni tanımıyorsa, bilmediği birinden sevinçli bir haber alacağına işârettir.

• Rûyâsında sağlam bir akciğer görmek, uzun ömürlü olunacağına ***(ömrün uzamasına)*** işârettir.

• Rûyâda bozuk akciğer görmek ise, kısa ömre ***(ömrün kısalığına)*** işârettir.

• Rûyâda birine akciğer verdiğini görmek, rûyâyı gören kimse, verdiği kimseye bir iyilik yapacağına işâretle tabir olunur.

**AKİKA KURBANI:** Rûyâda yeni doğan çocuk için Kurban ***(akika kurbanı)*** kestiğini görmek, kayıp olan bir kimsenin geri gelmesine veya bir hastanın sıhhat bulmasına *(iyileşmesine)* veyahut da hapis **(tutuklu)** bir kimsenin kurtulmasına işâret olarak yorumlanır.

**AKİK TAŞI:** Rûyâda akik taşı görmek, zengin ve ticaret yapan kimselerle yorumlanır.

• Rûyâda kendisine bir akik taşı verildiğini görmek, zengin bir tüccarla dost olunacağına işârettir.

• Rûyâda bir çok akik taşı görmek, rûyâyı görenin bir çok mal ve nîmete ereceğine işâretle yorumlanır.

• Rûyâda akik taşı görmek, fakirlikten, yoksulluktan kurtulmaya işârettir.

• Rûyâda akik taşı görmek, neslin ve dînin düzelmesine işâretle yorumlanır.

**AKREP:** Rûyâda akrep görmek, dinsiz, muzib ve zayıf bir düşmanla tabir edilir.

• Rûyâda kendisine akrep soktuğunu görmek, ele geçecek bir para ve devamı olmayan bir mala işâret olarak yorumlanır.

• Rûyâda bir akrep yuttuğunu görmek, düşman tarafından sırlarının öğrenileceğine işârettir.

• Rûyâda gömleğinde veya dükkanında akrep görmek, kazancında kendisine üzüntü ve keder veren düşmanla yorumlanır.

• Rûyâda bir akrebi öldürdüğünü görmek, düşmanına karşı gâlib geleceğine işârettir.

• Rûyâda elinde bir akrep olduğunu ve insanları soktuğunu görse, o kimsenin dedikoducu olduğuna ve insanlar arasında söz götürüp getiren bir kimseye işâretle tabir olunur.

• Rûyâda ağzından akrep çıktığını veya akrebin elbisesinin içine girdiğini görmek, düşmanıyla birlikte aynı evde oturduğuna işâretle yorumlanır.

**AKSIRMAK:** Rûyâda aksırmakla ilgili görülen rûyâlar, değişik şekilde yorumlanır. Şöyle ki:

• Rûyâsında kendisinin aksırdığını görmek, uzun ve sağlıklı bir ömür ve iyi bir haber alınacağı ile yorumlanır.

• Rûyâda aksırdığını görmek, eğer borçlu ise, borcunu ödeyeceğine işârettir.

• Rûyâsında nezleli biri, aksırdığını görse, kurtulacağına, nezleli değilse, nezle olacağına işâret olarak yorumlanır.

• Rûyâda aksırmak, hasta bir kimse için ölüme veya kendisini muzdarip *(çok çok sıkıntı ve rahatsız)* edecek bir kedere işâret olarak yorumlanır.

• Rûyâsında aksırdığını gören kimse, eğer sıkıntı ve üzüntü içinde ise, kurtuluşuna ve kendisine yardım edileceğine işâret olarak yorumlanır.

• Rûyâda başka birinin aksırdığını görmek, o aksıran kimsenin iyi bir yolda olmadığını gösteren bir işâretle yor mlanır.

• Rûyâsında birbiri ardınca aksırdığını görmek, uzun ömre, yani rûyâyı görenin çok yaşayacağına işârettir.

**AKTAR:** Attar maddesine bakınız.

**AKTÖR:** Rûyâda aktör görmek iyiye yorulur.

**AKTRİST:** Rûyâda aktrist *(kadın oyuncu)* görmek iyiye yorulmaz. Bu rûyâ aktörün *(erkek oyuncunun)* tam tersiyle yorumlanır. Rûyâsında kadın oyuncuyu *(aktristi)* sahnede görmek, kötü bir duruma düşüleceğine işâretle yorumlanır.

**ALABALIK:** Rûyâda alabalık görmek genellikle iyiye yorulur. Şöyle ki:

• Rûyâsında alabalık avladığını görmek, rûyâyı görenin bekâr ise, sarışın biriyle evlenip yuva kuracağına işâret olarak tabir olunur.

• Rûyâsında alabalık yediğini görmek, çok kısmet ve kazançlı bir işe girileceğine işârettir.

• Rûyâda alabalık *(tatlı su balığı)* görmek, iyi bir haber alacağınıza işâretle de yorumlanır. Bütün dilek ve muradının gerçekleşeceği şeklinde yorumlayanlar da vardır.

**ALABORA:** Rûyâda içinde bulunduğu sandal veya geminin alabora olduğunu görmek, iş hayatında bir sarsıntı geçirileceğine işâretle yorumlanır.

**ALACA HASTALIĞI:** Rûyâsında alaca hastalığına tutulduğunu görmek, halk *(toplum)* arasında saygıyla anılmaya ve Allâh tarafından da çok mal *(rızık, nimet)* verileceğine işâretle yorumlanır.

• Rûyâsında vucudunda bir çok alaca hastalığı lekeleri görmek, sevmediği bir işin olacağına işâretle yorumlanır.

• Rûyâsında alaca hastalığından kurtulup, iyileştiğini görmek, mal sahibi olacağına ve iyi bir habere işâretle tabir olunur.

**ALAY:** Rûyâda bir merasim alayı görmek çeşitli şekilde yorumlanır.

• Düğün alayı görmek bir evladınızın olacağına işâretle yorumlanır.

• Cenâze alayı ise bir felâket acı bir haber alacağına işârettir.

**ALAY EDİLMEK:** Rûyâsında alay edildiğini görmek, hayatta başarılı olacağınıza işârettir.

Diğer yoruma göre ise, yapılan bir işte aldanılacağına işâretle yorumlanır.

**ALBÜM:** Rûyâda albüm görmek, hatıralarınızı hatırlamaya yorulur. Rûyâda geçmiş seyahatlerinizle ilgili resimlere baktığınızı görmek, bu günlerde yeni arkadaş ve dostlar edineceğinize işârettir.

**ALÇI:** Rûyâda alçı görmek iyiye yorulur. Rûyâsında alçı görmek, saygınlığınızın devamına, rütbe ve makamınızın devamına âile ve çocuklarınızın durumlarının iyi olduğuna, hastanız varsa onların iyileşeceğine ve iş hayatınızın iyi olduğuna veya iyileşeceğine işâretle yorumlanır.

**ALÇICI:** Rûyânızda alçı ile uğraşan, alçı yapan birini görmek, pek iyiye yorulmaz. Böyle rûyâ, günâh ve hataya, keder ve uğursuzluklara, yangına, bazen de hastanız varsa şifâ bulmasına veya harabe yerlerin tamirine işâret olarak yorumlanır.

**ALDANMAK:** Rûyâsında bir kimse, birileri tarafından aldatıldığını görse, bu rûyâ Allâh tarafından size yardım ulaşacağına işâretle yorumlanır.

**ALDATMAK:** Rûyâsında birilerini aldattığını görmek, rûyâ sahibi için bu rûyâ hayra yorulmaz. Bu rûyâ rûyâyı görenin dinsizliğe düşeceği tehlikesi ile yorumlanır. Çünkü, Hadis-i Şerifde: ***"Bizi aldatan bizden değildir."*** buyrulmuştur.

**ALEV:** Rûyâda ateş alevi görmek, bir uyarıdır. Böyle bir rûyâyı gören kimse, bu dünyada yaptığı günâhlardan tevbe etmeli ve Cenâb-ı Allâh'tan affını dilemelidir. Böyle yapan kimse rûyâdan faydalanmış olur.

**ALIN VE YÜZ:** Rûyâsında alın ve yüz görmek, rûyâyı gören kimsenin halk *(insanlar)* arasında sözünün geçerli olduğuna işâretle, mevki ve makamının yerinde tesirli olduğuna da işâret olarak yorumlanır.

• Rûyâda görülen alın ve yüz, bazı yorumculara göre, din ve zînet ile yorumlanır. Bir kimse rûyâsında alnında güzellik görse, bu onun dinindeki kuvvetlilik ve düzgünlüğe işârettir. Bunun aksini görmek ise, zıddı ile tabir olunur.

Bazı rûyâ tabircilerine ***(yorumcularına)*** göre, yüz ve alın, secde ile yorumlanır. Çünkü alın secde uzvudur. Bu sebebden rûyâda alında yara ve çıban görmek, iyiye yorulmaz. Alın bazen de evlâda işârettir.

• Rûyâda alnında secde izi görmek, din yolunda iyiliğe halk arasında da şöhret ve saygınlığa işârettir.

• Rûyâsında alnına bir şeyin isâbet ettiğini görmek, gelecek bir kötülüğe veya malında zarar edeceğine işârettir.

Bazı rûyâ tabircilerine *(yorumcularına)* göre, alın ve yüz, cömertlik ve cimrilik simgesi *(işâreti)* olarak yorumlanmıştır.

• Rûyâsında bir kimse, alnının siyahlaşmış ***(kararmış)*** olduğunu görse, bu rûyâ sahibinin cimriliğine işârettir. Eğer alnının parlak, güzel ve nûrânî olarak parladığını görse, bu onun cömert bir kişi olduğuna işâretle yorumlanır.

**ALIŞ-VERİŞ:** Rûyâda bir kimse, alış-veriş ettiğini görse, bu rûyâ alış-verişde israf edilmediğine ve bundan sonra da israf edilmeden alış-veriş edilmesi gerektiğine işâret olarak tabir olunur.

**ALİ BİN EBÎ TALİB:** Rûyâda bir kimse, Hz. Ali Efendimizi görse, bu rûyâ, rûyâ sahibi için çok iyi ve büyük hayra yorulur.

Hz. Ali Efendimizi görmek sevinçli müjde haberine işârettir.

• Rûyâda Hz. Ali Efendimizi görmek, düşmanlara galib gelmeye, din hususunda kuvvetli olmaya ve yardım konusunda da cömert olmaya işârettir. Bunların hepsi güzel meziyet ve faziletli niteliklerdir.

• Alim, ilim adamı olan biri, Hz. Ali Efendimizi rûyâsında görse, bu onun ilminin artacağına işârettir.

• Rûyâsında bir kimse, Hz. Ali Efendimizin yaşlı ve silahlı olduğunu görse, rûyâyı gören büyük bir mevki ve makama ulaşacağına işâret eder.

• Rûyâda Hz. Ali Efendimizi otuz yaşının üzerinde *(otuz yaşını geçmiş)* görse, bu rûyâ, rûyâ sahibi kimsenin işinin sağlam olduğuna işârettir.

• Bir kimse, Hz. Ali Efendimizin savaştığını görse, bu rûyâyı gören kişi kendi evladına yardımda bulunacağı ile yorumlanır.

**ALKIŞ:** Rûyâsında alkış sesi işittiğini gören bir kimsenin bu rûyâsı kendisinin dalkavukluk ve gösteriş ***(riyâkarlık)*** yapacağına işâretle bir uyarıdır.

**ALKOL:** Rûyâda alkol ve alkollü içecekler görmek, keder ve üzüntüye işârettir. Hayır ve yarar beklediğiniz şeylerden de *(işlerden de)* hayır ve yarar gelmeyeceğine, sıkıntılı ve huzursuz bir ömür süreceğinize işâret eden bir uyarıdır.

**ALLÂH (C.C.):** Allâhü Teâlâ, öylesine ulu, öylesine azametlidir ki, ***"O'nun** (benzeri olmak şöyle dursun),* ***benzeri gibi** (dahi)* ***yoktur. O hakkıyla işiten, kemâliyle görendir."*** (Eşşuarâ âyet 11)

Allâhü Teâlâ'yı dünya gözüyle görmek biz insanlar için muhaldir, hiç mümkün değildir. Rûyâda da olsa, Yüce Allâh'ı görmek, pek mümkün değildir. Bu nedenle görülen böyle bir rûyâ pek geçerli değildir.

**ALLÂH'I ANMAK** *(ZİKİR):* Rûyâsında bir kimse Allâh'ı andığını *(zikrettiğini)* görse, rûyâyı gören kimseye Allâh tarafından hayır kapılarının açılacağına, güç *(zor)* işlerinin kolaylaşacağına ve belâlardan emîn olacağına işâret olarak yorumlanır.

Nablusî'ye göre, rûyâsında Allâh'ı andığını *(zikrettiğini)* görmek, Allâh'ın afv ve rahmetine ermeye, şeytanın şerrinden ve kabir azabından kurtulmaya işâretle yorumlanır.

**ALTIN:** Rûyâda altın görmek, kötü bir işe ve borç edilmeye işâret ile yorumlanır. Bazı yorumculara göre, altın görmek, gam ve kedere işârettir dediler.

Altın görmek ile ilgili rûyâlarda da değişik tabir ve yorumlar yapılmıştır, tabirci ve yorumcular tarafından:

- Rûyâda altın bilezik taktığını gören kimsenin eline geçecek mirâsa işârettir.
- Rûyâda külçe altın görmek, kötülüğe ve helak olmaya işâret olarak yorumlanır.
- Rûyâsında evinin altından yapılmış olduğunu görmek, evinin yangın geçireceğine işârettir.
- Rûyâsında iki elinin birden altın olduğunu görmek, rûyâ sahibi kimsenin işsiz kalacağına, işini kaybedeceğine işâretle yorumlanır.
- Rûyâsında gözlerinin altından olduğunu görmek, rûyâyı gören kimsenin gözlerini kaybedeceğine, kör olacağına işâretle tabir olunur.
- Rûyâsında bir altın külçesine rastladığını görmek, mal veya para zararı görüleceğine işârettir.
- Rûyâsında bir başkasına altın verdiğini görmek, şan ve şerefin artacağına işâretle yorumlanır. Rûyâsında altın saymak ise, kısa bir hastalıkla ve bu hastalığın atlatılacağına işârettir.

Isfahaniye göre, rûyâda görülen altının üzerinde Allâh ismi yazılı ise, hayırla yorumlanır. Altının üzerinde resim varsa, bu rûyâ hiçbir şekilde hayra ve iyiye yorulmamaktadır.

**ALTIN VE GÜMÜŞ EŞYA:** Rûyâda altından yapılmış kap gibi bir eşya görmek, devamlı bir keder ve sıkıntıya işârettir.

• Rûyâda görülen altın kap, kötü huylu ve kötü ahlâklı bir kadına işâretle yorumlanır. Gümüş kap ise, iyi huylu ve terbiyeli bir kadına işâretle tabir edilir.

Gerek altın ve gerekse gümüşten yapılmış eşyalar da aynı şekilde tabir olunmaktadır.

**ALTIN VE GÜMÜŞ HURDASI:** Rûyâda altın ve gümüş kırıklar *(parçaları hurda)* görmek, faydalı bir ilme, çok çok sadık bir dosta, kendisine uygun bir eşe *(hanıma)* ve hayırlı bir evlâda işâretle yorumlanır.

**ALYANS:** Rûyâda parmağına alyans yüzük taktığını görmek, bekârlar için bir müddet daha evlenemiyeceğine *(bekâr kalacağına)*, evli ise eşi ile arasının açılacağına *(bozulacağına)* işâretle yorumlanır.

**AMBALAJ:** Rûyâda herhangi bir eşyâyı ambalajladığını görmek, uzun bir seyahata çıkılacağına veya evine uzaktan bir misafir geleceğine işâretle yorumlanır.

**AMBAR:** Rûyâda ambar görmek, hem sıkıntı ve hemde ferahlıkla tabir edilir. Şöyle ki:

• Rûyâsında bir buğday ambarının ağzına kadar dolu olduğunu görmek, rızık, bereket ve bolluğa işâret olarak yorumlanır. Ambarı boş görmek, yani boş ambar görmek ise, sıkıntı ile tabir olunur.

• Rûyâsında ambardan tahıl çıkardığını görmek, idâreci ise emrindekilere iyilikte bulunacağına, rûyâyı gören âlim bir kimse ise, halk *(insanlar)* onun ilminden istifâde edeceğine işârettir.

**AMCA:** Rûyâda amcanızı görmek, büyüklerinizin sözlerini dinliyorsanız veya dinlediğiniz takdirde, hayatta doğru yolu bulacağınıza işârettir.

**AMCAZÂDE:** Rûyâda amcanızın oğlunu görmek, âileniz ve sülâleniz tarafından çok sevildiğinize ve sizinde buna lâyık hareket ettiğinize işâretle yorumlanır.

**AMELE:** Rûyâda amelelik yaptığınızı görmek, yaptığınız işte yükseleceğinize işâretle yorumlanır.

**AMELİYAT:** Rûyâda kendinizi bir ameliyathanede görmek, sağlığınızın çok mükemmel olacağına işârettir.

**AMERİKA:** Rûyâda Amerika'ya gittiğinizi veya bir Amerikalı ile karşılaştığınızı görmek, fakirlerle arkadaşlık etmekten vazgeçeceğinize işâretle tabir olunur, şeklinde yorumlanır.

**ÂMİN:** Rûyâda bir duâya âmin dediğinizi görmek, kederden ve sıkıntılardan kurtulacağınıza ve dileklerinize kavuşacağınıza işâretle yorumlanır.

**AMİRAL:** Rûyâsında amiral olduğunu görmek, genellikle uzun bir seyahatla tabir olunur. Bazı yorumculara göre ise, mesleği askerlik olan biri, rûyâsında amiral veya general olduğunu görse, bu kendisi için büyük bir mutluluğa ulaşacağına işâretle yorumlanır.
• Halktan bir kişi rûyâsında amiral veya general olduğunu görse, bu rûyâ pek iyiye yorulmaz. Bu rûyâyı görenin dostlarından ve arkadaşlarından yakınlık göremiyeceğine işârettir. Aynı zamanda işinin bozulacağına, bir ihânete uğrayacağına da işârettir.

**AMPUL:** Rûyâsında bir elektrik ampülü aldığını görmek, gelecek günlerin kendisi için güzel günler, aydınlık günler olacağına veya bir çocuğu olacağına işâretle yorumlanır.

**ANA:** Rûyâda ana rûyâsı görmek, baba rûyâsı görmekten daha iyiye yorulur. Rûyânızda annenizi görmek, rızkınızın artacağına işâretle yorumlanır.

• Rûyâda annesini güler yüzlü görmek, sevinç ve mutluluğa işâretle yorumlanır.

• Rûyâda annesi ile beraber oturduğunu veya beraber yürüdüğünü görmek, emniyet ve huzûr içinde olunacağına işârettir. Annesi ile konuştuğunu görmek, iyi haberler alacağına işârettir.

**ANA VE BABAYA ÂSÎ OLMAK:** Rûyâda anne ve babaya âsî olduğunu görmek iyiye yorulmaz. Bu rûyâ, rûyâyı gören kimsenin, büyük günâhlardan olan bir günâh işleyeceğine işâretle tabir edilir. Bu rûyâ dikkatli olunması için bir çeşit uyarıdır.

**ANAHTAR:** Rûyâda anahtar görmek değişik şekilde yorumlanmıştır.

• Rûyâda elinde anahtar görmek, mal sahibi olmak, yüksek makama sahib olmak ve başarıya ulaşmak gibi, iyi şeylere işâretle tabir edilir.

• Rûyâda anahtar ile birşeyi açmak, sıkıntı ve kederden kurtuluşa ve başarıya işârettir.

• Rûyâsında anahtar ile bir kapıyı açmak, başarı elde etmek, muradına ermek ve bahtının açılması gibi şeylere işâret olarak kabul edilir.

• Rûyâda elindeki anahtar ile bir şeyi açamadığını görmek, dilek ve muradına erememek ile tabir edilir.

• Rûyâda bir kadının üzerine anahtar attığını görmek, nikahlanmaya işârettir.

• Rûyâsında bir kadına anahtar verdiğini görmek, o kadınla evlenmeye, evleneceğine işârettir.

• Rûyâda birisinden anahtar aldığını görmek, ziraatçılık yoluyla servet sahibi olmaya işârettir.

• Rûyâda anahtarın kırıldığını görmek, dilek ve muradına erememek ile tabir edilir.

• Rûyâda kırık bir anahtar görmek, bir yetimin malına veya kendisine zarar verileceğine sebeb olunduğuna işârettir.

• Rûyâda anahtar kaybettiğini görmek, işden çıkarılacağınıza, işlerde durgunluk ve zorluklarla karşılaşmak gibi iyi olmayan şeylere yorulur.

• Rûyâda anahtarını çaldırdığını görmek, işlerin bozukluğuna işâretle yorumlanır.

• Rûyâda tahta bir anahtar görmek, gösterişci iki yüzlü bir adam vasıtası *(aracılığı)* ile isteğinizin yerine getirileceğine işârettir.

• Rûyâda elinizde çeşitli *(bir çok)* anahtar görmek, saygınlığa, işlerin düzelip yolunda olacağına işâretle yorumlanır.

**ANANAS:** Rûyâsında ananas görmek, rûyâ sahibi kimsenin saygınlığa ereceği ***(kendisine saygı ve hürmet gösterileceği)*** ile yorumlanır.

• Rûyâda ananas denen meyveyi yediğini görmek, sevindirici, müjdeli bir habere de işâret olarak yorumlanır.

• Rûyâda ananas meyvesi yediğini görmek, gurbetteki bir yakınından bir haber alacağına işâretle de yorumlanır. Bâzen de ananas görmek, uzak bir seyâhate veya seferede işârettir şeklinde yorumlanır.

**ANASON:** Rûyâda anason görmek değişik şekilde yorumlanır. Rûyâda anason görmek, hayır ve menfaatle yorumlandığı gibi, bazen de sıkıntı ve kedere yorulur.

• İbn-i Sîrin'e göre, rûyâsında anason içtiğini gören kimse, sevinçli bir haberle karşılaşır.

• Rûyâda çiçek açmış bir anason fidanı *(ağacı)* görmek, rûyâyı gören kimsenin hiç beklemediği bir anda sevinç veren bir haber alacağına işâretle yorumlanır. Anason genellikle hayırla yorumlanır diyebiliriz. Yani iyiye yorulur.

**ANBER ÇİÇEĞİ:** Rûyâda anber çiçeği görmek, genel olarak iyiye yorulur. Anberle ilgili rûyâlar hayır ve menfaatle tabir edilir. Rûyâsında anber süründüğünü görmek, arkanızda hoş bir sadâ bıraktığınıza, hayırla anılacağınıza işâretle yorumlanır.

**ANKA KUŞU:** Rûyâsında anka kuşu görmek, rûyâyı gören kimsenin başına bir devlet kuşu konacağına ve beklediği bir yerden müjdeli bir haber alacağına işâretle yorumlanır.

• Rûyâda anka kuşu görmek, bazen uzun bir yolculuğa çıkılacağına işâretle yorumlanır.

• Rûyâsında anka kuşu aldığını görmek, yani anka kuşuna sahib olduğunu görmek, güzel bir eş *(kadın)* ile evlenmeye de işârettir.

**ANLAŞMA:** Rûyâda düşmanla anlaştığını görmek iyiye yorulur. Korkulardan emniyete kavuşmaya, hasta ise, şifâ bulacağına, fayda ve yararlara, bol rızka ve bekâr ise, evlenmeye de işârettir.

**ANNE:** Rûyâsında annesini gören bir kimsenin rûyâsı iyiye ve bazı müjdeli ve uyarıcı işâretlerle yorumlanır:

• Bir kimse, rûyâsında annesini güler yüzlü ve sevinçli görse, bu rûyâ, rûyâyı gören kimsenin gelecek günlerinde sevinçli ve mutluluğa ulaşacağına işârettir, şeklinde yorumlanır.

• Rûyâda anne görmek, rızkın artacağına *(berekete)* ve sevinçli günlerin geleceğine işâretle tabir edilir. Bunun için denmiştir ki, bir annenin rûyâda görülmesi, genel olarak hayra ve iyiliğe yorulmuştur.

• Rûyâsında ölmüş olan annesini görmek, ölmüş olan annenin evlâdından beklediği hayırlı bir amel ***(âhiretteki annesinin rûhuna yarayacak sevâblı bir iş)*** yapması gerektiğine işârettir. Yani ölmüş annenin rûhu için okunacak Kur'ân-ı Kerîm ***(meselâ en azından bir Fatiha ve üç İhlâs-ı Şerîf)*** okumalıdır. Yine kısa olarak Yâsin-i Şerîf, Tebâreke ve Amme Sûrelerini okuyup sevâbını ölmüş annesinin ruhuna bağışlamalıdır. Annesinin rûhu için hayır yapabilir ve sadaka verebilir, ve vermelidir. Annesinin rûhu için Tevbe ve istiğfâr getirmelidir. Gördüğü rûyâ, ölmüş annesinin evladından bunları istediğine işâret etmektedir.

• Rûyâda sağ olan anneyi görmek, rûyâyı gören kimsenin annesine karşı üzerine borç olan evladlık hizmetini yerine getirmesi gerektiği uyarısı bulunmaktadır. İnsan bazı dünya meşgalesi ve işlerinin yoğunluğu *(çokluğu)* nedeniyle annesi ile ilgilenmeyebilir. İşte bu rûyâ, böyle evladlara bir uyarıdır. Salih ve iyi rûyâlar büyük bir nîmettir. İnsanı rûyâsında mânevî bir uyarı ile uyarılması demektir. İyi bir rûyânın, salih ve doğru bir rûyânın ne kadar önemli bir nimet olduğunu kitabımızın baş tarafında rûyâlar hakkında verilen bilgiler bölümünde geçmiştir.

**ANSİKLOPEDİ:** Rûyâda ansiklopedi görmek genellikle bilgi ile tabir olunur.

• Rûyâyı gören işçi veya memur ise, kendisinden üstteki idâreci ve üstlerinin kendilerinden memnun olduklarının bir işâretidir. Esnaflar içinde, tüccarlar ve iş sahibleri için de böyle bir rûyâ bilgiye ve yararlanmaya ve işlerin yolunda olduğuna işârettir. Hanımlar için de ev işleri hususunda bilgiye işârettir.

• Rûyâsında bir ansiklopedi satın aldığını gören bir öğrencinin derslerinde başarılı olacağının bir işâretidir, bu gördüğü rûyâ için yorum böyledir.

**ANTEN:** Rûyâda anten görmek, uzaktan gelecek bir haberle yorumlanır.

• Rûyâsında evine bir anten taktığını görmek, uzaktaki yakınlarından bir haber alınacağına veya beklenilen bir işin de gerçekleşeceğine işârettir.

• Rûyâda anten görmek, bazen de istenmedik bir durumla karşılaşılacağına ve tanımadık birilerinden zarar görüleceği ile yorumlanır.

**ANTİKA EŞYA:** Rûyâda antika eşya görmek, pek iyiye yorulmaz. Rûyâsında bir antikacıdan antika eşya aldığını görmek, stres ve bunalım geçirileceğine ve uzun bir müddet bu stresin devam edeceğine işâretle yorumlanır.

**ANTRE:** Rûyâda kendisini bir antrede görmek, kararsız bir durumda kalınacağına ve hangi işte karar kılınması hususunda tereddütlü davranılacağına işâretle yorumlanır.

**ANTRENÖR:** Rûyânızda bir antrenör tarafından çalıştırıldığınızı görmek, hayatta kendi başınıza bir iş başaramıyacağınıza ve daima size yardım edecek bir kimseye muhtaç olduğunuza işâretle yorumlanır. Böyle bir rûyâ gören kendisini tartmalıdır. Şâyet kendi başına iş başarmak yeteneği yoksa kendini zorlamalıdır. Kendisine uygun bir iş tutmalıdır ve kendisine yardım edebilecek biriyle işe koyulmalıdır.

**APANDİST:** Rûyâsında kendisinin apandist ameliyatı olduğunu görmek, isâbetli bir evlilikle tabir olunur.

**APARTMAN:** Rûyâda kendisinin bir apartmanı olduğunu görmek, rûyâyı gören kimsenin büyük bir hayal sahibi olduğuna işârettir.

• Rûyâsında kendisini güzel, muntazam bir şekilde döşenmiş bir apartman dairesinde veya katında görmek, mal sahibi olmakla *(zenginlikle)* ve refah seviyedeki servetle tabir olunur.

**APSE:** Rûyâda vücûdunuzda bir apse görmek, pek iyiye yorulmaz. Rûyâda vücûdunun bir yerinde yara apsesi görmek, bir hiç yüzünden yakınlarınızla aranızın bozulacağına işârettir. Bu gibi uyarıcı rûyâlardan ders almalı ve kendisini kontrol etmelidir.

**ARAB:** Rûyâda Arab bir adam *(siyah adam)* görmek, sevinçli iyi bir haber alınacağına işâretle yorumlanır. Kendinizi Arab olmuş görmek ise, işlerinizin ters gideceğine ve maddî zararlara uğrayacağınıza işârettir.

**ARABA:** Rûyâda araba görme, pek iyiye yorulmaz. Onun için araba ile ilgili görülen rûyâlar değişik şekilde yorumlanır:

• Rûyâsında bir at arabası görmek, bu rûyâ hastalığa işârettir, diye yorumlanmıştır.

• Rûyâda el arabası görmek ise, zahmet ve meşakkat çekileceğine işâret olarak yorumlanır.

• Rûyâda çocuk ve bebek arabası görmek ise, sıkıntı, keder ve geçim darlığına işâretle yorumlanır.

• Bazı yorumculara göre ise, rûyâda bir arabaya bindiğini görmek, büyük bir makama *(mevkiye)* çıkılacağına işâretle yorumlanır.

• Rûyâsında bir arabadan indiğini görmek, bulunduğu mevkiden *(makamdan)* indirileceğine, yani mevkisini kaybedeceğine işâretle yorumlanır.

• Rûyâda arabanın tekerleklerinin çıktığını görmek, işinden azl edileceğine veya malen, maddeten zarara uğrayacağına işâretle yorumlanır.

**ARABA VAPURU:** Rûyâsında bir kimse, araba vapuru görse veya bindiğini görse, bu rûyâ, rûyâyı gören kimse için güzel ve neş'eli bir yolculuğa çıkacağına işâretle yorumlanır.

**ARABÎ *(HİCRÎ)* AYLAR:** Görülen rûyâları yorumlarken rûyânın görüldüğü zaman da çok önem taşır. Bunun için rûyânın görüldüğü günün, gecenin hangi vaktinde olduğu veya ayın hangi ay olduğu önemle nazarı dikkate alınması gerekmektedir.

Bu bir kaç kelime ile belirttiğimiz bu bilgiden sonra şimdi de Arabî ve Hicrî ayların veya İslâmî ayların kendilerine görülen rûyâların nasıl yorum kazandıklarını görelim. Bilindiği üzere İslâmî veya Hicrî-Arabî ayların sayısı oniki (12) aydır. Bunlar, **1. Muharrem, 2. Safer, 3. Rebîûl'evvel, 4. Rebîûl'âhir, 5. Cemâziyel'evvel, 6. Cemâziyel'âhir, 7. Receb, 8. Şaban, 9. Ramazan, 10. Şevval, 11. Zil'kâde, 12. Zil'hicce,** aylarıdır.

**1. MUHARREM:** Rûyâ bu ayda görülürse, o rûyâ, görüldüğü gibi çıkar. Muharrem ayında görülen rûyâda hata ve karışıklık olmaz.

• Rûyâsında Muharrem ayını gören kimse, sıkıntı da ise, sıkıntıdan, hapis ise hapislikten kurtulur, hasta ise, hastalıktan şifâ bulup kurtulur, gurbette olan bir kimse gurbetten kurtulup evine, vatanına döner, şeklinde tabir olunur.

• Rûyâsında Muharrem ayını gören kimse, günâh işleyen, günâhkar bir kişi ise, tevbe ederek Allâh'a döner, Allâh'a yönelir. Çünkü Muharrem ayında Hz. Âdem *(Aleyhisselâm)*ın yapmış olduğu tevbe kabul edilmiştir.

• Muharrem ayında rûyâ gören kimse, çocuğu olsun dileğinde ise, hayırlı bir çocuğu olur, şeklinde tabir olunmaktadır.

• Muharrem ayında rûyâ gören kimsenin sıkıntısı varsa, bu sıkıntıdan kurtulur, düşmanı varsa, düşmanından kurtulup emniyete kavuşur, diye yorumlanır.

• Muharrem ayında rûyâ gören kimsenin sapıklığı, yanlışı varsa bunlardan dönüp tevbe eder de tevbesi Allah katında kabul olur, diye yorumlanır.

• Bu ayda rûyâyı gören kimse, işinden, memuriyetten ayrılmış ise, tekrar işine veya memuriyetine döner veya döneceğine işâretle tabir olunur.

• Bu ayda rûyâ gören kimse, fakir ise, fakirlikten kurtulur, zengin olur, hasta ise, hastalığından şifâ bulup iyileşir, sağlığına kavuşur, şeklinde yorumlanır.

**2. SAFER:** Bu ayda görülen rûyâlar hayra yorulmaz, iyi sayılmaz. Ancak, sıkıntı ve keder içinde olan bir kimse, sefer ayında rûyâ görse, iyiye yorumlanır. Bu rûyâ hayırlı olabilir. Rûyâyı gören kimse, hasta olsa, hastalıktan iyileşip sağlığına kavuşur. Kederi, üzüntüsü varsa, bunlardan kurtulur veya kurtulacağına işâretle tabir olunmuştur.

**3. REBÎÛL'EVVEL:** Bu ayı rûyâda görmek veya bu ayda rûyâ görmek, iyidir. İşinde devamlı bir kâr, kazanç olur, sevinci, ferahlığı olur. Bu ayda görülen rûyâlar doğru çıkar, çocuk isteyenin çocuğu olur, şeklinde tabir olunur.

**4. REBÎÛL'AHİR:** Bir kimse rûyâsında Rebîûl'ahir ayını görse, düşmanına veya düşmanlarına gâlip (üstün) gelir. Âlim ve çok cesûr *(kahraman)* bir erkek çocuğu dünyaya gelir veya geleceğine işâret olarak yorumlanır. Çünkü Hz. Ali Efendimiz, bu ayda dünyaya gelmiştir diye yorumlamışlardır, tabirciler.

**5. CEMÂZİYEL'EVVEL:** Bu ay durgun bir aydır. Bu ayda rûyâ gören kimsenin iş hayatında (işlerinde) durgunluk olur veya olacağına işârettir. Bundan sebeb rûyâyı gören kimsenin kendisinde de bir durgunluk ve isteksizlik, tembellik gözlenir.

• Rûyâsında cemâziyel'evvel ayını gören kimse, kızını ve hanımını kaybeder. Yani kızı veya hanımı vefat eder. Çünkü peygamberimizin kızı Hz. Fatıma Vâlidemiz, bu ayda cemâziyel'evvel ayında vefat etmiştir, şeklinde tabir olunur.

**6. CEMÂZİYEL'AHİR:** Bu ay cimri bir aydır. Bunda görülen rûyâların işâret ettiği şeyler genellikle çıkmaz, gerçekleşmez. Görülen rûyâlar iyi de olsa, kötü de olsa böyledir. Hayırlı olan hayra işâret eden rûyâların dahi çıkması hayli gecikir, hemen gerçekleşmez, şeklinde tabir olunmuştur.

**7. RECEB:** Receb ayında görülen rûyâlar, genellikle gerçekleşir. Receb ayında hayır kapıları hep açıktır. Kötü olan, şer olan her şey hayra dönüşür. Receb ayında görülen her bir rûyâ hayırla tabir edilir, mutlaka hayırlı çıkarlar. Receb ayında görülen rûyâyı, yorumlayan rûyâ tabircisi, hayırla yorumlarsa, o rûyâ mutlaka hayra dönüşür ve hayır çıkar, şeklinde tabir olunmuştur.

• Bir kimse rûyâda Receb ayını görse, bu rûyâsı şerefe, üstün meziyete işâret eder, çünkü peygamberimiz Efendimiz, Receb ayında Mirâc'a çıkmışlardır, şeklinde tabir edilmiştir.

**8. ŞABAN:** Şaban ayında görülen rûyâ, hayra işâret ederse, şerden uzak olur, rûyâyı gören kimse, kötülüklerden uzak kalır, çok çok hayır işler. Eğer tabir eden şer dese, rûyânın işâreti gecikir, hemde tabircinin, yorumcunun dediği veya yorumu çıkmaz. Rûyâ hayra dönüşür şeklinde tabir olunmuş oluyor.

**9. RAMAZAN:** Bu ayda bütün kötülük kapıları kapanır ve görülen hayırlı rûyâlar çok çabuk çıkar, çabuk gerçekleşir. Ramazanda görülen hayırlı rûyânın işâreti gecikmez, kötünün işâreti ise, gecikir ve tabir de edilmez. Ramazan ayını rûyâda gören kişi, bereket, hayır ve iyilik görür ve kötülüklerden uzak durur, şeklinde tabir edilmiştir ve yorumlar bu yoldadır.

**10. ŞEVVAL:** Bir kimse rûyâsında Şevval ayını görse, o kimse, üzüntü, keder ve sıkıntılardan kurtulur, ferahlık ve sevince kavuşur, şeklinde tabir olunur. Çünkü Şevval ayı bayram ayıdır, diye tabir edilmiştir.

**11. ZİL'KÂDE:** Zil'kâde ayında görülen rûyâlar, pek hayra yorulmaz. Bir kimse, zilkâde ayında rûyâ görüp de, rûyâsı yolculuğa işâret olarak yorumlanırsa, bu rûyâyı gören kimse yolculuğa çıkmaya niyetlenmesin. Çünkü sonu hayırlı olmaz, şeklinde yorumlanmıştır.

12. **ZİL'HİCCE:** Zil'hicce ayında rûyâ gören kimsenin gördüğü rûyâsı yolculuğa işâret ederse, yolculuğa çıkması hayırlıdır. Rûyâyı gören kimse, bütün işlerini ayarlayıp yola, yolculuğa çıkabilir. Onun bu yolculuğu kendisi için berekettir. Çünkü bu ay, çok mübârek bir aydır, içinde Kurban bayramı olan bir aydır, şeklinde yorumlamışlardır.

• Rûyâsında bu ay *(Zil'hicce)* ayı içinde olduğunu gören, kurban kestiğini ve kurban bayramı namazı kıldığını gören, borcu varsa, onu öder, adakları varsa, onları yerine getirir, tevbe etmesine veya edeceğine işâretle tabir olunur.

**ARA BULMAK:** Rûyâda iki kişinin arasına girip onları barıştırmak ve uzlaştırmak durumundaki görülen rûyâ, dost ve arkadaşları veya ev halkı, âilesi, çoluk çocuğu ile de uyum içinde yaşantıya işâretle yorumlanır.

**ARABİSTAN:** Rûyâda kendisinin Arabistanda olduğunu görmek, gurbete çıkacağına, kısa da olsa bir sefer *(yolculuk)* yapacağına işâretle yorumlanır.

**ARAFAT:** Rûyâda Arafat dağında *(hacda)* vakfeye durduğunu ***(yani Arafat dağına çıktığını)*** görmek, iyi ve güzel günlerin kendisini beklediğine işârettir.

Bazı yorumculara göre de, Arafatta vakfe yaptığını görmek, rûyâ sahibinin tevbesinin Allâh tarafından kabul edildiğine işârettir, veya gurbette bulunan bir yakını ve dostu ile buluşmaya işârettir.

**ARALIK:** Aralık ayının ilk günü ve gecesi görülen rûyâlar aynen görüldüğü gibi çıkacağını söyleyen rûyâ yorumcuları bulunmaktadır.

**ARDİYE:** Rûyâsında ticârî malların konduğu bir ardiye görmek, rûyâyı gören kimsenin para biriktirme isteğinin artacağına işârettir. Veya erzak ve eşya istifciliğine başlanılacağına işâretle yorumlanır.

**AREFE GÜNÜ:** Rûyâda kendisini Arefe gününde olduğunu görmek, kaybolmuş bir kimsesi varsa, o kimse, elemsiz, kedersiz *(sevinçle)* rûyâyı gören kimseye dönüp gelecek olduğuna işârettir. Veya yakın akraba ve dostlarından görüşmediği kimseler varsa, onlarla buluşup görüşeceklerine işâret olarak yorumlanır. Veya aralarında münâkaşalı bir konu varsa, aralarında anlaşıp barışırlar.

• Arefe gününü rûyâda görmek, rûyâyı gören kimsenin Hacca gideceğine de işâret olarak tabir olunur.

**ARI:** Rûyâda arı görmek; rızıkla, zenginlikle yorumlanır. Bu rûyâyı gören kimsenin rızkının, kazancının bol olacağına, dolayısıyla zenginliğine işârettir.

• Rûyâsında bir kimse kendisini arı kovanının başında bulunduğunu ve arıların kovana girip çıktığını görse, bu rûyâsı onun geçim sıkıntısı çekmiyeceğine, rızkının ve kazancının bol olacağına, dolayısıyla zenginleyeceğine işâret olarak yorumlanır.

• Rûyâsında kendisini bir arının soktuğunu görmek; kazancında, işlerinin yolunda gitmesinden dolayı kendisini kıskanan kimselerin bulunduğuna işâret eder ki, rûyâyı gören kimse bu gibi kıskanç kimselerden zarar görmemek için dikkatli olmalıdır. Gördüğü rûyâsı kendisine bir uyarı özelliğindedir.

• Rûyâsında arı görmek, rûyâyı gören için idârecilik ***(reislik, başkanlık)*** gibi yüksek makamla, çok mal sahibi olmakla da tabir olunur.

**ARI BEYİ:** Rûyâda arı bey *(arıların beyi, erkek arı)* görmek hayırla, iyiye yorulur. Rûyâsında arıların beyi adı verilen erkek bey arıyı görmek, rûyâyı gören kimsenin işlerinin iyiye gideceğine işâretle yorumlandığı gibi, bulunduğu meslekte idâreci *(müdür, başkan)* vesâire üst makama yükseleceğine de işâretle tabir olunmuştur.

• Arı beyi, olgun ve kâmil bir müslüman olunduğuna da işâret olarak tabir olunmaktadır.

**ARICI:** Rûyâda arıcıyı görmek; haberleşme, kuşatma ve mal almaya, sıkıntı ve meşakkat *(zorluk)* gibi durumlarla karşılaşılacağına işâretle yorumlanır.

**ARI KOVANI:** Rûyâda arı kovanı görmek de iyiye yorulur. Rûyâda arı kovanı görmek zevce *(hanım)* ile de tabir olunur. Yani böyle bir rûyâ gören kimsenin hanımından çocukları olacağına ve hanımın malı *(zengin)* olacağına da işâretle yorumlanır.

• Rûyâda arı kovanı görmek, üzüntü ve kederden kurtuluşa işâretle birlikte iyi bir müslüman olunduğuna da işârettir diye tabir olunur.

**ARMAĞAN:** Rûyâsında birisine bir armağan verdiğini gören kimsenin, bir dostuna büyük bir iyilik yapacağına işârettir.

• Rûyâsında birisinden bir armağan aldığını görmek ise, bir dostundan büyük bir iyilik *(yardım)* alacağına işâretle tabir olunur.

**ARMATÖR:** Rûyâsında bir gemi armatörünü görmek, rûyâyı gören kimsenin, uzun bir deniz yolculuğuna çıkacağına işâretle tabir olunur.

**ARMUT:** Rûyâda görülen armut ile ilgili rûyâlar değişik yorumlarla tabir olunmuştur.

• Rûyâda armut gören bir kimsenin, eline geçecek mal, para *(zenginlik)* ile yorumlanır.

• Rûyâda mevsiminde armut yediğini gören kimsenin rûyâsı hayırla, iyiye yorulur. Helalından para kazanacağına işârettir demişlerdir.

• Rûyâsında mevsiminin dışında armut yediğini görmek, iyiye yorulmayıp haramdan kazanılan paraya işârettir denilmiştir. Bu rûyâyı gören kendisini kontrol etmelidir.

• Olmuş armut yemek, neş'e ve sevince *(eğlenceye)* işâret, ham armut yemek ise, üzüntü ve kedere işâretle tabir olunur.

**ARMUT AĞACI:** Rûyâsında armut ağacı gören bir kadın, hamile ise bir erkek çocuğu doğuracağına işâret ile tabir olunur. Bekâr bir kız ve dul bir kadın için ise, kısmetleri çıkıp evleneceklerine işârettir.

• Mevsimin haricinde görülen armut ağacı hastalığa işâretle yorumlanır.

• Hasta bir kimse rûyâsında armut ağacı görse, bu rûyâ onun ölümüne işâretle tabir olunur.

**ARPA:** Rûyâda görülen arpa ile ilgili rûyâlar, iyiye ve hayra yorulur. Arpa, mala ve zenginliğe işârettir şeklinde yorumlanır.

• Rûyâda arpa görmek, az bir çalışma ile elde edilecek bol ve helal bir rızka işâretle yorumlanır.

• Rûyâsında arpa aldığını gören kimsenin alim, bilgin bir oğlu olacağına işârettir. Ancak bu âlim, bilgin oğulun ömrü kısa olur diye tabir edilir.

Bazı tabir ve yorumculara göre arpa, beden sağlığı ile kazanılan mala işârettir demişlerdir.

• Rûyâsında satıcıdan arpa aldığını gören kimsenin büyük bir mülke sahib olacağına işârettir, diye tabir edilir.

• Rûyâsında zamanında *(mevsiminde)* arpa biçtiğini görmek, onunla hacc ve zekatını ifâ edeceğine işârettir ki, bu üründen elde edilen parada cimrilik edilmeyeceğine ve hayra harcanacağına işâret vardır.

• Rûyâsında arpa ektiğini gören kimse, Allâh Teâlâ'nın rızasına uygun olan işleri yapmayı başaracağına işârettir.

• Rûyâda arpa biçmek, hayır, menfaat, bereket, bollukla yorumlanır.

• Bozuk arpa görmek, sıhhat ve malda zarara işârettir.

• Rûyâda arpa ektiğini görmek; iyiye yorulur.

• Rûyâda arpa tarlasında gezdiğini görmek, iyiye yorumlanır.

•Arpayı harman ettiğini görmek, bolluk ve zenginlikle yorumlanır.

• Arpa sattığını görmek, para kazanmakla ve dünyâya meyletmekle tabir olunur.

• Toprak ile karışmış arpa görmek, ucuzluk ve bolluğa işârettir.

• Rûyâda arpa yemek çok hayırlı bir nimete kavuşmaya işârettir.

**ARSLAN:** Rûyâda görülen arslan ile ilgili rûyâlar, rûyâ tabircileri *(yorumcuları)* tarafından değişik şekilde tabir edilmiştir.

İbn-i Sîrîn'e göre rûyâda arslan görmek, kuvvetli ve şiddet yanlısı bir düşmanla tabir olunur. Demek ki, rûyâsında bir arslan gören kimse, kendisinden güçlü ve kuvvetli, hemde saldırgan ***(şiddet yanlısı)*** bir düşmanla karşılaşacağına veya böyle bir düşmanının bulunduğuna işârettir. Bu rûyâyı gören, kendisini kontrol edecek, böyle bir durumdan zarar görmemek için uyanık bulunması, akıllı hareket etmesi lazımdır. Çünkü gördüğü rûyâ kendisi için bir uyarıdır.

• Rûyâsında bir arslanla döğüştüğünü, boğuştuğunu gören kimse, üzerine saldıran veya saldıracak kuvvetli bir düşmanla mücâdele edeceğine işâretle yorumlanır.

• Rûyâsında gördüğü arslandan kaçtığını ve fakat arslanın kendisini kovalamadığı ***(yani arslanın bir zararlı hareketi olmadığı)***nı gören kimse, korku ve endişelerden kurtulur ve düşmanlarına galib gelir. Yani bu rûyâ iyiye işâret olarak yorumlanmıştır.

• Rûyâsında evinde bir arslan görmek, rûyâyı gören kimsenin hayırlı ve iyi şeylere kavuşacağına, güç ve kuvvetli bir durumda bulunacağına ve ömrünün artacağına işâret olarak tabir olunur. Arslanın evine girdiğini görmek de hayırla, saltanatla, uzun ömür ve bol rızıkla tabir olunur.

• Rûyâsında bir arslanı sağdığını *(arslandan süt sağdığını)* görmek, devlet dâirelerinde yüksek makamlarda makam sahibi olunacağına işârettir. Bu rûyâyı gören tüccârdan, esnaftan biri ise, malı, sermayesi, kazancı artar, ücretle çalışan bir işçi ise, kazancı artar ve bereketlenir.

• Rûyâda dişi bir arslan görmek, geçimsiz, zalim, merhametsiz ve çocuklarına kötü davranan bir kadına işâret olarak yorumlanır.

• Rûyâda arslan yavrusu görmek, rûyâyı gören kimse için bir erkek çocuğa kavuşacağına işârettir.

• Rûyâsında arslanın etini yediğini görmek, rûyâyı gören kimsenin devletten bir mükâfât veya para alacağına işâretle yorumlanır.

• Rûyâda arslan başı yediğini görmek, büyük saltanata, zenginlik ve çok mal sahibi olunacağına işârettir diye tabir edilir.

**ARŞ:** Rûyâda arşı *(göklerin en yüksek katı)* görmek, iyiye ve hayra yorulur.

• Rûyâda arşı gören kimse, kendi akran ve emsâli arasında yükselecek ve dileklerine erecek, maksad ve muradı hasıl olacağına işâret olarak tabir edilir.

• Rûyâsında arşı güzel ve mükemmel bir şekilde gören kimsenin, itikâdı *(inancı)* sağlam ve düzgün olduğuna işâret olarak müjdelenmeye layık olarak yorumlanır. İyi ve güzel, hayırla yorumlanan bir rûyâdır.

• Rûyâsında arşı eksik ve bozuk bir şekilde görmek ise, rûyâyı görenin îtikâdının bozuk ve sapıklık içinde bulunduğuna işârettir. Bu rûyâyı gören de kendisini düzeltme imkanı bulur. Çünkü uyarıyı dikkatle kabul ederse tabii.

• Bazı yorumculara göre de arş rûyâsı, insanın işlediği hayır ve şer konularına işâretle yorumlanır. Arş rûyâsı ehli olan kimseler için, yüksek bir memûriyete işârettir. Bazen de eve, yenilecek şeylere, bineğe ve düşmana galip gelmeye işâret olarak yorumlanır. Ev, binek ve yenilecek şeyler, zenginlikle tabir olunabilir. Bu rûyâ iyiye işârettir.

**ARZUYA KAVUŞMAK:** Rûyâsında arzusuna *(muradına erdiğine)* kavuştuğunu görmek, çok ilim sahibi olunacağına, helâl mal elde edeceğine veya Allâh'a yakın olacağına *(Allâh'ın kendinden memnun olduğuna)* helal malla rızıklanacağına ve faydalanacağına ve bekâr ise evleneceğine işâretle yorumlanır. Yani, bir kimse ki, rûyâsında muradına erdiğine, arzusuna kavuştuğunu görse, bu rûyâsı hayırla yorumlanır demektir.

**ASÂ:** Rûyâsında bir asâ *(baston veya değnek)* gören kimsenin, iyi ve güvenilir bir kimse olduğuna ve halka hizmet eden, yardımda bulunan biri olduğuna işâretle yorumlanır.

• Rûyâda görülen asâ, rûyâyı görenin, güvenilir bir kimse olduğuna işâret olarak yorumlanır.

• Rûyâda elindeki asânın kırıldığını görmek, zarar ve zıyanla, bir yerde vazîfeli ve görevli ise, görevini kaybedeceğine işâretle yorumlanır. Yani bu rûyâ iyiye yorulmaz.

• Rûyâsında asâsı ile başka birini dövdüğünü görmek, rûyâyı görenin dövdüğü kimsenin aleyhinde dedikodu edeceğine işâretle yorumlanır.

• Rûyâsında elindeki asâyı bir taşa vurduğunu ve taştan su kaynayıp çıktığını ve aktığını görmek, fakir ise zengin olacağına, zengin ise, zenginliğinin daha da artacağına veya hiç zahmet çekmeden zengin olacağına işâretle yorumlanır.

• Rûyâda asâya dayandığını görmek iyidir, dileğin gerçekleşmesidir.

• Rûyâda elinde uzun asâ görmek, dilek ve isteğine ermektir.

• Rûyâda kısa asâ görmek, muradına erememek ile tabir olunur.

• Rûyâda konuşan asâ görmek, bol rızık ve kuvvetli olmaya işârettir.

• İçi boş asâ görmek, zarara uğramak ve fakirleşmek ile tabir olunur.

**ASANSÖR:** Rûyâsında asansörle yükseldiğini, yukarı çıktığını görmek, rûyâyı görenin işinde, mesleğinde yükseleceğine işârettir.

**ASFALT:** Rûyâda bir yola asfalt döküldüğünü, yolun asfaltlandığını görmek, rûyâyı görenin işinde kaytardığını ve üstlerinden uyarıldığına işârettir.

• Rûyâda asfalt yolda yürüdüğünü görmek, işinde düzenli ve tam çalışıldığına işârettir.

• Yeni asfaltlanmış yolda yürüyüp ayakların katranlanmasını görmek, yaşamın düzensiz, dengesiz gittiğine işârettir.

**ASHÂB-I KİRÂM:** Rûyâda Ashâb-ı Kiram ***(Peygamberimizin saygı değer ashabından ve arkadaşlarından)*** birilerini görmek, bütünüyle iyiliğe hayır ve fazîlete işâretle yorumlanır.

• Rûyâda Ashâb-ı Kiramı güzel bir halde görmek, rûyâyı gören kimsenin itikâdının ve inancının ehl-i sünnet inancına uygun olduğuna, işâretle yorumlanır.

• Rûyâsında bir kimse, Ashâb-ı Kiram'dan birinin kendisine *(rûyâyı gören kimseye)* iltifât ettiğini *(hoş ve güzel karşıladığını)* görse, bu gördüğü rûyâ, kendisinin cami, çeşme, mescid ve yol gibi sadaka-i câriyeden olan ***(öldükten sonra da devamlı sevab yazdıracak hayırlardan)*** birini yapacağına işâret olarak yorumlanır. Bu rûyâ aynı zamanda rûyâyı gören kimsenin, nesebinin, gönül ve ahlakının, itikad ve îmanının temizliğine de sağlam ve mükemmel bir delîlinin işâretiyle yorumlanır.

• Ashâb-ı Kiram'ı rûyâsında gören kimse fakîr ise, rızkı çoğalır zengin olur. Çünkü onlar (R.A.) bir çok fetihlerde bulundular, ganîmetler elde ettiler, fakir iken zengin oldular. Rûyâyı gören kimse zengin ise, dünyayı gereği kadar önem verip, âhiret hayatını dünyâ hayatına tercih eder ve malını Allâh'ın rızasını kazanacağı yerlere sarf etmeye gayret edeceğine işâretle yorumlanır.

**ASILMAK:** Rûyâsında kendi asıldığını veya birinin asıldığını görmek, hayırla tabir edilir ve iyiye yorulur. Hayra işârettir.

• Bir kimse rûyâsında asılarak öldüğünü görse, bu onun yükselip ilerleyeceğine ve saltanata kavuşacağına işâretle yorumlanır.

• Bir yerde asıldığını görmek, bu yere idâreci ve başkan olacağına işâret olarak yorumlanır.

• Bir kimse hayatta olduğu halde rûyâsında asıldığını görse, bu onun yükseleceğine şan ve şeref sahibi olacağına ve güçlü bir yere ulaşacağına işâretle yorumlanır.

• Deniz yolculuğunda bulunan bir kimse, rûyâsında asıldığını görse, bu rûyâ, rûyâ sahibi için hayırla yorumlanır.

**ÂSÎ OLMAK:** Rûyâda birinin kendisine saldırıp ona isyân ettiğini *(âsî olduğunu)* gören, düşmanına galip geleceğine işâretle yorumlanır.

**ASİSTAN:** Rûyâda kendinizin asistan olduğunu görmek, hayatta başarılı olacağınıza işârettir.

**ASKER:** Rûyâda asker görmek, kudret ve güçle tabir olunur.

• Rûyâsında bir kimse kendisini asker olarak görse, bu onun zengin veya meşhur olmak için bütün gücünü kullanması, var gücüyle çalışması gerektiğine işâretle yorumlanır.

• Askerden kaçtığını görmek, savaşta kazanmaktır, şeklinde tabir olunmaktadır.

• Az asker görmek, düşmana galip gelmektir.

• Bir kimse, rûyâsında bir yere *(şehir, sokak, mahalle)* asker geldiğini görse, o yerlere yağmur yağar. Yani yağmurla tabir olunur.

**ASMA:** Rûyâda üzümlü bir asma görmek, rûyâyı gören için hayatının huzur ve uyum içinde geçeceğine ve işlerinin yolunda gideceğine işâretle yorumlanır.

• Rûyâda bir asmadan üzüm topladığını görmek, gönlüne göre bir evlilik yapılacağına veya mirâs yolu ile zenginliğe işâretle yorumlanır.

• Asmayı yapraksız görmek, işlerin bozulacağına işârettir. Asma altında oturduğunu görmek de iyiye yorulur.

• Asma ağacı altında oturduğunu görmek, mutluluk içinde ve uzun ömürlü olmaya işâretle yorumlanır.

• Asma ağacını etrafa dağılmış görmek, bolluk bereket, bol rızık, servet ile tabir olunur.

• Büyük asma görmek, zengin kadınla yorumlanır.

• Asma çardağı görmek, zengin ve güzel kadınla yorumlanır.

• Asmadan birşey koparmak, kadından mal elde etmek şeklinde tabir edilir.

• Rûyâsında asma diktiğini görmek, şan ve şerefe, ferah ve zenginliğe ulaşmaya *(ermeye)* işâretle yorumlanır.

• Asma diktiğini fakat tutmadığını görmek, faydasız ve boş bir işle meşgul olunduğuna işârettir.

• Rûyâda asma satın aldığını görmek, yakında evlenileceğine işâretle yorumlanır.

• Kışın *(mevsimsiz)* asmada üzüm görmek, bu rûyâ, bir maldan zarar görüleceğine işârettir.

• Mevsiminde meyveli *(üzümlü)* asma görmek, mutluluk ve zenginlik ve evlilik işâretidir, diye tabir olunur.

**ASMA DİREĞİ:** Rûyâda asmaların yıkılmaması için direk diktiğini görmek, sizin saflığınızdan yararlanarak sizi zor durumda bırakacak birilerinin bulunduğuna işâret için bir uyarı ile yorumlanır.

**ASMA KABAĞI:** Rûyâda asma kabağı görmek, pek iyiye yorulmaz. Rûyâyı gören kimse bir sırrını yakınlarından birine söyleyip onunda bu sırrı yaymasıyla müşkül duruma düşeceğine işâretle yorumlanır.

**ASTRAGAN:** Rûyâda astragan manto görmek, çalışkan bir kişi olduğunuza işâretle yorumlanır.

• Rûyâsında astragan manto giydiğini görmek, itibarlı, saygın bir kişi olduğunuza işârettir, şeklinde yorumlanır.

• Rûyâsında astragan bir şapka giydiğini görmek, yakında bir gezi yolculuğuna çıkacağınıza işâretle tabir olunur.

**AŞÇI** *(AHÇI):* Rûyâda aşçı görmek, sevince işâretle yorumlanır. Rûyâda lokanta aşçısı görmek, faydalı ve yararlı bir işle meşgul olduğunuza işâretle yorumlanır.

• Rûyâsında bir kimse, temiz birşeyler pişiren aşçı görse, bu rûyâyı gören, hayır ve nimete erer diye yorumlanır.

• Hasta olan bir kimse rûyâsında aşçı görse, bu onun için hastalığın artacağına işârettir.

• Bekâr kimselerin aşçı rûyâsı görmesi, evleneceklerine işâret olarak tabir olunur.

**AŞK:** Rûyâsında aşık olduğunu görmek, rûyâyı gören için, belâ, üzüntü ve kedere işâretle yorumlanır.

• Bir kimse rûyâsında "Seni seviyorum" dediğini görse, o adamın rûyâyı gören kimseye kızacağına işâretle yorumlanır.

**AŞK MEKTUBU:** Rûyâsında aşk mektubu yazdığını görmek rûyâyı görenin sevineceğine işârettir.

• Sevdiği bir kimseden aşk mektubu aldığını görmek, mutluluğa ereceğinize ve sevinçli bir haber alacağınıza işâretle yorumlanır.

**AŞÛRE:** Rûyâsında aşûre ayında aşûre dağıttığını görmek, hayırlı bir kısmetle veya hayırlı bir haber alınacağı ile yorumlanır.

**AT:** Rûyâda at görmek, murada ermektir. Rûyâ yorumcuları atın rengine ve durumuna göre yorumlar yapmışlardır. Siyah *(yağız)* at görmek, büyüklüğe ve zenginliğe işârettir, demişlerdir.

• Rûyâda iyi ve cins bir at görmek, rûyâyı görenin rızkının artmasına ve gücünün çoğalmasına işâretle yorumlanır.

• Rûyâda beyazımsı gri bir at görmek, kazançlı işler peşinde koşmaya işâretle tabir olunur.

• Koyu kırmızı veya kül renginde yaşlı bir at görmek, işlerin bozulacağına işâretle tabir edilir.

• Rûyâsında boz renkli bir ata bindiğini gören kimsenin, düşmanlarını yeneceğine *(galip geleceğine)* işâretle yorumlanır.

• Siyah bir ata bindiğini gören kimsenin, şeref ve saygınlığının artacağı, mevkîsinin yükseleceği ile tabir olunur.

• Kır bir ata bindiğini gören kimsenin, kısa bir zaman içinde evleneceğine işâretle tabir olunur.

• Rûyâsında bir taya *(at yavrusuna)* bindiğini gören bir kimse, bekâr ise, iyi ve zengin biriyle evleneceğine veya bir ev alacağına işâretle yorumlanır.

• Rûyâda ata bindiğini gören, gerçekten ata binen birisi ise, değerli bir makama çıkacağına veya bir seyahata çıkacağına işâretle yorumlanır.

• Gemsiz bir ata bindiğini gören kimse, istemediği birinin emrine gireceği ve onun emri altında çalışacağına işârettir.

• Huysuz ve azgın bir ata bindiğini gören kimse, yalancı ve hilekâr biriyle karşılaşacağına ve ondan zarar göreceğine işâretle yorumlanır.

• Eğersiz bir ata bindiğini gören kimsenin, işlerinin ters gideceğine ve işlerden olumlu netice alamıyacağına işâretle yorumlanır.

• Rûyâda bir at öldürdüğünü gören kimse, mal ve paraya kavuşacağına işâretle yorumlanır.

• Rûyâsında bir at tarafından ısırıldığını gören kimse, herkes tarafından saygı ve hürmet göreceğine işârettir.

• Ölmüş bir at görmek, rûyâyı gören kimsenin saygı ve itibar göreceğine işârettir.

• Rûyâda at eti yediğini görmek, iyi değildir. Bu rûyâ iyiye ve hayra yorulmaz.

• Rûyâda attan düştüğünü görmek, iyi değildir. Bu rûyâyı gören kimse, ya para kaybeder yada sağlığı bozulur.

• Rûyâsında bir at sattığını görmek, iyiye yorulmaz. Bu rûyâ sahibi, ya birisiyle kavga eder, ya da âile hayatında geçimsizlikler meydana gelir.

• Pazardan bir at satın aldığını görmek, memur olan biri için, kısa zamanda terfi edeceğine işârettir.

• Erkek at görmek, iktidar ve güç sahibi olarak yorumlanır.

• Rûyâda dişi at görmek, ise, değerli ve şerefli bir kadın ile tabir olunur.

• Bir kısrağa *(dişi ata)* bindiğini veya satın aldığını gören kimse, şerefli ve saygın bir kadınla evlenir, diye tabir olunur. Eğer rûyâyı gören kimse evli ise, o zaman büyük bir arazi alacağına işârettir şeklinde tabir edilir.

• Rûyâda takım atların sokaklarda ve mahalle aralarında koştuklarının görülmesi o yerlere isâbet edecek yağmur ve sellere işârettir, diye tabir edilir.

• Bir attan inip diğer *(başka)* bir ata binmek, iş veya memuriyet değiştirmekle yorumlanır.

• Bağlı bir at görmek, gecikmiş bir mutluluğa işâretle tabir olunur.

• Silahlı olarak ata bindiğini görmek, yüksek bir memuriyet, başarı ve güçlü olmaya işârettir.

• Atın çalındığını görmek, işini kaybetmek ve hasta için ölümle yorumlanır.

• Rûyâda atın üstünden indiğini görmek, işinden kovulmak, işini terketmek ve itibardan, gözden düşmekle yorumlanır.

**AT NALI**: Rûyâda at nalı görmek, iyiye ve hayra yorulur. At nalı nasıl görülürse görülsün iyidir.

**AT TERSİ**: Rûyâda at tersi görmek, mal ile yorumlanır. Bir kimse, rûyâsında at gübreleri *(tersi)* süpürdüğünü görse, bu onun kıymetli ve değerli bir kimseden mal elde edeceğine işâretle yorumlanır.

**ATEŞ:** Ateşle ilgili rûyâlar değişik şekilde yorulur. Şöyle ki, ateş görmek, müjdeli haber, korku, harb, azab, hapis, zarara uğramak, günâh ve bereket gibi, çeşitli yorumlara ayrılıyor.

• Rûyâsında kış gününde ateşde ısındığını gören kimsenin bu rûyâsı cennete gireceğine işâretle yorumlanır. Bu rûyâ iyi ve hayırla yorumlanır.

• Rûyâsında ateşe girdiğini ve orada azab edildiğini görem kimse, malından zarar edeceğine veya cehenneme girmesine sebeb olacak bir günâh işlemiş veya işleyeceğine işâretle yorumlanır.

• Rûyâsında insanların alevli bir ateş başında toplandığını gören kimse, o kimselerin bolluğa ve bereketli bir duruma kavuşacaklarına işâretle yorumlanır.

• Rûyâsında ateş üzerinde et kızarttığını gören kimse, halkın gıybet ve dedikodu etmelerine sebeb olacak bir harekette bulunacağına veya kendisinin dedikoducu olduğuna işâretle yorumlanır.

• Rûyâsında kızartılmış etten yediğini görmek, rızkının azalacağına veya keder ve üzüntü çekeceğine işâretle yorumlanır.

• Rûyâsında alevli ateşin kendisine dokunduğunu görmek, kötü bir hareketinden dolayı halkın diline düşeceğine ve kendisinin aleyhinde dedikodu edileceğine işâretle yorumlanır.

• Rûyâsında kendi kapısı önünde dumansız bir ateşin yandığını gören kimsenin, hacca gideceğine işâretle yorumlanır.

• Rûyâsında kendi evini ateşle yaktığını görmek, bu kimsenin evinin harab olacağına işârettir.

• Evli olan bir kimse, rûyâsında tandır ve tandırda yanmış ateş görse, bu onun hanımının hamile olduğu veya olacağına işâretle tabir olunur.

• Rûyâsında kendi elinde yanmış ateş gören kimsenin, devlet tarafından kendisine gelecek hayır ve menfaatla yorumlanır.

• Rûyâda bir kap içinde ateş görmek, hayır ve menfaatle yorumlanır.

• Karnında ateş gören kimsenin, haram mal veya yetim malı yiyeceğine veya yediğine işâretle yorumlanır.

• Rûyâda karanlık içinde ışık veren, etrafı aydınlatan bir ateş görmek, sevinç, şerefli bir işe veya şerefli bir kadına işârettir.

• Kış mevsiminde ateş görmek iyidir. Menfaat göreceğinize ve faydalar elde edeceğinize işârettir.

• Ateş küreği görmek, hizmetçi yardımcı kadın veya kızla tabir edilir.

• Yol üstünde ateş yaktığını görmek, bütün insanlara faydalı ve yararlı olmaya işârettir.

• İnsanlar arasında ateş yakmak, bazı kimselerle aranızda düşmanlık olacağına işâretle yorumlanır.

• Elinde ışık veren aydınlatan bir ateş görmek, büyük bir menfaat görüleceğine ve bir çocuğun dünyaya geleceğine işâretle yorumlanır.

• Başında aydınlık veren, ışık veren bir ateş görmek, faydalı şeylere ve mutluluk veren şeylere işârettir, şeklinde yorumlanır.

• Rûyâda yanan ateşi su ile söndürdüğünü görmek, işlerin bozulacağına ve işsiz kalınacağına işâretle yorumlanır.

• Sönmüş ateş görmek, iyi değildir. Fakirlik, sıkıntı ve çaresizliğe işâretle yorumlanır.

• Rûyâda ateş söndürdüğünü görmek, iyidir. Çıkacak olan bir fesadı, bozgunculuğu, önlemek, yatıştırmak veya büyük bir zatın ölümüne işârettir.

• Rûyâda parmağından ateş çıktığını görmek, muzır ve zararlı yazı yakmak veya size ihânet eden bir katib ve sekreterle yorumlanır.

• Evin içinde yanan alevli ve dumansız ateş görmek, iyidir. Ev halkında iyi ve güzel bir geçime işâretle tabir edilir.

• Rûyâda ateş etrafında oturduğunu görmek, iyiye yorulur. Bu rûyâ iyiliğe, fayda ve elde edilecek menfaatlara işâretle tabir olunur.

• Rûyâda elbisenin ateşde yandığını görmek, iyi değildir. Akraba arasındaki çıkacak geçimsizliğe işârettir, şeklinde tabir edilir.

• Ocakta ateş görmek, iyidir. Bu rûyâ elde edilecek rızık veya hanımın hâmile olmasına veya hâmile olacağına işârettir.

**ATEŞ KORU:** Rûyâda kor haline gelmiş ateş *(ateş koru)* görmek iyidir. Bu rûyâ acele gelecek rızka işârettir. İnsanın ateşten yarar görmesi, zorluk çekmeden, meşakkatsiz rızıkla tabir olunur.

**ATEŞ YAKAN:** Rûyâda ateş yakan birini görmek, iyidir. Bu rûyâ hayra ve ferahlığa-rahatlığa erileceğine, ihtiyaçların giderileceğine ve büyük adamlara yaklaşılacağına işâretle yorumlanır. Ateş yakan *(ateş yakıcısı)* görmek, ilimle de tabir olunur.

**ATLAMAK:** Rûyâda atladığını görmek, bu ister korkudan olsun, ister herhangi bir aceleden dolayı olsun, rûyâyı gören kimsenin canını sıkacak müşkül ve zor bir işle, sözle karşılaşacağına işârettir.

• Rûyâda yüksek yerden aşağıya atladığını görmek, iyi durumdan kötü duruma düşüleceğine işârettir. Aşağıdan yukarıya atlamak *(sıçramak)*, rûyâyı gören kimsenin, yakın bir zamanda yüksek dereceye ereceğine veya çıkacağına işârettir. Yukarıdan aşağıya atlamak da değerinin çabuk *(kısa zamanda)* düşeceği ile de yorumlanır.

**ATLAS:** Rûyâda atlas ve atlastan kumaş ve elbiseler görmek iyidir, hayırla yorumlanır. Rûyâyı gören kimsenin dindârlığına ve takva sahibi olduğuna işârettir. Bu rûyâ şerefli ve dindar bir kadınla evliliğe de işârettir, diye yorumlanır.

**ATMACA:** Atmaca kuşu, zalim ve câhil bir devlet adamına işâret eder.

• Rûyâsında bir atmaca kuşu gören kimse, acımasız ve günâhkâr birisiyle karşılaşacağına işârettir.

• Rûyâda atmaca yavrusu gören kimsenin, bir erkek çocuğu olacağına işâretle tabir olunur.

**ATOM:** Rûyâda atom bombası patlatıldığını görmek, hayat boyunca korku ve endişe nedir bilmeyerek huzûr ve emniyet içinde *(korkusuzca)* yaşanacağına işâretle tabir olunur.

**ATÖLYE:** Rûyâda atölye görmek iyidir. Bu rûyâ, yeni bir işe girileceğine ve işte sebatının karşılığını *(mükafatını)* hemen görüleceğine işârettir.

**ATTAR:** Rûyâda attar görmek iyiye yorulur.

• Rûyâsında kendisini attar olmuş görmek, halkın iltifatına, saygı ve hürmetine, övgüsüne sebeb ve mazhar olan bir işe girişeceğine işârettir.

• Rûyâsında bir attar ile dost olduğunu gören kimsenin, ahlakının güzelliğine ve cömertlik ve yardım severliğine işâret ile yorumlanır.

• Rûyâsında attar görmenin sevinç ve rahatlığa kavuşulacağına da işâret olarak yorumlanır.

**AV:** Avla ilgili rûyâlar iyiye yorulmaz. Av, çokca endişeye işâret eder, endişe fazlalığına işârettir denmiştir.

• Rûyâsında bir kimse, avlandığını, ava çıkmış olduğunu görse, bu onun için pek iyiye yorulmaz. Çünkü bu gördüğü rûyâ onun hakkında dînî inançlarının bozulacağına, batıl ve yalanlara kanıp inanacağına işârettir.

**AVANS:** Rûyâda avans para aldığını gören kimsenin, maddi sıkıntı çekeceğine işâretle yorumlanır.

**AVCI:** Rûyâda bir avcının avlandığını gören kimsenin, yapacağı işlerde sabırlı ve dikkatli olacağına işârettir. Bu kimsenin aynı zamanda, uzun bir çalışma sonucu maksadına *(amacına)* ulaşacağına ve zengin olacağına işâretle yorumlanır.

• Rûyâsında kuş avladığını gören kimsenin rûyâsı, bazı zorluklarla karşılaşacağına işârettir, şeklinde yorumlanır.

**AVİZE:** Rûyâsında avize ve abajur görmek iyiye yorulur. Rûyâsında avizenin ampullerini yaktığını görmek, iş hayatında başarılı olunacağına işârettir. Fakir ise sıkıntılardan kurtulacağına ve ferahlığa, genişliğe işâretle yorumlanır.

• Avizenin lambalarını *(ampüllerini)* söndürdüğünü görmek ise, işlerinin durgunlaşacağına işârettir.

• Rûyâda avizeyi kırdığını görmek, bir ölüm haberi alınacağına işâretle yorumlanır.

**AV KÖPEĞİ:** Rûyâda av köpeği görmek iyidir. Bu rûyâ, rûyâ sahibinin istek ve arzularının gerçekleşeceğine işâretle yorumlanır.

**AVLANMAK:** Rûyâda geyik, dağ keçisi, tavşan gibi av hayvanlarını avladığını görmek, mal, zenginlik ve ganîmete işârettir.

• Rûyâda av köpekleriyle avlandığını gören kimsenin emniyete kavuştuğuna ve şöhretinin artacağına işâretle yorumlanır.

• Denizde bir aletle balık avladığını görse, bu rûyâ elde edilecek helal rızka ve helal kazanca kavuşulacağına işâret olarak yorumlanır.

• Rûyâda av avladığını görmek, rûyâyı gören için, gaflete ve işinde dikkatsiz olduğuna işârettir.

**AVRET YERİ:** Rûyâda görülen avret yeri ile ilgili rûyâlar değişik şekilde yorumları bulunan ve ayrı tabirleri gerektiren rûyâlardır.

• Rûyâda elbisesinin açılıp avret yerinin göründüğünü görmek; bu rûyâ, rûyâyı gören kimsenin hayasızlığına ve ayıbdan hiç bir şekilde utanmazlığına işâretle yorumlanır.

• Avret yerinin açıldığını ve bundan da utandığını gören kimse, düşmanının sevineceği bir hataya düşeceğine işâretle yorumlanır.

**AVUÇ İÇİ:** Rûyâda avuç içi görmek, görenin güç ve kuvvet sahibi olduğuna işârettir.

• Avuç içinin açık olduğunu görmek, geçiminin bol ve genişliğine işârettir.

• Avuç içinin kapalı olduğunu görmek, geçiminin darlığını ve sıkıntıda olduğuna işârettir.

• Avucunun içinde kıl bittiğini görmek, rûyâyı gören kimsenin sıkıntı ve kedere uğrayacağına ve borçlanacağına işârettir. Bazı rûyâ tabircilerine göre ise, bu rûyâ, rûyâyı gören kimsenin mal kaybına uğrayacağına, zarar göreceğine işâretle yorumlamışlardır.

**AVUKAT:** Rûyâsında avukat gören kimsenin, yeni bir işe başlayacağına veya miras yoluyla eline mal veya para geçeceğine ve bazı karışık işlerinin yakınlarının yardımıyla çözüleceğine işâretle yorumlanır.

• Bazı yorumculara göre ise, yeni başladığı işte başarılı olamayacağına ve üstleri ile anlaşmazlığa düşeceğine işâretle yorumlamışlardır.

**AY:** Rûyâda ay görmek, değişik şekilde yorumlanır. Her kim, rûyâsında ay görse, bu onun evleneceğine işârettir.

• Rûyâda alnına veya evine ay doğduğunu görse, fakir ise zenginleşeceğine, zengin ise daha da zenginleşeceğine, garib ise, selâmet bulacağına ve ne gibi dileği ve muradı varsa, gerçekleşeceğine işâretle yorumlanır.

• Rûyâsında tutulmuş ay görmek, bir zarara uğranılacağına işâretle yorumlanır.

• Ayı tam olarak daire şeklinde görmek, her konuda ilerlemeye, yükselmeye işâretle yorumlanır.

• Ayı solmuş, mat bir şekilde görmek, yakınlarından bir kadının hastalanacağına işârettir.

• Ayı bulutlu ve kapalı bir durumda görmek, keder ve üzüntüye işâretle yorumlanır.

• Ayı yeryüzüne inmiş görmek, rûyâyı görenin annesinin öleceğine işâretle yorumlanır.

• Ayı elinde veya kucağında görmek, evlenileceğine işâretle tabir olunur.

• Mehtablı bir ayda yürüyüş yapmak, rahmet ve şevkate, sevgiye işâretle yorumlanır.

• Ayı eliyle tuttuğunu görmek, devlet büyükleri tarafından bir taltif göreceğine işâretle yorumlanır.

**AYAK:** Rûyâda ayak görmek, rûyâyı görenin servetinin devamlılığına işâretle yorumlanır.

• Rûyâda ayaklarında kıl görmek, rûyâyı gören kimsenin borcunun artacağına işârettir.

• Rûyâda bir ayağının büyük *(fazla)* olduğunu görmek, rûyâ sahibi kimsenin geçiminin artacağına işâretle yorumlanır.

• Rûyâda ayağının ağrıdığını görmek, rûyâyı görenin malında eksilme olacağı ve gücünün azalacağına işârettir.

• Ayaklarını bağlı görmek, rûyâyı görenin bir yerden menfaat göreceğine işâretle yorumlanır.

• Rûyâda ayaklarının bakırdan olduğunu görmek, rûyâyı görenin mal zenginliğine ve ömrünün uzunluğuna, iyi halinin devam edeceğine işâretle yorumlanır.

• Rûyâda ayağının kesilmiş veya kırılmış olduğunu görmek, maddî zarar görüleceğine veya anadan ve babadan birinin öleceğine işâretle yorumlanır.

• Rûyâda ayaklarının güzel ve mükemmel olduğunu görmek, kişinin hem dünya, hem de dînî hayatının güzelliğine işâretle yorumlanır.

**AYAK BİLEZİĞİ:** Rûyâda görülen ayak bilezikleri erkek çocukla tabir olunur.

**AYAK İLE TEPELEMEK:** Rûyâsında ayağı ile birşeyi tepelediğini görmek, söylemiş olduğunu inkar edeceğine işâretle yorumlanır.

• Bir kimse rûyâda birinin kendisini ayağı ile tepelediğini *(tepdiğini)* görse, o kimse onun fakir ve yoksul düştüğünü görür ve ona malıyla büyüklük taslar diye tabir olunur. Eğer tekmeleyen ayağın sahibini göremiyorsa, o zaman kendi durumunu kontrol etmeli, israftan kaçınmalıdır.

**AYAK KAYMASI:** Rûyâda ayağın kaydığını görmek iyi değildir.

• Rûyâda ayağının kayıp da düştüğünü görmek, rûyâyı görenin bir mûsîbete uğrayacağına işâret olup, kayıp da düşmediğini görmek ise kedere uğrayacağına işâretle yorumlanır.

**AYAKKABI:** Rûyâda yeni bir ayakkabı *(pabuç)* giydiğini görmek ***(ayakkabı rahatsa)***, huzur ve rahatlığa, bekarlar için evliliğe işârettir.

• Dar ayakkabı giydiğini gören, sıkıntıya düşeceğine ve borçlanacağına işâretle yorumlanır.

• Rûyâsında ayağındaki ayakkabının eski olduğunu görmek, rûyâyı gören için fakirlik, keder ve üzüntüye işârettir.

• Rûyâsında sarı ayakkabı giydiğini görmek, kedere işârettir.

• Rûyâsında yeşil ayakkabı görmek, hayırlı bir ümit, muradının ele geçmesi, tedbirli olmaya işârettir.

• Ayakkabısını ters giydiğini gören, kederden kurtulup sevince ulaşır, diye tabir olunur.

• Ayağındaki ayakkabının deriden bir ayakkabı olduğunu görmek, rûyâyı gören kimsenin evleneceğine işâretle yorumlanır.

**AYAKKABICI:** Rûyâda bir ayakkabıcı görmek, sıkıntılı günlerin biteceğine ve ferahlı günlerin başlayacağına işârettir.

**AYDINLIK:** Rûyâda görülen ışık ve aydınlık iyiye ve hayra yorulur.

**AYGIR:** Rûyâda aygır görmek, zengin biriyle dostluk kurulacağına ve ondan fayda ve menfaat görüleceğine işâretle yorumlanır.

**AYI:** Rûyâda ayı görmek, düşmanlarınıza galib geleceğinize işâretle yorumlanır.

• Rûyâda bir ayıya bindiğini görmek, devlet tarafından bir menfaat göreceğinize işârettir.

• Rûyâda bir ayıyı öldürdüğünü görmek, düşmanına galib *(üstün)* geleceğinize işâretle yorumlanır.

**AYIB:** Rûyâda ayıb olan bir şeyi yaptığını görmek, kötü huy ve yaramaz niteliklerde olan bir kimse ile yorumlanır. Bu rûyâyı gören hareketlerine dikkat etmelidir.

**AYLAR:** Aylar hakkındaki rûyâların önemi vardır. Bunun için Arabî *(Hicrî)* aylar bölümüne bakınız.

**AYNA:** Rûyâda ayna görmek değişik şekillerde ve duruma göre tabir olunur.

• Rûyâda gümüşten bir aynaya baktığını görmek, rûyâ sahibi kimse için ferahlık ve sevinçli haber almaya işâretle yorumlanır. Başka bir yoruma göre mevkiinin alınacağı ile tabir olunur.

• Rûyâda aynaya bakmak, uzun ömür ve hatalarınızı düzeltmenize işâretle yorumlanır. Kendini aynada görmek, rûyâyı görenin ömrünün uzayacağına işâretle yorumlanır.

• Rûyâda ayna temizlediğini görmek, rûyâyı görenin ünlü ve meşhur olacağına işârettir.

• Rûyâda ayna aldığınızı görmek, tuzağa düşeceğinize işâretle yorumlanır.

• Ayna sattığınızı görmek, işlerinizin bozulacağına işâretle yorumlanır.

• Hapiste olan bir tutuklu, kendini aynada görse, hapisten kurtulacağına *(hapisten çıkacağına)* işâretle tabir olunur.

• Aynada kendisini güzel gören kimsenin bu rûyâsı iyilik ve müjdeli bir haberle yorumlanır.

• Rûyâda bir kadının aynaya baktığını görmesi, kız çocuğu doğuracağına veya kocasının başka bir kadın almasıyla yorumlanır.

**AYRAN:** Rûyâda ayran içtiğini görmek, rûyâyı gören kimse için, gönül ferahlığına kavuşmakla yorumlanır.

• Rûyâsında birisine ayran ikram ettiğini görmek, rûyâ sahibi *(rûyâyı gören kimse)* kendisine çok bağlı birisiyle dostluk kuracağına işâretle yorumlanır.

• Rûyâda yayıkta ayran çalkaladığını görmek, rûyâyı gören bekar ise evleneceğine işâret; evli ise, güzel ve hayırlı bir çocuk sahibi olunacağına işârettir.

• Rûyâsında ekmekle ayran içtiğini görmek, rûyâyı gören kimsenin, keder ve üzüntüye gireceğine işârettir. Başka bir yoruma göre haram mala işâretle yorumlanır.

**AYVA:** Rûyâda ayva görmenin değişik yorumları vardır. Esnaf ve ticâret erbabı için ayva, kârlı bir alışveriş ve menfaat ile yorumlanır.

• Birçok ayva görmek, bol kazanç veya ticâret için sefere çıkmakla yorumlanır.

• Rûyâda sararmış bir ayva görmek, hastalığa işâretle yorumlanır.

• Rûyâsında hasta olan biri ayva yediğini görse, bu onun hastalığından şifâ bulacağına işârettir.

• Rûyâsında bir ayva sıktığını görmek, ticaret maksadıyla sefere *(yolculuğa)* çıkılacağına ve bu ticâretinde bolca kâr edileceğine işâretle yorumlanır.

**AZARLANMAK:** Rûyâda başkası tarafından azarlanmak *(azar işitmek)*, o kimseden saygı ve sevgi görmekle ve onunla dost olunacağına işârettir. Azarlanmak da aynı şekilde yorumlanır. Diğer bir yoruma göre böyle bir rûyâ kişinin, yakınlarından *(anne-baba, amca veya hocası gibi büyüklerinden)* göreceği maddî, mânevî destek ve yardım ile yorumlanmıştır.

**AZL:** Rûyâsında bir kimse işten azledildiğini *(çıkarıldığını)* görse, bu rûyâ onun sıkıntı ve kederden kurtuluşuna işâretle yorumlanır. Memur olan böyle rûyâ görse, memuriyette devamlı ve başarılı olacağına işâretle yorumlanır.

**AZRÂİL** *(A.S.)*: Rûyâsında Azrâil *(Aleyhisselâm)*ı güler yüzlü *(tebessümlü)* bir vaziyette görmek, rûyâyı gören kimsenin imanı ve saâdetle, mutlu bir ölümle öleceğine işârettir.

• Azrâil *(Aleyhisselâm)*ı öfkeli bir halde gören kimsenin, tevbe etmeden *(tevbesiz olarak)* güçlükle öleceğine işârettir.

• Rûyâda Azrâil *(A.S.)*ı tam canını alırken görmek, bu kimsenin ömrünün uzun olacağı ile yorumlanır.

• Rûyâsında Azrâil *(A.S.)*a selâm verdiğini görmek, rûyâyı gören kimsenin başı belâdan kurtulur ve selâmette bulunacağına işâretle tabir olunur.

• Rûyâsında Azrâil *(Aleyhisselâm)*ın elini öptüğünü görmek, rûyâ sahibi kimsenin bir büyük mirasa konacağına işârettir.

# B

**BABA:** Rûyâda babasını görmek, çeşitli şekilde yorumlanır:

• Rûyâda babanızı iyi bir halde görmek, iyiliğe işârettir. Rızık bolluğuna, hastalıktan şifâya, kaybolan eşyanın bulunacağına da işâret vardır.

• Ölmüş babanızı rûyâda görmeniz, fakirlere onun ruhu için sadaka vermeniz gerektiğine işârettir, şeklinde tabir olunur.

**BABAANNE:** Rûyâda babaannesini *(büyük annesini)* görmek, rûyâ sahibinin uzun bir ömür süreceğine ve ferah *(zengin)* bir hayat yaşayacağına işârettir.

**BABAYİĞİT:** Rûyâda babayiğit birini görmek, düşmanlarınızdan biriyle karşılaşacağınıza işâret olarak tabir olunur. Ve aynı zamanda korkulan bir işin kısa yoldan halledileceğine de işârettir.

**BACA:** Rûyâda bacanızın tüttüğünü görmek, bolluk ve berekete, neş'e ve sevince kavuşacağınıza işârettir, şeklinde tabir edilir.

• Bacasının tutuştuğunu görmek ise, keder ve acı ile yorumlanır. Bacanızın yıkıldığını görmek, ölüm haberi alacağınıza işâretle yorumlanır.

**BACAK:** Rûyâda bacak görmek, pek iyi sayılmaz, yani bu rûyâ, hayra yorulmaz.

• Rûyâda bacak görmek, hafif *(küçük bir)* âile sıkıntısı meydana geleceğine işâretle yorumlanır.

• Rûyâsında bacaklarının çok tüylü *(kıllı)* olduğunu görmek, rûyâyı gören kimsenin çokca borçlanacağına işâretle yorumlanır.

**BACANAK:** Rûyâsında bacanağını gören kimsenin, âilesinde bir geçimsizlik meydana geleceğine veya iyilik gördüğü biriyle arasının bozulacağına işâretle tabir olunur.

**BADANA:** Rûyâda evine badana yaptırdığını görmek, rûyâyı gören kimsenin işlerinin yolunda gideceğine ve inancının sağlamlığına işâretle yorumlanır.

• Badanayı özellikle rûyâyı gören kimsenin kendi eliyle yaptığını görmesi, iş hayatında emniyetli adımlarla gideceğine işârettir.

**BÂDEM:** Rûyâda bâdem görmek, çeşitli şekillerde yorumlanır.

• Rûyâda bâdem görmek, rûyâyı gören kişinin hasta ise hastalıklarının sona ermesine, iyileşmesine işârettir. Bazı yoruma göre, buraya kişinin görevden alınmasına işâretle yorumlanır.

• Mevsiminde görülen **yeşil bâdem** hayra işârettir.

• Tatlı bâdem görmek ise, azlığı ve çokluğu nisbetinde helâl mala işâretle yorumlanır.

• Rûyâsında bâdem yediğini gören kişi, hem düşman edinir hem de mal elde eder diye yorumlanır.

• Bâdem yediğini gören kimse, hem sıhhat ve sağlığına, hem de mala kavuşur diye tabir edilir.

• Rûyâda ağaçtan bâdem kopardığını gören kimse, dava yoluyla cimri bir adamdan mal elde edeceğine işârettir.

• Rûyâsında kendi üzerine bâdem kabuğu saçıldığını gören kimse, kendisine elbise alacağı ile tabir edilir.

• Acı bâdem, haram mal elde edilmeye, bazan da doğru söz söylemeye işârettir.

• Bâdem içi görmek, yemek, ilim ve fayda ve menfaat elde edileceğine işârettir.

**BÂDEM ŞERBETİ:** Rûyâda bâdem şerbeti görmek, bol rızık ve rahatlığa işâretle yorumlanır.

**BAĞ:** Rûyâda bağ görmek, üzüntü ve fakirliğe işâretle yorumlanır. ***(Bir şeyi bağlamak için kullanılan bağ dinde sebât etmeye işârettir.)***

• Neş'eli ve sevinçle bir kimse, rûyâsında kendisine bağ vurulduğunu *(bağlandığını)* görse, o kimse eğer hasta ise ölümüne, hapis *(tutuklu)* ise, hapislik süresinin uzayacağına işâretle yorumlanır.

**BAĞ BEKÇİSİ:** Rûyâda bağ ve bahçe bekçisini görmek, zengin bir memurla tabir edilir.

**BAĞIRMAK:** Rûyâsında bağırdığını görmek, sevindiğinden yada sevdiklerinden ayrı düşüleceğine işârettir, şeklinde yorumlanır.

**BAĞIRSAK:** Bağırsakla ilgili görülen rûyâlar değişik şekilde yorumlanır. Bazı yorumculara göre, bağırsak görmek, mal ve evlâdla yorumlanır.

• Rûyâda kendi bağırsağını yediğini gören kimse, kendi malını yemesi ile yorumlanır.

• Rûyâda başkasının karnındaki bağırsakları yediğini gören kimse, başkasının malın yiyeceğine işâretle yorumlanır.

• Bir kimse, rûyâsında bağırsaklarının veya karnında olan şeylerin dışarıya *(yani açığa-meydana)* çıktığını görse, bu onun yanında saklı *(gizli)* olan mallarının meydana çıkacağına veyahut da bunları âilesinin ileri gelenlerinden birilerinin açığa *(meydana)* çıkaracağına veya kendisinin ortaya çıkarmasına işâretle yorumlanır.

• Bazı yorumculara göre, bir kimsenin karnındaki olan şeylerin dışarı çıktığını görmesi, bu rûyâ sahibinin sırlarının ifşa edilmesine *(yayılmasına)* işâretle tabir olunur, demişlerdir.

**BAHARAT:** Rûyâda baharat görmek, veya baharat yemek, hastalığa işâretle yorumlanır.

**BAHÇE:** Rûyâda bahçe ile ilgili görülen rûyâlar genellikle hayra ve iyiye yorulur.

• Rûyâsında ev bahçesi gören kimsenin rûyâsı, evlâd ve mal bakımından mutluluğuna işârettir.

• Rûyâsında bahçede çalıştığını görmek, herkes için hayırla yorumlanır. Çünkü toprakla uğraşmak herkes için sıhhatli, sağlam ve sağlıklı bir ömür sürmeye işârettir diye tabir olunur.

• Rûyâda kendini bahçede yürürken görmek, daha hayatın başlangıç noktasındayken yorulmadan başarıya ulaşılacağına işâretle yorumlanır.

• Rûyâsında kendisini bahçede oturmuş dinlenir görmek, sağlığının iyiliğine ve sevgide mutluluğu yakalamış olacağına işâretle yorumlanır.

• Rûyâsında kendisini bahçede çalışır gören kimse, yaşlılık senelerini ferah, bolluk içinde ve kendisini seven dostlarıyla ömür süreceğine işârettir.

• Rûyâsında boyalı bahçe tablolarında *(resimlerinde)* bahçeler görmek, iyi ve güzel döşenmiş bir eve sahib olacağına işâretle yorumlanır.

• Rûyâda rengârenk çiçeklerle bezenmiş bir bahçe görmek, rûyâyı görenin dilek ve murâdına ereceğine ve güzel bir meşgalesi olacağına işâretle yorumlanır.

• Güzel kokulu çiçekli bir bahçe görmek, iyi bir evlâda sahib olacağına işâretle yorumlanır.

• Rûyâsında bahçenin en yüksek yerinde bulunduğunu görmek, evladın çokluğuna ve yüksek bir rütbeye sahib olunacağı ile tabir olunur.

• Rûyâda bahçenin selden veya herhangi bir nedenle bozulmuş olduğunu görmek, işten çıkarılmak veya işin bozulması ile veyahut da ölüm ile tabir edilir.

• Bahçe suladığını görmek, istediğine kavuşabilmek için çok çalışmak gerektiğine işârettir veya evlenmeye işâret olarak tabir olunmaktadır.

• Bazen çok güzel ve mükemmel bir bahçe görmek, güzel ve mükemmel bir kadın ile tabir olunur.

• Bahçe içine girdiğini görmek, okula veya düğün evine ya da askeri kışlaya girileceğine işârettir.

• Rûyâda yapraksız bir bahçe görmek, fakirlik ve yoksulluğa düşüleceği ve sıkıntılı bir hayata girileceği ile tabir olunur.

• Rûyâda yapraklı bahçe görmek, nimet bolluğuna ve dileğine *(muradına)* kavuşulacağına işâretle yorumlanır.

**BAHÇE DUVARI:** Rûyâda bahçe duvarı görmek, isabetli ve olumlu işler yaptığınıza ve herkes için yararlı davranışlarda bulunduğunuza işâretle yorumlanır.

**BAHÇE KÜREĞİ:** Rûyâda bahçe küreği görmek veya kullanmak, yeni işlerde zahmet ile karşılaşılacağına işâretle yorumlanır.

**BAHÇE TARAĞI:** Rûyâda bahçe tarağı görmek ve kullanmak, elinize bolca para geçeceğine işârettir.

**BAHÇIVAN:** Rûyâda bahçıvan görmek, son derece sevineceğinize işârettir. Kendi bahçenizde bahçıvan görmek çok mutlu bir aile hayatınız olacağına işâretle tabir olunur.

**BAHRİYELİ:** Rûyâda bahriyeli görmek, büyük bir tehlike ile karşılaşılacağına fakat soğukkanlılıkla atlatılacağına işârettir, şeklinde yorumlanır.

**BAHŞİŞ:** Rûyâda birisine bahşiş verdiğini görmek, sevince işâretle yorumlanır.

**BAKAN:** Rûyâda bakan veya herhangi bir bakanı görmek, yahut da kendisini bakan olmuş görmek, iyidir. Bu rûyâ iyiye yorulur. Bu görülen rûyâ, devlet kapısında beklediği bir işinin olacağına işâretle tabir edilir.

**BAKIR:** Rûyâda bakır kap görmek, dünyaya gelecek çocukla yorumlanır.

**BAKKAL:** Rûyâda bir bakkalı görmek, işlerinizde dikkatle çalışmanız gerektiğine işâret eden bir uyarıdır. Başka bir yoruma göre, bakkal rüyâsı, iyilik sever, çevresi için çalışan hakkaniyetle iş gören bir kimse olduğunuza işâretle tabir olunur.

**BAKLA:** Rûyâda kuru bakla yemek, keder ve sıkıntılardan kurtulacağınıza işârettir.

• Yaş bakla yemek ise, ekrafınızda düşmanların döndüğüne işâretle tabir olunur.

**BAKLAVA:** Rûyâda baklava görmek, hayatınızı zorluklarla kazanacağınıza işârettir veya meşakkatle para kazanılacağıyla yorumlanır.

**BAKRAÇ:** Rûyâda su ile dolu bir bakraç görmek, bol kısmete işâretle tabir olunur.

**BAL:** Rûyâda bal görmekle ilgili rûyâlar genellikle değişik şekilde de olsa iyiye yorulur.

• Rûyâda bal gören kimsenin eline helâlinden mal veya para geleceğine işâretle tabir olunur.

• Rûyâda bal görmek, dindar kimseler için, dînin tadını almak, yani, dînin emrettiği ibadetlerden hoşlanmak ve ibâdetlere sarılmak ve Kur'an okumak ve insanlara dînî konularda öğüd ve tavsiyelerde bulunmaya işârettir.

• Dindâr olmayanlar için bal görmek, zorluk çekmeden mal ve para sahibi olmaya işâretle tabir olunur.

• Rûyâda bal görmek zahmetsiz olarak elde edilen az bir rızka, az bir kazanca da işâret etmektedir.

• Rûyâda gökten bal yağdığını görmek, dîne olan bağlılığa ve yurt çapında *(genel)* bolluğa *(berekete)* işâretle yorumlanır

• Rûyâda bal şerbeti görmek, dilek ve muradların gerçekleşmesine işâretle yorumlanır.

• Rûyâda bal yaladığını görmek, evliliğe yani evlenilmeye işâretle yorumlanır.

• Süzülmüş bal görmek, iyiliğe, sıkıntılardan kurtuluşa işâretle yorumlanır.

• Rûyâda bal yediğini gören kimsenin zenginliğe ve bolluğa işâret olduğu gibi, hastalıktan kurtuluşa da işâretle yorumlanır.

• Rûyâda bal sattığını görmek, uzaktan bir haber alınacağına işâretle yorumlanır.

• Rûyâda bal satın almak, mükafat *(ödül)* kazanılacağına işâretle yorumlanır.

**BAL ARISI:** Arı maddesine bakınız.

**BAL MUMU:** Rûyâda balmumu görmek, bir yalanla ve yalan bir haberle karşılaşılacağına işârettir, şeklinde yorumlanır.

• Bazı kere de rûyâda görülen bal mumu, işlerin iyi ve yolunda gitmesine, bolluk ve berekete, bazen de hastalıktan kurtuluşa işâret olarak yorumlanır.

**BALÇIK** *(YAPIŞKAN ÇAMUR):* Rûyâda balçık görmek, kedere ve sıkıntıya veya kötü huylu bir kadına ve bazen de hayırlı bir haber alınacağına işâretle yorumlanır.

**BALDIR:** Bacak kelimesi maddesine bakınız.

**BALDIZ:** Rûyâda baldız *(hanımın kız kardeşi)* görmek, âile içinde çıkan gereksiz dedikodu sonucu huzursuzluk olacağına işâretle yorumlanır.

**BALGAM:** Rûyâda balgam çıkardığını görmek, hasta için iyileşmeye ve rahatlığa ve sevince işârettir, şeklinde tabir olunur.

• Balgam görmek, birikmiş mal veya paraya işâretle yorumlanır.

**BALIK:** Rûyâda görülen balık ile ilgili rûyâlar çok çeşitli şekilde yorumlanır:

• Rûyâda suda balık avladığını *(tuttuğunu)* gören kimse, kendisini ferahlatacak bir haber alacağı ile tabir olunur.

• Rûyâda büyük bir balık tuttuğunu *(avladığını)* gören kimse, hayır ve menfaate kavuşmasına işârettir.

• Rûyâda küçük balık avladığını *(tuttuğunu)* gören bir kimsenin de, neş'esinin ve menfaatının gideceğine, yani keder ve sıkıntıya düşeceğine işâretle tabir olunur.

• Balık avladığını görmek, para ve mal kazanmak ve kâr etmeye işâretle yorumlanır.

• Büyük balık görmek veya tutmak, mal ve gelir elde etmek, nimete ermek ile tabir olunur.

• Rûyâda balık pişirdiğini görmek, rızık elde edileceği, kâr ve kazanç elde edileceği ile tabir edilir.

• Pişmiş taze balık görmek, hayırla, mal ve elde edilecek bir iyiliğe işâretle yorumlanır.

• Taze balık görmek ise kadınla tabir edilir.

• Rûyâda taze balık yediğini görmek, rûyâyı görenin, muradına ermesi, emlak sahibi olması veya hayretle karşılayacağı bir şeyler *(söz)* ile yorumlanır.

• Temiz olan bir suda balık avladığını görmek, yine rızıkla ve menfaatla yorumlanır.

• Rûyâda havuzda balık görmek, hem iş yönünden hem de davranış yönünden kötü ve fena adama işâret ile yorumlanır.

• Denizde görülen balık, dilek ve muradının gerçekleşmesi için biraz beklemekle gerçekleşeceğine işârettir.

• Rûyâda balık sattığını görmek, faydalanmak ve yararlanmak ile yorumlanır.

• Rûyâda tuzlu balık görmek, kederle ve üzüntü ile tabir olunur.

• Rûyânızda tuzlu balık pişirmeniz, sefer ve yolculukla yorumlanır.

• Rûyâda bir kadın ağzından balık çıktığını görse, kız çocuğu doğuracağına işâretle yorumlanır.

• Karada balık avladığını görmek, fenâlık ve kötülük etmekle yorumlanır.

• Rûyâda kokmuş balık görmek, fâhişe kadın ile tabir olunur.

• Bir kimse rûyâsında kokmuş balık yediğini görmek, haram mal ve para ile yorumlanır.

• Kızarmış balık görmek, yolculuğa işârettir.

• Rûyâsında **bulanık suda** balık tutuğunu *(balık avladığını)* görmek, keder, üzüntü ile veya boşa, oyalanma ve meşguliyet ile tabir olunur.

• Rûyâda diri diri balık yemek ***(yani balığı diri diri yediğini)*** görmek, mal mülk elde etmek ve çocuk sahibi olmak ile tabir olunur.

• Büyük balık görmek, iyiye ve hayra yorulur. Küçük balık iyiye ve hayra yorulmuyor.

• Rûyâda yunus balığı görmek, korkan bir kimse için korkusunun gideceğine ***(kendisini emniyet içinde hissedeceğine)*** fakir bir kimse görürse, zenginleşeceğine, endişe ve sıkıntı içinde olan kimse içinse, mala kavuşacağına, sıkıntısının gideceğine işâretle yorumlanır.

• Rûyâda sazan balığı görmek, evliliğe veya iş ortaklığına işâretle yorumlanır.

• Rûyâda sayısı belli *(bellı sayıda)* çok balık görmek, kadınla yorumlanırken, sayısı belli olmayan çok balık *(yani sayılamıyacak kadar olan balık)* görmek, mal zenginliğine kavuşalacağına işâretle yorumlanır.

• Rûyâsında bir kimse, denizden ve nehirden çıkmış ve bir araya toplanmış büyük ve taze balıkları istediği bir şekilde çıkardığını veya yediğini, yahut da taksim ettiğini *(bölüştürdüğünü)* görse, bu çıkardığı balıkların sayısınca mal zenginliğine nâil olur şeklinde tabir olunur.

• Rûyâda kaynak sularında görülen balık, kolayca elde edilen hayırlı sonuçlara işâretle yorumlanır.

• Rûyâda balık doğurduğunu görmek, rûyâyı görenin evlâdının uzun ömürlü olacağına işârettir.

• Rûyâda bir kadının ağzından balık çıktığını görmek, keder, üzüntü ve sıkıntı ile yorumlanır.

• Rûyâda kadının karnından balık çıktığını görmek, kız evlâdı olacağına işâretle yorumlanır.

**BALIK AĞI:** Rûyâda balık ağı görmek, değişik yorumlara ve rûyâyı görenin ruh haline göre yorumlanır.

• Kederli bir durumda olan kimsenin rûyâsında balık ağı görmesi, bu rûyâ, rûyâyı gören kimsenin, kederinin ve üzüntünün artacağına işâretle yorumlanır.

• Avcı olan bir kimse balık ağı görse, bu onun için faydalanacağı ve göreceği hayırlara işârettir.

• Rûyâsında balık ağının yarısını *(bir parçasını)* kaybettiğini görmek, hayır ve bereketle yorumlanır.

• Rûyâsında balık ağına düştüğünü veya bastığını gören kimse, hapse girmesi veya hasta olması veyahut da huyuna uymayan bir kadınla evlenmesi tehlikesi ile yorumlanır.

**BALIKÇI:** Rûyâsında balıkçı gören kimsenin ev halkını ve iş hayatındaki kimselere çok çok kötü davrandığını ve onları üzdüğünü ve bu hareketiyle işlerini bozulup borçlanmasını anlatan bir rûyâ olarak yorumlanır.

• Bazı rûyâ tabiri ilmiyle meşgul olan bilginlere *(yorumculara)* göre ise, balıkçı görmek, huzursuzluğa işâretle yorumlanır.

• Rûyâsında balık kızartıp satanı görmek, kötülük ve düşmanlıkla yorumlanır.

• Taze balık satan bir balıkçı görmek, helal mal ve rızık elde edeceği ile yorumlanır. Bazen de sıkıntı ve tuzakla ve sırların açığa çıkması ile yorumlanır.

**BALİNA:** Rûyâda balina görmek, rûyâyı gören kimsenin, büyük bir iş teklifi alacağına işâretle yorumlanır. Eğer gördüğü balinayı yakalamış olarak gördüyse, teklif aldığı işi almayı başarır şeklinde tabir olunur.

**BALKON:** Bir kimse rûyâsında balkonda olduğunu görse, bu onun etrafında kötü niyetli kimselerin bulunduğuna işâretle yorumlanır.

• Balkondan düştüğünü görmek, etrafındaki kimselerden zarar göreceğine işâretle yorumlanır.

**BALON:** Rûyâda balon görmek, rûyâyı gören kimsenin hayalci ve boş şeylere ümid bağladığına işâret eden bir uyarıdır.

• Rûyâda balonu şişirmeye çalışıp da şişmediğini görmek,beklediği şeylerin olmayacağına ve istediği şeyleri elde edemiyeceğine işâret ile yorumlanır.

• Bazı rûyâ yorumcularına göre ise, rûyâda balon görmek, iyiye yorulur. Örneğin, rûyâda balon uçurduğunu görmek,satın alınan şeyden hayır ve menfaat göreceğine işâretle yorumlanır.

• Rûyâsında balona bindiğini görmek, rûyâyı gören kimsenin şeref ve itibarının *(saygınlığının)* artacağına işârettir.

**BALTA:** Rûyâda görülen balta iyiye yorulur. Balta, yardım imdât ve rızka erileceği ile tabir olunur. Rûyâyı görenin başında bir ağrı gibi hastalığı varsa ondan şifa bulacağı ve iyileşeceği ile de yorumlanır.

• Rûyâsında balta görmek, yemek yiyemiyen bir hastanın iyileşip yemek yemeye başlayacağına işâret olduğu gibi, rûyâda balta görmek, erkek çocukla da tabir olunur.

• Çünkü balta, bazen kendisinden fayda elde edilecek şeylere de işârettir. Çünkü balta demirden yapılmış olan bir maddedir.

• Rûyâda balta görmek, bazı yorumculara göre, erkek çocukla yorumlanır.

• Rûyâda balta görmek, şeref ve saltanat ile tabir edilir. Bir esnaf ve ticâret yapan kimse görürse, kârlı kazanç elde edeceğine işâretle yorumlanır.

• Balta görmek, iş rakiblerinize üstünlük sağlayacağınızına işâretle de tabir olunur.

**BALYA:** Rûyâda yapılmış balya görmek veya balyayı taşıdığınızı görmek, çok ağır bir sorumluluğu *(mesuliyeti)* olan bir görevin *(vazifenin)* size verileceğine işârettir.

**BALYA İPİ:** Rûyâda balya bağlanan ipi görmek, rûyâyı gören kimsenin ömrünün uzunluğuna işâretle yorumlanır. Hatta beli bükülür derecesinde ihtiyarlığa erecektir diye yorumlanır.

**BALYA SIKICISI:** Rûyâda balyaları sıkmakla *(bağlamakla)* görevli kimseyi görmek, işlerinizin güçleşeceğine *(işlerinizde zorlukla karşılaşacağınıza)* işâretle yorumlanır. Şu kadar varki, rûyâyı gören kimse, şâyet yardıma muhtaç, sıkıntı içinde ise, bu rûyâ onun kurtuluşa ereceğine, ihtiyaç ve sıkıntılarının biteceğine *(sona ereceğine)* işâretle de yorumlanır.

**BALYOZ:** Rûyâda balyoz görmek, ağır bir işe girileceğine ve çok yorgunluk çekileceğine işârettir. Ve dolayısıyla rûyâda balyoz görmek, üzüntülü ve sıkıntılı bir iş ile tabir olunur.

**BAMYA:** Rûyâda taze bamya görmek, gönül ferahlığına kavuşulacağına işâretle yorumlanır.

• Kuru bamya görmek ise, üzüntü ve keder çekileceğine işâretle tabir olunur.

**BANDO:** Rûyâda bando görmek iyidir. Bando görmek, şan ve şerefe işâret olarak yorumlanır.

• Özellikle devlet adamlarının bando ve mızıka görmeleri onlar için hayır ve iyiliklere kavuşacaklarına işârettir.

• Rûyâsında kendi kapısı önünde bando çalındığını gören kimse, eğer ehil ve layık biri ise, yüksek ve büyük bir makama geçeceğine işâretle tabir olunur.

**BANKA:** Rûyâda bankada çalışan bir memur olduğunuzu görmek, pek iyiye yorulmaz. Bu rûyâ, elinizdeki işlerde zarar edeceğinize işârettir ve sonunda işinizi terkedeceğinizlede tabir olunur.

• Bankadan para çektiğinizi görmeniz de iyi değildir. Bu hafızanızı kaybedeceğinize işâretle ve unutkan biri olacağınıza işâretle tabir olunur.

• Bankadan para aldığınızı ve saydığınızı görmeniz ise, parasızlık çekeceğinize ve bu yüzden sıkıntıya düşeceğinize işârettir.

**BANLİYÖ:** Rûyâda banliyöde yürüdüğünü, gezdiğini görmek, gelecek günlerde başına bir sevgi macerası geleceğine işârettir.

**BANYO:** Rûyâsında banyo yaptığını gören kimsenin hastalığı var ise iyileşir, sıhhati daha güzel bir duruma erer.

• Rûyâda deniz banyosu yaptığını görmek, uzun bir müddet sağlığının iyice yolunda gideceğine işâretle yorumlanır. Uzun bir zaman hastalanmayacağına işârettir.

**BAR:** Rûyâda bar görmek, eski bir dostunuzla karşılaşacağınıza, fakat bu karşılaşmanın size çok büyük bir üzüntü vereceğine işâretle tabir olunur.

**BARAJ:** Rûyâda su barajı görmek, kazandığınız paraları boşa harcayacağınıza işâretle yorumlanır. Bu rûyâ bir uyarı içindir. Zorlukla ve çile çekerek kazanılan ve biriktirilen bir kaç kuruşunu boş ve faydasız işlerde harcayıp bitirmek ve sonrada sıkıntıya düşmek, akılllı birinin işi değildir.

**BARAKA:** Rûyâda bir tahta baraka görmek, iyi değildir. Üzücü bir olayla karşılaşıp maddeten zarar görüleceği ile tabir olunur. Yani işlerin bozulması ve sıkıntı işâretleri veren bu rûyâ ikaz içindir.

**BARDAK:** Rûyâda bardak görmek, hizmetçi kadın ve erkek ile tabir edilir. Bu bakımdan rûyâda bardak görmek, rûyâyı gören kimsenin durumuna göre büyük bir para ile yorumlanır.

• Rûyâda bardak görmek, rûyâ sahibinin kısa zamanda büyük bir paraya kavuşacağı ve bu para ile bir hizmetçi tutmaya ihtiyaç duyacağı ile tabir olunur.

• Rûyâda tahtadan yapılmış bir bardak görmek, iki yüzlü *(riyâkâr)* bir hizmetçi veya hizmetkâr *(erkek)* ile tabir olunur.

• Madenden bir bardak görmek, iyi bir hizmetçi kadına işâret ile yorumlanır.

• Rûyâsında su dolu bir bardağı elinde tuttuğunu görmek, bol bir kısmetle yorumlanır.

• Kırmızı bir sıvı ile dolu bardak görmek, eşinizin rahatsızlanacağına işâretle yorumlanır.

• Bardağı su ile doldurmaya çalıştığınızı görmek, fakat bardağın dolmayıp dibinden aktığını görmeniz, elinizdeki sermaye ve paranızın beceriksizliğiniz yüzünden eriyip gittiğine işâretle tabir olunur.

**BARUT:** Rûyâda barut dumanı görmek, dostlarınızdan birinin hastalanacağına işârettir.

**BASAMAK:** Rûyâda merdiven basamakları görmek, yücelik ve yükseklik merdivenlerine erişmenin sebeblerine işâret olarak yorumlanır.

• Merdiven basamakları bazen evin hizmetçisine işâretle tabir olunur.

• Rûyâda merdiven basamaklarından yukarıya çıktığını görmek, mevki ve rütbede yükseleceğinize ve servete kavuşacağınıza işâret olarak yorumlanır. Merdivenden aşağıya indiğini görmek ise tersiyle yorumlanır.

**BASIMEVİ:** Rûyâda bir basımevinde bulunduğunuzu görmek, her işinizi düşünerek tedbirli yapmak zorunda olduğunuza işâret eder, çünkü rakibleriniz sizi kollamakta olup işlerinizi gizli yapmazsanız size zarar verebilirler. Bu bir uyarı işâretidir. Geniş yorum için matbaa kelimesine bakınız.

**BASKETBOL:** Rûyâsında bir kimse basketbol oynadığını görse, bu rûyâ onun ilerleyeceğine, yükseleceğine ve başarılardan başarıya kavuşacağına işâretle tabir olunur.

**BASKÜL:** Rûyâsında baskül gören bir kimse, önem vermediği bir iş yüzünden başına türlü belâ ve problemler geleceğine işâretle tabir olunur.

• Rûyâda baskülde bir şeyler tarttığınızı görmeniz, elinizden çıkacak bir mal *(maddi)* zarara işârettir. Ancak bu çıkan zarardan sizin kârlı çıkacağınıza da işâret ile tabir olunur.

**BASTON:** Rûyâda baston görmek iyidir. Baston gören bir kimse, günlük işleri için etrafından, dostlarından yardım taleb edeceğine işârettir.

• Rûyâda kendisine bir dostu tarafından bir baston verildiğini gören kimse, bu dostunun kendisine önemli bir yardımda bulunacağına işârettir.

**BAŞ:** Rûyâda baş görmek, büyük adamla veya reislik, âmirlik, başlangıç ve her işin evveli gibi şeylerle tabir olunur.

• Rûyâda büyük bir baş görmek, bir rütbeye ermek, çok mal elde etmek, saygınlık gibi güzel şeylere işâret olarak yorumlanır.

• Rûyâda insan başı görmek, itibarlı, saygınlık elde etmek, şöhretli ünlü biri olmak, büyük saygın adam olmak gibi iyiye işâretle yorumlanır.

• Rûyâda kendi başını hayvan başı olmuş gibi görmek, meşekkat çekmek, zorluğa, sıkıntıya düşmek şeklinde tabir olunur.

• Rûyâda başından saç veya bir şey aldığını görmek, kendinden üst olan âmirden veya idâreciden bir menfaat elde eder diye tabir olunur.

• Rûyâda başının yükseklere, gök ve semaya doğru yükseldiğini görmek, şeref ve mevkinin artmasına, mal ve menfaat elde edeceğine işârettir.

• Rûyâda başını bir mızrağa dikilmiş görmek, şan ve şerefin artacağına işâretle yorumlanır.

• Rûyâda başını traş edilmiş görmek, zafer ve başarıya, güç ve kuvvete işâretle, rûyâyı gören kadın ise, bu rûyâ keder ve üzüntüye işârettir.

• Bir kimse rûyâda, kendi başını fil başı olmuş görmesi, zafer ve başarıya, terakki *(yükselme)* ve idâreci olmaya işâretle yorumlanır.

• Rûyâda fil başı görmek, elde edilecek yüce bir rütbe ve mevki ile tabir olunur.

• Rûyâda kendi başının koç başı olduğunu görmek, doğruluk ve dürüstlük işâreti olarak yorumlanır.

• Rûyâda koç başı görmek, düşmanlarına galib geleceğine işâretle tabir olunur.

• Rûyâda koyun başı görmek, cehâlet, bilgisizlik ve beceriksizlik ile tabir olunur.

• Rûyâda bir kimse kendi başının koyunbaşı olduğunu görmesi, aldatılacağına, tuzağa düşürüleceğine, yoldan çıkarılacağına ve iğfal edileceğine işâret eden bir uyarı niteliği ile tabir edilir.

• Rûyâda kurtbaşı görmek, yükselmekle ve yüksek bir rütbe, mevki ve makamla tabir olunur.

• Rûyâda kuzu başı yediğini görmek, mal ve zenginlik elde edileceğine işâretle tabir olunur.

• Rûyâda bir kuşun başını görmek, sefere ve yolculuğa çıkılacağına işâretle yorumlanır.

• Rûyâda bir arslan başını yediğini görmek, lider olmak, hükümdar olmak ile yorumlanır.

• Rûyâda kesilmiş baş görmek, mal sahibi, itibar sahibi, saygın kişilik kazanmakla, bazen de iflas edileceğine, mal ve iş kaybına işâretle yorumlanır.

• Rûyâda bir koyunun başını yediğini görmek, bir mevki ve rütbe sahibi olunacağına veya mal elde edileceğine işâretle yorumlanır.

• Rûyâda bir kaç tane başı birden görmek, âile sahibi bir kaç çocuk *(evlâd)* sahibi olmaya veya evlenmeye, yuva kurmaya ve de para, servetle tabir edilir.

• Başında ateş olduğunu rûyâsında gören kimse, büyük mevki ve makam sahibi olacağına, büyük dereceye ereceğine veya tersiyle iflas edeceği ile tabir olunur.

• Rûyâda öküz başı görmek, çekilecek zahmet ve zorluğa veya hor görülmeye işâretle yorumlanır.

**BAŞAĞRISI:** Rûyâsında başının ağrıdığını görmek, rûyâ sahibi kimsenin hata ve kusurlarından tevbe edip döneceğine işâretle yorumlanır.

• Bazı yorumculara göre, tevbe edilmesi gereken bir günahı bulunduğuna işâretle bir uyarıdır diye yorumladılar.

**BAŞ ÖRTÜSÜ:** Rûyâda baş örtüsü görmek, kanâat sahibi olmakla *(halinden memnun)* iyi bir nitelik sahibi olduğunuza işârettir.

• Bir erkek, rûyâsında kendisinin başörtüsü taktığını *(bağladığını)* görse, hizmetçi bir kadın bulacağına işâretle yorumlanır.

• Bir kadın rûyâsında siyah ve eski bir başörtüsü başında bulunduğunu görse, bu onun kocasının fakirliğine ve kıt görüşlü olduğuna işâretle yorumlanır.

• Rûyâsında beyaz bir başörtüsü taktığını gören kimsenin bu rûyâsı, onun saygılı kadrü kıymet bilen, incelik, kibarlık vasıfları olan, asillik sahibi ve aşk dolu, sevgi dolu bir kimse olduğuna işâretle yorumlanır.

• Rûyâda siyah başörtüsü takmak ve görmek, üzüntü ve kedere işâretle yorumlanır.

• Rûyâsında yeşil bir başörtüsü taktığını görmek, elde edilen ve edilecek olan mutluluklara, din yönünden derece sahibi bulunduğuna ve dileklerinin gerçekleşmesine işâretle yorumlanır.

• Rûyâsında mavi başörtüsü görmek, dostlarından ve arkadaşlarından yardım görüleceğine işâretle yorumlanır.

• Bir kadın rûyâsında başörtüsünün başından düşüp gittiğini görse, bu onun kocasından ayrılacağına, eğer başörtüsünü tekrar başına taktığını görürse, kocasının tekrar kendisine döneceğine işârettir.

**BAŞ YASTIĞI:** Rûyâsında baş yastığı gören kimse, kendisine güvenilir adamlara sahib olur şeklinde tabir edilir.

• Rûyâda baş yastığı görmek, sırrını saklayan, malını muhafaza eden, kocasının haklarını koruyan bir kadına *(zevceye)* işâret eder diye tabir olunur. Dolayısıyla çekilen zorluk ve meşekkatten kurtuluşa işâretle yorumlanır.

**BAŞAK:** Rûyâda başak görmek, hayra ve iyiye yorulur. Başak, gelecek hayırlı bir evlâd veya hayırlı bir toruna işâretle yorumlanır.

**BAŞBAKAN:** Rûyâda bir başbakan görmek, güç ve kuvvet ile maksat ve dileğinize kavuşmakla, geleceğinizin iyi olduğuna ve gelirinizin artacağına işâret eden hayırlı haberlerle yorumlanır.

**BAŞKAN:** Rûyâda herhangi bir başkanı görmek, sevdiğiniz arkadaş ve dostlarınızla aranızın açılacağına, fakat bir zaman sonra yeniden aranızın düzeleceğine işâretle yorumlanır.

• Rûyâda bir kimse, kendisinin başkan olduğunu görürse, bu pek iyiye yorulmaz. Başkan olunsa bile çok büyük zararlar görüleceğine işâretle yorumlanır.

**BATAKLIK:** Rûyâda bataklık görmek pek iyi değildir. Bu rûyâ hayra ve iyiye yorulmaz.

• Rûyâsında bir kimse, kendisini bir bataklıkta batağa saplandığını görse, bu rûyâ fakirliğe ve yoksulluğa düşüleceğine işâretle yorumlanır.

• Bataklıktan çıktığını gören kimsenin düşmüş olduğu sıkıntıdan kurtulacağına işâretle tabir olunur.

• Rûyâsında bataklıktan çıkamayıp çırpındığını görmek ise, ihtiyarlıkta rahat edeceğine işârettir şeklinde yorumlanır.

**BATARYA:** Rûyâda kendisini bir top bataryasının başında görmek, sevinçli bir haber alacağınıza işâretle yorumlanır.

**BATTANİYE:** Rûyâda battaniye görmek, rûyâyı gören kimse bekâr ise, evleneceğine veya nişanlanacağına: Rûyâsında rûyâyı gören evli ise, hayırlı bir işe kavuşacağına işâretle yorumlanır.

**BAVUL:** Rûyâda bavul görmek yoculuktur. Rûyâsında bir kimse içi dolu bir bavul görse, rûyâyı gören bu kimsenin yakında hayırlı bir yolculuğa çıkacağına işâretle yorumlanır.

• Görülen bavulun içi boş ise, rûyâyı gören kimse, çıktığı yolculuktan bir engel yüzünden geri döneceğine işâretle tabir olunur.

**BAYILMAK:** Rûyâsında bayıldığını gören kimseye bir üzüntü ve keder geleceğine işâretle yorumlanır.

**BAYKUŞ:** Rûyâda baykuş görmek zalim bir devlet adamını temsile işârettir.

• Rûyâda baykuş görmek pek iyiye yorulmaz, Baykuş rûyâsı kötü ve çirkin bir kimsenin simgesidir.

• Dişi baykuş görmek, kötü ve hain birisiyle karşılaşacağınıza işâretle yorumlanır.

• Evine baykuş geldiğini görmek, ölümünün yaklaştığına veya evinin harap olacağına veya çok çirkin kelimelerle saldırıya uğrayacağınıza işâretle yorumlanır. Erkek baykuş, hırsızlığa veya çeşitli kötülüklere işâretle yorumlanır.

**BAYRAK:** Rûyâda bayrak görmek, iyiliğe yorulur. Bayrak rûyâsı işlerin yolunda gideceğine işârettir.

• Rûyâda bayrak görmek, iyilik, mutluluk, barış ve zafer, evlilik ve şöhret gibi iyilik simgesi özelliklere işâretle tabir olunur.

**BAYRAM:** Rûyâda bayram görmek, iyilik, ferahlık ve neş'eye ve sevince işâret eder.

• Rûyâsında bayram günü olduğunu görmek ve kendisine bir bayramlık yeni elbise aldığını ve giydiğini görmek, çok sevinçli bir haber alacağınıza ve akrabalarınızla aranızın iyi olacağına işâretle yorumlanır.

**BAYTAR** *(VETERİNER):* Rûyâda baytar görmek, genellikle hayra ve iyiye yorulur. Tabib, arabulucu iğneci ve cerrah gibi nitelikleri bulunan kimselerle tabir olunur.

**BEBEK:** Rûyâsında bir kimse, bir bebek *(erkek çocuğu)* görse, bu onun bir müjde alacağına işârettir.

• Rûyâda kız çocuğu *(bebek)* görmek, bolluğa, şan ve şerefe, aynı zamanda zorluktan sonra kolaylığa kavuşulacağına işâretle yorumlanır.

• Rûyâda kız çocuğu görmek, sizi sevindirecek bir işle de karşılaşacağınıza işâretle yorumlanır.

**BEKÇİ:** Rûyâda bekçi görmek, güç ve kuvvetin artacağına işâretle yorumlanır.

• Bir kimse rûyâsında bekçilik ettiğini görse, bu onun için hayır ve menfaat göreceğine işârettir.

• Kendisini bir bekçinin tuttuğunu *(yakaladığını)* ve kendisini hırpaladığını ***(tartakladığını)*** görse, bu onun hükümet tarafından zarar göreceğine işârettir.

**BEKLEMEK:** Rûyâda beklediğini görmek, iyi bir haber için bekleniyorsa iyiye yorulur, kötü bir haber için bekleniyorsa kötüye yorulur. Bir işi beklediğini görmek, uzun ömürlü *(ömrünün uzayacağına)* işâretle tabir olunur.

**BEL:** Rûyâda elinizde bir bel küreği görmek, aceleciliğinizden dolayı bir yanlışlığa uğrayacağınıza işârettir.

**BELA:** Rûyâda bir bela ve sıkıntı gören kimse, çektiği sıkıntı ve güçlüklerden sonra ferahlığa ve sevinçli bir duruma kavuşacağına işâretle yorumlanır.

**BEL KEMİĞİ:** Rûyâda bel kemiği görmek, itimât edilecek bir kimseye işârettir. Belkemiği evlenmeye ve bir erkek çocuğa kavuşulacağınada işârettir.

**BENZİN:** Rûyâda benzin aldığını ve benzini gördüğünü gören kimse, bir takım gönül maceralarına katılma merakından dolayı büyük zarar göreceğine işârettir. Bu yüzden kişiliğinin, değeri ve mevkiinin değeri düşecektir.

**BERÂAT ETMEK:** Rûyâda kendisi için berâat kararı verildiğini gören kimse, korktuğu şeylerden emin ve emniyette olduğuna işâretle tabir edilir.

**BERBER:** Rûyâda berber görmek, işlerin düzelmesi veya haseblarıın kapanmasına işârettir.

• Berberde traş olduğunu görmek, israf edileceğine işârettir. Berbere gittiğini görmek, rahatsızlığa işârettir.

**BERE:** Rûyâda bere giydiğini görmek, mes'ut ve sevinçli günlere kavuşulacağına işâretle tabir olunur.

**BESMELE:** Rûyâda bir besmele yazısı aldığını gören kimse, hayat boyu dâima himâye edileceğine *(korunacağına)*, bu nedenle de dâima rahat bir hayat yaşayacağına işâret olarak yorumlanır.

• Besmele-i Şerife görmek, rûyâyı gören kimsenin, ilminin hidâyetinin, başarısının ve rızkının artacağına işâret olmak üzere bir müjde haberine işâretle yorumlanır.

• Rûyâsında Besmele-i Şerifeyi güzel bir yazı ile bir kağıt üzerine yazdığını gören kimsenin, rızkının ve malının artacağına, eğer çiftçilik yapıyorsa, tarladan bol bereketli mahsul kaldıracağına işâretle yorumlanır.

• Rûyâsında bir kimse *"Besmele"*yi tamamen okuduğunu görse, bu rûyâ o kimsenin malının ve kazancının bol ve bereketli olacağına işârettir.

• Besmeleyi yazmak, okumak, okunduğunu dinlemek ve tam, mükemmel olarak görmek hep hayırla yorumlanır.

**BEŞİ BİRLİK:** Rûyâda bir kimse beşi birlik ***(beşi biyerde)*** denen bir altın görmesi, rûyâyı gören kimsenin mal sahibi olarak zengin olacağına işâretle tabir olunur.

• Bu rûyâyı gören kimse, bekâr ise evleneceğine işâretle yorumlanır. Evli ise, çocuklardan birisini evlendireceğinede işârettir.

**BEŞİK:** Rûyâda beşik görmek değişik şekilde yorumlanır. Rûyâda beşik gören evli çiftler için çocukları olacağına işârettir.

• Rûyâda beşik yaptırmak evlenmeye işârettir. Beşik sattığını veya kırdığını veya birilerine verdiğini görmek, eşlerin boşanacaklarına işâret ile yorumlanır.

• Rûyâda bir beşik yaptırdığını veya yaptığını veya satın aldığını veya birisinin kendisine beşik hediye ettiğini görmek, rûyâyı gören kimse bekarsa evlenir *(kadın olsun, erkek olsun)*. Evli ise, çocukları olur, şeklinde tabir olunur.

• Rûyâda görülen beşik madenden yapılmış ise, çocuk erkek olur, beşik tahtadan *(ahşap)* ise, çocuk kız olur diye de tabir olunur.

• Rûyâsında beşiğin kendi kendine kırıldığını veya kırılmış olduğunu görmek, çocuğun ölümüne işâret olarak yorumlanır.

• Rûyâda bir beşik yapmakta olduğunu, fakat beşiği tamamlayamadığını *(bitiremediğini)* görmek, karısından boşanacağına *(ayrılacağına)* işâretle tabir edilir.

• Bazen de rûyâda beşik görmek, sevinç ve neş'e ile tabir olunur.

**BEYAZ:** Rûyâda beyaz renk görmek, iyidir. Beyaz renk genellikle hayra ve mutluluğa işârettir.

• Bir kimse rûyâsında beyaz bir yatak görse, bu onun rûyâyı gören kimsenin, bekâr ise evleneceğine işârettir diye tabir edilir.

• Rûyâsında kar üstünde yürüdüğünü görmek, rûyâyı gören hasta ise iyileşeceğine işârettir.

• Kendisini karın üzerinde uzanıp yattığını görmesi, bütün üzüntü ve sıkıntılardan kurtulacağına işâretle yorumlanır.

**BEYAZ DARI:** Rûyâda beyaz darı *(mısır)* görmek, iyidir, hayra ve iyiliğe yorulur. Bu rûyâ elde edilecek rızık *(gelir)* ile tabir edilir.

• Rûyâsında beyaz mısır *(darı)* aldığını görmek, hayır ve faydalanmak ile tabir edilir. Beyaz mısır *(darı)* sattığını görmek ise iyi değildir, iyiye yorulmaz. Sıkıntı ve üzüntüye işâretle tabir olunur.

**BEYAZ KAĞIT:** Rûyâda üzerine yazı yazılan beyaz kağıt yaprağı görmek, rûyâyı gören kimsenin yapacağı bir yemine işâret olarak yorumlanır.

**BEYGİR:** Yorum için at kelimesine bakınız.

**BEYİN:** Rûyâda beyin görmek, üç şekilde yorumlanır.

1- Gizli mal bahibi olmaya işârettir.

2- Pek keskin ve kuvvetli bir akla işârettir.

3- Allah katında kabul olan makbul görülen bir hayır yapılacağına işârettir, şeklinde yorumlanır.

• Rûyâda beyin görmek, rûyâyı gören kimsenin, kimsenin bilmediği gizlice biriktirmiş olduğu para ve edindiği mala işârettir diye tabir olunur.

• Rûyâsında kendi beyninin büyük olduğunu görmek, rûyâyı gören bu kimsenin çok akıllı biri olduğuna işâretle yorumlanır.

• Rûyâda kendi beyninin yok olduğunu gören kimsenin ise kendi cahilliğine işâret eden, uyarıcı bir rûyâdır, şeklinde tabir olunur.

• Rûyâsında kendi beynini yediğini gören kimse, kendi malını kendi yiyeceğine işâretle yorumlanır.

• Rûyâda beyin görmek rûyâsı, bazen de dînen yapılan gizli ibadetler ile yorumlanır.

**BEYTÜL MUKADDES:** Bir adı da *"Mescid-i Aksa"* olan o mübarek yeri rûyâda görmek, hayır ve bereket ve mutluluğa işârettir.

• Rûyâsında bir kimse, kendisinin Mescid-i Aksa'da bulunduğunu görmesi, hayır ve berekete kavuşacağına işâretle tabir olunur.

**BEZELYE:** Rûyâda bezelye sebzesi görmek, mevsiminde olursa, hastalığa işârettir, Eğer mevsiminde olmazsa, büyük bir musîbete işâretle yorumlanır.

**BIÇAK:** Rûyâda bıçak görmek, çeşitli şekilde yorumlanır. Görülen rûyânın durumuna göre değişik yorumları vardır.

• Rûyâda bir bıçak aldığını görmek, boşadığı hanımını tekrar geri almak *(yeniden onunla evlenmekle)*, güç ve kuvvete kavuşacağına işâretle yorumlanır.

• Rûyâda bıçağını kınına soktuğunu görmek, eğer bekâr ise, evleneceğine işâretle yorumlanır.

• Rûyâda bıçak ile elini kestiğini gören kimse, kendisini şaşkınlığa uğratacak, hayretler içinde bırakacak bir olayla karşılaşacağına işâret olarak tabir olunur.

• Rûyâsında bıçakla bir şey kestiğini görmek, rûyâyı gören kimsenin eline geçecek mal veya paraya işâret olarak yorumlanır.

• Rûyâsında elinde kendisine âit bir bıçak bulunduğunu gören kimsenin bu rûyâsı, kendisinin başarıya kavuşacağına işârettir, diye tabir olunur.

**BIÇAKÇI:** Rûyâda bıçak satan veya yapan birini görmek, insanlar için yararlı bir kimse olacağına ve onlara meslek öğreten bir kimse olduğuna işâretle yorumlanır.

**BILDIRCIN:** Rûyâda bıldırcın kuşu görmek, temiz ve helâl olarak kazanılan rızka işârettir.

• Rûyâda görülen bıldırcın, bazen iyi ve sevindirici bir haber alınacağına işârettir.

• Rûyâda bıldırcın kuşu görmek, bazen uzaktan gelecek para ve nimete işârettir.

• Rûyâsında bir kimse, bıldırcın avladığını görse, bu onun için beklemediği bir yerden gelecek nimet ve rızka işâretle tabir olunur.

**BIYIK:** Rûyâda görülen bıyıkla ilgili rûyâlar çeşitli şekilde yorumlanır. Bu rûyâlar bıyıkların durumuna ve görülen şekline göre değişik tabir olunurlar.

• Rûyâda bıyığını traş ettiğini veya kestirip kısalttığını gören kimsenin hayra kavuşacağı ile tabir olunur.

• Rûyâda bıyığını fazla bir şekilde uzamış olduğunu gören kimsenin, bu rûyâsı kendisinin üzüntü ve kedere düşerek sıkıntıya maruz kalacağı, bazen de haram olan şeyleri içmekle şöhret bulacağına işâretle yorumlanır.

• Bıyıklarını fazlaca uzatmış olduğunu gören kimsenin, mekruh olan *(sevilmeyen)* hallerde bulunduğunu veya bulunacağını ve boş faydasız şeylerle vakit geçirmekte olduğuna işâretle tabir olunur.

• Rûyâda bıyığının yeni bitmiş, yeni çıkmış olduğunu gören kimsenin bu rûyâsı, kendisinin güç ve kuvvete kavuşacağına işâretle yorumlanır.

• Bir kadının rûyâsında bıyıklarının olduğunu görmesi, kadının gördüğü bu rûyâsı, kendisinin bir oğlan çocuğu olacağına işâretle tabir olunur.

• Rûyâsında bıyıklarını yolduğunu görmek, pek iyiye yorulmaz. Bu rûyâyı görenin kötü bir yolda olduğunu, iyi olmayan işlerle uğraştığını bildiren bir işâret olarak tabir olunur.

**BİBER:** Rûyâda biber görmek, bazen iyiye bazen de kötüye yorumlanır.

• Rûyâda bir çok biber görmek, rızkını çok zahmetle kazandığına, üzüntü ve kedere düşeceğine işârettir, şeklinde tabir olunur.

• Rûyâda yeşil biber yediğini görmek, rûyâyı görenin dostluğuna güvenilir bir kimse olduğuna işâret olup ancak yaptığı işten dolayı pişmanlık duyacağına işâretle tabir olunur.

• Rûyâda başkasından biber aldığını görmek, kendisinden üst birinden *(amirinden)* azar ve söz işiteceğine işâretle yorumlanır.

• Rûyâda birisine biber verdiğini görmek, hastalıktan kurtuluşa işâret olarak yorumlanır.

• Rûyâsında biber yediğini görmek, birisinden ağır bir söz işiteceğine işâretle yorumlanır.

**BİLARDO:** Rûyâda bilardo görmek veya oynamak, bir arkadaşınız tarafından evine davet edileceğinize işâretle yorumlanır.

**BİLET:** Rûyâda bilet görmek, yolculukta ve seferde sükûn ve selâmete işâretle yorumlanır.

• Rûyâda tren ve vapur bileti aldığını gören kimse, büyük ve başarılı bir işe atılacağına işâretle tabir olunur.

**BİLEYİCİ:** Rûyâda bıçak, makas gibi âletleri bileyleyen birini *(bileyici)* görmek, bir adağınızın olduğuna *(bir adakta bulunduğunuza)*, fakat bunu yerine getirmediğinize ve bu yüzden de işlerinizin yolunda gitmediğine ve işlerinizin gecikmesinin sebebi buna bağlı olduğuna işâretle yorumlanır.

• Rûyâsında bileyiciye bir bıçak veya makas gibi bir şey bileylettiğini gören kimsenin, bu rûyâsı, yeni bir iş kurmaya çalıştığına işâretle yorumlanır.

**BİLEY TAŞI:** Rûyâda biley taşı görmek, doğruluğa işâretle yorumlanır.

• Rûyâda biley taşı görmek, bazı yorumculara göre, kadınla tabir olunur.

• Bazı yorumculara göre biley taşı, karı-koca ve ahbablarının arasını açan bir kimseye işârettir, şeklinde yorumlamışlardır.

**BİLEZİK:** Rûyâda bilezik görmek, değişik şekillerde tabir olunur. Bazen iyiye bazen de kedere ve üzüntüye yorumlanır.

• Bir erkeğin rûyâsında elinde bir bilezik görmesi, onun elinin darlığına ve sıkıntıda olduğuna işârettir, diye tabir olunur.

• Rûyâda bilezik görmek, kadın için evlenmeye, erkek için keder ve sıkıntıya işârettir.

• Rûyâda gümüşten bilezik gören kimsenin malı ve geliri artar. Erkeklerden rûyâda bilezik taktığını gören kimse için, bu gördüğü rûyâ keder ve üzüntüye işârettir. Bu rûyâyı kadın görüürse, yani rûyâsında bir kadın bilezik taktığını görse, bu rûyâ kadın için iyidir, iyiye ve hayra yorulur. Çünkü bilezik, kadınlar için, kadınlara özel (*mahsus*) ziynet eşyasıdır.

• Rûyâda ölüler üzerinde bilezik görülse, bu rûyâ üzerinde bilezik görülen ölmüşlerinizin cennette olduklarına işâret eden bir müjdedir şeklinde tabir olunur.

• Bazı rûyâ tabircileri (*yorumcuları*) rûyâda altın bilezik görmenin, onun rûyâda taktığını gören kimse için mirasa kavuşacağına, miras yoluyla mal sahibi olunacağına işâret olarak yorumlarlar.

• Rûyâda altın bilezik taktığını görmek, mirastan ele geçecek mal ile yorumlanır.

• Gümüş bilezik taktığını görmek ise, din ve takva sahibi iyi bir insan olunacağına işâretle tabir edilir.

**BİLGİSAYAR:** Rûyâsında bilgisayar görmek, rûyâyı gören kimsenin işlerinin yolunda gideceğine ve önüne çıkacak engellerden etkilenmeden onları aşacağına işârettir.

• Rûyâsında bilgisayarın kilitlendiğini ve onu açamadığını görmek, bu rûyâyı görenin işindeki tıkanıklığı açmaya gücü yetmeyecek diye tabir olunur.

• Eğer bilgisayarın kilitlenmesini çözüp tekrar açtığını görürse, bu onun işindeki tıkanıklığı kendi gücüyle giderebileceğine işâret olarak yorumlanır.

• Rûyâsında bilgisayar gören bir kimsenin işlerinde ileriye yönelik atağa geçtiğini veya geçeceğine ve bu atağında da Allâh'ın yardımıyla başarıya ulaşacağına işâretle yorumlanır.

**BİLİRKİŞİ:** Rûyâsında kendisini bilirkişi olarak görevlendirilmiş olduğunu görmek, kalabalık bir insan topluluğunda büyük bir saygı ile karşılanacağına işârettir, şeklinde tabir olunur.

**BİLLÛR:** Rûyânızda billûr görmek, iyi ve güzel huylu olacağınıza işâretle tabir olunur.

• Rûyâda billûr görmek, kadına işâretle tabir olunur. Bunun içindir ki, rûyâda bir billûra sahib olduğunu gören kimse, temiz yürekli iyi bir kadınla evleneceğine işâretle yorumlanır.

**BİLMECE:** Rûyâda bilmece, bulmaca çözdüğünü görmek, duruma göre yorumlanır. Bazen iyiye, bazen de kötüye yorumlanır.

• Rûyâsında bilmece-bulmacaları çözdüğünü görmek, rûyâyı gören kimse için, işlerinin yolunda devam etmesi için, aynı gayretle çalışmasını sürdürmesi gerektiğine işâretle yorumlanan bir uyarı rûyâsıdır, şeklinde tabir olunur.

• Rûyâda bir başkasının çözdüğü bulmaca-bilmeceye yardım ettiğini gören kimsenin, kendi işlerinde bir başkasından fikir danıştığına işâretle tabir olunur.

**BİNA:** Rûyâda görülen güzel bir bina, sevgiye, neş'eye, rızka, güzel giysilere *(elbiselere)* bekar kızlara ve onlardan çocuklara işâret eden iyi müjdelerin habercisidir. Bazen de rûyâda görülen sağlam bina, kuvvet ve güce, yardım ve müsaadeye ve uzun ömre işâretle yorumlanır.

• Rûyâsında bir kimse yeni yapılmış bir bina görse, o kimsenin ondan fayda elde edeceğine işâret eder diye tabir olunur.

• Rûyâda bir kimse evini güzel ve kendisine yetecek şekilde büyüttüğünü ve genişlettiğini görse, bu onun için dünyadaki halinin güzel ve mutlu bir yaşamına işâret eder bir tabirdir. Bu rûyâ, rûyâyı gören için iyi ve hayırlı bir rûyâdır.

• Eğer rûyâda evini kendisinin ihtiyacından fazla ve lüks bir halde fazlaca büyütmüş olduğunu görse, bu rûyâ iyi değildir. Bu evine bir musibet geleceğine işâretle yorumlanır.

• Rûyâda boş bir arazide *(arsada)* yapılmış tek bir bina görmek, rûyâyı gören kimsenin ev sahibi olacağına işâretle yorumlanır. Kendisinin bina yaptığını görmek ise, yeni bir işe başlayacağına işâretle tabir edilir. Binanın yıkıldığını görmek ise, rûyâyı gören kimsenin dîni görevlerini ihmal ettiğine işâretle yorumlanır.

• Yeni bir binaya taşındığını ve yerleştiğini gören kimsenin ise, yeni bir ev sahibi olacağına işârettir.

• Rûyâda bir yerde veya bir köyde bina yaptığını görmek, rûyâyı görenin o yerde bir hanım ile evleneceğine işâretle yorumlanır.

**BİNMEK:** Rûyâsında bir hayvana bindiğini gören kimsenin nefsinin isteklerine uyan bir kimse olduğuna işâretle yorumlanır.

• Rûyâsında bir ata binmek isteyen ve binmesini beceremediğini görmek, nefsinin istekleri doğrultusunda gittiğine işârettir. Rûyâsında aynı şekilde arabaya binmenin yorumu da böyledir.

• Rûyâsında ata güzel biner, kendisine ve ata hakim olarak dostdoğru bindiğini görürse, bu rûyâ iyidir. O kimse kendine ve nefsine hakim irâdesine hakim *(sahib)* bir kimse olarak yorumlanır.

• Rûyâda zorla bir adamın boynuna bindiğini görmek, rûyâyı görenin ölümüne işârettir, şeklinde tabir olunur.

• Rûyâsında hayvana ters bindiğini gören kimse, bu onun özür dilemeleri kabul etmeyen, öğüd ve nasîhat kabul etmeyen inatçı ve gaddar, yaramaz huylu bir kimse olduğuna işâret olarak yorumlanır.

**BİRA:** Rûyâsında bira içtiğini görmek, rûyâyı gören kimsenin, rızkını zorluk ve meşakkat ile kazanacağına işâretle tabir olunur.

• Rûyâda bira gören kimsenin bu rûyâsı kendisinin üzüntü, keder ve zorluklarla karşılaşacağına işâret olup bazen de geçim darlığına düşeceğine ve ihtiyaç ve zarûret içinde kalacağına işâretle tabir olunur.

• Rûyâda bira içtiğini gören kimsenin, bu rûyâsı onun hastalığına *(hasta olacağına)* işâretle tabir olunur.

**BİRİKMEK-ÇOĞALMAK:** Rûyâda bir şeyin birikip çoğalmasını görmek, rüyâyı gören kimsenin mal biriktirmeyi çok sevdiğine ve mal toplayıp biriktirmekten hoşlanan bir kimse olduğuna işârettir.

**BİRİLERİYLE YEMEK:** Rûyâda birisiyle veya birileriyle berâber oturup yemek yediğini görmek değişik şekilde tabir edilir.

• Rûyâda ölmüş biriyle beraber olup yemek yediğini görmek, rûyâyı gören kimsenin borçlanacağına işârettir.

• Rûyâsında cin ve şeytanlarla beraber yemek yediğini görmek, rûyâyı gören kimsenin şerli kimselerle ve kötü insanlarla arkadaşlık yapacağı ve onlarla düşüp kalkacağına işâretle yorumlanır.

**BİSİKLET:** Rûyâsında bisiklet gören kimsenin verdiği kararlarda ve sözlerinde daima yanıldığını ve bu nedenle zarar gördüğüne ve göreceğine işâret olarak yorumlanır.

• Rûyâsında bir bisiklet satın aldığını görmek, rûyâyı gören kimsenin zarar edeceği bir işe girmek istediğine işârettir şeklinde yorumlanır.

• Rûyâsında bisiklet bindiğini gören kimsenin, bu rûyâsı sıkıntıya ve kedere düşeceğine işârettir.

**BİSKÜVİ:** Rûyâsında bisküvi yediğini görmek, bu onun üzüntü ve dertlerinden kurtulacağına işâretle yorumlanır.

• Rûyâda bisküvi görmek, rızkınızın artacağına ve geçim sıkıntınızın düzeleceğine işâretle yorumlanır.

**BİT:** Rûyâda bit görmek, mal ve ev halkı ile tabir olunur.

• Rûyâsında kendi üzerinde bitlerin dolaştığını gören kimsenin, eline çok mal ve para geçer veya ev halkı, âile efradı çoğalır, şeklinde yorumlanır.

• Rûyâda yeni elbiselerinin üzerinde bit gören kimsenin, mal ve serveti artar diye tabir edilir. Eğer gördüğü bit eski elbisenin üzerinde ise, rûyâyı görenin fazlaca borçlanacağına işârettir.

• Rûyâda elbiselerinde veya vücudunda bitlerin çoğaldığını, bir çok bitlerin bulunduğunu görmek iyidir. Bu nimetlerin çoğalmasına ve bereketin artmasına, üzüntü ve kederlerden, dert ve belâlardan kurtulacağına işâretle yorumlanır.

**BİTKİ:** Rûyâda herhangi bitkilerden birini gören kimse, ruhsal ve bedensel hastalıklardan kurtulacağına işâretle tabir edilir.

**BOĞA:** Rûyâda boğa gören kimsenin güçlü insanlar arasında yaşayacağına ve ticeretinin iyi olacağına işâretle yorumlanır.

**BOĞAZ:** Rûyâda boğaz görmek, küçük çapta bir rahatsızlığa, huzursuzluğa ve sıkıntıya işârettir.

• Rûyâda boğazında kıl veya başka bir şey çıktığını görmek, rûyâyı gören kimsenin ömrünün uzadığına işârettir.

**BOĞAZLANMAK:** Rûyâda bir şeyi boğazladığını görmek, anne ve babaya âsî olunduğuna işârettir.

• Rûyâda bir şeyi boğazlamak, bazen evliliğe işâret ile tabir olunur.

• Bir kimse rüyasında güvercin ve koyun gibi şeylerden birini boğazladığını görse, bu rüyâ o kimsenin evleniceğine işâretle yorumlanır.

• Rûyâsında bir kadını boğazladığını gören kimse, o kadına yakın olur ve onunla münasebetle bulunur şeklinde tabir olunur.

• Yine hayvanların dişilerini *(dişi hayvan)* boğazlandığını görmek, aynı şekilde *(bir kadınla bir leşmeye)* işâret olarak yorumlanır.

• Rûyâsında kendini boğazladığını gören kimsenin işleri ters gider şeklinde tabir olunur..

**BOĞMAK:** Rûyâda kendisini asarak boğduğunu görmek, iyi değidir. Bu rüya, rûyâyı gören kimse için hüzün ve kedere işârettir. Bu rûyâyı gören kimse, rûyâyı gördüğü evinde ve kendisini asıp boğduğu yerde oturması gerektiğine işâret eder.

**BOĞULMAK:** Rûyâda boğulduğunu görmek iyi değildir. Rûyâda boğulduğunu görmek, hatalı bir yolda olunduğuna işârettir.

• Rûyâda suda boğulma tehlikesi atlattığını görmek, bu rûyâyı görenin çok dikkatli olması gerekir. Çünkü bu sizi karşılaşacağınız tehlikeye işâret ederek uyarmaktadır. Dolandırılabilirsiniz çünkü buda bir tehlikededir. Denizde boğulduğunuzu görmek, hastalanacağınıza işârettir. Boğulurken kurtulmuşsanız, evleneceğinize işârettir.

**BOHÇA:** Rûyâda bohça taşıdığını görmek, beklemediği ve sevdiği dostlarından birinin kendisine *(rûyâyı gören kimseyi)* ziyaret edeceğine işâretle yorumlanır.

• Rûyâda bohçasını alıp yolculuğa çıktığını görmek, sevdiği biriyle karşılaşacağına işârettir.

• Rûyâsında boş bir bohçayı sandığına koyduğunu görmek, evindeki âileden bir kişinin evlenip ayrılacağına işâretle tabir olunur.

• Rûyâsında çamaşırlarını toplayıp bohçaladığını görmek, planladığı işlerinin yolunda gideceğine işâretle yorumlanır.

**BOKS MAÇI:** Rûyâda boks maçı seyrettiğini görmek pek iyiye yorulmaz. Sevdiğinizin ihanetine işârettir, diye tabir olunur.

**BOLLUK:** Rûyâsında zengin bir kimse, kendisini bolluk içinde görse, kendisinin bu kadar bolluk içinde olmasının şükrünü artırması gerektiğinin bir uyarı işâreti olarak tabir olunur.

• Sıkıntı *(fakirlik)* içinde olan bir kimse, kendisini bollluk içinde görse, bu onun sıkıntılardan kurtulmasına ve borçlarını ödeyeceğine işâretle yorumlanır.

**BOMBA:** Rûyâda bomba görmek, gizli bir şeyin ortaya çıkacağı ile yorumlanır.

• Rûyâda bir bomba patladığını ve yaralandığını görmek, rûyâyı gören kimsenin bir zarara uğrayacağına işâret olarak tabir edilir.

**BONCUK:** Rûyâda boncuk görmek, bir hizmetçi ve hanıma veya bir mala kavuşmakla tabir olunur. Bazı tabircilere göre, boncuk görmek, değersiz ve kişiliksiz dosta işâretle yorumlanır, demişlerdir.

**BONCUKÇU:** Rûyâda boncuk satan *(boncukçu)* görmek, kadın işleriyle uğraşan ve onların işlerini düzenlemeye çalışan kimseyle tabir olunur.

**BONO:** Rûyâda bono aldığını veya verdiğini gören kimsenin, sinirlerinin bozulacağına, fakat gelirinin artacağına işâret olarak yorumlanır.

**BORA:** Rûyâsında boranın şiddetli esintisi ile boşluğa sürüklendiğini gören kimsenin işinden uzaklaştırılacağına işâretle yorumlanır.

• Boranın tesiriyle *(etkisiyle)* evinin kiremiti veya herhangi bir şeyinin koparak düşdüğünü gören kimsenin sıkıntıya düşeceğine işâretle yorumlanır.

**BORAZAN:** Rûyada borazan görmek iyidir. Rüyada borazan görmek, ortaya çıkacak bir hayra işâretle yorumlanır.

• Bir kimse kendisi borazana üflediğini *(çaldığını)* görse yakında iyi bir haber alacağına işâretle tabir edilir.

**BORAZANCI:** Rûyâda borazan çalan bir eri görmek, hayatında değişiklik olacağına işâretle tabir olunur.

**BORÇ:** Borçlu olan bir kimse rûyâda borçlandığını ve bundan da üzüntü duyduğunu görse, bu onun ummadığı, beklemediği bir yerden gelen para ile borcunu ödeyeceğine işâretle yorumlanır.

**BORÇ ÖDEME:** Rûyâda borç ödediğini gören kimse, üzüntü ve kederden kurtulacağına işâretle yorumlanır.

• Bazı tabircilere göre rûyâda bir borç ödediğini gören kimsenin, yolculuktan döneceğine işârettir diye tabir ediyorlar.

**BORNOZ:** Rûyâda bornoz görmek iyidir, bornoz mala işârettir diye tabir edenlerde olmuştur.

• Rûyâda pazardan *(veya çarşıdan)* bornoz aldığınızı görmek, rûyâyı gören kimsenin evine bazı gerekli eşya satın alacağına işâretle yorumlanır.

• Rûyâda bornoz giydiğini veya bornoza sarılarak banyodan çıktığını görmek, günahlarından hata ve kusurlarından uzaklaşacağına *(terkedeceğine)* işâretle yorumlanır.

**BORSA:** Rûyâda borsa görmek pek iyiye yorulmaz. Rûyâda borsa hisse senedi satın aldığını gören kimsenin, evine hırsız gireceği ve bütün paralarını çalıp götüreceğine işâretle yorumlanır.

• Rûyâda borsada oynadığını görmek, bazen de ufak tefek ve geçici olan para sıkıntılarıyla karşılacağına işâretle yorumlanır.

**BORU:** Rûyâda herhangi bir boru görmek, kazancınızın artacağına işârettir.

• Rûyâda boru görmek, rûyâyı gören kimse, evini satabilir. Çünkü yakında birisi veya birileri ona daha iyisini verebilir, hayatı değişebilir ve yükselebilir şeklinde yorumlanır.

• Rûyâda boru gören kimse, su borusu, havagazı borusu da olabilir, bu rûyâ memur için, terfi edeceğine, esnaf ise fazla para kazanabileceğine işâretle tabir olunur. Evindeki borudan bol su aktığını gören kimsenin kazancında bolluk ve bereket olacağına işâretle yorumlanır.

**BOSTAN:** Rûyâda normal ve mevsiminde bostan *(bu sebze, meyve bahçesi de olabilir)* görmek, eş, çocuk, mal, iyi ve ferah geçim, üzüntü ve kederden kutuluş gibi iyiye işâret olarak yorumlanır.

• Cafer-i Sadık'ın yorumuna göre de, bu güzel yorumlar vardır. Buna göre, bostan rûyâsı, yedi türlü yorumlanabilir. 1- eş, 2- evlad, 3- iyi geçim, 4- mal, 5- zenginlik, 6- sevinç, 7- hizmetçi. Bu hayırlı şeyler ile tabir olunur.

• Rûyâda bostan görmek, iyi ve mükemmel özellikleri olan bir eş *(hanım)* ile tabir olunur.

• Rûyâsında kendisine âit bir bostanı olduğunu ve içinde bol meyveli ağaçları bulunduğunu bunlardan meyve aldığını gören kimse, zengin bir hanımla evlenir ve ondan fayda görür, şeklinde tabir olunur.

• Rûyâda güz mevsimi *(sonbaharda)* bir bostana girdiğini ve yaprakların sararıp döküldüğünü gören kimse, üzüntü, keder ve sıkıntıya düşeceği ile tabir olunur.

**BOSTAN DOLABI:** Rûyâsında bostan dolabı gören kimsenin, bu rûyâsı para biriktireceği ile yorumlanır.

**Fıkracık:** Bostan dolabı ile ilgili şöyle bir fıkracık vardır. Şeytan, bir sofunun yakasına yapışır *(peşine takılır)*. Bir sene, iki sene derken tamı tamına sofunun peşinde tam kırk sene dolaşır. Birgün şeytan sofuya şöyle yalvarır:

*"— Ya hu, arkadaş! seninle tam kırk senedir arkadaşlık yapıyoruz. Bu gün de müsâade et de* (izin ver de)

*seninle geleyim, beraber şu kırlarda dolaşalım"* der. Bizim sofu, şeytanın isteğini kırmaz ve kabul eder ve şeytana:

*"— Gel bakalım. Benimle gelsen de senin dediğini yapmam bilesin"* der.

Kırda beraberce dolaşırlar ve sonunda ikisi de yorulup bir bostanın bahçesinde biraz dinlenmeyi kararlaştırıp otururlar. Aradan **biraz zaman** geçtikten sonra, şeytan arkadaşı sofuya:

"— **Arkadaş, müsâade edersen** *(izin verinsen)* **şöyle bir dolaşabilir miyim?"** diyerek arkadaşından izin alarak bostanın etrafında dolaşır, sonra gelip oturur.

*(Şeytan bu dolaşım esnasında bostan evinin önünde bağlı bulunan koçun bağlı olduğu kazığı oynatır. Bundan arkadaşının haberi tabii yoktur.)*

Aradan kısa bir zaman geçer, geçmez bir gürültüdür, kopar. Koç bağlı bulunduğu kazığı çıkarır ve evin önündeki **"Bahçe (Bostan) dolabının"** aynasında kendi resmini görünce, kendisine rakip bir koç sanarak aynaya yüklenir. Tabii ki, ayna tuzla buz olarak parçalanır.

Bu kopan gürültüyü duyan bostan sahibinin hanımı, ne var, ne oluyor? diye koşar. Bakar ki, bahçe elbiseleri dolabla birlikte yerlerde!.. Kadın telaşla basar feryadı ve bahçevânı çağırıp kes şu koçu diyerek emir verir. Bahçıvan, hanım efendinin emri, diyerek hiç düşünmeden koçu yatırıp oracıkta boğazlar *(keser)*. Tam bu sırada bostanın sahibi *(kadının kocası)* gelir. *"— Ne bu hal?"* der.

Bahçıvan durumu anlatır. Adam öfkelenir, hanımına bir tokat aşkeder *(patlatır)*. Kadın bir tokatla yere yığılı verir *(yani ölür)*. Aradan çok kısa bir zaman sonra kadının erkek kardeşi gelir. Durumu görünce şok geçirir ve şaşkınlık içinde sorar. Bahçıvan durumu anlatır. Adam o şokla çeker tabancasını eniştesini bir kurşunla yere serer.

Şimdi şeytanla arkadaşlık eden ve hiç birşeyden habersiz olan bizim sofu, şeytana sorar:

*"— Ne oluyor veya ne oldu?"* der. Şeytan:

*"— Hîîîç!.. kazığı oynatmıştım!.."* der.

**BOŞANMA:** Rûyâda görülen boşanma ile ilgili rûyâlar, iyi sayılmaz, pek hayra ve iyiye yorulmaz.

• Evli bir kimsenin rûyâsında hanımını boşadığını görmesi, geçiminin daralacağı *(bozulacağı)*na veya gerçekten aralarında ayrılığın olacağına veya eşlerin ikisinden birinin vefat edeceğine işâretle yorumlanır.

• Nablûsî'nin tabir ve yorumuna göre ise, görülen boşanma rûyâsı tersiyle yorumlanır. Yanî eşler arasındaki evlilik bağının daha da kuvvetlendiğine ve aralarındaki mahabbetin *(sevginin)* daha da artacağına işâretle yorumlanır.

**BOY:** Rûyâda görülen boy ile ilgili rûyâların değişik şekilde yorumları bulunmaktadır.

• Bir kimse, rûyâsında boyunun uzun olduğunu *(yani kendini uzun boylu olarak)* görmesi, ömrünün kısa olacağına işâret olarak yorumlanır.

• Rûyâsında kendisini kısa boylu görmek ise, uzun ömürlü olacağına, yâni ömrünün uzunluğuna işâretle tabir olunur.

• Bazen de kendisini uzun boylu görmenin, mevki ve makamından ineceğine, kısa boylu olduğunu görmek de zorluk ve âcizliğine işâretle tabir olunur.

• Bazı yorumculara göre de, rûyâda kendisini uzun boylu görmek veya boyunun uzadığını görmek, rûyâyı gören kimsenin hastalanacağına işâretle yorumlanır. Boyunun kısaldığını veya kısa boylu olduğunu görme de gelir ve rızık darlığına işâretle yorumlanır.

**BOYA:** Rûyâda görülen boya ile ilgili rûyâların çok çeşit ve değişik şekillerde yorumları bulunmaktadır.

• Rûyâsında beyaz boya gören kimsenin rûyâsı, sevgi dolu ve mutlu bir yaşam süreceğine işâretle yorumlanır.

• Rûyâsında siyah boya gören kimsenin rûyâsı, sıkıntı, keder ile ve matemli bir kırık gönül ve dolayısıyla göz yaşına işârettir, şeklinde yorumlanır.

• Rûyâsında mavi boya görmek, arkadaşlığa, dostluğa ve ümidli olmaya işâretle tabir edilir.

• Rûyâsında kahverengi boya görmek, mirâs yoluyla mal geleceğine işârettir, şeklinde tabir edilir. Bazen de uzun yolculukla tabir olunur.

• Rûyâsında yeşil boya gören kimsenin rûyâsı, hayra yorulur ki, dilek ve murâdına ereceğine işâretle tabir olunur.

• Rûyâda sarı boya görmek, hastalığa işâretle yorumlanır.

• Rûyâsında renklerin karışımından oluşan alacalı renkli boya görmek, rûyâyı gören kimsenin, hayaller peşinde koştuğu ve günlerini boşa harcadığına işâretle yorumlanır.

• Rûyâsında bir yerleri boyadığını gören kimsenin rûyâsı, görülen renklere göre yorum ve tabir edilir. Bunların yorumlarını yukarıda yapmış bulunmaktayız.

• Rûyâda pembe boya görmek, rûyâyı gören kimsenin eline karlı bir kazanç geçeceği veya bu kazancında çok çok yararlanacağına işâretle yorumlanır.

**BOYACI:** Rûyâsında boya yapan bir boyacı gören kimsenin bu rüyası, bir hile ve tuzağa düşeceğine ve bu nedenle çok sıkıntı çekeceğine işâretle yorumlanır.

• Boyacı görmek, bazen de sıkıntıda olan kimseye etraftaki dostları tarafından yardım edileceğine ve işlerinin yoluna gireceğine işâret şeklinde yorumlanır.

**BOYNUZ:** Rûyâsında boynuz gören bir kimsenin bu rûyâsı, kuvvet ve menfâat elde etmeye işârettir.

**BOYUN:** Rûyâda boyun görmek bir çeşit emanet yüklenme anlamına gelen yorumlara işârettir. Çünkü boyun bir nevi *(çeşit)* emânet mahalli simgesidir.

• Rûyâsında kendi boynunun kalın olduğunu gören bir kimsenin bu rüyası üzerine aldığı vazife ve emaneti hakkiyle yerine getireceğine işârettir, şeklinde yorumlanır. ***(Yani, bu işi ben yaparım, yapacağım diye söz veren bir kimse, sözünde duracak olduğuna rûyâsı işâret ediyor.)***

• Rûyâsında boynunun ince olduğunu gören kimsenin bu rüyası, emânete ihânet edeceğine ve zalim bir kimse niteliğinde olduğuna veya olacağına işârettir, şeklinde yorumlanır.

• Rûyâda bir kimse boynunun ağrıdığını görse, bu onun geçimsiz bir kişi olduğuna veya üzerine aldığı emaneti korumadığına *(emanete riâyet etmediğine)* ve emanete ihanet ettiğini bildiren *(gösteren)* bir işâret, bir uyarı olarak yorumlanır.

• Rûyâda bir kimse boynunun normal olduğunu görse bu o kimsenin *(rûyâyı görenin)* halinin düzgün veya düzeleceğine işârettir tabiri ile yorumlanır.

**BOYUNA SARILMAK:** Rûyâda birisinin boynuna sarıldığını görmek, rûyâyı gören kimsenin ömrünün uzayacağına işâret olarak yorumlanır.

• Bir kimse, rûyâsında bir ölünün veya ölmüş birinin boynuna sarıldığını ve ondan ayrılmak istemediğini görse, bu onun *(rûyâyı görenin)* öleceğine işâretle tabir edilir.

• Rûyâsında bir kadınla sarıldığını *(kadının boynuna sarıldığını)* gören kimsenin, âhiret işlerini terk ettiğine ve dünya işlerine *(dünyâya)* sarıldığına işâretle yorumlanır. Çünkü kadın dünya ve dünyalıkla tabir edilir. Erkekle sarılıştığını *(birbirine sarıldığını)* görmek ise, karşılıklı yardımlaşmaya işâretle yorumlanır. Sarılışma, aradaki sevgi ve dostluğa işâret eder diye tabir olunur.

**BOYUN BAĞI:** Rûyâsında bir boyun bağı *(kravat)* taktığını gören kimsenin, memleket çapında şöhrete ve üne kavuşacağına işâretle yorumlanır. Boyun bağının rengine gelince **"boya"** maddesine bakınız. Çünkü renklere göre yorumlar yapılır.

**BOYUNDURUK:** Rûyâda boyunduruk görmek, herkes için hayra ve iyiye yorulur. Rûyâda boyunduruk görmek iyidir. Birbirine destek anlamına gelen boyunduruk, iki öküzün boynuna birbirlerine destek için vurulur.

**BOYUN VURULMAK:** Rûyâda kendi boynunun vurulduğunu görmek, bu rûyâyı gören kimsenin günâh işlemekte olduğuna işâret olup bundan tevbe etmesi gerektiğine bir uyarı olarak tabir edilir.

**BOZA:** Rûyâsında boza içtiğini gören kimsenin, zengin biriyle dostluk ve arkadaşlık kuracağına ve borçlu sıkıntılı ise, borçlarını ödeme imkanı bulacağına ve dolayısıyla sıkıntılarının da sona ereceğine işâretle yorumlanır.

**BOZGUNA UĞRAMAK:** Bir kimse, rûyâsında müslüman askerlerinin bozguna uğradıklarını görse, bu rûyâ, müslüman ordusunun gâlib geleceğine ve zafer kazanarak döneceklerine işâretle yorumlanır.

**BÖBREK:** Rûyâda böbrek görmek, yardım ve yardımcı gibi şeylerle tabir olunur.

• Rûyâsında iki böbreğinden birini kaybettiğini görmek, rûyâyı gören kimsenin, gelen yardımının kesildiğine ve yardımcısını kaybedeceğine işâretle yorumlanır.

• Rûyâsında böbreklerinin ikisini birden kaybettiğini gören kimsenin, bu rûyâsı, kendisinin katı kalpli, merhametsiz ve şevkatsizliğine işâretle yorumlanır.

• Rûyâda böbrek görmek, kederden ve sıkıntıdan kurtulmaya ve tehlikelerden emin olunacağına da yorumlanır.

• Rûyâsında böbrek kızartması yemek, pek yakında beklediği bir yerden eline geçecek paraya işâretle yorumlanır.

**BÖCEK:** Rûyâda böcek görmek, pek yakında sevindirici bir haber alınacağına işâretle yorumlanır.

• Rûyâda bir böcek tarafından ısırıldığını görmek, şu anda beklemekte olduğunuz mektubun veya haberin biraz gecikeceğine işâretle yorumlanır.

• Rûyâda bir böceği öldürdüğünü görmek, yapmakta olduğu işlerin başkası tarafından alınacağına işâret olarak tabir olunur.

**BÖĞÜRTLEN:** Rûyâsında böğürtlen topladığını ve yediğini gören kimsenin, bu rûyâsı bir evlenme sebebiyle iki âile arasında yakınlık ve dostluk kurulucağına işâret olarak tabir olunur.

**BÖLMEK:** Rûyâsında malını tanımadığı ve bilmediği bir kaç kişi arasında böldüğünü gören kimsenin, bu rûyâsı işlerinin bozulacağına işâretle tabir edilir.

**BÖLÜK:** Rûyâsında bir bölük asker görmek, huzur ve rahatlığa işâretle tabir olunur.

• Kendisinin bölüğün başında olduğunu görmek ve onlara komuta ettiğini de gören kimsenin, o yerde sözünün geçerli olacağına ve o çevrede sevilen bir kişi olduğuna işâretle yorumlanır.

**BÖREK:** Rûyâda börek görmek iyidir. Genellikle iyiye ve hayra yorulan bir rûyâdır. Börek görmek, bolluk ve bereket ve sevince işârettir.

• Rûyâsında börek yaptığını görmek, yeni bir iş için fırsat elde etmeye işârettir.

• Börek yediğini rûyâsında gören kimse, umulmadık bir kazanca kavuşmaya ve mali yardımda bulunmak ile tabir olunur.

• Rûyâsında börek dağıttığını gören kimse, hayırlı bir işe aracı ve vasıta olacağına işârettir.

• Rûyâsında bir tepsi böreği bıçakla kestiğini ve tablalara koyduğunu gören kimse, kazandığı parasını âile efradı ve dostları ile beraber yiyeceğine işâretle yorumlanır.

**BÖRÜLCE:** Rûyâsında börülce adı verilen *(fasulyeye benzer küçük daneli bir sebzeyi)* yediğini görmek iyi değildir. Bu rûyâ pek iyiye ve hayra yorulmaz.

**BUDAK:** Rûyâda budak ile ilgili görülen rûyâlar genellikle pürüzlü işlere yorulur.

• Rûyâsında ağaçda bir kaç budağın bulunduğunu görmek, rûyâyı gören kimsenin işlerini pürüzlü ve bozuk olmasına işâretle yorumlanır.

**BUDAMAK:** Rûyâsında ağaç veya bağ budadığını görmek, ferah ve mükemmel, mutlu bir hayata kavuşulacağına işârettir şeklinde yorumlanır.

**BUĞDAY:** Rûyâda buğday görmek, zorluk ve meşakkat çekerek kazanılan helâl bir kazanç *(mal)* ile tabir olunur.

• Rûyâsında buğday satın aldığını gören kimse, ucuz elde ettiği bol kazanca ve bol paraya kavuşacağına ve çoluk çocuğun da bol olacağına işârettir, şeklinde tabir olunur.

• Rûyâsında buğday ektiğini gören bir kimse, Allâh Teâlâ'nın sevdiği bir amel yapar, şeklinde yorumlanır.

• Rûyâda yeşil buğday başağı görmek, ucuzluk ve bolluk senesi olacağına işâretle yorumlanır.

• Rûyâda kuru buğday yediğini görmek iyi değildir. Kuru buğday başağı haram mal ile tabir olunur.

• Kuru buğday yemek o sene kıtlık olacağına ve yenecek maddelerin elde edilmesinde çok güçlük ve zorluk çekileceğine işâret ile tabir olunur.

• Rûyâsında pişmiş buğday yediğini görmek, çevresindeki insanların hoşlanmadığı bir hareket içinde olunduğuna ve dostların ve yakın akrabaların sevgisinden mahrum kalındığına, onların sevgisine lâyık olamadığına işâret ile tabir olunur.

• Buğdaydan un yaptığını görmek, faydalı ve menfaatli işlere yorulur.

• Rûyâda gökten buğday yağdığını görmek, bol nimet ve bol kazanç ile tabir olunur.

• Rûyâda buğday satın aldığını görmek, yeni bir işe girmek, veya yeni bir vazifeye geçmek, memur olmak gibi şeylere yorulur.

• Rûyâda buğday yediğini görmek, çirkin bir harekette bulunmak, kötü bir iş yapmak ile tabir olunur.

• Rûyâda yatak üzerinde buğday görmek, hanımının hamileliğine işâret ile yorumlanır.

**BUĞDAY SATICISI:** Rûyâda buğday satan birini *(buğday satıcısı)* görmek iyidir. Buğday satan bir kimseyi görmek, mal elde etmek, kazanç elde etmek ile yorumlanır. Buğday satan kimseyi görmek, mal-mülk sahibi değerli bir kimse ile karşılaşacağına da işâret eder şeklinde tabiri vardır.

• Rûyâda buğday satan bir kimseden buğday satın aldığını gören kimse, devlet başkanından bir iş istediğinde bulunur, şeklinde de tabir olunur.

**BUĞDAY UNU:** Rûyâsında buğday unu gören kimsenin bol rızka ereceğine işâretle yorumlanır. Bir kimse rûyâsında buğday unundan hamur yaptığını görmesi, akrabalarına kavuşacağına işâret olarak tabir olunur.

**BUĞZ ETMEK:** Bir kimse rûyâsında, bir kimseye buğz ettiğini *(yani düşmanlık ve kin güttüğünü)* görse, bu rûyâ iyiye yorulmaz. Bu herkes için geçerli bir yorumdur.

• Rûyâsında sevdiği bir kimseye buğz ettiğini gören kimsenin bu rûyâsı, rûyâyı gören kişinin kalbindeki kin ve hasedin *(kıskançlığın)* bir işâreti olarak tabir olunur.

**BUHAR:** Rûyâda görülen buhar ile ilgili rûyâlar, pek iyiye ve hayra yorumlanmaz.

• Rûyâda buhar görmek, gözün kör olmasına ve gözün hastalığına işâret ile tabir olunur.

• Rûyâda buhar görmek, bazen de yalan söz, boş ve faydasız konuşmaya işâretle tabir olunur.

**BUHAR MAKİNESİ:** Rûyâsında buhar makinesi veya buharla çalışan bir makina görmek, iyi değildir. Bu rûyâ, dost ve akrabaların rûyâ sahibinin işlerine engel olmak için çalıştıklarına ve kötülük düşündüklerine işâret ile yorumlanır.

**BUHUR:** Rûyâsında buhur yaktığını görmek, rûyâ sahibi için helâl bir rızık ve bol kârlı bir geçim elde etmeye *(kazanmaya)* işâret ile tabir olunur.

• Bazan de buhur görmek, sevgiye ve açığa vurulan sevgiye işârettir şeklinde tabir olunur.

**BUHURDAN:** Rûyâda buhurdan görmek, iyi bir hizmet veren bir adam, faydalı bir kişi ile tabir olunur diye yorumlanır.

• Rûyâda buhurdan gören kimse, eğer hasta olan bir kimse ise, bu rûyâsı onun ölümüne işâret ile tabir olunur.

**BUHURLANMAK:** Bir kimsenin rûyâsında buhurlandığını *(tütsülendiğini)* görmesi, etrafındaki kimselerle, dost ve yakınlarıyla iyi geçinmesine işârettir.

• Rûyâsında anber ile tütsülendiğini *(buhurlandığını)* gören kimse, değerli bir kimse tarafından bir kazanca kavuşturulur şeklinde yorumlanır.

• Rûyâda misk ve karanfil gibi güzel ve hoş kokulu şeylerle tütsülenmek *(buhurlanmak)* sevince ve büyüklüğe işâret olarak tabir olunur.

• Rûyâsında buhurlandığını fakir görürse, zengin olacağına işâretle yorumlanır.

**BULAŞIK:** Rûyâsında bulaşık yıkadığını gören kimse, içinde bulunduğu sıkıntılardan kurtulacağına ve feraha, rahatlığa kavuşacağına işârettir.

**BULGUR:** Rûyâda görülen bulgur rûyâları pek iyiye yorulmaz.

• Rûyâsında bulgur gören kimsenin bu rûyâsı kötü bir haber, üzücü bir haber alacağına işâretle tabir olunur.

• Rûyâsında bulgur yaptığını görmek, birisine iftira edeceğinize işâret olup, bu kötü huyunuzdan dönmeniz gerektiği uyarısında bulunan bir işâret olarak yorumlanır.

• Rûyânızda bulgur dağıttığınızı ve bulgur sattığınızı görmeniz iyiye işâret değildir. Bu rûyânız, sizin başkası hakkında, başkalarına âit bulunan kötü bir haberi etrafınıza yayacağınıza işâret olarak yorumlanır. Bu rûyânız sizdeki kötü bir huyu ortaya koyuyor.

• Bulgur pilavı yediğinizi görmek, birisi sizin hakkınızda iyi ve öğücü sözler söylediğini haber alacağınıza işârettir, şeklinde yorumlanır.

**BULUT:** Rûyâda görülen bulutla ilgili rûyâlar genel olarak iyiye ve hayra işâret olarak yorumlanır.

• Rûyâda bulut görmek, Cenâb-ı Allâh'ın rahmet ve merhametine işârettir. Çünkü bulutlar, su ve yağmurun yağmasına ve gelmesine vesile olan bir vasıtadır.

• Bulut görmek, bazen halkın hayat ve kurtuluşu olan yüce İslâm dîni ile tabir olunur.

• Rûyâsında başının üstünde bir bulutun olduğunu gören kimse, yüksek bir mevkiye sahib olur ve sözü dinlenir *(sözü geçer)*, saygın bir kişi olacağına işâretle yorumlanır.

• Rûyâsında kendi üzerinden bir bulutun geçtiğini gören kimse, güvenilir biriyle arkadaş veya dost olur ve ondan çok yardım ve fayda *(yarar)* göreceğine işâret olarak yorumlanır.

• Rûyâsında beyaz bir bulut gören kimse, iyi bir yola girer, güzel ve iyi işlerle uğraşır şeklinde tabir olunur.

• Rûyâsında bir bulut parçasının evine girdiğini gören kimsenin, bu rûyâsı, evine bir âlim, bir bilgin kimsenin misafir olacağına işâret şeklinde tabir olunur.

• Rûyâsında havadaki bir bulutu veya bulut parçasını tutup yere indirdiğini gören kimse, bilgin *(âlim)* olacağına işârettir diye tabir olunur.

Bulutla ilgili rûyâların bazılarını şöyle kısa ve öz olarak sıralayabiliriz:

• Rûyâda bulut üstüne çıktığını görmek, evlenmeye veya yüksek bir mevki ve makama, veya ilim sahibi olmaya işâretle yorumlanır.

• Rûyâda bulut gölgesinde oturduğunu görmek, hayır ve bereket, iyilik ve nimet getirecek bir şeyle muhatab *(karşılaşma)* ile tabir olunur.

• Rûyâda bulutu havadan indirdiğini görmek, ilim sahibi ve büyük bir kimse ile tabir olunur.

• Bulutun yerden göğe doğru yükseldiğini görmek, yolculuğa çıkılacağına veya yolculuktan dönüleceğine işârettir.

• Rûyâda yağmurlu bulut görmek, berekete, rahatlık ve hayra işâret olarak yorumlanır.

• Rûyâda bulutları çok güzel ve sevimli görmek, müjdeli, emniyet ve doğruluk gibi özellikler ile tabir olunur.

• Bulutları çirkin ve sevimsiz bir durumda görmek, pek iyi değildir. Bu sevimsiz rûyâ, gökten gelecek azab ve felâket işâreti olarak tabir olunur.

• Siyah bulut görmek, ağır sorumluluk, dehşet ve korku veya ağır bir olayla karşılaşmak şeklinde tabir olunur.

• Rûyâda deniz kenarında bulut görmek, iyidir, mal ve servet sahibi olunacağına işârettir.

• Rûyâsında bulutun gökten yere düştüğünü görmek, iyi değil, sel, yağmur felâketine veya çekirge yağmasına, çekirge istilasına işârettir şeklinde tabir olunur.

• Bulutları başı üzerinde görmek, büyük adam olmaya, sözünün geçerli olmasına veya idâreci *(âmir)* olmasına işâret olarak tabir olunur.

• Rûyâsında kendisini bulutların arasında *(içinde)* gören kimsenin o sene içinde çok hayır ve bereketli bir yaşam süreceğine işâret ile tabir olunur.

• Rûyâda bulutlardan elbise yapıp giydiğini gören kimsenin, bolluğa, nimetlere kavuşacağına veya ilim sahibi bir kimse olacağına işâret olarak yorumlanır.

Evet bulut rûyâları genellikle hayra ve iyiye yorumlanarak tabir olunur.

**BULVAR:** Rûyâda bulvar görmek iyidir. Rûyâsında tek başına bir bulvarda yürüdüğünü gören kimse, işinde ve mesleğinde başarılı olacağına işârettir.

• Bulvarda yürürken önüne duvar ve benzeri bir engel çıktığını gören kimsenin bu rûyâsı, başarısızlığa, başladığı işin iyi olmadığına işârettir.

**BURAK:** Rûyâsında burak gören kimsenin bu rûyâsı, yüksek derece ve mertebelere erişeceğine işâret olarak yorumlanır.

• Burak, Peygamberimiz Hz. Muhammed'in (A.S.) mîrâç mûcizesinin tecelli ettiği mîrâç gecesinde bindiği mübârek bineğin ismidir. Burak cennetten getirilmiştir. İşte bu Burağı rûyâda gören kimse, hayra erecek işâreti almış demek olur.

• Bazı rûyâ tabircilerine göre, rûyâda burak görmek, Allah yolunda insanları irşâd etmek üzere önemli bir vazife ile görevlenmeye işâret olarak yorumlanır.

**BURÇ** *(KALE)*: Rûyâsında bir kimse kendisini bir kalenin burcunda görse, o kimse kendisini isteyen adamdan emniyet içinde olmaz, şeklinde tabir olunur. Bu rûyâyı gören kimse şâyet hasta bir kimse ise, onun hastalığı iyileşmez, ölümüne işârettir.

• Bazı yorumculara göre de, bu kimsenin güçlü ve ünlü bir kimseye galip geleceği ile tabir olunur demişlerdir.

**BURGU**: Rûyâda burgu görmek iyi değildir. Burgu ile bir şeyler deldiğini gören kimsenin bu rûyâsı, etrafında kendisini kıskanan, hased eden kötü huylu kimselerin bulunduğuna ve bunlardan zorluk çekeceğine işâretle yorumlanır.

**BURUN**: Rûyâda burun görmek değişik bir şekilde tabir olunur. Genellikle, çok mal, evlad, baba, kardeş, soy, asâlet ve fâzilet gibi özelliklere işâret tabir olunur.

• Rûyâsında burnunun güzel ve mükemmel bir şekilde olduğunu görmesi, bu onun halinin ve insanlığının güzel olmasına işâretle yorumlanır.

• Rûyâda burnuyla güzel kokular aldığını görmek, bu onun mevki ve makamının yüksekliğine işâretle tabir olur.

• Burnundan bir şey çıktığını, görmek, hayırlı bir evladı olacağına veya olduğuna işârettir.

• Rûyâda burnunun ağrıdığını görmek, iyi değil bu bir zarar geleceğine işâretle tabir olunur.

• Rûyâda burnunu temizlediğini görmek, iyilikle karşılaşmak ve hayır, menfaat görmekle tabir olunur.

• Rûyâsında burnundan canlı bir şeyin çıktığını görmek, bir evlâdı olacağına işâretle yorumlanır.

• Rûyâda iki tane burnunun olduğunu görmek iyi değil, bu âile arasındaki uygunsuzluk ve geçimsizlik ile tabir olunur.

• Burnundan çirkin bir şey çıktığını görmek, hayırsız bir evlâd ile tabir olunur.

• Burnundan konuştuğunu görmek, mutluluğun yok olması ve huzursuzluk olacağına işârettir.

• Rûyâda burnunun düştüğünü görmek, saygı ve itibarını kaybetmekle veya bir kız evlâdı olacağına işâret olarak tabir olunur.

• Rûyâda nezle olduğunu görmek, işlerinde ve ticâretinde işlerin kesilmesi *(kesatlık)* ve rahatsızlığın ortaya çıkması ile tabir olunur.

• Burnunda sülük çıktığını görmek, bir kimseden fayda ve yarar görmeye işâret ile tabir olunur.

• Rûyâda eksik burun görmek, bu onun *(rûyâyı görenin)* zarar edeceğine işâretle yorumlanır.

• Rûyâda burnunun yerinde olmadığını görmek, yakınlarından birinin vefat edeceğine veya bu onun merhametsiz, gaddar ve zalim bir kimse olduğuna veya olacağına işâret olarak yorulur.

• Küçük burunlu görmek, bu rûyâyı görenin fakirliğe, yoksulluğa düşeceğine veya saygınlığının, itibarının gideceğine işâret olarak yorumlanır.

• Rûyâda burnunun kesildiğini görmek, durumunun değişeceğine veya malından, parasından zarar göreceğine işâret olarak yorumlanır.

• Rûyâda burnundan kan geldiğini görmek, bol mala kavuşmak veya servet sahibi zengin olmaya işâretle tabir olunur.

• Rûyâsında burnuna bir halka geçirildiğini görmek, bu onun ölümüne *(öleceğine)* işârettir.

**BUZ:** Bir genç adam, rûyâda buz üzerinde kaydığınız görse, bu onun tecrübesizliği sebebiyle hataya düşeceğine işâret olarak tabir olunur.

• Genç kadın görürse, evinin işlerini yapması kendisi için daha hayırlı ve âilesi daha mutlu ve saygın bir hayatı olacağına işâretle tabir olunur.

• Buz rûyâsı olgun yaştaki kimseler için, hile ve dalavereli, tuzaklı işlerden kolaylıkla kurtulacaklarına işâret ile tabir olunur.

**BUZAĞI:** Rûyâsında kendi hayvanından doğma veya kendisine hediye edilen bir buzağı görmek, bu onun bir erkek çocuğu sahibi olacağına işâret ile tabir olunur.

• Rûyâda pişirilmiş bir buzağı görmek, korkulardan emin ve emniyetle olmaya işârettir.

• Bir kadın rûyâsında altından bir buzağı görse, bu rûyâsı o kadın için, sevineceğine, ferah bir hayata ereceğine ve mutluluk içinde yaşayacağına işâret ile tabir olunur.

**BUZDOLABI:** Rûyâda buz dolabı görmek, çok hizmetkâr ve faydalı *(menfâatı çok)*, bir kadın ile, yani her yönden değerli bir hanıma işâret ile tabir olunur. Buzdolabından su içtiğini görmek ise, aynı kadın tarafından bol mala kavuşmaya işâret olarak tabir olunur.

• Rûyâda buzdolabında değişiklik görmek ise, aynı kadının durumunda meydana gelecek değişikliğe işâret olarak tabir olunur.

**BÜFE:** Büfe görmek, bolluk ve bereketle tabir olunur. Rûyâsında büfede satış yaptığını gören kimsenin, kazancının bollaşacağına ve evinin geçiminin bereketleneceğine işâret ile tabir olunur.

• Bir hasta, büfeden yiyecek birşey aldığını görse, o hasta iyileşir. Maaşlı biri, aynı rûyâyı görse, maaşı artar şeklinde tabir olunur.

**BÜKMEK:** Rûyâsında bir ip veya sarığı büktüğünü gören kimsenin, bir yolculuğa çıkacağına işâret ile tabir olunur.

• Rûyâsında ince bir ip büktüğünü görmek, o kimsenin gideceği yerin bolluk ve ucuzluk içinde olan bir yer olduğuna işâret ile tabir olunur.

• Rûyâda ip veya urgan büktüğünü görmek, işini sağlam yapmaya veya şirket kurmaya veya evlenmeye işâretle tabir olunur.

**BÜKÜCÜ:** Rûyâsında bir ip büken *(ip bükücü)* gören kimse, hikmet ve ilim sahibi biriyle karşılaşacağına işâretle yorumlanır.

**BÜLBÜL:** Rûyâda bülbül görmek, mal-mülk sahibi zengin bir kimseye işâret eder. Bazen de neş'eli ve zengin bir kadına işâret ile tabir olunur. Bazı yorumculara göre, Kur'ân-ı Kerîm okuyan bir çocuk ile tabir olunur.

• Rûyâda bülbül eti yediğini görmek, bir miras yoluyla mal elde etmeye işâretle yorumlanır.

**BÜRO:** Rûyâsında bir büro veya bir büroda çalıştığını görmek, rûyâyı gören kimsenin dürüst ve dikkatli çalışmalarıyla dilek ve muradına kavuşacağına işâret ile tabir olunur.

**BÜYÜ:** Rûyâda büyü ile ilgili rûyâlar, iyiye ve hayra yorulmaz. Büyünün kendisi günâh olduğu gibi, rûyâsı da iyiye yorulmaz. Yolsuzluk işâretidir.

• Rûyâsında kendisini beğendirmek için büyü yaptırdığını gören kimsenin bu rûyâsı iyiye yorulmaz. Rûyâyı gören bu kimsenin, ismi bir yolsuzluğa karışıp kanun tarafından cezalandırılacağına işâretle yorumlanır.

• Rûyâsında kendisinin büyücü *(büyü yapan)* olduğunu görmek ve başkalarına büyü yaparken görmek, yine aynı şekilde yorumlanır.

• Dikkat, büyü yapmak ve yaptırmak, dînimizce de kötü ve en büyük bir günâh olarak kabul edilir. Bu hikmet ve incelikten dolayıdır ki, rûyâda dahi görülen büyü, rûyâ yorumu *(tabiri)* ilmiyle uğraşan hiç bir bilgin tarafından hayır ve iyiye yorumlamamışlardır. ***(Büyünün kendisi iyi değil, rûyâsıda.)***

• Bazı tabircilere göre, rûyâsında büyü yaptırmak için bir büyücüye gittiğini görmek, rûyâyı gören kimsenin, işlerinin bozulacağına ve kötü bir duruma düşeceğine işâretle yorumlanır.

**BÜYÜCÜ:** Rûyâsında büyücü *(büyü yapan)* birini görmek, hîlekâr *(dolandırıcı, düzenbaz)*, kötü niyyetli bir kimseden zarar görüleceğine işâretle yorumlanır.

• Rûyâda büyü yapan birini görmek, yapacağınız yanlış bir hareket sebebiyle başınıza maddî ve mânevî birçok zararlar geleceğine işâret olarak yorumlanır.

• Rûyâsında kendini büyülü gören kimse, kendi ihmâli yüzünden büyük zararlar göreceğine işâretle tabir olunur.

**BÜYÜK ABDEST:** Rûyâsında büyük veya küçük abdest yaptığını görmek, zekat verecek kadar nisaba sahib ise, malının zekatını vereceğine işâret ile, eğer zekat veremiyecek kadar fakir ise, sıkıntı ve üzüntüsünün gideceğine işâretle yorumlanır.

• Rûyâsında gördüğü abdest, eğer abdesthâne *(yani helâ ve tuvalet)* gibi bilinen bir yer ise, sarf edeceği, harcayacağı şeyin helâl *(meşrû')* olduğuna işâret ile tabir olunur. Abdest yaptığı yer bilinen yer değil de, bilinmeyen bir yer ise, bilmediği bir yere malını sarf edeceğine işâretle tabir olunur.

• Rûyâda büyük abdestini yaptığını gören kimse, dünya sıkıntılarından kurtulacağına işâretle tabir olunur.

**BÜYÜK ADAM:** Rûyâsında büyük bilinen birini gören veya karşılaşan kimse, işlerinde başarıya kavuşacağına işâretle yorumlanır.

**BÜYÜKANNE:** Rûyâda büyükanne görmek, mutluluk ile tabir olunur.

**BÜYÜKBABA:** Rûyâda büyükbaba görmek de mutlu bir âile hayatına işâretle yorumlanır.

**BÜYÜMEK:** Rûyâsında kendisinin büyüdüğünü görmek, öyle ki insan şeklinden çıkacak bir derecede büyük olmak, rûyâyı gören kimsenin, bu rûyâsı iyi değildir. Ölümüne işâretle yorumlanır.

# C

**CACIK:** Rûyâda cacık görmek, cacık yemek, cacık yapmak, bu rûyâ, gören kimsenin, sağlığına dikkat etmesi ve sağlığını koruması gerektiğine bir işârettir.

**CADDE:** Rûyâda temiz bir caddede yürüdüğünü gören kimse, kısa zamanda engelleri aşıp başarıya ulaşacağına işârettir.

**CADI:** Rûyâda cadı görmek, korku ile tâbir olunur. Rûyâda korkunç bir cadı görmek, rûyâyı görenin kendisini ilgilendirmeyen şeylerle uğraştığının bir uyarı işâretidir.

• Rûyâda cadıyı öldürdüğünü görmek, sıkıntılardan kurtuluşa işârettir. Cadıyı kovalamak, korkudan kurtuluşa işârettir.

**CAM:** Rûyâda cam veya camdan yapılmış eşya gören kimse, kısa zamanda ummadığı bir yerden ve beklemediği bir şekilde kısmeti çıkacağına, bekâr ise evleneceğine işârettir.

• Bu rûyâyı gören kimse iş sahibi ise, yakında iyi bir işe sahib olacağına işâretle yorumlanır.

• Rûyâsında cam sildiğini görmek, yaptığı bazı hareket ve tavırlardan çok fayda ve yararlar göreceğine işâret ile tâbir olunur.

• Rûyâsında cam kırdığını görmek, yakında üzüntülü bir haber alınacağına işâret olarak yorumlanır.

• Rûyâsında cam sattığını görmek, bazı işlerini ihmal ettiğine bu sebebden dolayı ve zarar görebileceğine işâretle yorumlanır.

• Rûyâda kırık cam görmek ise, yine üzüntü ve sıkıntıya işâret olarak yorumlanır.

• Pencere önünde ve camdan baktığını görmek, yakında bir yolculuğa işâretle yorumlanır.

**CAMBAZ:** Rûyâda cambaz görmek, sevdiği bir san'at dalında şöhret bulacağına işârettir.

**CAMİ:** Rûyâda Câmi ve mescid görmek, zenginliğe delâlet eder ve dindarlığa dahi işârettir diye yorumlanmıştır.

• Rûyâda câmi ile ilgili rûyâlar genellikle iyiye ve hayra yorumlanır.

• Rûyâsında câmide namaz kıldığını gören kimsenin her işinin düzeleceğine ve işlerinin yolunda gideceğine işâretle yorumlanır.

• Rûyâsında câmiye cemaata gittiğini gören kimse, eğer bekâr ise, iyi ve mükemmel bir kadınla evleneceğine işâretle yorumlanır.

**CANAVAR:** Rûyâda canavar görmek, zorluklarla karşılaşılacağına işâretle tabir olunur.

• Rûyâsında kendisini bir canavarın pençesinde olduğunu görmek, düşmanlarının pek çok olduğuna işâretle ve kendisini her yönden sıkıştıracaklarına işâret ile tabir olunur.

• Rûyâsında bir canavarın kendisini kovaladığını, fakat kendisine yetişemediğini ve ondan kaçıp kurtulduğunu görmek, düşmanlarından kurtulacağına işâretle yorumlanır.

**CANKURTARAN:** Rûyâsında cankurtaran gören bir kimse, üzüntülü bir haber alacağına işârettir.

**CASUS:** Rûyâda casus görmek, birinden kötülük görüleceğine yorumlanır.

**CEBRÂİL** *(A.S):* Rûyâsında dört büyük melekten biri olan ve peygamberimize Kur'ân-ı Kerimi getiren Melek Cebrâil *(Aleyhisselâm)*ı gören kimsenin gördüğü bu rûyâ, çok iyi çok çok hayırlı bir rûyâdır. Bu rûyâyı gören kimse çok şerefli, çok değerli bir kimse olduğuna veya olacağına işâret olarak yorumlanır.

• Rûyâsında Cebrâil *(Aleyhisselâm)*ı gören bir kimsenin bütün dilek ve muradına kavuşacağına işâret olarak tabir olunur.

• Rûyâsında Cebrâil *(Aleyhisselâm)*ı üzüntülü olarak gören kimseye zorluk ve meşakkat, sıkıntı ve belâ başına gelir şeklinde tabir edilir.

**CEHENNEM:** Rûyâda cehennem ile ilgili görülen rûyâlar pek iyi değildir. Cehennem görmek, günâh ve ma'sıyete, meşakkat ve sıkıntıya işârettir. Cehennem, günah, yalan, ikiyüzlü riyakar, müfsid, insana azab veren kişi, yalancı ve huysuz kadın, âfet ve mahrûmiyet gibi kötü niteliklere işâret ile tâbir olunur.

• Rûyâsında cehennemin içine *(cehenneme)* girdiğini gören kimsenin keder ve üzüntüye, sıkıntı ve bunalıma düşeceğine, günah işleyeceğine işârettir.

• Rûyâsında cehenneme girip çıktığını gören kimsenin sıkıntı ve bunalımdan, üzüntü ve kederden kurtulacağına işâret olarak tabir olunur.

• Rûyâda cehennemi ve oraya girdiğini görmek, zenginlikten fakirliğe, yoksulluğa düşüleceğine işâret olarak tabir olunur.

**CEKET:** Rûyâda ceket görmek, uzun ve mutlu ömür *(yaşam)* süreceğine işâretle tabir olunur.

• Rûyânızda ceketi çıkardığınızı görmek, üzüntü ve kederden kurtulacağınıza işâretle tabir edilir.

• Ceket giydiğinizi görmek ise, hastalanacağınıza veya hastalığa yakalanacağına işâretle yorumlanır.

**CELEB:** Rûyâda celeb ***(koyun, keçi gibi canlı hayvan tüccarı)*** görmek, zengin bir dostunuz veya arkadaşınız olan biriyle karşılaşıp ondan para isteyeceğinize işâretle tabir olunur.

**CELLÂT:** Rûyâda cellat görmek, iyi değildir. Bu rûyâ hayra ve iyiye yorulmaz.

• Rûyâda görülen cellat, çok çok küfreden bir küfürbaz, sövüp sayan kötü huylu birkimseye işâret ile tabir olunur.

• Rûyâda cellâdı görmek, üzüntü ve sıkıntıya, hastalığa işârettir şeklinde tabir olunur.

**CENAZE:** Rûyâda görülen cenaze ile ilgili rûyâlar çeşitli şekilde yorumlanır.

• Rûyâsında bir cenazenin tabutunun altına girip yüklendiğini *(taşıdığını)* gören kimse, haram bir mal elde edeceğine *(kazanacağına)* işâret ile tabir olunur.

• Rûyâsında bir cenaze alayının *(topluluğunun)* arkasından gittiğini gören kimsenin ömrünün uzadığına işâret olarak yorumlanır.

• Rûyâsında kendi âilesinden bir cenaze olduğunu görmek ve ağlayarak takibettiğini gören kimsenin hastası varsa iyileşeceğine işârettir.

• Rûyâsında bir cenâzenin ardından mezarlığa kadar gittiğinizi görmek, ömrünün uzadığına veya uzayacağına işâret olarak tabir olunur.

**CENNET**: Rûyâda cenneti görmek, hep hayır ve iyiye yorulur. Rûyâyı gören kimsenin istek ve arzusunun dilek ve muradının gerçekleşeceğine işâret şeklinde yorumlanır.

• Rûyâsında cenneti açık açık gören kimse, dünyada her türlü muradına kavuşur ve bütün sıkıntıları gider şeklinde tabir olunur.

• Rûyâsında gülerek cennete girdiğini görmek, o kimsenin çok çok Allah'ı anacağına çok zikredeceğine işâretle yorumlanır.

• Rûyâsında kendisinin cennet bahçesinde dolaştığını görmek, ferahlık ve sevince işâret olarak tabir olunur.

• Rûyâsında cennetten kovulduğunu görmek, fakirliğe düşüleceğine işâretle yorumlanır.

**CEP**: Rûyâda cep görmek, bir pürüz, bir çıkmazlıkla tabir olunur. Rûyâda boş veya dolu cep görmek, bu günlerde işlerinizin biraz karışacağa ve başınızdan hırsızlık olayı ve pürüzlü bir şeyler olacağına işâretle, kendinizi iyi kontrol etmeniz gerektiğine işâretle tabir olunur.

**CEPHANE**: Rûyâda cephane görmek, iyi değildir. Rûyâsında cephane gören bir kimse maddi sıkıntı ve insanlarla iyi geçinemediğine, geçimsiz bir kimse olduğuna işâret ile tabir olunur.

**CERRAH:** Rûyâsında herhangi bir cerrah görmek, rûyâyı görenin sıkıntı çektiği meselelerin kolaylıkla çözüleceğine işârettir.

**CESET:** Rûyâda ceset görmek, âilede veya komşularda bir ölümle yorumlanır.

• Bazılarına göre de, rûyâda ceset görmek, bir dostun ölümüyle yorumlanır.

**CETVEL:** Rûyâda cetvel görmek, doğrulukla yorumlanır. Cetvel rûyâsı genellikle iyiye ve hayra işâret olarak yorumlanır.

**CEVİZ:** Rûyâda görülen ceviz mala, *(ama zorlukla kazanılan mala)* ve kazanılan paraya işârettir.

• Rûyâsında çürük ceviz görmek, yani, aldığı cevizin çürük çıktığını görmek, haram kazanılan veya haram elde edilen mal ile tabir olunur.

• Rûyâda cevizle oynarken çıkardığı sesleri duymak, düşmanlık ve kavgaya işârettir.

• Rûyâda ceviz içi görmek, servet kazanmak ve mal elde edeceği ile tabir olunur.

• Rûyâda cevizlerin çok çok olduğunu görmek, düşmanlık ve huzursuzluk çıkacağına işârettir.

• Rûyâda görülen çürük ceviz, haram mal ve haram paraya işârettir, şeklinde tabir olunur.

• Rûyâda ceviz toplamak ve topladığını görmek, kadın tarafından elde edilecek, kadın tarafından gelecek mala işârettir, şeklinde tabir olunur.

• Rûyâda ceviz şakırdatmak ve şakırdadığını görmek, kavga, gürültü ve bağırışmalara işârettir.

• Rûyâda ceviz kabuğu görmek, cimri bir adama veya faydasız ve luzumsuz eşyaya işârettir.

• Rûyâda yenmez haldeki ceviz görmek, keder ve üzüntüye işârettir. Yenmesi elverişli ceviz görmek ise rızık ile tabir olunur.

• Rûyâda cevizi kırıp yediğini görmek, elde edilecek, ele gelecek rızık, para ile tabir olunur.

**CEVİZ AĞACI:** Rûyâda ceviz ağacı görmek, yabancı ve kör bir kimseye veya geçimsiz huysuz bir adama işâretle tabir olunur. Rûyâsında ceviz ağacına çıktığını gören, bu nitelikte bu vasıfta yani böyle istenilmeyen huylu bir adamla karşılaşır ve onunla dost olacağına işârettir.

• Rûyâda ceviz ağacının üzerine devrildiğini gören kimsenin, bir dostunun veya bir arkadaşının öleceğine *(vefatına)* işâret ile yorumlanır.

• Rûyâda ceviz ağacının karşıdan kırldığının görmek, yabancı birinin ölümüne işârettir.

• Rûyâda ceviz ağacının üzerine çıktığını gören kimse, yabancı bir adam aracılığı ile yükselir, ilerler şeklinde tabir edilir.

• Rûyâda ceviz ağacını kökleyip çıkardığını gören kimse, yabancı bir adama galip ve üstün gelir şeklinde tabir olunur.

• Rûyâda Hindistan Cevizi görmek iyidir. Ferahlık, hayırlı rızık ve sevince ermek gibi iyiye yorulur. Hindistan cevizi yediğini görmek, sözünün dinlenir ve geçerli olacağına işârettir.

**CEYLAN:** Rûyâda ceylan görmek, alış verişte ve ticarette işlerin yolunda gideceğine işâret olarak yorumlanır.

• Bazı yorumculara göre, rûyâsında ceylan gören bir kimse, hiç ummadığı, beklemediği bir kimse ile evlenecceğini işâret ile yorumlanır.

• Rûyâsında Ceylan avladığını görmek iyi değil, mutlu günlerin sona ermesine veya ereceğine işâretle yorumlanır.

• Rûyâda ceylan eti yediğini gören kimsenin, sıkıntıları olduğu ve bu sıkıntıların bir müddet daha süreceğine işâret şeklinde yorumlanır.

• Rûyâsında ceylanı canlı olarak yakaladığını görmek, güzel ve iyi bir kimseyle evleneceğine işârettir, şeklinde yorumlanır.

**CEZA:** Rûyâda cezaya çarptırıldığını görmek *(cezalandırılmak)*, üzüntü ve kederden kurtulmaya ve işlerin sonu iyiye gideceğine, işlerin yoluna gireceğine işârettir, şeklinde tabir olunur.

**CEZA EVİ:** Rûyâda cezaevine götürülüp konulduğunuzu görmek, yaptığınız veya yapacağınız bir işte başarılı olacağınıza işârettir.

**CEZVE:** Rûyâda cezve görmek, dedikoduya, dedikodu yapılacağına işâret ile tabir olunur.

• Rûyâda cezve görmek, bazende haber alınacağına işârettir. Rûyâda cezvede kahve pişirildiğini gören kimse, uzaktan bir haber alacağına işârettir.

• Cezvede kahve yapıp fincana koyarak misafire verdiğini gören kimsenin, yeni bir dost edineceğine işâretle tabir olunur.

**CIMBIZ:** Rûyâda cımbız görmek, rakiblerinize karşı üstün geleceğinize işâretttir. Her hususta başarınıza işâretle yorumlanır.

**CIVA:** Rûyâda cıva yemek, gam ve keder ile yorumlanır. Elinde birçok cıva bulunduğunu görmek, kadın tarafından zenginliğe işârettir.

**CIVATA:** Rûyâda civata görmek, cıvataları motor üzerinde görmek, evli ise çocukları olacağına, ve dostlarınızın artacağına işâretle yorumlanır.

**CIVILTI:** Rûyâda kuş cıvıltıları duymak ve işittiğini görmek, sevdiklerine kavuşmakla veya kavuşacağına işâret olarak tabir olunur.

**CIZBIZ YEMEK:** Rûyâda cızbız yediğini görmek iyi değildir. Tembellik, iş gevşekliği, işlerin bozulması ve sermâyenin azalması gibi şeylere yorulur.

**CİBİNLİK:** Rûyâda cibinlik görmek, evlenmeye delâlet eder. Bazan da rûyâda cibinlik görmek, keder ve tasaya delâlet eder, şeklinde yorumlanır.

**CİĞER:** Rûyâda ciğer görmek iyidir. Bu rûyâ , korkulardan kurtulup emniyette olmaya, sıhhate kavuşmaya ve düşmanlara galip gelmeye işârettir.

**CİĞERCİ:** Rûyâda ciğer satan ciğerci görmek, yine aynı şekilde yorumlanır. Rûyâda ciğerci görmek, bazen insanları sefere ve yolculuğa çağıran birine işâretle yorumlanır.

**CİHAD:** Rûyâsında kendisini cihad ediyor gören kimse, çoluk çocuğunun rızkını kazanmak için gayret gösterdiğine, güzel ve iyi sözlerle anıldığına işâretle yorumlanır.

• Bazı yorumculara göre, cihad görmek, geniş bir rızkın elde edileceği ile tabir olunur.

• Rûyâsında cihad etmeye çıktığını *(gittiğini)* gören kimse, fazilet ve zenginliğe kavuşur ve âhiretteki derecesi yükselir şeklinde tabir olunur.

• Cihadla ilgili rûyâlar genellikle iyiye ve hayra yorulur.

**CİLACI:** Rûyâda bir şeyleri cilaladığını ve parlattığını görmek, devlet hizmetine giriliceğine ve bundan hayır ve menfaat görüleceğine işaret şeklinde tabir olunur.

**CİLT:** Rûyâda kitap ciltlediğini görmek, hayırlı ve doğruluk işareti olarak görülmüş ve yorumlanmıştır.

• Rûyâda cilt görmek ise, devlet dairelerinde işlerinizin yolunda gideceğine işaretle yorumlanır.

• Rûyâda beyaz ciltli bir cilt görülse, nikaha ve evliliğe işaretle tabir olunur.

• Rûyâda yeşil cilt görmek, ölmüşlerinizin sizden duâ bekliyor olduğuna yorulur.

• Açık bir cilt görmek, geleceğinizin açık olacağına işaretle yorumlanır. Çünkü cilt görmek gizlilik işaretidir. Ciltli bir kitabı açmak; açıklık, meydana çıkmakla, kapalı görmek; kapalı ve gizlilik ile tabir olunur.

Cilt, bazen vücut derisi olarakta kullanılır. Bir insanın rûyâsında kendi cildinin *(derisinin)* yüzüldüğünü görmesi, hasta ise ölümüne, sağlıklı ise fakirleşeceğine ve rezil olacağına işâretle yorumlanır.

• Rûyâda vücudunun cildini *(derisini)* siyahlaşmış gören kimse dininden uzaklaşanların ileri gelenlerinden olacağına yorulur.

• Rûyâsında cildini sarı görmek, hastalığa işaretle yorumlanır.

**CİMÂ'** *(CİNSEL İLİŞKİ):* Rûyâda cinsel ilişkide bulunduğunu görmek, yardım ve büyük bir mevkiye işâret olarak tabir olunur.

• Eğer bu rûyâyı gören kimse, uyandığında bu münâsebetin guslü gerektiren bir belirtisini üzerinde *(kilotunda ve sâirede)* görürse bu rûyâ geçerli değildir. Yorumu yoktur. Çünkü bu rûyâ şeytânî rûyâdır.

• Rûyâda düşmanıyla cinsel ilişkide bulunduğunu görmek, düşmanınıza veya düşmanlarınıza galib geleceğinize işârettir.

• Dost ve arkadaşınızla cinsel ilişkide bulunduğunuzu görmek, onlara faydalı ve yararlı olacağınıza işâretle tabir olunur.

• Rûyâsında tanımadığı *(bilinmeyen)* bir adamla cinsel ilişkide bulunduğunu gören bir kadın, malını boş yere israf edeceğine ve büyük bir zarar göreceğine işârettir, şeklinde yorumlanır.

• Bir çok kimselerle cinsel ilişkide bulunduğunu gören kimse, halka *(insanlara)* çok faydalı ve yararlı olacağına işâretle tabir olunur.

• Rûyâsında çirkin bir kimse ile cinsel ilişkide bulunduğunu gören kimse, üzüntü, keder ve sıkıntıya düşeceğine işâretle tabir olunur.

• Rûyâsında çıplak biriyle cinsel ilişkide bulunduğunu gören kimse, endişeden kaygı ve tasadan, sıkıntıdan kurtulur, şeklinde tabir olunur.

• Rûyâsında zina eden bir kadınla cinsel ilişkide bulunduğunu gören bir kimse, haram mal, haram para kazandığına veya kazanacağına işârettir.

• Kendi hanımıyla cinsel ilişkide bulunduğunu gören kimsenin, iş hayatında kendisine hile yapan kimselere galip geleceğine ve onların hîlesinden etkilenmeyeceğine işâret ile tabir olunur.

• Cennet hurileriyle cinsel ilişkide bulunduğunu gören kimsenin, din yönünden yükseleceğine, ferah ve sevinçli bir hayat süreceğine işârettir.

**CİMRİ:** Rûyâda görülen cimri ve cimrilik ile ilgili rûyâlar iyi değildir. Çünkü cimrilik ilacı olmayan bir hastalıktır.

**CİN:** Rûyâda cin görmek, hilekâr bir kimseye işâretle tabir olunur. Cin görmek, büyük düşman, korku, akıllı fakat hilekâr *(düzenbaz)* bir adam ile temsil edilir.

• Rûyâsında evine bir cinin girdiğini gören kimsenin, evine düşman veya hırsız gireceğine ve rûyâyı gören kimseye zarar vereceğine işâretle yorumlanır.

• Bazı yorumculara göre, rûyâda cin görmek, yılan ve akrep gibi, yer haşerelerinin çıkması ve insanların rahatsız olacakları şeylerin meydana gelmesine işâretle yorumlanır.

**CİN ÇARPMASI:** Rûyâda kendisini cin çarptığını ve aklının başından gittiğini ve yere yıkıldığını görmek, iyiye ve hayra yorulmaz. Bu rûyâ fâize, haram yenmesine, sihir, büyü ile meşgul olunmasına işâret olarak yorumlanır.

**CİNÂYET:** Rûyâda kendisinin bir cinâyet işlediğini, bir kimseyi öldürdüğünü gören kimse, sakıncalı ve zararlı bir işe gireceğine işâretle yorumlanır.

• Bazı yorumculara göre bu rûyâ, maksat ve arzusuna *(dilek ve muradına)* kavuşmakla tabir olunur.

**CİNSEL ORGANLAR:** Rûyâda cinsel organı olmayan bir erkek görmek, çocuğunun olmayacağına, nesilsiz, evladsız kalınacağına işârettir.

• Bir erkek rûyâsında kendisinde kadın cinsel organı olduğunu görmesi, iyi değildir. Bu rûyâ iyiye ve hayra yorumlanmaz.

• Rûyâda kadın cinsel organı görmek, mal, servet sahibi olmaya, saygı ve hürmet göreceğine, üzüntü ve kederden, sıkıntıdan kurtulacağına işârettir, şeklinde tabir olunur.

• Rûyâda cinsel organının büyüdüğünü görmek, zenginliğe, geçim bolluğuna işâret olarak yorumlanır.

• Rûyâsında kendi karısının cinsel organını gören kimse,sıkıntı ve bunalımdan kurtulur şeklinde yorumlanır.

• Rûyâsında birden fazla erkek cinsel organı gören kimsenin pekçok evladı olacağına işâret ile tabir olunur.

• Rûyâsında erkek cinsel organı görmek, çok ünlü *(meşhur)* biri olmaya ve çocukları olmaya işârettir şeklinde yorumlanır.

**CİRİT:** Rûyâsında cirit oynadığını gören kimse, münafık *(iki yüzlü yaramaz)* bir kimseden yardım talebedeceğine *(isteyeceğine)* işâretle yorumlanır.

• Bazı yorumculara göre de cirit oynamak, iş hayatında rakiblerle mücâdele edileceğine işârettir. Bazılarına göre ise, neşeli günlerin huzurlu günlerin geleceğine ve arka arkaya başarılar elde edileceğine işârettir diye yorumlanır.

**CİVCİV:** Rûyâsında civciv gören kimsenin bir çok çocuğu olacağına işâretle tabir olunur.

**COKEY:** Rûyâda cokey görmek, bir yolculuğa çıkacağınıza işâret olarak tabir olunur.

**CUMA:** Rûyâda cuma günü olduğunu görmek, iyilik ve kolaylıklara, bolluk ve bereketlere işârettir.

• Rûyâsında cuma namazını kıldığını gören kimsenin, bütün dilek ve muradı gerçekleşeceğine işâret ile tabir olunur.

• Rûyâda görülen cuma namazı, üzüntü ve kederlerden kurtulmaya ve haccetmeye işârettir.

• Rûyâsında cuma gününde olduğunu veya cuma namazını kıldığını gören kimse, kısa zamanda gam ve kederden kurtulacağına, sevdiği dostlarıyla bir araya toplanacağına ve bundan dolayı çok çok sevineceğine, istek ve dileklerinin yerine geleceğine işâret olarak yorumlanır.

**CUMHURBAŞKANI:** Rûyâda cumhurbaşkanını görmek, terfi edeceğinize, yükseleceğinize, bol kazanç elde edeceğinize,ticarette kârlı işler yapacağınıza ve yoksulluktan kurtulacağınıza, zengin olacağınıza işâret olarak tabir olunur.

**CÜBBE:** Rûyâsında cübbe giydiğini ve cübbenin üzerinde olduğunu gören kimse, eğer bekâr ise evleneceği kadına işâretle yorumlanır. Cübbe boyalı bir cübbe olursa, bu kadının çocuk doğuran ve kocasını seven bir kadın olacağına işârettir.

• Rûyâda görülen cübbe uzun bir ömür süreceğinize de işâretle tabir olunur.

• Rûyâda cübbe giydiğini görmek, zenginlik, zengin olacağına işâretle tabir olunur.

**CÜCE:** Rûyâda cüce görmek,düşmanlarınıza galib geleceğinize işâretle yorumlanır.

• Rûyâda cüce görmek, sevindirici bir haber alacağınıza işâret olarak tabir olunur.

• Rûyânızda kendinizi cüce bir hale gelmiş görmek, ömrünüzün kısalmasına veya fitne ve dedikodu ile karşılaşacağınıza işâret olarak yorumlanır.

**CÜZ:** Rûyâsında Kur'ân'dan bir cüz okuduğunu gören kimse, gönül ferahlığına ereceğine ve gönlün huzurla dolacağına işâret olarak tabir olunur.

**CÜZDAN:** Rûyâda cüzdan görmek, sır ve gizlilik işâretidir, şeklinde yorumlanmaktadır.

• Rûyâsında birisine cüzdan verdiğini gören kimse, bir sırrını başkasına vermiş olarak tabir olunur.

• Rûyâsında yeni bir cüzdanı başka birine verdiğini görmek, iyi bir sırrın verilmesine işârettir.

• Rûyâsında eski bir cüzdan verdiğini görmek, kötü bir sır ile tabir olunur.

• Kendisine verilen cüzdanı açtığını görmek, kendisine verilen bir sırrı açmasına veya açacağına, verilen sırrı yayacağına işârettir.

• Rûyâsında yolda bir cüzdan bulduğunu görmek, iyi değildir, kıymetli bir şeyini kaybedeceğine işârettir, şeklinde tabir edilir.

• Rûyâda görülen cüzdan çok zaman hayırla ve iyiye yorulur. Cüzdanı dolu dolu görmek, önemli bir işinizde başarıya kavuşacağınıza çok çok paralar kazanacağınıza işâretle yorumlanır.

# Ç

**ÇADIR:** Rûyâda çadır görmek, genellikle hayırla yorumlanır. Hayırlı ve kârlı bir işle tabir edilir. Mevki ve saltanatla da yorumlanmıştır. Evliliğe, yeni bir ev yapacağınıza işâretle tabirleri vardır.

• Rûyâda yeşil çadır görmek, güçlü olmaya, dilek ve isteğinin yerine gelmesine, muradına ermesine işaretle yorumlanır.

• Rûyâda yeni bir çadır görmek, yeni işe, yeni bir rütbe ve memuriyete kavuşmak şeklinde tabir edilir.

• Mavi çadır görmek, sıkıntı, keder ve riyâkarlık gibi kötü şeylere yorulur.

• Çadır kurduğunuzu görmek, yolculukta ticâret veya yeni bir işe başlamak ile tabir olunur.

• Rûyânızda kurulmuş bir çadır görmeniz mutluluk ve huzur bulacağınıza tabir edilir.

• Rûyâda sarı bir çadır görmek, hastalık veya sağlığın bozulması ile tabir olunur.

• Rûyâda görülen büyük çadır, bol nimet elde edeceğinize işâret ile tabir olunur.

• Beyaz çadır görmek, zenginlik, mal kazanmak ve menfaat elde etmek ile tabir edilir.

**ÇAĞLA:** Rûyânızda mevsiminde çağla *(badem çağlası)* görmeniz, sevinçli, müjdeli, iyi bir haber, sevindirici bir haber alacağınıza işâretle tabir olunur.

• Mevsiminin dışında çağla görmek ise, hastalığa veya kötü *(üzücü)* bir haber alacağınıza işârettir.

**ÇAĞLAYAN:** Rûyâda çağlayan görmek, kendi çalışmanızla yükseleceğinize delâlet eder.

**ÇAKAL:** Rûyâda çakal görmek, yaramaz ve kötü bir kimseyle yorumlanır.

**ÇAKI:** Rûyâda çakı görmek, kötü bir söze işârettir. Rûyâsında birinsinden bir çakı aldığını gören kimse, çakı aldığı kimseden kötü bir söz işiteceğine işârettir. Çakı verdiğini görmek aksine, yani ona kötü söz söyleyeceğinize işâretle yorumlanır.

• Rûyâda çakı ile bir meyveyi soyduğunuzu veya kestiğinizi görmek ise, sevdiğiniz biriyle dostluğunuzu ve ilişkinizi *(merhabanızı)* keseceğinize işârettir.

• Bazen de rûyânızda çakı görmeniz, katıldığınız ve iştirak ettiğiniz bütün toplantılarda başarılı olacağınıza işâret olarak yorumlanır.

• Rûyâda çakısını açık olarak görmek, şansının açık olacağına işâretle tabir olunur.

**ÇAKILTAŞI:** Rûyâsında bir kimse, çakıltaşı toplayıp sonra topladığı taşları bir kuyuya attığını görse, eğer bekâr ise evlenir veya mal-mülk satın alır şeklinde yorumlanır.

• Bazen de küçük çakıl taşları görmek, şâhitlik edeceğinize işâret ile tabir olunur.

• Rûyâda çakıltaşı attığını görmek, iftira edeceğinize işârettir şeklinde yorumlanır.

• Denize çakıltaşı attığınızı görmeniz, elinizden mal ve para çıkacağına işârettir.

• Rûyânızda kuyuya çakıltaşı attığınızı görmeniz, evlenmeye ve evlenmeniz sebebiyle zengin olacağınıza işâret olarak yorumlanır.

**ÇAKMAK:** Rûyâda çakmağı yanıyor görmek, dileklerinizin gerçekleşeğine işârettir. Yeni bir çakmak aldığınızı görmek, sevinçli bir haber alacağınıza işârettir.

**ÇAKMAKTAŞI:** Rûyâda çakmaktaşı görmek, uzaktan alacağınız sıkıcı ve üzücü bir habere işârettir.

• Bazan da, rûyâda çakmaktaşı görmek, aniden meydana gelecek bir felaket ile yorumlanır.

**ÇALAR SAAT:** Rûyâda çalar saat görmek, iş hayatınızda yorgunluk ve bıkkınlık duyduğunuza işâret ile tabir olunur.

**ÇALGI:** Rûyâsında tek başına çalgı çaldığını gören kimse, heyecanlanacağı bir haber alacağına işâretle yorumlanır.

• Rûyâda çalgı çalındığını görmek, kötü bir haberin yayılmasına işâret ile tabir olunur.

**ÇALGICI:** Rûyâda çalgıcı görmek, fesadla yorumlanır. Böyle bir rûyâ pek hayırla yorumlanmaz. Dikkatli olmanızın gerektiğine işârettir.

**ÇALI:** Rûyâsında çalı gören kimse, rızkını ve geçineceği parayı kolay elde eder, kolay kazanır, şeklinde yorumlanır.

• Rûyâsında çalı gören kimsenin güzel bir çocuğu olur, şeklinde yorumlanır.

**ÇALI FASULYESİ:** Rûyâsında çalı fasulyesi topladığını görmek, zengin bir kimseden yardım göreceğine işâret ile tabir olunur.

**ÇAM:** Rûyâda çam görmek, dileklerinizin gerçekleşeğine işârettir, Çam ormanı görmek, zenginliğe delâlet eder. Hasta olan böyle bir rûyâ görse, kısa zamanda şifâ bulur diye yorumlanmıştır.

**ÇAMAŞIR:** Rûyâda çamaşır yıkadığını görmek, üzüntü ve kederlerden kurtuluşa işârettir, şeklinde tabir olunur.

**ÇAMUR:** Rûyâda çamur görmek çeşitli şekilde yorumlanır. Bazılarına göre bu rûyâ görenin durumuna göre değişir. En iyisi böyle bir rûyâ gören kimsenin kendi hareketlerini kontrol etmesidir.

• Çamurla ilgili rûyâların bazılarının kısa yorumları şöyledir.

• Rûyâda çamur içinde yürüdüğünüzü görmeniz, kötülük, keder ve sıkıntı gibi iyi olmayan şeylere yorulur.

• Rûyâda çamur içinde yattığını görmek, iyi değildir, Bu rûyâ keder veya ölüme işâretle yorumlanır.

• Başınızda çamur görmek, ziraat işleri ile uğraşmak ile tabir olunur.

• Rûyâsında elbisesinde çamur gören kimse, kedere, üzüntüye veya sıkıntıya düşer veya düşeceğine işâret şeklinde tabir olunur.

• Rûyâda beyaz çamur görmek, faydalanmak ve menfaat elde etmek ile tabir olunur.

• Çamur içinden çıktığını, kurtulduğunu gören kimse, kederden veya hastalıktan kurtulup feraha ve sevince kavuşur, şeklinde tabir olunur.

• Bir kimsenin rûyâsında siyah çamur görmesi, kedere işâret olarak yorumlanır.

• Rûyâsında kırmızı çamur görmek, yolculuğa çıkmak, yer değiştirmek ve savurganlık gibi şeylere işâret olarak yorulur.

• Rûyâda sarı çamur görmek, hastalık veya acı haber ve keder ile tabir olunur.

**ÇAN:** Rûyâda çan görmek, çeşitli şekillerde yorumlanır. Hayvanların boynunda görülen çan, hayırla yorumlanır. Çan felâket haberine işârettir diye de yorumlayanlar olmuştur.

**ÇANAK:** Rûyâda çanak görmek, iyi bir arkadaş ve hizmetçi bir kadına işârettir.

• Rûyâda büyük bir çanak görmek, iyi ve temiz bir yardımcı kadına işâretle tabir olunur.

• Rûyâda boş bir çanak görmek, işlerdeki durgunluk veya tatile çıkmak veya geçimini sağlamak için yeni bir işe teşebbüs edeceğinize işârettir.

• Rûyâsında kendisine büyük bir çanak içinde bir şeyler ikram edildiğini görmek, büyük bir kısmete kavuşacağına işaretle yorumlanır.

• Elindeki çanağın düşüp kırıldığını görmek, başladığı işinde başarısızlığa işârettir.

• Rûyâda ağaçtan oyulmuş *(yapılmış)* bir çanak görmek, elinden çok hayır gelen, faydalı ve hünerli bir hizmetçi alacağınıza işâretle yorumlanır.

**ÇANTA:** Rûyâda para çantası görmek, sıkıntılı bir habere işârettir diye yorumlanmıştır.

• Bazı yorumculara göre, rûyâda görülen çanta yolculuğa çıkacağınıza işâretle tabir olunur, Çanta bazen de gizliliğe, gizli fikirlere-projelere, gizli maksat ve emellere yorumlanır.

**ÇAPA:** Rûyâda çapa görmek, asılsIz dedikodulara işârettir şeklinde tabir olunur.

**ÇARDAK:** Rûyâda çardak görmek, korkulardan emin olmaya, selâmette olmaya da işâretle tabir edilir.

• Rûyâda görülen çardak, hayırla yorumlanır. Bolluk bereket ve selâmetle de tabir olunur.

• Rûyâda çardak görmek, bekâr kimseler için evlenmeye, evli ise, çocukları olacağına da işârettir.

• Çardak görmek, önderlik yapan, meclislerde dînî konuşma ve sohbetler yapan iyi ve mükemmel bir kadına işâretlede yorumlanır.

• Uzaktan bir çardağı gören kimse, sevineceği bir haber ile ve yüksek özelliklere ve büyük bir kişilik sahibi kimseye işârettir.

• Rûyâda çardağa çıktığını görmek, korkusu varsa, korkusu gider *(korkudan kurtulur)*, rûyâyı gören hasta ise, cennete gider. Böyle bir sıkıntısı yoksa, sevince erer, şeklinde yorumlanır.

• Fakir olan bir kişi, rûyâsında yeni bir çardak içinde olduğunu görse, o kimse zengin olur ve refaha kavuşur şeklinde yorumlanır.

• İkiden fazla çardak gören kimse, kendisinin de orada bulunduğunu görmesi, korktuğu şeylerden kurtulacağına işâretle yorumlanır.

**ÇARŞAF:** Rûyâda çarşaf görmek bekâr ise, evleneceğine işârettir. Evli kimse görürse, evlâdı olacağına işârettir.

• Rûyâda yatak çarşafı görmek, bolluk, ve berekete işârettir, şeklinde yorumlanır.

• Rûyâda yeni ve mükemmel beyaz bir çarşaf gören kimsenin bu rûyâsı, yüksek dereceli ve değerli bir kimse olduğuna işâret şeklinde yorumlanır.

• Erkek bir kişinin çarşaf görmesi, emânet ehli olmasına işâret şeklinde yorulur.

• Rûyâda erkeğin çarşaf giydiği görülse, bu rûyâ keder ve sıkıntı ile tabir olur.

• Kadının çarşaf giydiğini görmesi, sevince ve ferahlığa işâret şeklinde yorulur.

• Rûyâda çarşaf görmek, kadınla tabir olunur. Çarşaf görmek, bir çeşit gizlilik, sır anlamında bir simgedir şeklinde tabir olunur.

**ÇARŞI-PAZAR:** Rûyâda görülen çarşı-pazar bir çeşit çoğalma anlamına gelen artış ve kazançla yorumlanır.

• Rûyâda açık bulunan bir çarşı görmek, iyi bir alış-veriş, iyi bir ticâret kazancına, iyi bir hayat *(yaşam)* şekline işâretle yorumlanır.

• Rûyâda tenha, müşteri az olan bir çarşı görmek, ticârette, alış verişte durgunluk ve işlerin kesat gitmesine işârettir şeklinde yorumlanır.

• Bakımsız, harab ve düzgün olmayan bir çarşı rûyâsı da aynı şekilde, işlerin bozuk ve durgun gidişine yorumlanır.

• Rûyâda görülen dar çarşı, sıkıntı, geçim darlığı ve fakirlik gibi şeylere işâret olarak yorumlanır.

• Dükkanların ve işyerlerin kapandığı şeklinde kapalı bir çarşı görmek, yine işlerin durgunluğuna işâret şeklinde yorumlanır.

• Rûyâda görülen geniş ve büyük çarşı ferahlık, iyi bir geçim bolluk işâreti şeklinde yorumlanır.

• Rûyâda görülen çarşı rûyâları bazen faydalı bol rızıklara, hastalıklardan kurtulmaya şifa bulmaya işâret olarak tabir olunur.

• Bazen de çarşı rûyâları, yalan ve günaha, üzüntü ve kedere, sıkıntılara işâret ile tabir olunur.

**ÇATAL:** Rûyâda çatal görmek, evinizde mutlu ve sakin bir yaşama işârettir.

**ÇAVDAR:** Rûyâda çavdar görmek, az mal, az kazanç veya yeni bir işe, yeni bir göreve başlayacağınıza işâret olarak yorumlanır.

**ÇAY:** Rûyâda çay görmek, çeşitli şekillerde yorumlanır. Yeşil çay görmek, dostlarınız tarafından sevileceğinize işârettir. Çay içdiğinizi görmek, arkadaş veya dostlarınızla iyi bir vakit geçireceğinize işârettir.

**ÇAY** *(DERE):* Rûyâsında bir kimse, bir çay veya dere kenarında oturduğunu ve su ile oynadığını görse, bu kimsenin evinde bolluk ve bereket olacağına veya evli ise bir erkek çocuğu olacağına veya bekâr ise, evleneceğine işâret ile tabir olunur.

**ÇAY BAHÇESİ:** Rûyâsında bir çay bahçesinde çay içtiğini gören kimsenin bu rûyâsı, maddi sıkıntıdan kurtulacağına işârettir.

**ÇAYDANLIK:** Rûyâda çaydanlık görmek, dedikoduya, dedikodu denen ***(insanların arkalarından çekiştirmek denen)*** insanları üzen bir durumla karşılaşılacağına işâret ile yorumlanır.

• Bazen de çaydanlık görmek, âile mutluluğuna işâret olarak yorumlanır.

• Rûyâda görülen çaydanlık ateşte değilse önceden bir sıkıntıya düşeceğinize, fakat sonra durumunuzun düzeleceğine işâret ile yorumlanır.

**ÇAYIR:** Rûyâda çayır görmek, kendiniz için ve dostlarınız için hayır ve mutluluk işâretidir.

• Rûyâda çayırlık bir yer görmek, zahmet çekilmeden elde edilecek bir rızıkta tabir olunur.

**ÇAYLAK:** Rûyâda çaylak görmek, iyi bir haber alacağınıza işârettir.

**ÇEK:** Rûyâda çek *(para yerine kullanılan çek)* gören kimse, yeni işleri için paraya ihtiyaç duyacağı ve bunun için bir dostundan para isteyeceğine işâret ile tabir olunur.

**ÇEKİÇ:** Rûyâda çekiç görmek, sadık arkadaşla yorumlanır. Çivi çakmak, sevinçli habere işârettir. Çekiç almak, sevince delâlet eder.

• Rûyâsında bir kimseye çekiç ile vurduğunu görmek, büyük bir adamın yardımı ile düşmanını yenmek, düşmana galib gelmek ile tabir olunur.

• Rûyâsında çekiç ile örse vurmak veya örs üzerinde bir demir dövdüğünü görmek, rûyâyı gören kimse demirci değilse, iki kimse arasında lâf getirip götürmek gibi kötü bir huyu olduğuna ve bu iki kimseyi birbirine düşman edeceğine işâret ile tabir edilir.

**ÇEKİRDEK:** Rûyâda çekirdek görmenin değişik şekilde yorumları bulunmaktadır.

• Rûyâda çekirdek yediğini gören kimse, çevresindekilerin etrafındaki kimselerin dedikodusuna maruz kalacağına *(rûyâyı gören kimsenin arkasından çekiştireceklerine)* işâret olarak yorumlanır.

• Rûyâda üzüm çekirdeği görmek, hayırsız bir mal ile tabir olunur.

• Hurma çekirdeği görmek, yolculuğa işârettir.

• Kayısı çekirdeği görmek, elde edilecek mala işarettir, şeklinde tabir olunur.

• Zerdâli çekirdeği görmek, kedere işârettir.

• Rûyâsında kavun çekirdeği görmek, kız çocuğuna işârettir, şeklinde tabir edilir.

• Rûyâsında karpuz çekirdeği görmek ise, sevgisiz çocuğa işârettir, tabir olunur.

• Bazen rûyâda hurma çekirdeği görmek, uzun ömürlü olacağınıza işârettir. Hurma çekirdekleri evin temeline ve güzel inanca işârettir, demişler yorumlarında.

**ÇEKİRGE:** Rûyâda çekirge görmek, değişik şekilde tabir olunuyor.

• Rûyâda çekirge görmek, kuvvetinin artacağına işâret ile tabir olunur.

• Rûyâda çekirge görmek, bazen de, iyi bir evliliğe veya iyi bir iş sahibi olmaya veya olunacağına işâretle yorumlanır demişlerdir.

• Çekirgeyi zıplarken görmek, kısmetinizin iyi olacağına işâretle yorumlanır.

• Bazen de çekirge görmek, büyük kişilerden yardım görüleceğine, rızık kapılarının açılacağına işâret ile tabir olunur.

• Bazı yorumculara göre, rûyâda çekirge görmek, fitneye *(kargaşalığa-bozgunculuğa)* ve düşmanlığa işârettir, şeklinde tabir olunur.

• Rûyâsında çekirgeleri bir kaba doldurduğunu gören kimsenin bu rûyâsı, para biriktireceğine işâretle yorumlanır.

• Rûyâda çekirgeleri topladığını görmek, bol para kazanılacağına işâret olarak yorumlanır.

• Çekirge yağdığını görmek, elde edilecek mal-mülk ve servete, bazen de zarar ve kıtlık ile tabir edilir.

**ÇEKMECE:** Rûyâda çekmece görmek, bekâr olan kimse için mutlu bir evliliğe veya candan samimi ve sadık dostlar, arkadaşlar edineceğinize veya edinileceğine işâretle yorumlanır.

• Yeni bir çekmece aldığını gören kimse, sadık iyi kalbli, dürüst, iş bilir, hünerli, sevecen bir hanım ile evlenir şeklinde tabir olunur.

**ÇELENK:** Rûyâda çelenk görmek veya yapraktan ve çiçekten yapılmış halkalar halinde bir çelenk boynuna taktığını gören kimse, çevresi tarafından çok sevildiğine işâret ile tabir olunur.

• Rûyâsında bir cenazeye çelenk gönderdiğini gören kimse, bir yakınından yardım göreceğine işâret ile yorumlanır.

**ÇELİK:** Rûyâda görülen çelik, kuvvet ile tabir olunur. Çelik, kuvvet, kuvvetli adam, zafere ulaşmak, uzun ömür, mal elde etmek ve zorluklara karşı güçlü ve üstün gelmek gibi nitelikler ile yorumlanır.

• Rûyâsında elinde çelik olduğunu gören kimsenin rızkı bol olduğu gibi, mal-mülk, emlak sahibi olduğuna işârettir.

• Elinde çok çelik bulunduğunu veya bir çok çelik olduğunu gören kimse, güç ve kuvvete sahib olur ve muradına, istek ve dileğine kavuşur şeklinde yorumlanır.

• Çelikten yapılmış eşya veya çelikten yapılmış bir şeyler görmek, kuvvetli hizmetçilere, güçlü yardımcı adamlara işârettir şeklinde tabir olunur.

• Çelik yediğini görmek, geçim sıkıntısını atlatmak için zorluklara göğüs gereceğine ve germesi gerektiğine işârettir.

**ÇELİK BAŞLIK:** Rûyâda başında çelik başlık veya miğfer gören kimsenin malı eksilmez çoğalır ve bu kimse saygın bir yere sahib bulunur veya bulunacağına işârettir, şeklinde yorumlanır.

**ÇELTİK** *(PİRİNÇ TARLASI):* Rûyâda çeltik görmek veya çeltik tarlasında dolaştığını gören kimsenin eline bol miktarda para ve rızık geçeceğine ve adak adayacağına işâret olarak yorulur.

**ÇENE:** Rûyâda çenesinin uzadığını gören kimse, gereksiz yere bağırır, çağırır ve gereksiz sözler söyler ve kuvvetten düşüp zayıflar, şeklinde yorumlanır.

• Rûyâda çene görmek, bazen de abdesti tam ve mükemmel, eksiksiz olarak almaya veya alacağına işâret ile tabir olunur.

**ÇENGEL:** Rûyâda çengel görmek iyi değildir. Çengel, kötü düşünceli bir adam, haydut ruhlu, hırsız gasbçı bir adama işâretle tabir olunur.

• Rûyâda demir çengel görmek, insanlara azab veren, işkence veren gaddar bir adama işâret eder demektir şeklinde yorumlanır.

**ÇENGİ** *(ÇALGICI):* Rûyâda çengi görmek, iyi değildir, bu rûyâ kötüye yorulur. Çengi, yalancı, dalkavuk, iki yüzlü dost ve kötü haber almak gibi, iyi ve hayır olmayan şeylere yorulur.

**ÇERÇEVE:** Rûyâsında bir resim çerçevesi gören kimse, kısa zamanda zengin, mal-mülk ve mevki, makam sahibi yüksek tabakadan bir dost veya arkadaş edineceğine işâretle tabir olunur.

• Kendi resmini çerçeveye koyup astığını gören kimse, gelecekte bir eser yapıp meydana koyacağına işârettir.

**ÇERÇİ:** Rûyâda çerçi ve eczacı gören kimse, kitab tasnifi ile uğraşan, kitab ehli âlim kişi olacağına ve dinen kuvvetli bir kimseye işârettir.

**ÇEŞME:** Rûyâda çeşme görmek, elinize helâl bir mal geçeceğine işârettir.

**ÇEYİZ:** Rûyâda çeyiz görmek, talih kısmet, mutluluk gibi şeylerle tabir olunur.

• Rûyâda çeyizin hazırlandığını gören kimse, tam bir gönül sevgisiyle nişanlanıp evliliğe adım atacağına işâret ile tabir olunur.

• Rûyâsında çeyizini sattığını gören kimsenin nişanı bozulur veya bozulacağınaevli ise boşanma veya boşanacağına tehlikesine işâretle yorumlanır.

**ÇIBAN:** Rûyâda bir çocuğun başında çıban çıktığını gören kimsenin temiz birisi olduğuna işârettir. Bu temizlik sünnet ettireceğine de yorumlanır.

• Vücûdunda çıban çıktığını gören kimsenin âilesinden birileri rahatsızlığa veya hastalığa düşer veya düşeceğine işârettir, şeklinde de yorumlanır.

• Yüzünde çıban çıkmış olduğunu gören kimsenin işi bozulur, itibardan düşer veya düşeceğine üzüntü ve kedere işârettir, şeklinde tabir olunur.

• Bazı rûyâ tabircilerinin yorumuna göre, rûyâda çıban görmek üzüntü ve kedere yorumlanır.

**ÇIĞ:** Rûyâda çığ düşdüğünü görmek iyi değildir. Çığ görmek, karşılaşılacak zorluklar, engeller şeklinde tabir olunur.

**ÇIKMAZ SOKAK:** Rûyâda çıkmaz bir sokak gören kimse, sonu olmayan zor bir işe sürükleneceğine işâretle yorumlanır.

**ÇIKRIK:** Rûyâda çıkrık görmek, rûyâyı gören erkek için elem ve keder ile yorumlanır. Kadın görürse bu rûyâyı, bir kız çocuğu olacağına işâretle tabir olunur.

**ÇINAR AĞACI:** Rûyâda çınar ağacı görmek, asker olan bir kimse için, bir iyiliğe ereceğine işârettir. Diğer kimseler görürse pek iyiye yorulmaz. Fakirliğe işâret ile yorumlanır.

**ÇIRA:** Rûyâda çıra görmek. ölüm ve mirasla yorumlanır. Çıra görmek, iyi bir yuva kurulacağına da delâlet eder diye yorumlanmıştır.

**ÇİÇEK:** Rûyâda çiçek gören bir kadının çocuk sahibi olacağına işârettir. Rûyâda çiçek hediye aldığını görmek, evliliğe işârettir.

• Rûyâsında beyaz çiçek gören kimse, hayırla karşılaşır, ferahlık ve huzûra erer, bol para kazanır geçimi genişler, şeklinde yorumlanır.

• Rûyâsında evinin içinde çiçek gören kimse, mutluluğa kavuşup iyi ve ferah bir yaşama erer veya ereceğine işârettir, şeklinde tabir olunur.

• Kırmızı bir çiçek görmek, acele tarafından bir sevince kavuşur şeklinde yorumlanır.

• Rûyâsında çiçek yediğini gören kimse, dilek ve muradına kavuşur ve çok fayda ve menfaat elde eder şeklinde tabir olunur.

• Rûyâda görülen çok çiçek, çok mala veya çok para kazanılacağına işârettir, şeklinde tabir olunur.

• Rûyâda görülen güzel, mükemmel çiçekler ve güzel kokulu çiçekler, güzel ve sevindirici haberlere işâret olarak tabir olunur.

• Rûyâda çiçek kokladığını görmek, güzel haber almak, iyi ve güzel sözler işitmekle tabir olunur.

• Rûyâda birisinden çiçek hediye alsanız, bu rûyâ evliliğe işâretle tabir olunur.

**ÇİFTÇİ:** Rûyânızda çiftçi görmeniz, iyi kalbli bir insanla dostluk kuracağınıza işâretle tabir olunur.

• Rûyânızda kendinizin çiftçi olup ekin ektiğinizi görmeniz, kurtuluşa ereceğinize işâret ve çalışıp ticâret ile uğraşacağınıza işârettir.

• Rûyâda çiftçi olup tarlasını sürdüğünü gören, bekâr ise evlenir şeklinde tabir olunur.

**ÇİFTLİK:** Rûyâsında kendisini bir çiftlikte misafir olduğunu gören kimse, çok güzel sevindirici haberler alacağına işâretle yorumlanır.

• Rûyâsında bir çiftlik satın aldığını görmek, binbir zorlukla para kazanıp mal-mülk sahibi olacağına işârettir.

**ÇİĞ:** Rûyâsında çiğ yağdığını veya ağaç üzerinde çiy olduğunu görmek, iyi bir kimseye işâretle ve faydalanmak ile tabir olunur.

• Rûyâsında otlar üzerinde çiğ görmek, müjdeli bir haber alacağına veya bazı kimselerden faydalanacağına işârettir.

• Çiçekler üzerinde çiğ görmek, iyi bir haber alacağına ve mutluluklara ereceğine işârettir.

**ÇİLEK:** Rûyâda çilek görmek, yazlık elbise ile ve bol kazanç ile yorumlanır.

**ÇİLİNGİR:** Rûyâsında çilingir gören kimsenin ağzının sıkılığına ve sır saklayıcı biri olduğuna veya olacağına işâret ile yorumlanır.

**ÇİMEN:** Rûyâda sık, yeşil çimen görmek, rızkın bol olacağına, dilek ve muradının olacağına işârettir.

• Rûyâda sararmış veya kurumuş çimen görmek ise, mali yönden *(geçim durumu bakımından)* sıkıntıya düşeceğinize, dolayısıyla üzüntü ve kedere işârettir.

• Rûyâda iyi bir durumda görülen çimenlik, rahat bir hayat, tatlı ve güzel yiyecekler, iyi bir geçim ile tabir edilir.

• Bozulmuş, sararmış, kurumuş bir durumdaki çimenlik görmek, kedere ve hastalığa yorulur.

**ÇİNGENE:** Rûyâda çingene görmek, yakında seyâhate çıkılacağına işâretle tabir olunur.

• Rûyâda çingene görmek, bekâr kadınlar için evlenmeye, evli ve işde çalışanlar için, yakında sırlarının açığa çıkacağına işâretle tabir olunur.

**ÇİNİ:** Rûyâsında çini gören kimse, emeği karşılığında bir çok yerden para kazanacağına işârettir.

**ÇİRKİN:** Rûyâda çirkin birini görmek, işlerinin iyi ve yolunda gitmeyeceğine işâretle tabir olunur.

**ÇİSELTİ:** Rûyâda yağmur çiseltisi ve serpintisi görmek, durumların düzelmesine, üzüntü ve kederden, sıkıntıdan kurtulmaya işârettir.

**ÇİTLENBİK:** Rûyâda çitlenbik ağacı gören kimsenin bu rûyâsı, bir sefere, bir yolculuğa çıkacağına işârettir, şeklinde tabir edilir.

• Rûyâda çitlenbik ağacına çıktığını gören kimsenin de başkalarından yardım göreceğine ve bu yardımı özellikle eline alacağına işâretle tabir olunur.

**ÇİVİ:** Rûyâda bir ağaca çivi çaktığını görmek, doğrulukla veya evlenmeye veyahut, dilek ve murada ermeye işâretle yorumlanır.

• Rûyâda çivi üstüne oturduğunuzu görmek, bir işinizde sebat etmeniz ve devamlılık göstereceğinize işârettir.

• Rûyâsında bakır bir çivi gören kimsenin işlerinin ters gideceğine işâret şeklinde tabir edilir.

• Bir yere çivi çaktığını görmek, bekâr ise evlenmeye, evli ise, hanımın hamile olduğuna işârettir.

**ÇİZME:** Rûyâda çizme görmek, sefere çıkmak, seyahat etmekle veya seyehat edeceğine, bekâr kimseler için evliliğe işâretle tabir olunur.

**ÇOBAN:** Rûyâda çoban görmek, genellikle iyiye ve hayıra yorumlanır. Böyle bir rûyâ fakirlikten kurtuluşa işâretle, zenginliğe adım atılışa da işârettir.

**ÇOCUK:** Rûyâda çocuk görmek, iyilik ve hayırla yorumlanır. Kadın rûyâda çocuk görse, kendisinin çocuk sahibi olacağına delâlet eder.

• Rûyâda çocuğunu düşürdüğünü gören kimse, kederden kurtuluşa işâret ile tabir olunur. Bazen de tam bir mutluluğa erememe *(mutlulukta noksanlık)* ile tabir olunur.

• Kız çocuğu görmek, hayırlar ve menfaatlar elde edileceğine işâretle tabir olunur.

• Rûyâda çocuğun vaktinden evvel konuştuğunu görmek, garib ve hayretle karşılanacak *(şaşılacak)* bir haber alınacağına işâretle yorumlanır.

**ÇORAP:** Rûyâsında bir çorap aldığını gören kimsenin bu rûyâsı kendisinin mâlî *(parasal)* durumunun düzeleceğine işâretle tabir olunur.

• Rûyâda görülen giyilmemiş yeni çorap mal sahibi olmaya ve saygın bir kişiye işâret eder. Bu sebeble yeni bir çorap giydiğini gören kimse, malını koruyabilir ve malını, parasını muhafaza edebileceğine yorumlanır.

• Rûyâda çorap ördüğünü görmek, seferden ve yolculuktan döner ve zor bir işle karşı karşıya kalacaktır şeklinde yorumlanır.

• Rûyâsında ayağındaki çorabı çıkardığını gören kimse, sıkıntıdan kurtulur, rahat bir hayata erer, şeklinde tabir olunur.

• Rûyâda çorabının söküldüğünü görmek, sefere *(yolculuğa)* çıkılacağına işârettir, yorumu yapılır.

• Rûyâsında kışın çorap giydiğini gören kimse, sağlık ve sıhhate kavuşur veya yolculuğa *(seyahate)* çıkar, yahut ta rahat bir geçim hayatına kavuşur şeklinde yorumlanır.

• Rûyâsında yazın yaz günlerinde çorap giydiğini görmek, kederli, üzüntülü ve sıkıntılı bir yolculuğa çıkacağına işâret olarak yorumlanır.

• Rûyâda kötü kokulu bir çorap giydiğini görmek, o kimsenin herkes tarafından kötü bir isimle anılacağına ve kendisi hakkında kötü sözler konuşulacağına arkasından dedikodu yapılacağına işâretle yorumlanır.

**ÇORBA:** Rûyâda çorba içtiğini gören kimsenin ücretinin ve maaşının veya gelirinin artacağına veya son işinizin çok güzel sonuçlar vereceğine, rızkınızın çoğalacağına işârettir, şeklinde tabir edilir.

**ÇÖL:** Rûyâda kendinizi bir çölde görmeniz, şiddetli yalnızlık içinde sıkıntı ve zorluk çektiğinize işârettir veya sıkıntılardan kurtulacağınıza işâret olarak da yorumlanır.

**ÇÖMLEK:** Rûyâda bir çömlek görmek, malını *(paranın)* artacağına *(çoğalacağına)* veya zevceye, çocuğu olacağına işârettir. Toprak çömlek görmek, fakirliğe işârettir veya bir kadınla evleneceğinize işârettir.

• Rûyâsında çömlekten bir şey yediğini görmek, rızkının ve kazancının artacağına işârettir.

• Rûyâda görülen çömlek rûyâsı, genellikle kazanç artması ve bereketle birlikte kanâatın artması şeklinde yorumlanır.

**ÇÖMLEKÇİ:** Rûyâda bir çömlek ustası veya çömlek satıcısı görmek, rûyâyı gören kimsenin saygınlığının artacağına işârettir. Aynı zamanda dindâr iyi ve saygın bir kadınla evliliğe de işâret şeklinde yorumlanır.

**ÇÖP:** Rûyâda çöp görmek, kazanılan çok para ve çok mal elde edileceği ile tabir olunur.

**ÇÖPÇÜ:** Rûyâda çöpçü görmek de aynı şekilde yorumlanır. Kazancın ve paranın çokluğuna işârettir.

**ÇÖREK:** Rûyâda çörek görmek ve yemek, evinize kısmetli, uğurlu bir kimsenin geleceğine ve bu kimseden faydalanacağınıza işârettir.

**ÇÖREK OTU:** Rûyâda çörek otu görmek, sıhhat ve afiyet ile bir ömür geçireceğinize sağlığınızın iyi olacağına işâret olarak yorumlanır.

**ÇUKUR:** Rûyâda çukur ve hendek görmek pek iyiye yorulmaz. Yani çukur ve hendek rûyâsı görmek iyi değildir. Görülen bu rûyâ hayra ve iyiye yorulmaz.

• Rûyâda bir çukur kazdığını gören kimse, kötü bir komşu ile karşılaşacağına ve bu kötü komşudan önemli bir zarar göreceğine işârettir.

• Rûyâsında bir çukura düştüğünü görmek, boş boğazlığı ve gevezeliği yüzünden başına türlü belâlar açacağına işârettir.

**ÇUL:** Rûyâda çul görmek, rûyâyı gören kimsenin, hiç bir insana yararı *(faydası)* ve yardımı olmayan yaramaz bir kişi olduğuna işârettir.

**ÇULHA:** Rûyâsında çulha görmek muhtelif tabirler halinde, değişik şekillerde yorumlanır.

• Rûyâda çulha gören kimsenin rûyâsı, ömrünün kısa olacağına veya yeni bir elbise alacağına veya yolculuğa çıkacağına işâretle yorumlanır.

**ÇULLUK:** Rûyâda çulluk kuşu görmek, geleceğinizde sizi çok mutlu edecek bir eş, hayat arkadaşı olacak biriyle tanışacağınıza işârettir.

• Rûyâda çulluk avladığınızı görmek, acı bir haber alacağınıza işâret olarak yorumlanır.

**ÇUVAL:** Rûyâsında çuval görmek, ev idâresinde beceriksizliğe ve bu yüzden geçim zorluğu çektiğine yani varlık içinde yokluk çekildiğine işârettir şeklinde yorumlanır.

• Rûyâda görülen yeni çuval, bolluk, genişlik, menfaat ile, yırtık çuval üzüntü, keder ve sıkıntı ile, küçük çuval geçim azlığı, az kazanç ile tabir olunur.

**ÇUVALDIZ:** Rûyâda çuvaldız görmek, hünerli hanım, iş bilir, çalışkan kadın ile tabir olunur. Hanımı hamile ise, kız çocuğu olur, hanım hamile değilse, yolculuğa çıkacağına işârettir.

• Rûyâda çuvaldız yutmak, başa gelecek bir zarar ve ziyana işâretle yorumlanır.

# D

**DADI:** Rûyâda dadı görülmesi çok iyiye ve hayra yorumlanır. Hasta olan görse, şifâ bulacağına işârettir. Borçlu olan görse yakın zamanda borcundan kurtulacağına delâlet eder. Yardıma muhtaç olan böyle bir rûyâ görse, yardıma erer, kendisine yardım elleri uzanır demektir.

**DAĞ:** Rûyâda dağ görmek genellikle hayırla yorumlanır. Bir kimse kendisini dağ üzerinde görse, her türlü muradına kavuşacağına işârettir.

- Rûyâda dağdan aşağıya doğru indiğini gören kimsenin bu rûyâsı, mevki ve makamından indirileceğine ve itibarının elden gideceğine işâretle yorumlanır. Bazen de bu rûyâ kurtuluşa işâretle yorumlanır.
- Rûyâda dağın üzerine çıktığını görmek, her konuda başarılı olacağınıza, yükseleceğinize ve işlerinizde muvaffak olacağınıza işâretle yorumlanır.

• Rûyâda yüksek bir tepe görmek veya tepenin üzerine çıktığını görmek veya üzerinde oturduğunu görmek, rûyâyı gören kimsenin, malının artacağına *(zenginliğe)* ve sağlıklı olacağına ve güçlü olacağına işâretle yorumlanır.

• Dağda yüz üstü düştüğünü gören kimsenin bu rûyâsı, muradına eremiyeceğine, dileklerinin gerçekleşmiyeceğine işâretle yorumlanır.

• Dağda silahlı olarak bulunduğunu görmek, güç ve kuvvetinin artacağına ve mevkiinin yükseleceğine işârettir.

• Kendisini dağın üzerine çıkamadığını görmek, dileklerinin gerçekleşmemesine ve muradına eremiyeceğine işâretle yorumlanır.

• Rûyâda dağın sallandığını veya yarıldığını görmek, gücünü kaybetmek, işlerin yolunda gitmemesine işârettir.

• Rûyâda karanlık bir dağ görmek ve orada bulunduğunu gören kimsenin bu rûyâsı, kedere, belâ ve hastalıklara işârettir.

• Rûyâda dağ üzerinde su içtiğini görmek, kârlı bir ticaret, iyi bir alışveriş, işlerin iyi gitmesi ve isteklerine kavuşmak gibi şeylerle yorumlanır.

• Rûyâda dağda bulunduğunu görmek, büyük bir adamla dostluk kuracağınıza, büyük bir zata yakın olacağınıza, onunla yakınlık kuracağınıza ve mal alacağınıza işârettir, şeklinde yorumlanır.

• Rûyâda dağa dayandığını görmek, büyük bir adama arkanızı dayamak, ondan yardım, destek alacağınıza işârettir, şeklinde yorumlanır.

• Rûyâda dağı arkanıza yüklendiğinizi görmek, ağır bir işi üzerinize alarak sorumluluğa gireceğinize işâretle yorumlanır.

• Rûyâda dağın üzerinize geldiğini görmeniz, zahmetli bir işe, ağır bir yük altına gireceğinize veya böyle bir teklif ile karşılaşacağınıza işârettir.

*CÛDİ* dağını rûyâda görmek, mutluluk ve emniyet işâreti ile yorumlanır. Cûdi dağı Hz. Nuh Peygamberin gemisinin üzerinde bulunduğu bir dağdır. Onu rûyâda görmek, mutluluk, bahtiyârlık işâretidir.

• **Arafat dağını** rûyâda görmek, çok iyi bir rûyâdır. Bu rûyâ hayırlı bereketli bir iş ile, iyiye giden bir durum ile Cenâb-ı Allâh'ın affına mazhar olmaya da işâret olarak yorumlanmaktadır.

**DAĞARCIK:** Rûyâda dağarcık görmek, sır saklayan kimseyi temsil eder şeklinde tabir olunur.

• Bazı yorumculara göre,dağarcık görmek, malın korunması ve eşyanın korunmasını sağlayan kimseye benzetilmiştir. Bu yoruma göre dağarcık görmek, koruyuculuk ve bekçilik ile tabir olunur.

• Bazen de dağarcık görmek, yolculuğa veya çocuğa işâret ile tabir edilir.

**DAĞ KEÇİSİ:** Rûyâda dağ keçisi gören kimsenin, eline para geçer. Çünkü vahşi hayvanları avlamak, ele geçen ganimet ile tabir olunur.

• Bazen de dağ keçisi görmek, zararla tabir olur. Şayet dağ keçisinin etini yediğini görürse, ele mal, para geçeceğine işâretle tabir olunur.

**DAĞLAMAK- DAĞLANMAK:** Rûyâda görülen dağlama, harcanan paraya veya mala, bazen de rûyâyı gören kimsenin hastalanacağına işâret ile tabir edilir.

• Rûyâsında kendisinin demirle dağlandığını görmesi, bu rûyâ sahibinin günah işlediğinin işâreti olarak yorumlanır.

• Rûyâsında kendisinde eski veya yeni bir dağlama izi veya lekesi *(belirtisi)* olduğunu gören kimse, saklı veya saklanmış olan bir maldan faydalanır şeklinde tabir olunur.

**DAĞYOLU** *(PATİKA):* Rûyâda dağ yolu görmek, sıkıntılardan kurtulmaya işâret ile, veya yolculuğa çıkılacağına işâretle tabir edilir.

• Bazen de dağ yolu görmek, hile ve aldatmaya işâret ile tabir olunmaktadır.

**DAKTİLO:** Rûyâda daktilo görmek, gören kimsenin durumuna göre değişik şekillerde yorumlanır.

• Takva ve ilim sahibi bir kimsenin daktilo görmesi, halkın *(insanların)* onun ilminden istifade edeceğine *(faydalanacağına)* işârettir. Dünyaya bağlanmış biri görürse, yaptığı işlerden dolayı halk ondan rahatsızlık çeker, huzursuz olur işâretle yorumlanır.

• Kendisinin daktilo yazdığını görmek, bazı yorucu ve sıkıntılı işler yapmak zorunda kalacağınıza, fakat bu yorucu işlerin sonunda size faydalı ve yararlı olacağına işâret ile yorumlanır.

• Bazen de hisse senedi ve devlet tahvili alınacağına işâret olarak tabir olunur.

**DALGA:** Rûyâda denizi pek öfkelenmiş, dalgalarının yükselip indiğini görmek, azab verici, sıkıntı ve şiddetli bir duruma işârettir. Denizin dalgası azab ve şiddete işârettir, şeklinde tabir edilir.

• Bazen de dalga görmek, hîlekâr ve dalavereci, aldatıcı bir kimseyle karşılaşmak şeklinde yorumlanır.

**DALGIÇ:** Rûyâda dalgıç görmek, iyilik ve hayra kavuşulacağına işârettir. Mal ve mülk sahibi olunacağına da işârettir, şeklinde tabir olunur.

**DAM:** Rûyâda dam görmek, değeri ve şanı yüce bir kadına işâretle yorumlanır. Rûyâda görülen dam, iyi bir kadınla evliliğe işâret olarak yorumlanır.

• Bazı yorumculara göre ise, rûyâda görülen dam, değerli, şanı ve kadri yüce bir erkek ile yorumlanır.

• Rûyâda damdan düştüğünü görmek, eşiyle arasının açılacağına işârettir. Bu hususta dikkatli olmalıdır. Böyle bir rûyâ kendisini uyarıcı bir delil, bir işârettir.

**DAMA:** Rûyâda dama oynamak, günlerinizi boşa geçirdiğinize, bu yüzden işinizde zarar ettiğinize ve saygınlığınızın eksilmeye başladığına işârettir.

• Rûyâsında dama veya satranç oynadığını görmek, boş ve faydasız işlerle boşa vakit geçirdiğine işâret olarak yorumlanır. Damada veya satranç oyununda oynadığı kimseyi yendiğini görmesi,düşmanına veya düşmanlarına galib *(üstün)* geleceğine işâretle yorumlanır.

**DAMACANA:** Rûyâda damacana denilen camdan yuvarlak su bidonları görmek çok zaman hayra ve iyiye yorulur.

• Rûyâsında damacana ile su taşıdığını görmek, bir hayır işinde veya hayır işlerinde çalışacağına işâret olarak yorumlanır.

• Çeşmeden damacanasını doldurduğunu gören kimsenin rızkı, kazancı bollaşır ve kısmeti açılır, şeklinde yorumlanır.

**DAMAR:** Rûyâda görülen damar güzel ve düzgün olursa, rûyâ sahibi kimsenin durumunun güzelliğine ve iyiliğine işâret, görülen damar bozuk ve kötü durumda olursa, rûyâyı görenin durumunun kötü ve bozuk oluşuna işâret ile yorumlanır.

• Rûyâda görülen damarlar, insanın soy ve akrabalarına işâretle yorumlanır. Damarlarından birinin yok olduğunu gören kimse, akrabalarından ayrılacağına, onlardan ayrı düşeceğine işâret ile yorumlanır.

**DAMAT:** Rûyâda kendi damadını görmek, sevinç ve mutlu günlere işârettir.

• Damadı olmadığı halde rûyâsında bir damadı olduğunu gören kimsenin bu rûyâsı, düşmanına veya düşmanlarına galip *(üstün)* geleceğine ve korkularından kurtulup emniyet içinde olacağına işâret olarak yorumlanır.

**DAMGA PULU:** Rûyâda görülen damga pulu, şöhret ve ünlü olmaya işâretle yorumlanır.

**DANA:** Rûyâda dana görmek, iyiye yorulur. Dostların sevgi ve güvenlerini kazanmaya işârettir.

**DANA BURNU** *(BİR BÖCEK):* Rûyâda dana burnu adı verilen böceği görmek, düşman veya düşmanlara işâret ile tabir olunur. Çünkü dana burnu zararlıdır.

**DANS:** Rûyâda dans ettiğini görmek genellikle belâ ve musîbete, veya işlerinizin ters gideceğine, ***(bu kadınlar için de, erkekler içinde aynıdır)*** işlerin tersliğine işâretle yorumlanır. Bir çocuğun dans ettiğini görmek de iyiye ve hayra yorulmaz. Makbul bir rûyâ sayılmaz.

**DANSÇI** *(DANSÖZ):* Rûyâda bir dansçı *(dans eden)* görmek, rûyâyı gören kimsenin hasta olacağına işârettir, şeklinde yorumlanır.

**DANTEL:** Rûyâda dantel görmek, iyiye yorulmaz, Rûyânızda dantel görmek veya dantel ördüğünüzü görmek, işlerinizin bozulacağına ve bundan dolayı sıkıntı çekeceğinize işâret olarak yorumlanır.

**DANYAL** *(A.S.)*: Rûyâsında Danyal Peygamberi görmek, iyidir. Bu rûyâyı gören kimse, ilim sahibi *(âlim)* ve rûyâ tabir ilmiyle şöhret sahibi *(ünlü)* bir rûyâ yorumcusu olacağına işâret olarak tabir olunur.

**DARAĞACI:** Rûyâda görülen darağacı, iyiye ve hayra yorulur. Selâmet ve kurtuluşa işârettir.

**DAR BOĞAZ:** Rûyânızda dar bir boğazdan geçtiğinizi görmek, işlerinizin düzeleceğine ve güzel güzel yoluna gireceğine işâret olarak tabir olunur.

**DARBUKA:** Rûyâda darbuka gören kimse, bir haber alacak şeklinde tabir olunur.

• Rûyâsında kendi evinde darbuka çaldığını gören kimse, beklemekte olduğu haberi artık alacak olduğuna işâret ile yorumlanır. Bazı yorumculara göre, rûyâsında darbukayı görmesi veya sesini duyması iyiye yorulmaktadır.

**DARGINLIK:** Rûyâsında birilerinin dargınlık içinde olduğunu görmek, iyi ve hayırlı değildir.

• Rûyâda görülen dargınlık, boş yere, gereksiz bir şekilde malını ve parasını harcadığına bu yüzden fakirleştiğine işâret olarak tabir edilir.

• Bazen de dargınlık görmek, rûyâyı gören kimsenin ölümünün yaklaştığına, öleceğine işârettir, şeklinde tabir olunur.

• Dargınlık veya darılmak ile ilgili rûyâlar, ecel yakınlığı *(ölümün yakın olması)*, rezillik ***(halk içinde mahcub ve rezil-rüsva olmak)***, hastalık, *(hastalık geleceği)* ve bazen de barışmak, anlaşmak şeklinde tabir olunur.

**DARI:** Rûyâsında darı *(mısır)* gören kimse, eline mal ve para geçeceği işâretini almış demektir. Çünkü rûyâda darı *(mısır)* görmek, rûyâyı gören kimsenin eline mal veya para geçeceğine işâretle yorumlanır.

**DÂVÂ:** Rûyâsında birilerini dâvâ ettiğini veya dâvâ ederken görmek, rûyâyı gören kimsenin, bir sıkıntıya düşeceği ile tabir olunur.

**DAVAR:** Rûyâda davar görmek, zenginlik ve sevinç işârettir, şeklinde tabir olunur.

**DAVET:** Rûyâda hayırlı, bir iş için de toplandığınızı görmek iyiye yorulur.

• Rûyânızda akşam yemeğinde toplandığınızı veya davet edildiğinizi veya ettiğinizi görmek, birilerine iyilik ve yardım edeceğinize işârettir.

• Öğle yemeğine dâvet ise, sıkıntılardan kurtulmaya işâret ile tabir olunur.

• Sabah yemeğine dâvet de, uzak bir yere yolculuğa çıkacağınıza işârettir, şeklinde yorumlanır.

• Herhangi bir düğün yemeğine davet ise, hayır işlerinde ve iyiliklerde birlik beraberlik işâretidir.

**DAVETİYE:** Rûyâsında bir düğün, nikah veya bir toplantı davetiyesi görmek, yakınlarından veya dostlarından bir haber alacağına işâretle yorumlanır.

• Rûyâda bir mahkemeden davetiye *(celp)* aldığını ve davayı kazandığını görmesi, iyi bir geleceğe işârettir. Şayet davayı kaybettiğini görürse, çok önemli bir işinde zarar edeceğine işâret ile yorumlanır.

**DÂVUD** *(A.S.):* Rûyâsında Dâvud peygamberi gören kimse, kuvvet ve otorite sahibi olur, hatalı bir işinden dolayı da pişman olup hatasından döner ve salih, iyi bir kul olur şeklinde tabir olunur.

• Hz. Dâvud peygamberi rûyâda görmek, bazen rûyâyı gören kimsenin sonu ve âkibetinin iyi geleceğine işârettir, şeklinde tabir edilir.

**DAVUL:** Rûyâda davul görmek, genellikle hayra ve iyiye yorulmaz. Davul görmek, yalan şeylerle uğraşmak, yalan yere bağırıp çağırmak, yaygaracılık, yalan haber gibi kötü nitelikteki şeyler ile yorumlanır. Devlet başkanı ve hükümdarın davul görmesi ve sesini duyma zafere işârettir.

• Rûyâda davul çaldığını veya çalındığını duyan bir kimse, yalancı, yalan sözler veren, faydasız yalan şeylerle uğraşmak gibi şeyler ile tabir olunur.

• Rûyâda davul önünde oynadığını görmek, bir fenalığın, bir kötülüğün ortaya çıkması ile yorumlanır.

• Rûyâda davul sesi duymak, yalan ve faydasız haber ile yorumlanır.

**DAVULCU:** Rûyâda davulcu, davul çalan birini görmek, iyi değil, davulcu, yalancı ve boşbağaz, geveze bir adamla, bozgunculuk yapan, insanlara eziyet eden bir kimse ile tabir olunur.

**DAYAK:** Rûyâda birisinden dayak yediğini gören kimse, üzüntü ve kederinden, içinde bulunduğu sıkıntılardan kurtulur, diye tabir olunur.

• Birisine dayak attığını, birini kendisinin dövdüğünü gören kimse, güçlenir, gücü ve kuvveti artar , şeklinde yorumlanır.

**DAYI:** Rûyâda dayı görmek, öğüd ve nasihat ile manevi yardım alınacağı veya alacağı işâreti ile ve seyahate çıkmak gibi durumlara işâretle tabir olunur.

• Rûyânızda dayınızı *(annenizin erkek kardeşini)* görmeniz, sizin nasihât dinleyen birisi olduğunuza veya nasihat dinlemeniz gerektiğine ve manevi bir yardım göreceğinize, büyüklerinizin tavsiyelerini ve öğüdlerine çok ihtiyacınız olduğuna ve olacağına işâret için bir uyarı rûyâsı şeklinde yorumlanır.

**DAZLAK:** Rûyâda dazlak *(kafayı ustura ile veya bir numara ile traş etmiş)* birini görmek, iyi değildir. Bu rûyâ iyiye ve hayra yorulmaz. Kötü haberlere işârettir.

• Bir kimse, rûyâsında kendisini dazlak olmuş görse, bu onun kısa zamanda hoşlanmayacağı kötü ve üzücü bir haberle karşılaşacağına veya hastalanacağına işârettir, şeklinde yorumlanır.

**DECCÂL:** Rûyâda deccâl gören kimsenin evinde dedikodu sözlerinin çoğalacağı ve fitne, ayrılık olacağı ile tabir olunur. Deccâl, hilekâr, dalavereci, yalancı ve ara bozucu ve bozguncu *(müfsid)* bir kimseyi temsil eder şeklinde tabir olunur.

**DEDE:** Rûyâsında kendisini dede olmuş görmek, rûyâ sahibinin ömrünün uzadığına *(uzun ömürlü olacağına)* ve bahtının açıklığına iyi günlerin kendisini beklediğine işâretle yorumlanır.

• Bazen dede görmek rûyâsı, bir büyüğünüzü kırmış, gönlünü incitmiş olacağınıza işâret eden bir uyarı şeklinde de tabir olunur.

• Rûyâsında dedesinin öldüğünü gören kimsenin bu rûyâsı, kendisinin çalışma gayretinin kesileceğine ve kendisini koyuvereceğine işâretle yorumlanır.

**DEF:** Rûyâda kendisi ile berâber bir def olduğunu görmek, şöhret sahibi, meşhur ve ünlü biri olacağına işârettir, şeklinde tabir edilir.

• Bazı yorumculara göre def çalmak, erkeklerde şöhrete işâret, bazı durumlarda da musîbet ile yorumlanır. Def kadınlarda hayra işâret eder veya edeceğine işârettir, şeklinde yorumlanır.

• Bazı tabircilere göre, rûyâda def çalındığını görmek, ünlü, tanınmış, meşhur olunacağına yorulur. Bu ün, yaptığı iş hayırlı ise hayırla ün yapar, kötü ise, kötü bir işle ün yapar şeklinde tabir olunur.

• Rûyâda def sesi işitme *(duymak)* ferahlık ve mutlulukla tabir olunur.

• Rûyâda def çaldığını görmek *(def çalmak)*, düşmandan haber almak ile tabir olunur.

• Rûyâsında kadın elinde def görmek, sevinçli, neş'eli ve iyi bir haber ile tabir olunur. Kız elinde def görmek ise, hayırlı bir iş ile hayra ve iyiye yorulur.

• Rûyâsında def görmek *(def rûyâsı)*, evliliğe işâret ederken bazen de kaybolmuş bir kimsenin çıkıp geleceğine yani kaybın bulunmasına işâretle tabir olunur.

**DEF ÇALAN:** Rûyâda def çalan bir kimseyi görmek, ferahlığa ve sevince işâret eder, şeklinde yorumlanır.

• Rûyâda, def çalan bir kimse, hasta bir adamın yanına girdiği görülse, o hasta kimse ölür veya öleceğine işârettir, şeklinde yorumlanır.

• Bazen de o hasta kimse sıhhat bulur ve halk *(insanlar)* o kimsenin ziyâretine gider, ünlü biri olur veya olacağına işârettir, şeklinde yorumlanır.

**DEFÎNE:** Rûyâda defîne görmek, başarıya ulaşmak ve helâlından zengin olacağına işârettir.

• Rûyâda görülen defîne aynı zamanda helâl rızka ganîmet malına işâret ile tabir olunur.

• Bazen de rûyâda defîne bulmak, rûyâyı gören kimsenin ölümüne işâret ile tabir olunur.

• Rûyâsında büyük bir mala rastladığını gören kimse şehîd olur şeklinde yorumlanır.

• Bazen defîne, insanın biriktirip yığdığı ve zekâtını vermediği mala işârettir, diye yorumlanır.

• Bazen de rûyâsında defîne bulduğunu gören kimse, hastalığa yakalanır, şeklinde yorumlanır.

• Rûyâda defîne görmenin yukarıda da anlatıldığı şekilde duruma göre yorumları bulunmaktadır.

**DEFTER:** Rûyâda işi olmayan bir kimse defter görse, bu kimse yeni bir iş bulacağına işârettir.

• Rûyâda defter görmek, geçim parasını ayarlamaya, maişet durumunu gözden geçirmeye veya gözden geçireceğine işârettir, şeklinde yorumlanır.

• Rûyâda defter görmek, rızık aramak için sefere, yolculuğa çıkmaya işâretle yorumlanır.

**DEFTERDÂR:** Rûyâda defterdâr görmek, alacak verecek hesablarında daha da dikkatle hareket etmek lâzım geldiğine işâretle yorumlanır.

• Defterdâr görmek, eziyet eden ve herşeyi hesaba katan ve rahatsızlık veren bir adama temsil eder, şeklinde tabir olunur.

**DEĞİRMEN:** Rûyâda değirmen görmek, fakirlik ve yoksulluk sıkıntısından kurtulmakla tabir edilir. Yani, bu rûyâyı gören kimsenin zengin olacağına işârettir.

• Rûyâda değirmenin döndüğünü görmek, rızık toplamakla ve evinde geçiminde idâreli davranmak sûretiyle geçimini idâre etmeye veya idâre etmesi gerektiğine işârettir, diye tabir edilir.

• Rûyâda değirmeni eli ile çevirdiğini görmek, işlerini idâre edebilmek ve servet toplamakveya toplayacağına işârettir, şeklinde tabir olunur.

**DEĞİRMENCİ:** Rûyâda değirmenci bir adamı görmek, rızkını zahmet çekerek kazanan, fakat herkese yardımı ve hayrı dokunan bir kişi olarak tabir olunur.

**DEĞNEK:** Rûyâda değnek *(asâ-sopa)* görmek, güvenlik, emniyet, kuvvet ve kudret sahibi olmak, halka yardımcı olan kimseyi temsil eder, şeklinde tabir edilir.

**DEHLİZ:** Rûyâda dehliz görmek, pek iyiye yorulmaz. Rûyâda dehliz gören kimsenin eline haram para veya haram mal geleceğine işârettir. Bu rûyâyı gören bir kimse bugünlerde kazandığı paranın veya malın nereden ve nasıl geldiğini araştırıp kontrol etmelidir.

**DEHŞET:** Rûyâsında dehşet içinde kaldığını gören bir kimse, gördüğü bu rûyâ ile sevinçli *(sevindirici)* sevineceği bir haber alacağına işârettir, şeklinde yorumlanır.

**DELİ-DELİLİK:** Rûyâda deli ve delilik görmek, değişik yorumları vardır. Rûyâda delilik görmek *(delirmek)*, zengin olmaya, para elde etmeye, sevinçli bir habere veya fâiz yemeye de işâret eder.

- Rûyâsında bir kimse, kendisine bir şeyin dokunması ile delirdiğini görmesi, rûyâyı gören bu kimsenin faiz yediğine işârettir, şeklinde yorumlanır.
- Bazı yorumculara göre delilik, Cennete girmeye işâret eden bir rûyâdır, diye yorumladılar.
- Rûyâda görülen delilik, nisbetinde rûyâyı gören kimse para veya mala kavuşur şeklinde yorumlanır.
- Rûyâda çocuğun delirdiğini görmek, babası için zenginliğe yani babasının zengin olacağına yorulur.
- Rûyâda kadının delirdiğini görmek, o senenin bolluk ve ucuzluk olacağına işârettir.

• Bazen delilik, aşka işâret, veya keder verici bir habere işâret veya güzel davranışlara işârettir.

**DELİKANLI:** Rûyâsında genç ve yiğit bir delikanlı gören kimsenin bu rûyâsı, düşmana veya düşmanlara gâlib *(üstün)* geleceğine işâretle yorumlanır.

• Rûyâda delikanlı bir genci görmek, iyi bir haber, sevinçli bir habere işârettir, şeklinde de yorumlanır.

**DEMİR:** Rûyâda demir görmek ve demiri elinde tutmak, zenginlik ve kuvvetli olmakla yorumlanır. Demir aldığını görmek, zayıflıktan kurtulmaya ve kuvvetli olmaya delâlet eder.

• Rûyâda demir yediğini görmek, geçim darlığı, geçim zorluğu çekileceğine işâretle yorumlanır. Bazen de sonra kurtuluşa erer, şeklinde tabir edilir.

• Rûyâda demir erittiğini görmek, üstünlük, galib gelmek ve kötü sözler söylemek gibi kendini beğenmişlik ve kendisiyle övünmek, böbürlenmek gibi haller ile tabir olunur.

• Bazen de demir erittiğini görmek, halkın diline düşeceği ile ve halk *(insanlar)* onun dedikodusunu yaparlar, yapacakları şeklinde yorumlanır.

• Rûyâda birçok birikmiş demir görmek, dilek ve arzusuna kavuşmak, işinde gücünde çok kuvvetli olacağına işâretle tabir olunur.

• Rûyâda demir dövdüğünü görmek, zor bir işi başarmak ve başaracağı ile, fedâkarlık ve sebât göstererek, sabırla servete kavuşacağı ile tabir olunur.

• Rûyâsında demirden yapılmış eşya görmek, yardımcı adamlar ve hizmet edenleri olacağına işârettir.

• Rûyâsında yumuşak demir görmek, geniş ve bol rızık elde edeceği ve mal-mülk, emlâk sahibi olacağı ile tabir olunur.

**DEMİRCİ:** Rûyâda demirci görmek, zengin olunacağına, çok mal sahibi olacağına ve yüksek bir makam sahibi olacağına işâretle yorumlanır.

• Rûyâsında kendisinin demirci olduğunu görmek, mal-mülk sahibi olacağına işâretle tabir olunur.

**DEMİRCİ DÜKKANI:** Rûyâda demirci dükkanı gören kimse, çok zamandan beri arzu ettiği istediği bir işin artık gönlüne göre olacağına işârettir.

**DEMİRCİ ÖRSÜ:** Rûyâda demircilerin demir döğdüğü demirci örsü görmek, kuvvet ve kudret sahibi olunacağına işâretle yorumlanır.

**DEMİR KÜREK:** Rûyâsında demir bir kürek gören kimse, rızık ve menfaat elde eder, hasta ise, iyileşir, hastalıktan kurtulur, sevince erer veya zahmet ve meşakkatlere dayanan, sabırlı bir kadını olur. Ondan yardım ve menfaat görür şeklinde tabir olunur.

**DEMİR PARMAKLIK:** Rûyâda demirden yapılmış parmaklık gören kimse, çok zahmet ve zorluklar çekerek ferahlık ve mutluluk elde edecektir şeklinde tabir olunur.

**DENİZ:** Rûyâda deniz görmek, kuvvete işârettir. Tüccar olan kimse deniz görse, çok mala, zenginliğe işârettir. Denizle ilgili rûyâlar genellikle iyiye yorumlanır.

• Rûyâda deniz görmenin tabir ve yorumları pek çok şekilde değişik olarak da tabir olunur. Mesela:

• Rûyâda denizi uzaktan görmek, korkuya, murada ermenin yaklaştığına, fakat ele geçmeyeceğine işâretle yorumlanır.

• Deniz suyunun azaldığını görmek, âcizliğinize ve kuvvetten düşdüğünüze işâretle yorumlanır.

• Rûyâsında denizin acı suyunu içtiğini görmek, haram bir mal elde edeceğinize veya kazanacağınıza işâretle tabir olunur.

• Denizden yiyecek çıkardığınızı görmek, bol rızık kazanacağınıza, denizden geçtiğini görmek, hayırlı ve çok faydalı ve yararlı bir yolculuk yapacağınıza işârettir.

**DENİZALTI:** Rûyâda deniz altı görmek, çıkmaza giren ve pürüzlü işlerle yorumlanır.

• Rûyânızda denizaltı görmeniz, bazı işlerinizin çıkmaza gireceğine veya bir tehlike atlatacağınıza işâretle yorumlanır.

**DENİZ KIZI:** Rûyâda yarısı balık, yarısı insan şeklindeki deniz kızı *(hayal kız)* görmek, boşa hayal kurduğunuza işâret olup bu hayalinizden vazgeçmeniz gerektiğine işâret eder, bir uyarı şeklinde yorumlanır. Bu rûyâ iyiye yorulmaz. Bu rûyâ iyi değildir.

**DEPO:** Rûyâda bir depoya girdiğinizi görmeniz, zengin olacağınıza işârettir. Deponun boş olduğunu görmeniz sermâyesiz bir işe başlayacağınıza işâretle yorumlanır.

**DERE** ***(VÂDÎ):*** Dereye *(vâdiye)* girdiğini ve bu vâdide ağaç ve odunun bol olduğunu gören kimse, iyi kalbli ve zengin biriyle arkadaş ve dost olur ve ondan çok hayır ve yarar görerek faydalanır şeklinde yorumlanır.

**DEREOTU:** Rûyâda dereotu görmek, ileride *(gelecekte-istikbalde)* olacak bir olayı sezmekle *(sezeceğinize)* işâretle yorumlanır.

**DERİ:** Rûyâda hayvan derisi görmek, zînet, bereket, kuvvet, geçim ve hayat ile tabir olunur.

• Bazı yorumculara göre, hayvan derisine sahib olan kimseler için ev ile tabir olunur.

• Eti yenen hayvan derisi, helal mal ile tabir olunur. Yenmeyen hayvan derisi ise, haram mal ile tabir olunur, demişlerdir.

• Kirmâni'nin yorumuna göre, her hangi bir hayvan derisi görmek, mal, menfaat elde etmek ve yararlanmak ile tabir olunur, denmiştir.

• İbn-i Sîrin'e göre ise, rûyâda görülen herhangi bir hayvan derisi, birilerinin ayıbını örtmek ve berekete işâret ile tabir olunur.

**DERİSİNİ YÜZMEK:** Rûyâsında kendi derisini yüzdüğünü ve derisinin başkası tarafından yüzüldüğünü gören kimsenin, malı elinden alınır veya malından ayrılır şeklinde tabir olunur. Deri yüzmekle ilgili rûyâlar pek iyiye yorulmaz.

**DERS:** Rûyâsında başkalarına ders verdiğini gören kimse, başkalarına *(insanlara)* faydalı ve yararlı olacağına işâretle tabir olunur. Ders dinlediğini görmek ise, bir işte başarılı olacağına işârettir.

**DERSHANE** *(SINIF):* Rûyâda dershane *(ders verilen, ders okutulan bir, sınıf)* görmek, ferahlık ve sevince, işâret ile veya kederden ve sıkıntıdan kurtulmak ile tabir olunur.

**DERVİŞ:** Rûyâda derviş görmek, iyi bir işe, iyi bir habere işârettir. Rûyâsında derviş gören bir kimse, beklemediği bir yerden yardım görerek feraha ve bolluğa kavuşur şeklinde tabir olunur.

**DESTİ:** Rûyâda desti görmek pek iyi değildir. Rûyâda desti görmek, halkın malına zarar veren kötü bir adamla tabir olunur. Bazen de yardımcı ile tabir olunur. Desti gören yanına bir yardımcı alır.

• Câfer-i Sadık'ın yorumuna göre, desti görmek şu dokuz nitelikle tabir olunur. Münafık bir kimseye işâret, hâin bir hizmetçi ile, çalışkan eş ile, din kuvveti ile, vücûd sağlığı ile, uzun bir ömür ile, mala kavuşmak ile, nîmete ermek veya mirâsa ermek ile tabir olunur. Desti gören bunlardan birine kavuşur demektir.

**DEV:** Rûyâda dev *(masallarda anlatılan bir dev)* gören kimse, düşmanlarıyla uğraşır şeklinde yorumlanır.

**DEVE:** Rûyâda deve görmek, yüksek bir mevkiye çıkacağınıza işârettir. Dişi deve görmek, kadına işârettir şeklinde, tabir olunur.

**DEVE DİKENİ:** Rûyâda deve dikeni görmek, üzüntü ve kederden kurtulmaya, borcunu ödemeye, günâhkâr birinin tevbe etmesine ve gayri müslimin müslüman olmasına işâret olarak yorumlanır.

**DEVE KUŞU:** Rûyâsında deve kuşu görmek, değişik şekillerde yorumlanır. Deve kuşu görmek, bazen eşlere *(karı-kocaya)* yorulur. Rûyâda görülen deve kuşu, bazen kıskanç mizaçlı *(çirkin huylu)* bir kadınla veya kadına işârettir, şeklinde tabir olunur.

• Deve kuşu görmek, biraz istirahate ihtiyacınızın olduğuna işâret ile tabir olunur.

• Bazı yorumculara göre devekuşu görmek, ömrünün uzun olacağına işârettir, şeklinde yorumlanır.

• Rûyâda deve kuşu yumurtası görmek, rûyâyı gören kimsenin, kız evlâdı olacağına işârettir.

• Rûyâsında deve kuşu yavrusu görmek, erkek evlâdı olacağına işâretle yorumlanır.

• Deve kuşunu tuttuğunu görmek, nimete ermek, kısmetinin çok fazla olmasına işârettir.

• Deve kuşunun üzerine bindiğini görmek, bir yolculuğa çıkacağınıza işârettir.

• Deve kuşunu arkasına aldığını görmek, bir günah işlediğinize veya işleyeceğinize işârettir.

• Deve kuşunu omuzuna aldığını görmek, çirkin ve kötü bir harekette bulunacağınıza işârettir.

**DEVE YÜNÜ:** Rûyâda deve yünü görmek, helâl mala ve mirasa konulacağına işâretle tabir edilir.

**DİCLE NEHRİ:** Rûyâda dicle nehrini görmek, işlerinizde dikkat ve ihtimam göstermeye işârettir.

**DİKEN:** Rûyâda diken görmek, fitne ile tabir olunur.

• Rûyâda görülen diken rûyâları iyi değildir. İyiye ve hayra yorumlanmamıştır. Fitne, fesat, kıskançlık veya üzüntü ve keder gibi olumsuz yorumları vardır.

**DİKİLİ TAŞ:** Rûyâsında tarihten kalma bir dikili taş görmek, arzusuna ulaşamıyacağına *(sevdiği ile evlenemeyeceğine)* buna rağmen evlilik hayatında mutlu olacağına ve kazancının bol olacağına işârettir.

**DİKİŞ DİKMEK:** Rûyâda dikiş dikmek, dost ve akrabanızın arasında yüksek bir mevki ile yükseleceğinize işârettir.

**DİL:** Rûyâda dil görmek, insanın tercümanı ve işlerini yürüten bir müdür yerindedir.

• Dil hata yapılan bir yerdir. Hatanın kaynağı dildir. Rûyâsında dilinin oynadığını ve hareket ettiğini görmek, bir hataya düşmekle veya hataya düşeceğinize işâretle yorumlanır.

• Rûyâda dilinin sancı ve ağrıdığını gören kimse, yalan söyler veya yalan söyleyeceğine işârettir.

• Rûyâda dilini ısırdığını görmek, birilerinin ayıplarını söyleyip ortaya çıkarmakla ve sonunda da pişman olacağınıza işâret şeklinde yorumlanır.

• Dilinizin tutulduğunu görmek, insanlara fena ve kötü söz söyleyeceğinize ve söylediğinize işâret olarak tabir olunur.

• Bazı yorumculara göre dil görmek, iyi değildir. Çünkü dil ile konuşmak insanın ayıbını, hata ve kusurunu gösterer belgesidir, demişlerdir.

**DİLENCİ:** Rûyâda dilenci *(fakir)* görmek, bilginizin artacağına, düşmanlarınıza galib geleceğinize işârettir.

**DİPLOMA:** Rûyâda diploma görmek, çalışmakta olduğunuz işde başarılı olacağınıza işârettir.

• Bu rûyâ, rûyâyı görenin durumuna göre yorumlanır. Öğrenci iseniz, okulunuzda başarılı, ev hanımı ise, evinde ve eşinin sevgisini kazanmada başarılı, işçi ise işinde, memur ise dairesinde başarılı şeklinde tabir olunur.

**DİREK:** Rûyâda direk görmek, din ve itikadınızın kuvvetlenmesine, yani dindâr bir kişi olacağınıza işârettir. Bazen de mevki ve makam yüksekliğine işârettir.

**DİŞ:** Rûyâda diş görmek, ömür ve akraba ve evlâd çokluğuna delâlet eder diye tabir edilmiştir. Diş ile ilgili rûyâlar genellikle iyiye işârettir.

• Rûyâda dişinin ağrıdığını görmek, akrabadan gelecek bir zarara yani akrabalarınızdan birisi size zarar verecek demek olur, şeklinde yorumlanır.

• Dişin sallandığını görmek, hastalanacağınıza veya bir hastanız olacağına işârettir.

• Dişin uzadığını görmek, güçlü kuvvetli biri olduğunuza çok mala sahib olduğunuza ve makam ve mevki sahibi olduğunuza işâret şeklinde yorumlanır.

• Rûyânızda uzun bir diş görmek, iyi bir haber alacağınıza ve müjdeli bir habere kavuşacağınıza işâretle tabir olunur.

**DİŞÇİ** *(DİŞ DOKTORU):* Rûyâda diş doktoru görmek, sıkıntı ve zorluk çekeceğinize işâret ile tabir edilir.

• Rûyâda dişçi görmek, sevdiğiniz bir arkadaşınızı kaybedeceğinize işâretle tabir olunur.

**DİŞ FIRÇALAMAK:** Rûyâda diş fırçalama, temizliğe ve istenmeyen bir şeyin ortadan kaldırılmasına işâretle tabir olunur.

**DİVİT:** Rûyâda divit görmek, çok mal sahibi olunacağına, fakat bu malın hayır getirmeyeceğine işârettir.

**DİZ:** Rûyâda diz görmek, günlük geçiminde zorluk çekeceğine veya bir üzüntü ve kedere düşeceğine işârettir şeklinde tabir olunur.

**DOĞUM:** Rûyâda doğum olayı görmek, iyi habere işârettir. Doğurduğunu görmek, zenginlikle yorumlanır.

**DOĞURMAK:** Rûyâsında bir kimse kız çocuğu doğurduğunu görse, hayra ve iyiye işârettir. Erkek çocuk doğurduğunu görmek ise, büyük bir sıkıntı ve kedere uğrayacağına işâretle tabir olunur.

• Bir kimse rûyâsında hanımının erkek çocuk doğurduğunu görse, *(eğer hanımı hamile ise)* kız çocuk doğuracağına işârettir. Şâyet hanım hamile değilse, sıkıntı ve kedere uğrayacağına işârettir.

• Şâyet hanımının kız çocuk doğurduğunu rûyâda görmüş ise, bu rûyâ tersine *(aksine)* işârettir ki, erkek çocuk doğuracaktır demek ile yorumlanır.

**DOKTOR:** Rûyâda doktor görmek, herkese yardım eden bir adamı temsil eder.

• Rûyâsında bir doktorun kendisine ilâç verdiğini gören kimse, sağlık ve sıhhate kavuşur veya kavuşacağına işârettir, şeklinde tabir olunur.

**DOLANDIRICI:** Rûyâda dolandırıcı birini görmek, yalan sözlerle, hile ve dalavere ile insanı veya insanları aldatan kimseye işârettir.

• Bazen de dolandırıcı birini görmek, hırsızlık ve malınızda, kazancınızda gerileyerek zarara uğrayacağınıza işâretle yorumlanır.

**DOLAP:** Rûyânızda içi dolu bir dolap görmeniz, işlerinizin iyiye gideceğine işârettir.

• Rûyâda boş dolap görmek, yoksulluğa, muhtaç duruma düşeceğinize işâretle tabir olunur.

**DOLU:** Rûyâda gökten dolu yağdığını görmek, iyiye yorulmaz. Evinizde geçimsizlik ve sıkıntı olacağına işârettir.

• Rûyâsında üzerine gökten dolu yağdığını gören bir kimsenin, birçok malı elinden gider, zarar görür şeklinde tabir olunur.

• Bazı yorumculara göre dolu yağması beş şekilde tabir olunur. Rûyâda görülen dolu, belâ geleceğine, düşmanların ayaklanacağına, düşman askerinin baskın yapacağına, yokluk ve kıtlık geleceğine ve hastalık gibi istenmeyen bu beş şeyden biriyle tabir olunur.

**DOMATES:** Rûyâda domates görmek, bir dostunuzla güzel yemekler yiyeceğinize işârettir.

• Rûyâda mevsiminde domates görmek, bereket ve bolluğa işârettir. Mevsimi dışında domates görmek iyi değildir, geçim sıkıntısı ve geçim darlığına işârettir.

**DOMUZ:** Rûyâda domuz görmek, pek hayırla yorumlanmaz. Bu rûyâyı gören dikkatli olmalıdır.

**DON:** Rûyâda don görmek veya giymek, evlenmeye veya yavaş yavaş zenginliğe delâlet eder.

**DONANMA:** Rûyâda donanma hazırlandığını görmek, işlerinizde yeni bir düzenleme gerektiğine ve bu yapılırsa işlerinizin yeniden düzeleceğine işârettir.

**DONDURMA:** Rûyâda dondurma görmek, uzun bir bağlılığa, uzun bir dostluğa işârettir.

• Rûyâda dondurma görmek, bazen de çok mal, çok rızık ve bol nimet ile tabir olunur.

**DONMAK:** Rûyâda soğuktan donduğunu görmek, bir hastalığa yakalanacağınıza ve dostlarınızdan bazılarını kaybedeceğinize veya çok yakın bir akrabanızın hastalanacağına veya bir hastalık geçireceğine işârettir, şeklinde tabir olunur.

• Rûyânızda sizi donmaktan kurtardıklarını görmeniz ise, bir ölüm tehlikesi atlatacağınıza işârettir, diye tabir olunur.

**DÖŞEK:** Rûyâda döşek *(yatak)* görmek, evliliğe, döşek satmak, biraz dikkatli olmayı gerektiriyor. Çünkü bu rûyâ, yani döşek satmak hanımınızla aranızın açılacağına işârettir.

**DÖŞEMECİ:** Rûyâda döşemecilik yapan birini görmek, kadın işlerini yapan kimselere işârettir.

**DUÂ:** Rûyâda duâ ettiğinizi görmek, zenginliğe ve hidâyete, doğru yola ereceğinize ve yavaş yavaş zenginleşeceğinize işârettir. Duâ, zikir ve tesbih ve istiğfâr eylemek, ömrünün uzun olacağına işârettir.

**DUDAK:** Rûyâda dudak görmek, söz aldığınız birinden istediğiniz ve beklediğiniz haberi alacağınıza işâret ile tabir olunur.

• Rûyâda dudaklarınızın çatlamış veya yırtılmış olduğunu görmek, rızkınızın veya kazancınızın azalmış veya azalacağına işlerinizin yolunda olmadığına veya bozuk olduğuna işâret olarak yorumlanır.

• Rûyâda dudaklarınızı güzel ve düzgün olarak görmeniz, güzel ve tatlı sözler ve güler yüzlerle sevineceğinize işâret olarak tabir olunur.

**DUL:** Rûyâda kendinizi dul kalmış görmeniz, kısmetinizin çoğalacağına ve yeni bir evliliğin gerçekleşmesinin an meselesi olduğuna işâretle tabir olunur.

• Evli bir kadının, rûyâsında dul kaldığını görmesi, eşinin kendisinden önce öleceğine işârettir.

**DUMAN:** Rûyâda duman görmek ve duman içinde kaldığınızı görmek, âile hayatınızda veya iş hayatınızda geçmiş bir olayın yeniden tazelenip ortaya çıkacağına işâret eder ve bir konunun aydınlanacağı ile tabir olunur.

**DURAK:** Rûyânızda bir durakta vasıtaya bindiğinizi görmeniz, işlerinizin ve planlarınızın başarı ile neticeleneceğine işâret şeklinde yorumlanır.

**DUŞ:** Rûyânızda bir duş yaptığınızı görmeniz, şikayet etmekte olduğunuz bir durumun ortaya çıkacağına ve yorgunluğunuzun artacağına işârettir.

**DUT:** Rûyâda dut görmek, sevinç ve neş'eye yararlı bir kazanca işârettir. Dut ile ilgili rûyâ görmek, iyi ve hayırla yorumlanır.

**DUVAK:** Rûyâda gelin duvağı görmek, dilek ve muradınıza ereceğinize işâret şeklinde yorumlanır.

**DUVAR:** Rûyâda duvar görmek, duruma göre yorumlanır. Sağlam duvar iyiliğe işâret, yıkık ve harab duvar zarar ve ziyana delâlet eder.

**DUVAR SAATİ:** Rûyânızda duvar saati görmeniz, işlerinizin yolunda gideceğine ve işlerinizin düzeleceğine işârettir şeklinde yorumlanır.

**DÜDÜK:** Rûyâda düdük veya kaval ve benzeri şeyleri çalmak, iyi bir haber, sevindirici bir haber alınacağına işârettir şeklinde tabir olunur.

**DÜĞME:** Rûyâda düğme görmek, rızık ve mal ile yorumlanır. Yani zenginliğe işârettir. Bekâr bir kimsenin *(adamın)* rûyâsında düğmelerini iliklediğini görmesi, evleneceğine işârettir.

**DÜĞÜN:** Rûyâda düğün görmek, çeşitli şekillerde yorumlanır. Bazılarına göre keder ve üzüntüye delâlet eder. Bazılarına göre de tam tersine, üzüntü ve kederden kurtulmaya işârettir.

**DÜKKAN:** Rûyâda dükkan görmek, iyilik ve hayırla yorumlanır. Hasta kimse görse, şifâ bulacağına, bekâr kimse görse, evleneceğine delâlet eder. Dükkan görmek, güzel bir hayatı refah bir geçime işâretle yorumlayanlar da olmuştur.

**DÜLGER:** Rûyâda dülger *(doğramacı)* görmek, eşlerden birinin ölümüyle ayrılıklara işârettir. Dülger ile ilgili rûyâlar pek iyiye yorumlanmıyor.

**DÜMEN:** Rûyâda bir gemi dümeni görmek, başarıya ulaşacağınıza işârettir. Ve dümeni eliyle tutmak, dümeni idâre etmek, büyük bir işin arifesinde sevinçli bir haber alacağınıza işâretle yorumlanır.

**DÜNYA:** Rûyâda dünya ile ilgili görülen rûyâlar çeşitli şekilde yorumlanır. Rûyâsında dünyanın etrafında dolaştığını görmek, dilek ve muradına ereceğine işârettir. Bazı yorumculara göre dünya, Kur'ân-ı Kerim'e delâlet eder demişlerdir. Dünya ile ilgili rûyâ iyiye ve hayıra yorulur.

**DÜŞMAN:** Rûyâda düşmanı yendiğini görmek, dostluğa işârettir. Düşmanın geldiğini görmek, bir tehlikenin belirtilerine işârettir. Düşmanı esir ettiğini görmek, keder, günah ve habsolma gibi tehlikelere işârettir.

**DÜŞMEK:** Rûyâda ayağınızın kayıp düştüğünüzü görmek, haram mal kazanıldığına işârettir.

**DÜZLÜK:** Rûyâda düzlük bir saha görmek, yeni ve kârlı bir işe işârettir, şeklinde tabir olunur.

# E

**EBE:** Rûyâda ebe görmek hayırla yorumlanır.

• Hamile olan bir kadın, rûyâsında ebe görse, kızı olacağına işârettir.

• Erkek bir kimse ebe görse, oğlu olacağına işârettir. Ebe görmek dünyalık ile yorumlanır.

**EBUBEKİR** *(R.A.)*: Rûyâda Hz. Ebubekir'i görmek din yönünden yükseleceğinize işârettir.

• Rûyâsında Hz. Ebubekir'i *(R.A.)* görmek, kendi akranları *(yaşıtları)* arasında yükseleceğine ve değerli kimseler arasında saygınlık göreceğine işârettir.

**EBÛCEHİL KARPUZU:** Rûyâsında Ebucehil karpuzu gören kimse, üzüntü ve kedere düşer veya düşeceğine işârettir, şeklinde tabir olunur.

**ECEL:** Rûyâsında bir kimse, ecelinin geldiğini veya gelmiş olduğunu anlamış görmesi, ömrünün uzamasına veya ömrünün uzayacağına işârettir.

**ECZACI:** Rûyâda eczacı görmek, hîlekâr kimselerden kendinizi sakınmanıza işâretle yorumlanır.

**ECZAHÂNE:** Rûyâda eczahâne görmek, sıhhat ve sağlıkla yorumlanır. Çünkü eczahâne hastalığa işârettir, şeklinde tabir olunur.

• Bazı yorumculara göre, rûyâsında eczahâne görmek, ilâç alınmış ise, sağlık ve âfiyete işâret şeklinde yorumlanır.

**EFE:** Rûyâda efe görmek, mertlik ve yiğitlikle yorumlanır. Efe, zeybek oyunu oynuyor görülürse, yakında rûyâ sahibinin çevresinde düğün meclisi kurulacağına işârettir şeklinde tabir edilir.

**EĞE:** Rûyâsında eğe ile bir şey eğelediğini görmek, işlerinin kolaylaşacağına işârettir.

• Rûyâda elinde bir eğe gören kimsenin, işlerinde çektiği sıkıntılardan kurtulacağına işârettir.

• Rûyâsında eğenin kırıldığını gören kimsenin işlerinin zorlaşacağına işâretle tabir olunur.

**EĞER:** Rûyâsında at üzerinde eğer görmek, şeref ve büyüklük simgesi *(işâreti)* olarak tabir olunur.

• Rûyâsında bir eğer aldığını gören kimse, zengin bir kadınla evlenir şeklinde tabir olunur. Veya miras yoluyla eline külliyetli bir mal veya para geçer veya geçeceğine işârettir diye yorumlanır.

• Rûyâsında eğerin kırıldığını gören kimsenin, hanımı ölür veya kendisi hasta olur veya olacağına işârettir, şeklinde tabir olunur.

• Rûyâda eğerini kaybettiğini gören kimse, eşinden ayrılacağına işârettir, şeklinde tabir olunur.

• Rûyâda eğerin üzerine oturduğunu *(bindiğini)* gören kimse, bol kazanca erer ve her işinde başarılı olacağına da işâret olarak tabir edilir.

• Rûyâsında eğerinin kırıldığını gören kimsenin, kendisi veya hanımı ölür; yani, ikisinden birinin ölümüne işârettir.

• Rûyâsında eğerinin üzerinde yünden bir keçe olduğunu görmek, evinde geçimsiz bir kadın olduğuna işâretle yorumlanır.

**EĞLENCE:** Rûyâsında eğlence görmek, mutluluk ve tebrik haberlerine işâretle yorumlanır.

**EHRAM:** Rûyâda görülen ehram, uzun bir ömür görüleceğine veya uzun bir ömür yaşanacağına işârettir.

**EJDERHA:** Rûyâda ejderha görmek, zafere işârettir. Rûyâda ejderha gören kimse, düşmanlarına karşı gâlib *(üstün)* geleceğine işârettir. Rûyâda ejderha görmek, düşmanı alt etmek ile yorumlanır.

• Hasta olan bir kimsenin rûyâsında ejderha görmesi, kendi ölümüne işârettir, yorumu yapılır.

**EKİN:** Rûyâda görülen ekin ile ilgili rûyâların yorumu değişik ve farklı olarak tabir olunur. Ekin rûyâsı, evlât, istek-arzu, ümîd-murâd, mal ve başkan olmak gibi şeylerle tabir edilir.

• Rûyâsında ekin ektiğini görmek, ticârete girişmek veya evlenmeye girişip evleneceğine işârettir.

• Rûyâda ekinlerini suladığını gören kimsenin, hayırlı ve kârlı işlerle uğraştığına veya uğraşacağına işâret eder, şeklinde tabir olunur.

• Rûyâda mevsiminde yeşil ekin görmek, rûyâyı gören kimsenin, dilek ve muradına kavuşacağına işâret olarak tabir edilir.

• Mevsimi dışında *(mevsiminde olmayan)* yeşil ekin görülse, bu rûyâ, ayrılık ve aksilik ile tabir edilir.

• Rûyâda ekinleri yanıyor görmek, yani ekin tarlasını yanarken görmek, açlık ve kıtlığa işârettir.

• Rûyâsında yemyeşil ekin tarlasında gezindiğini gören kimse, din yolunda ilerleyeceğine işârettir.

• Ekin biçtiğini rûyâda görmek, çeşitli bir durumda tabir olunur. Ekin biçmek, savaş, düşmanlık, fitne-fesât ve insanların helâk olması gibi istenmeyen şeylerle tabir olunur.

• Rûyâsında ekinleri vakitsiz ve mevsimsiz biçtiğini görmek, fitne-fesât ve hastalık ile tabir olunur.

• Rûyâda ekinleri biçip bir yerlere sarmak, yoksulluk, geçim sıkıntısı ve fakirlik ile tabir edilir.

• Rûyâda ekin biçmek, bazen biçen için sevâb alacağına, sevâb kazandığına işâretle yorumlanır.

**EKMEK:** Rûyâda yufka ekmek görmek, çok iyi bir dünya geçimine işârettir.

• Rûyâda ekmek bulmak, yücelik ve zenginliğe işârettir.

• Rûyâda ekmeği kesdiğini görmek ise, ümidlerinin boşa çıkacağına işâretle tabir edilir.

• Rûyâda ekmek görmek, genellikle hayra ve iyiye yorumlanır.

• Rûyâda arpa ekmeği görmek, rûyâ sahibinin kanâat sahibi bir kimse olduğuna, az nîmet ile geçimini sürdürebilen, mutlu olabilen bir kimse olduğuna işârettir.

• Rûyâsında ekmek aradığını görmek, ticâret için sefere ve yolculuğa çıkacağına geçimini temin etmek için buna zorunlu olduğuna işârettir.

• Rûyâda çiğ, pişmemiş ekmek görmek, hastalığa, rûyâ sahibinin hastalanacağına işârettir.

• Rûyâda has ekmek görmek ve yemek, güzel ve sevimli bir geçimi olacağına işârettir.

• Fırında ekmek pişirdiğini görmek, güzel bir ticâret işi olduğuna ve bu ticâretten çok kâr ettiğine ve faydalandığına işârettir.

• Rûyâda pek çok ekmek yediğini görmek, pek çok nîmete kavuştuğuna ve bol geçime sahib olduğuna işâretle tabir edilir.

• Rûyâda pek çok küçük ekmekler görmek, büyük dostları, kardeşleri ve akrabaları olduğuna işârettir, şeklinde tabir olunur.

**EKMEKÇİ:** Rûyâda ekmekçilik yapan, ekmek satan birini görmek, korkulardan kurtulmaya, emniyete kavuşmaya ve güzel, rahat bir geçime sahib olduğuna işâretle yorumlanır. Bunun sonucu olarak, herkes tarafından sevilen ve herkese yardım eden mutlu bir insan anlamında tabir olunur.

**EKMEK SEPETİ:** Rûyâsında ekmek sepeti gören kimse, müjdeli bir haber, sevindirici bir olay ile karşılaşır şeklinde yorumlanır.

**EKŞİ:** Rûyâda ekşi bir yiyecek yediğini gören kimse, geçimini zorluk ve zahmet ile karşılar, şeklinde tabir olunur ve sıkıntılı bir ömür süreceğine işârettir.

**EKŞİ NAR:** Rûyâsında ekşi bir nar yediğini gören kimsenin, bu rûyâsı eline haram bir para geçeceğine işâret şeklinde tabir olur.

**EL:** Rûyâda görülen el ile ilgili rûyâlar değişik şekilde yorumlanır.

• Sağ el görmek, erkek akrabalara, ticârette başarılara ve kazanan mallara işârettir. Sağ el, kazanç sembolüdür.

• Sol el görmek, yardımcı özelliğinde olan kadını, akrabayı, anne, kızı, arkadaşı, dostu ve sevdikleri ile tabir ediliyor.

• Rûyâda uzun el görmek, ömrün uzunluğu, iyi bir ticâret, çok güçlü olmak gibi iyi şeylere işârettir.

• Rûyâda açık el görmek, servet sahibi olmak, iyiliksever olmak, bağışlayıcı bir ahlaka sahib olmak ve ululuk, büyüklük özelliğinde olan bir kimseye işâret olarak tabir olunur.

• Rûyâda elinin ağrıdığını gören kimse, kardeşine veya dostuna, arkadaşına eziyet ediyor, ettiğine işârettir, şeklinde tabir olunur.

• Rûyâsında bir kimse elinde ateş olduğunu *(elinde ateş tuttuğunu)* görse, bu rûyâ onun güçlü, kuvvetli bir hayata sahib olduğuna, herkese gâlib *(üstün)* geldiğine geleceğine ve işinde çok kazanç elde edeceğine işâretle tabir edilir.

**EL ARABASI:** Rûyâsında el arabası ile bir şeyler taşıdığını görmek, bulunduğu evden başka bir eve taşınacağına işâret şeklinde tabir olunur.

• El arabasını boş olarak götürdüğünü gören kimse, uzaktan gelecek bir misafir ile karşılaşır, uzaktan bir misafiri geleceğine işâret olarak tabir olunur.

**EL AYNASI:** Rûyâsında el aynası gören kimse, arkadaşları tarafından aldatılır ve zarara uğrar şeklinde tabir edilir.

**EL BAĞLAMAK:** Rûyâsında el bağladığını görmek, iyiye yorulmaz. Bu rûyâ, gören kimsenin darlık ve sıkıntıya düşeceğine işârettir.

**EL BOMBASI:** Rûyâda el bombası görmek, size bağlı sadık bir arkadaş veya iyi bir hizmetçi *(yardımcı)* ile tabir olunur.

**EL ÇIRPMAK:** Rûyâsında el çırptığını görmek, iki şekilde tabir olunur. Rûyâda el çırpmak, uzun ömürlü bir hayat ve rahat, ferah ve sevinçli bir hayat geçireceğinize işârettir, şeklinde yorumlanır.

• Rûyâda el çırpmak, o şeyi beğenip takdir ettiğinize işâretle yorumlanır.

**EL DEĞİRMENİ:** Rûyâda el değirmeni görmek, çalışkan bir kadına sahib olmak, çalışkan hizmetçi ve çalışkan işçilere işârettir. Bu rûyâyı gören kimse, bu güzel insanlarla mutlu olacağına işârettir.

**EL FALI:** Rûyânızda el falına bakmanız veya baktırmanızı görmek, büyüklerinizin öğüd ve tavsiyelerine kulak vermeniz gerektiğine işârettir.

**ELBİSE:** Rûyâda elbise görmek, evlenmeye işârettir.

• Rûyâda temiz bir elbise görmek, rûyâ sahibinin ahlâk ve karakterinin yüksekliğine işârettir.

• Eski elbise almak, hayra yorulmaz. Fakirliğe işârettir şeklinde tabir edilir.

• Rûyâsında eski bir elbise gören kimse, sıkıntı ve kedere düşer şeklinde yorumlanır.

• Rûyâda eski ve kirli bir elbise görmek, yoksulluğa, muhtaçlığa, keder ve tasa gibi olumsuz şeylere işârettir, şeklinde tabir olunur.

• Eski ve yırtık elbise görmek, az mal. az kazanç ve sıkıntı ile tabir olunur.

• Rûyâda görülen beyaz elbise, dilek ve muradına kavuşmak, ferah bir hayat ve saygın, itibarlı bir kimse olmaya işâret olarak tabir olunur.

• Büyük ve uzun bir elbise görmek, hayra ereceğinize, ferah ve genişlik içinde bulunduğunuza ve hayatınızın fayda ve menfaatlar ile sürdüğüne işârettir.

• Yeni fakat çirkin bir elbise görmek, uygunsuz bir işe başlayacağınıza işârettir.

• Çiçekli elbise görmek, hastalanacağınıza veya bir hastalık ile karşılaşacağınıza işârettir.

**ELBİSE ASKISI:** Rûyâda elbise askısı görmek, bekâr olan kimse için evleneceğine, evli ise ve çocukları da varsa, çocuklarından birinin evleneceğine, şâyet çocuğu yoksa, evine bir misafirin geleceğine işâret şeklinde tabir olunur.

**ELBİSE DOLABI:** Rûyâda elbise dolabı görmek, rûyâyı gören kimsenin yakında müjdeli bir haber ile sevineceğine işâret ile tabir olunur.

**ELBİSE TEMİZLEYİCİSİ:** Rûyâda elbise temizleyen temizlikçi görmek, üzüntü ve kederlerden kurtulmaya işâret şeklinde tabir olunur.

**ELÇİ:** Rûyâda bir elçi görmek, yüksek makam ve mevkilere çıkacağınıza işâretle yorumlanır.

**ELDİVEN:** Rûyâda eldiven görmek, sıkıntıya işârettir.

• Rûyâda elinde eldiven görmek, geleceğinde iyi ve mutlu günlere işârettir.

**ELEK:** Rûyâda elek görmek, zenginlikle yorumlanır. Buğday elemek helâl kazanca *(paraya)* işârettir.

**ELEKTRİKÇİ:** Rûyâda elektrikçi görmek, işlerinizin yolunda ve düzenli gittiğine işârettir.

**ELEKTRİK LAMBASI:** Rûyâda görülen elektrik lambası ışık saçtığı için şimşek çakması ile benzer yorumludur. Onun için şimşek maddesine bakılmalıdır.

**ELMA:** Rûyâda elma görmek, her zaman iyilikle yorumlanır.

• Rûyâda elma görmek, sevdiğiniz kimsenin size karşı olan sevgisini kanıtlayacağıyla yorumlanır.

• Ağaçta elma görmek, iyi bir habere, masa üzerinde elma görmek, toplumdaki itibarınızın artacağına, elma yemek, yaptığınız planların gerçekleşeceği yorumları yapılır.

**ELMAS:** Rûyâda elmas görmek, ilmen yükselmekle yorumlanır. Elmaslara sahib olmak ise, şeref ve itibarınızın artacağına işârettir.

**EMANET:** Rûyâda görülen emânet ile ilgili rûyâ çeşitli şekilde yorumlanır. Yani değişik yorum ve tabiri vardır.

• Rûyâsında bir kimseye bir şeyini emânet olarak bıraktığını gören bir kimse, o kimsenin gizli sırlarına vakıf olacağına işâret olarak tabir edilir.

• Bir kimse, rûyâsında hanımına birşey emânet ettiğini görse ve hanımı da bu emâneti kabul ettiğini söylese, hanımının hamile kalacağına işâret eder. Şâyet eşi emâneti almasa, kabul etmese *(rûyâda öyle görse)* o zaman eşi hamile kalmaz şeklinde tabir edilir.

• Bazı tabirciler, kendisine emânet bırakılan kimse gâlib, emânet bırakan kimse ise, mağlûbdur, şeklinde tabir etmişlerdir.

**EMEKLEMEK:** Rûyâsında çocuklar gibi emeklediğini gören kimse, fakirse zengin olur, zengin ise, fakirleşeceğine işâret olarak tabir olunur.

**EMEKLİ OLMAK:** Rûyâsında emekli olduğunu gören kimse, yeni bir hayat ve yeni bir işe başlayacağına ve bu yeni iş hayatında da başarılı olacağına işârettir.

**EMMEK:** Rûyâda görülen emmek, mal sahibi olmaya işâret ile tabir olunur.

• Rûyâsında bir kadının memesinden emdiğini gören kimse, o kadının malından faydalanacağına işârettir, şeklinde tabir olunur.

• Rûyâsında erkeğin bir kadından meme emdiğini görmek, emdiği kadından mal elde edeceğine işârettir.

• Rûyâda bir kadının erkekten meme emdiğini görmesi, o erkekten mal elde edeceğine işârettir.

• Rûyâsında bir kimse, kendisinden birinin meme emdiğini görse, emen kimse ondan *(emilenden)* mal alır, şeklinde tabir olunur.

**EMZİK:** Rûyâsında emzik görmek, kendisini bilmez kimselerin arasına düşerek üzüleceğine işârettir.

• Rûyâda kendi çocuklarınızdan birinin emzik emdiğini görmeniz yakında bir çocuğunuz daha olacağına işârettir. Bekâr iseniz evleneceğinize işârettir.

**ENFİYE:** Rûyâda enfiye görmek, gamsız, tasasız, neş'eli günler geçireceğine işârettir.

**ENGEL:** Rûyâsında engel ***(set, duvar veya yüksek engeller)*** gören kimse, bir çok zorluklardan sonra maksadına *(muradına)* kavuşacağına işârettir.

**ENGİNÂR:** Rûyâda enginâr görmek, küçük yollu sıkıntılar, elem ve keder duyacağına işârettir.

**ENİŞTE:** Rûyâda enişte görmek, iyidir. Sıhhat, sağlık, huzûr ve güvene işâret ile tabir olunur.

**ENKAZ:** Rûyâda evinizin önünde enkaz bsulunduğunu görmek, ev halkının bir musîbete uğrayacağına işâretle tabir olunur.

• Enkazın kaldırıldığını görmek, musîbetten kurtulmaya işâret olarak yorumlanır.

**ERGUVAN** *(ÇİÇEK)*: Rûyâda erguvan çiçeği topladığınızı görmek, akrabaları zengin bir kadınla evleneceğinize işâretle yorumlanır.

**ERİK**: Rûyâda erik görmek, dilek ve muradının yerine geleceğine işârettir.

• Kuru erik ise, kavga ve ıstıraba işârettir.

• Hasta olan bir kimse, rûyâsında erik yediğini görse, hastalığından şifâ bulacağına, iyileşeceğine işârettir, şeklinde tabir olunur.

• Mevsimi dışında yeşil erik görmek ve yemek, üzüntü ve kedere işâret olarak yorumlanır.

• Rûyâsında mevsim dışında erik görmek, hastalıkla veya hastalanacağıyla yorumlanır.

• Rûyâsında ekşi erik yediğini görmek, korku ve kederle veya korku ve kedere düşeceğine işârettir.

**EROİN**: Rûyâsında uyuşturucu kullandığını görmek, rûyâyı gören kimsenin dengesiz bir hayat *(yaşam)* süreceğine işâret ile tabir olunur.

• Rûyâsında eroin sattığını görmek, rûyâyı görenin sağlık ve sıhhatinin bozulacağına işârettir.

**ERZAK**: Rûyâda erzak görmek, bolluk ve berekete işâret olarak tabir olunur.

**ESANS**: Rûyâda esans görmek, mala ve şeref, uluğa erişmeye işâret ile tabir olunur.

• Rûyâda esans *(güzel bir koku)* süründüğünü gören kimse, iki kişi tarafından öğülür, şeklinde tabir edilir.

• Rûyâda esans sürünmek evli kimseler için bu rûyâ mutluluk ve iyi geçim ile tabir olunur.

**ESİR:** Rûyâsında bir kimse, kendisinin esir edilmiş olduğunu görmesi, hayır ve rızka işârettir. Bazı yorumculara göre esirlik ile ilgili rûyâ sır ve gizli şeylere vakıf olmak ile tabir olunur.

**ESKİ** *(ELBİSE):* Rûyâda eski elbise satın aldığını görmek iyiye yorulmaz bu rûyâ iyi değildir.

• Rûyâsında eski elbise aldığını görmek, fakirliğe ve yoksulluğa işârettir, diye yorumlanır.

• Rûyâda eski bir şeyi veya yeni bir şeyin eskidiğini görmek, iyiye ve hayra yorulmaz. Bu rûyâ, üzüntü, keder ve zararla tabir olunur.

**ESKİCİ:** Rûyâda eskici görmek iyi değildir. Eskici, kaba ve çirkin, hoşa gitmeyen bir adama işârettir.

• Bazı yorumculara göre, rûyâsında eskiciye bir şey satmak ve eskici görmek, bir tanıdığı tarafından aldatılacağına ve büyük bir mal, para zararına uğrayacağına işâret olarak yorumlanır.

**ESNEMEK:** Rûyâda esnediğini görmek, iyi değildir. Esnemek, hoşlanılmayan, ayıp bir iş yapmak ve günah işlemeye işâret olarak tabir olunur.

**EŞEK:** Rûyâda görülen eşek ile ilgili rûyâlar değişik ve çeşitli şekilde tabir olunur.

• Rûyâda eşeğe binmek, mevki yönünden yükseleceğine ve mutluluğa işâretle yorumlanır.

• Yüklü eşek görmek, yine derece yükselmesine, doğurmuş merkep görmek ise, her ne muradı varsa olacağıyla yorumlanır.

• Rûyâsında büyük bir eşeği olduğunu ve bindiğini görmek, büyük bir itibar, saygınlık sahibi olmak, yüksek bir mevki ve durumda olmak ve değer sahibi olmak ile tabir olunur.

• Rûyâsında eşekten düşdüğünü gören kimse, itibardan düşeceğine ve hakarete uğrayacağına işâret şeklinde tabir olunur.

• Dişi bir eşeği olduğunu gören kimse, hayır ve berekete kavuşacağına işâretle yorumlanır.

• Dişi bir eşeğe bindiğini gören kimsenin bu rûyâsı kendisinin evleneceğine işâretle tabir olunur.

• Dişi gebe eşek, hâmile dişi eşek gören kimse, çok kısa zamanda muradına ereceğine işârettir.

• Rûyâsında bakımlı güzel bir eşeği olduğunu görmek, şerefli bir mevkiye, kârlı bir kazanca sahib olmaya ve sevinçli, ferah bir yaşama işârettir.

• Zayıf, sevimsiz ve bakımsız bir eşek görmek, sıkıntı, geçim darlığı ve yoksulluk, muhtaçlık ile tabir olunur.

• Zayıf bir eşek görmek, fakirlik, sıkıntı geleceğine işâretle yorumlanır.

**EŞEK ARISI:** Rûyâda eşek arısı görmek, kötü nefis ve ahlaksız kimseleri temsil eder.

• Rûyâsında kendisini eşek arısının soktuğunu gören kimse, ahlaksız bir kadın yüzünden başı belaya ve dolayısıyla üzüntü ve kedere düşer, şeklinde yorumlanır.

**EŞEK PALANI:** Rûyâda görülen eşek palanı ***(bir çeşit eğer)***, asâleti olmayan bir kadını temsil eder ki, bu kadının kocası yanında hiç değeri yoktur. Çünkü kendi değerini kendisi düşürmektedir, şeklinde tabir edilir.

**EŞİK:** Rûyâda görülen eşik rûyâsı, rûyâyı gören kimsenin hanımı ile tabir olunur.

• Rûyâsında eşikten atladığını gören kimsenin, başından bir olay geçeceğine işârettir.

• Rûyâda eşik üzerinde oturduğunu gören kimsenin, evleneceğine işâretle yorumlanır.

• Rûyâsında kapısının eşiğini çıkardığını gören kimse, karısını boşar, şeklinde tabir olunur.

• Rûyâsında kapısın üst eşiğinin kaybolduğunu gören kimsenin, karısı ölür şeklinde tabir olunur.

• Rûyâsında kapısına eşik yaptığını gören kimse evlenir, şeklinde yorumlanır.

**EŞKIYA:** Rûyâda eşkıya görmek, sizi destekleyenlerin vazgeçeceğine ve mahkemeyi kaybedeceğinize işârettir, şeklinde tabir olunur.

**EŞYA TAŞIMAK:** Rûyâda eşyanızı bir yerden başka bir yere taşıdığınızı görmek, ferahlığa kavuşacağınıza işâretle yorumlanır.

**ET:** Rûyâda pişmiş et görmek, mal sahibi olacağınıza işâret olup, çiğ et görmek ise, hastalığa, açlığa ve üzüntüye işârettir.

• Rûyâda kasabdan et aldığınızı görmeniz, musibet ve kedere düşeceğinize işâretle yorumlanır.

• Rûyâda taze et aldığını görmek, ölüme veya gıybet *(insanları arkadan çekiştirmek, dedikodu)* etmeye işâret olarak yorumlanır.

• Rûyâsında insan eti yediğini görmek, iyi değildir. Bu rûyâ, gıybet etmek, iftira etmek ve pişman olunacak kötü bir iş işlemek şeklinde tabir olunur.

• Rûyâda balık eti görmek, hayırlı bir mal *(para)* elde edeceğinize işâret ile tabir olunur.

• Rûyâda oğlak eti görmek, mal sahibi olacağınıza veya evlat kazancından elinize mal geleceğine işâretle tabir olunur.

• Rûyânızda öküz eti görmek, mal-mülk ve para sahibi olacağınıza işâretle tabir olunur.

**ETEK:** Rûyâsında etek gören bir kimse, hayırlı ve mutlu bir evliliğe kavuşur.

**ETER:** Rûyâda eter kokladığının görülmesi iyiye yorulmaz. Kötü bir haber ile tabir olunur.

• Rûyâsında eter kokladığını gören kimse, bir yakını tarafından aldatılacağına işâretle tabir olunur.

**ETİKET:** Rûyânızda etiket görmeniz, çok gösterişe meraklı biri olduğunuza işâretle tabir olunur.

**EV:** Rûyâda ev görmek, çok çeşitli ve değişik bir şekilde yorumlanır. Evin durumuna ve rûyâyı görenin pozisyonuna göre değerlendirme ve yorumları yapılır.

• Nablûsî'ye göre, ev rûyâsı insanın dünyası ile tabir olunur. Evet, rûyâda görülen ev rûyâsının birçok değişik yorumu vardır.

• Rûyâsında ev gören bir adamın bu rûyâsı, birlikte yaşadığı hanımına işâret ile tabir olunur.

• Rûyâsında evini yüklenip onunla beraber yürüdüğünü gören kimse, bir kadının nafaka ve idâresini *(bakımını)* üzerine alır, ***(onun bakımını üslenir)*** şeklinde tabir edilir.

• Rûyâsında bir adam görseki, evi sahibini yüklenmiş geliyor veya evi ile sahibi beraber geliyorlar, bu rûyâ, rûyâ sahibinin nafaka ve idâresi *(yani kocasının bakımı)* hanımının üzerinde olur, kocasının bakımını hanımı üstlenir, şeklinde yorumlanır..

• Rûyâda altın ev görmek, iyi değildir. Evinin altından olduğunu gören kimsenin evinde yangın çıkar *(yangın çıkacağına)* işâretle yorumlanır.

• Rûyâsında bir kimse, kendisini küçük bir evden çıkıyor görürse, üzüntü ve kederden, gam ve tasadan kurtulur, şeklinde tabir olunur.

• Rûyâda görülen boş bir ev, kadın ve eşe işârettir.

• Rûyâsında evini düzeltiğini görmek, iyi bir hayat, rahat bir yaşama kavuşmak ile tabir olunur.

• Rûyâsında evini harab bir durumda gören kimse, keder ve tasaya düşer veya hastalık ile karşılaşır veya karşılaşacağına işâretle yorumlanır.

• Rûyâsında evinin yıkıldığını görmek, ev sahibinin ölümüne işâretle tabir olunur.

• Rûyâsında tarihi bir ev veya tarihi bir eseri yıktığını görmek, üzüntü ve keder veya şer *(kötülük)* ve musîbete işâret ile tabir olunur.

• Rûyâsında evinin tamamı veya bir kısmının yıkıldığını görmek, o evden birini öleceğine veya rûyâyı gören kimsenin, büyük bir musîbete veya kötü bir hadisenin kendisine erişeceğine işârettir.

• Rûyâsında bir kadın, evinin tavanının yıkıldığını görse, o kadının kocası ölür, şeklinde tabir olunur.

**EVLÂT:** Rûyânızda kendi evladınızdan birini veya bir kaçını görmeniz, zengin olacağınıza ve bolluk bir hayata kavuşacağınıza işâretle tabir edilir.

• Evlâdınızın öldüğünü görmeniz rûyânızda, onların ömrünün uzadığına işârettir, diye yorumlanır.

**EVLÂTLIK:** Rûyânızda bir evladlık edindiğinizi görmek, hanımınızın hastalanacağına yorumlanır.

**EVLENMEK:** Rûyâsında evlendiğini gören kimse, Allah tarafından bir yardıma kavuşacağına işârettir.

• Rûyâsında ölmüş bir erkekle bir kadının evlendiğini görmek, ümid edilmeyen *(beklenmeyen)* bir yerden yardıma kavuşulacağına işârettir.

• Ölmüş bir kadınla bir erkeğin evlendiğini görmek, ümid edilenin *(beklenenin)* üstünde bir yardım ve menfaat görüleceğine işârettir.

• Kötü bir yola düşmüş bir kadınla evlendiğini görmek, dilek ve murada ereceğinize işârettir.

• Rûyâsında evlenmek için bir kadınla söz kesildiğini görmek, büyük bir kimseden yardım ve menfaat görüleceğine işâretle tabir edilir.

**EVLİYÂ:** Rûyâsında evliya gören kimse, dindar bir kimse olduğunuza veya olacağınıza, hayır ve berekete kavuşacağınıza ve üzüntülerden, kederlerden kurtuluşa ereceğinize işârettir.

**EVRAK:** Rûyâda evrak görmek, pek iyiye yorulmaz. Evrak görmek, işlerinizin karışık olduğuna işâretle yorumlanır. Bu rûyâyı gören kimse, işlerinde dikkatli, hele hele hükümet ve devletle olan işlerinde daha da dikkatli olması gerektiğine işârettir.

**EYYÜB** *(A.S.):* Rûyâda Hz. Eyyüb Peygamberi görmek, üzüntü ve kederli olacağına işârettir. Eşinin hasta olacağına ve sonra iyileşeceğine işârettir.

**EZAN:** Rûyâda ezan okunduğunu görmek, çok dindar iseniz, Hacca gideceğinize işârettir.

• Rûyânızda yerli yerinde ezan okumak hayır ve berekete işârettir. Eksik veya fazla ezan okumak iyi değildir, iyiye yorulmaz.

• Rûyâsında yüksek bir yerde ezan okumak, mesleğinde ilerlemek ve terfi etmek, yükselmekle tabir edilir.

• Rûyâsında münasib *(uygun)* olmayan bir yerde ezan okumak, kötü bir iş ve harekette bulunacağınıza veya aklınıza bir hal *(akıl hastası)* olacağına işâret şeklinde yorumlanır.

• Rûyâsında hamamda ezan okuduğunu görmek, iyi değildir. Bu rûyâ, rezalete ve deyyusluğa isminizin karışacağına işârettir.

• Rûyâsında düz bir yerde ezan okuduğunu gören kimse, hayırlı bir işe el atmış olur ve hayırlı menfaatlar elde edeceğine işâretle yorumlanır.

• Rûyâsında hayvan üzerinde ezan okuduğunu görmek, yolculuğa çıkacağınıza işâretle tabir olunur.

• Rûyâda ev üzerinde ezan okuduğunu görmek, ölüme ve ölüm olayı ile karşılaşacağınıza yorulur.

• Rûyâda evin ortasında ezan okuduğunu görmek, rûyâyı gören kimsenin evladının veya kardeşinin ölümüne işâret olarak tabir olunur.

• Rûyâsında sokak ortasında ezan okunduğunu görmek, fakirlikle ve iflas etmekle veya dövülmekle tabir olunur.

• Rûyâda sofrada ezan okumak veya okunduğunu görmek, babanızın ölümüne *(yani öleceğine)* işâret şeklinde tabir edilir.

# F

**FABRİKA:** Rûyânızda bir fabrika görmek, kendinizi dünya işlerine fazlaca kaptırdığınıza ve dünyaya olan sevgi ve meylinizin çoğalmasına işârettir.

• Rûyâda fabrika görmek, bazen de ticâret işlerinizde çok karlı kazançlar elde edeceğinize işârettir.

• Rûyâda fabrika görmek, dünya hayatının bir mücadele ve uğraşıya da işâret ile tabir edilir.

**FABRİKATÖR:** Rûyâda fabrikatör görmek, yeni bir işe girişeceğinize, yeni bir işe teşebbüs edeceğinize işâretle tabir olunur.

**FÂCİA:** Rûyânızda herhangi bir fâcia görmeniz, iyi ve sevindirici haberler alacağınıza işârettir.

**FAHİŞE:** Rûyânızda bir fahişe ***(kötü yola düşmüş bir kadını)*** görmek, iyi değildir. Bu rûyâ sizin iyidir diye güvendiğiniz bir kimse tarafından aldatılacağınıza ve onun oyununa gelerek zarar göreceğinize işârettir.

**FAKİR:** Rûyânızda fakir bir kimse görmek, bu rûyânız sizin zengin olacağınıza işâretle tabir olunur.

**FAKİRLİK:** Rûyâda fakirliğe düşdüğünüzü görmek, gelecekte durumunuzun çok güzel olacağına zenginliğinize işârettir.

**FAL:** Rûyâda falcı görmek, batıl ve boş şeylerle tabir olunur.Yani bu rûyâ iyiye yorulmaz.

**FALAKA:** Rûyâda falaka görmek, uzaktan bir kimsenin iyiliğini ve yardımını göreceğinize işârettir.

**FALCI:** Rûyâda falcı görmek, yalan söyleyen ve hîlekâr *(hîle yapan)* sahtekar biri tarafından aldatılıp zarar göreceğinize işâretle tabir olunur.

**FANİLA:** Rûyâda fanila görmek, bir kavgaya veya bir münakaşaya şahit olarak, gördüğünüz haksızlığa sinirlenip âsâbınızın bozulacağına işârettir.

• Bazen de rûyâda fanila görmek, olmaz ve olmayacak diyerek ümidinizi kestiğiniz bir işinizin beklemediğiniz bir anda kolayca oluvermesine veya olacağına işâretle tabir edilir.

**FARAŞ:** Rûyâda faraş görmek, ummadığınız biri tarafından aldatılacağınıza işâretle tabir olunur.

**FARE:** Rûyâda çok çok fareler görmek, bolluğa ereceğinize işârettir. Fare ile ilgili daha çok çeşitli yorumlar vardır. Bunlar farenin görülüş şekline göre yorumlanır.

• Rûyâda bir fare öldürdüğünüzü görmek, kötü huylu, geçimsiz bir kadın ile evleneceğinize tişâretir.

• Rûyânızda fâre pişirdiğinizi görmek, zengin bir kadın ile evleneceğinize, kadın malı ile zengin olacağınıza işâret olarak tabir olunur.

• Rûyâda evde bir fâre tutup dışarıya attığınızı görmek, farkında olmadan, işin bilincinde olmadan ve bilmeyerek hayırlı bir işler yapacağınıza işârettir.

**FARZ NAMAZ:** Rûyâda farz namazla ilgili rûyâ görmek, hayırla yorumlanır.

• Rûyâda görülen farz namazı kılmak rûyâsı, borcunu ödemeye, sözünde durmaya, iyi bir işe girmeye, çok çok iyi bir halde *(durumda)* olarak bulunmaya, barışmaya ve murada ermeye gibi güzel ve sevilen, istenen durumlara işâret olarak tabir olunur.

• Rûyâsında farz namazlardan birini kıldığını görmek, korkulardan ve endişelerden kurtuluşa işâret olarak da tabir olunur.

• Rûyâsında farz olan bir namazı kıldığını görmek, sözünde durmaya veya duracağına ve küstüğü ve darıldığı birisiyle barışmaya veya barışacağına işâretle tabir olunur.

• Namazla ilgili tabir ve yorum için namaz kelimesine bakılabilir.

**FASULYE:** Rûyâda fasulye görmek veya yemek, geveze ve boş boğazlığınız yüzünden zarar göreceğiniz şeklinde yorumlanır.

• Bazen de rûyâda vaktinde *(mevsiminde)* taze fasulye yemek, hiç beklemediğiniz bir yerden yardım göreceğinize işâretle tabir olunur.

**FÂTIR SÛRESİ:** Rûyâsında Fâtır Sûresini okuyan veya dinleyen kimse, Allah katında değerli ve makbul bir kul olduğuna işâret ile, aynı zamanda düşmanlarına galib *(üstün)* geleceğine, üzüntü ve kederden kurtuluşa ereceğine ve bundan böyle gam keder görmeyeceğine işâretle tabir olunur.

**FÂTİH:** Rûyâda Fâtih Sultan Mehmed'i görmek, şan ve şerefe ereceğinize işârettir. Şan, şöhret ve bahtı açıklıklı yorumlanır bu rûyânız.

**FÂTİHA SÛRESİ:** Rûyâsında Fâtiha sûresini okuduğunu veya okuyan birini duyan *(işiten)*, kimse her türlü zorluklardan kurtulur, rızık kazancı artar, duâsı kabul olur veya olacağına işâret ile, veya hacca *(hacılığa)* gideceğine işâretle tabir edilir.

**FATURA:** Rûyâda fatura görmek, mal-mülk ve zenginliğe işâret ile tabir edilir.

• Rûyânızda aldığınız bir mal bedeli olarak bir faturanın karşılığını ödediğinizi görmeniz, yeni bir mülk alacağınıza veya yeni bir eve taşınacağınıza işâretle tabir edilir.

• Rûyânızda faturayı başkasına verdiğinizi görmeniz, kendinize âit bir ev veya bir arsanızı satacağınıza işâretle tabir olunur.

**FAYANS:** Rûyâda fayans görmek, iyi bir işe gireceğinize, fayansa ellerinizi sürmek, müşgüllerinizin ve karşılaştığınız zorlukların hal olacağına *(çözüleceğine)* işâretle tabir olunur.

**FECR** *(GÜN AĞARMASI):* Rûyânızda fecr yani sabahın ilk aydınlığını, günün ilk ağarmasını görmek, geleceğinizin çok parlak olacağına ve iyi bir müjde alarak sevinç ve ferahlığa kavuşacağınıza işârettir.

• Sabahın bu ilk aydınlanmasında yani fecir vaktinde açık bir yerde bulunmakla, güneşin doğuşunu görmek, büyük bir işe başlayacağınıza da işaret olarak tabir edilir.

**FECR SÛRESİ**: Rûyâsında Fecr Sûresini okuyan veya dinleyen veya kendi üzerine okunduğunu gören kimsenin bu rûyâsı, ölünceye kadar *(hayatı boyunca)* sünnet üzere yaşayacağına, yoksul fakirleri, kimsesiz yetimleri seveceğine, kendi adına ve müslümanlar adına duâ etmeye devâm edeceğine veya hacca gideceğine işâretle tabir olunur. Aynı zamanda bu kimsenin hayatı hem kendisi için, hem de tüm müslümanlar için faydalı ve yararlı olacağına tabir olunur.

**FELÂK SÛRESİ**: Rûyâsında Felak Sûresini veya ondan bir kısmını okuduğunu veya kendi üzerine okunduğunu görmek, rûyâyı gören kimsenin halinin, hayatının güzelliğine, düşmanlarına galib *(üstün)* geleceğine ve bütün kötülüklerden korunacağına ve kendisine başkaları tarafından büyü bile yapılsa ondan hiç zarar görmeyeceğine ve hastalıklardan emniyette selâmette bulunacağına işâretle tabir olunur.

**FELÂKET**: Rûyâsında bir felâket görmek, tam tersiyle yorumlanır.

• Rûyânızda kendi iş hayatınızda bir felâketle karşılaştığınızı görmek, bu rûyânız, sizin işlerinizin selâmetle düzgün ve yolunda yürüyeceğine ve işlerinizin çok iyi bir şekilde açılacağına ve işlerinizin çok güzel ve yolunda gitmeye devam edeceğine işâretle tabir olunur.

**FELÇ**: Rûyânızda kendinize felç geldiğini görmeniz, ömrünüzün uzun olacağına, uzun bir hayat, sağlıklı bir hayat süreceğinize işârettir, şeklinde yorumlanır. Demek oluyor ki, felç görmek, rûyânın tersiyle yorumlanır. Evet felç uzun bir ömür yaşanacağına işâret ediyor yorumu vardır.

**FENER:** Rûyânızda yanmakta olan ve size ışığı ile aydınlık veren bir fener görmek, yüksek kâr getiren bir kazancınız olacağına, evleneceğinize, mutlu ve saygın *(itibarlı)* bir hayat yaşayacağınıza işârettir.

• Rûyâda görülen, ışık ve aydınlık veren, sizin önünüzü ve çevrenizi yeterli derecede aydınlatan *(iş gören)* bir fener görmek, bazen de yüksek bir makam, mevki, yüksek bir mertebeye ulaşmak, dilek ve murada ermek, istek ve arzusunun olması *(gerçekleşmesi)* kötülüklerden kurtuluşa ermek *(selâmette olmak)* yaşamında başarılı olmak ve yaşamının mutluluk içinde olması gibi güzel şeylere işâret olarak yorumlanır. Çünkü ışık, mükemmel ışık, her türlü zorluğun ve engelin yenilmesi ve ortadan kalkmasına ve dolayısıyla tüm mutluluk ve mes'ûd olmanın sebeblerine kavuşmak işâretidir.

• Rûyâda ışığı olmayan, ışık ve aydınlık vermeyen bir fener görmek ise, işlerin zorlaşacağına ve işlerin kötüye gideceğine veya bir hastalık ile karşılaşmaya işâretle tabir olunur.

• Rûyâda sönmüş veya yağı bitip sönen bir feneri görmek, muradınıza erememenize *(eremeyeceğinize)*, işinizden ayrılacağınıza ***(veye işten atılmak ile)*** veya büyük bir zatın *(büyük ve kıymetli bir kimsenin)* ölümüne işâretle tabir olunur.

• Rûyânızda bir kaç tane feneri bir arada görmek, müjdeli haberlere, kazanılacak bol rızık *(para)* ve bol bol menfaat elde etmek, saygınlık, itibar, yücelik elde etmek, başarılara ulaşmak gibi şeylere işârettir.

**FERACE:** Bir kimsenin rûyâsında ferace görmesi, üzüntü ve kederden kurtuluşa işârettir. Yâni, rûyâda ferace görmek, gönül ferahlığına kavuşmak ve bolluk işâreti olarak tabir olunur.

• Ferace demek, özellikle üst giysinin adıdır. Özellikle kadınlar giyer, kadın giysisidir. Bunun, yâni feracenin durum, şekil ve rengine göre de yorum kazanır.

• Rûyâda yeni ve temiz ferace görmek, gönül ferahlığına, insanın içindeki genişlik ve rahatlığa işâret ile ve murada ermek, istek ve dileklerin gerçekleşmesine işâretle tabir olunur.

• Rûyâda eski aynı zamanda kirli ve dar bir ferace görmek, üzüntü ve kedere işâret ile ve murada erememek, istek ve dileğine kavuşamamak ile sıkıntıya düşmeye işâret olarak tabir olunur.

• Rûyâda bir kadın ipek ferace giydiğini veya aldığını görse, bu rûyâ o kadın için hayırla iyiye yorulur ve ferahlığa ereceğinede işâret olarak tabir olunur.

• Rûyâsında bir erkek ferace giydiğini görse, bu rûyâ o erkek için hayra yorulmaz ve iyi bir rûyâ değildir. Bu rûyâyı gören erkek hakarete uğrar ve rezalet ile karşılaşır şeklinde tabir edilir.

• Rûyâda görülen beyaz ferace, iyiye yorulur, ferahlık ve iyi bir durumda olduğunuza işârettir.

• Rûyâda sarı bir ferace gören kimse, hastalıkla karşılaşır, sarı ferâce hastalığa yorumlanır.

• Rûyâda görülen kırmızı *(al)* ferâce, neş'e ve sevinçli bir hal ile tabir olunur.

• Rûyâda görülen mavi ferâce erkek görürse, kedere ve sıkıntıya düşmesi ile yorumlanır.Bu rûyâyı, yani mavi ferâceye kadın görürse, bu kadının ziynet ve süse ereceğine işârettir.

• Rûyâda görülen siyah ferâcede hal ve durumunuzda düzelme ve iyilik olacağına işârettir.

• Rûyânızda yırtık bir ferâce görmek, veya giydiğinizi görürseniz iyi değildir. Bu rûyâ, fakirlik, yoksulluk göreceğinize, çaresizlik içinde kalacağınıza veya malınızda bir zarar meydana geleceğine işârettir.

**FERÇ** *(DİŞİLERDE ÜREME (DİŞİLİK) ORGANI):* Rûyâda bilmeden, bilmeyerek, elinde olmadan bir kadının fercine baktığını görmek, hata ve kusur işleyeceğinize işâret olarak yorumlanır. Böyle bir rûyâ görmek, rûyâyı gören için iyi değildir. Bunu gören kimse, çok sıkıntılı günler geçireceğine veya ayıp ve çirkin bir şeyin ticâretini yapacağı ile de tabir olunur.

**FERİBOT:** Rûyânızda bir feribota bindiğinizi görmek, bir işin altından kalkamayıp bir borcun altına gireceğinize *(borçlanacağınıza)* veya tehlikeli bir işe atılacağınıza veya tehlikeli bir yolculuğa çıkacağınıza işâretle tabir olunur.

**FERMAN** *(BUYRUK VE EMİR):* Rûyâsında bir ferman *(padişah buyruğu)* görmek, veya devlet büyüğünden bir ferman aldığını görmek, büyük bir kimseden yardım görmeye veya zengin bir iş adamından menfaat ve yardım göreceğine işâretle tabir edilir.

**FERYAD ETMEK:** Rûyânızda feryâd edip bağırıp çağırdığınızı görmek, gördüğünüz korkulu rûyânın tersi ile tabir olunur. Bu gördüğünüz rûyâ sevineceğinize neşeli bir hal ile karşılanacağınıza işârettir.

• Bazen de bağırıp feryad edilen o yerde bir yaramaz hal olup perişanlık ortaya çıkacağına işârettir.

**FES:** Rûyâda fes giydiğini görmek, üzüntü ve kedere düşeceğinize işâretle, fesinizi başınızdan çıkardığınızı görmek ise, üzüntü ve sıkıntıdan kurtulacağınıza işâretle tabir edilir.

• Rûyâda fes giydiğinizi görmek, bazen de Mısır ve Cezayir gibi fes giyilen arap memleketlerinden birine bir seyahatlede tabir olunur.

• Rûyâda eski ve kirli bir fes giydiğinizi görmek, üzüntü ve kedere düşeceğinize işâretle tabir olunur.

• Rûyâda fesinizin çalındığını görmek, kedere ve sıkıntıya düşmek veya işten çıkarılmak ve yoksulluğa düşeceğinize işâretle tabir olunur.

• Rûyâda bir kadının fes giydiğini görmesi, hamile olacağına veya olduğuna, hamile ise, erkek çocuk doğuracağına da tabir olunur.

**FESLEĞEN:** Rûyâda fesleğen çiçeği görmek, genellikle iyiye ve hayra yorulur. Kadın görürse, bol paraya, büyük ölçüde servete ereceğine işârettir.

• Rûyâsında evindeki saksı veya bahçesinde fesleğen gören kimse, hayır ve çok menfaat elde edeceğine işâretle tabir edilir.

• Rûyâsında fesleğen kopardığını gören kimse, sevdiği bir dost veya arkadaşından ayrılacağına işâretle tabir olunur.

• Rûyâsında rengi sararmış, buruşmuş bir fesleğen görmek, iyi değildir. Bu rûyâ hastalığa ve hastalanmaya işâretle tabir edilir.

**FETİH SÛRESİ:** Rûyâsında Fetih Sûresini okuyan veya başka bir okuyan kimseyi dinlediğini gören kimse için Cenâb-ı Allâh, hayır ve menfaat kapılarını açar, duâsını kabul eder, düşmanlarına karşı galib *(üstün)* geleceğine tabir olunur.

**FIÇI:** Rûyâda fıçı görmek, bolluğa işârettir. Fıçı ile ilgili bütün rûyâlar iyiye ve bolluğa delâlet eder.

**FINDIK:** Rûyâda fındık görmek, mal ve servet ile yorumlanır. Bazılarına göre de fındık zor kazanılan mal ve servete delâlet eder.

**FIRAT NEHRİ:** Rûyâsında Fırat nehrini görmek, dilek ve muradının gerçekleşmesine, bolluk ve refaha kavuşmasına işâretle tabir olunur.

• Rûyâsında Fırat nehrinin suyundan içtiğini görmek, bol rızık, iyi ve geniş bir geçime işârettir.

• Rûyâsında Fırat nehrini kurumuş olarak görmek, büyük bir devlet adamının ölümüne işârettir.

**FIRÇA:** Rûyâda görülen fırça, gelecekte yüksek bir mevkiye ulaşacağına işârettir. Fırça ile elbise temizlediğini görmek, çektiğiniz sıkıntıların sona ereceğine delâlet eder.

**FIRIN:** Rûyâda fırın görmek, gönül huzuruna ve bolluğa delâlet eder. Rûyâda fırından sıcak ekmek çıktığını görmek ise, geleceğinizin parlak olduğuna yorumlanır.

**FIRTINA:** Rûyâda fırtına çıktığını görmek, pek iyi değildir. Fırtına rûyâsı iyiye ve hayra yorulmaz.

• Rûyâsında bulunduğu bir yerde fırtına koptuğunu, fırtına çıktığını gören kimsenin evinde veya işinde *(iş yerinde)* bir tatsızlık, bir yaramazlık çıkacağına işâretle tabir edilir. Fırtınadan çok zarar olduğunu görmek ise, bu tatsızlığın kötü sonuçlanacağına işâret ile tabir olunur.

• Rûyâsında fırtınadan evinin çatısının uçtuğunu görmek ise, ev halkından bir kimsenin öleceğine işâretle tabir olunur.

**FISKIYE:** Rûyâda fıskıye görmek, bekâr için iyi ve güzelce bir kadınla evleneceğinize, hayır ve sevâb kazanacağınıza işâretle tabir olunur.

• Rûyâsında bir havuzun fıskıyesinin aktığını görmek, o yerde iyilik ve bereket olduğuna işârettir.

• Evinde bir fıskıyenin aktığı görmek, iyi bir halde olacağınıza ve rahatlık içinde geçiminizin sürdüğüne işâretle tabir olunur.

**FISTIK:** Rûyâda fıstık görmek, ele kolay kazanılan bir mal *(para)* gireceği veya iyi bir kimseden menfaat elde edileceğine işâretle tabir olunur.

• Rûyâsında fıstık yediğini gören kimsenin eline kolayca kazandığı mal ve paraya ve bu paradan faydalanacağına ve bol rızıka kavuşacağına işârettir, şeklinde tabir olunur.

• Rûyâda yeşil fıstık görmek, ele zorlukla geçecek veya geçen mal, para ve rızık ile de tabir olunur.

• Rûyâda yeşil fıstık kurusu görmek, kötülük ve düşmanlıkla karşılaşılacağına işâretle tabir olunur.

• Rûyâda fıstık topladığını görmek, mal edinmek, mal kazanılmak ile de tabir olunur.

• Rûyâda fıstık görmek, bazen de hamile bir kadının yakında doğuracağı çocuğa işârettir.

**FİDAN:** Rûyâda fidan görmek, hayırlı bir evlad ve bol kazanca işâretle yorumlanır.

• Rûyâsında bir fidan diktiğini gören kimse, bazen de bekâr ise evleneceğine işâretle tabir olunur.

**FİL:** Rûyâda fil görmek, derecesinin yükseleceğine ömrünün uzayacağına delâlet eder. Fille ilgili rûyâlarda genellikle hayır ve iyiliğe yorulur.

• Rûyâsında geceleyin bir file bindiğini gören kimse, bekâr ise, evleneceğine işâretle tabir olunur. Gündüzün file bindiğini gören kimse, ya karısını boşar veya hizmetçisini kovar, şeklinde tabir olunur.

• Rûyâsında filden düştüğünü görmek, keder ve sıkıntıya düşeceğinize işâretle tabir edilir.

**FİLDİŞİ:** Rûyâda fildişi görmek, hayır ve bolluğa işâretle tabir olunur. Fildişi görmek, bazen de hükümetten mal ve menfaat elde etmeye işârettir. Rûyâsında fildişinden yapılmış bir biblo görmek, yeni başladığı ve yeni teşebbüs ettiği işten çok para kazanacağına işâretle tabir olunur.

**FİL SÛRESİ:** Rûyâsında Fil Sûresini okuyan veya dinleyen kimse, düşmanlarına gâlib *(üstün)* gelir, dilek ve muradına kavuşur ve ömrü müddetince korkulardan emin ve emniyette olarak yaşar şeklinde tabir olunur.

**FİLE:** Rûyâsında file gören kimse, bekâr ise, evleneceğine işâretle tabir olunur.

• Rûyâda pazar için olan bir file görmek, nîmete ve rızka işâretle de tabir olunur.

• Rûyâsında filesi dolu olarak pazardan alış-veriş ederek evine döndüğünü gören kimse, beklemediği bir yerden eline mal ve para geleceğine işârettir.

• Rûyâsında yolda bir boş file bulduğunu gören kimse, birilerinden bir iş konusunda söz aldığına veya alacağına işâretle tabir olunur.

**FİLM:** Rûyâda bir sinemada film seyrettiğini görmek, duyacağınız bir yalan haber yüzünden çok şaşırıp heyecanlanacağınıza ve üzüleceğine işârettir.

**FİLO:** Rûyâda filo görmek, bir çok arkadaşıyla bir gemiye veya turistik bir geziye çıkacağınıza işârettir.

**FİNCAN:** Rûyâda fincan görmek, az bir menfaat elde etmek, az bir yarar sağlamak veya ümîd edilen bir şeye işâret ile tabir olunur.

• Rûyâsında fincanda kahve içtiğini gören kimse, evinde beklemediği bir misafir ile karşılaşacağına işâretle tabir olunur.

• Rûyâsında bir fincanla bir şey içtiğini görmek, hayatının maddi ve mânevî olarak doyum *(zenginlik)* içinde geçeceğine işâretle yorumlanır.

**FİNO:** Rûyâsında bir fino köpeği görmek, bağlılık *(sadakat)* ile tabir edilir.

• Rûyâsında kucağında fino köpeği olduğunu görmek, dost ve arkadaşlarının kendisine bağlılıklarına işârettir.

• Bazen de fino görmek, âile mutluluğu bakımından zor bir durumda kalacağınıza işârettir.

**FİRAR ETMEK:** Rûyâda bir yerden ***(askerden, okuldan, hapishaneden)*** firar ettiğini görmek, yakın bir tehlike ile karşı karşıya bulunduğunuza işâretle tabir olunan bir uyarı rûyâsıdır, bu gördüğünüz rûyâ demek olur.

**FİRAVUN:** Rûyâda Firavunu görmek, din düşmanlığı ile tabir olunur. Bir kimse, rûyâsında kendisini Firavun olmuş görse, bu rûyâsı onun *(rûyâyı görenin)* günahkar olduğuna ve tevbe etmesi gerektiğine işâret eden bir uyarı rûyâsıdır, şeklinde tabir olunur.

**FİRKETE:** Rûyâsında firkete aldığını gören kimse, o sene içinde evleneceğine işâretle tabir olunur.

• Rûyâda firkete görmek, bazen evliliğe, rûyâyı gören kimsenin evleneceğine veya çocuklarından birini evlendireceğine işâret olarak yorumlanır.

• Bir kadın, rûyâsında başında firkete olduğunu görse, o kadın sevince ve feraha kavuşur, şeklinde tabir olunur.

• Erkeğin böyle bir rûyâ görmesi iyi değildir. Bir erkek rûyâsında başında firkete olduğunu görürse, bu rûyâ onun *(yani rûyâyı gören erkeğin)* üzüntü ve kedere düşeceğine ve sıkıntı içinde olacağına işârettir.

• Bir kimse, rûyâsında firketesinin elinden düştüğünü görmesi, çok para kazanacağına, bol rızka işâretle tabir olunur.

**FİRÛZE:** Rûyâda firûze taşı görmek, yardım görmek, murâda ermek, uzun ömürlü olmak, kısmet sahibi olmak gibi şeylere yorumlanır.

• Rûyâsında parmağına firûze taşı bulunan bir yüzük taktığını gören kimse, erkek ise, hanımından bir yardım göreceğine ve menfaat bulacağına işârettir. Rûyâyı gören hanım ise, kocasının kendisine güzel bir hediye alacağına işâretle tabir olunur.

• Rûyâsında firûze taşı aldığını görmek, işi olmayan kimsenin, bir iş bulacağı ve işe başlayacağına, esnaf ve tüccar ise, çok para kazanacağına, fakir görse, zengin olacağına, zengin biri görse, saygınlığının ve itibarının daha çok artacağına işâretle tabir olunur.

**FİSTAN:** Rûyânızda yeni bir fistan alıp giydiğinizi görmek, iyi değildir. Bu gördüğünüz rûyâ, kendi evinizden kendinize âit bir malınızın ve eşyanızın kaybolacağına veya çalınacağına işâretle tabir olunur.

**FİŞENK:** Rûyâda fişenk görmek, iyiye yorulur. Fişenk sevinçli ve müjdeli bir haber alacağınıza işârettir, şeklinde tabir olunur.

**FİŞENKLİK:** Rûyâda fişenklerin konduğu fişenklik görmek, yüksek makam ve yüksek mertebeye ulaşılacağına, şeref ve itibar, saygınlık sahibi olmaya da yorumlanır.

**FİTİL:** Rûyâda fitil görmek, bir dairenin müdîresine işâret olarak yorumlanır.

• Rûyâsında bir fitilin hepsinin yanmış görmek, bir dâirenin müdîresinin ölümüne işâretle tabir olunur. Fitilden bir kıvılcım sıçrayıp bir pamuğu yaktığını görmek, o dâire müdîresinin yanlış ve hatalı bir hareket yapmış olduğuna veya olacağına işâretle tabir olunur.

• Bir kimse, rûyâsında kandilin fitilinin söndüğünü görse, orada bulunan bir hastanın öleceğine veya kaybolmuş bir kimsenin ölüm haberi rûyâ görülen yere ulaşır, şeklinde tabir olunur.

• Bazen de fitil görmek, evin hizmetçisi ile tabir olunur ki, fitilin tamamen *(büsbütün)* yanmış olduğunu görmek, orada hizmet gören hizmetçinin ölümüne işâretle tabir olunur.

**FİTNE:** Rûyâda fitne görmek veya fitne çıktığını görmek, iyi değildir. Bu rûyâ iyiye ve hayra yorulmaz.

• Rûyâda görülen fitne rûyâsı, kötü ve hayırsız bir evladınız olacağına veya olduğuna işâretir. Fitne görmek, bazen de kötü ve hayırsız bir komşuya da işâret eder, şeklinde tabir olunur.

• Rûyâda fitne görmek, insanın kendi kazandığı malın ve paranın kendisi için bir fitne ve zarar getireceğine işâretle tabir edilen bir uyarı rûyâsıdır, şeklinde tabir olunur.

**FLAMA:** Rûyâda askeri bir flama görmek, yabancı bir memleket iş adamlarıyla iş anlaşması için bir yolculuğa çıkacağınıza işâretle tabir edilir.

**FLÖRT:** Rûyâda biriyle flört ettiğini görmek, âilesiyle aralarının açılacağına işâretle tabir olunur.

**FLÜT:** Rûyâda flüt çaldığınızı veya flüt sesi işittiğinizi görmek, mutlu bir hayatınız olacağına işâret ile, birilerine flüt hediye ettiğinizi görmek, dostlarınızdan birilerine büyük bir iyilik yapacağınıza işâret olarak tabir olunur.

• Bazı yorumculara göre ise, rûyâda flüt çalmak, yaptığınız işlerde hîle yaptığınıza veya adamlarınızın başkalarını aldattıklarına işâretle yorumlanır. Bazen de flüt görmek iyiliğe yorumlanır, şeklinde tabir olunmuştur.

**FOK BALIĞI:** Rûyâsında fok balığı gören kimse, çok zorlu bir düşmanıyla karşı karşıya geleceğine ve iş hayatında bir tehlike ile karşılaşacağına işâretle tabir olunur. Bu düşmanın bazen de akrabalarından olabileceğine de işâretle tabir olunmuştur.

• Rûyâda fok balığının etini yediğinizi görmek, hükümetle olan bir işinizin *(davanızın)* sizin iyiliğinize olarak sonuçlanacağına işârettir.

**FOLLUK:** Rûyâda folluktan yumurtaları veya yumurta aldığınızı görmek, bir dedikodu ile karşılaşacağınıza işâretle tabir olunur.

**FORMA:** Rûyâda forma görmek, azim ve mücâdeleye işâret olarak tabir olunur.

• Rûyâda üzerinde bir forma olduğunu görmek, görevli bulunduğu işlerde azîm ve gayret göstermek suretiyle rakiblerinden üstün geleceğinize işârettir.

**FOSFOR:** Rûyâda fosfor görmek, düşünce ve planınızda yenilik yaparak, mükemmel bir hayat, yeni bir hayata başlayacağınıza bol para kazanıp kısmetlerinizin açılacağına işâretle tabir olunur.

**FOTOĞRAF:** Rûyâda kendi fotoğrafını gören kimsenin bu rûyâsı ölümünün yaklaştığına işârettir.

• Rûyâda kendi fotoğrafını çektirdiğini görmek, tehlikeli bir yolculukla tabir olunur.

• Fotoğraf makinesi görmek, bir dalganın gelip geçtiği gibi, dünya görüşünüzün veya dînî bir değişiklik göstereceğinize işâretle tabir olunur.

**FRAK:** Rûyânızda frak giydiğinizi görmeniz, bulunduğunuz yerde yükseleceğinize, rütbenizin artacağına işârettir.

• Bazı yorumculara göre de, rûyâsında frak giydiğini gören kimse, bazı boş vehimlere *(kuruntulara)* kapılıp itibarını kaybedeceğine işârettir.

**FRANCALA:** Rûyânızda bir francala ekmek yediğinizi görmek, rızkınızın, kazancınızın artacağına ve dostlarınız arasında saygınlık göreceğinize ve itibarlı olacağınıza işâretle tabir edilir.

**FUAR:** Rûyâda bir fuarı gezdiğinizi görmek, kısmetinizin açılacağına işâret olup bundan böyle işlerinizin çok yolunda ve kazançlı bir şekilde güzel güzel yolunda gideceğine işâretle tabir olunur.

**FURKAN SÛRESİ:** Rûyâsında Furkan Sûresini okuyan veya dinleyen kimse, kendisini dîne verir ve başını secdeden kaldırmaz ve günah olan şeylerden ve günah işlemekten kendisini son derece korur ve korumaya devam eder, şeklinde tabir olunur.

**FUSSİLET SÛRESİ:** Rûyâsında Fussilet sûresini okuyan ve dinleyen kimse, yüce Rabbine yakın olur, gizli ve açık olarak güzel güzel amel *(işler)* işlemeye devam eder, insanları da hakka ve doğru yola çağırır, şeklinde tabir olunur.

**FUTBOL:** Rûyâda futbol oynadığınızı görmek veya futbol maçı seyrettiğinizi görmek, yüksekten atan, palavra sıkan bir arkadaşınız veya dostunuzla yola çıkarak toplumdan uzaklaşacağınıza işârettir, şeklinde tabir olunur.

• Rûyâda futbol oynamak veya seyretmek, zor bir sınava girmek veya iş hayatında zorlu rakiblerle mücâdele etmek zorunda kalacağınıza işâretle tabir olunur.

**FÜZE:** Rûyâsında füze görmek, hayatı boyunca hayallerinden kurtulamıyacağına, istek ve dileklerine kavuşamıyacağına işâretle yorumlanır.

• Bazı yorumculara göre de bu rûyâ tersiyle yorumlanır. Rûyâda gök yüzüne bir füze atıldığını görmek, beklemediğiniz bir başarıya ulaşıp, bütün arzu ve dileklerinizin gerçekleşeceğine işârettir.

# G

**GADAB:** Rûyânızda kendinizi gadablı *(öfkeli, kızmış)* görmek, hapse girmek veya birinden iyilik göreceğinize işârettir, şeklinde tabir olunur.

• Rûyâda gadablandığını gören kimsenin bu kızgınlığı *(gadabı)* iyilik için, iyiliğe dayanan bir kızgınlık ise, iyi bir rûyâdır. Çünkü bu rûyâsı, rûyâyı gören kimsenin gücünün ve itibarının *(saygınlığının)* artacağına yorumlanır.

**GADDAR:** Rûyânızda kendinizin gaddar ***(katı kalbli, merhametsiz)*** olduğunuzu görmek veya gaddar olarak tanıdığınız birini görmek, o kimseden iyilik göreceğinize işâret şeklinde yorumlanır.

**GAGA:** Rûyâda kuş gagası görmek, yolculuğa çıkacağınıza işâretle yorumlanır.

• Rûyâda gaga görmek, bazen de çok konuşan bir kimseye ***(gevezelik eden boş boğaz kimseye)*** işâret şeklinde tabir olunur. Çok konuşmak, gevezelik iyi bir nitelik değildir. bu rûyâ bir uyarı özelliğindedir.

• Rûyâda kuş gagası görmek, bazen de dilek ve muradın gerçekleşeceğine işâretle yorumlanır.

**GALİBİYET:** Rûyânızda galib geldiğinizi görmek, sevineceğinize ve üzüntü ve kederden kurtulacağınıza işâretle tabir olunur.

**GAM:** Rûyâsında kendisini gamlı *(kederli)* bir durumda gören kimse, alacağı bir haberle sevineceğine ve sakin huzurlu bir hayata kavuşacağına işârettir.

• Bazı yorumculara *(tabircilere)* göre ise, kendisini rûyâda gamlı *(kederli-üzüntülü)* gören kimse, büyük bir hata ve günah işleyip ondan pişmanlık duyacağına işârettir, şeklinde tabir olunur.

• Rûyâsında gamının *(keder ve üzüntüsünün)* geçtiğini *(gittiğini)* gören kimse, günah ve hatalarından tevbe edeceğine işâret, şeklinde tabir olunur.

**GAMZE:** Rûyâda gamzeli birini görmek, işlerinin yolunda gideceğiyle yorumlanır. Memur görse, terfi edeceğine işâret, talebe görse, iyi bir not alacağına işârettir, şeklinde yorumlanır.

**GANGSTER:** Rûyâda gangster *(anaşist)* görmek, geleceğinin iyiye gideceğinin yorumudur.

**GANİMET:** Rûyâsında eline ganimet malı ***(düşmanla savaşlarda düşmandan elde edilen maldan)*** geçtiğini gören kimse, rahat bir rızka ve sevineceği bir bolluk ve berekete işâretle tabir olunur.

**GAR:** Rûyâsında tren garı gören kimse, bir yolculuğa çıkacağına işârettir. Bazen de gar görmek, ayrılığa işârettir. Gar görmek, haber almakla da tabir olunur.

**GARAJ:** Rûyâda garaj görmek, yolculuğa çıkmaya veya beklenmedik bir haber alınacağına işâretle yorumlanır. Garaj görmek, yolcu veya misafir geleceğine de işâret olarak yorumlanır.

**GARDİYAN:** Rûyâsında gardiyan görmek, sıkıntıya işâretle tabir olunur. Gardiyanların kendisini bir hücreye kapattığını görmek, rûyâyı gören kimsenin maddi ve manevi zarara uğrayacağına işâretir.

• Rûyâda gardiyan görmek, bazen de zalim bir kocaya veya huysuz bir kadına da işâretir.

**GARDROP:** Rûyâsında gardrop görmek, evini başka bir yere taşıyacağına işâret eder.

• Gardrop görmek, bazen de rûyâyı gören kimsenin evine, hanımına ve dükkanına da işâret eder, şeklinde tabir edilir.

• Rûyâda gardrop görmek, bekâr kimse için evlenmeye işâret, fakir bir kimse görürse, fakirlikten kurtulup zenginliğe kavuşacağına işârettir.

**GARNİZON:** Rûyâsında bir askeri garnizonda bulunduğunu görmek, çok önemli bir haber alınacağına işâret olarak yorumlanır.

• Garnizon görmek rûyâsı, bazen de selâmet ve emniyet içinde bulunmaya işâret olarak tabir olunur.

**GARSON:** Rûyâda garson görmek, garsonun görünüşüne göre tabir edilir. Yüzü ekşi bir garson gören kimse, korkulu bir haber alır, şeklinde yorumlanır. Geveze bir garson gören kimse, üzüntü, keder ve fakirliğe düşer, şeklinde tabir olunur.

**GAYDA:** Rûyâsında gayda çaldığını gören kimsenin, işlernin yolunda gideceğine işâretle yorumlanır.

**GAZ YAĞI:** Rûyâsında gaz yağı gören kimse, yakın bir zamanda hastalanır, şeklinde tabir olunur.

• Rûyâsında gazın yandığını görmek, salgın bir hastalığa yakalanacağına işâret olarak yorumlanır.

**GAZETE:** Rûyâda gazete görmek, genellikle haber alınacak şeklinde yorumlanır.

• Rûyâsında gazete okuduğunu gören kimse, uzak bir arkadaşından haber alacağına yorulur.

• Rûyâsında bir gazete aldığını görüp okumadan bir yere koyduğunu gören kimse, kötü bir söz işiteceği ile tabir olunur.

**GAZİNO:** Rûyâsında bir gazino gören kimsenin, sıkıntıya düşeceğine işâretle tabir edilir.

**GEBELİK:** Rûyâda gebelik gören kimse, erkek olsun, kadın olsun, dünyaca olan, dünya ile ilgili fazlalığa işâret ile tabir olunur.

• Rûyâda gebe *(hamile)* olan bir kadın görmek, üzüntü ve kedere işâret veya gizli olan bir takım işlere işârettir, şeklinde tabir olunur.

• Dul bir kadın veya genç bir kız, rûyâsında gebe *(hamile)* olduğunu görse, bu onların evleneceğine işârettir.

• Rûyâda gebelik ile ilgili rûyâlar, gerek kadın, gerekse erkek için hayırla iyiye yorumlanır.

• Rûyâsında hamile *(gebe)* olduğunu gören kimsenin mal ve dünyasındaki şeylerin ziyâdeliğine *(fazlalığına)* işâret olarak yorumlanır.

**GECE:** Rûyâda görülen gece, işsizliğe ve boş gezmeye işâret ile tabir edilir.

• Bir kimse rûyâsında vaktin tamam gece olduğunu görmesi, rûyâyı gören bu kimsenin geçim sıkıntısı çektiğine işâret olarak yorumlanır.

• Rûyâda karanlık bir gecede olduğunu gören kimsenin, bu rûyâsı, üzüntü ve kedere işârettir.

• Rûyâsında mehtablı, aydınlık ve yıldızlı bir gecede olduğunu görmek, ferahlık ve sevince, bolluk ve berekete işâret olarak tabir olunur.

• Rûyâsında bir kimse, içinde bulunduğu karanlığın birdenbire aydınlandığını görmesi, gam ve kederden, üzüntü ve sıkıntıdan kurtuluşuna işârettir.

**GECELİK:** Rûyâsında gecelik görmek, ferahlık ve sevince işâret olup bekâr kimseler için de evliliğe işâret olarak tabir olunur.

**GELİN:** Rûyâda görülen gelin rûyâsı, genellikle iyiye ve hayra yorulur. Gelin görmek, kısmet ve şans demektir şeklinde yorumlanır.

• Rûyâsında bir kimse, gelinin koluna girip onunla beraber yürüdüğünü gören kimsenin, bu rûyâsı, eline bol para ve çok mal geçeceğine işârettir.

• Rûyâsında kendisinin gelin olduğunu gören bir kız, pek yakında büyük bir kısmeti çıkacağına işârettir.

**GELİNCİK:** Rûyâda gelincik çiçeği toplamak bütün dileklerinizin yerine geleceğine işârettir. Vaktinde toplanmamışsa, bir zaman sıkıntıya düşeceğinize işârettir, şeklinde tabir edilir.

**GEM:** Rûyânızda gem görmeniz, işlerinizde güçlü olacağınıza işârettir, şeklinde yorumlanır.

• Rûyâda gem görmek, bazen de şan ve şerefinizin *(saygınlığınızın)* artacağına işâret ile tabir olunur.

• Rûyâsında atının geminin kesildiğini ve koptuğunu gören kimsenin atının bakıcısı olan seyisi ölür, şeklinde tabir olunur.

• Rûyâsında bir kimse, kendisine gem vurulduğunu görse, rûyâyı gören kimse, günah işlemekten men edileceğine veya oruç tutacağına işârettir.

**GEMİ:** Rûyâda gemi görmek, çok çeşitli şekilde, durum ve harekete göre yorumlanır.

• Rûyâda gemi görmek, bazen üzüntü ve kedere, sıkıntılara, bazen hastalık, ölüm ile, bazen darlık içinde ve kıtlık, yokluk içinde bulunanların kurtuluşuna işâret ile tabir edilir.

• Rûyâsında bir gemiye bindiğini gören kimse, hidâyete erer, doğru yola girer, hata ve kusurları affedilir, ferah ve servete erer, şeklinde tabir olunur.

• Rûyâsında geminin karaya oturduğunu görmek, rûyâyı gören kimsenin keder ve sıkıntıya düşeceğine işâretle tabir edilir.

• Rûyâsında geminin battığını görüp eşyasını kurtardığını gören kimsenin malının telef olup zarar edeceğine işâret ile tabir olunur.

• Rûyâsında bir gemiye binmiş, üzerinde gittiğini ve deniz yolculuğunda olduğunu gören kimse, rahata erecek veya yolculuğa çıkacağı ve sevince ereceğine işâret, şeklinde yorumlanır.

• Rûyâsında kendisini bir gemi içinde oturduğunu görmek, rûyâyı gören kimsenin keder ve sıkıntıya düşeceğine işârettir şeklinde tabir edilir.

• Rûyâsında bir geminin yandığını gören kimse, büyük bir üzüntü ve kedere düşer, şeklinde tabir edilir.

• Rûyâsında bir kimse geminin parçalandığını görse, bu rûyâ, rûyâyı gören kimsenin, annesinin vefat edeceğine *(yani öleceğine)* işâretle yorumlanır.

• Rûyâsında bekâr olan bir kimse, bir gemi satın aldığını görse, bu rûyâ, rûyâyı gören kimsenin evleneceğine işârettir, diye tabir edilir.

• Rûyâda gemi görmek, bazen ümide, bazen de korkuya işâretle tabir olunur.

• Rûyâsında bir kimse, havada giden bir gemiye bindiğni görse, bu rûyâ, gören kimsenin öleceğine *(yani ölümüne)* işâretle yorumlanır.

**GENÇ ADAM:** Rûyâda genç bir adam görmek, düşmanlığa işârettir.Yani, rûyâda görülen genç bir adam kişinin düşmanına işâretle yorumlanır.

• Rûyâda görülen bu genç adam beyaz olursa, gizli düşmana işârettir. Esmer olursa, zengin bir düşmana işârettir. Kırmızı olursa, yaşlı bir düşmana işârettir. Gördüğü genç adam köylü olursa, kaba ve hoyrat bir düşman ile tabir olunur. Rûyâda gördüğü genç adam, güçlü ve tanımadığı birisi ise, güçlü ve çetin düşmanlar olduğuna işârettir diye yorumlanır.

• Rûyâda gördüğü genç adamın ihtiyaç sahibi *(yani fakir)* biri olduğunu görmek, rûyâyı görenin fakirleşeceğine veya zayıflayağına işârettir.

**GENÇ KADIN:** Rûyâsında genç bir kadın görmek, ne şekilde görülürse görülsün, kadınlar için yine kadın cinsinden bir düşman şeklinde tabir olunur.

• Rûyâda tanımadığı bir genç kadın görmek, tanıdığı bir genç kadın görmekten daha hayırlı, daha iyiye yorulur.

• Rûyâsında zayıf bir genç kadın gören kimse, üzüntü ve kedere düşeceği gibi, fakirliğe de düşer şeklinde tabir olunur.

• Rûyâsında gördüğü genç bir kadının ihtiyarlığa dönüştüğünü görmek, dinin güzelliğine ermekle, din yönünden iyiliğe işârettir, şeklinde tabir olunur.

• Rûyâsında genç bir kadın *(genç kız)* görmek, ve bu genç kadınla dostluk kurduğunu görmek, sağlığınızın çok iyi olacağına, ferah bir hayat ile temiz ve mutlu günlerin sizi beklediğine işârettir.

**GERDANLIK:** Rûyânızda gerdanlık görmek, güzel bir süprizle karşılaşacağınıza işâret ile tabir olunur.

• Rûyâsında boynundaki gerdanlığın çözüldüğünü görmek, verilmiş olan sözden dönüleceğine işâret, sözleşmeyi bozmakla tabir olunur.

• Rûyâda altın ve incilerle süslenmiş gerdanlık görmek, rûyâyı gören kimsenin islâma hizmeti, dîne hizmet edeceğine işâretle yorumlanır.

• Rûyâsında bir erkek boynunda gerdanlık görse, temiz ve güzel olan iyi bir kadınla evleneceğine işâretle tabir olunur.

• Rûyâsında bir kadın boynunda bir gerdanlık olduğunu görse, bu rûyâ, onun kocasının kendisine *(yani hanımına)* her hususta güvendiğine ve mal sahibi olacağına işârettir diye tabir olunur.

**GERGEDAN:** Rûyâda görülen gergedan rûyâsı iyiye yorulmaz. Böyle görülen rûyâ iyi değildir.

• Rûyâda gergedan görmek, kaba sert tabiatlı adamla karşılaşacağınıza işâretle yorumlanır.

**GERGEF:** Rûyâda gergef görmek, başınızdan bir evlilik geçeceğine veya işinizden âni bir kararla ayrılacağınıza işâretle tabir edilir.

**GEYİK:** Rûyâda bir geyik kestiğinizi görmek, evleneceğinize işârettir, şeklinde yorumlanır.

• Rûyâda geyik görmek, düşmanlarınıza gâlib geleceğinize işârettir, diye tabir olunur.

• Rûyâsında geyik taşladığını görmek, hanımını boşayacağına hanımından ayrılacağına işârettir.

• Rûyâsında geyiğin bağırdığını görmek, güzel bir kız evladı olacağına veya güzel bir hizmetçi alacağına işârettir, şeklinde yorumlanır.

• Bazen de rûyâda geyik görmek, eline para geleceğine işârettir. Geyik avladığını görmek, çok hayırlı bir işe kavuşacağına işâretle tabir olunur.

**GEZİNTİ:** Rûyâda gezindiğini görmek, çok kazancı olan bir iş elde edeceğinize yorulur.

• Rûyânızda yalnız başınıza gezinti yaptığınızı görmek, yabancı bir memlekette başarıya ulaşacağınıza işâret şeklinde tabir olunur.

**GIYBET ETMEK:** Rûyâsında bir kimsenin arkasından gıybet ettiğini ***(arkasından çekiştirdiğini, dedikodusunu ettiğini)*** görmek, bütün iyiliklerini boşa giderdiğine işârettir, şeklinde tabir olunur.

• Rûyâsında bir kimse, başka bir kimsenin fakirliği ile ilgili gıybetini *(dedikodusunu)* ettiğini görse, rûyâyı gören kimsenin bu rûyâsı, kendisinin fakirliğe düşeceğine işâretle tabir olunur.

Yani rûyâsında gıybet eden kimsenin ettiği gıybetin zararı döner dolaşır rûyâyı gören kimseye gelir, şeklinde tabir olunmaktadır. Bunu bilen bir kimse böyle bir rûyâ görünce kendi durumunu incelemeye almalıdır. Aksi halde kendisi bundan çok çok zarar görecektir, şeklinde bir uyarı rûyâsı görmüştür.

**GİŞE:** Rûyâsında bir gişeden para aldığını görmek, elinden bir miktar para çıkacağına işâret eder şeklinde yorumlanır.

• Rûyâsında bir gişeden bilet aldığını gören kimse, bir yolculuğa çıkar şeklinde yorumlanır.

**GİYMEK:** Rûyâda giymek ile görülen rûyâlar çeşitli şeklinde tabir olunur.

• Rûyâda elbise giydiğini görmek, bir çeşit sır ve gizlilik anlatır. Sırları *(gizlediği şeyler)* iyi ve hayırlı yönde olursa, görülen rûyâ hayırlıdır, iyidir. Gizlediği sırlar kötü ise, rûyâsı da kötüdür, iyiye yorulmaz.

• Rûyâsında altı üst, üstü alt olarak ters giydiğini görenini bu rûyâsı, iyi değildir. Bu rûyâ, rûyâyı gören kimseye bir belâ veya bir felaket geleceğine işârettir.

• Rûyâsında yeni bir elbise giydiğini görmek, iyidir. Bu rûyâ hayra ve iyiliğe işâret olarak yorumlanır.

• Bekâr bir kız, rûyâsında erkek elbisesi giydiğini görse, o kızın pek yakında evleneceğine işârettir.

• Rûyâsında düğmeli elbise giydiğini görmek, bekârlar için evleneceklerine işâret ile tabir olunur.

**GİZLENMEK:** Rûyâsında bir eve gizlendiğini görmek, birilerine başsağlığı dilemek veya bir kız çocuğu olacağına işâretle tabir edilir.

• Bir dağda gizlendiğini görmek, iyi bir kimseye dayanıp güveneceğinize işârettir

**GOCUK:** Rûyânızda bir gocuk alarak giydiğinizi görmek, bazı kimselerin sizin malınızda veya işinizde gözü var demektir, şeklinde yorumlanır.

**GONCA:** Rûyâsında bir gül goncası veya bir çiçek goncası görmek, sevab olan bir iş yapacağınıza ve bu hareketinizle halk arasında saygın bir kişi olacağınıza işâretle yorumlanır.

• Rûyânızda bir goncayı yakanıza taktığınızı görmek, dilek ve muradınıza ereceğinize işârettir diye yorumlanır. Goncayı koklamanız ise, bir tanıdığınız tarafından işlerinizde yardım göreceğinize işârettir.

**GONDOL:** Rûyânızda gondol ismi verilen bir gemiye bindiğinizi görmek, pek yakında bir geziye çıkacağınıza işârettir.

**GORİL:** Rûyânızda goril görmek, yeni bir iş hayatına atılacağınıza ve başarılı olacağınıza işârettir.

**GÖBEK:** Rûyâda görülen göbek, sevince ve gizli olan şeylere işâret olarak yorumlanır.

• Rûyâda göbeğinin büyüdüğünü görmek, âile hayatında mutluluğa ereceğine işârettir.

• Rûyânızda göbeğinizin küçülmüş olduğunu görmek, âile hayatınızda geçimsizlik olacağına işârettir.

• Göbekte görülen iyi ve güzellikler, iyiye ve hayra, kötülük ve çirkinlikler de kötüye ve şerre yorulur.

**GÖĞE ÇIKMAK:** Rûyâda göğe çıkıp indiğini gören kimse, hayatta bir çok güçlüklerle karşılaşacağına işârettir, şeklinde tabir olunur.

• Rûyâda göğe çıktığını ve gökyüzünün kapılarının açıldığını gören kimsenin bu rûyâsı, zengin olacağına işâretle tabir olunur.

• Rûyâda göğe çıkmak, yükselmek, iyiye ve işinde yükseleceğine işârettir. Gökten aşağıya inmek ise, aşağılık ve hakaret göreceğine işârettir.

**GÖĞÜS:** Rûyâda görülen göğüs darlığı sapıklıktır. Çünkü göğü, ferahlık, sevinç, genişlik, huzûrevi olduğu gibi, keder ve üzüntü, tasa ve sıkıntı evidir de. Bu niteliklerin mahalli ve yeri göğüstür.

• Bunun için bir kimse, rûyâsında göğsünün geniş olduğunu görse, sevinç ve feraha erer. Göğsünün daraldığını, dar olduğunu görse, o kimseye üzüntü ve keder, sıkıntı ve tasa erişir, şeklinde yorumlanır.

• Bazı yorumculara göre, göğsün daraldığını görmek, cimriliğe işâret, göğsün genişlediğini görmek ise, cömertliğe işâret olarak tabir edilir.

**GÖK GÜRÜLTÜSÜ:** Rûyâda yağmursuz *(kuru)* gök gürlemesi görmek, korkuya işâret olarak yorumlanır. Bazen de gök gürlemesi, hayırlı işlere işârettir.

• Rûyâsında gök gürlemesi, borçlu olan kimse için, borcunu ödeyeceğine işâret olarak yorumlanır.

• Yağmurla birlikte gök gürlemesi, bolluk ve bereket ucuzluğa işârettir, şeklinde yorumlanır.

**GÖKKUŞAĞI:** Rûyâda gökkuşağı görmek, çeşitli şekillerde değişik değişik yorumlanır.

• Rûyâsında kırmızı gökkuşağı görmek, iyi değildir. Bu rûyâ, savaş gibi, yangın gibi, kan dökülmek gibi olumsuz işâretlerle tabir olunur.

• Yeşil gökkuşağı görmek ise, bolluk ve bereket, geçimde genişlik, selâmet ve emniyet gibi olumlu ve istenilen ve iyilik getiren şeylere yorulur.

• Rûyâda sarı gökkuşağı görmek, hastalık geleceğine, hastalık ile tabir olunur.

• Rûyâda parlak ve aydınlık veren gökkuşağı görmek ise, hayırlı bir nimetin, ferahlık veren mutluluğun işâreti olarak tabir olunur.

• Rûyâda görülen bulutlu gökkuşağı ise, kötülük, bozgunculuk ve rahatsızlık gibi, sevilmeyen ve istenmeyen olumsuzlukların işâreti olarak tabir olunur.

• Rûyâda görülen siyah gökkuşağı ise, kıtlık ve yoksulluk, muhtaçlık ve fakirlik gibi istenmeyen şeylerin işâreti olarak yorumlanır.

**GÖL:** Rûyâsında bir göle girdiğini gören kimse, hîle ve dalavere ile kendisine bir tuzak kurularak aldatılır, şeklinde yorumlanır.

• Rûyâda görülen küçük göl, zengin bir kadınla tabir edilir. Bazı yorumculara göre, rûyâda göl görmek, geçinmeyi seven, zengin *(servet sahibi)* bir kadınla tabir olunur.

**GÖLGE:** Rûyâda gölge görmek, çeşitli şekilde tabir olunur. Rûyâda görülen gölge, hayal, rahatlık, dünya halleri, hidâyete erme, tevbe etmek, dinde Allâh'a yakınlık gibi durumlarla yorumlanır.

• Rûyâda insan gölgesi görmek, dünyaya ve dünyayın değişmesine ve dünyadaki bulunanların hallerinin çeşit çeşit olmasına işâret eder.

• Rûyâda görülen gölge, tevbe edileceğine ve hidâyete ereceğine, işâret olarak yorumlanır.

• Rûyâda görülen gölge, yaz gününde olursa, rahatlık ve menfaat elde etmek veya himâyesine girilecek *(sığınılacak)*, şöhreti ve rütbesi bulunan büyük bir adamla, adama işâret olarak yorumlanır.

• Rûyâda kış gününde görülen gölge ise, üzüntü, keder veya doğru yoldan sapmış güvenilmeyen kimseye işâret eder, şeklinde yorumlanır.

• Rûyâda görülen ağaç gölgesi olursa, rahatlık ve kolaylık ile karşılaşılacağına işâretle yorumlanır.

• Rûyâsında gölgede oturduğunu görmek, iyi bir kimseden iyilik ve yardım görüleceğine işârettir.

**GÖMLEK:** Rûyâda gömlek görmek, iyidir, din ve dünya işlerinin iyi olacağına ve yolunda gideceğine işâret olarak yorumlanır.

• Rûyâda temiz beyaz gömlek görmek, refah ve mutluluğa işâret olarak yorumlanır. Kirli ve buruşuk gömlek görmek ise, kötü huylar ve istenmeyen durumlara işâret olarak yorumlanır. Temiz ve ütülediği bir gömleği dolabına astığını görmek, sıkıntılardan kurtulacağına işârettir.

**GÖZ:** Rûyâda görülen göz, çok çeşitli olarak yorumlanır. Gözün görünüş durumuna göre yorumu yapılır.

• Rûyâda görülen göz rûyâsı bazen sevince ve mutluluğa işâret olarak yorumlanır.

• Bazı yorumculara göre, siyah göz görmek, sıkıntı ve kedere, mavi göz, dostluğa arkadaşlığa, görülen kahverengi göz, sevimli bir yaklaşma, yeşil göz, sevgi ve mehabbete, gri göz, kıskançlığa işârettir. Şeklinde yorumlanır, demişlerdir.

• Rûyâda görülen göz, sağ göz olursa, bu rûyâ erkek evlâd ile tabir olunur. Rûyâda sol göz görmek, kız evlâd ile tabir olunur.

• Rûyâsında tek gözlü bir adam görmek, iyiye ve hayra yorulmamıştır. Çünkü iblis tek gözlüdür. *"Kör şeytan"* deyimi buradan gelir. Deccal da böyledir. O da tek gözlüdür.

• Rûyâsında gözlerinde hastalık olduğunu gören kimse, eğer zengin ise, malının bir kısmı elinden gider, gideceğine yorumlanır. Başka bir yoruma göre ise, bu rûyâyı gören kimse hastalanır, diye yorumlamışlardır.

**GÖZ AĞRISI:** Rûyâda görülen göz ağrısı iyiye yorulmaz. Rûyâda gözünün ağrıdığını görmek iyi bir rûyâ değildir. Göz ağrısı rûyâları, geçim darlığına, işlerinde zorlukla karşılaşmaya, unutkanlığa ve dininden eksikliğe gibi şeylerle yorumlanır.

• Rûyâsında gözünün ağrıdığını gören kimse, evlâdından gelecek bir üzüntü ve sıkıntıya düşer, şeklinde tabir olunur.

**GÖZ DOKTORU:** Rûyâda göz doktoru görmek, eğer hastasından para almıyorsa, bu rûyâ ilme teşvik eden ve işlerin neticesini düşünen, mükemmel bir insan olduğuna işâretle tabir edilir. Şayet hastadan para alıyorsa aksiyle tabir edilir.

**GÖZLÜK:** Rûyâda gözlük görmek, bazen evlenmeye işâret olarak yorumlanır.

• Bazen de rûyâda gözlük görmek, uzaktan gelecek veya uzaktan gelen bir habere işârettir.

**GÖZ YAŞI:** Rûyâsında ağladığını ve göz yaşı döktüğünü gören kimse, sevinçli bir haber alır, alacağına işâret olarak tabir olunur.

• Rûyâsında gördüğü göz yaşı soğuk ise, ferahlık ve sevinç ile tabir olunur. Eğer sıcak gözyaşı ise, üzüntü ve kedere düşeceğinize işârettir.

• Rûyâda görülen göz yaşı bazen ferahlık ve sevince, bazen de keder ve sıkıntı ile tabir olunur.

• Soğuk göz yaşı görmek, sevince işârettir.

• Sıcak göz yaşı görmek, kedere işârettir.

• Gözlerin sulanması fakat yaşların dışa çıkıp akmamasını görmek, elinize mal-mülk geçeceğine ve sevince kavuşacağınıza işâretle tabir olunur.

• Rûyâda ağlamaktan gözlerinizden yaş akmasını, yaş aktığını görmek, dilek ve muradınıza kavuşacağınıza işâretle yorumlanır.

**GRAMAFON:** Rûyâda gramafon dinlediğinizi görmek, bir çok işlere girişeceğinize, fakat bunlardan ancak birinde başarılı olacağınıza işârettir.

**GREV:** Rûyânızda herhangi bir topluluğun grev yaptıklarını görmeniz, sizin de büyük bir zarar ve tehlikeye muhatap olacağınıza işârettir.

**GRİP OLMAK:** Rûyânızda kendinizin grip olduğunu görmeniz, borçlu olduğunuz alacaklı kimsenin pek kısa zamanda kapınızı çalacağına işâret olarak tabir olunur.

**GURBET:** Rûyâda gurbete çıktığınızı görmek, para ve mal elde edeceğinize işâretle yorumlanır. Bazı yorumculara göre ise, rûyâda gurbete çıktığını görmek, sevdikleriyle bir araya gelmeye işârettir.

• Gurbete çıktığını görmek, bir şehirden diğer bir şehre gitmeye de işârettir, demişlerdir. Gurbete çıktığını görmek, yalnız kalacağına da işârettir.

**GUSÜL:** Rûyânızda gusül abdesti aldığınızı görmeniz, kusur ve hatalarınızdan dolayı tevbe edeceğinize ve işlerinizin yolunda gideceğine işârettir, şeklinde tabir olunur.

• Kışın soğuk su ile gusül *(boy)* abdesti aldığınızı görmek, kedere, üzüntü ve hastalığa düşeceğinize işâretle tabir olunur. Kışın sıcak su ile gusül abdesti almak ise bunun tersinedir.Yani üzüntüden kurtulmaya, kâr eden bir ticârete ve şifâya-sıhhatli olmaya işâret olarak tabir olunur.

• Rûyâda gusül abdesti alma, bazen de endişeden kurtulmaya, borcunuz varsa onu ödemeye işâret ile tabir olunur.

• Rûyâsında bayram namazı için guslettiğini gören kimse, bekâr ise, evleneceğine işârettir.

**GÜBRE:** Rûyâda gübre ***(hayvan pisliği)*** görmek, mal sahibi olmaya, menfaat elde etmeye ve güçlü olmaya işârettir şeklinde tabir olunur.

• Rûyâsında sığır gübresi gören bir zirâatçı,hayra ve iyiliklere kavuşur, şeklinde tabir olunur.

• Rûyâsında bir gübre yığını üzerine oturduğunu gören kimsenin bu rûyâsı, akrabasından mal miras kalacağına işâretle tabir olunur.

**GÜĞÜM:** Rûyâda güğüm görmek, çalışkan ve hamarat bir eş *(hanım)* veya hizmetçi ile tabir olunur.

• Rûyâsında elindeki güğümünü çeşmeden veya ırmaktan doldurduğunu gören kimsenin eline bol para geleceğine işâret ile tabir olunur.

• Rûyâsında dolu bir güğüm görmek, tembel bir hizmetçiye işâret eder, şeklinde tabir olunur.

**GÜL:** Rûyâda gül görmek, görülen gülun ve gören kimsenin durumuna göre bir çok şekilde tabir edilir.

• Rûyâsında gül topladığını görmek, ferah ve sevinç ile tabir olunur. Yani gül toplayan rûyâ sahibi kimse, hayır ve iyiliklerle karşılaşır, çevresindekilerin sevgisine erer ve nîmetlere kavuşur şeklinde tabir olunur rûyâsı.

• Rûyâsında bir gül koparıp aldığını gören kimse, dilek ve muradına kavuşur ve bekâr ise evlenir, şeklinde yorumlanır.

• Ağaçta gül görmek, evlada işâret , koparılmış gül görmek ise, kedere düşüleceğine işârettir.

• Rûyâda gül görmek, bazen iyi bir isimle anılmaya işâret ile tabir olunur.

• Rûyâda gül goncası kopardığını görmek, çocuk düşürmekle tabir olunur.

**GÜL AĞACI:** Rûyâda gül ağacı görmek, iyilik yapan bir kimseye işâret veya söylediğini yapmayan kimse ile tabir olunur.

• Rûyâsında gül ağacını kestiğini gören kimse, üzüntü ve kedere düşer, şeklinde tabir olunur.

**GÜL SUYU:** Rûyâsında gül suyu gören kimse, helâl bir kazanç elde eder ve ölüm döşeğinde yatan bir hasta varsa o dahi şifâ bulup iyileşir veya iyileşeceğine işâret olarak yorumlanır.

• Bazen de rûyâda gül suyu görmek, bekâr kimseler için, erkek olsun, kadın olsun tabir aynıdır, evlenmeye işârettir diye tabir olunur.

**GÜL SUYU ŞİŞESİ:** Rûyânızda gül suyu şişesi görmeniz, bir yardımcıya *(hizmetçi)* veya çalışkan hanıma sahib olacağınıza işârettir.

**GÜL YAĞI:** Rûyâsında gül yağı görmek, zekâ çokluğu, temiz ve saf akıl ile tabir olunur.

• Bazen de gül yağı görmek, hacca gitmeye *(hacılığa)* işâret ile tabir olunur.

**GÜLLAÇ:** Rûyâda güllaç aldığını ve yediğini görmek, ev halkının sevincine işâret şeklinde tabir edilir.

• Bekâr ise güllaç gören kimse, evleneceğine işâret ile de yorumlanır.

**GÜLLE:** Rûyâda top güllesi görmek, yolculuğa çıkacağınıza ve bir yerden diğer bir yere nakledeceğinize işâret ile de tabir edilir.

**GÜLMEK:** Rûyâda güldüğünü görmek, iyi değildir. Gülmek, üzüntü ve kedere işârettir. Rûyâsında güldüğünü gören kimse, üzüntü ve keder ile karşılaşır, diye tabir olunur.

**GÜMÜŞ:** Rûyâsında külçe ve para halinde gümüş veya gümüşten yapılmış eşyâ gören kimse, ferahlık ve sevince kavuşur, şeklinde tabir olunur.

• Rûyâsında ham ve büyük parça gümüş gören kimse, iyi bir işe *(memuruyete)* ve mala kavuşur şeklinde tabir olunur.

• Halis ve saf gümüş gören kimse, iyi bir hanıma, yeteri kadar mala ve iyi bir işe *(memuriyete)* kavuşacağına işâretle tabir olunur.

• Gümüş gerdanlık taktığını görmek, büyük bir memuriyete veya vali olmak ile tabir olunur.

• Kırık gümüş görmek, iyi değildir, Yalan haber veya düşmanlık ile de tabir olunur.

• Rûyâsında gümüş erittiğini gören kimse, hanımı ile kavga ve münakaşa ederek halkın *(komşuların)* dili ne düşer, düşeceklerine işâretle tabir edilir.

• Rûyâsında çok gümüş bulduğunu gören kimse, çok servete kavuşur ve zengin olur, olacağına işarettir.

• Rûyâsında gümüş para gören kimse, güzel bir söz işiteceğine ve para eline geçeceğine işârettir.

**GÜNEŞ:** Rûyâda güneşi görmek, görülen duruma göre bir çok şekilde yorumlanmıştır.

• Rûyâsında bir kimse, güneşin doğudan doğduğunu görürse, dilek ve muradına kavuşur, işleri açılır, ticâretinde kârlı kazançları artar veya boşamış olduğu hanımını tekrar geri alır, şeklinde tabir olunur.

• Rûyâsında güneşin batıdan doğduğunu ve battığını gören kimsenin bu rûyâsı, dışarıda bulunan *(gâib)* kimsenin eve dönmesine veya bir ölüm olacağına veyahut bir habse girme olayının olacağına işârettir diye tabir olunur.

• Rûyâda güneşin eve girdiğini görmek, büyük bir mutluluğa işâret veya seferde, yolculukta dışarıda bulunan ev sahibinin eve gelmesi, eve dönmesine işâret olarak tabir edilir.

• Rûyâsında kendi evinden güneşin doğduğunu gören kimse, kendi akrabasından bir kadınla evleneceğine işâret ile yorumlanır.

• Rûyâda başka bir evden güneşin doğduğunu gören kimse, o evden *(güneşin doğduğu evden)* bir kadınla evleneceğine işârettir.

• Rûyâsında kendisinin güneş olduğunu gören kimse, güneş ışığı nisbetinde *(büyüklük ve genişliğinde)* büyük bir mal-mülke sahib olacağına işâretle yorumlanır.

• Rûyâsında bir kimse, güneş evinin içinde doğup her tarafı aydınlattığını görse, bu rûyâ o kimsenin *(rûyâyı görenin)* büyük şan ve şerefe, makam ve rütbeye ulaşacağına işârettir şeklinde yorumlanır.

• Rûyâsında güneş üzerinde oturduğunu veya güneşe yaklaştığını gören kimse, devlet tarafından verilecek *(gelecek)* mal ve nîmetlere kavuşacağına işârettir şeklinde tabir olunur.

• Rûyâda güneşi yerde kararmış bir halde gören kimse, bulunduğu işinden atılır, üzüntü ve kedere düşer ve hükümette değişiklik olur, olacağına işâretle tabir edilir.

• Rûyâsında güneş ile konuştuğunu gören kimse, şan ve şerefe erer, işinde gücünde çok çok ilerler ve servet sahibi olur, olacağına işâret eder, şeklinde tabir olunur.

• Rûyâsında güneşin buluta girip kaybolduğunu gören kimsenin bu rûyâsı, kendisinin ölümüne, yani rûyâyı gören kimsenin öleceğine, işâretle tabir edilir.

• Rûyâda güneşin ziyasının azalıp, karardığını gören kimse, hastalanır, üzüntü ve kedere düşer, şeklinde tabir edilir.

**GÜNLÜK:** Rûyâsında *(baharattan olan)* günlük yediğini gören kimse, biraz üzüntü ve kedere düşer şeklinde yorumlanır.

**GÜREŞ:** Rûyâda görülen güreş ile ilgili rûyâlar, mücâdele, münakaşa ve karşılıklı konuşma gibi şeylere yorumlanır.

• Rûyânızda kendinizi güreşiyor görmeniz, iş hayatınızda ve âile yaşamınızda büyük bir mücâdele içine gireceğinize işârettir, şeklinde yorumlanır.

• Güreşi kazandığınızı görmeniz, dostlarınız ve arkadaşlarınız arasında itibarınız, saygınlığınız olacağına ve iş hayatınızda da başarılı olacağınıza işârettir. Güreşde yenildiğinizi görmek tersiyle yorumlanır ki, başarısızlık demektir.

**GÜRGEN:** Rûyânızda gürgen *(ağacın)*dan yapılmış bir eşya görmek, çevrenizde sevilen bir kimse olduğunuza işârettir, şeklinde yorumlanır.

**GÜRÜLTÜ:** Rûyâsında bir takım gürültüler işittiğini gören kimse, bir çok dedidoku ile karşılaşacağına işâretle tabir olunur.

• Gürültüyü çıkaran makine cinsinden bir şeyler ise, üzüntü ve sıkıntıya düşeceğinize işârettir.

**GÜVE:** Rûyâda görülen güve, değişik yorumlara tabi tutulmuştur.

• Rûyânızda yemekde güve görmeniz, rahatsızlık çekeceğinize işâretle yorumlanır.

• Rûyâda bir kumaşın üzerinde güve görmeniz, bazı üzüntü ve kederlere karışacağınızla tabir edilir.

• Bastonunuzda güve görmeniz ise, bazı organlarınızdan birinin sakat olmasına işârettir.

• Rûyânızda para çantanızda güve görmeniz, işlerinizin bozuk ve kesat gittiğine ve bu sebebden de fakirleşeceğinize işâretle yorumlanır.

• Rûyânızda elbisenizi veya elbiselerinizi güve yediğini görmek, evinizde veya iş yerinizde adamlarınızdan birilerinin size zarar verdiğini ve hırsızlık yaptıklarına işârettir, diye yorumlanır. Genellikle güve görmek, zarar ve ziyana işârettir, onun için güve görülmesi iyi değildir, hayra yorumlanmaz.

**GÜVERCİN** *(KUMRU):* Rûyâda güvercin *(kumru)* görmek, iyiye yorulur. Güvercin rûyâsı görmek iyidir. Rûyâsında yanına bir güvercinin geldiğini gören kimse, pek yakında sevdiklerinden veya sevdiğinden iyi bir haber alacağına veya pek yakında eline bir para geçeceğine işâretle yorumlanır.

• Rûyâsında güvercine yem verdiğini görmek, iyi değildir. Birilerini aldatmaya çalıştığınıza işâretle yorumlanır.

• Rûyâsında bir güvercinin gelip evinize konduğunu görmek, uzakta bulunan, kaybolan birinin eve dönmesine ve döneceğine işâretle yorumlanır.

• Rûyânızda siyah bir güvercinin gelip başınıza konmasını görmeniz, temiz bir kadınla evleneceğinize veya memurluk gibi bir göreve tayininize işârettir.

**GÜVEY** *(DAMAD):* Rûyâsında kendisinin evlenip güvey *(damad)* olduğunu gören kimse, hayırlı bir işe girip para kazanacağına ve zengin olacağına işârettir.

• Rûyâsında evlenip güvey olduğunu görmek, dilek ve muradına kavuşur diye tabir olunur.

• Rûyâsında çalgılı ve çalgı âletleri ***(tambur ve zurna vesaire gibi)*** bulunan bir yerde *(düğünde)* güveyi görmek *(veya güveyi bulunmak)* o yerde bir kimsenin öleceğine işâretle yorumlanır.

• Rûyâsında kendisinin güvey *(damad)* olduğunu görse, fakat gelinin ortalıkta olmadığını görse *(yani gelini görmese)*, bu durumdan da damadın haberi ve bilgisi olmasa, bu rûyâ, o kimsenin öleceğine işâretle tabir olunur.Eğer gelin ortalıkta olup gelini görürse damad *(güvey)* adayı veya gelinin ismini bilirse, o zaman bu rûyâ, rûyâyı gören kimsenin çok çok zengin olacağına işâret olarak yorumlanır.

**GÜZEL:** Rûyâda çok güzel ve güzellikle ilgili şeyler görmek, kendi etrafınızda bulunanların sizi kıskandığına işârettir. Kendinizin güzel olduğunu görmek, istediğinize sahib olacağınıza işâretle tabir olunur.

# H

**HABER:** Rûyâda iyi bir haber aldığını görmek, sıkı bir arkadaşlığa işârettir. Haberciyi görmek ise, kendisinden himâye *(yardım)* göreceğinize işârettir. Böyle haber ile ilgili rûyâlar hayırla yorumlanır.

**HABİL:** Rûyâsında bir kimse, Habil'i görse, rûyâyı gören bu kimseye hased edilir, kıskanılır, şeklinde tabir olunur. Rûyâda Hazret-i Âdem'in *(A.S.)* oğullarından olan Habil'i görmek, etrafınız tarafından kıskanılacağınıza işârettir. Bazı yorumculara göre ise, Habil'i rûyâsında gören kimsenin öldürüleceğine işârettir.

• Rûyâsında Habil'i görmek, bazen de Allah'a itâat etmeğe işâretle yorumlanmıştır.

• Habil'i rûyâda görmek, hased, kıskançlık ile karşı karşıya kalmak, hased eden düşmanlardan sıkıntı içinde kalmak, onlardan zulüm, haksızlık görmek ve Allah'a itâat etmek, emirlerini yerine getirmek, yasaklarından sakınmak gibi şeylerle tabir edilir.

**HACAMAT:** Rûyâda kan aldırmak veya kan aldırdığını görmek, hayırla ve iyilikle yorumlanır.

**HACC:** Rûyâda görülen hacc ile ilgili rûyâların hepsi de hayırla yorumlanır. Bu rûyâlar hayra işârettir.

• Rûyâda kendisinin hac ettiğini *(hacı olduğunu)* görmek, iyilikle ve hayır ile yorumlanır. Bu rûyâyı gören kimse, bekâr ise, evleneceğine; talebe ise, muradına ereceğine; fakir ise, zengin olacağına işârettir.

• Hac ile ilgili bu rûyâlar zenginliğe, doğruluğa ve dindarlığa işârettir. Böylece rûyâ hayırla yorumlanır, hayra ve iyiye işârettir demek olur.

**HACER-İ ESVED:** Rûyâda Hacer-i Esved'i görmek, rûyâ sahibinin hacca gideceğine işârettir. Hacca gidemezse hac sevabı kazanacağına işâretle tabir edilir.

**HACİZ:** Rûyâda eşyanıza haciz konulduğunu görmek, üzüntüye düşeceğinize işârettir.

**HAÇ:** Rûyâda haç görmek, hiç iyi değildir. Haç görmek, büyük bir zillete ve sıkıntıya düşüleceğine işârettir, şeklinde yorumlanır.

• Rûyâda haç görmek, yalan söylemeye, koğuculuk yapmaya, birisine zinâ etti diyerek iftirada bulunmaya ve yalancı şahitlik etmeye işârettir demişlerdir, rûyâ yorum ilminin otoriteleri. Bu rûyâyı gören kimse kendisini çok çok kontrol etmelidir.

**HAD CEZÂSI:** Rûyâsında bir kimse, kendisi veya herhangi bir kimse için had cezası istendiğini görse, bu rûyâ, rûyâyı gören kimsenin borçlu olduğuna ve borçlu olarak arandığına işârettir, şeklinde tabir edilir.

• Bazen de had cezası rûyâsı, kişinin haddini bilmesi gerektiğine işâret ve rûyâyı gören bekâr kimse için de evleneceğine ve kötülüklerden korunacağına işârettir, şeklinde tabir olunur.

**HADEME:** Rûyâda bir kimsenin kendisini hademe olarak görmesi, çok ağır bir işle karşı karşıya olduğuna delâlet eder.

**HADÎS:** Bir kimse rûyâsında Hadîs-i Şerîf okuduğunu görse, dînî bakımdan yükseleceğine işârettir ve aynı zamanda Hz. Peygamberin Aleyhisselâm şefâatine ereceğine dahi bir işârettir.

**HÂFIZ:** Rûyâda bir kimsenin kendisinin hâfız olduğunu görmesi, o kimsenin muradına, istek ve dileğine kavuşacağına delâlet eder.

**HAKÎ RENK:** Rûyâda bir kimsenin hakî renk görmesi, erkek için askerliğe, kadın için evliliğe işârettir.

**HÂKİM:** Rûyâda bir kimse, kendisinin hâkim olduğunu görmesi, bu onun mutluluğuna işârettir. Rûyâda hâkim olduğunu görmek, genellikle hayra yorulur.

**HAL:** Rûyâda sebze meyve hali görmek, gördüğü sebze ve meyvelerle ilgili rûyâ yorumlarına bakılmalıdır. Yorumunu rûyâda gördüğü sebze ve meyve maddesinin tabirine bakınız.

**HALA:** Rûyâda *Hala* görmek, herhangi bir işdeki zararı telâfi edeceğinize *(tekrar elde edeceğinize)* işârettir, şeklinde tabir olunur.

**HALAT:** Rûyâda gemi halatı görmek, kurtuluş ve kuvvete işârettir, şeklinde tabir olunur.

• Rûyâda görülen halat genellikle Kur'an ve din ile tabir edilir. Rûyâsında kuvvetli bir halat tuttuğunu gören kimse, Kur'ân'a yapışır ve Allâh'ın emirlerine sarılır ve Allah'a verdiği sözden ayrılmayacağına işâret olarak tabir olunur. Halat ile ilgili görülen rûyâlar iyiye ve hayra yorulur.

**HALHAL** *(AYAĞA TAKILAN BİLEZİK)*: Rûyâsında ayak bileklerinde altından halhal takılı olduğunu gören kimse, korkuya ve sıkıntıya düşeceğine işârettir.

• Gümüşten halhal takmış olduğunu gören kimse ise, yeni dost ve arkadaşlar edineceğine işâretle tabir olunur. Diğer bir yoruma göre ise, istemediği bir işe gireceğine işârettir.

• Genellikle yapılan yorumlara göre, rûyâda halhal görmek, iyi değildir. Halhal rûyâsı iyiye ve hayra yorulmaz.

**HALI:** Rûyâda halı görmek, genellikle hayra yorulur. Böyle rûyâlar iyiye ve hayra işârettir.

**HALİÇ:** Rûyâsında haliç görmek, yardımcılar ve akrabalar ile tabir olunur. Haliç görmek, orta halli olan hayırlı bir kimseye işârettir. Bazen de orta yola gidileceğine, orta bir yolda hareket edileceğine işâretle tabir olunur.

**HALÎFE:** Rûyâda Halifelerden birisini güler yüzlü iyi ve güzel bir durumda gören kimse, dünya ve âhiret mutluluğuna, dünya ve âhirette hayır ve berekete ereceğine işâretle tabir olunur.

**HALKA:** Rûyâda görülen halka İslâm dinîne işârettir. Bunun için rûyâsında bir halka tuttuğunu gören kimse, İslâm dînine sarılacağına işârettir.

• Rûyâsında kapı üzerindeki halkayı görmek, kapıcı veya bekçiye işâret ile tabir edilir.

• Kendi kapısında iki tane halka bulunduğunu gören kimsenin, iki kişiye borcu olduğuna veya borçlanacağına işâretle yorumlanır.

**HALLAÇ:** Rûyâda pamuk atan bir kimse *(hallaç)* görmek, pek hayırla yorumlanmaz.

**HALTER:** Rûyânızda halter kaldırdığını görmek, kısa bir hastalık geçireceğinize ve sonra istirahat etmeniz gerektiğine işâret eder, şeklinde yorumlanır.

**HAMAK:** Rûyânızda kendi bahçenize veya kırda bir ağaca hamak kurduğunuzu görmek, pek yakında bir deniz yolculuğuna çıkacağınıza işârettir.

**HAMAL:** Rûyâda hamal görmek, sıkıntı ve keder ile tabir olunur. Bazen yumuşak huylu ve halkın ihtiyacını gören bir kimse olarak tabir olunur.

• Rûyâda hamal görmek, üzüntü ve keder sıkıntı ve acıya işâretle tabir edilir.

• Rûyâsında para ile hamallık yaptığını gören kimse, üzüntü ve kedere düşeceğine işârettir.

• Rûyâsında para ve ücret almadan yük taşıdığını *(hamallık yaptığını)* gören kimsenin halka *(insanlara)* yardım edeceğine işârettir, şeklinde yorumlanır.

**HAMAM:** Rûyâda hamam görmek, tasa ve sıkıntı ile yorumlanır. Hasta olan bir kimse, hamamda sıcak su ile yıkandığını görse, iyileşeceğine işârettir. Bir kimse, ılık su ile yıkandığını görse, işlerinin selâmet ve düzene gireceği ile yorumlanır.

• Rûyâda görülen hamam rûyâsı, hamam ve suyun durumuna göre yorumlanır. Misallerini ve örneklerini şöyle sıralayabiliriz:

• Rûyâda görülen soğuk hamam kedere,

• Rûyâda görülen pek sıcak hamam, şiddetli bir sıkıntıya, üzüntü ve kedere işârettir.

• Rûyâda görülen pis, temiz olmayan hamam kedere işâretle tabir olunmaktadır.

• Rûyâsında hamama girdiğini gören kimse hapse gireceğine veya kadın yüzünden çok zarar göreceğine ve keder, üzüntüye gireceğine işârettir.

• Rûyâda temiz bir hamam görmek, hafif geçecek bir kedere işâretle tabir olunur.

• Rûyâsında hamamda sıcak su içtiğini görmek, bir hastalığa yakalanacağına işârettir.

• Rûyâsında hamamda yıkanıp çıktığını görmek, üzüntü ve kederden, sıkıntılardan kurtuluşa ermeye işârettir, şeklinde tabir olunur.

**HAMAM BÖCEĞİ:** Rûyâda hamam böceği gören kimsenin, gördüğü bu rûyâsı, zayif bir düşmanı olduğuna işâretle yorumlanır.

**HAMAMCI:** Rûyâsında hamamcılık yapan birini *(hamamcıyı)* gören kimse, varsa borcunu ödeyeceğine, üzüntü ve sıkıntılardan kurtulacağına, işlerin yolunda gideceğine ve temiz bir kimse olduğuna işârettir.

• Bazı yorumculara göre, rûyâda hamamcı ***(hamam çalıştıran veya hamam sahibi)*** bir kimseyi görmek, sıkıntı ve darlığa veya hastalığa işâret eder, şeklinde yorumlamışlardır.

**HAMAM KÜLHANI:** Rûyâda hamam külhanı görmek, sıkıntıya üzüntü ve kedere düşüleceğine işârettir şeklinde yorumlanır.

**HAMAM OTU:** Rûyâsında hamamotu denen fazla tüyleri temizleyici maddeyi süründüğünü ***(belli yerle-***

*re sürdüğünü)* gören kimse, korktuklarından emniyete ereceğine ve kederden kurtulacağına, hasta ise, şifâ bulup iyileşeceğine işâretle tabir olunur.

**HAMD ETMEK:** Rûyâsında Allah'a hamdettiğini *"El'hamdülillah"* dediğini gören kimse, fakir ise, zengin olur, karısı hamile ise, oğlu olur veya olacağına işârettir, şeklinde tabir olunur.

**HAMİLE:** Rûyâsında hamile olan bir kadın gören kimse, bir çocuk sahibi olacağınıza yorumlanır. Daha geniş bilgi için gebe maddesine bakınız.

**HAMSİ BALIĞI:** Rûyâda hamsi balığı görmek, sevince ve büyük bir hayra ereceğinize işârettir.

• Rûyâsında bir çok hamsi balığı gören kimsenin eline çok çok para geçeceğine işârettir.

• Rûyânızda hamsi alıp yediğinizi görmeniz, elinize uzak bir akrabadan miras geleceğine işârettir.

**HAMUR:** Rûyâda bir kimsenin hamur görmesi, hayırla yorumlanır. Hamur, kolayca elde edilecek işlere *(mala)* ve yakın bir zamanda rahatlığa kavuşulacağına da işârettir.

• Bir kişinin rûyâsında kendi evinde hamur görmesi ise, yapmakta olduğu işten çok para kazanacağına işâretle tabir edilir.

**HAN:** Rûyâda han görmek, genellikle hayırla yorumlanır. Bir kimsenin rûyâsında han görmesi, dünyalıkla yorumlanır. Üzüntülü bir kimse han görse, üzüntü ve kederinin gideceğine *(kalkacağına)* işârettir.

**HANÇER:** Rûyâda bir kişinin hançer görmesi, zenginliğe, mal ve mülke ve fazla menfaata işârettir.

Bekâr bir kimsenin, hançeri kınına soktuğunu görmesi, evliliğe işârettir.

**HAPİS:** Rûyâda hapis olduğunu görmek, sıkıntı, üzüntü ile tabir olunur. Yani, bu rûyâ, üzüntüye, elem ve kedere, sıkıntıya işârettir. Bir odada hapis olduğunu görmek, ölümüne işârettir. Çünkü oda, onun kabriyle yorumlanır.

**HAPİSHANE:** Rûyâda bir kimsenin hapishane görmesi, kendisinin bir takım hatalı işler yapacağına işârettir. Hile ve dalavere ile tuzağa düşeceği, zorluk ve sıkıntı çekeceğine işâret vardır.

**HARABE:** Rûyâda kişinin bir harâbe ve virâne bir yer görmesi, iyilikle yorumlanır. Harabelerde dolaşmak, harabe görmek, servet sahibi olmakla, işlerinde çok iyi bir netice almakla ve başarıya erişmiş olmakla yorumlanır.

**HARDAL:** Rûyâda hardal görmek, pek hayırla yorumlanmaz. Hardal, zehirle, kötülük ve acı ile yorumlanır.

**HARDAL TOHUMU:** Rûyâda hardal tohumu görmek, fakirliğe, keder ve hastalığa, düşmanlığa ve musîbete yorumlanır. Bu rûyâyı görmek iyi değildir.

**HAREM:** Rûyâda harem görmek, evlilik hayatında mutlu olunamayacak bir yorumla tabir olunur.

**HAREM-İ ŞERİF:** Rûyâsında kendisini Harem-i Şerif'de ***(Kâbe'de)*** gören kimse, hayırlı bir işe girişeceğine işâretle tabir edilir.

- Rûyâsında Harem-i Şerif'i ***(Kâbe'yi)*** tavaf ettiğinizi görmek, büyük bir sevablı bir iş yapacağınıza ve iyi dostlar kazanacağınıza ve huzûr içinde bir ömür geçireceğinize işârettir, şeklinde tabir olunur.

**HARİTA:** Rûyâda harita görmek, bir seyahate, bir yolculuğa çıkılacağına işâretle yorumlanır.

**HASIR:** Rûyâda hasır görmek, yüksek bir mevkiye çıkılacağı ile yorumlanır. Hasır üzerinde oturmak ise, sonunda pişman olacağınız bir işe kalkışılacağına işârettir. Hasır satın almak, evlenileceğinin delâletidir. Hasırı kaybetmek veya çaldırmak, kadın ise, kocasını, erkek ise, karısını kaybedeceğine işârettir.

**HASTA BAKICI:** Rûyâda hasta bakıcı görmek, sağlığınıza dikkat etmeniz gerektiğine işâret eden bir uyarıdır, diye yorumlanır.

**HASTAHÂNE:** Rûyâda hastahâne görmek, sıhhatinize dikkat ediniz diye bir işârettir.

**HASTALIK:** Rûyâda bir kimse, hasta olduğunu görse, düşmanı üzerine gâlib geleceğine, güzel bir yaşam ile yaşayacağına, bolluk içinde bulunacağına işârettir, şeklinde tabir edilir.

**HAŞARAT:** Rûyâda haşarat görmek, pek hayra ve iyiliğe yorumlanan bir rûyâ değildir.

**HAŞHAŞ:** Rûyâda haşhaş görmek, kolay kazanılacak bir mala, kazanca işârettir. Yani, rûyâyı gören kimse, zengin olacak demektir.

**HATÎB:** Rûyâda hatîb görmek, iyilikle yorumlanır. Bir kimse, rûyâsında hatîb görse, bu kişinin günahlarından temizleneceğine, tevbe edeceğine, ömrünün uzun olacağına delâlet ve işârettir.

**HATİM İNDİRMEK:** Rûyâsında hatim indirdiğini gören kimsenin, bu rûyâsı, artık bundan böyle din yoluna daha da sağlam adımlarla basacağınız ve inançlarınıza daha sağlam bağlanacağınıza işârettir.

• Rûyâsında hatim indirdiğini gören kimse, Kur'ân-ı Kerim okumasını bilmiyorsa, Kur'ân öğreneceğine işâretle tabir olunur.

• Bazı yorumcular, rûyâsında hatim okuduğunu gören kimse, kötü alışkanlıklardan kurtulacağına işâretle tabir olunur, demişlerdir.

• Bazen de rûyâda hatim indirmek, tevbe ederek günahlarınızdan kurtulmanın zamanının geldiğine işâret şeklinde tabir olunur.

**HAVAN:** Rûyâda havanda sarmısak dövdüğünüzü görmek, iyidir. Bu rûyâ hayra yorulur.

• Rûyâda havan ve kolunu görmek, kendi işinizi kendiniz yapmanız gerektiğine işâret olup, sizin işlerinizde size yardım edecek kimseleri beklemeden eşinizle el ele vererek kendi işlerinizi zorda olsa başarabileceğinize işârettir, şeklinde tabir edilir.

• Bazen havan görmek, itibarlı, saygın bir kimse olduğunuza ve okuyan bir çocuğa sahib bulunduğunuza da işâret olarak yorumlanır.

**HAVLU:** Rûyâda havlu gören kimse, bir arkadaşı, bir dostunun arkasından ve onun hakkında kötü bir söz söyleyeceğinize ve bu haksızlığınızdan dolayı vicdan azabı duyacağınıza işâret ile yorumlanır.

• Rûyâda havlu görmek, yeni bir işle de yorumlanır. Beyaz havlu ile yüzünüzü kuruladığınızı görmek, planlarını yaptığınız yeni işinizde başarılı olacağınıza işârettir. Renkli havlu görmek ise, renklerine göre yorumlanır.

**HAVUÇ:** Rûyâda havuç görmek, pek iyiye yorulmaz. Rûyâda havuç görmek ve yemek, bazı yorumculara göre, üzüntü ve kedere işâret olarak yorumlanmıştır. Bazılarına göre de, havuç yediğini gören hayır ve menfaata kavuşur şeklinde yorumlanmıştır.

• Bazen de havuç görmek, derdini ve sıkıntısını kolaylık ve rahatlıkla anlatabilen kimseye işâret eder. Bu sebeble, rûyâsında elinde havuç olduğunu gören kimse, içinde bulunduğu zorluk ve çetin bir durumdan kurtulacağına ve hatta hapis ise, hapislikten bile kurtulacağına yorumlanır.

**HAVUZ:** Rûyâsında su ile dolu bir havuz gören kimse, cömert ve asil bir kimseden ikram ve iyilik göreceğine işâretle tabir edilir.

• Rûyâsında havuzdan abdest aldığını gören kimse, üzüntü ve kederden kurtulacağına işâretle yorumlanır.

• Rûyâda havuzdan su içtiğini gören kimse, hayır sahibi bir kimseden rızıkla ilgili çok hayır görür şeklinde yorumlanır.

**HAVUZLU ODA:** Rûyânızda içinde havuz bulunan bir odada olduğunuzu görmek, ferah ve rahat bir hayata kavuşacağınıza ve bütün ihtiyaçlarınızın giderileceğine ve iyi bir eşiniz olduğuna veya olacağına işâretle yorumlanır.

**HAVVA** *(A.S.):* Rûyâda Hz. Havvâ validemizi gören kimse, işlerinde ve çocuklarında çok çok berekete kavuşacağına, onlardan hayır ve bereket göreceğine işâret olarak yorumlanır.

• Rûyâsında Hz. Havva validemizi gören kimse, zirâat ve meyvede çok bereket, gördüğü veya göreceği gibi, dokumacılık, demircilik ve sarraflık gibi mesleklerden ve san'atlardan çok çok fayda menfaat göreceğine işâretle yorumlanır.

**HAVYA:** Rûyâsında havya ile lehim yaptığını gören kimse, işleri hususunda bazı kimselerden bilgi ve tecrübe *(deneyim)* fikri ve bilgisi alarak işlerini yoluna koyacağına işârettir.

**HAVYAR:** Rûyânızda havyar yediğinizi görmeniz, sizi davet eden dostlarınızdan birine kırgınlığınız sebebiyle bu yapılan davete katılmayacağınıza işârettir.

**HAYÂLET:** Rûyâda hayâlet görmek ve korkmak, rûyâyı gören kimse için, önce bir üzüntü göreceği ve sonra bu üzüntüsü sevince dönüşeceği ile tabir edilir.

**HAYIR YAPMAK:** Rûyâsında bir hayır yaptığını gören kimse, dilek ve muradına kavuşur ve mal sahibi olur, şeklinde yorumlanır.

• Rûyâsında bir hayır istenip de yapmadığını gören kimse, ticâret yapıyor, esnaflık yapıyorsa, zarar edeceğine işâretle tabir edilir.

**HAYIZ *(KADINDA AY HALİ)*:** Rûyâsında bir kadın ay hali olduğunu görse, şâyet çocuğu olmuyor *(kısır bir kadın ise)*, bu gördüğü rûyâ onun çocuğu olacağına işâretle yorumlanır. Bazı tabirciler, rûyâda hayız *(ay hali)* olduğunu görmek, yalan söyleneceğine işârettir, demişlerdir.

• Ay halinden kesilen ihtiyar bir kadın, rûyâsında kirlendiğini *(ay hali olduğunu)* görse, bu rûyâ, onunu ölümünün yaklaştığını, öleceğini gösterir, şeklinde tabir olunmuştur.

**HEDİYE:** Rûyâda hediye görmek, sevgi ve saygınlık simgesidir. Rûyâda hediye veren ve alan da yani, hediye aldığını veya verdiğini görmek, iyiye işârettir. Hayırla yorumlanır böyle bir rûyâ.

**HEKİM** *(DR.):* Rûyâda hekim görmek iyiye yorulur. Bu rûyâ iyiye ve hayra işâret eden bir rûyâdır.

**HELVA:** Rûyâda helva görmek, veya yediğini görmek, zenginliğe ve yüksek bir bilgiye işârettir. Helva rûyâsı hayırla yorumlanır. Rûyâda helva görmek, tatlı ve iltifat edici sözler duyacağınıza işârettir.

**HEYBE:** Rûyâda para dolu bir heybe görmek, zenginliğe delâlet eder şeklinde tabir olunur.

**HEYKEL:** Rûyâda görülen heykel, korkulardan kurtulmaya ve düşmanlara gâlip *(üstün)* geleceğinize işâret şeklinde tabir olunur.

**HIRKA:** Rûyâsında hırka gören kimse, maddi ve manevi ferahlığa erer, rızkı için mal ve para elde eder, zengin olur şeklinde tabir edilir.

**HIRSIZ:** Rûyâda hırsız görmek, dikkatli olmanız için bir uyarıdır. Evinize hırsız gireceğine işârettir. Yani hırsızla ilgili rûyâ hayra yorulmaz.

**HIZARCI:** Rûyâda hızarcı görmek, değirmenci ile tabir olunur.

**HIZIR** *(A.S.):* Rûyâsında Hızır *(Aleyhisselâmı)* gören kimse, bir takım sıkıntılı günler geçirdikten sonra, ferah ve bolluğa çıkacağına işârettir.

• Rûyâsında Hızır *(Aleyhisselâmı)* görmek, nasib olan kimsenin ömrü uzun ve hacca gitmek dahi kendisine nasib olur, diye de tabir olunur.

**HİCRET:** Rûyâsında bir yerden başka bir yere hicret *(göç)* ettiğini gören kimse, hayatında maddî ve mânevi büyük bir değişiklik olacağına ve bundan büyük faydalar elde edeceğinize ve böylece daha mutlu bir hayata kavuşacağınıza işâretle tabir olunur.

**HİLÂL:** Rûyâda hilâl görmek, yorumu için Ay maddesine bakınız.

**HİNDİ:** Rûyâda hindi görmek, ehli hindi olursa, ev içinde huzûr ve sükûnete işâret, vahşi hindi, iyi ve sevindirici bir haber alınacağına işârettir.

**HİNDİSTAN CEVİZİ:** Rûyânızda hindistan cevizi görmeniz,yakında üzerinize yeni bir sorumluluk alacağınıza ve faydalı da olacağınıza işâretle tabir edilir.

• Bazen de hindistan cevizi görmek, kalbinizi kıracak *(gönül kırıcı)* bir söz işiteceğinininize işârettir.

**HİZMETÇİ:** Rûyâda hizmetçi görmek, hayra yorulur. Kendisinin hizmetçi olduğunu görenin, mevkide ve işinde yükseleceğine delâlet vardır.

**HOCA:** Rûyâda hoca görmek, yorumu için öğretmen maddesine bakınız.

**HOKKA:** Rûyâda hokka görmek, çok mal ve çok çocuğa işârettir.

**HOKKABAZ:** Rûyâda hokkabaz görmek, iyi değildir. Hokkabaz, hilekârlık yapan, kötü işler peşinde koşan kötü bir adamla temsil edilir. Kötü adama işârettir, şeklinde yorumlanır.

• Rûyâda hokkabaz görmek, yalan yere iftiraya uğrayacağınıza da işâretle yorumlanır. Bu rûyâyı gören kimse, kendisini kontrol etmelidir. Hokkabaz görmek, bazen de zina eden kadına veya hizmetçiye işâretle tabir edilir.

**HOROZ:** Rûyâda horoz görmek, çeşitli şekilde yorumlanmıştır. Rûyâsında bir horoz aldığını görmek, erkek bir çocuk sahibi olacağına veya bir ev sahibi olacağına işârettir.

**HORTUM:** Rûyâda su hortumu görmek, kazancın artacağına ve zenginliğe işârettir. Hortumdan su aktığını görmek, işinizde çok kazanacağınıza işâret ile tabir edilir.

**HOŞAF:** Rûyâda hoşaf görmek, zenginliğe, rahat bir hayat yaşanacağına ve uzun ömürlü olacağınıza işârettir.

**HURMA:** Rûyâda hurma görmek, hayırla yorumlanır. Hurma ağacı görmek de çok iyiye işârettir. Yeşil hurma görmek, zengin olunacağına, sevinçli bir haber alacağınıza işârettir.

**HÜZÜN:** Rûyâda kendisini hüzünlü ve kederli görmek, pek yakında mutluluk ve sevince ereceğinize işâretle yorumlanır.

# I

**IHLAMUR:** Rûyâda ıhlamur ağacı görmek, mali durumunuzun düzeleceğine işârettir.

• Rûyâda ıhlamur görmek, umumiyetle hayra işârettir. Örneğin: Eş, dost ve ahbablar ile ıhlamur içtiğini görmek, tanıdığınız bir hastanın şifâ bulacağına işârettir.

• Rûyâda limonlu ıhlamur içtiğini görmek, hiç umulmadık bir zamanda, beklenmeyen bir sevindirici haber almaya işârettir.

• Rûyâda ıhlamur çiçeği görmek, evlenme yolunda atılacak iyi bir adım ve hayırlı sonuçla biteceğine işârettir.

**ILICA** *(KAPLICA):* Rûyâda ılıca görmek, hasta ise, sıhhata kavuşmakla yorumlanır. Sağlıklı ve zindelik işâretidir.

**IRMAK:** Rûyâda ırmak görmek, büyük bir mevki sahibi olacağınıza işârettir.

• Rûyâda ırmağa düştüğünü görmek durumunun tehlikede olduğuna işârettir. Eğer çabalayıp kurtulursa, selâmete ereceğine işârettir. Şayet ırmaktan çıkamadığını görse, sıkıntılı günler geçireceğine işârettir.

**IRZ:** Rûyâda başkasının ırzına tecavüz ettiğini gören kimse, yakında bir kötülüğe maruz kalacağına ve başına büyük dertler geleceğine işârettir.

**ISINMAK:** Rûyâda ısınmak *(ısındığını)* görmek, umumiyetle *(genellikle)*, hayırla ve iyilikle yorumlanır.

• Rûyâda ocakta ısındığını görmek, bu kimsenin büyük bir zattan yararlanacağına işârettir.

**ISIRGAN OTU:** Rûyâda ısırgan otu görmek, refah ve saâdetin artacağına işâretle yorumlanır.

• Bazı rûyâ tabircilerine göre ise, ısırgan otu görmek, kötü bir habere işârettir, diye tabir olunur.

• Rûyâsında ısırgan otunu yemek ise, kötü bir habere ve başarısızlığa işârettir, şeklinde tabir edilir.

**ISIRMAK:** Rûyâda ısırmak; genellikle zorluğa işârettir, şeklinde tabir olunur.

• Rûyâda diş ile ısırdığını görmek, hile ve düşmanlığa uğrayacağınıza ve zorluk içinde kalacağınıza işârettir.

• Rûyâda bir kimse ısırıldığını görürse, sevinç ve neşeye bununla beraber de kalben hasta olacağına işâretle yorumlanır.

**ISLANMAK:** Rûyâda ıslandığını gören kimse, Allâh'ın rahmet ve merhametine kavuşacağına işârettir.

• Rûyâda ıslanmak, bazen büyük bir kısmet ile tabir olunur. Bazen de, bol kazanç ve mirastan mal elde edeceğine işâretle yorumlanır.

• Rûyâda ıslanmak, ister yağmurdan, ister sudan olsun sırılsıklam ıslanmak ve görülen rûyâ büyük bir kısmete işâret olarak yorumlanır.

**ISLIK ÇALMAK:** Rûyâda ıslık çalmak, kötü ve haksız işlerle ve zorbalıkla yararlanma yolunda olmakla yorumlanır. Yani bu rûyâ ahlak bozukluğuyla tabir edilir.

**ISPANAK:** Rûyâda ıspanak yediğini görmek, bu rûyâyı gören kimsenin, muradına ereceğine işârettir.

**ISSIZ YER:** Rûyâda ıssız yer görmek, bu rûyâyı gören kimsenin, geçim darlığına düşeceğine, elem ve üzüntüye işârettir.

**ISTAKOZ:** Rûyâsında ıstakoz gören kimse, bol para kazanacağına işâretle yorumlanır. Istakoz yediğini gören kimse, işlerinde başarılı olur, eline de miras yolu ile bol para geçer şeklinde tabir olunur.

**IŞIK:** Rûyâda ışık görmek, her türlü zorluğu yenip rahata ereceğine, dalaletten kurtulacağına ve geçim kolaylığına işâretle yorumlanır.

• Rûyâda mum ışığı görmek, hastalıktan kurtulacağınıza ve zengin olunacağına işârettir.

• Rûyâda ateş ışığı görmek, çabuk bir haber işitileceğine ve süprize işârettir.

**ITIR:** Rûyâda ıtır görmek, büyük yararlı imkânlara kavuşulacağına işâretle yorumlanır.

• Rûyâda ıtır çiçeği görmek, manevi kirlerden temizlenip, hak yoluna dönüleceğine işârettir.

• Rûyâda taze ve yeşil ıtır otu görmek; çok büyük faydalı işlere işâret olup, kurumuş ıtır otu görmek ise, bu rûyâyı görenin hasta olacağına işârettir.

**IZGARA:** Rûyâda ızgarayı temizleyip, birine verdiğini görmek, birilerine iyilikte ve yardımda bulunacağınıza işâretle yorumlanır.

• Rûyâda ızgarayı parçaladığını görmek, bu rûyâyı görenin içinde bulunduğu kabuslu, sıkıntılı günlerin sona ereceğine işârettir.

• Rûyâda ızgara pişirdiğini görmek, görenin işlerinin yolunda gideceğine, başarıya ulaşacağına işârettir, şeklinde yorumlanır.

# İ

**İBÂDET:** Rûyâda ibâdet ettiğini görmek, çok çok iyi bir rûyâ olarak yorumlanır.

Böyle bir rûyâyı gören kimsenin, doğru bir yolda olduğu, dünya ve âhiret hayırlarına ereceği şeklinde yorumlanır. Bu rûyâ, bol rızık, mal ve mülk ile de yorumlanmıştır. İyi bir haber, müjde ve kurtuluşa da işârettir. Ve düşmana galibiyettir diye de tabir edilmiştir.

**İBÂDETHÂNE:** Camiye ve mescide bakılabilir.

**İBRÂHİM** *(A.S.):* Rûyâda Hz. İbrâhim Peygamberi görmek, çok çok iyilik ve hayırla yorumlanır.

• Hz İbrahim'i (A.S.) rûyâda görmek, hayır ve bereketle, uzun ömür ve bol rızıkla yorumlanır. Şefkatli bir babaya da delâlet eder şeklinde yorumlanmıştır.

**İBRİK:** Rûyâda ibrik görmek, iyilik ve hayra yorulur. Günâhkâr bir kimsenin ibrik görmesi, tevbe edeceğine işârettir. Hamile bir kadın rûyâsında ibrik görse, erkek bir evlâdı olacağına işârettir.

**İBRİŞİM:** Rûyâda ibrişim görmek, yolculuğa çıkılacağına işârettir, şeklinde tabir olunur.

**İÇ ÇAMAŞIRI:** Rûyâda iç çamaşırı görmek, birinden çok kıymetli bir hediye alacağınıza işârettir. İç çamaşırlarını çıkardığını rûyâsında görmek ise, âniden gelecek bir hastalığa işâretle yorumlanır.

**İÇKİ:** Rûyâda içki *(sarhoşluk veren, dinimizce haram ve yasak olan şeyler)* içtiğini görmek, haram mala *(kazanca)*, büyük günâh işlemek, hastalık, kötülük ve düşmanlık gibi şeylerle yorumlanır. Görülüyor ki böyle bir rûyâ iyiye yorulmuyor.

**İÇMEK:** Rûyâsında su, süt ve helâl olan şurup ve içeceklerden içtiğini görmek ise, hayırla yorumlanır. Su veya süt içtiğini görmek, sağlıklı yaşama ve mutluluğa işâretle yorumlanır.

**İÇ YAĞI:** Rûyâda eti yenen hayvanlardan birinin iç yağını görmek, rızkınızın *(elinizdeki bolluğun)* devamlı olacağına ve faydalanacağınıza yeni bir elbise alacağınıza işâretle yorumlanır.

• Rûyâsında eti yenmeyen bir hayvanın iç yağını görmek, haram bir mala, küfre veya zinâ gibi kötü şeylere işâret olarak yorumlanır.

• Rûyâda hiç yorulmadan, meşakkat çekmeden içyağı topladığını görmek, hâlis bir mala ve zenginliğe kavuşmaya işâret olarak yorumlanır.

• Rûyâsında iç yağını gören kimse, yoksullara yardım eder, onlara yeni yeni elbiseler alıp giydirir şeklinde de tabir olunur.

**İDÂM:** Rûyâda idâm edildiğini görmesi, kurtuluşuna işârettir, şeklinde tabir olunur.

• Rûyâsında idâma mahkum olduğunu görmek, mevki ve şöhret kazanacağına işârettir.

**İDÂRE** *(KÜÇÜK BİR KANDİL):* Rûyâsında idâre ***(yağ ve fitil ile yanan, mum ışığı kadar ışık veren bir lâmba, bir kandil)*** görmek, gören kimsenin durumuna ve kandilin yanışına göre, çok çeşitli şekilde tabir olunur.

• Rûyâda idâre lâmbasının elinde yandığını gören kimsenin, bir çocuğu olur veya büyük bir mevkiye yükselir, veya rûyâyı gören kötü ve günâhkâr bir kimse ise, tevbe etmek kendisine nasib olur şeklinde tabir olunur. İdârenin söndüğünü görmek iyi değildir. Sönmek yakmanın tam tersi ile tabir olunur.

**İDDET BEKLEMEK:** Rûyâsında bir kadın, iddet beklediğini görse, gördüğü bu rûyâsı sıkıntıya, keder ve üzüntüye düşeceğine, hastalanacağına, darliğa düşeceğine işârettir. Veya gördüğü bu rûyâ boşanmaya, boşanacağına işârettir, demişlerdir rûyâ yorumcuları. Çünkü iddet beklemek, kadın, kocasından boşandıktan sonra belirli bir müddet beklemek zorundadır. Buna ***"iddet"*** deniyor, yani belirli bir zaman hiç bir kocaya gidememek, başka bir erkekle birleşememek, boşanan bir kadın için gerekli ve şarttır. İşte bu sebebden dolayı bazı yorumcular, rûyâsında bir kadın iddet beklediğini görse, onun bu rûyâsı kocasından boşanacağına işârettir, diye yorumlamışlardır.

**İDRAR:** Yorumu için sidik kelimesine bakınız.

**İDRİS** *(A.S.)*: Rûyâda İdris (A.S.) peygamberi görmek, günâhlardan sakınmaya ve uzaklaşmaya işârettir, şeklinde yorumlanır.

• Rûyâsında Hz. İdris *(Aleyhisselâm)* ile arkadaş olduğunu gören kimse, büyük mevki ve makam sahibi biriyle arkadaş olur veya olacağına işârettir şeklinde tabir olunur.

**İFLÂS:** Rûyâda iflâs ettiğinizi görmek, büyük bir kazançla başarınıza işârettir.

**İFTAR:** Rûyâda iftar etmek, mal ve kazancınızın artacağına delâlet eder.

• Rûyânızda Ramazan-ı Şerîf'de iftar ziyafeti verdiğinizi görmek, bütün üzüntü ve kederlerden kurtuluşunuza işârettir.

**İFTAR SOFRASI:** Rûyâsında iftar sofrasının kurulduğunu görmek, kısmet ve nasibinizin çoğalacağına, artacağına işârettir.

**İFTİRA:** Rûyâda iftiraya uğradığını gören kimse, sıkıntı ve kedere düşeceğine işârettir.

• Bir kimse, rûyâsında başkalarına iftira ettiğini görse, bu rûyâ, sizin arkadaşlarınızın arkasından onların hakkında kötü düşüneceğinize ve onların dedikodusunu yapacağınıza işârettir, diye tabir olunur.

**İĞ:** Rûyâsında, bir erkek iğ görse, yolculuğa çıkıcağına delâlet eder. Evli bir kadın iğ görse, bir kız çocuğu olacağına işârettir. İğ ile iplik eğirmesini görmek, maddi yardıma ereceğinize delâlet eder.

**İĞDE:** Rûyâsında iğde görüp yediğini gören kimse, çevresinde çok iyi bir kimse olarak bilinen ve bilindiğinize işâretle yorumlanır. Rûyâda iğde görmek, kuvvetli ve faydalı bir adam ile tabir olunur.

• Rûyâda *iğde ağacı* görmek ise, faydalı bir adam, herkese iyiliği dokunan, iyilik sever ve yardım sever bir adam ile tabir olunur.

**İĞFÂL:** Rûyâsında bir genç kızı iğfâl ettiğini *(aldattığını ve baştan çıkardığını)* gören kimse, büyük bir belâ ve şiddetli bir musibet ile karşılaşacağına işârettir, şeklinde bir uyarı rûyâsıdır, diye tabir edilmektedir.

**İĞNE:** Rûyâda iğne görmek, çok çeşitli şekilde yorumlanır. Bazıları şöyledir: Rûyâda iğne yemek, işlerinizin düzeleceğiyle yorumlanır. Rûyâda iğne yutmak ise, murada ereceğinize işârettir. İğne bulmak ise, dağınık işlerinizi toplayacağınıza işârettir. Çok çok iğne görmek, hayır ve durumunuzun düzeleceğiyle yorumlanır.

**İHRAM:** Rûyâda, hacca gidildiğini ve hacda ihrama girildiğini görmek, hayırlı ve şerefli bir haberle yorumlanır.

**İLÂÇ:** Rûyâda ilâç görmek, dînî vecîbelerini yerine getireceğinize ve dindâr bir kimse olacağınıza delâlet eder.

**İLİK:** Rûyâda ilik *(düğme)* görmek, gizli bir mal ile tabir edilir. Bu rûyâ gizli mala işârettir. Rûyâda ilik iliklediğini (düğme geçirdiğinizi) görmek, uyumlu olmak, ayrılan karı kocanın birleşmeleri gibi de tabir edilir.

**İLYÂS:** Rûyâda İlyâs *(A.S.)* Peygamberi görmek, sevinçli bir haber alacağınıza, hastanın şifâ bulacağına ve muradınıza ereceğinize gibi iyi ve hayırlı şeylerle yorumlanmaktadır.

**İMAM:** Rûyâda kendisinin imam olduğunu görmek, iyi bir mevkiye geçeceğine ve sözü geçer bir kimse olacağınıza işâretle yorumlanır.

**İMAM-I A'ZAM:** Rûyâda İmâm-ı A'zam efendimizi görmek çok çok hayır ve iyiliklerle tabir edilir. Hayırlı evlâd, itibâr sahibi olmak, dindârlık ve feyiz ve bereketli ilim. İşte İmam-ı Azam Efendimizi rûyâda görmek, bu hayırlarla yorumlanmıştır.

**İMSAK:** Rûyânızda imsaktan önce sahur yemeği yediğinizi görmek, maddî ve manevî sıkıntılardan kurtulacağınıza, huzûr ve saâdet dolu, mutlu bir hayata kavuşacağınıza işâretle yorumlanır.

**İMTİHAN:** Rûyâda imtihan olduğunuzu görmek, bir sınava katıldığınızı görmek bir sıkıntı, zahmet ve endişeye işâret eder, şeklinde tabir olunur.

• Bazen de imtihan *(sınav)* olduğunu görmek, sevindirici ve sevinçli bir haber alacağınıza işârettir.

**İMZA:** Rûyâsında herhangi bir belgeye imza attığını gören bir kimsenin bu rûyâsı, beklemekte olduğu çok önemli işlerinin, hayırla neticeleneceğine ve yoluna gireceğine işâretle tabir olunur.

**İN:** Rûyânızda bir hayvan ini ***(bir hayvan sığacağı kadar olan bir taş veya kaya kovuğu veya iki kayanın, iki taşın birleştiği mağaramsı bir delik)*** görmeniz, yakında sıkıntı ve darlıktan kurtulup ferah ve genişliğe kavuşacağınıza veya yeni bir ev alıp yeni eşyalarla oraya taşınacağınıza işâretle tabir olunur.

**İNAD:** Rûyânızda birileri ile inadlaştığınızı ve kendinizin onlara veya ona inad ettiğinizi görmeniz, iyi değil, bu rûyânız pek iyiye yorulmaz. Rûyâda inad etmek, kötülüğe ve şerre işârettir.

• Rûyâsında bir kimse görse ki, kendisi başkalarına karşı inad ediyor, düşmanlık ediyor, bu rûyâsı onun için iyi bir rûyâ değildir. Bu gördüğü rûyâ, onun bir işinden dolayı üzüleceğine, gönlünün daralcağına ve insanların ondan nefret edeceğine işâret olarak tabir olunur.

**İNCİ:** Rûyâda büyük inci görmek, erkek çocukla yorumlanır. Mücevharata bakılabilir.

**İNCİR:** Rûyâda incir yemek, geçimini kolaylıkla kazanabileceğine işârettir. İnciri mevsiminde görmek, sevinçli bir habere, sevince işârettir.

**İNEK:** Rûyâda inek görmek, çeşitli şekilde yorumlanır. Rûyâda inek sütü içmek zengin olmaya delâlettir; görkemli bir inek almak, zengin bir kadınla evleneceğine işârettir. Bu rûyâyı kadın görse evleneceğine işârettir. Erkek görse zengin olacağına işârettir. Sütlü inek ise, iyiliğe işârettir.

**İNŞAAT:** Rûyâda bir inşaat görmek, genç bir erkek için, yeni bir işe başlayacağına delâlet eder. Orta yaşlı erkekler için çok güç bir işin altından kolaylıkla kalkacaklarına işârettir. Çok yaşlı erkekler için umduklarına nâil olacaklarına delâlet eder.

**İNTİHAR:** Rûyâsında intihar ettiğini görmek, (intihara teşebbüs ettiğini görmek) bir gönül habercisi ile yorumlanır. Bazı yorumculara göre, uzun ömür, uzun bir seyahate işârettir diye yorumlamışlardır.

**İP:** Rûyâda ip görmek, çok çeşitli şekilde yorumlanmıştır: İp görmek, kuvvete delâlet eder, Örülmemiş görmek, hileye düşeceğinize işârettir. İp rûyâsı görmek, zorluklarla karşılaşacağınıza işârettir. İp görmek rûyâda, helâl bir mal kazanacağınıza ve iyi bir haber alacağınıza işâretle yorumlanır.

**İPEK:** Rûyâda bir kadın ipek görse, çok büyük fayda ve yararlı bir şeye sahib olacağına delâlet eder. Erkek görürse, haram bir malın eline geçeceğine işârettir, şeklinde tabir olunur.

**İPLİK:** Rûyâda iplik görmek, yolculuğa çıkılacağına işâret eder. Ve uzun ömürlü olmaya da delâlet eder, şeklinde tabir olunur.

**İRMİK:** Rûyâda irmik veya irmik helvası yemek, mutlu bir evlilik yapacağınıza delâlet eder.

**İSÂ** *(A.S.)*: Rûyâda İsâ (A.S.) peygamberi görmek, çok hayra delâlet eder. Yani böyle bir rûyâ hayırla yorumlanır.

**İSHAK** *(A.S.)*: Rûyâda İshak (A.S.) peygamberi görmek, zulme uğrayacağınıza, fakat sonunda zulmedenlere galip geleceğinize işâretle yorumlanır.

**İSKAMBİL:** Rûyâda iskambil destesi görmek, sizi çekemeyenlerin aleyhinize dedikodu yürüteceklerine işâretle yorumlanır.

**İSKELET:** Rûyâda iskelet görmek, iyi bir kazanca sahib olacağınıza delâlet eder.

**İSKEMLE:** Rûyâda iskemle görme, seyâhatla yorumlanır.

**İŞÇİ:** İşçi ile ilgili görülen rûyâlar, pek iyiye yorulmaz. Bu rûyâlar hayra da yorumlanmaz.

**İŞKEMBE:** Rûyâda işkembe çorbası içtiğini görmek, iş yorgunluğuna işâretle yorumlanır.

**İŞPORTACI:** Rûyâda işportacı görmek, durup dururken tanıdıklarıyla arasının bozulacağına delâlet eder, şeklinde tabir edilip yorumlanır.

**İTFÂİYECİ:** Rûyâda itfâiyeci görmek, sıkıntıdan kurtulup feraha ereceğinize işârettir.

**İZCİ:** Rûyâda izci görmek, mutlu bir seyahate çıkacağınıza işârettir.

# J

**JAGUAR:** Rûyâda pars cinsinden olan bu hayvanı görmek, hayır ve iyiliğe işârettir.

**JALÛZÎ:** Rûyâsında perdeli *Jalûzî* görmek, yakında hayırlı bir haber alınacağına işârettir. Hasta olan bir kimse bu rûyâyı görse, hastalığının geçeceğine *(iyileşeceğine)* işârettir.

**JAMBON:** Rûyâda *Jambon* yemek, sıhhatinin bozulacağına işârettir. Jambon sattığını görmek ise, günâh işleneceğine işârettir.

**JANDARMA:** Rûyâda jandarma görmek, iyidir. Bu rûyâ hayırla ve iyiye yorumlanır.

**JANT:** Rûyâda araba jantı görmek, arzuladığı seyahate çıkamacağına işârettir.

**JAPON:** Rûyâda bir *Japon* görmek, seyahata (yolculuğa) çıkılacağıyla yorumlanır.

**JAPON GÜLÜ:** Rûyâda Japon gülü denen bu çiçeği görmek, seyahat ile yorumlanır.

**JARSE:** Rûyâda jarse görmek, gösterişe düşkün *(gösteriş delisi)* ve ikiyüzlü bir arkadaşa veya beklenmedik bir ihânete işârettir, şeklinde tabir olunur.

**JARTİYER:** Rûyâda jartiyer görmek, iyi değildir. Devamlı zarar görüleceğine işâret olarak yorumlanır.

**JENERATÖR:** Rûyâsında jeneratör gören kimsenin, mesleğinde ummadığı bir anda, beklemediği bir zamanda yükseleceğine işâretle yorumlanır.

**JET:** Rûyâda jet uçağı görmek, umulmadık (beklenmedik) bir haberle karşılaşılacağına yorumlanır.

**JETON:** Rûyâda jeton görmek, bol kazançla yorumlanır. Bol para kazanmaya işârettir.

**JİLET:** Rûyâda jilet görmek, hayra yorulmaz. Dâimâ zarar görüleceğine işârettir.

**JOKEY:** Cokeye bakınız.

**JÖLE:** Rûyâda jöle yaptığınızı görmek, sağlığınıza önem verdiğinize işârettir.

• Jöle aldığınızı görmek, sağlık raporu alacağınıza işâretle yorumlanır.

• Rûyânızda jöle yediğinizi görmek ise, sağlığınızın yerinde olduğuna işâretle yorumlanır.

**JUDO:** Rûyâda bu oyunu görmek, hayaller peşinde koşulduğunun işâretidir. Rûyâyı görenin kendisine çeki düzen verip gerçekleri görmeye çalışması için bir uyarı işâretidir.

**JÜPİTER:** Rûyâsında jüpiter gezegenini görmek iyi değildir. Bu rûyâ hayra ve iyiye yorulmaz. Jüpiter gezegenini gören kimse, gün be gün sıhhatini ve gücünü kaybederek hastalanır, şeklinde tabir olunur.

**JÜRİ:** Rûyâda jüri heyeti görmek, ümid edilen önemli işin yakında gerçekleşeceğine işârettir.

# K

**KAB:** Rûyâda ***kab-kacak*** görmek, yeniliklere meraklı olduğunuza işâretle yorumlanır.

• Rûyânızda yeni bir kab-kacak aldığınızı görmek, yeni bir işe teşebbüs edeceğinize işârettir.

• Rûyânızda aldığınızı gördüğünüz kap toprak kab olursa, ağır bir işe girişeceğinize işârettir.

• Rûyânızda altın ve gümüş kab aldığınızı görmek sonunda bol para ve servet kazanacağınız bir işe gireceğinize veya başlayacağınıza işâretle yorumlanır.

• Rûyânızda kab-kacak kırdığınızı görmek, pek iyiye yorulmaz. Kab kırmak iyi değildir. Kab kırmak bir kötülükle karşılaşacağınıza, işinizden ayrılacağınıza ve işlerinizin bozulup iflasa kadar gidileceğine işârettir.

**KABAK:** Rûyâda kabak görmek, hayırla yorumlanır. Hasta olan görürse, iyileşeceğine işârettir. Normal durumda kabak görmek, saygınlık ifade eder. Saygı ve hürmet göreceğinize işârettir.

**KABAKULAK:** Rûyâsında kendisinin veya bir başkasının kabakulak olduğunu gören kimse, önceden biraz sıkıntı çekeceğine, bir zaman sonra ise, bu çektiği sıkıntıdan kurtulup ferah ve sevinçli bir yaşama ulaşacağına işâretle tabir olunur.

**KABARCIK:** Rûyâsında vücûdunun bazı yerlerinde kabarcık çıktığını gören kimsenin, malının çok ve rızkının daha da artacağına işârettir.

• Vücûdda görülen kabarcıklar, genellikle malın çoğalmasına işâret olarak yorumlanır.

**KÂ'BE:** Rûyâda Kâ'be'yi görmek hayırla yorumlanır. Kâ'be'yi ziyâret etmek, etrafında tavaf ederek dönmek, selâmette olacağınıza işârettir.

**KABİR:** Rûyâda kabir görmek, yapılan hata ve kusurdan pişmanlık duyulacağına *(tevbe edileceğine)* işâretle yorumlanır.

• Rûyâda görülen kabir, görenin ve görülen kabrin durumuna göre değişik şekilde yorumlanır.

• Rûyâda kendisinin kabirden çıktığını gören kimse, zorluktan ve çektiği darlıktan kurtulacağına işârettir veya hapisten kurtulmak, hapishâneden çıkacağına işâretle yorumlanır.

• Rûyâsında bir kimseyi kabre koyduğunu gören kimse, o kimseyi bir kötülüğün içine sokacağına işâretle tabir olunur.

• Rûyâsında kendisi için kabir kazdığını gören kimsenin bu rûyâsı, kendisi için bir ev yapacağına işâretle tabir olunur.

• Rûyâsında kendisini bir kabir içine girdiğini gören kimse, kendisi için bir ev satın alır veya alacağına işârettir, şeklinde yorumlanır.

• Rûyâsında büyük bir zatın kabrini ziyaret ettiğini gören kimse, büyük bir hayra ve berekete erer veya bekâr ise evlenir, şeklinde tabir olunur.

• Rûyâsında bir kabirden bir şeyler topladığını gören kimse, bir miras yoluyla mal ve mülke kavuşur, şeklinde tabir olunur.

• Rûyâsında kendisinin bir kabir içinde bulunduğunu gören kimse, üzüntü, keder ve yokluk çeker ve çekeceğine işâretle yorumlanır.

**KABRİSTAN:** Rûyâda kabristan görmek, değişik şekillerde yorumlanır.

• Rûyâda kabristan görmek, bazen ölümü hatırlamak, ağlamak ve dünyâdan ilgiyi keserek ahirete yönelmek ile tabir olunur. Bazen de işlemiş olduğu hata ve kusurlarından pişman olup tevbe edeceğine işâretle yorumlanır.

• Rûyâsında kendisini kabristanda geziyor gören kimsenin bu rûyâsı, kendisinin fakirleşeceğine veya kendisinin hırsızlar tarafından soyulacağına işâretle tabir olunur.

**KABUK:** Rûyâda hayvanlara mahsus kabuk görmek, yüzünüze gülen dostlarınızın çoğu sizin arkanızdan sizi çekiştirip dedikodunuzu yaptıklarına işâret olarak tabir edilir.

• Vücûdunuzdaki bir yaranın kabuğunu kaldırıp düşürdüğünüzü görmek, çok zamandan beri içinizde sakladığınız ve içinizi kemiren bir dertten kurtulacağınıza işâretle tabir olunur.

• Bazen de rûyâda görülen ağaç kabuğu, seyâhate çıkmaya, deniz hayvanlarına mahsus kabuk da sevince ve müjdeli habere işâret olarak tabir edilir.

**KABUL GÜNÜ:** Rûyâsında bir kabul gününe gittiğini gören kimsenin bu rûyâsı, kendisinin bir dedikoduya sebeb ve konu olacağına işâretle yorumlanır.

**KABURGA KEMİĞİ:** Rûyâda kaburga kemiği görmek, hem kadın, hem erkek, için evliliğe işârettir.

• Rûyâda kaburga kemiklerinin olmadığını görmek, ev halkından *(âileden)* birinin vefat edeceğine *(öleceğine)* işâretle tabir olunur.

**KÂBUS:** Rûyâsında kâbus şeklinde bir durum gören kimse, etrafındaki kimselerin tesiri altında kaldığına ve bunlardan zarar göreceğine işâret eden bir uyarı şeklinde yorumlanır.

**KAÇAK YAKALAMAK:** Rûyânızda firar eden ***(kaçmakta olan bir kaçak)*** kimseyi yakaladığınızı veya yakalattığınızı görmek, gizli ve kuvvetli *(müthiş)* bir düşmanınızın olduğuna veya olacağına işârettir.

**KAÇAKÇI:** Rûyâsında kaçakçı görmek, bir suç işleneceğine işâret olup bu hususta dikkatli olunması gerektiğiyle yorumlanır.

**KADAYIF:** Rûyâda kadayıf görmek, iyidir. Bu rûyâ ilim ve hidâyetle yorumlanır.

• Rûyâda kadayıf görmek, kolaylıkla zengin olunulacağına delâletle yorumlanır.

**KADIN:** Rûyâda kadın görmek, iyilikle yorumlanır. Zengin olunacağına delâlet eder.

**KADİFE:** Rûyâda kadife görmek, yapıldığı *(dokunduğu)* maddeye göre tabir edilir.

• Rûyâsında ipekten dokunmuş *(ipek kadife)* alan, satan ve giyen herkes için *(ipek kadife)* şöhrete işârettir. Bu rûyâyı gören kimse insanlar arasında meşhur *(ünlü)* olur ve olmaya işârettir.

• Rûyânızda eşinize bir elbiselik kadife kumaş aldığınızı görmek, yaşam boyu eşinizle mutlu olacağınıza işâretle tabir olunur.

**KADİR GECESİ:** Rûyâda kendinizi Kadir Gecesinde bulunduğunuzu görmeniz, tüm dilek ve muradının gerçekleşeceğine delâletle yorumlanır.

**KAFES:** Rûyâda kafes görmek, sıkıntıya düşüleceğine işâret olarak yorumlanır.

**KAĞIT:** Rûyâda kağıt görmek, istek ve arzularınızın geçeceğine işâretle yorumlanır.

**KAĞNI:** Rûyâda kağnı görmek, uzunca bir yolculuğa işâret olmakla yorumlanır.

**KÂHİN:** Rûyâda kâhin *(büyücü)* görmek, üzüntü ve kedere işârettir.

**KAHKAHA:** Rûyâda kahkaha attığınızı görmek, pek iyiye yorulmaz. Kötü bir habere işârettir.

**KAHRAMAN:** Rûyânızda bir vatan kahramanı görmek, başarılı bir hayat süreceğinize işârettir, şeklinde tabir olunur.

**KAHVALTI:** Rûyâda kahvaltı ettiğinizi görmek, ferahlık ve sevinçle tâbir olunur. Pek yakında iyi bir haber alacağınızla da yorumlanır.

**KAHVE:** Rûyâda kahve içtiğinizi görmek, sağlıklı olacağınıza işârettir, şeklinde tabir olunur.

**KALAY:** Rûyâda kalay görmek, murada erileceğine işârettir, şeklinde tabir olunur.

**KALBUR:** Rûyâda kalbur görmek, iyi bir arkadaş edinileceğine işâret olarak yorumlanır.

**KALE:** Rûyâda kale görmek, iyi bir evlilik yapılacağına işârettir. Bu evlilikten iyi bir çocuk olacağı ve bu evliliğin çiftlerin mertebelerinin yükseleceğine işâretle de yorumlanır.

• Kale görmek, emniyetli ve doğruluk üzere olacağınıza da delâlettir.

**KALEM:** Rûyâda kalem görmek, iyiye yorulur. Kalem görmek, meşhur biriyle evleneceğinize delâlet eder şeklinde tabir olunur.

• Kalem görmek, çocuğunuz olacağına işâret olarak yorumlanır.

• Rûyâda kalem görmek, geleceğinizin parlak olacağına şârettir.

• Rûyâda kalem görmek, meşhur biri olacağınıza da tabir edilir.

**KALORİFER:** Rûyâda kalorifer görmek, kış mevsiminde ise, iyiye yorulur. Kışın kaloriferin yandığını gören kimsenin, işleri dostlarının yardımıyla yolunda gideceğine işârettir, şeklinde yorumlanır.

• Kalorifer görmek, kışın *(kış mevsiminde)* hayırla yorulur. Yaz mevsiminde *(yazın)* görülen kalorifer ise, sıkıntıya ve kedere işâretle yorulur.

**KAMA:** Rûyâda kama görmek, güçlü, kuvvetli olmaya ve işlerinizin yolunda gideceğine işârettir. Bazı yorumculara göre, kama görmek, kötü, şerli ve zararlı bir kimseye işârettir, diye tabir ederler.

**KAMÇI:** Rûyâda kamçı *(kırbaç)* görmek, istediğiniz şeylerin olacağıyla yorumlanır.

**KAMIŞ:** Rûyâda şeker kamışını sıkıp şekerli suyunu aldığını görmek, mal elde edeceğine işârettir.

• Rûyâda bir kaç tane şeker kamışı görmek, istek ve arzusunun gerçekleşmesi için çok zorluk çekeceğine, çok yorulacağına işâretle yorumlanır.

• Rûyâsında şeker kamışına dayandığını görmek, işlerin yolunda olmadığına, çâresizlik içinde bulunduğunuza ve ömrünüzün azaldığına, fakirleşeceğinize işâret olarak yorumlanır.

• Rûyâda şeker kamışını emdiğinizi görmek, yalan sözler ve asılsız lâflar edeceğinize işârettir, şeklinde yorumlanır ki, rûyâyı gören için iyi değildir.

• Kalem yapılan kamışı görmek, özentiye ve birisiyle mahkemelik ve gösteriş meraklısı, gösteriş için çalıştığınıza işâretle yorumlanır ki, iyi değildir.

• Rûyâda görülen herhangi bir kamışı görmek, zorlukla kazanılan kötü bir mala yorulur. Rûyâda kamıştan yapılan bir çardak görmek, üzüntü ve kederden kurtulmaya ve bol rızıkla geniş geçime işârettir.

• Rûyâda kamış görmek, kötü bir kimseye, kötü bir söz işitileceğine delâlet eder.

**KAMP:** Rûyâsında tatil yapmak için bir kampa gittiğini gören kimse, hep dünya için çalıştığına ve ahiret işlerini unuttuğuna işâretle yorumlanır.

• Rûyâda kendisi asker olmadığı halde kendinin askeri bir kampta olduğunu görmek, iyi değildir. Bu rûyâ hastalığa işâretle yorumlanır.

**KAMYON:** Rûyâda kamyon veya kamyonet görmek, yeni bir işe girişeceğinize veya oturduğunuz evinizi değiştireceğinize işâretle yorumlanır. Bazen de seyahat ile yorumlanır.

**KAN:** Rûyâda kan görmek, duruma göre değişik şekilde yorumlanır. Bazen mal, evlad, emlak sahibi olacağınıza işâretle yorumlanır.

• Rûyâda az bir kan görmek, az bir iyilik ve az bir menfaate işâretle yorumlanır. Çok kan görmek, çok mal ve çok menfaat elde etmeye işârettir.

• Rûyâda hayvandan kan çıktığını görmek, hükümete itaatsizlik ile yorumlanır.

• Burundan kan gelmesini görmek, mal ve menfaat ile tabir olunur. Bazen de burundan kan çıktığını görmek, zararla veya elden mal çıkacağına işâretle yorumlanır. Bazen de burundan çıkan kan elbiseye bulaştığını görmek, mal ve servet sahibi olacağınıza işâretle yorumlanır. Bir yara olmadan bedenden çıkan kan, rüşvet ile haram mal elde edeceğinize veya zarar edeceğinize yorumlanır.

• Bir yaranızdan kan çıktığını görmek, keder ve sıkıntıdan kurtulacağınıza işâretle tabir olunur.

• Gözünüzden kan çıktığını görmek, üzüntü, keder ve ayrılığa işâretle yorumlanır.

• Rûyâda vücûdundan, cilt ve derisinden kan aktığını görmek, sağlık ve sıhhatle, selâmetle tabir edilir.

• Rûyâda kan aldırdığını görmek, hastalıktan kurtuluşa ve şifa bulmaya işâretle yorumlanır.

• Rûyâda âdet kanı görmek, bekâr için kocaya varacağına, yani evleneceğine işâret, hamile olan kadın için düşük yapacağına işâret, âdetten kesilmiş ihtiyar kadın için de hastalanacağına işâretle tabir edilir.

**KANARYA:** Rûyâda kanarya görmek; hayra işârettir. Rûyâsında kanarya gören kimsenin dışarıda bulunan bir kaybı varsa o gelecektir, yapması gereken bir işi varsa o iş kolaylıkla yapılıverir, üzüntüsü, keder ve sıkıntısı varsa onlardan kurtuluşa ereceğine işârettir.

**KANDİL:** Rûyâda kandil görmek, evlâda ve çocuğa işâretle yorumlanır.

• Rûyâda kandil yaktığını görmek, zenginliğe kavuşacağınıza işâretle yorumlanır.

• Yanmış *(yanmakta olan)* bir kandil görmek, ise sıhhat ve sağlığa işâretle yorumlanır.

**KANDİL SİMİDİ:** Rûyâsında kandil simidi gören kimsenin, sevindirici hayırlı bir haber alacağına işârettir.

**KANEPE:** Rûyâda kanepe görmek, iyi bir yere yüksek bir mevkiye çıkacağınıza, yükseklere yükseleceğinize işârettir.

**KANTAR:** Rûyâda kantar görmek, fakir bir kimse görmüş ise, zengin olacağına işâretle tabir olunur.

**KAPAN:** Rûyâda kapan görmek, hilekâr, düzenbaz ve dalavereci, dolandırıcı kötü bir adamla tabir olunur.

**KAPI:** Rûyâda kapı görmek genellikle hayra ve iyiye yorulur, şeklinde tabir edilir.

Kapalı kapılar sır ve gizlilik anlamına gelirken, açık kapılar da rızık kapıları olarak tabir olunur.

Başka bir yoruma göre de kapalı ve kilitli bulunan kapılar kızlara işâret ederken, açık kapılar da kadınlara işâret olarak tabir olunurlar. Biraz aralık bulunan kapılar da dul kadınları temsil ederler.

• Rûyâsında bir kimse, demir bir kapıyı kilitlediğini görse, bu rûyâsı onun bekâr bir kızla evleneceğine işâretle tabir olunur.

• Rûyâsında bir kapı çaldığını görmek, yeni bir işe başlayacağına, rızık ve başarılı olacağına işârettir, şeklinde yorumlanır.

• Rûyâda kapı açtığını görmek, kısmetinin açılacağına ve ferah bir hayata kavuşacağına işârettir.

• Kapıyı kapadığını görmek, çaresiz kalmak, fakirliğe düşmek veya evlenmekle tabir olunur.

• Kapalı bir kapı görmek, çaresizlik ve zorluğa düşmekle tabir olunur.

• Rûyâda eski ve harab bir kapı görmek, üzüntü ve kedere işâretle tabir olunur.

• Yanmış bir kapı görmek ise, kötülük ve sıkıntıya işâretle tabir olunur.

• Rûyâda kapı açtığını görmek, dilek ve muradına ereceğine işâret olarak yorumlanır.

• Kapıyı açamadığını görmek, muradına erememek, dileğine kavuşamamakla tabir olunur.

**KAPICI:** Rûyâda kapıcı görmek, sebeblerin geçersizliğine işâretle yorumlanır.

• Rûyâda kapıcı görmek, bazen de sizi faydasından çok zararı olacak bir hizmetçi alacağınıza işârettir.

**KAPLAN:** Rûyâda kaplan görmek, güçlü bir düşmandır, şeklinde tabir olunur.

• Rûyâsında bir kaplanı öldürdüğünü gören kimse, bir düşmanını yener, düşmanına galip *(üstün)* geleceğine işârettir.

• Rûyâsında bir kaplana bindiğini gören kimse, büyük bir servet ve saltanata nâil olur *(kavuşur)* şeklinde tabir olunur.

• Rûyâsında kendisini kaplanın ısırdığını görmek, zarar ve kedere düşeceğine işâretle tabir olunur.

• Kaplanla boğuştuğunu gören kimse, bir düşmanla uğraşacağına işâretle yorumlanır.

**KAPLICA:** Rûyâsında bir kaplıcada bulunduğunu ve yıkandığını görmek, bütün sıkıntılardan kurtulup, yeni bir hayata kavuşacağına işâretle tabir olunur.

• Bazı yorumculara göre kaplıca görmek, bütün dert ve kederlerden, sıkıntılardan kurtulmaya işârettir.

**KAPLUMBAĞA:** Rûyânızda kaplumbağa görmek, dindar bir kimse olacağınıza işârettir.

• Rûyâda görülen kaplumbağa, iyiye ve hayra işârettir.

**KAPSÜL:** Rûyâda kapsül görmek, elinize az miktarda mal ve para geçeceğine işârettir.

**KAPTAN:** Rûyâsında kaptan gören kimsenin, aile durumunun iyi ve yolunda olduğuna; kendi işhayatınında iyi ve yolunda olduğuna işârettir.

• Rûyâsında bir gemiyi idâre ettiğini görmek, işlerinizde başarılı olacağınıza işaretle tabir olunur.

**KAPUSKA:** Rûyâsında kapuska yemeği yediğinizi görmek, gelecek günlerde *(ileride)* geçim şartlarınızın düzene gireceğine ve geçiminizin iyi olacağına işârettir.

**KAPUT:** Rûyâda kaput ***(paltoya benzer kışlık bir giyecek)*** görmek, evleneceğinze veya büyk bir zattan yardım göreceğinize işâretle yorumlanır.

**KAR:** Rûyâda kar görmek, talihsizliğinizin düzeleceğine, yani talihsizlikten kurtulacağınıza işârettir.

• Rûyâda kar yediğini görmek, eğer mevsim kar mevsimi ise, rızkınızın bol artacağına işâretle tabir edilmiştir.

• Görülen kar mevsiminde değil ise, keder ve üzüntüye delâlet eder.

**KARAAĞAÇ:** Rûyânızda karaağaç görmeniz, işlerinizde başarılı olacağınıza ve ev hayatınızda da mutlu olacağınıza işâret olarak yorumlanır.

**KARABATAK:** Rûyâda karabatak görmek, iyilikle tabir olunur. Bu rûyâ hayra yorumlanır.

**KARABİBER:** Rûyânızda karabiber görmeniz, para biriktireceğinize işâret olarak tabir olunur.

**KARADUT:** Rûyâda karadut görmek, kazancınızın, rızkınızın artacağına ve zengin olacağınıza işârettir.

**KARAKOL:** Rûyâda polis veya jandarma karakolu görmek, korkulu anlar geçireceğinize işârettir.

**KARANFİL:** Rûyâda karanfil görmek, iyi bir isim ve şöhret sahibi olunacağına delâletle yorumlanır.

• Rûyâda karanfil görmek, cömertlik ve iyi huylulukla da tabir olunur, demiştir yorumcular.

**KARARGÂH:** Rûyânızda bir askeri karargâh görmeniz, neş'eli ve sevinçli olacağınızla yorumlanır.

**KARATAVUK:** Rûyâda karatavuk görmek, çocuk sahibi olunacağına işârettir.

**KARGA:** Rûyâda karga görmek, pek iyiye yorulmaz. Yalancı ve kaba saba biriyle karşılaşmaya delâletle yorumlanır.

**KARINCA:** Rûyâda karınca görmek, istek ve arzuların gerçekleşeceğine ve düşmanlarına da gâlib geleceğine işâretle yorumlanır.

• Rûyâda karınca görmek, uzun ömür ile tabir olunur. Helâl mal ile de yorumlanmıştır.

**KARNE:** Rûyânızda okullar için kullanılan okul karnesi görmek, tamam ise, hayatınızın emniyet içinde geçeceğine, kırık notlu ise, sıkıntılı günleriniz olacağına ve sonra düzeleceğine delâletle yorumlanmıştır.

**KARNIBAHAR:** Rûyânızda karnıbahar görmeniz, başkalarında bulunan alacaklarınızı tahsil edeceğinizle yorumlanmıştır. Karnıbahar, yeni dostlar edinileceğine işârettir.

**KARPUZ:** Rûyâda yeşil karpuz görmek, rızkınızın ve kazancınızın artacağına işârettir.

• Rûyâda sarı karpuz ise, hastalıkla tabir edilir.

• Karpuz, çocuk ve âile *(evlilikle)* de yorumlanır.

**KARYOLA:** Rûyâda karyola görmek, yüksek mevki ve yolculuğa çıkılacağıyla yorumlanır.

**KASA:** Rûyâda içi dolu kasa görmek, zenginliğe, içi boş kasa görmek ise, fakirleşileceğine, fakirliğe işâret olarak yorumlanır.

**KASAP:** Rûyâda kasap görmek, pek iyiye yorulmaz. Bu rûyâyı görmek, iyi ve hayırlı değildir.

**KASATURA:** Rûyâda kasatura görmek, işlerinizde ve görevlerinizde başarılı bir kimse olacağınıza işâret olarak yorumlanır.

**KÂSE:** Rûyâda kâse görmek, hayırla yorumlanır.

**KASÎDE:** Rûyâda kasîde okuduğunuzu görmeniz güzel günlere kavuşacağınıza delâlet eder.

**KAŞER** ***(KAŞAR):*** Rûyânızda kaşer peyniri görmeniz, iyilikle yorumlanır.

• Rûyânızda kaşer peynirini yediğinizi görürseniz, dileğinize kavuşacağınıza, hasta iseniz, şifâ bulacağınıza delâlet eder.

**KAŞIK:** Rûyâda dolu kaşık görmek, zenginliğe, boş kaşık fakirliğe işaret olarak yorumlanır.

**KÂTİB:** Rûyâda kâtib görmek, hîlekâr bir kimseyle yorumlanır. Dalaverecilere dikkat edin.

**KATRAN:** Rûyâda katran görmek, iyiye yorulmaz. Katran kötü bir iş yapacağınıza işârettir.

**KAVAL:** Rûyânızda kaval görmeniz, iyi ve sevindirici haberler alacağınıza işârettir.

**KAVUN:** Rûyâda kavun görmek, düşünce ve kederle yorumlanır. Kavun gören sıkıntıya düşer demektir.

**KAYIK:** Rûyâda kürekli kayık görmek, evliliğe işârettir.

- Rûyâda görülen kayık devrilirse, eşinden ayrılmaya işârettir.

**KAYISI:** Rûyânızda kayısı görmeniz, muradınıza ereceğinize işâretle yorumlanır.

**KAYIŞ:** Rûyânızda kayış görmek, çocuğa ve rızkınızın artacağına işâretle yorumlanır.

**KAYMAK:** Rûyâda kaymak görmek, kârlı ve kazançlı bir işe işâretle yorumlanır.

**KAZ:** Rûyâda kaz görmek, mevkinizin yükseleceğine işârettir.

- Rûyâda kaz görmek, kadın ile de tabir olunur.

**KAZAN:** Rûyâda kazan görmek kadınla tabir edilir.

**KAZIK:** Rûyânızda bir yere kazık çaktığınızı görmeniz bazı huzursuzluğa düşeceğinize işârettir.

**KAZMA:** Rûyâda kazma görmek, bir arkadaşınızın *(sizi gerçekten seven bir dostunuzun)* yardımına işârettir.

**KEBAP:** Rûyâda kebap görmek, müjde, sevindirici ve iyi habere, sizi tebrik edenlere işârettir.

**KEÇE:** Rûyâda keçe görmeniz, evinizin günlük geçim ihtiyaçlarının sizin üzerinize yükleneceğine işâretle tabir olunur.

**KEÇİ:** Rûyâda keçi görmek, çeşitli şekillerde yorumlanır. Rûyâ görülen sene kıtlık olacağına işârettir.

• Rûyâda keçi başı yediğini görmek, uzun ömre uzun bir hayat yaşayacağınıza işârettir.

**KEDİ:** Rûyâda kedi görmek, hizmetçi birine veya hırsıza işâretle tabir olunur.

**KEFAL:** Rûyâda kefal balığı görmek ve yemek, elinize bol miktarda para ve mal geçeceğine işâret ile yorumlanır.

**KEFEN:** Rûyâda kefen görmek, tesettüre, örtüneceğinize işârettir. Kefen, iyilik yapılacağına da işâret olarak yorumlanır.

**KEHLİBAR:** Rûyâda görülen kehlibar, bol rızka, bol kazanca kavuşacağınıza yorumlanır.

**KEKİK:** Rûyânızda kekik görmeniz, kederle tabir olunur. Kekik, kedere ve sıkıntıya işârettir.

**KEKLİK:** Rûyâda bir keklik yavrusu görmek, bir çocuğu olacağına işâret olarak yorumlanır.

**KELEBÇE:** Rûyâda kelebçe görülmesi, biriyle münakaşa edileceğine ve sonuçta haklı çıkılacağına işâretle yorumlanır.

**KELEBEK:** Rûyâda kelebek görmek, işlerinin çok iyiye gideceğine ve zengin olacağına tabir olunur.

**KELİME-İ ŞEHADET:** Rûyâda Kelime-i Şehadet getirmek hayırla yorumlanır. Hidâyete ereceğinize, darlık ve sıkıntılardan, borçlardan kurtulacağınıza işâretle yorumlanır.

**KEMENÇE:** Rûyâda kemençe görmek, başlayacağınız işleri çarçabuk bitireceğinizle yorumlanır.

**KEMER:** Rûyâda kemer görmek, sevinç ve bol kazanca kavuşacağınıza işâretle yorumlanır.

**KEMİK:** Rûyâda kemik görmek, mal ve mülk sahibi olacağınıza işâretle yorumlanır.

**KERESTE:** Rûyâda kereste görmek, iyiye yorulmaz. Kereste,münâfık ve münâfıklığa işârettir.

**KEREVİZ:** Rûyâda kereviz görmek, hüzün ve kederle yorumlanır. Üzüntü ve kedere işârettir.

**KERPETEN:** Rûyâsında kerpeten gören kimsenin, yüksek bir mevkiye ulaşacağıyla tabir olunur.

**KERPİÇ:** Rûyâda kerpiç görmeniz, mal ve mülk sahibi olmakla ve elinize helal mal gireceğine işâretle yorumlanır.

**KERVAN:** Rûyâda kervan görmek, elinize bol para geçeceğine delâletle yorumlanır.

**KESE:** Rûyâda kese görmek, pek yakında bol paraya kavuşacağınıza işâretle yorumlanır.

**KESER:** Rûyâda keser görmek, iyidir. Günlük geçeminizi temin edeceğinize ve rızkınızın artacağına işâretle tabir olunur.

**KESTANE:** Rûyâda kestane görmek veya yemek, sağlıkla olacağınıza işâretle yorumlanır.

**KEŞKÜL:** Rûyânızda keşkül yediğinizi görmek, iyi kimselerle dostluk ve arkadaşlık kuracağınıza işârettir.

**KEVSER IRMAĞI:** Rûyânızda Cennet'teki Kevser Irmağı'ndan su içtiğinizi görmek, hayır ve iyiliğe yorumlanır. Şifâ bulacağınıza, ölürken imân ile öleceğinize işâretle de yorumlanır.

**KIL:** Rûyâsında kendi vücûdunda kıllar *(tüyler)* bittiğini görse, zenginleyeceğine ve mevkice yükseleceğine işâretle yorumlanır.

• Rûyâda kıl görmek, çok mal ve uzun ömürle, bol rızık ve bol kazanca işâretle yorumlanır.

**KILAVUZ:** Rûyânızda kılavuz görmek, bir yolculuğa çıkacağınızla tabir olunur.

**KILIÇ:** Rûyâda kılıç görmek, çocuğunuz olacağına işâretle yorumlanır.

• Rûyâsında kılıç gören kimsenin, murad ve dileklerinin gerçekleşeceğiyle dahi tabir olunur.

**KINA:** Rûyâda kına görmek, mal ve menfaatle tabir olunur. Kına ile ilgili görülen rûyâlar iyiye yorumlanır.

**KIRBAÇ:** Rûyâda kırbaç görmek, büyük bir makama çıkacağınıza işâretle tabir olunur.

**KIRLANGIÇ:** Rûyâda kırlangıç görülmesi, uzaklardan sevinçli bir haber alınacağına işâretle tabir edilir.

**KIRMIZI KİREMİT:** Rûyâda görülen kırmızı kiremit, helal malla, helal rızıkla yorumlanır.

**KISRAK:** Rûyânızda kısrak görmeniz, istek ve arzularınızın gerçekleşeceğine işâretle tabir olunur.

**KITLIK:** Rûyâda kıtlık görmek, tersiyle yorumlanır. Rûyâda kıtlık görmek, bolluk ve berekete işârettir.

**KIYÂMET:** Rûyâda kıyâmet görmek, adâletli ve insaflı olmaya, veya korkuya ve bolluğa işâretle tabir olunur.

**KIYMA:** Rûyâda kıyma görmek ve yemek, iyi bir habere ve sevince işâretle yorumlanır.

**KIZILCIK:** Rûyâda görülen kızılcık, kolay elde edilen ve küçük küçük kazançlara işârettir.

**KIZILDERİLİ:** Rûyânızda kızılderili görmeniz, arabulucu olacağınıza işâretle yorumlanır.

**KIZKARDEŞ:** Rûyâda kızkardeş görmek, iyi bir haberle yorumlanır.

**KİBRİT:** Rûyâda kibrit görmek, yanıyorsa iyi bir talih ve şansınızın olacağına işâretle tabir olunur.

**KİL:** Rûyâda görülen kil, üzüntü ve kedere işâretle yorumlanır. Kil, sıkıntıya düşeceğinize işârettir.

**KİLE:** Rûyâda kile görmek, rızkınızın artacağına işâretle tabir olunur. Kile, bol rızka işârettir.

**KİLER:** Rûyâda içi erzak dolu bir kiler görmek, tutumlu biriyle evleneceğinize ve dolayısıyla bolluk ve bereketli bir hayatla yorumlanır.

**KİLİM:** Rûyâda görülen kilim, bol rızıkla tabir olunur. Kilim, giyilecek elbiselere de işârettir.

**KİLİSE:** Rûyâda kilise görmek, iyiye yorumlanır. Kilise, sessiz, müziksiz görülürse hayra işârettir.

**KİLİT:** Rûyâda kilit görülmesi, iyiye yorulur. İşlerin kolaylığına işâretle de tabir olunur.

**KİRACI:** Rûyâda kiracı görmek, bu rûyâyı hasta olan biri görse şifa bulacağına işâretle yorumlanır.

**KİRAZ:** Rûyâda görülen kiraz, sağlık ve sıhhatle yorumlanır.

**KİREÇ KUYUSU:** Rûyâda kireç kuyusu görmek, pek yakında bir mektup alacağınıza işârettir.

**KİTAB:** Rûyâda görülen kitab, iyiye ve hayra işârettir, şeklinde tabir olunur.

**KOÇ:** Rûyâda koç görmek, şeref ve saygınlığa, itibara kavuşacağınıza işâretle tabir olunur.

**KOKU:** İyi bir haber alacağınıza işârettir. Kokularla ilgili rûyâlar iyiye yorumlanır.

**KOLTUK:** Rûyâda görülen koltuk, iş hayatında başarıya işârettir.

**KOLYE:** Rûyâda kolye görmek, çevrenizın sevgisini kazanmakla yorumlanır.

**KOMİSER:** Rûyâda komiser görmek, mevkinizin yükseleceğine işâretle yorumlanır.

**KONAK:** Rûyâda görülen konak, iyilikle yorumlanır. Rûyâda konak görmek, hayra işârettir.

**KORSE:** Rûyâda korse görmek, sıkıntı ile yorumlanır. Korse görmek, üzüntü ve kedere işârettir.

**KORUK:** Rûyâda görülen koruk, malın çoğalacağına işâretle yorumlanır.

**KOŞMAK:** Rûyâda koştuğunuzu görmek, dileklerinizin ve muradınızın olacağına işâretle tabir edilir.

**KOYUN:** Rûyâda koyun görmek, helal malla yorumlanır. Koyun, berekettir; helâl mal kazanmaktır.

**KOZA:** Rûyâda görülen koza, haram mal ile tabir olunur. Koza, haram para kazanacağınıza işârettir

**KÖMÜR:** Rûyânızda kömür görmeniz, elinize haram mal gireceğine işâretle tabir olunur.

**KÖPEK:** Rûyâda köpek görmek, iyiye işârettir.

**KÖPRÜ:** Rûyâda köprü görmek, çok iyiye yorumlanır. Köprü hayra kavuşacağınıza işâret eder.

**KÖŞK:** Rûyânızda köşk görmeniz, sözü geçerli bir kimse olacağınıza işâretle yorumlanır.

**KRAL:** Rûyâda görülen kral, yabancı memleketlere seyahatle tabir olunur.

**KRALİÇE:** Rûyâda kraliçe görülmesi, herkes için iyiye işâretle yorumlanır.

**KUMRU:** Rûyâda görülen kumru, çok konuşan, geveze biriyle evliliğe işârettir.

**KUR'ÂN:** Rûyâda Kur'ân görmek, çok çok iyidir. Hayırla yorumlanır, şeklinde tabir olunur.

**KURBAN:** Rûyâda Kurban görmek, çok iyidir. Zenginliğe işâretle tabir olunur.

**KUŞ:** Rûyâda görülen kuş, pek iyiye yorulmaz. Rûyâdaki kuş, zayıflık nişanıdır, şeklinde tabir edilir.

**KUYU:** Rûyâda kuyu görmek, çeşitli şekilde yorumlanır:

• Rûyâsında evinin önünde kuyu görse, hiç bir zahmet çekmeksizin kazancının artacağına işârettir.

• Rûyâda kuyu suyu ile yıkandığını görmek, keder ve üzüntülerden, sıkıntılardan kurtulacağına işârettir, şeklinde tabir olunur.

**KUYUMCU:** Rûyâda kuyumcu görmek, yalan ve hile ile yorumlanır. Diğer bir yoruma göre, tatlı söz ve hayır sahibi olacağınıza işârettir.

**KUZU:** Rûyâda kuzu görmek, hayırlı bir evlâd sahibi olduğunuza veya olacağınıza işârettir.

**KÜF:** Rûyâda küf görmek, uzun zamandır görüşmediğiniz bir arkadaşınızla veya bir dostunuzla buluşacağınıza işâret olarak yorumlanır.

**KÜL:** Rûyâda kül görmek, faydasız mal ile tabir edilir. Kül, fayda ve menfaat elde edemediğiniz maldır.

**KÜMES:** Rûyânızda kümes görmeniz, ev yapacağınıza işâret olarak tabir olunur.

**KÜP:** Rûyâda küp görmek, değerli bir şeye sahib olarak kavuşacağınıza işâretle yorumlanır.

**KÜPE:** Rûyâda küpe görmek, gören kimseye göre yorumlanır. Evli bir kadın görse, erkek bir çocuğa sahib olacağına, bekâr bir kız görse, evleneceğine, erkek kimse görse, kendisini ilme vereceğine işârettir diye tabir olunur.

**KÜREK:** Rûyâda kürek görmek, keder ve üzüntüden kurtulacağınız şeklinde tabir olunur.

**KÜRK:** Rûyâda kürk görmek, kış günü kürk giydiğini görse, zengin olunacağına işâretle tabir edilir.

• Bir kadın rûyâsında kürk giydiğini görse, evleneceğine işâret olarak yorumlanır. Umumiyetle (*genel olarak*) kürk görmek, bolluğa ve zenginliğe ve mutluluğa delâlet eder şeklinde yorumlanmıştır.

**KÜRKÇÜ:** Rûyâda görülen kürkçü, helâl bir mal veya kazançla tabir olunur.

**KÜRSÜ:** Rûyâda görülen kürsü, iyi bir mevkiye çıkacağınıza işârettir. Kendini kürsüde görmek, muradına ereceğine işâret olarak tabir olunur.

• Rûyâda kürsüden iner görmek, mevkisini kaybedeceğine işâretle yorumlanır.

**KÜSBE:** Rûyânızda küsbe görmeniz, fazlaca rahatınıza düşkün olacağınıza işâretle yorumlanır.

**KÜSKÜNLÜK:** Rûyâda küskünlük görmek, ömrünüzün bittiğine, ölümünüzün yaklaştığına delâlet eder.

**KÜTÜPHANE:** Rûyâda görülen kütüphane çeşitli şekillerde yorumlanır. Rûyâyı görenin durumuna, hal ve hareketine göre tabir olunur.

# L

**LABORATUAR:** Rûyâda laboratuar görmek, hayatınızda yeni yeni işlere başlayacağınıza ve size yeni yeni imkanlar açılacağına işârettir.

• Rûyânızda bir laboratuarda çalıştığınızı görmeniz, iş hayatınızda yeni dostlarınızın artacağı ve saygınlığınızın güngeçtikçe artacağı ile tabir olunur.

**LÂCİVERT:** Rûyânızda lâcivert renkli herhangi bir şey görmeniz, ağırbaşlılığınızla seviyeli, saygın yeni dostlar edineceğinize ve bu sayede yüksek seviyeli bir kimse olacağınıza işâretle tabir olunur.

**LÂDES KEMİĞİ:** Rûyânızda bir arkadaşınız veya bir yakınınızla lâdes tutuştuğunuzu görmeniz, güvendiğiniz bir arkadaşınız tarafından aldatılacağınıza işâretle tabir olunur.

• Bazen de lâdes kemiği ile lâdes tutuşmak, rûyâyı gören kimsenin iş hayatında bazı hatalar yapacağına ve bu yüzden zarar göreceğine işârettir.

• Lâdes tutuştuğunu görmek, bazen de bir arkadaşı tarafından aldatıldığını bir türlü kendisine yedirememekle üzüleceğine ve sıkıntı çekeceğine işâretle tabir olunur.

**LÂDİN:** Rûyâsında lâdin ağacı gören kimse, pek kısa zamanda istek ve dileğine *(murâdına)* ereceğine işâretle tabir olunur. Lâdin ağacı görmek, iyilik, saygınlık ve güzel bir şöhrete kavuşacağınıza işârettir.

• Rûyâsında bir kimse, lâdin ağacı reçinesi çiğnediğini görse, bu kimse güzel bir sözle karşılaşır şeklinde de tabir edilir.

**LÂF ATMAK:** Rûyâda birisine lâf atmak, özellikle genç bir kadına lâf attığını görmek, rûyâyı gören için iyi bir rûyâ değildir. Bu rûyâ, rûyâyı gören kimsenin acz içinde zavallı bir durumda olduğuna işârettir.

**LÂF İŞİTMEK:** Rûyâsında birileri tarafından kendisine lâf atılan kimsenin gördüğü bu rûyâsı kendisinin ümidle beklediği hayallerinin boşa gideceğine ve hayallerinin kırılacağına işâretle tabir olunur.

**LÂĞIM:** Rûyâda lâğım görmek, hîle ve dalavereli çirkin işlere âlet olarak, kirli ve kötü işlere karışacağınıza ve bundan dolayı da üzüleceğinize işârettir.

• Rûyâsında bir erkek kendisinin lâğıma düşdüğünü görse, bu rûyâ, onun (rûyâyı gören kimsenin) işinde zarar edeceğine işâretle yorumlanır.

• Bu rûyâyı gören kadın ise, dostları ve arkadaşları tarafından dolandırılıcağına ve paralarının elinden gideceğine işâretle tabir olunur.

• Bazen de rûyâda lâğıma düşmüş görmek,rûyâyı gören kimsenin, helâl ve haram ayırmadan ve düşünmeden zengin olmak isteyeceğine işârettir.

**LAHANA:** Rûyâda lahana görmek, bazen iyiye yorulmaz. Rûyâda lahana gören herkes için, özellikle ticâret yapanlar için iyi değil, iyiye ve hayra yorulmaz. Lahanaları pazara götürdüğünü görenler için bir şiddete işâretle tabir olunur.

• Lahana yapraklarını elinde gören kimse için ise, istediğini elde eder, şeklinde tabir olunur. Aslında lahana görmek, katı kalbli bir adamla tabir olunur.

• Lahana görmek, bazen de kendi hakkınızda iyi sözler işiteceğinize işâretle yorumlanır.

**LAHANA TOHUMU:** Rûyâsında lahana tohumu görmek, hastalığa veya gam, kedere işâretle yorumlanır. Salata, marul ve benzeri tohumlar da böyle tabir edilir.

**LA HAVLE VELA KUVVETE:** Bir kimse, rûyâsında bu mübarek kelimeyi söylediğini görse, korktuğu şeylerden Allah'a sığınarak emniyette olacağına işârettir.

**LÂHİT:** Rûyânızda lâhit görmek, lâhit boş ise, ömrünüzün uzadığına, içinde bir şeyler varsa *(dolu ise)*, pek yakında dedelerinizden kalma bir mülke kavuşacağınıza işâretle tabir olunur.

**LÂ İLÂHE İLLALLÂH:** Rûyânızda bu mübarek Kelime-i Tevhidi söylediğinizi görmeniz, borcunuz varsa, borcunuzu ödeyeceğinize, sıkıntılı, kederli bir haliniz varsa, ondan kurtulacağınıza, geçim sıkıntısı çekiyorsanız, bundan da kurtulacağınıza işâretle tabir edilir.

**LÂL:** Rûyâda lâl *(kırmızı bir taş)* görmek, eş, hizmetçi, mal ve itibar *(saygınlık)* ile tabir olunur.

• Rûyâsında bir kimse, büyük ve güzel bir lâl taşı göre, bu rûyâsı onun kadr-ü kıymetinin *(saygınlık ve itibarının)* artacağına işâretle tabir olunur.

**LÂLE:** Rûyâda lâle görmek, gönül sevgisi, aşk ile yorumlanır. Bir delikanlının rûyâda lâle görmesi, bir kıza gönülden tutulması *(âşık olması)*, bir genç kızın bir delikanlıya gönül sevgisi *(âşık olması)* ile tabir edilir.

• Mevsiminde lâle görmek rûyâda, iyiye, sevinçli bir habere ve menfaat elde etmeye yorumlanır.

• Rûyâsında koparılmış lâleler veya lâle görmek, üzüntü ve kedere işârettir veya boşanmaya ve eşlerin ayrılacağına işâretle yorumlanır.

• Rûyâsında lâle yetiştirdiğini gören kimse, yakınlarından, akrabalarından ve arkadaşlarından saygı ve hürmet göreceğine işâretle yorumlanır.

**LÂMBA:** Rûyâda lâmba görmek, hayatta başarı ve devlet ve şeref ile tabir olunur.

• Rûyâda küçük lâmba görmek, çocuk ve hizmetçi ile tabir olunur. Bu lâmba yakılır ise, bahtın açılacağı ve gurbette bulunan kimsenin gelmesiyle yorumlanır.

• Rûyâda elinde yanmış lâmba görmek, hayır ve iyiliğe servet ve zenginliğe ve murada ermekle yorumlanır.

• Rûyâsında lâmbanın elinde sönmüş olduğunu görmek, işlerin bozulacağına, işden ayrılmak veya atılmak ile, veya evlâdının ölümüne işârettir.

• Rûyâda iki tane fitilli lambanın yandığını gören kimsenin ikiz evlâdı doğar veya birilerinden çift, iki tane menfaat elde edeceği ile tabir olunur.

• Rûyâda lambanın söndüğünü görmek, fakirlik, çâresizlik, içine düşmesine veya evine hırsız girmesine işâretle tabir olunur.

• Rûyâsında elinde yanan lambayı üfleyerek söndürdüğünü gören kimse, birilerinin hakkını gasbedip yemek, hakkını vermemek şeklinde tabir edilir.

**LAPA:** Rûyânızda lapa görmek,vücudunuzun bir yerinde büyücek bir çıban çıkacağına veya rahatsızlık geçireciğiniz şeklinde tabir olunur.

• Rûyâda lapa görmek veya yemek, evde bulunan bir hasta ile de tabir olunur. Bazı yorumculara göre, lapa görmek, bol rızka ve bol berekete işârettir, demişlerdir.

• Rûyâda pirinç lapası yediğinizi görmek, malınızın ve rızkınızın çoğalacağına veya kaybolmuş itibarınızın yeniden kazanılacağına işârettir, şeklinde yorumlanmıştır.

• Bazı yorumculara göre de, lapa görmek, bir hastalık veya hasta ile uğraşacağınıza, kendi sağlığınızada önem vermeniz gerektiğine, şayet gördüğünüz lapadan yerseniz *(yediğinizide görürseniz)* rızkınızın, kazancınızın artacağına işârettir, demişlerdir.

**LASTİK:** Rûyânızda lastik görmek, iki yüzlü karaktersiz arada söz getirip götüren biriyle tanışacağınıza işârettir ki, ondan zarar göreceğiniz ile yorumlanır.

• Lastik ayakkabı giydiğini görmek, neş'enizi kaçıracak bir durumla karşılaşacağınıza işârettir.

• Rûyânızda lastik topla oynadığınızı görmek, sevinç ve neş'eye işâretle tabir olunur.

**LÂTİFE:** Rûyânızda biriyle şakalaştığınızı *(lâtifeleştiğinizi)* görmek, bir dostunuzun kaba bir davranışı ile üzüleceğinize işâret olarak yorumlanır.

**LÂV:** Rûyânızda bir yanardağın lavlar çıkardığını *(veya saçtığını)* görmeniz, bir macera yoluyla tanışacağınız biriyle evleneceğinize işâretle tabir olunur. Eğer evli iseniz, bu durumun eşinizle aranızda bir sorun olacağına işârettir.

• Ateşin kıvılcımlar ve lavlar saçtığını görmeniz ise, bir sırrınızın açığa *(ortaya)* çıkacağına işârettir.

**LÂVABO:** Rûyâda lavabo görmek, titiz ve temizliğe çok önem veren intizamlı biriyle tabir olunur.

**LÂVANTA:** Rûyâda lavanta görmek, herkesin nazında saygınlık anlatan bir itibar *(beğeni)* kazanmış bir üne sahib olacağınıza işârettir.

• Bazen de rûyâda lavanta görmek, cesâret ve cömertliğe işâretle yorumlanır.

**LEBBEYK:** Rûyâda lebbeyk dediğini görmek, şikayetleri kendi merciine yaptığınıza işârettir.

• Hacc zamanında lebbeyk dediğini görmek ise, düşmanlarınıza gâlib *(üstün)* geleceğinize işârettir.

**LEBLEBİ:** Rûyâda leblebi görmek, faydasız sözlerle vakit öldürmeye işârettir.

**LEĞEN:** Rûyâsında leğen görmek, evliliğe, rızkın artacağına işârettir.

• Rûyâda toprak leğen görmek, komşulara faydalı bir kişi olacağınıza işârettir.

**LEHİMCİ:** Rûyâda lehimci görmek, durumunun düzeleceğine, hasta ise şifa bulacağına işârettir.

**LEKE:** Rûyânızda elbisenizin herhangi bir yerinde bir leke olduğunu görmeniz, sizin için bazı dedikoduların yapıldığına işâretle tabir olunur.

**LEŞ:** Rûyânızda bir leş görmek, kötü bir haber alacağınıza işâretle tabir olunur.

• Rûyânızda kokmuş bir hayvan leşi görmeniz, çok önemli bir sırrınızın açığa çıkacağına ve bundan da çok büyük zarara uğrayacağınıza işârettir.

• Rûyâda görülen leş, çok pis koku yayıyorsa, çok azgın bir düşmanınız olduğuna işâretle tabir olunur.

**LEVHA:** Rûyânızda bir levha *(tabla)* görmek, yakında hayırlı bir yolculuğa çıkacağınıza işârettir.

• Bazen de levha görmek, bulunduğunuz bir toplulukta güzel sözler söyleyip nasîhatta bulunacağınıza işâretle yorumlanır.

**LEVH-İ MAHFÛZ:** Rûyâda levh-i mahfûzu görmek Allah'ın ilmini öğreneceğinize, hikmet ve Kur'ân yolu üzere bir mertebeye ulaşacağınıza işâretle tabir olunur. Rûyâda kendi ismini Levh-i Mahfûz'da yazılı olduğunu görmek, ecelinin yakın olduğuna, ölümünün pek yakında geleceğine, öleceğine işârettir.

**LEVREK:** Rûyâda levrek balığı görmek, hayırla yorumlanır. Böyle bir rûyâ hayra ve iyiye yorumlanır. Levrek balığı görmek, büyük bir kısmet ve talihe işâretle tabir olunur.

**LEYLAK:** Rûyâda leylak görmek, hafif meşreb ***(oynak huylu)*** bir eşiniz olduğuna işârettir.

**LEYLEK:** Rûyâda leylek görmek, yolculukla, seyahatle yorumlanır.

• Rûyâda leylek öldürmek düşmana galip *(üstün)* gelmekle yorumlanır.

• Rûyâda leyleğin ev üzerinde bir şey yediğini görmek, değerli bir zata ikram verileceğine işârettir.

**LİF:** Rûyâda lif görmek, elbiseye, bazen de ağır bir mala işâretle tabir olunur.

**LİMAN:** Rûyâda liman görmek, her türlü güçlüğü yeneceğinize işârettir, şeklinde yorumlanır.

• Bazen de liman görmek, huzûr ve rahata, emniyet ve selâmete işârettir.

• Limanda gemiler görmek, yolcunuz varsa, onun geleceğine veya evinize çok misafirlerin geleceğine işâretle tabir olunur.

**LİMON:** Rûyânızda limon görmek, işlerinizde karışıklıkların bulunduğuna işâretle yorumlanır.

• Rûyâda limon görmek, hastalığa da işâret eder, çünkü rengi sarıdır. Eğer yeşil limon görürsen kedere düşeceğinize yorumlanır.

**LİMON AĞACI:** Rûyâda limon ağacı görmek, güzel sözler ve güzel sevindirici haberler alacağınıza işâretle tabir olunur.

**LİMONATA:** Rûyâda limonata içtiğini görmek, beklemediği bir yerden hayırlı ve sevinçli bir haber alacağına işâretle tabir olunur.

• Limonata görmek, çoktandır çektiğiniz sıkıntıların yakında sona ereceğine ve ferahlık günlerin başlayacağına işâretle tabir olunur.

**LİRA:** Rûyâsında altın lira görmek, küçük bir kaza geçireceğinize işâretle tabir olunur. Lirayı bozduğunu gören, bir üzüntü sonucu biraz rahatsızlık geçireceğine işâretle tabir olunur.

**LİSE:** Rûyânızda bir lisede talebe olduğunuzu görmek, çalışmalarınız sonucu herkesin takdirini kazanağınıza işâretle yorumlanır.

**LOHUSA:** Rûyâda lohusa görmek, evde olan bir hastaya işârettir. Erkeklerin rûyâda lohusa görmeleri, müjdeli bir habere ve sevinçli bir duruma işârettir.

• Rûyâda lohusanın yatağından kalkmış olduğunu görmek, iyilik ve sağlığa işârettir.

**LOKANTA:** Rûyâsında bir lokantada yemek yediğini görmek, küçük üzüntü ve sıkıntılara işâret ile tabir olunur.

**LOKMA:** Rûyâda ağzına bir lokma götürdüğünü ve yuttuğunu görmek, önüne gelen kısmetten faydalanacağına işâretle yorumlanır.

**LOKOMOTİF:** Rûyâda lokomotif görmek, bir seyahat yolculuğuna çıkacağına işâretle yorumlanır.

**LOKUM:** Rûyâda lokum görmek, genellikle tatlı şeylerle özellikle bal gibi birisi olacağınıza işârettir.

**LÛT** *(A.S.):* Rûyâda Hz. Lût *(A.S.)* görmek, yakınları ve hanımı tarafından gelecek sıkıntılara üzüntü ve kedere işâretle tabir olunur.

**LÜKS:** Rûyâda lüks şeyler görmek, aleyhinde kötü dedikodular yapılacağına işâretle yorumlanır.

**LÜLETAŞI:** Rûyâda lületaşı görmek, hayırlı bir haber alacağınıza işâretle yorumlanır.

# M

**MAAŞ:** Rûyâda maaş aldığınızı görmek, bir yerden yardım göreceğinize ve geçim bakımından ferahlıyacağınıza işâretle yorumlanır.

**MÂBED:** Rûyâda mâbed görmek, hayırla, iyiye yorulur. Rûyâsında bir mâbed ***(İslâm mâbedi-câmi mesciddir)*** gören kimse, hayırlı işler yapar, sıhhat ve afiyet üzere bulunur ve mutluluk işâreti olarak tabir olunur. Bir kimse *(bir müslüman)* kendi dininin mâbedini görse, hayra kavuşur veya hayır işleri peşinde koşar, hayırlar yapar, sevablar kazanır, şeklinde tabir olunur. Bir gayri müslim, müslüman olmayan bir kimse, rûyâsında bir İslam mâbedi *(cami ve mescid)* görse, bu rûyâsı onun müslüman olacağına işârettir.

**MACUN:** Rûyâsında macun görmek, sağlık ve sıhhat üzere hayat süreceğine işârettir. Rûyâyı gören kimse, eğer hasta ise, iyileşeceğine hastalığından şifâ bulacağına işâretle tabir olunur. Bu rûyâyı gören kimsenin neslinin, soyunun çoğalacağına da işâret vardır.

**MAÇ:** Rûyâda bir futbol maçı seyretmek, vakitlerinizin boşa harcandığına bir işâretle uyarı demektir. Çünkü vakit nakittir. Vakitleri boşa harcamak çok büyük zarar, ziyan demektir.

**MADALYA:** Rûyâda madalya almak iyiye yorulurken, madalya vermek ise, zararla yorumlanır.

**MADEN:** Rûyâda maden külçesi bulmak, içinde bulunduğunuz çıkmazdan kurtulacağınıza işârettir.

• Maden ocağı görmek, erkek görmüşse başarılı olacağına, bekâr bir kadın bu rûyâyı görmüşse evleneceğine, evli bir kadın bu rûyâyı görse, rızkının artacağına ve şansının açılacağına işâretle yorumlanır.

**MADEN SUYU:** Rûyânızda maden suyu içtiğinizi görmek, arzuladığınız şifâya kavuşacağınıza ve dileklerinizin gerçekleşeceğine işâretle yorumlanır.

**MAĞARA:** Rûyâda mağara görmek, insanın sığınabileceği kimseye işârettir. Bazı kere de, mağara görmek, işlerini, planlarına gizli tutmak isteyen kimse için işlerini gizlemesine veya gizleyeceğine işârettir.

• İşi olmayan, boşta kalan bir kimse, rûyâsında bir mağara görse, bu rûyâsı onun bir iş bulacağına, bir vazifeye veya bir işe gireceğine işâretle tabir olunur.

• Rûyâsında mağara gören bir kimse, hasta olsa, şifâ bulacağına, iyileşeceğine, hapiste olan bir kimse bu rûyâyı görse, hapisten kurtulacağına işâretle tabir edilir.

• Bazı kere de, rûyâda mağara görmek, *"Ashab-ı Kehf'in"* hayat hikayesine benzeterek, uzun ömre, rûyâyı görenin ömrünün uzunluğuna, uzun olacağına ve hayrının çokluğuna işâret olarak tabir olunur.

• Rûyâda mağara görmek, bazen de, Hz. Ebûbekir *(R.A.)*'ın Hz. Peygamber Aleyhisselâmla beraber hicret yolculuğunda vaki olan meşhûr kıssaya kıyaslanarak dostlardan bir hayra erişip nasiblenmeye işâret olarak tabir olunur.

• Rûyâda mağara görmek, sıkıntılardan kurtuluşa ermeye ve refaha kavuşmaya işâretle tabir olunur.

**MAĞAZA:** Rûyâda mağaza görmek, bol kazanç ve kâr ettiğinize veya edeceğinize işâret yorumlanır.

• Bazı kere de, rûyâda görülen mağaza, rûyâyı gören kimsenin, hanımına, malına-mülküne, evladına ve bineğine işârettir. Mağaza da görülen güzellikler, çirkinlikler onlara işârettir, şeklinde tabir edilir.

**MAĞLUBİYET:** Rûyâda mağlubiyet gören, yenildiğini, mağlup olduğunu gören kimse, gâlip *(üstün)* geleceğine, rakiblerini yeneceğine ve sıkıntılardan sonra başarıya ulaşacağına işâretle tabir olunur.

**MAHALLE:** Rûyâsında bir mahallede olduğunu görmek, komşularla anlaşmamaya, veya anlaşamayacağına işâretle tabir olunur. Bu rûyâyı görmek, bazen de kalabalık bir yerde bulunacağınıza işârettir.

**MAHALLEBİ:** Rûyâsında bir mahallebici dükkanında mahallebi yediğini görmek, sizce ve herkesce beğenilip takdir edilen *(her konuda seviyeli)* kimselerle arkadaşlık ve dostluk edeceğinize işâretle tabir edilir.

**MAHALLEBİCİ:** Rûyâsında bir mahallebicide mahallebi yediğini görmek, vefâkâr dostlar ve arkadaşlar ediniceğinize işâretle tabir edilir.

**MAHFAZA:** Rûyâsında kıymetli eşyaların korunması için konulan mahfazayı görmek, size verilen veya söylenen bir sırrı saklamanız, gerektiğine veya saklayacağınıza işâret olarak tabir olunur.

**MAHKEME:** Rûyâda hak ve hukuk işlerine bakan bir mahkeme görmek, iyiye ve hayra işâret eden bir rûyâ olarak yorumlanır.

• Rûyâda ceza mahkemeleri, cezaya bakan mahkemeler görmek ise, iyi değildir. Keder ve sıkıntıya düşeceğinize işârettir, şeklinde tabir edilir.

**MAHKEME KATİBİ:** Rûyâda mahkeme katibi görmek, iyi değildir. Rûyâda görülen mahkeme kâtibi, bir kimseye hucûm eden, saldıran, hîlekâr dalavereci bir adama işâret olarak tabir edilir.

**MAHSUL:** Rûyâda tarlada mahsul topladığınızı görmek, çok büyük kârlı kazanç elde edeceğinize işârettir.

**MAHŞER:** Rûyâda kendinizi mahşerde görmek, imtihan ve sorgu suâle çekileceğinize, hesaba çekileceğinize işârettir.

**MAHYA:** Rûyânızda cami minârelerine mahya çekildiğini görmek, iyiliğe ve yardım göreceğinize işâretle yorumlanır.

**MAHZEN:** Rûyâda mahzen görmek, hamile olan anaya veya terbiyeci ve hamile bir kadına işâretle yorumlanır. Mahzen de kapalı kaldığını görmek, fakirliğe düşeceğinize işârettir. Mahzen, hastalıktan kurtuluşa da işârettir.

• Rûyâda mahzen görmek, anaya işâretle yorumlanır. Bu işârete göre, rûyâsında mahzenin yıkıldığını veya tamamen kapanmış olduğunu gören kimsenin, hasta anası varsa, yani anası hasta ise, bu rûyâsı onun *(anasının)* ölümüne, öleceğine işârettir şeklinde tabir olunur.

• Rûyâsında mahzendeki bulunan yemeğine çöp veya toprak dolmuş olduğunu görmek, tarla mahsûlünün, zirâatle elde edilen mahsullerin fiatlarının düşeceğine ve zarar edeceğine, sermayenin azalacağına işâretle tabir olunur.

• Fakir bir kimse, rûyâsında mahzenin hububat ve yiyeceklerle dolu olduğunu görse, bu rûyâsı o fakirin hanımının hamile kalacağına ve ana olacağına, çocuğunu doğuracağına işâretle tabir olunur. Bu dolu mahzene ateş düştüğü görülse, o sene hububat ve yiyeceklerde kıtlık olacağına işârettir.

**MÂİDE SÛRESİ:** Rûyâsında bu sûreyi okuduğunu veya dinlediğini görmek, çok mal ve berekete erer, her murâdı hasıl olur, cömert, rızkını, malını sevdikleriyle paylaşır, insan dostu bir kişi olduğuna işârettir.

**MAK'AD:** Rûyâda mak'ad görmek, zevceye, mala işârettir. Rûyâda mak'adının tıkandığını *(kapandığını)* görmek, ölüme işârettir.

• Rûyâsında mak'adının ağrıdığını, sancılandığını görmek, verdiğiniz sözden caydığınıza, veya vermiş olduğunuz bir sözü yerine getiremiyeceğinize işârettir, şeklinde tabir olunur.

• Rûyâda mak'adınızdan kan geldiğini görmek, önemli bir hastalığa yakalanacağınıza, veya maddî zarara uğrayacağınıza işâretle yorumlanır.

**MAKALE:** Rûyânızda bir gazete veya dergi makalesi okuduğunuzu görmek, hâlâ boş gezdiğinize, işsiz olduğunuza ve bu durumunuzun biraz daha devam edeceğine işâretle tabir olunur.

**MAKAM:** Rûyânızda kendinizi bir makam sahibi olmuş, makam sahibi olarak görmek, hiç bir zaman kendi başınıza bir iş sahibi olamayacağınıza, iş alanında başarılı olamıyacağınıza ve küçük işlerden ileri gidemiyeceğinize işâretle tabir olunur.

**MAKARA:** Rûyâda dikiş makarası görmek, güzel geçecek bir eğlenceye, veya güzel geçecek bir yolculuğa işârettir, şeklinde yorumlanır. Gördüğü makaranın ipliklerinin çürük olduğunu da görürseniz, bu yolculuğun geri kalacağına, gerçekleşmeyeceğine işâretle tabir olunur.

**MAKARNA:** Rûyâda makarna görmek, iyiye ve hayırlı bir işe sahib olduğunuza veya olacağınıza işâretle tabir olunur.

• Rûyâda makarna görmek, paranızın ve gelirinizin azaldığını anlayarak, tasarruflu bir yaşama koyularak bundan çok hayır elde edeceğinize işârettir.

**MAKAS:** Rûyâda makas görmek, çok değişik şekillerde tabir edilir. Rûyâsında kendisine bir makas verildiğini veya elinde bir makas olduğunu gören kimsenin bu rûyâsı, onun *(rûyâyı gören kimsenin)* sahip olduğu şeylerin *(nîmetlerin)* hepsinin iki kat artacağına işârettir şeklinde tabir edilir.

• Rûyâsında elinde bir makas olduğunu gören kimsenin, bir çocuğu olsa, bu rûyâsı onun bir çocuğu daha olacağına işâretle tabir olunur. Bu rûyâyı gören kimsenin, bir bineği olsa, bir bineği daha olacağına işârettir. Bu rûyâyı gören kimse, bekâr ise, bu rûyâsı, onun evleneceğine işâretle yorumlanır.

• Rûyâsında kendisine gökten bir makas indiğini görse, bu rûyâsı, onun ölümüne işâret ile, bu rûyâyı gören kimsenin öleceğine işâret olarak yorumlanır.

• Rûyâda görülen makas, mal taksim eden, mal bölüştüren bir kimseye işâret olarak tabir de olunmuştur. Rûyâsında elinde makas, saç kestiği veya yün kırptığını gören kimse, çok çok mal yığar, veya biriktirir, servet sahibi zengin olur, veya olacağına işâretle tabir olunur, şeklinde yorumlanmıştır.

• Rûyâsında makasla bir şey kestiğini gören bir işçi, işçilik yaparak, işçiliği ile, işçiliğine karşılık mal-mülk alır, veya alacağına işâretle tabir olunur. Bazı yorumcular, rûyâda görülen makas, insanların arasını düzelten, araları bozulmuş insanların arasını bularak islah eden, düzelten bir kimseye işârettir, demişlerdir.

**MAKBUZ:** Rûyâda makbuz görmek, borçlanacağınıza ve gereksiz paralar harcayacağınıza işâretle tabir olunur. Bazı rûyâ tabircileri makbuz ile ilgili görülen rûyâları değişik şekilde yorumlamışlardır. Bunlara göre:

• Rûyâsında bir makbuzun veya faturanın karşılığını ödediğini görmek, iyidir. Bu rûyâ iyiye ve hayra yorumlanır.

• Rûyâsında makbuz veya fatura keserek sağa sola dağıttığını gören kimse, işini ve iş hayatını genişletir, veya genişleteceğine işâretle tabir olunur.

• Rûyâsında makbuz veya fatura kaybetiğini gören kimsenin, sevinçli ve müjdeli bir haber alacağına işâretle tabir olunur.

**MAKET:** Rûyâda bir inşaat *(bina)* maketi görmek, yeni plan ve projelerin hazırlanmasına ve büyük hamlelere işâret olarak tabir edilir. Bazı kere de rûyâda görülen maket, pek iyiye yorumlanmaz. Rûyâda maket görmek, kötü bir habere, uğursuzluk getirecek bir habere işârettir, şeklinde yorumlamışlardır.

**MAKİNE**: Rûyâda görülen makine, işe ve san'ata, iyi zamanların yaklaştığına işârettir. Rûyâda normal bir durumda çalışan makine görmek, işlerin yolunda gitmekte ve gideceğine işâretle tabir olunur.

• Rûyâda çalışırken kırılan veya bozuk olan makine görmek, çok çalışmanıza rağmen plansız ve proğramsız çalıştığınızın ve bu sebebden de çalıştığınızdan elinize geçecek pek çok fazla kârınız ve kazancınız olmadığına, veya olmayacağına işâretle tabir olunur. Rûyâda, çalışmayan *(bozuk)* veya çalışırken kaza yapmış bir makine görmek ise, pek iyiye ve hayra yorulmaz. Boşa vakit kaybetmekle tabir edilir.

**MAKİNİST**: Rûyâda işçi kıyafetinde *(işçi elbisesi giymiş)* bir makinistle konuştuğunuzu görmek, işlerinizde ve iş hayatınızda önemli değişikliklerin zamanı geldiğine işâret olan size bir uyarıdır, şeklinde tabir olunur.

**MAKTA'**: ***Üzerinde bir şeyin kesildiği yer.*** Makta', daha ziyâde üzerinde kamış kalemlerin uçlarının kesildiği, fil dişi ve kemikten yapılmış ufak bir âlettir. Rûyâda makta' görmek, söze, zorluk ve meşakkate ve sabırlı olmaya veya bir iş, bir hizmet göreceğinize işâret olarak tabir edilir. Bazı kere de, işi olmayan kimseler görürse, bir işe gireceklerine, yeni bir iş bulacaklarına ve iş başı yapacaklarına işâretle tabir olunur.

**MAKYAJ**: Rûyâda yüzünüze makyaj yaptığınızı görmek, iyi değildir. Bu rûyâ, hîle ve aldatmaya veya aldatma yoluna gideceğinize işârettir.

**MAL:** Rûyâda bir çok malınız olduğunu görmek, üzüntü, keder ve sıkıntıya düşeceğinize işârettir.

• Rûyâda elindeki malını şuna buna dağıttığını görmek, veya malını kaybetmek ve çaldırmak gibi zarar gördüğünü görmek, bütün dertlerden, sıkıntı ve üzüntülerden kurtulacağınıza işâretle tabir olunur.

**MALA:** Rûyâsında mala gören kimsenin, çalışacağına işârettir. Mala gören kimsenin gelecek günlerde işlerinin iyi ve yolunda gideceğine yorumlanır.

• Bir kimse, rûyâsında evinin bazı yerlerini mala ile sıva yaparak tamir ettiğini görse, bu rûyâsı, onun elindeki işlerini var gücüyle gece gündüz bitirmeye çalıştığına işâretle tabir olunur.

**MALAK:** Rûyâda malak *(manda yavrusu)* görmek, durum ve hareketlerinizin ağırlığından etrafınızdaki kimselerin rahatsız ve şikayetçi olacağına işârettir. Rûyâsında malak üzerine bindiğini görmek, tembellikten kurtulamıyacağınıza, tembelliğin kanınıza işlemiş olduğuna işâretle tabir olunur.

**MÂLÜL KİMSE:** Rûyâda mâlül *(sakatlığı olan)* bir kimse görmek, belâ ve musîbete veya sıkıntıya düşeceğinize işâret olarak yorumlanır. Bunlara sabrettiğinizi görmek ise, bu dertlerden kurtulacağınıza işârettir.

• Bir kimse, rûyâsında mâlül *(sakat)* bir kimse görse, veya kendisinin mâlül *(sakat)* olduğunu görmesi, yapmak istediği işlerin zararlı ve sakıncalı şeyler olduğuna işâret eden bir uyarıdır, şeklinde tabir olunur. Rûyâsında yapılan bu uyarıyı dikkate almayıp yapmak istediği düşünceyi gerçekleştirmeye çalışması halinde büyük bir zarara, düzelmesi mümkün olmayan büyük bir belaya uğrayacak demek olur.

**MANASTIR:** Rûyâda manastır görmek, inzivâya, yalnızlığa işârettir. Rûyâsında manastır gören kimse, hasta ise, ölür, veya öleceğine, veya dünyâ zevklerinden mahrum olacağına işâretle tabir olunur.

• Rûyâda manastır görmenin yorumu, rûyâda görülen kilise yorumu gibi yorum ve tabir olunur.

• Bazı kere de, rûyâda manastır görmek, üzüntü ve kederden kurtulmak ve sıkıntıdan kurtulmaya veya kurtulacağına işâretle tabir edilir.

**MANAV:** Rûyâda manav görmek, iyilik ve güzelliğe işârettir. Bazı yorumcular, rûyâda manav görmek, mal ile tabir olunur, demişlerdir.

• Bazı kere de rûyâda manav görmek, çevrenizdeki kimselerin bir dalavere ile size zarar vereceklerine işâretle tabir edilir, veya siz çevrenizdeki kişilerin tuzağına düşüp, elinizde olmayarak zararlara sebeb olacağınız şeklinde de tabir olunmuştur.

**MANCINIK:** Rûyâda mancınık görmek, mazlumlara, haksızlığa uğrayanlara yardım, kafirlere, zalimlere helâk olmak işâretidir.

• Rûyâda mancınık ile taş attığını görmek, haksızlık etmek ve hîle yapmaya veya haksızlık ve hîle yapacağınıza işârettir, şeklinde tabir edilir.

**MANCINIK TAŞI:** Rûyâda mancınık taşı görmek, bir şeyin tebliği bildirilmesi için gönderilen adama işârettir. Rûyâsında kuvvetini denemek için mancınık taşını kaldırdığını gören kimse, cesûr ve kuvvetli biriyle yüz yüze kavgaya tutuşur. Taşı kaldırırsa, o kimseye gâlip *(üstün)* gelir *(yener)*. Taşı kaldıramazsa, mağlûp olur *(yenilir)*, şeklinde tabir edilir.

**MANDA:** Rûyâda manda görmek, bazı kere sığır görmek, gibi tabir olunur. Rûyâda manda görmek, kuvvetli ve güçlü olmaya işârettir. Rûyâyı gören kimsenin çok güçlü ve kuvvetli olacağına işâret ederken, seyahat ve yolculuk yapacağına da işâret vardır, şeklinde tabir edilir.

• Rûyâda görülen manda, zirâat işlerinde kullanılan manda olursa, yani zirâat işlerinde çalışan, çift, tarla sürülen mandayı görmek rûyâda, iyi değildir. Bu manda rûyâsı, fakirliğe ve yoksulluğa işârettir.

• Rûyâsında bir çok mandası olduğunu gören kimse, bir topluluğa başkan veya müdür gibi idâreci olur, veya olacağına işâretle tabir olunur.

**MANDAL:** Rûyânızda kapınızı mandalladığınızı *(kilitleme)* görmek, başarı ve zafere kurtuluşa işârettir. Kapının kendi kendine mandallandığını görmek, dünya işlerinizi yerine getireceğinize işârettir.

• Rûyâda kapınızı mandallamak istediğiniz halde bir türlü kapanmadığını görmek, yapamadığınız, başaramadığınız işlerden kendinizi uzak tutmanız ve onlardan kendinizi korumanız gerektiğine işârettir, şeklinde tabir olunur.

**MANDALİNA:** Rûyâda mandalina görmek, hastalığa işarettir. Çünkü rengi sarıdır. Rûyâda görülen mandalina yeşil olursa üzüntü ve sıkıntıya işarettir.

• Rûyâda mandalina görmek, işlerinizin karışık olmasına da işarettir, şeklinde yorumlanır.

• Rûyâda görülen mandalina bazen de neşeli bir geziye ve seyâhate işarettir. Yeşilini görmek, sarısını görmekten daha iyiye yorumlanır.

**MANDIRA:** Rûyâda mandıra veya manda ağılı görmek, bir işin başına geçeceğinize, müdür *(idâreci)* veya memur tayin edileceğinize işâretle tabir edilir.

**MANDOLİN:** Rûyâda mandolin görmek, arkadaşlarınız ile neşeli bir geziye *(veya seyâhate)* katılacağınıza ve neşeli günler geçireceğinize işaretle tabir olunur.

**MANGAL:** Rûyâda mangal görmek, para kasası veya sandık ile tabir olunur.

• Rûyâsında bir mangal satın aldığını gören kimsenin eline para ve mal geçer, mangalın kırıldığını gören kimse malından ve parasından zarar eder veya edeceğine işaretle tabir olunur.

**MANİFATURA:** Rûyâda manifatura malzeme ve çeşidi, manifatura eşyası görmek, tutumlu olmak istediğiniz halde başarılı olamıyacağınıza işarettir veya hesaplarınızda çok dikkatli ve düşünceli hareket etmeniz gerektiğine işarettir.

**MANİFATURACI:** Rûyâda manifaturacı görmek, rızka ermek, fakirlikten sonra zenginliğe, bekar olan kimse için de evliliğe, evleneceğine işarettir

• Rûyâsında kendisinin manifaturacı olduğunu görmek, itibarının ve saygınlığının büyük olacağına işaretle tabir olunur.

**MANİVELÂ:** Rûyâsında manivelâ kolu ile ağır bir taş kaldırdığını görmek, üzerinizde ağırlığını hissettiğiniz büyük bir dertten pek yakında kurtulacağınıza işâretle tabir olunur.

**MANOLYA:** Rûyâsında manolya ağacı *(çiçeği)* görmek, sağlık, bolluk, bereket ve sevince yorulur.

• Rûyâsında manolya çiçeğini kokladığını görmek, rûyâyı gören kimse, saydığımız nîmetlerin hepsine kavuşur, veya kavuşacağına işâretle tabir olunur.

**MANTAR:** Rûyâsında büyük bir mantar gören kimse, kadını tarafından bir mala, bir rızka kavuşur veya kavuşacağına işaretle tabir olunur.

• Rûyâsında mantar yediğini gören kimse, helâlinden mal kazanır veya kazanacağına işârettir.

• Rûyâsında zehirsiz mantar görmek ve mantarı yediğini görmek, rüyayı gören kimsenin, ummadığı *(beklemediği)* yerden mala ve rızka kavuşur veya kavuşacağına işaretle tabir olunur.

• Rûyâda zehirli mantar görmek ise, zarar ve ziyana işaretle yorumlanır.

**MANTI:** Rûyâda görülen mantı ile ilgili rûyâlar pek iyiye ve hayra yorulmaz. Rûyâsında mantı yediğini görmek, en samimi dostlarından birinin ihânetine *(düşmanlığına)* uğrayacağına ve dolayısıyla çok üzüleceğine işâretle tabir olunur.

• Rûyâsında mantı pişirdiğini ve yediğini gören kimse, ev halkından birinin hastalık haberini alır veya alacağına işârettir, şeklinde tabir olunur. Bekâr bir kimse görürse, nişanlanmak istediği kadından ayrılma haberi alır, hasta kimse görse, hastalığı artar, borçlu kimse görse, alacaklıları kapıya dayanır, mahkemesi olsa, mahkemesini kaybeder, şeklinde tabir olunur. Demek oluyor ki, mantı ile ilgili görülen rûyâlar hiçbir yorumcu tarafından hayra ve iyiye yorulmamıştır.

**MANTO:** Rûyâda manto görmek veya giydiğini görmek, yeni eşyalar alacağınıza ve evinize yenilik ve canlılık getireceğinize işâretle tabir olunur.

**MANZARA:** Rûyâda görülen manzara, pek iyiye yorulmaz. Manzara rûyâsı hastalığa işâretle tabir olunur. Bazı rûyâ tabircilerine göre ise rûyâda görülen güzel bir manzara, dünya nimetlerine kavuşmaya veya rûyâyı gören kimse, bu nimetlere kavuşur veya kavuşacağına işâretle tabir olunur.

**MARANGOZ:** Rûyâda marangoz görmek, halka terbiye ve bilgi öğreten bir adama işârettir. Marangoz görmek, halkın işlerini düzelten, halkın iyiliğine çalışan bir adama işaretle tabir olunur.

• Rûyâda marangoz görmek, münafık ve bozguncuları men edip engellemek, gerekli araçlarla onları susturan ve onların kötülüklerini engellemeye işârettir.

• Bazen marangoz rûyâları, branşına göre yorum kazanırlar. Rûyâda gemi marangozu görmek yolculuğa işârettir. Su değirmeni yapan marangozu görmek, düşmanlıklara işârettir.

• Kapı, pencere yapan marangoz görmek, aileye, çocuk ve zevceye işâretle yorumlanır. Çiftlik ve çiftçi aletleri yapan marangozu görmek, çiftçiliğe işaretle tabir olunur.

**MAREŞAL:** Rûyâda mareşal rütbeli bir subay görmek veya mareşal üniforması giydiğini görmek, istikbâlinizin, geleceğinizin çok parlak olacağına ve işlerinizin çok yolunda olduğuna veya olacağına işâretle tabir olunur.

**MARGARİN:** Rûyâda margarin yediğinizi görmek, bilmediğiniz bir hastalığınızın ortaya çıkacağına işâretle tabir olunur. Bazende margarin görmek, evinizdeki harcamaları gereğinden fazla olarak kısıntı yaptığınızdan dolayı bu hareketinizin size daha çok zarar getireceğine işâretle tabir olunur, demişlerdir.

**MARİZ (HASTA):** Rûyâda kendinizi mariz *(hastalanmış)* görmek, din noksanlığına, sıhhat noksanlığına veya düşmanlara galip *(üstün)* gelmeye, mala, mülke kavuşmaya ve uzun ömürlü olacağınıza işâretle tabir olunur.

**MARKA:** Rûyâda herhangi bir eşyanıza marka vurduğunuzu görmek veya kendi kartvizitinizde kullanmak üzere bir marka çizdirdiğinizi görmek, sizin gösterişe düşkün, gösteriş delisi biri olduğunuza bir belge niteliğinde işarettir, şeklinde yorumlanır.

• Bazen de rûyâda marka görmek, girişeceğiniz işte zarar edeceğinize işaret olarak tabir olunur.

**MARMELAT:** Rûyânızda marmelat yaptığınızı ve yediğinizi görmek, bu günlerde çok kötü ve zararında giden işlerinizin ve iş hayatınızın pek yakında düzeleceğine ve yeniden çok güzel bir şekilde yoluna gireceğine işâretle tabir olunur.

**MARSIK:** Rûyâsında marsık *(yanmamış kötü kömür)* görmek, uzun zamandır beklediğiniz bir işinizin artık olacağına işâretle tabir olunur.

**MARŞANDİZ:** Rûyâsında marşandiz *(yük treni)* gören kimsenin, bu rûyâsı pek iyiye yorulmaz. Bu gördüğünüz rûyâ sizi utandıracak size utanç verici olaylarla karşılaşacağınıza işâret olarak tabir olunur.

**MART AYI:** Bu ayın ilk günü ve gecesi görülen rûyâlar aynen geçekleşir, aynen çıkar veya çıkacağına işâretle tabir olunur.

**MARTI:** Rûyâda martı görmek, deniz aşırı, deniz ötesi seyâhat yolculuğu yapacağınıza veya deniz sahillerinde, deniz kıyısında bir tatil yapacağınıza işâretle tabir olunur.

**MARUL:** Rûyâda marul görmek, sağlık ve sıhhate işâretle tabir olunur.

• Rûyâsında marul gören ve yiyen kimse, mal mülk ile rızıklanır ve sağlık içinde, sıhhat içinde bu malından faydalanır, şeklinde tabir olunur. Bazı kere de, marul görmek, hırslı *(doymak bilmeyen aç gözlü)* biriyle tanışacağınıza işârettir şeklinde tabir olunur.

• Bazı tabirciler, marul görmek, gösteriş delisi, gösteriş budalası birine ve mal sahibi olan, zengin olan birine işârettir, şeklinde yorumlanır, demişlerdir.

**MASA:** Rûyâda görülen üstü boş masa, fakirliğe, yoksulluğa işâret olup, üstü dolu masa ise, varlığa, zenginliğe işâret olarak tabir olunur.

• Rûyâda masa görmek, bazı kere de, çalışmaya ve gayret göstermeye işâretle tabir edilir, demişlerdir.

**MASAJ:** Rûyânızda vücûdunuza masaj yaptırdığınızı görmek, bugünlerde çok yorulduğunuza, biraz dinlenmeniz gerektiğine işârettir, şeklinde tabir edilir.

**MASAL:** Rûyânızda kendinizin masal anlattığını görmek, asılsız, aslı olmayan yalan bir haberi yayacağınıza, sizin masal dinlediğinizi görmeniz ise, aslı olmayan, yalan olan bir haber duyacağınıza işârettir.

**MASKARA:** Rûyâsında bir maskara *(herkesi kendisine güldüren, soytarı)* görmek, şerefsizliğe kendini aşağılayıcı bir takım hareketlerde ve işlerde bulunmaya işârettir, şeklinde tabir edilir.

**MASKE:** Rûyâda maske görmek, sizin yüzünüze karşı sizi sevdiklerini söyleyen dostlarınız, arkanızdan kuyunuzu kazıyorlar, veya kazdıklarına işârettir. Yani her yüzünüze gülenin dostunuz olmadığına size işâret veriyor, demek olur.

**MASURA:** Rûyâda masura görmek, mal ve menfaata, işâretle tabir olunur. Rûyâsında üzerine iplik sarılan masura gören kimsenin, eline geçen malından faydalanıp menfaat elde etmesine ve kısa bir seyahat yolculuğuna çıkacağına işâret olarak yorumlanır.

**MAŞA:** Rûyâda maşa ile ateşten veya ateşin üzerinden bir şey aldığınızı görmek, rûyâyı gören kimsenin muradına ereceğine, istek ve arzularınının gerçekleşeceğine işâretle tabir olunur.

• Bazı kere de, rûyâda maşa görmek, büyük bir adamdan yardım alacağınıza veya yardım göreceğinize işâretle tabir olunur.

• Rûyânızda maşa ile ateşi karıştırdığınızı görmek, işlerinizin yoluna girmesi için birilerine başvurmanız gerektiğine işâretle tabir olunur.

**MÂŞÂALLÂH:** Rûyâda üzerinde *"Mâşâallâh"* yazılı bir levha görmek, veya üzerinize takmak, taktığınızı görmek, bazı gereksiz hareketlerinizle insanların kıskançlık duygularını uyandırıp kendinize, kendi üzerinize çektiğinize işâretle tabir olunur.

**MAŞRAPA:** Rûyâda görülen maşrapa, su içilen bir araç *(kadeh)* gibi tabir olunur. Maşrapa, bakırdan, tenekeden ve diğer madenlerden ve hatta topraktan bile olur. Kuplu bardaklar gibi bir su içme aracıdır. Bunun tabiri yapıldığı malzemeye göre yorumlanır.

Yorumu da değişiktir. Rûyâda maşrapa görmek, bazı kere de evliliğe, evlenmeye işâret olarak tabir edilir.

• Maşrapa görmek, çevrenizde itibar ve saygı göreceğinize de yorumlanır. Rûyâda maşrapada su içtiğini görmek, hanımından bir menfaat elde etmek, evlâd sahibi olmak ile yorumlanır.

**MATARA:** Rûyâda matara görmek, faydalanmaya ve kazanmaya, rızka ve kazandığı rızıktan fayda elde etmeye, yeterli bir kazanca sahib olmaya ve kendi kazancından menfaatlanmaya işâretle tabir edilir.

**MATBAA:** Rûyâda matbaa görmek, çok güzel ve mükemmel, bolluk içinde bir sene geçireceğinize işâretle tabir olunur.

**MATEM:** Rûyâda matem görmek, genellikle aydınlık günlerin, güzel günlerin geleceğinin habercisi olarak tabir olunur.

• Mâtem ile ilgili rûyâ gören kimse, aydınlığa, selâmetle düzlüğe ve parlak günlere kavuşacağına işâretle tabir olunur.

**MATKAP:** Rûyâda görülen matkap, sert huylu, kaba ve hîlekâr, dalavereci bir adama işâret ile tabir olunur. Rûyâsında matkap gören kimse, hîlekâr, dolap çeviren, dalaverici bir kimse olduğunuza işâret ile tabir olunur.

• Rûyâda matkap görmek, bazen de insanların işlerini gören, yardım eden bir kimse olduğunuza işâretle tabir olunur.

**MÂÛN SÛRESİ:** Rûyâsında Mâûn Sûresini okuduğunu veya dinlediğini görmek, namaz kılmadığına, inancı bozuk olduğuna, kimseye iyilik yapmayan biri olduğuna, dînî bozmaya çalışan kimselerle arkadaşlık ettiğine işâret olarak tabir edilir. Demek oluyor ki, bu sûreyi okuduğunu görmek, insana huylarını bildiren bir uyarı rûyâsıdır.

**MAVİ TAŞ:** Rûyâda mavi *"Firûze taşı"* görmek, iyiye yorulur. Evli bir kadının rûyâsında firûze taşlı bir ziynet görmesi, kocasının onu çok sevdeğine ve çok güvendiğine işâret olarak tabir olunur.

• Rûyâda birine mavi taşlı firûze ziynet hediye edildiğini görmek, evliliğe, evleneceğinize işârettir.

**MAVZER:** Rûyâda başkasının elinde mavzer tüfeği görmek, hîleye, tuzağa düşeceğinize, kendi elinizde görmek, sükûnete, rahat ve huzûr bulacağınıza işâretle tabir edilir.

**MAYA:** Rûyâsında hamur mayası görmek, işlerinizin sürüncemede kalacağına, işlerinizin yürümediğine, şâyet evlenme işiniz varsa onun da kaldığına, evlenmenizin suya düşdüğüne *(olmayacağına)* işârettir.

• Rûyânızda hamur mayaladığınızı görmek, yeni bir işe başlacağınıza, yeni ve hayırlı bir işin temelini atmak üzere olduğunuza işâret olarak yorumlanır.

**MAYASIL:** Rûyâsında mayasıl hastalığına yakalandığını görmek, uzun zamandır çekmekte olduğunuz hastalığınızdan kurtulacağınıza, artık o hastalıktan şifâ bulup iyileşeceğinize işâretle tabir olunur.

**MAYDANOZ:** Rûyâda maydanoz görmek, hayırla yorumlanır. Yani, maydanoz rûyâsı görmek iyidir. Rûyâsında çiğ maydanoz yediğini gören kimse, eşinden hayır ve bereket görür veya göreceğine işârettir.

• Bazı kere de, yemek içinde pişmiş maydanoz görmek, sıhhat ve sağlığa işâret olup, hasta olan bir kimse görürse, rûyâsı hastalığından kurtulacağına ve iyileşeceğine işârettir, şeklinde tabir olunur.

**MAYDANOZ TOHUMU:** Rûyâsında maydanoz tohumu gören ve yediğini görmek, sağlık ve sıhhate, iyiliğe işâretle tabir olunur. Yani maydanoz tohumu görmek ve yediğini de görmek iyidir ve hayra yorumlanır.

**MAYIS AYI:** Rûyâda mayıs ayının ilk günü ve ilk gecesi olduğunu görmek, iyidir. Yani mayıs ayının ilk günü ve gecesi görülen rûyâlar aynen, görüldüğü gibi çıkar ve gördüğü rûyâ gerçekleşeceğiyle tabir edilir.

**MAYMUN:** Rûyâda maymun görmek, büyük bir günâh işleyen adama işârettir. Bazı rûyâ tabircilerinin yorumuna göre, rûyâda maymun görmek, her türlü ayıbı işleyen, kendisinde her tür ayıbın bulunduğu bir adama işâret ile tabir olunur, demişlerdir.

• Rûyâsında maymun görmek, hîlekârlık, göz boyacılık yapan, dalavereci sahtekâr, bir adama işâretttir, şeklinde de tabir olunmuştur.

**MAYMUNCUK:** Rûyâda maymuncuk ***(tüm kilitleri açan özel anahtar)*** görmek, meraklı birisi olduğunuza ve merak ettiğiniz bir konuyu, özel olarak öğrenerek, merakınızın sona ereceğine işâret eden bir rûyâdır, şeklinde tabir olunur.

**MAYO:** Rûyânızda mayo görmeniz, açık saçık bir toplulukta bulunacağınıza ve gülünç bir duruma düşerek üzüleceğinize ve birde oradakilerin tenkidine ve aşağılamalarına düşerek çok sıkıntı çekeceğinize işâretle bir uyarı mesajı olarak tabir olunur.

**MAYTAP:** Rûyâsında bir bayram gününde maytap yakarak eğlendiğini görmek, acı bir haber alacağınıza ve çok çok üzüleceğinize işâretle tabir olunur.

**MAZI:** Rûyâsında mazı yediğini görmek, yakın dostlarınızdan birisiyle olan anlaşmazlığınızın halledileceğine ve aranızdaki olan problemlerin tamamen çözüleceğine işâretle tabir olunur.

**MAZOT:** Rûyâda görülen mazot, Arap ülkelerine bir gezi seyâhatine işârettir. Rûyâsında mazot gören kimse, Arap memleketlerine gezi amacıyla bir seyâhate çıkacağına işâret olarak yorumlanır.

**MEÂRİÇ SÛRESİ:** Rûyâsında bu sûreyi okuduğunu veya dinlediğini görmek, Allâh'ın rızasını gözeterek fakirlere, düşkünlere yardım eder, hayır işleri peşinde koşar, her türlü hayır işlerinde yardımcı olur, hayatı, ömrü huzûr içinde geçer, çok çok oruç tutar ve ölüm korkusundan emîn olur, şeklinde tabir olunur.

**MEBUS:** Rûyâda mebus *(milletvekili)* görmek veya kendinizin mebus seçilmiş olduğunu görmek, büyük adamlarla tanışıp sohbet edeceğiniz ve onlarla görüşme ortamı bulacağınıza işâretle tabir olunur.

**MECLİS:** Bir kimse rûyâsında kendisini bir meclisde, bir toplantı yerine görse, bu rûyâsı onun dünya işlerine ve boş lâflar, faydasız sözler peşinden gittiğine işâretle tabir olunur.

**MECMUA:** Rûyâda mecmua görmek veya okumak, geçim için çektiğiniz sıkıntılı günler gidecek, yerine ferah ve sakin, huzurlu günlerin geleceğine işâretle tabir olunur.

**MECÛSÎ:** Rûyâda görülen mecûsî, değersiz işlere, haksızlık ve batıl fikirlere işâret ile yorumlanır. Rûyâda yaşlı *(ihtiyar)* bir mecûsî görmek, düşmana işârettir, şeklinde tabir edilir.

• Rûyâsında kendisinin mecûsî olduğunu görmek, büyük bir günâha işâretle tabir olunur.

**MECZUP:** Rûyâda meczup denen bir kimseyi görmek, akıllılar veya kendilerini akıllı sayan kimseler topluluğunda kimsenin size itibar etmeyeceğine, sözlerinizin, onların nazarında gülünç olmaktan yukarı çıkmayacağına işâret eden bir ikaz niteliğindedir, şeklinde yorumlanır.

**MEDDAH:** Rûyâsında bir meddah görmek, şerefsizliğe kendini aşağılayıcı bir takım hareketlerde ve işlerde bulunmaya işârettir, şeklinde tabir edilir.

**MEDİNE-İ MÜNEVVERE:** Rûyâda Medine-i Münevvereyi görmek, hayra ve iyiliğe işârettir. Rûyâsında Medine-i Münevvereyi gören kimsenin, dünyâ ve âhiret işlerinin çok iyi bir şekilde yolunda gideceğine işârettir, şeklinde tabir olunur.

• Bazı rûyâ tabircilerinin yorumuna göre, rûyâsında, Medine'yi gören kimse, ***emniyete*** ve ***mağfirete*** erer, Cenâb-ı Allâh'ın ***rahmetine mazhar*** olur, ***kurtuluşa*** nâil olur, ***üzüntülerden*** kurtulur, güzel ve geniş bir ***maişete*** kavuşur, şeklinde yedi nimetle tabir olunur, demişlerdir.

**MEDRESE** *(ESKİ OKUL):* Rûyâda medrese görmek, şeref ve hürmete işârettir. Medrese görmek iyiliğe de işârettir. Rûyâda görülen medrese, değer, fazîlet ve saygınlığa da işârettir.

• Rûyâsında eski bir okul *(Osmanlı okulu)* olan medresenin içine girdiğini gören kimse, üzüntü ve kederlerinden kurtulur, rahat ve ferahlığa kavuşur veya kavuşacağına işâretle tabir olunur.

**MEFLÜÇ** *(FELÇLİ)*: Rûyânızda kendinize felç geldiğini görmeniz, ömrünüzün uzun olacağına, uzun bir hayat, sağlıklı bir hayat süreceğinize işârettir, şeklinde yorumlanır. Demek oluyor ki, felç görmek, rûyânın tersiyle yorumlanır. Evet felç uzun bir ömür yaşanacağına işâret ediyor yorumu vardır.

**MEFRÛŞAT**: Rûyâsında evinin yeni mefrûşatla döşenmiş *(tefriş edilmiş)* olduğunu görmek, veya evini yeni eşya ile döşediğini gören kimsenin, bu rûyâsı yeni sevindirici haberler alacağına iyi bir hayata, ferah ve rahat bir yaşama kavuşacağına işârettir.

**MEHTAP**: Yorumu için Ay maddesine bakınız.

**MEHTER TAKIMI**: Rûyâda mehter takımı görmek veya mehter marşı dinlemek, çevrenizden iyi ve sevindirici haberler alacağınıza işârettir. Mehter takımında bir mûsîkî âleti çaldığınızı görmek, bir seyahat nedeniyle yolculuğa çıkacağınıza işâretle tabir olunur.

**MEKKE-İ MÜKERREME**: Rûyâda Mekke'yi görmek, hayırla yorumlanır. Rûyâsında Mekke-i Mükerreme'yi gören kimse, hayra ve nîmete kavuşur ve malı artar, zenginleşir, şeklinde tabir olunur.

• Rûyâsında Mekke-i Mükerreme'yi harap bir şekilde gören kimsenin, mal ve nîmeti azalır veya azalıp noksanlaşacağına ve sıkıntı içine düşeceğine işâretle tabir olunur.

• Rûyâsında Mekke'nin yıkıldığını görmek, bu rûyâsı, rûyâyı gören kimsenin, namaz kılmadığına veya az namaz kıldığına işâretle tabir olunur. Rûyâsında Mekke'yi gören kimsenin iman ve itikadının artacağına işâretle tabir edilir.

**MEKTEP** *(OKUL)*: Rûyâsında mektep görmek, dâima okumanız gerektiğine ve kültürünüzün artması lâzım geldiğine işâret eden bir rûyâdır şeklinde yorumlanır.

• Rûyâda mektep görmek, bazı kere de, alış veriş yapacağınıza veya bekâr iseniz, evleneceğinize işâretle tabir olunur.

**MEKTUP**: Rûyâsında bir mektup eline geçtiğini görmek, pek yakında dostlarından bir mektup veya bir haber alacağınıza veya yeni hayırlı bir işe başlayacağınıza işâretle tabir olunur.

**MELEK**: Rûyâda melek görmek, hayra ve iyiliğe yorulur.

• Rûyâsında bir mahalle *(bir yere)* melek indiğini görmek, o mahallin *(o yerin)* halkına bir hayır gelir ve onlar bir nîmete kavuşurlar ve gamdan kederden ve sıkıntıdan kurtulurlar, şeklinde tabir olunur.

• Rûyâda büyük meleklerden Cebrâil Aleyhisselâm'ı görmek, dilek ve muradına kavuşacağına işâretle tabir olunur.

• Rûyâsında büyük meleklerden Mîkâil Aleyhisselâm'ı görmek, mala ve itibara kavuşur, şan ve şerefi artar, servet ve zenginliğiyle, cömertliğiyle şöhret *(ün)* yapar veya yapacağına işâretle tabir olunur.

• Yine rûyâsında büyük meleklerden olan İsrâfil Aleyhisselâm'ı görmek, hayırlı ve sevinçli bir haber almaya, kâr ve kazancı bol bir yolculuğa *(seyahate)* çıkmaya veya kârlı ve kazançlı bir işe başlamaya veya başlayacağına işâretle tabir olunur.

• Yine Meleklerin büyüklerinden *(dört büyük melekten biri)* olan Azrâil Aleyhisselâm'ı görmek, ölüm için hazırlanması gerektiğine işârettir. Bu rûyâyı gören kimse, hasta ise, onun ölümüne *(öleceğine)* veya rûyâyı görülen yerde bir hasta varsa, o hastanın ölümüne veya öleceğine işâretle tabir olunur. Rûyâsında Azrâil Aleyhisselâm'ın kendisini öptüğünü gören kimse, mala veya bir mirasa konacağına işârettir.

• Rûyâsında meleklere baktığını gören kimseye, malı hakkında veya çocuğu hakkında *(yani malına veya çocuğuna)* bir kötülük, bir belâ gelir, işârettir.

**MEME:** Rûyâda görülen meme, rûyâyı görenin zevcesine *(hanımına)* ve kız evladına işârettir.

• Bir erkek, rûyâsında iki memesinde süt olduğunu görse, rûyâyı gören bu kimse, eğer fakir ise, zengin olur veya olacağına ve ömrünün uzun olacağına işârettir, şeklinde tabir olunur. Ve aynı zamanda iki erkek kardeşinin de idârecisini ve bakımını ve geçimini üzerine alacağına da işârettir, denmiştir.

• Rûyâsında memelerinde süt olduğunu gören bir erkek, eğer evli değilse, evlenir veya evleneceğine ve iki çocuğu olur veya olacağına işâretle tabir edilir.

• Rûyâsında iki memesi olduğu halde, üçüncü bir memenin de bittiğini ***(üçüncü bir memesi daha olduğunu)*** gören kimsenin, bir kız çocuğu daha olur veya olacağına işâretle tabir olunur.

• Rûyâsında memesinin birinin olmadığını gören kimsenin, kız çocuğundan birisi ölür veya öleceğine işâretle tabir olunur.

• Bazı rûyâ tabircilerinin yorumlarına göre, rûyâda görülen iki meme, ana ve babaya işâret olarak tabir olunur, demişlerdir.

**MEMUR:** Rûyânızda kendinizi memur olmuş görmek, önce zor işlerde ümidsiz olup, sonra başarılı olacağınıza işâretle yorumlanır.

**MENBA:** Bir kimse rûyâsında kendisini bir suyun menbaında ***(suyun çıktığı kaynağı başında)*** olduğunu ve su içtiğini görse, salih bir kimseden iyilik ve yardım görür veya göreceğine işârettir. Rûyâsında bu kaynakta yıkandığnı görmek, günâhlarından kurtulacağına işâretle tabir olunur.

**MENDİL:** Rûyâda mendil görmek, zevceye *(eşe)* veya arkadaşa işâret olarak tabir olunur. Rûyâda mendil görmek, bir arkadaşınızın size ihtiyacı var, size bir haber göndermek, istiyor, şeklinde tabir olunur.

• Rûyâda mendil görmek, bazen de âileye işâretle yorumlanır. Mendilin süslü-püslü olması fazîlete, değer ve kıymete işârettir.

**MENEKŞE:** Rûyâda menekşe görmek, ömrünüzün uzayacağına uzun bir hayat süreceğinize işârettir.

**MENGENE:** Rûyâda mengene görmek, iyiye ve hayra işâret olarak tabir olunur. Rûyâda görülen mengene, geçim ve işe işâretle tabir olunur. Rûyâda mengene görmek, işlerini çok iyi takip eden ve yürüten kimseye işârettir.

**MENTEŞE:** Bu rûyânız, sizin yakında sıkışık bir duruma düşeceğinize işâretle yorumlanır.

**MERCAN:** Rûyâda mercan görmek, zenginliğe iyi bir evliliğe işâretle tabir edilir.

**MERCİMEK:** Rûyâda mercimek görmek, kederle yorumlanır. Bazı yorumculara göre de rızık ve helâl mal ile yorumlanır.

**MERDANE:** Rûyâda görülen merdane sıkıntıya işâret olarak tabir olunur.

**MERDİVEN:** Rûyâda merdiven görmek, mevkinizin, sosyal durumunuzun yükseleceğine işârettir.

**MERHEM:** Rûyânızda merhem görmek, bir hastalığa tutulacağınıza, yani hastalanacağınıza işârettir.

• Bazı kere de, rûyâda bir yaranıza merhem sürdüğünüzü görmek, zor bir duruma düşeceğinize ve yakınlarınızdan yardım isteyeceğinize işâretle tabir olunur.

**MERKEP:** Rûyânızda bir merkebe bindiğinizi görmek, mevki ve makam yönünden yükseleceğinize ve mutluluğa ereceğinize işâretle tabir edilir.

• Rûyâda yüklü, üzerinde yük olan bir merkep görmek, yine derece yükselmesine işâretle tabir olunur. Doğurmuş, yavrulamış bir merkep görmek ise, dilek ve murada ermekle tabir olunur.

**MERMER:** Rûyâda mermer görmek, biraz zorlukla ferah ve başarıya ulaşacağına işârettir. Bazı kere de, rûyâda mermer görmek, rûyâyı gören kimsenin eline bol miktarda mal ve para geçeceğine işâretle tabir edilir.

**MERMER TAŞI:** Rûyâda görülen mermer taşı, büyüklüğe ve yükselmeye, mal sahibi olmaya güzel güzel geçinen eşlere *(karı kocaya)* işâretle tabir olunur. Bunun içindir ki, tabirciler, bir kimse rûyâda mermer taşından yanında bir şey olduğunu görse, fakirlikten sonra zengin olacağına veya evleneceğine *(bekar ise tabii)*, işâret olarak yorumlanır.

• Rûyâda mermerci görmek de, iyiye ve hayra yorumlanır. Şeref sahibi, yüksek karekterli, dostluk ve sevgi dolu birine işâret olarak tabir olunur.

**MERSİN:** Rûyâda mersin görmek, sıhhat ve sağlığa, ümîd var olmaya işâretle tabir olunur.

**MERYEM ANA:** Rûyâda Hz. İsâ peygamberin annesi, Hz. Meryem'i görmek, mutlu bir hayat yaşayacağınıza ve çocuklarınızdan hayırla menfaat göreceğinize işâretle tabir olunur.

**MERYEM SÛRESİ:** Bu sûreyi rûyâsında okuduğunu veya dinlediğini görmek, sıkıntıda ise, kurtulmaya, hasta ise, iyileşmeye ve kıyamet günü de azabdan kurtulacağına işârettir, şeklinde tabir olunur.

**MESCİD:** Rûyâda mescid görmek, âlim bir kimseye işârettir. Rûyâsında mescid yaptığını görse, hayra ulaşır, sünnetleri yerine getiren, akrabalarını ziyâret eden, eğer ehilse, hakim olmaya işâretle yorumlanır.

• Rûyâsında bir mescidin yıkıldığını görmek, orada büyük bir âlimin ***(dinde örnek bir âlimin)*** öleceğine işâretle tabir olunur.

**MESCİD-İ AKSÂ:** Rûyâsında Mescid-i Aksâ'da ***(Beytül Mukaddes'de)*** namaz kıldığını gören kimse, bir mirasa kavuşur veya iyilik yapan ve ihsan sahibi bir kimse olacağına işâretle tabir olunur.

• Rûyâsında kendisinin Mescid-i Aksâ'da abdest aldığını veya alıyormuş gören kimsenin eline bol para veya mal geçeceğine işâretle tabir olunur.

**MESİRE YERİ:** Rûyâsında kendisini mesire *(piknik)* yerinde görmek, neş'eli ve ferah günler geçireceğinize işâretle tabir olunur.

**MEST:** Rûyâda ayağa giyilen mest görmek, iyi bir evlilik yapacağınıza, mutlu olacağınıza işâretle tabir olunur.

• Rûyâsında ayağındaki mestlerin sıkı olduğunu gören kimse, üzüntüye ve sıkıntıya düşeceğine veya borçlanacağına işâretle tabir olunur. Mestlerini çıkardığını görse, kendisinden üzüntü ve kederin, sıkıntının gideceğine işâretle tabir olunur.

• Rûyâsında kış başlangıcında ayağında mest olduğunu görmek, iyilik ve hayra, kışın sonunda ve yazın görmek, üzüntü ve kedere işâretle tabir olunur.

**MEŞ'ALE:** Rûyâda meş'ale görmek, çevrenizi aydınlatan çok çok faydalı bir insan olduğunuza, etrafınızdaki insanlara çok yardımcı olan bir kimse olacağınıza işâretle tabir olunur. Meş'âlenin söndüğünü görmek, bir devlet büyüğünün ölümüne işârettir.

**MEŞE:** Rûyâsında bir meşe ağacı gören kimsenin bu rûyâsı, rûyâyı gören kimsenin ömrünün uzun olacağına, çok yaşayacağına işârettir, şeklinde tabir edilir.

• Rûyâda Meşe palamudu görmek ise, mes'ûd ve mutlu bir evliliğe işâretle tabir olunur.

**MEVLİD:** Rûyânızda mevlid dinlediğinizi görmek, hayır ve iyilik yapacağınıza, bir fakiri veya bir yetimi sevindireceğinize işâretle tabir olunur.

**MEYAN KÖKÜ:** Rûyâsında meyan kökü görmek hasta iseniz hastalığınızın iyileşeceğine işârettir.

**MEYDAN:** Rûyâsında büyük bir meydan veya büyük bir meydanda olduğunu gören kimsenin, ferah ve aydınlık günlere kavuşacağına veya kısmetinin açılacağına işâretle tabir olunur.

**MEYHANE:** Rûyâsında meyhane gören kimse, üzüntü ve kedere düşer veya düşeceğine ve sıkıntı çekeceğine işâretle tabir olunur.

• Hasta olan bir kimse, rûyâsında meyhane görse, bu rûyâsı onun ölümüne, öleceğine işârettir.

• Rûyâsında meyhane gören kimse, tam dindar bir kimse ise, bu rûyâsı onun üzerine bir fitnenin geleceği korkusu ile tabir edilir.

**MEYVE:** Rûyâda meyve görmek, yediğini görmek, genellikle iyiye ve hayra yorumlanır. Meyveli bahçe görmek, bolluğa, meyvesiz bahçe fakirliğe işârettir.

• Rûyâda görülen meyve rûyâsı, meyvelerin durumuna ve görenin durumuna göre yorum kazanır. Her meyvenin kendi harf sırasında yorumları yapılmıştır.

• Bazı rûyâ tabircilerinin yorumuna göre, rûyâda yaş meyve görmek ve yemek, geçici az bir rızka işârettir. Kuru meyveler, devamlı ve çok rızka işârettir, demişlerdir.

• Yine bazı yorumcular, meyve rûyâsını fakir bir kimse görse, zengin olacağına, zengin olan bir kimse görse, zenginliğinin daha da artacağına işârettir, demişlerdir.

• Rûyâda görülen tatlı meyveler, mal çokluğuna, elde olan meyveden faydalanmaya işârettir. Ekşi ve olmamış meyveler bazı kere bunun tersine yorumlanır.

• Rûyâda tatlı meyve yemek, mal ve murada ermekle tabir olunur. Meyve toplamak ise, uğraştığınız işin sonunun iyi geleceğine ve başarılı olup emeğinizden çok fayda ve menfaat göreceğinize, dilek ve muradınıza kavuşacağınıza işâretle tabir olunur.

• Rûyâsında ağaçtan meyvelerin üzerine döküldüğü görse, rûyâyı gören kimse, hayır ve iyilikle isim yapar, iyilikle adı anılır, şeklinde tabir edilir.

• Rûyâda bozuk ve kötü meyve görmek, iyi değildir. Bu rûyâ kedere ve işlerin sonunun bozulacağına işârettir, şeklinde tabir olunur.

**MEYVE BAHÇESİ:** Rûyâda çok meyveli bir bahçe görmek, bolluğa ve zenginliğe işârettir.

• Rûyâda meyvesiz bir bahçe görmek ise, fakirliğe ve yoksulluğa işâretle tabir olunur.

**MEYVE KURDU:** Rûyâda meyve kurdu görmek, hırsızlığa işârettir. Bu rûyâ azar azar, gizliden gizliye hırsızlık yapan, dış görünüşü ile hırsızlığını gizleyen bir adama işârettir.

**MEZAR:** Mezar görmek, günâhlardan tevbe edeceğinize işârettir. Kendinizi ölmüş ve tekrar dirildiğinizi görmek ise, dileklerinizin, ümidlerinizin gerçekleşeceğine işârettir. Fakat kendini ölmüş görmek, ömrünün uzayacağına işârettir.

• Rûyâda görülen mezar, uzak bir yolculuğa, keder ve üzüntüye ve hapishaneye işârettir, şeklinde yorumlanır. Rûyâsında bir mezarı ziyâret ettiğini gören kimse, bir hapishaneyi ziyâret eder veya edeceğine işârettir, şeklinde yorumlanır.

**MEZAR TAŞI:** Rûyâda mezar taşı görmek ve okuduğunu görmek, iyi değildir. Bu rûyâ unutkanlığa ve verdiği sözü veya sözleri yerine getirmez veya getirmeyeceğine işârettir.

**MEZBAHA:** Rûyâda mezbaha görmek, sevinçle yorumlanır. Başka bir yoruma göre de yakınlarınızla aranızın açılacağına yorulur.

**MIKNATIS:** Rûyânızda mıknatıs görmek, kuvvetli olacağınıza işâretle tabir olunur.

**MISIR:** Rûyâda mısır *(darı)* görmek, mal ve kazanca işâret olarak yorumlanır.

**MIZIKA:** Rûyâda mızıka çaldığını görmek, düşmanına gâlib geleceğine işâretle tabir edilir.

**MIZRAK:** Rûyânızda mızrak görmek, çok çalışacağınıza ve bu çalışmanız neticisinde zengin olacağınıza işâretle yorumlanır.

**MIZRAP** *(MIZRAB)*: Rûyânızda mızrap ***(tambur ve sâire mızrabı)*** görmek, eğlenceli topluluğa katılacağınıza işârettir.

**MİĞFER:** Rûyâda başa giyilen bir miğfer görmek, emniyette olacağınıza delâlet eder. Bazı yorumculara göre ise, münakaşa ile yorumlanır.

**MİHRAB:** Rûyânızda cami mihrabı görmek, hayra ve müjdeye işâretle yorumlanır. Mihrab karanlık bir vaziyette görülse, kedere işârettir. Aydınlık ve ışıklı bir durumda görülse, sevince işârettir.

**MİKÂİL** *(A.S.)*: Mikâil *(A.S.)* ismindeki meleği görmek, malının çok olacağına işârettir.

• Rûyâsında büyük meleklerden Mîkâil Aleyhisselâm'ı görmek, mala ve itibara kavuşur, şan ve şerefi artar, servet ve zenginliğiyle, cömertliğiyle şöhret *(ün)* yapar veya yapacağına işâretle tabir olunur.

**MİKROFON:** Rûyâda mikrofon görmek, siyâsete atılacağınıza işâretle tabir olunur.

**MİKROSKOP:** Rûyâda görülen mikroskop, kimsesiz ve yoksullara karşı iyi kalbli ve yardımsever olacağınıza işârettir, şeklinde yorumlanır.

**MİLLETVEKİLİ:** Rûyâda milletvekili görmek, yüksek bir mevkiye çıkacağınıza işârettir.

• Rûyânızda Kendinizi millet vekili olmuş görmek ise, mevki rütbenizin artacağına, yüksek çevrelere mensub kimselerle tanışıp dostluk kuracağınız şeklinde tabir olunur.

**MİMAR:** Rûyânızda bir mimar kimseyi görmek, yüksek dereceli fazîlet sahibi, itibarlı, saygınlık gören bir kimse olacağınıza delâlet eder.

**MİNÂRE:** Rûyânızda minâre görmek, yüksek itibâr sahibi, olgun ululuğa layık bir kimse olacağınıza işâretle yorumlanır.

**MİNBER:** Rûyâda cami minberi görmek, nimet ve devlete kavuşmakla yorumlanır. Minberi harab bir vaziyette görmek, dînen ve inanç yönünden zayıflıkla yorumlanır.

**MİNDER:** Rûyâda minder görmek, büyüklüğe işâretle yorumlanır.

**MİNYATÜR:** Rûyâda minyatür görmek, çok hassas bir kişilik sahibi olmanıza işâretle yorumlanır.

**MİRÂÇ GECESİ:** Rûyâda kendinizi mirâç gecesinde duâ ve ibâdet ediyor görmek, hacet ve dileklerinizin gerçekleşeceği anlamında tabir olunur.

**MİRAS:** Rûyânızda mirâs görmeniz, beklemediğiniz bir yerden para elde edeceğinize işârettir.

**MİSÂFİR:** Rûyânızda bir misâfir görmeniz, kazanç ve mal elde edeceğinizle tabir edilir.

**MİSK:** Rûyâda misk isimli kokuyu kokladığınızı görmek, kazançlı bir ticâret yapacağınıza işârettir.

**MİSVAK:** Rûyâda dişlerinizi misvakladığınızı görmek, dost ve akrabalarınıza hayır ve yardım yapacağınıza işâretle tabir olunur.

**MİSYONER:** Rûyâda bir misyoner görmek, başınıza bazı dertler açılacağına ve bundan kurtulmak için dikkat sarfetmenizle yorumlanır.

**MİZAN:** Rûyâda mizan-terazi görmek, doğru ve adâlet sahibi ve kuvvetli iman sahibi ile yorumlanır.

**MOBİLYA:** Rûyâda mobilya görmek, rahat ve ferahlıkla yorumlanır.

**MODEL:** Rûyâda model görmek, sıkıntı ve başarısızlıktan kurtulmaya işâretle yorumlanır.

**MOR:** Rûyâda mor renk görmek, sıkıntı ve başarısızlıktan kurtulmaya işâretle tabir edilir.

**MOTOR:** Rûyâda çalışan bir motor görmek, işlerinizin düzgün ve yolunda gideceğine tabir edilir.

• Rûyâsında çalışmayıp durmuş bir motor görmekse, tam tersiyle yorumlanır.

**MOTOSİKLET:** Rûyâda motosiklet görmek, arkadaşlarınızla münakaşa ve tartışmaya gireceğinize ve neticede üzüleceğinize işâretle yorumlanır.

**MOZAİK:** Rûyânızda mozaik görmeniz, tarihsel ve turistik bir gezi ile tabir edilir.

**MUHABİR:** Rûyâda muhabir görmek, sevince yorulur. Bazende tersi kedere yorulur.

**MUHAFIZ:** Rûyâda muhafız görmek, güven ve emniyetle yorulur.

**MUHALLEBİ:** Mahallebi maddesine bakınız.

**MUHALLEBİCİ:** Mahallebici maddesine bakınız.

**MUHAMMED** *(A.S.):* Rûyâda Hz. Peygamberi görmek, saâdetlerin en büyüğüdür. Cehennemden kurtuluşunuza ve Hz. Peygamberin büyük şefaatına ereceğinize işârettir.

**MUKAVVA:** Rûyâda görülen mukavva, sertlikten sakının ve aklınızı kullanın diye bir uyarıdır.

**MUM:** Rûyâda mum görmek veya mum yaktığını görmek, bekâr erkekler için iyi bir hanımla evleneceğinin işâreti olarak yorumlanır. Bekâr kadınlar içinde aynı şekilde iyi ber erkekle evleneceğine, evli olan kadınlar için ise, çocuk sahibi olacağına, fakirler için zenginleyeceklerine işâretle yorumlanır.

• Mum, sevinç simgesidir. Hastalar için de şifâ bulacaklarına işârettir. Herkes için mum hayra ve iyiye yorulan bir rûyâdır.

**MÛSÂ** *(A.S.):* Hz. Mûsâ Peygamberi görmek, düşmanlarınıza gâlib geleceğinizin işâretidir.

**MUSALLA:** Rûyâda namaz kılınan bir yer görmek, üzüntü ve kederden kurtuluşa işârettir.

**MUSALLÂ TAŞI:** Rûyâda cenâze konan taşı görmek, ferahlık ve sevinç işâretidir.

**MUSHAF:** Rûyâda Mushaf-ı Şerîf görmek, mirasa konacağınıza ve helâl para kazanacağınıza işârettir.

• Rûyâda mushaf görmek, genellikle hayra yorulur. Saâdet ve selâmete işârettir.

**MÛSIKÎ:** Rûyâda mûsıkî sesi duymak iyiye yorulur. Genellikle mûsıkî ile ilgili rûyâlar iyiye yorulur.

• Mûsıkî âletlerini görmek ve çalmak, dileklerinizin gerçekleşeceğine delâlet eder.

**MUSKA:** Rûyâda muska takındığınızı görmek, dostlarınıza ve arkadaşlarınıza karşı iyi biri olacağınızın işâreti olarak tabir edilir.

**MUSLUK:** Rûyâda açık bir musluk görmek, zenginliğe işârettir, kapalı musluk, fakirliğe işârettir.

**MUŞAMBA:** Rûyâda muşamba görmek, evinizi değiştireceğinize işâretle yorumlanır.

**MUTFAK:** Rûyâda kendisini mutfakta görmek, bekârlar için yakında evleneceğine işâretle yorumlanır.

**MUZ:** Rûyâda muz yemek, sağlık ve sıhhate işârettir, şeklinde tabir olunur.

• Rûyâda muz görmek, dünyalığa işârettir. Muz ağacı görmek, zenginliğe delâlet eder.

**MÜCEVHER:** Rûyâda mücevher görmek, çok mal ve zenginlikle yorumlanır. Kıymetli ve değerli taşların kendilerine göre yorumları vardır.

**MÜDÜR:** Rûyâda bir müdür veya patron görmek veya onunla konuşmak iyiye yorulur. Mevkinizin yükseleceğiyle ve işinizden dolayı takdirnâme alacağınızla yorumlanır.

**MÜEZZİN:** Rûyâda müezzin görmek, hayırla yorumlanır. Rûyânızda kendinizin müezzin oluşunuzu görmek, iyiliğe ve hayra yorumlanır.

**MÜFTÜ:** Rûyâda bir müftü efendi görmek, dindârlıkla yorumlanır. Yani dînî bütünlükle tabir olunur.

**MÜHENDİS:** Rûyâda mühendis görmek, pek iyiye yorulmaz. Ama bazı yorumculara göre kendinizi mühendis olmuş görmek, uzun ömürlü olacağınızın işâretle yorumlanır.

• Hasta bir kimse rûyâsında mühendis görse, şifâ bulacağına işâretle yorumlanır. Fakir bir kimse görse, zenginliğine işâretle tabir edilir.

**MÜHÜR:** Rûyâda mühür görmek, selâmet ve güvende olduğunuzun işâretidir, şeklinde tabir olunur.

**MÜREKKEP:** Rûyâda mürekkep görmek, iyiye yorulur. Her işinizi kısa zamanda halledeceğinize işârettir.

**MÜVEZZİ:** Rûyâda bir posta müvezzisi görmek, çok güzel ve hayırlı bir haber alacağınıza işârettir.

**MÜZÂYEDE:** Rûyâda kendinizi bir müzâyedede görmek veya eşyalarınızın satıldığını görmek, evinize çok kıymetli bir eşya gireceğine işârettir.

# N

**NABIZ:** Bir kimse, rûyâsında nabzını dinlediğini görse, bu rûyâsı pek iyiye yorulmaz. Rûyâsında nabzı ile uğraştığını görmek, rûyâ sahibinin *(rûyâyı gören kimsenin)* üzüntü ve kedere düşeceğine işârettir

**NACAK:** Rûyâda nacakla odun kırmak, iyi bir kazanç ve sıhhat bakımından şifâ bulmaya işârettir.

**NADAS:** Rûyâda nadas olmuş bir arsa *(tarla)* görmek, sabırlı olursanız dileklerinizin gerçekleşeceğine işârettir, şeklinde yorumlanır.

**NAFAKA:** Rûyâsında kanunen bakmakla yükümlü olduğu birine nafaka veriyor veya veriyormuş olduğunu görmek veya eşine nafaka verdiğini görmek, rûyâyı gören kimsenin malî durumunun iyi olduğuna veya iyi olacağına, âile efradına çok iyi baktığına veya bakacağına ve onları çok iyi koruyacağına, önceden âilesi, çocukları için harcadıklarından daha fazlasını yeniden kazanacağına işârettir.

• Rûyâsında malını zorla harcattıklarını gören kimsenin bu rûyâsı, onun ecelinin *(ölümünün)* yaklaştığına işâret olarak tabir olunur.

• Bu rûyâyı tersiyle yorumlayanlar da vardır. Rûyâsında nafaka aldığını veya nafaka verdiğini gören kimsenin bu rûyâsı, âile düzeninin iyi gitmediğine, hiç uyuşamıyacağı bir evlilikle karşı karşıya kaldığına veya kalacağına, bu yüzden evliliğinin sürekli ve devamlı olmayacağına işâret olarak yorumlayanlar da bulunmaktadır. Bu ise üzüntüye işârettir.

**NAFTALİN:** Rûyâda naftalin görmek, bir büyüğünüzden maddi yardım göreceğinize işârettir.

• Rûyâda naftalin görmek, bazı kere de, malınızı, paranızı muhafaza etmeye, kazandığınız rızkınızı iyi korumaya veya koruyacağınıza işâretle tabir olunur.

**NAHL SÛRESİ:** Rûyâsında bu sûreyi okuduğunu veya dinlediğini gören kimsenin, helâlinden çok rızık elde edeceği, zengin olacağı ile, veya müslümanlar arasında çok çok sevilen bir kimse olacağına işâretle tabir olunur. Ayrıca dünyada sıkıntı yüzü görmez, âfet ve mûsîbetlerden emin olur, şeklinde tabir edilir.

**NAKIŞ:** Rûyâda nakış işlediğinizi görmek, sabırlı ve iyi kalbli bir insansınız bu meziyetinizin faydasını *(karşılığını)* göreceksiniz.

**NAKIŞÇI:** Rûyâda nakış yapan *(nakışçı)*, nakış işleyen birini görmek, değişik şekilde yorumlanır. Nakış işleyen birini görmek, hîle yapan, hîlekâr bir adama temsil eder, şeklinde tabir olunur.

• Taşları oyan, nakış eden birini görmek, hîlekâr, yalan dolanla iş yapan cahil bir kimseye işârettir. Bakır nakışçısı görmek, düşmanlığa ve baş ağrılarına işârettir. Altın ve gümüş nakışçısı görmek, bir işi layıkı ile yapan dürüst bir kimseye işârettir.

**NAKİL:** Rûyâda bir yerden bir yere taşındığınızı *(nakil ettiğinizi)* görmek, âniden bir seyâhate çıkacağınıza işâretle yorumlanır.

**NAKLİYECİ:** Rûyâda nakliyeci görmek, mal biriktiren ve dünyaya dalan kendini beğenmiş bir kişiyi temsil eder, şeklinde tabir olunur.

**NAL:** Rûyâda sadece nal görmek ise, tüm dileklerinizin gerçekleşeceğine işâretle tabir olunur.

**NALBANT:** Rûyâda nalbant görmek, iyi bir şeyler işiteceğinize hayırlı habere işârettir.

• Bu rûyâ bazen de evlenmek, yolculuk ve yardım görüleceğiyle yorumlanır.

**NALBUR:** Rûyâda nalbur görmek, bir ev veya dükkan gibi gayri menkul sahibi olacağınıza işârettir.

**NALÇA:** Rûyâda nalça *(ayakkabı nalçası)* görmek, müjdeli, sevindirici bir haber alacağınıza veya iyi bir kâr edeceğinize, iyi bir kazanç elde edeceğinize işârettir.

**NALIN:** Rûyâda nalın görmek, geçimsiz bir kadınla evliliğe işâret ile yorumlanır.

**NAMAZ:** Rûyâda namaz kılmak, kuvvetli bir imâna sahib olunacağına işârettir.

• Namazla ilgili rûyâlar, genellikle hayır ile iyiye ve güzele yorumlanır.

• Rûyâda cenâze namazı kıldığını görmek, günâhlardan tevbe edileceğine işârettir.

• Namazda, namaz selâmı verdiğini görmek, keder ve sıkıntılardan kurtulacağının işâretidir.

**NANE:** Rûyâda nane görmek, acı bir habere, bazen de üzüntü ve kedere işâretle tabir olunur.

**NAR:** Rûyâda nar görmek, bol rızık ve zenginlik işâretidir. Bazen de çocuk sahibi olunacağına işârettir.

• Nar yemek, büyüklere hizmet edeceğinize veya yolculuğa işâret olarak tabir edilir.

• Rûyâsında ekşi nar yediğini görmek, haram mal yiyeceğine işârettir, dediler. Bazı yorumculara göre de, ekşi nar, üzüntü ve kedere işârettir dediler.

• Rûyâsında ekşi ve tatlısı karışık olan bir nar görmek, haram bir mal elde edileceğine veya kazanılacağına işâretle tabir olunur.

**NARGİLE:** Rûyâsında nargile içtiğini görmek, sünnet dışı bir iş yapmaya ve kötü alışkanlıklarınızın olacağına veya olduğuna işârettir.

• Bazı kere de, rûyâsında nargile tüttürdüğünü *(içtiğini)* görmek, bazı kötü alışkanlıkların sonradan rûyâyı gören kimsenin, başına dert açacağından dolayı şimdiden bunları terketmesi gerektiğini hatırlatan bir uyarı işâreti veren bir rûyâ olarak tabir edilir.

**NAS SÛRESİ:** Bu sûreyi rûyâsında okuduğunu veya dinlediğini gören kimse, hased edenlerin *(kıskanç kimselerin)* ve kötü insanların şerrinden ve verecekleri zararlardan emin ve emniyette olur, işleri yolunda gider ve düşmanlarına galip *(üstün)* gelir veya geleceğine işâretle tabir olunur.

**NASIR:** Rûyâsında bir yerinde nasır olduğunu görmek, üzüntüye işâret olmakla beraber bu üzüntünün çabuk geçeceğine işârettir. Yani önce üzücü bir durum ile karşılaşıp fakat geçici bir müşklle karşılaşılacağına işâret eden bir rûyâ olarak tabir olunur.

**NASİHAT:** Rûyâsında bir kimseye düşmanı tarafından yapılan bir nasihat görmek, ihânete uğramaya veya uğrayacağınıza ve aldatılacağınıza işâretle tabir olunur.

**NAY-NEY:** Rûyâda nay *(ney)* görmek ve çalmak *(üflemek)*, yakınlarından hayırlı haber alacağına işârettir.

• Rûyâsında neyzen ***(ney üfleyen)*** görmek, faydasız *(yararsız)* sözle karşılaşacağına işârettir.

**NAZAR:** Rûyâsında kendisine nazar değmiş veya değdiğini görmek, küçük *(hafif)* bir kaza atlatmaya veya atlatacağına işâretle tabir olunur.

**NAZARLIK:** Rûyâda nazarlık cinsinden şeyler görmek, sürekli gelecek iyi haberlere işârettir.

• Bazı yorumculara göre de, rûyâsında nazarlık ***(Nazar değmesin diye çocuklara, hayvanlara ve nazar değmesi korkulan şeylere asılan bir takım çeşitleri vardır.)*** görmek, hastalığa yakalanmaya, işlerin durması ve işlerin bozulmasına, üzüntü ve kedere düşülmeye veya düşüleceğine işâretle tabir olunur.

**NÂZİAT SÛRESİ:** Rûyâsında bu sûreyi okuduğunu veya dinlediğini görmek, ticârette kâr ve kazanca, sanatından faydalanmaya, kalbindeki olan şüphe ve tereddüte, hıyânetten kurtulmaya veya kurtuluşa işâretle tabir olunur.

**NEBE** *(AMME)* **SÛRESİ**: Rûyâsında bu sûreyi okuduğunu veya dinlediğini görmek, şan ve şöhrete ermeye, güzel bir isimle anılmaya, dinde hidâyete ermeye ve ömrünün uzun olmasına veya uzun olacağına işâretle tabir olunur.

**NEBÎ** *(PEYGAMBER)*: Rûyâda Nebî ***(peygamber)*** *(S.A.V.)* görmek, hayra ve iyiliğe ve hayırla müjdeleneceğinize işâretle tabir olunur. Nebî, Peygamber *(A.S.)* demektir; Peygambere arabcada Nebî, Resûl denir. Türkçemizde "elçi" demektir. Farisçede Peygamber denir. Fârisî bir kelime olan peygamber kelimesi Türkçemizde daha çok kullanılmaktadır.

• Rûyâsında bir kimse, Allah'ın peygamberlerinden ***(Nebî'lerinden)*** birini sevinçli ve güler yüzlü, neş'eli bir durumda görse, rûyâyı gören kimsenin bu rûyâsı onun *(rûyâyı görenin)* zafere ereceğine ve hayatında başarılara koşacağına işâret ile, din ve dünya işlerinde iyiliklerle karşılaşacağına işâretle tabir edilir.

• Bir kimse rûyâsında bir Nebîyi ***(peygamberi)*** ihtiyar *(yaşlı)* olarak görse, bu rûyâsı, kendisinin rahat ve korkusuz ***(emniyet içinde)*** bir hayat yaşayacağına işâret olarak tabir olunur.

• Rûyâsında Nebîye *(S.A.V.)* bir şey veya bir şeyler verdiğini görse, bu onun *(rûyâyı gören kimsenin)* bolluğa, berekete,mutluluğa veya hasta ise, şifâya kavuşacağına işâretle tabir olunur.

• Rûyâsında bir Nebî'yi *(A.S.)* hiddetli, güler yüzlü değil hiddetli bir halde görse, bu rûyâsı, onun zarar göreceğine veya günah işleyeceğine veya hasta olacağına işâret olmakla beraber sonunda yine sevince döneceğine, sevinçli bir haber alacağına işârettir, şeklinde tabir olunur.

• Bir kimse, rûyâsında Nebî *(Aleyhisselâmı)* dargın görse, bu rûyâsı, rûyâyı gören kimsenin üzüntü, keder ve sıkıntıya düşeceğine işâretle tabir olunur.

**NECÂSET:** Rûyâsında büyük abdestini yapmak ve yaptığı necâsetleri *(pislikleri)* gören kimse, gamdan, üzüntü ve kederden kurtulur, şeklinde tabir olunur.

• İnsanın abdestini yapması, bedeninden çıkması demek olduğundan, bu da günahlarının ve kusurlarının kendisinden *(insandan)* ayrılması, affedilmesi ve onlardan kurtulması demektir.

**NECM SÛRESİ:** Rûyâsında bu sûreyi okuduğunu veya dinlediğini gören kimse, düşmanına veya düşmanlarına galip *(üstün)* gelir, Cenab-ı Allah, kendisine sâlih bir evlâd nasib eder, gurbette bir kimsesi varsa o geri evine döner, hasreti gider, şeklinde tabir olunur.

**NEHİR:** Rûyâda nehir görmenin değişik yorumları vardır. Nehir görmek hayra işârettir. Rûyâda görülen nehir, şan ve şerefinin yükseleceğine, kadri yüce iyi bir kimseye ve helâl mala işârettir.

• Rûyâsında nehrin bir sahilinden diğer sahiline *(bir kıyısından diğer kıyısına)* sıçrayıp atladığını gören kimsenin bu rûyâsı, rûyâ sahibinin üzüntü ve kederden, sıkıntıdan kurtulacağına ve düşmanına galip *(üstün)* geleceğine ve hayra ereceğine işâretle tabir edilir.

• Bazı yorumculara göre, rûyâsında nehrin içine girdiğini gören kimse, yolculuğa çıkar veya çıkacağına işârettir veya devlet hizmetine girer veya gireceğine işâretle tabir olunur, demişlerdir.

• Bir kimse, rûyâsında evinden bir nehir çıktığını ve hiç bir yere zarar ziyan vermeyerek aktığını görse, hükümet tarafından vatandaşlarına yararlı bir uygulamanın çıkacağına işâretle tabir olunur.

• Rûyâsında nehre girdiğini görmek, büyük ve kıymetli insanlar arasına gireceğinize veya büyük bir zat ile tanışacağınıza ve rızkınızın artacağına işârettir.

• Rûyâsında nehirden *(nehir içinden)* çıktığını gören kimse, başarılı olur veya olacağına ve düşmanına galip *(üstün)* geleceğine işâretle tabir olunur.

• Rûyâsında temiz suyu bulunan bir nehrin evine aktığını gören kimse, bol mala ve zenginliğe kavuşur veya zengin olan kimsenin hasta olacağına işâretle tabir olunur.

• Rûyâsında ekinler arasından nehir aktığını görmek, rûyâyı gören kimsenin çok neş'e ve zevkli bir hal ile sevineceğine işârettir.

**NEML SÛRESİ:** Rûyâsında bu sûreyi okuduğunu veya dinlediğini gören kimsenin, malı mülkü ve parası çoğalır, sözü geçerli ve kendisi sevilen bir kişi olur veya olacağına işâretle tabir olunur.

**NERGİS** *(ÇİÇEĞİ):* Rûyâda nergis çiçeği görmek, kadına temsilen *(işâret olarak)* tabir olunur. Bunun içindir ki, rûyâsında başında bir kaç tane nergis çiçeği taktığını veya bulunduğunu görmek, iyiye ve hayra yorulmaz. Çünkü bu rûyâ, rûyâyı gören kimsenin, yapmış olduğu evliliğin devam etmeyecek bir evlilik olduğuna işâretle tabir olunur. Demek oluyor ki, başında bir kaç tane nergis çiçeği bulunduğunu görmek, iyi bir rûyâ değildir. Bu rûyânın işâreti hayra ve iyiye yorulmaz.

• Rûyâsında bahçede nergis çiçeği görmek, uzun ömürlü yaşayacak bir çocuğa sahib olacağınıza, nergisin koparılmış veya kesilmiş olduğunu görmek ise, çocuğun ölümüne işâretle tabir olunur.

• Bir kadın rûyâsında başında veya üzerinde nergis çiçeklerinden yapılmış bir taç olduğunu veya bulunduğunu görse, bu kadın kısa sürecek bir evlilik yapar, yani evliliği devam etmez, kocasından boşanacağına işârettir. Rûyâyı gören kadın eğer evli ise, kocasının kendisini boşayacağına veya kocasının öleceğine işâretle tabir olunur. Demek oluyor ki bir kaç tane nergisin ve bir taç halinde nergis çiçeklerinin başında veya üzerinde gören kimse, evliliğinden ayrılığa işâret olarak yorumlanmaktadır.

**NEŞTER:** Rûyâda neşter görmek, acı bir habere, üzücü bir haber alacağınıza işâretle tabir olunur.

• Rûyâda neşter vurup bir yarayı kestiğinizi görmek, bir hadise hakkında görüşünüzü söyleyip hükmünüzü belirtmek ve herkese son karar ve görüşünüzü de belirttiğinize işâretle tabir olunur.

**NEVRÛZ:** Rûyâda nevrûz gününde olduğunu görmek, kederden ve ümîdsizlikten kurtulmaya işâretle tabir olunur.

• Bir kimse, rûyâsında nevrûz gününde bulunduğunu ve nevrûz gününe kavuşmuş olduğunu görse, o kimsenin geçmişte yaşadığı sevinçli günlerinden biri ona geri döner, üzüntülü ve kederli günleri geçer, önceleri kaybetmiş olduğu malları tekrar geri gelir ve eline geçmiş olur veya olacağına işâretle tabir olunur. Demek oluyor ki, rûyâsında nevrûzda bulunduğunu gören kimse, eski zenginliğine kavuşur veya eski sevinçli günlerine yeniden kavuşur ve üzüntülerden, sıkıntılardan kurtulur, şeklinde tabir edilir.

**NEY:** Rûyâda ney görmek, oyun ve eğlenceye ve fitne çıkacağına işâret olarak tabir olunur. Bazı kere de ney görmek, sevinç ve ferahlığa işâretle tabir olunur. Ney ölü üzerine ağlayan bir kadını temsil eder, şeklinde yorumlanır.

• Rûyâda ney çaldığını veya çalındığını görmek, hasta olan bir kimse için, yani hasta olan biri, bu rûyâyı görse, onun ölümüne işâret olarak tabir edilir. Çocuk isteyen biri bu rûyâyı görse, çocuğu olacağına işâretle tabir edilir.

**NEYZEN** *(NEY ÜFLEYEN):* Rûyâsında ney üfleyen, ney çalan birini görmek, yalan söylemeye ve faydasız, yararsız şeylerle uğraşmaya, boş sözler, faydasız sözler söyleneceğine işârettir. Bazı kere de,neş'eli ve sevinçli, ferahlatıcı bir durumda ney üfleyen kimse görmek, ferahlık ve sevince işâret olarak yorumlanır.

• Rûyâda neyzen görmek, bazı kere de ölüye ağlamaya veya çocuğu ölmüş tanınan bir kadının ağlayarak bağırıp çağırmasına işârettir, diye yorumlanır.

**NEZLE:** Rûyâsında nezleye yakalandığını, nezle olduğunu gören kimse, eğer yolcu ise, beklediği bir haberin biraz gecikeceğine işâretle tabir olunur.

• Rûyâda nezle olduğunu gören kimse, hafif bir hastalığa yakalanır ve sonra bu hastalıktan kurtulur veya kurtulacağına işârettir. Yani, bu rûyâyı gören kimsenin, kısa zamanda atlatacağı hafif yollu bir hastalığa işâretle tabir olunur, demek olur.

**NİKAH:** Rûyâda nikah görmek, bir farzı *(Hac gibi, namaz ve oruc gibi farzı)* yerine getirmeye işârettir.

• Nikah memuru görmek, gönül huzuruna ve işlerin yolunda gideceğine mutluluğa işârettir.

• Rûyâda nikah görmek, iyilik görmek, ortaklık yapmak, büyük memur olmak ve büyük bir vazife almak gibi şeylere işâretle tabir edilir.

• Rûyâsında bir düşmanı ile nikahlandığını gören kimse, düşmanını yener, düşmanına galip *(üstün)* gelir veya geleceğine işârettir, diye yorumlanır.

• Rûyâsında bir dostu ile nikahlandığını gören kimse, ona dostuna iyilik edeceğine, yardım edeceğine işâretle tabir olunur.

• Rûyâsında kendisine nikah haram olan, nikah düşmeyen bir mahremi, yakını ile nikahlandığını gören kimse, hacca gider, gördüğü rûyâsı, onun hacc edeceğine işâretle tabir olunur.

• Rûyâsında ölmüş olan annesiyle nikahlanmış olduğunu gören kimse ölür. Bu rûyâsı onun öleceğine işâretle tabir olunur.

• Rûyâsında kendi hanımı ile nikahlandığını gören kimse, ticâretinde başarılı olacağına ve kârlı, kazançlı bir ticâret yapacağına işârettir.

• Rûyâsında bir kötü yolun yolcusu olan fahişe ile nikahlandığını gören kimse, haram mal kazanır veya malına haram mal katar. Rûyâsı malına haram mal karıştıracağına veya haramdan mal kazandığına ve kazanacağına işâretle tabir edilir.

• Rûyâsında bir kuş ile nikahlandığını görmek, düşmana veya düşmanlarına galip *(üstün)* geleceğine, düşmanını yeneceğine işâretle tabir olunur.

• Rûyâsında hayvan ile nikahlandığını gören kimse, bir menfaata erer, faydalandığı ve faydalanacağı bir durumla karşılaşır ve ondan menfaat ve fayda sağlar, şeklinde tabir olunur.

• Rûyâsında bir kadın ile nikahlandığını gören kimse, kederden ve sıkıntıdan kurtulur veya kurtulacağına işâretle tabir olunur.

• Rûyâsında bir kimse, tanımadığı bir kadınla nikahlandığını görse, rûyâyı gören bu kimse, eğer bekâr ise evleneceğine işârettir. Eğer evli ise, eşinden ayrılacağına veya bir topluluğa, bir dernek ve bir kuruluşa başkan olacağına veya birisiyle ortaklık kuracağına, ortak olacağına işâretle tabir olunur.

**NİKAH MEMURU:** Rûyâsında nikah memuru görmek, rûyâyı gören kimsenin, işlerinin yolunda gideceğine, gönül rahatlığına ereceğine ve ferahlık içinde mutluluğa, mutlu ve mes'ûd olacağına işâretle tabir olunur.

• Bazı kere de, rûyâda nikah *(evlendirme)* memuru görmek, bekâr olan kimsenin, bu rûyâyı görmesi evleneceğine işâretle tabir olunur.

**NİKEL:** Rûyâda nikel para veya nikel bir parça görmek, bu günlerde paraya çok ihtiyacınızın olduğuna ve olacağına ve mal-mülk sahibi olacağınıza işâret olarak yorumlanır.

• Rûyâda nikel görmek, bazı kerede dedikodu veya münâkaşa ve kavgaya işâretle tabir olunur.

**NİL NEHRİ:** Rûyâsında Nil nehrini görmek, bir seyahate çıkacağınıza ve bu seyahatten çok kazançlı döneceğinize işâretle tabir olunur.

• Nil nehri gören kimse, nehirin suyundan içtiğini de görse, eğer hasta bir kimse ise, hastalığından kurtulup iyileşeceğine, rûyâyı gören kimse, borçlu bir kimse ise, borcunu ödeyip borçtan kurtulacağına, eğer tutuklu *(hapis)* olan bir kimse görse, hapisten kurtulacağına işâretle tabir olunur.

• Bazı kere de Nil nehrini rûyâda görmek, devlet ve kuvvete erişmeye işârettir. Nilin suyundan içtiğini görmek ise, içtiği su miktarınca altına kavuşur ve mal elde eder, mutluluğa erer, şeklinde tabir olunur.

**NİNE:** Rûyâda nine görmek, iyi bir rûyâdır. Hayra ve iyiye işâretle yorumlanır.

• Rûyâsında bir nine gören kimse, neş'eli bir yaşama, sağlıklı bir hayata, sevinçli insanların bulunduğu ve mutluluk dolu bir hayata işâretle tabir edilir.

**NİSA SÛRESİ:** Rûyâsında bu sûreyi okuduğunu ve dinlediğini gören kimse, beklemediği ve ummadığı bir yerden mirasa konarak zengin olur ve akrabaları çoğalır, şeklinde tabir olunur.

**NÎŞADIR:** Rûyâda nişadır görmek, bazı kere mala ve bir menfaata kavuşacağınıza işâretle tabir olunur. Bazı kere de, rûyâda nişadır görmek, günaha işârettir.

• Rûyâda nişadır satın aldığını gören kimse, günah işler, işlemiş olduğu bu günahtan dolayı tevbe etmesi gerekir, şeklinde tabir olunur.

**NİŞAN:** Rûyâsında kendisine bir nişan *(başarı ödülü)* verildiğini görmek, şan ve şerefe, şöhrete ereceğinize, göğsünüze bir nişan, madalya takıldığını görmek, işlerinizin yolunda giderek ilerleyeceğine, eğer memur iseniz, terfi ederek yükseleceğinize işâretle tabir olunur.

• Birisinin nişânını sizin taktığınızı görmek, nişân madalyasını taktığınız kimseye büyük bir yardımda bulunacağınıza işâretle tabir olunur.

• Rûyânızda tüfekle bir hedefe nişân aldığınızı görmek, bir fırsatı değerlendirerek para ve itibar sahibi olacağınıza işâretle tabir olunur.

**NİŞANLANMAK:** Rûyâsında kendisinin nişanlandığını veya nişanlanmış olduğunu görmek, rûyâyı gören bekâr ise evlenmeye veya evleneceğine işâret olup, rûyâyı gören evli ise, zorluk çekeceğine veya zor bir durumla karşılaşıp zahmet çekeceğine işârettir.

**NİŞASTA:** Rûyâda nişasta görmek, pek iyi değildir. Dırıtılı, patırtılı, gürültülü yapacağınız bir evliliğe işârettir olarak tabir olunur.

• Bazı kere de rûyâda nişasta veya nişastadan yapılmış helva görmek veya yemek, sakin, gürültüsüz, patırtısız bir hayata işâretle, kimsenin etlisine sütlüsüne karışmayan, kendi halinde yaşayan, sakin bir yaşamınız olacağına işâretle tabir olunur, şeklinde yorumlanır. Bazı kere de, nişasta ile ilgili rûyâ görmek, mal sahibi olmaya, bol rızka ermeye ve mutlu bir hayat sürmeye işâretle yorumlanmıştır.

**NOHUT:** Rûyâda nohut görmek, kedere yorulur. Rûyâsında kuru nohut gören kimse, kedere ve sıkıntıya, kafa yorgunluğuna düşer, şeklinde tabir olunur. Rûyâda nohut görmek, bazı kere de, zorluk, çetinlik, zorla ele geçen mal ve zorlukla, zahmetle kazanılan rızka ve paraya işâretle tabir olunur.

• Bazı yorumculara göre, rûyâda taze nohut görmek, keder ve üzüntüye veya hastalığa işârettir. Kuru nohut görmek ise, helâl mal ve helâl rızık ile tabir olunur.

• Rûyâsında sıcak nohut *(leblebi vesâire gibi)* yediğini gören kimse, vakitsiz bir zamanda karısını öperek orucunu bozacağına işâretle tabir olunur.

*Bu yorumla ilgili İbn-i Sîrîn'in bir tabiri vardır. Şöyle ki:*

Bir adam İbn-i Sîrî'in yanına gelerek gördüğü rûyâsının yorumlanmasını ister: *"Efendim, rûyâmda kavrulmuş sıcak nohut yediğimi gördüm."* der. İbn-i Sîrîn: *"Oruçlu iken, oruçlu olduğun halda, ramazan gününde hanımını öptün mü?"* diye sormuştur. Rûyâyı gören adam: *"Evet"* cevabını vermiştir. İbn-i Sîrîn rûyâ sahibine : *"İşte gördüğün rûyânın tabiri ve yorumu budur"* demiştir.

**NOTER:** Rûyâda noter görmek, pek iyiye yorulmaz. İşlerinizi çok çok dikkatlice takip etmeniz ve dikkatlice yapmanız gerektiğine aksi halde zarar görebileceğinize işâretle tabir olunur.

**NÖBETÇİ:** Rûyâda nöbetçi asker görmek, emniyet ve selâmette olmanın işâretidir, şeklinde yorumlanır.

**NÛH** *(A.S.):* Rûyâsında Hz. Nûh peygamberi görmek, iyiye ve hayra yorulur. Rûyâsında Hz. Nûh peygamberi gören kimse, uzun ömürlü bir hayat sürer, çoluk çocuğu çok olur. İnsanlara hayırlı ve yararlı işler yapar ve uzun seyâhate çıkar, şeklinde tabir edilir.

**NUMARA** *(SAYI):* Rûyâsında bir numara *(sayı ve rakam)* görmek, iyiye işâret olarak tabir edilir. Rûyâda bir sayıya *(numaraya ve rakama)* baktığını görmek, ticârette kısmetinizin *(rızkınızın)* açık olduğuna işârettir.

**NÛR:** Rûyâda nûr *(aydınlık)* görmek, hidâyete, doğru yola ulaşmaya işâretle tabir olunur.

**NÛR SÛRESİ:** Rûyâsında bu sûreyi okuduğunu veya dinlediğini gören kimse, herkesin sevgisini ve saygısını kazanır. İnsanlara iyilikle emreder, kötülükten nehyeder *(sakındırır)*, insanları Allâh için sever ve Allâh için buğzeder, şeklinde tabir olunur.

**NÜKTE:** Rûyâda nükteli konuşmalar yapmak ve dinlemek, hayırlı bir haberin geleceğine işârettir.

**NÜZÜL:** Rûyâsında kendisine nüzül *(inme)* indiğini *(felç geldiğini)* görmek, pek iyiye yorumlanmaz. Bu görülen rûyâ, başınıza veya âilenize belâ ve musîbet geleceğine işâretle yorumlanır.

• Bir kimse, rûyâsında kendisinin herhangi bir yerine nüzül geldiğini *(inme indiğine veya felç olduğunu)* görse, bu gördüğü rûyâsı, Allâh'ın gazabına ve azabına işâret, Allâh'ın belâ ve musîbet gönderdiğine veya göndereceğine, ölüm ve hastalık gibi musîbetlerin geleceğine, keder, üzüntü ve evladının ölümü gibi belâ ve musîbetler geleceğine işâretle tabir olunur.

• Yine bir kimse rûyâsında kendisine nüzül indiğine görse, bütün ev halkı ile, âilesi, çoluk çocuğu ile birlikte bir belâ ve musîbete uğrayacağına işâret olarak tabir olunur. Bazı kere de yani bazı yoruma göre de, nüzül inmiş görmek, günâhlarının affı için, günâhlarının affına sebeb olacak hayırlı ve sevablı işler yapacağına işâretle tabir olunur, diye yorumlamışlardır.

# O

**OBA:** Rûyâda kurulmuş bir oba görmek, müjdeli bir habere, sevinç ve ferahlığa işâret olarak yorumlanır. Rûyâda görülen yeşillikler arasında kurulan bir oba sevinçler içinde mutluluklar simgesidir. Bu rûyâ iyiye ve hayra yorumlanır.

**OBJEKTİF:** Rûyâda görülen fotoğraf makinesi objektifi, kıskanç ve hased hastalığı olan kişilerin kötü nazar *(bakış)*larının sizin üzerinizde olduğunu ve bunlardan kendinizi korumak için dikkatli olmanız gerektiğine işâret, şeklinde tabir olunur.

**OBUR:** Rûyânızda obur bir kimseyi görmek veya onun durumuna düştüğünüzü görmek, günah veya kötülük yapmaya yelteneceğinize işâret ederek, size bir uyarı niteliğinde işâret şeklinde yorumlanır.

• Hasta bir kimse, rûyâsında obur birini görse, hastalığından iyileşip kurtulacağına işâret ve selâmetle afiyete kavuşacağına tabir olunur.

**OCAK:** Rûyâda ocak görmek, mal ve mülk sahibi olacağınıza işâretle yorumlanır.

• Rûyâda ocağın yıkıldığını görmek, elinizdeki rahat ve nimetin elden çıkacağına işârettir.

• Rûyâda ocak görmek, âilenin temeli olan, kadın ile kocaya işâretle tabir olunur. Ocakta görülen iyi veya kötü durumlar âileye yorumlanır.

• Rûyâsında ocağın güzel güzel yanmakta olduğunu gören kimse, âilesi ve çoluk çocuğu ile sevince ve refah ve mutluluğa erişir, şeklinde tabir olunur.

• Rûyâda görülen ocakta ateşin yok olduğunu, ateşsiz bir ocak gören kimse, üzüntüyle kedere düşer, şeklinde tabir olunur.

**ODA:** Rûyâda oda görmek, çeşitli şekilde yorumlanır.

• Rûyâda boş oda görmek, sonunda zarar göreceğiniz bir işe gireceğinize işârettir.

• Rûyâda süslü ve aydınlık bir oda görmek, iyi ve kârlı bir işe gireceğinize işâretle tabir olunur.

• Rûyâda odanızın boşaldığını görmek, yokluk ve sefalete düşeceğinize işâret ile yorumlanır.

• Rûyâda odacı görmek, ticarette şanslı olacağınıza işâretle tabir olunur.

• Rûyâda bilinmeyen yabancı bir odaya görmek, iyi değildir. Bu rûyâ ölüme işâret eden bir rûyâ olarak yorumlanır.

• Rûyânızda bulunduğunuz odanın tavanının üzerinize çöktüğünü görmek, zengin olacağınıza işâretle tabir olunur.

• Rûyâda odanın tavanının yarılıp su aldığını gören kimsenin, çok parası olacağına can mal-mülk alacağına işâretle tabir olunur.

**ODUN:** Rûyâda görülen odun ile ilgili rûyâlar pek hayra yorulmaz. Odun görmek, bozgunculuk, düşmanlık ve iki yüzlülük *(münafıklık)* gibi kötülüğün simgesidir.

• Rûyâsında odun sattığını gören kimse, ikiyüzlülük *(münafıklık)* eder, bozgunculuk gibi kötü huylu bir kimse ile tabir olunur.

• Rûyâsında odun taşıdığını görmek, söz taşımak, insanlar arasında söz getirip götürmek gibi kötü bir huya işâret şeklinde tabir olunur.

• Rûyâda odun topladığını görmek, bozgunculuğa, ikiyüzlülüğe çalışmakla tabir olunur.

• Rûyâsında araçla odun taşıdığını görmek, iki yüzlülüğe çalışmakla tabir olunur.

• Rûyâsında araçla odun taşıdığını görmek, münafıklık *(iki yüzlülük)* ederek, insanlar arasında söz taşıyarak, bozgunculuk etmeye işâretle tabir olunur.

• Rûyâda kuru odun görmek, birilerine iftira etmek *(müzevirlik)*, insanların aralarını açmak gibi kötülük yapmaya işâretle tabir olunur.

• Rûyâda odun kırdığını görmek, iftira edenlere, söz getirip götürenlere *(söz taşıyanlara)* gâlip *(üstün)* gelmek, onların kötülüklerini önlemekle tabir edilir.

• Rûyâda yakmak için odun hazırladığını görmek, münâfıklığa *(iki yüzlü davranmaya)*, insanların aralarını açmak için hazırlanmaya işâretle 3

• Rûyâda odun yüklenmek, gizliden gizliye söz taşımak ve insanların arasını açmakla tabir olunur.

**ODUNCU:** Rûyâda oduncu görmek, koğuculuk yapan *(söz getirip götüren)*, yalan söyleyen, insanlara kötü iftiralarda bulunan kimseye işâretle tabir edilir.

• Oduncu görmek, maksatlı bir şekilde insanların konuşmalarını dinleyerek, bu dinlediği sözleri insanlar arasında gezdirerek kötülük yapan kimselerin başı *(lideri)* olarak tabir olunur.

**OFSET:** Rûyânızda ofset makineleri bulunan bir matbaada olduğunuzu görmek, yeni planlar, yeni projeler hazırladığınıza işâretle tabir olunur.

**OĞLAK:** Rûyâda oğlak görmek, çoluk ve çocuğunuza düşkün olacağınıza işâretle yorumlanır.

• Rûyânızda oğlak kesmek iyi değildir, oğlak eti yemek, hastalık ile tabir olunur.

• Rûyâsında bir oğlak aldığını ve hediye edildiğini gören kimsenin bir erkek çocuğu olur, şeklinde tabir edilir. Kendisinin başkasına oğlak hediye ettiğini görmek, o kimse ile akrabalık kuracağına işârettir.

**OĞUL:** Rûyâda bir kimse oğlu olduğunu görürse sıkıntı ve kedere düşeceğiyle yorumlanır. Çünkü çocukların bakım ve eğitimi birçok meşakkat getirir.

**OJE:** Rûyâda oje görmek, süse düşkünlükle yorumlanır.

**OK:** Rûyâda elde ok görmek, güç ve kuvvet sahib olmak ve düşmanı yenmek, başarıyla yorumlanır.

• Rûyâda oku hedefe isâbet ettirdiğini görmek, murada ermekle yorumlanır.

**OKÇU:** Rûyâda okçu görmek, sıkıntıya işârettir. Bazende yolculuk ve sefere işârettir.

**OKLAVA:** Rûyâda yufka açılan oklava görmek, bir yolculuğa çıkılacağına işâretle tabir olunur. Görülen oklava kısa olursa yolculuğun kısa süreceğine, görülen oklava uzun olursa, yolculuk veya seyahatin uzun süreceğine işâretle tabir olunur.

**OKSİJEN TÜPÜ:** Rûyâda oksijen tüpü görmek, hiç yok yere sinirlerinizin bozulacağına ve bu yüzden üzüleceğinize işâret olarak tabir olunur.

**OKUL:** Rûyâda okul görmek, saygınlık ve hürmet görüleceğine işârettir.

**OLTA:** Rûyâda olta görmek, işlerin yolunda gittiğini ve bol kazanç elde edileceğine işârettir.

**OLUK:** Rûyâda oluktan temiz su aktığını görmek bolluk ve ucuzlukla, zenginlikle yorumlanır.

• Rûyâda Kâbe'de oluktan zemzem aktığını görmek, şifaya ve sevinçli haberle yorumlanır.

• Rûyâda Kâbe'de altın oluğun altında oturduğunu görmek, muradına ereceğiyle yorumlanır.

• Rûyâda oluktan yağmur suyu aktığını görmek, sevinmek ve sevinçli haberle yorumlanır.

**OMLET:** Rûyâda omlet görmek ziyafete katılacağınıza işârettir, şeklinde tabir olunur.

**OMUZ:** Rûyâda omuz görmek, dosta ve dostluğa işâret olduğu gibi, baba, ana, kardeş ve ortak gibi insana destek veren, kuvvet veren şeylerle tabir edilir.

• Rûyâsında omuzunda veya birinin omuzunda fazlalık görmek, kuvvet ve gücünde fazlalık ve artış olacağına işâret olarak yorumlanır.

• Rûyâsında omuzunda eksiklik, noksanlık görmek, güç ve kuvvetinin eksileceğine, desteğinin azalacağına işâret olarak yorumlanır.

• Rûyâda omuzunda yük olduğunu görmek, âilesinin yükü, görevinin ağırlığı veya borçlanacağı gibi şeylerle tabir olunur.

• Rûyâsında omuzlarında ağrı olduğunu görmek, kazandığı paralarla gereksiz ve kötü yaramaz işler yapacağına işâret şeklinde tabir olunur.

• Rûyâsında omuzlarında bir omuzluk olduğunu görmek, borcunun çoğalacağına ve bu yüzden üzüntü ve kedere düşeceğine işâretle yorumlanır.

**ONARMAK:** Rûyâsında bir şey onardığını *(tamir ettiğini)* görmek, yeni bir işe başlayıp,bu yeni işte başarılı olarak, borçlarını ödeyerek sıkıntıdan kurtulacağına işâretle tabir olunur.

**ONBAŞI:** Rûyâda onbaşı rutbesinde bir asker görmek, iyilik ve hayırla yorumlanır.

**ONDÜLE:** Rûyânızda saçlarınıza ondüle yaptırdığınızı görmeniz, işlerinizin yoluna gireceğine ve işlerinizdeki pürüzlerin ortadan kalkarak rahata kavuşacağınıza işâretle tabir olunur.

**OPERA:** Rûyânızda opera görmek, bazı anormal hareketleriniz bulunduğunu, bu sebebden anormal durumlarla karşılaşabileceğinize işârettir.

• Rûyânızda operaya gittiğinizi görmek ise, yeni arkadaşlarınızın arasına girerek, güzel sohbetlerle arkadaşlık ve dostluklar kuracağınıza işârettir.

• Rûyâda kendinizi opera sanatçısı olarak görmeniz, bazı tavır ve hareketlerinizin etrafınızdaki kimseleri rahatsız edeceğine işâretle yorumlanır.

**OPERATÖR:** Rûyânızda bir operatör görmek, mesleğinizde başarılı olacağınıza işâretle tabir olunur.

• Rûyânızda operatörü ameliyat yaparken görmek, eğer hastalığınız varsa, hastalığınızın iyileşeceğine işârettir.

• Kendinizi operatör olmuş görmeniz, yakınlarınızdan birinin hastalanacağına işârettir.

• Kendinizi operatör olarak birini ameliyat ediyor görmeniz, hastanız varsa onun iyileşeceğine işâret şeklinde yorumlanır veya beklediğiniz bir haber varsa onu hayırlı bir şekilde alacağınıza işâret olarak da tabir olunur.

**OPTİK:** Rûyâda bir optik aleti görmeniz, işlerinizde yeniliklere önem verdiğinize işâretle tabir olunur.

**ORAK:** Rûyâda orak görmek, kazanç ve rızık, doğru haber ve ömürle yorumlanır.

• Rûyâda orak görmek, rızık ve kazanç aleti olarak tabir olunduğu için, orak rûyâsı, bol rızık elde etmeye işârettir.

• Rûyâda orak görmek, bazen de Azrâil *(Aleyhisselâm)*in yakında evinize veya komşularınıza bir ziyarette bulunacağına, yani bir ölüm olacağına işârettir.

**ORDU:** Rûyâda ordu görmek huzur ve emniyetle yaşanılacağına işâretle yorumlanır.

• Rûyâda kendinizin ordu içinde bulunduğunuzu görmek, işinizde ve çalışma yerinizde güven içinde çalışacağınıza işâret olarak tabir edilir.

**ORG:** Rûyâda org görmek veya dinlemek, acı bir haber alacağınıza işâret şeklinde yorumlanır.

**ORGENERAL:** Rûyâda orgeneral rütbeli bir asker görmeniz, bir devlet adamından fayda ve menfaat göreceğinize işâret olarak tabir olunur.

**ORKESTRA:** Rûyânızda bir orkestra dinlediğinizi görmek, kısa sürecek bir üzüntü ve kedere düşeceğinize işâretle yorumlanır.

**ORKİDE:** Rûyânızda orkide görmek ve koklamak, sevinçli bir haber ve bol rızık ve kıymet ile, veya yakında kısmetinizin açılacağına işâretle tabir olunur.

**ORMAN:** Rûyâda orman görmek, zengin ve iyilik sever biriyle karşılaşılacağına işârettir.

• Rûyâda orman görmek, bazen de korku ve yalnızlığa düşeceğinize işâretle tabir olunur.

**ORTAK:** Rûyâda ortak görmek, tek başınıza kalacağınıza ve işlerinizin bozulup dağılacağına işârettir.

**ORTAKLIK:** Rûyâda ortaklık görmek, insaflı olmaya işârettir. Bazı yorumculara göre, rûyâda ortaklık *(veya şirket)* görmek, pek iyiye yorumlanmaz. Çünkü ortaklık *(birileri ile ortak olmak)*, devamlı şekilde insaf dışında davranış görmektir, şeklinde tabir olunur.

**ORTANCA:** Rûyâda ortanca *(çiçek)* görmek bir dostun düğününe gidileceğine ve dolayısıyla ziyafet yemeğinde bulunacağına işârettir.

• Rûyâda görülen ortanca aynı zamanda da kendi ailenizden birinin nikahına katılacağınızla yorumlanır.

**ORTAOKUL:** Rûyâda bir ortaokulda olduğunuzu görmek, mesleğinizde her türlü bilgiyi öğrenmek ve elde etmek için olanca gücünüzle gayret göstereceğinize işâret ile de tabir olunur.

**ORUÇ:** Oruçla ilgili rûyâlar büyüklük, sıhhat, afiyet, doğruluk, kötü ve yalan sözden kaçınmak, keder ve sıkıntıdan kurtulmak, elverişli işler *(amel-i salih)* ile yorumlanır.

**OT:** Rûyâda ot görmek, iyiye ve hayra yorulur. Ot rûyâsı iyidir. Bazen de keder ve üzüntü ile tabir edilir.

• Rûyâsında iyi bir ot biçtiğini görmek, hayır elde etmek ve faydalanmak ile tabir olunur.

• Rûyâsında kötü ve çirkin ot biçtiğini görmek, zararlı bir mala işâretle yorumlanır.

• Rûyâsında dikenli bir ot biçtiğini görmek, üzüntü ve keder ile tabir olunur.

• Rûyâsında kendi bedeninde (vücûdunda) ot bittiğini görmek, zenginliğe ve ziraat işlerinde bol bereketli mahsüle işâretle tabir edilir.

• Rûyâsında karnında ot bittiğini görmek, ölüme, yakında öleceğinize veya âilede bir ölüm olacağına işâretle yorumlanır.

• Rûyâda kendi üzerinde ot bittiğini, fakat gözlerinde ve kulaklarında otun bulunmadığını görmek, ucuzluk ve bolluğa işâretle tabir olunur.

**OTAĞ:** Rûyâda otağ görmek, düşmanına galip geleceğine işâretle tabir olunur.

**OTEL:** Rûyâda otel görmek, yolculuğa işârettir.

• Rûyânızda bir otelde bulunduğunuzu görmek, yakında uzun bir sefere, uzun bir yolculuğa çıkacağınıza işâretle yorumlanır. Çünkü otel, gariblerin, yolcuların barındığı bir evdir. Bunun için otel dünya evlerine de işârettir. Çünkü gerçek mânada, dünya evi de, âhirete nisbetle bir yolcu evidir.

• Rûyâsında bir otelden başka bir otele taşındığını gören kimse, bulunduğu bir mekandan başka bir yere *(mekana)* taşınır.

**OTELCİ:** Rûyâda otelci görmek, verdiği sözü bozan *(sözünde durmayan)* ihânet içinde bulunan *(hain bir kimseye)* veya hasta olan birinin ölümüne işârettir.

**OTLAK:** Rûyâda bir otlak görmek veya otlakta hayvanların otladığını görmek, bekâr ise evleneceğinize, evli iseniz, evladınızdan birini evlendireceğinize işâret şeklindeyorumlanır.

**OTOBÜS:** Rûyâda otobüs görmek, çoktan beri görmediğiniz bir dostunuzla karşılaşacağınıza işârettir diye yorumlanır.

• Rûyâda otobüse bindiğinizi görmek. yolculuğa çıkacağınıza işâretle tabir olunur.

**OTOGAR:** Rûyânızda bir otogar görmeniz, yakında uzun bir sefere, yorucu bir yolculuğa çıkacağınıza işâretle yorumlanır.

**OTOMOBİL:** Rûyâsında bir otomobil aldığını gören kimse, yakında bir sefere, yolculuğa çıkacağına işâret şeklinde yorumlanır.

• Rûyâda otomobilini kaybettiğini gören kimse, işlerinde zorluk olacağına, işinde zorlukla karşılaşacağına veya hanımı ile aralarında geçimsizlik çıkıp kavga edeceklerine işârettir.

• Rûyâsında kendisine bir otomobil hediye edildiğini ve bir otomobil verildiğini görmek, bekâr ise, evleneceğine veya gerçekten bir otomobil sahibi olacağına *(otomobil alacağına)* işâretle tabir olunur.

**OTOPARK:** Rûyânızda otopark görmek, hayatınızda bazı beklenmedik değişiklikler olacağına işâretle yorumlanır.

**OTOPSİ:** Rûyâda otopsi yapıldığını görmek, bu rûyâlar, kötü ve üzücü bir haber alınacağına işârettir.

**OTOSTOP:** Rûyânızda kendinizi otostop yaparken görmeniz, sıkıntılı ve oldukça çetin ve zor bir yolculuk geçireceğinize işâretle tabir olunur.

**OTURAK:** Rûyâda oturak *(lazımlık)* görmek, çok zor bir durumda olduğunuz bir zamanda bir arkadaşınızın size yardımcı olacağına işârettir.

**OTURMAK:** Rûyâda oturduğunu görmek, değişik şekillerde yorumlanır. Oturmak, acizlik, zayıflık ve korkaklık ile tabir olunur.

• Rûyâda oturduğunu gören, dul bir kadının bu gördüğü rûyâ, onun genç bir adamla evleneceğine işâret şeklinde tabir olunur.

• Bazen de rûyâda oturduğunu görmek, işlerinizin bozulacağına ve geçim sıkıntısı çekeceğinize işârettir.

• Rûyâda kıbleye karşı oturmuş olduğunu görmek, dilek ve muradınıza kavuşacağınıza işâretle yorumlanır.

• Rûyâda kanepede oturduğunu görmek, büyük bir işe girmek veya büyük bir memur olmaya işârettir

• Rüyâsında kışın gölgede oturduğunu görmek, üzüntü ve kedere işâretle tabir olunur .

• Yazın gölgede oturduğunu görmek ise, rahata ermek ve kederden kurtuluşa işâret ile tabir olunur.

**OVA:** Rûyâda ova görmek sıkıntıdan kurtulmak, ferahlığa ermek, sıhhate ermek, kara yolculuğu, büyük memuriyet ve ticarette bol kazanç gibi çeşitli şekillerde yorumlanır.

**OY** *(REY):* Rûyâsında bir seçim için oy *(rey)* kullandığını gören kimse, yapacağı işlerde kendi planına göre işlerine sürdüreceğine işâret şeklinde yorumlanır.

**OYLUK:** Rûyâda oyluk görmek, hısım ve akraba ve dostlar ile tabir olunur. Rûyâsında oyluğunun ağrıdığını gören kimse, hısım ve akrabalarına bir kötülük yapacağına işâretle yorumlanır.

**OYMA:** Rûyânızda bir ağacı oyduğunuzu veya oymalı bir tahta görmek, çoktan beri beklediğiniz bir haberi alacağınıza ve çok üzüleceğinize işârettir.

**OYUNCAK:** Rûyâda çocuk oyuncağı görmek, küçük bir sevince işârettir.

• Rûyâda çocukları eğlendirmek için oyuncakla oynadığını görmek, merhametsizliğe ve bu sebebten de bazı kayıplara uğrayacağınıza işâretle yorumlanır.

**OYUN KAĞIDI:** Rûyânızda oyun kağıdı ***(iskambil)*** görmek, sizi çekemeyenlerin *(kıskananların)* sizin aleyhinize çalışacaklarına işâretle tabir olunur.

**OYUN OYNAMAK:** Rûyâda oyun oynadığını görmek, dince eksikliğe ve dindeki noksanlığa işârettir.

• Rûyâda oyun oynadığını görmek, hangi cinsten olursa olsun, genellikle boş yere gurur, kibir ve boş şeylerle zaman geçirmek gibi, bir insan için hoş olmayan sevilmeyen şeylerle tabir olunur. bu sevilmeyen oyun rûyâlarının içine tavla oynamak, yüzük oyunu, ceviz oyunu gibi oyunlar da dahildir.

**OZAN** *(ŞAİR):* Rûyânızda bir halk ozanı *(şâir)* görmeniz, bir anadolu gezisine, o güzel diyarlara seyahate çıkacağınıza işâretle tabir olunur.

# Ö

**ÖÇ:** Rûyânızda birilerinden öç *(intikam)* aldığınızı görmek, hayatta bazı güçlük ve zorluklarla karşılaşacağınıza işâret ile yorumlanır. Ancak bu güçlükleri giderebilmek, onları atlatabilmek için ise, çok çalışıp, gayretle uğraşarak atlatabileceğinize işârettir, şeklinde tabir olunur.

**ÖD:** Rûyâda insan veya hayvan ödü görmek, bir düşmanlığa uğrayacağınıza ve bundan çok korku ve endişeye düşeceğinize işâretle yorumlanır.

• Rûyâsında bir kimsenin, kendi ödünden kan çıktığını görmesi ve bu çıkan kanı da içtiğini görmesi, rûyâyı gören kimsenin cehâletine ve bilgisizliğine işâret olarak yorumlanır.

**ÖD AĞACI:** Rûyâda öd ağacı görmek, mal, menfaat ve zenginlik gibi şeylere işâretle tabir olunur.

• Öd ağacı görmek, iyiye ve hayra yorulur. Rûyâda öd ağacı gören kimse, kazancında fayda ve menfaat görerek zengin olur, şeklinde tabir olunur.

• Rûyâsında öd ağacı görmek, güzel yüzlü, güzel sözlü, yumuşak huylu bir adamı temsil ile yorumlanır.

• Herhangi bir şeyini kaybeden bir kimse, rûyâsında elinde bir öd ağacı bulunduğunu görse, o kimse kaybettiği o şeyini bulur, şeklinde tabir olunur.

**ÖDEMEK:** Rûyâsında bir borcunu ödediğini gören kimse, akrabalarına ziyâret edeceğine işârettir.

• Bazen de rûyâda borcunu ödediğini görmek, hayattaki sıkıntılardan kurtulacağına işâretle yorumlanır. Borcu olmak duyarlı ve iyi kalbli bir insana sıkıntı verdiği içindir ki, rûyâda borcunu ödemek, ferahlıkla tabir olunur.

**ÖDENEK:** Rûyâsında hükümetten veya bir kurumdan ödenek aldığını gören kimse, sorumluluk taşıdığı bir işten kurtulacağına veya ödeneği alamadığını gören kimse, sorumlu olduğu işten hesaba çekileceğine ve bu yüzden sıkıntıya gireceğine işâretle tabir olunur.

**ÖDLEK:** Rûyâda kendinin herşeyden korkan ödlek biri olduğunu görmek, herkese karşı saygılı bir kimse olduğunuza işâret ile veya herşeyden korkan ödlek birini görmek, bugünlerde işlerinizde bir aksama olacağına, başarılarınızın azlığına işârettir.

**ÖDÜL:** Rûyâda büyük bir ödül aldığınızı görmek, iyi bir işe başlamanız için arkadaşlarınız ve dostlarınızın destek ve tavsiyeleri olduğuna veya olacağına işâretle tabir olunur.

• Rûyânızda sizin başkalarına ödül verdiğinizi görmek ise, sizin başkalarının iyi bir işe girmelerinde onlara destek olacağınıza işârettir.

**ÖDÜNÇ:** Rûyânızda bir şeyin size ödünç olarak verildiğini görmeniz, o ödünç aldığınız şeyin değerince bir borca gireceğinize işâretle tabir olunur.

• Rûyâda ödünç verdiğini görmek, günâhı olan bir kimse için tevbe edeceğine, fakir bir kimsenin de zengin olacağına işâretle yorumlanır.

• Rûyâsında kıymetli bir şeyini ödünç olarak verdiğini gören kimse, Allâh rızasına ereceğine ve Allâh rızası için birilerine iyilik yapacağına işârettir.

• Hasta olan bir kimse, rûyâsında birinden ödünç bir şey isteyip, istediğini aldığını görse, bu onun ölümüne işâretle yorumlanır.

• Rûyâsında ödünç aldığı kimsenin öldüğünü gören kimse, içinde bulunduğu üzüntü ve sıkıntıdan kurtulur, şeklinde tabir olunur.

**ÖFKE:** Rûyâsında öfkelendiğini gören kimse, her ne sebebden olursa olsun, bu onun işlerinin bozulmasına veya malının zâyi olup zarar etmesine veya edeceğine işâretle tabir olunur.

• Rûyâdaki öfkesinin eğer Allâh için bir öfke olduğunu görmek, hayır ve iyiliğe erişeceğine işârettir.

**ÖF KELİMESİ:** Rûyâsında bir kimse, ***"öf"*** kelimesini söylediğini, ***"öf"*** dediğini görse, bu kimse, anne ve babasına karşı âsi olduğuna veya olacağına işâretle yorumlanır. Nitekim, Kur'ân-ı Kerim'de ***"...onlara (anne ve babana) öf bile deme, onları azarlama."*** (İsra Sûresi âyet 23) buyrulmuştur. Bu görülen rûyâ bu âyete işâret etmektedir.

**ÖFKESİNİ YENMEK:** Rûyâda öfkesini yendiğini, öfkesini içine attığını ve yuttuğunu gören kimse, âilesinden başka kimselere de iyiliği ulaşan, iyilik sever ve herkes tarafından beğenilen bir kimse olduğuna işâretle tabir olunur.

**ÖĞLE:** Rûyânızda bir öğle vaktinde bulunduğunuzu görmek, ksmetinizin açılacağına ve dilek ve muradınızın gerçekleşeceğine işâretle tabir olunur.

**ÖĞRENCİ:** Rûyâda öğrenci görmek, mutlulukla yorumlanır.Yine olgun davranışınızla etrafınızda saygınlık kazanacağınıza da işâret olduğuyla da yorumlanır.

**ÖĞRETMEN:** Rûyâda öğretmen görmek, huzur ve rahatlıkla yorumlanır.

**ÖKÇE:** Rûyâda ökçe *(ayakkabı ökçesi)* görmek, evlâd ***(çocuk)*** ile tabir olunur. Rûyâda güzel bir ökçesi olduğunu görmek, iyi bir evlâda sahib olduğuna işârettir. Sağ ayak ökçesi, erkek evlâda, sol ayak ökçesi, kız evlâda işârettir.

- Rûyâsında ayak ökçesinin bulunmadığını ***(yok olduğunu)*** görmesi, neslinin kesileceğine, ***(kendisinden sonra evlâdı kalmayacağına)*** işâretle tabir olunur.
- Rûyâsında ökçesinin koptuğunu veya kırıldığını görmek, çocuğunun ölümüne *(öleceğine)* işâretle yorumlanır.
- Rûyâda görülen ökçeler mükemmel ve sağlıklı ise, bu rûyâ, rûyâ sahibi kimsenin mal mülk ve arkada bırakacağı evlâdı ile tabir olunur.

**ÖKSÜRÜK:** Öksürmek ile ilgili rûyâlar, şikayete işârettir. Bazen rûyâda görülen öksürmek, üzüntü ve kederden kurtuluşa işârettir.

• Bazı yorumculara göre, rûyâda öksürdüğünü gören kimse, bir adamı şikâyet etmek istediği halde henüz şikâyet edemediğine veya etmediğine işâret şeklinde tabir olunur.

• Rûyâsında boğazı tıkanırcasına, nefesi kesilir gibi öksürdüğünü gören kimsenin bu rûyâsı, o kimsenin ömrünün azaldığına işâretle tabir olunur.

**ÖKSÜZ:** Rûyâda öksüz ile ilgili görülen rûyâlar, iyiye yorulur. Öksüzle alâkadar olduğunu *(öksüzle ilgilendiğini)* gören kimse, işlerinde kolaylık ve gelişmeler elde ederek, büyük kâr ve kazanç elde edeceğine işâretle tabir olunur.

**ÖKÜZ VE İNEK:** Rûyâsında kendi öküzünü güzel ve mükemmel olarak gören kimse, bu sene bolluk ve berekete kavuşur şeklinde tabir olunur.

• Rûyâsında bir öküze bindiğini gören kimse, bolluk ve ucuzluğa kavuşur, diye tabir olunur.

• Bazen de rûyâda öküz görmek, devlet büyüklerine yakın olmaya ve işlerinizin çok çok ilerleyeceğine işâretle yorumlanır.

• Rûyâsında öküzün üzerine bindiğini ve öküz üzerinde olduğu halde evinin içine giren kimse, hayra kavuşur ve geçimi bollaşır *(genişler)* şeklinde tabir olunur.

• Rûyâsında bir öküzün başını yediğini görmek, yüksek bir mevkiye ve memuriyete işârettir.

• Rûyâda öküz eti yediğini görmek, zenginliğe işârettir, şeklinde tabir olunur.

• Rûyâda görülen beyaz öküz, iyilik ve menfaat elde etmek ile siyah öküz, mutluluk ve mal sahibi olmak ile, sarı öküz, hastalık ile zayıf öküz, kıtlık ve çaresizlik ile tabir olunur.

**ÖLÇEK:** Rûyâda ölçek görmek, zarar ve ziyân ile geçecek bir seneye veya kötülükler dolu ve sıkıntılar ile geçecek bir seneye işâretle yorumlanır.

**ÖLÇMEK:** Rûyâda kol *(kulaç)* veya karış ile bir şeyin uzunluğunu ölçtüğünü görmek, yolculuğa çıkacağınıza işârettir.

• Bir kimse, rûyâsında karışla bir elbiseyi veya bir duvarı veya bir yeri ölçtüğünü görmesi, yolculuğuna, yani bu rûyâyı gören kimse bir yolculuğa çıkar, şeklinde tabir olunur.

• Rûyâsında bir çölü ölçtüğünü gören kimse, üzüntü, keder ve sıkıntıdan kurtulur, şeklinde tabir edilir.

• Rûyâsında bir yolu ölçtüğünü görmek, ölçtüğü yol kadar yolculuk yapar, şeklinde tabir olunur.

• Rûyâsında yeşil bir ovayı ölçtüğünü gören kimse, ibâdetlerine önem veren dindâr bir kimse olacağına işârettir.

**ÖLDÜRMEK:** Rûyâsında bir kimseyi öldürdüğünü gören kimse, günâh işler, şeklinde tabir olunur.

• Rûyâda kendi kendisini öldürdüğünü gören kimse, geçerli ve Allâh indinde kabûl edilecek bir tevbe ile tevbe eder, öyle bir tevbe eder ki, bir daha tevbesini bozmayacak bir şekilde, makbul bir tevbe eder, şeklinde yorumlanır.

• Rûyâda kendisinin başkası tarafından öldürüldüğünü gören kimsenin bu rûyâsı kendisinin ömrünün uzun olacağına, hayır ve bereket içinde, bol para ile ömür geçireceğine işâret eder.

**ÖLÜ GÖMMEK:** Rûyâsında bir ölüyü gömdüğünü gören kimse, hapislik gibi, fakirlik ve sıkıntı çekmek gibi ve işlerinin bozulması gibi kötü ve sevilmeyen bir durumla karşılaşacağına işârettir.

**ÖLÜM:** Rûyâda kendinizi ölmüş görmek, ömrünüzün uzamasına işâretle yorumlanır.

Rûyâda tanıdıklarınızdan birini ölmüş görmek, ölünün görünüşüne göre yorumlanır. Gülüyor görmek iyidir. Kaçan ölü görmek, uzun ömüre işârettir.

• Kendi ölünüzü kendi evinizde görmek, dileklerinizin gerçekleşeceğine işârettir.

**ÖLÜ ÜZERİNE AĞLAMAK:** Rûyâda ölü üzerine bağırıp çağırarak ağladığını görmek iyiye ve hayra yorulmaz. Ama sessizce üzülerek ağladığını görmek, iyidir. Bu rûyâ iyi olarak hayırla tabir olunur.

**ÖLÜ YIKAMAK:** Rûyâda ölü yıkadığını görmek, onun borcunu ödemeye işâretle yorumlanır.

• Rûyâda ölünün kendi kendini yıkadığının görülmesi, o ölünün geride bıraktığı âile efradının, üzüntü ve kederden kurtulmalarına işârettir.

**ÖLÜ YIKAYICI:** Rûyâsında ölü yıkayıcı görmek, iyi değildir. Hastalık ve üzüntü ile yorumlanır.

**ÖMER** *(R.A.):* Rûyâda Hz. Ömer *(Radıyallâhü Anhü)*yü görmek, iyiye ve hayra işâret olarak yorumlanır. Hz. Ömer'i görmek, uzun ömürlü olacağınıza, iyi bir iş, helâl bir iş sahibi olacağınıza ve huzur içinde korkusuzca yaşayacağınıza işâretle yorumlanır.

• Bazen de Hz. Ömer'i görmek Umre'ye gideceğinize, Umre haccı yapacağınıza işâretle tabir olunur.

**ÖNLÜK:** Rûyâda kirli önlük görmek, yeni elbise giyeceğine işârettir. Önlük yamamak, evliliğe işârettir.

**ÖPMEK:** Rûyâda öpmek ile ilgili görülen rûyâların çok değişik şekilde yorumları bulunmaktadır.

• Rûyâsında birini öptüğünü gören kimse, düşmanlarına galip *(üstün)* gelir ve her türlü ihtiyacının giderileceğine işâretle yorumlanır.

• Rûyâsında bekâr olan bir kimsenin başkası tarafından öpüldüğünü görmesi, o kimsenin evleneceğine işârettir.

• Rûyâsında kendi çocuğunu sevgi ve şefkatle öptüğünü gören kimse, hayır ve iyiliklere kavuşur, mal-mülk sahibi olur ve sevinç içinde huzûr ile yaşam süreceğine işârettir.

• Rûyâda birini şehvetle öptüğünü gören kimsenin bu rûyâsı, öptüğü o kimseden bir yardım göreceğine işâretle tabir olunur.

• Rûyâsında birini dostca *(şehvetsiz)* öptüğünü görmek, rûyâyı gören kimse, o dostça öpmüş olduğu kimseye bir iyilik ve hayırda bulunarak yardım edeceğine işârettir.

• Rûyâsında bir kimse, bir çocuğu şevkatle öptüğünü görse, öpen ve rûyâyı gören kimse ile o öptüğü çocuğun babası arasında bir dostluk ve arkadaşlık kurulacağına işârettir.

**ÖRDEK:** Rûyâda ördek görmek, yüksek bir mevkiye çıkacağınıza işâretle yorumlanır. Rûyâda ördek görmek, erkek için, güzel bir kadınla evleneceğine işâret demektir.

**ÖRGÜ:** Rûyâda örgü görmek ve örmek, her işinizde başarılı olacağınıza işârettir. Örgü ördüğünüzü görmek, geleceğinizin iyi olacağına işârettir.

**ÖRS:** Rûyâda örs görmek, faydalı ve uzun ömürlü olacağınıza işâretle yorumlanır.

**ÖRTÜ:** Rûyânızda örtü görmek, sır saklayacağınıza delâlet eder, şeklinde tabir olunur.

• Rûyâda bir kimsenin elbise gibi, bir şeylerle örtündüğünü görmesi, sevinerek, isteyerek rızık kazanmak için çalıştığına ve seve seve rızk için çalışmasından yüksek bir dereceye ereceğine işâretle yorumlanır.

**ÖRÜMCEK:** Rûyâda örümcek görmek, din bütünlüğüne işârettir.

• Rûyâda örümcek ağı görmek hile ve dalavereye işârettir.

**ÖZÜR DİLEMEK:** Rûyâda özür dilediğini görmek, uzun ömürlü olacağınıza ve yüksek bir mertebeye çıkacağınıza işâretle yorumlanır.

# P

**PABUÇ:** Rûyâda pabuç *(ayakkabı)* görmek, kış mevsiminde, üzüntü ve kedere işâret, yaz mevsiminde ise, hayır ve bereket işâretle tabir olunur. *(Daha geniş yorum için Ayakkabı maddesine bakınız.)*

**PAÇA:** Rûyâda eti yenen bir hayvan paçası görmek, geçim ve kazancına artacağıyla yorumlanır.

**PAÇAVRA:** Bu rûyâ pek iyi değildir. Yoksulluğa düşeceğinize işârettir. Ticâretini yapmak ise, kazanca zenginliğe işârettir.

**PADİŞAH:** Rûyâsında bir padişah görmek, yükselmeye ve ilerlemeye, mesleğinde yüksek mevkilere gelmek, işlerinde ilerlemekle tabir olunur.

**PAKET:** Rûyâda bir paket görmek, zenginlik ile, kazanıp mal edineceğiniz ile ve hem zengin, hem mal sahibi olup refah bir hayata kavuşacağınıza işâret olarak yorumlanır.

**PALABIYIK:** Rûyâda kendi bıyığınızı uzatıp pala bıyıklı olduğunuzu görmek, kendinizi küçük düşürücü bazı yanlış davranışlarda bulunacağınıza ve dolayısıyla herkese alay konusu olan bir duruma düşeceğinize işâretle yorumlanır.

• Bazen de bu rûyâ, haram bir şeyler içeceğinize, malınızın zekatını vermeyeceğinize, size emânet edilen bir şeyi inkar edip sahibine işâret iâde etmeyeceğinize ve dolayısıyla bu kötü davranış ve hareketinizin cezası olarak kedere ve sıkıntıya düşeceğinize işâret eden bir uyarı rûyâsıdır, şeklinde tabir olunur.

**PALAMUT:** Rûyânızda palamut *(meşe palamutu)* görmek, uzun ve zengin bir hayat yaşayacağınıza işârettir, şeklinde yorumlanır.

• Rûyâda palamut balığı görmek, bu günlerde garib ve şaşılacak bir şeylere şâhit *(tanık)* olacağınıza işâretle yorumlanır.

**PALTO:** Rûyânızda palto görmek, memur bir kimse için, yükseleceğine *(terfi edeceğine)*, daha yüksek makama geçeceğine, tüccar, ticâret erbabı görürse, iyi bir kazancı olacağına, fakir biri görürse, sıkıntılarından kurtulacağına, halktan biri görürse, ucuzluk olacağına ve köylü biri görürse, bol ve bereketli mahsûl elde edeceğine işâretle tabir olunur.

**PAMUK:** Rûyâda pamuk görmek, helâlından para kazanılacağına işârettir. Tertemiz bir pamuk feraha çıkacağınıza işâret eder, şeklinde yorumlanır.

**PANCAR:** Rûyâda pancar görmek, üzüntü ve kedere işâret ile tabir edilir.

• Bazı yorumculara göre, rûyâda pancar görmek, rızık, sıhhat ve berekete işâretle, yani birinci yorumun tersiyle yorumlanır. Bu da rûyâ görenin durumuna göre değerlenir, demişlerdir.

**PANTALON:** Rûyâda pantalon görmek, itibar sahibi *(saygın)* bir kimse ve iyilik sever bir kimseye işâretle yorumlanır.

• Siyah pantolon giydiğinizi görmek, hatırlı ve saygınlığa işârettir, şeklinde tabir edilir.

• Eski ve yırtık pantolon görmek, üzüntü ve kedere işâret olarak tabir olunur.

• Rûyâsında yün pantolon gören kimse, iyiliklere ve hayırlara işâret olarak yorumlanır.

**PAPAĞAN:** Rûyâda papağan görmek, konuşması güzel, tavır ve hareketleri çekici bir hanımınız olacağı veya güzel konuşan tavır ve hareketleri düzgün bir çocuğunuz olacağına işâretle tabir olunur.

• Rûyâda papağan görmek, bazen de tatlı dilli,güzel sözlü biri olduğunuzdan işinizde başarılı olacağınıza, fakat biraz kibir, kendini beğenmişlik gibi kötü huyunuz olduğuna işâretle tabir olunur.

**PAPATYA:** Rûyâda papatya çiçeği görmek, değişik şekillerde duruma göre ve çiçeğin rengine göre yorumlanmıştır.

• Rûyânızda bir kimseden papatya aldığınızı görmeniz, o kimse ile dostluk kuracağınıza işârettir.

• Rûyâda papatya çiçeği görmek, hanımınızın akrabalarına işâretle de tabir olunmuştur. Hanım tarafından çok akrabaya sahib olacaksınız demek şeklinde tabir ediliyor, demektir.

• Rûyâda papatya topladığınızı görmeniz, zengin bir adamdan *(veya âileden)* bir kız alacaksınız, şeklinde yorumlanır.

• Yabânî papatyalardan topladığınızı görmek, yüzü güzel fakat hareketleri şöyle böyle bir erkek veya kadınla karşılaşacağınıza işârettir.

• Rûyâda ortası sarı güzel bir papatya görmek, güvenilir bir dost veya iyi bir kadınla karşılaşmakla tabir edilir.

**PAPAZ:** Rûyâda papaz görmek, günah işlediğiniz ve günahkâr olduğunuza delâlet eder.

**PARA:** Rûyâda görülen para, yaramaz sözlere, yalan sözlere, düşmanlık ve iki yüzlülük gibi kötü şeylere yorulur.

• Rûyâda görülen bakır para, dedikodu çıkacağına, çirkin ve yalan sözlerle karşılaşmak ve düşmanlıkla karşılaşmak gibi yaramaz olaylarla tabir olunur.

• Rûyâda bakır parayı veya paraları attığınızı görmek, kederden, üzüntü ve sıkıntıdan kurtulacağınıza işâretle tabir olunur.

• Rûyânızda bakır para aldığınızı görmek, çıkacak kavga ve göreceğiniz düşmanlık ile yorumlanır.

• Rûyânızda bakır para verdiğinizi görmeniz. birilerine düşmanlık edeceğinize işâretle tabir olunur.

• Rûyânızda para bozdurduğunuzu görmek, kötü söz işiteceğinize ve birileriyle münâkaşa edeceğinize işârettir.

• Rûyâsında birilerinin parasını bozduğunu görmek, işlerinizde bozukluk olacağına, kâr edemiyeceğinize ve çok zarar edeceğinize işâretle tabir olunur.

• Elinizde gümüş para olduğunu görmek, iyi bir sözle ve iyi bir haberle karşılaşacağınıza işârettir.

• Rûyâda büyük bir gümüş para görmek, çok mala sahib olmak ve çok kârlı kazanç elde etmek ve çok çok zengin olacağınıza işâretle tabir olunur.

• Rûyânızda para kesesini *(cüzdanı)* denize düşürdüğünüzü görmek, zarar etmek, elinizden malınız çıkacak şeklinde yorumlanır.

• Para kesenizi *(cüzdanınızı)* suya düşdüğünü görmeniz, malınızı kaybedeceğinize veya para kaybedeceğinize işâretle tabir edilir.

• Rûyânızda para kesenizi *(cüzdanınızı)* ateşe düşdüğünü görmeniz, malınız elinizden alınacak, zarar edeceksiniz, şeklinde yorumlanır.

**PARMAK:** Rûyâda görülen el parmakları ile ilgili rûyâlar değişik şekilde yorumlanır.

• Rûyâda parmak görmek, bazen kazanç ve ticârette kâr etmeye işârettir, şeklinde tabir olunur.

• Rûyânızda parmağınızı yaladığınızı görmeniz, az bir rızık kazanacağınıza işârettir.

• Rûyânızda parmaklarınızın aralarını açık görmeniz, arkadaşlarınız ve akrabalarınız arasında uygunsuzluk ve dengesizlik olacağına işârettir.

• Rûyâda parmağınızı ısırdığınızı görmek, kedere ve hayretle karşılayacağınız bir olayla karşılaşma şeklinde yorumlanır.

• Baş parmağınızı kesikmiş görmek, malınızdan bir şeyler kaybedeceğinize işârettir.

• Parmaklarınızı birbirinden ayrı olarak görseniz, âileniz arasında geçimsizlikle karşılaşacağınıza veya fenâ ve kötü sözlerle karşılaşacağınıza ve hatta sizi alaya almaları ile karşılaşacağınıza da yorumlanır.

• Rûyânızda bütün parmaklarınızın bir arada yerinde olduğunu görmeniz, âile ve akrabalar arasında uyum veya ortaklar arasındaki uyuma işârettir.

• Parmaklarını yalamak, az kısmet ve az kazanç *(rızık)* şeklinde tabir edilir.

• Rûyâsında sıcak bir yemekten parmaklarının yandığını görmek, keder ve sıkıntıya işâret veya âileden zarar ile tabir olunur.

**PARS:** Rûyâda pars *(bir hayvan)* görmek, açık bir düşmanla tabir edilir. Değişik yorumları vardır.

• Rûyâsında bir parsı öldürdüğünü görmek, düşmanını yenmek *(üstün gelmek)* ile zorluklardan kurtulmakla tabir olunur.

• Rûyâsında pars ile beraber *(birlikte)* yemek yediğini görmek, düşmanından menfaat elde etmek ve faydalanmak ile tabir olunur.

• Rûyâsında kendisini parsın ısırdığını görmek, düşmandan zarar göreceğine işâretle tabir edilir.

• Rûyâsında parsın üzerine bindiğini görmek, düşmanına gâlip *(üstün)* gelmek ile tabir olunur.

**PASTA:** Rûyâda pasta görmek, sizi sevenler tarafından aranacağınıza işâretle yorumlanır.

**PASTIRMA:** Rûyâda görülen pastırma, kendi eliniz ve alın terinizle para kazanacağınıza işârettir.

**PATATES:** Rûyânızda patates görmek, yeni arkadaşlıklar kuracağınıza ve para kazanacağınıza işârettir.

• Rûyâsında pazardan çok patates aldığını görmek, bu önümüzdeki yılın mahsüllerinin, bol ve bereketli olacağına işâretle tabir olunur.

**PATLICAN:** Rûyâda patlıcan görmek, bazen bol rızık ile, bazen az bir rızık ve nimet ile tabir olunur.

• Rûyâda patlıcan görmek, bazen de kedere ve sıkıntıya işâret eder. Rûyâsında mevsimi olmadan patlıcan görmek, üzüntü ve kedere işârettir.

• Rûyâsında bir avcının patlıcan görmesi, bir av avlayacağı *(vuracağı)* ile ve dolayısıyla az bir rızık ile sevineceğine işâret olarak yorumlanır.

• Bir kimse, rûyâsında mevsiminde patlıcan görse, küçük bir üzüntü ile rızka ve nimete erer veya ereceğine işârettir, şeklinde tabir olunur.

**PATRİK:** Rûyâda patrik görmek veya patrik olduğunu görmek, ölümünün çok yakın olduğuna *(öleceğine)* veya denizde ve suda boğulacağına, veyahut da helâk olup yok olacağına ve nimetlerin elinden gideceğine işâretle tabir olunur.

**PATRON:** Rûyâda patron görmek, işsiz bir kimse patron görse, yeni işe *(yeni bir iş bulup ona)* gireceğine işâretle tabir olunur.

• Rûyâsında kendisinin patron olduğunu görmek, sıkıntısını atlatamayıp bu sıkıntısının biraz daha süreceğine işârettir. Bazen de bir iş yerinde kendisinin patron olduğunu gören kimsenin, işlerinin *(iş kısmetinin)* açılacağına işâret ile tabir olunur.

**PAVYON:** Rûyâsında bir pavyona gittiğini görmek, rahat ve huzurunun bozulacağına, elindeki paraların elinden gideceğine, bu yüzden de keder ve üzüntüye düşeceğine ve sıkıntı içinde kıvranacağına işâretle tabir olunur.

**PAY** *(BÖLÜŞMEK):* Rûyânızda bir kaç kişinin aralarında pay ettikleri bir şeyden sizinde kendi payınıza düşeni aldığınızı görmek, birileriyle bir ortaklığa gireceğinize veya çok ortaklı bir yere *(örneğin bir kooperatife)* gireceğinize işâretle tabir edilir.

**PAZAR:** Rûyâda pazar veya pazar yeri görmek, değişik şekilde yorumlanır. Bu rûyâ kişinin durumuna göre yorumlanır.

• Rûyânızda bir mahalle pazarında olduğunuzu ve oradan bir şeyler aldığınızı görmek, bazen sıkıntı içinde olup ihtiyaçlarınızı alamamak ve görememek ile tabir edilir.

• Pazardan bir şeyler alıp evinize getirdiğinizi görmek, elinizden bir miktar paranızın çıkacağına işâretle tabir olunur. Pazar veya pazar yeri rûyâsı geçim darlığı ve işlerin bozukluğu ile de tabir olunur.

• Rûyâda pazar görmek, genellikle isteklerinizin *(dileklerinizin)* olamıyacağına ve üzüleceğinize işâretle, pazardan bir şeyler almak ve pazarı gezdiğinizi görmek, o kimsenin işlerinin düzeleceğine ve dileğinin olacağına işâret ile tabir olunur. Yaşlı kimselerin ve kadınların pazar ile ilgili rûyâları cesâretlerinin artmasına, genç kızların kısmetlerinin artacağına ve geleceklerinin iyi olacağına işâretle tabir edilir.

**PAZARLIK:** Rûyâda kendinizi bir şey alırken pazarlık yaptığınızı görmek, çekişmeli geçmekte olan hayatınızın daha bir müddet devam edeceğine veya eşya alarak borçlanacağınıza işâretle tabir edilir.

**PAZARTESİ:** Rûyâda pazartesi akşamları görülen rûyâların genel olarak ters olarak ***(rûyânın tersiyle)*** yorumlanacağı kanâatı vardır, bazı yorumculara göre.

**PAZI OTU:** Rûyâsında pazı otu görmek, hayır ve rızka *(rızkın artmasına)* işâretle tabir olunur.

• Rûyâda pazı otu yediğinizi görmek, sağlığınızın artacağına, sağlık ve sıhhatinizin iyi olacağına işâretle yorumlanır.

• Rûyâda pazı otunu temizlemeden yediğini görmek, iyi değildir, temizlemeden pazı otunu yediğini gören kimse, borca girer veya gireceğine işâret ile, işlerinin kötüye gideceğine işâretle de tabir edilir.

**PAZULAR** *(KOLLAR):* Rûyâda görülen pazu ***(kol pazusu)*** ***(kuvvetle)*** erkek kardeş ve erkek çocuklar ile tabir olunur.

• Rûyâsında pazusunda veya pazuların da eksiklik görmek, o gördüğü eksiklik kadar bir belâ ve musîbete uğrayacağına işâretle tabir olunur.

• Rûyâda pazularının *(kollarının)* kuvvetli olduğunu görmek, mesleğinde ve işinde ilerleyeceğine işâretle yorumlanır.

• Bazı tabirciler *(rûyâ yorumcuları)*, pazular, rûyâyı gören kimseye yardımcı olacak erkek evlâdına veya bir sıkıntıya düşdüğünde yardım ve imdadına yetişecek erkek kardeşlerine işâret olarak tabir edilir, demişlerdir.

**PEÇE:** Rûyâda yüzünüzü peçe ile örttüğünüzü görmek *(yüzünüze peçe koymak)*, iki yüzlülük yapmak durumunda kalacağınıza işâretle tabir olunur.

**PEÇETE:** Rûyâda peçete görmek, arkadaş ve hanıma işâret olarak yorumlanır.

**PEDİKÜR:** Rûyâda pedikür yaptırdığınızı görmek, evli olan hanımlar için, kocalarının çok cömert olduğuna veya olacağına, iş ve ellerinin çok açık olacağına işâret ile tabir olunur.

**PEHLİVAN** *(BOKSÖR veya GÜREŞCİ):* Rûyâda pehlivan *(boksör veya güreşci)* görmek, hayat mücadelesinde bazı güçlüklerle karşılaşacağınıza işârettir.

**PEKMEZ:** Rûyâda pekmez görmek, mal sahibi olacağınıza ve iyi bir hayırlı evlat sahibi olduğunuza, işlerinizin iyi ve gidişâtınızın iyi ve yolunda olduğuna işâretle yorumlanır.

• Rûyâsında pekmeze sineklerin çokuştuğunu görmek, etrafınızda bir takım yaramaz dost ve arkadaşların dolaştığına işâretle tabir olunur.

**PEKSİMET:** Rûyâda peksimet görmek, birikmiş paranıza ve bol rızık ile malınıza işârettir. Ancak bu birikmiş mal ve paranızın bir gün ihtiyacınız olacağını unutmamak ve ona göre kullanmak gerektiğine işâret ile tabir olunur.

**PELİD AĞACI:** Rûyâda görülen pelid ağacı, zengin ve mal sahibi bir kimseye işârettir. Pelid ağacı uzun ömürlü olmaya *(çok yaşayacağınıza)* da işâretle tabir olunur.

• Rûyâda görülen pelid ağacı sebat eden ve verdiği kararda sabırla duran kimseye veya bazen de yolculuğa işâretle de yorumlanır. Pelid ağacı, büyük bir mal ve kazanca da işâret şeklinde tabir olunur.

• Bazen de pelid görmek, maddi durumu iyi olan bir arkadaşınızdan destek ve yardım göreceğinize işâretle tabir edilir.

**PELTE:** Rûyânızda pelte pişirdiğinizi görmek, iyi bir dâvete katılarak hoş vakit geçireceğinize işâret ile, pelteyi yediğinizi görmek, umutsuzluğa düşeceğinize işâretle tabir olunur.

**PENCERE:** Rûyâda pencere görmek, değişik şekillerde tabir olunur. Rûyâda pencere görmek, hayatınızın ışıklanacağına işâretle tabir edilir.

• Rûyâda eski pencere görmek, fakirliğe ve çaresizlik içinde kalmaya işâretle yorumlanır.

• Rûyânızda yeni bir pencere görmek, mal alacağınıza ve zengin olacağınıza veya bekâr iseniz evleneceğinize veya çocuklarınızı evlendireceğinize işârettir.

• Rûyâda pencere yaptığınızı görmek, evlenmek, işlerinizi ilerletmek ve malınızdan, işlerinizden faydalanmakla tabir olunur.

**PERDE:** Rûyâda perde görmek, bir çok şekilde yorumlanır. Perde görmek, birçok işleri gizlemeye işârettir.

• Rûyânızda pencerede perde görmek, bir keder *(üzüntüye)* düşmek ile veya bir engel ile karşılaşacağınıza işâretle tabir edilir.

• Rûyâda büyük bir perde görmek, büyük bir üzüntü ve keder, düşeceğinize veya büyük bir engel ile karşılaşacağınıza işâretle yorumlanır.

• Rûyânızda dükkanınızda perde görmek, kazanç ve kârınızda veya geçim konusunda bir engelle karşılaşacağınıza işâretle tabir olunur.

• Rûyânızda eski bir perde görmeniz, çabuk geçen *(yani geçici)* muvakket bir üzüntü ve kederle karşılaşmaya işâretle tabir edilir.

• Rûyâda görülen bağlı bir perde, hafif keder ve hafif bir engelle karşılaşacağınıza işârettir.

• Rûyâda beyaz bir perde görmek, sonu hayırla biten ve bitecek bir üzüntü ve keder ile veya sonu iyi gelen ve yarar getirecek bir duruma işârettir.

• Rûyâda kaldırılmış bir perde görmek, ferahlık ve kurtuluşa ereceğinize işâretle tabir edilir.

• Rûyâda yeşil bir perde görmek, murâdınızın istek ve dileğinizin biraz geç olacağına, yani dilek ve muradınız olacak ama biraz beklemniz gerektiğine işâretle tabir olunur.

**PERVÂNE:** Rûyâda pervâne *(ışık etrafında uçan küçük kelebek)* görmek, dostluk ve fedâkârlığa işârettir.

**PESTİL:** Rûyâda pestil görmek, üzüntüye, kedere ve sıkıntıya düşüleceğine işâretle tabir edilir.

• Bazı yorumculara göre de rûyâda pestil görmek, tersiyle yorumlanır demişlerdir. Yani pestil görmek, refah *(bolluk)* ve mutluluğa işâretle tabir edilmiştir.

**PEŞTEMAL:** Rûyâda peştemal görmek, bir hizmetçiye *(yani bir yardımcıya)* kavuşmakla tabir edilir.

• Bazen de rûyâda peştemal görmek, hacc'a gidip ihrama gireceğinize işârettir, şeklinde tabir olunur.

**PETROL:** Rûyâda petrol görmek, değişik şekilde tabir olunur. Bazıları petrol görmek, haram mala işârettir, demişlerdir.

• Rûyâda su renginde berrak bir petrol görmek, çok mal ve zenginlik ile tabir edilir. Yani refah *(rahat ve bolluk)* içinde bir hayat yaşamaya işârettir.

• Rûyâda görülen bütün petrol çeşitleri, zorluk ve meşakkat ile elde edilen mal ile veya yeraltı zenginliklerinden yararlanmak şeklinde tabir edilir.

• Rûyâda siyah petrol görmek, üzüntü, keder ve sıkıntıya düşüleceğine işârettir, şeklinde tabir edilir.

• Rûyâda görülen sarı renkli petrol, bir hastalığa işâret ile tabir olunur.

**PEYGAMBER:** Rûyâsında herhangi bir peygamberi görmek, hep hayır, hep iyiliğe işâretle yorumlanır.

• Rûyâsında bir kimse, herhangi bir peygamberi ihtiyar *(bir kimse)* olarak görse, bu rûyâ, rûyâyı gören kimse için, rahatlık ve korkusuzluk ile tabir olunur.

• Rûyâsında bir peygambere bir şey vermek, berekete ermek, mutluluğa kavuşmak ve hasta ise, şifa bulmak gibi gönülün istediği şeylere işârettir, şeklinde tabir olunur.

• Rûyâsında bir peygamberi dargın gören kimse, bir sıkıntıya uğrayacağına işâret olarak görmüş şeklinde tabir olunur.

**PEYNİR:** Rûyâda peynir görmek, genellikle iyiye ve hayra yorulur. Peynir görmek, bolluk, mal ve rızık ile tabir olunur. Rûyâda peynir görmek, bekâr için evlenmeye, hamile için çocuğun doğumuna, mal-mülk artmasına ve ömrün uzun olacağına işârettir.

• Rûyâsında peynir gören kimse, hazır mala kavuşur ve o sene bolluğa erer, şeklinde tabir olunur.

• Rûyâda taze peynir görmek, çok mala işârettir.

• Rûyâsında taze peynir yemek, ticaretten menfâat elde etmek, faydalanmak ve mal sahibi olmak ile tabir olunur.

• Rûyâda yaş peynir görmek, kuru peynir görmekten *(yorumculara göre)* daha hayırlı, daha iyiye yorulmuştur.

• Kuru peynir, yolculuğa işârettir demişlerdir, yorumcular, yani rûyâ tabircilerinin bazıları, kuru peynir görmek, yolculuğa veya mal azlığına işârettir, şeklinde tabir etmişler, yorumlamışlardır.

**PINAR:** Rûyâda pırıl pırıl akan, berrak, temiz ve tatlı suyu ile akan bir pınar görmek, nîmet, hayır ve berekete işâret, arzu ve murada kavuşmak ile tabir olunur.

• Rûyâda suyu bol akan bir pınar görmek, çok menfaat ve yarar sağlamaya işâretle tabir olunur.

• Rûyâsında dışarıdan gelip evin içinde akan pınar görmek, bol rızık kazanmak *(elde etmek)* ve zenginliğe işârettir.

• Evden dışarı akan pınar *(su)* görmek, iyi değildir. Bu rûyâ, kedere ve sıkıntıya, ağlamak veya ağlayan göz yaşına yorulur.

• Rûyâda pınarla *(pınardan)* yıkandığını görmek, sıkıntıdan kurtulup feraha ermek, kederden kurtuluşa ermeye işârettir.

• Rûyâsında duvardan pınar suyu aktığını gören kimse, dost, arkadaş veya akrabadan sıkıntıya düşer, şeklinde tabir olunur.

• Rûyâsında temiz pınar suyunun üzerine sıçradığını görmek, hasta ise, şifâya kavuşmak, hastalığından iyileşmesi, korkusu varsa, korkudan kurtulur, şeklinde tabir olunur.

• Rûyâda saf ve berrak akan bir pınar görmek, güzel bir geçime ermek, iyi bir yaşam süreceğine işârettir.

• Rûyâda bir kaç yerden *(yoldan)* pınar aktığını görmek, mal elde etmek ve zengin olmak ile tabir edilir.

• Rûyâsında bir pınarın kuruduğunu *(suyun akmadığını)* görmek, iyi değildir, bu rûyâ, rûyâyı gören kimsenin, kazancı azalır *(eksilir)*, veya bu rûyâ büyük bir zatın ölümüne işâret, olarak yorumlanır.

• Rûyâsında pınarı tıkadığını veya tıkandığını gören kimsenin, kazancı *(rızkı)* azalır ve geçimi darlaşır, şeklinde tabir olunur.

**PIRASA:** Rûyâda pırasa görmek, sağır bir kimseden gelecek yardıma ***(sağır bir kimse tarafından kazanılan mala)*** işâretle tabir olunur.

• Rûyâda pırasa yediğini görmek, bazı tabircilere *(yorumculara)* göre, haksızlık *(zulüm)* ile veya hırsızlıkla elde ettiği kötü *(haram)* bir mal, haram para yer, şeklinde tabir edilir.

• Rûyâda pişmiş pırasa yediğini gören kimse ise, tevbe eder, haram olan paradan ve maldan geri döner, şeklinde tabir olunur.

• Rûyâsında pırasa aldığını gören kimse de, sonradan pişman olacağı bir söz söyler, istemeyerek ağzından çıkan sözden sonra pişman olur, şeklinde tabir edilir.

**PİDE:** Rûyânızda pide yediğinizi görmek, kısmetinizin, rızkınızın açılacağına, kendinizi yormadan kolayca para kazanacağınıza ve durumunuzun düzeleceğine işâretle tabir edilir.

**PİJAMA:** Rûyânızda yeni bir pijama giydiğinizi *(giymiş olduğunuzu)* görmek, sevdiklerinizin veya sevdiğiniz bir kimsenin size çok çok faydası dokunacağına işâretle tabir edilir.

• Rûyânızda pijamalı birini görmeniz ise, bir yerden miras geleceğine ve mirâs parası yiyeceğinize işâretle yorumlanır.

• Bazen de pijama görmek, can sıkıcı bir haber alacağınıza işâretle tabir olunur.

**PİL:** Rûyâda pil görmek, iyiye ve hayra yorulur. Rûyânızda birine pil verdiğinizi görmek, o adama işlerinde yardım edeceğinize işâretle tabir edilir. Rûyânızda birisinden pil aldığınızı görmek ise , işlerinizde bir dostunuzun veya arkadaşınızın size yardım edeceğine işâretle tabir olunur.

**PİLAV:** Rûyânızda pilav görmek, iş hayatınızda büyük başarı elde edeceğinize işârettir. Pilav pişirdiğinizi görmek ise, yeni bir işe teşebbüs edeceğinize *(atılacağınıza ve başlayacağınıza)* işâretle yorumlanır.

• Rûyânızda pilav yediğinizi görmek ise, işlerinizde fevkalâde netice alacağınıza, çok çok başarılı olacağınıza ve dolayısıyla zengin olacağınıza işârettir.

**PİLİÇ:** Rûyânızda piliç eti yediğinizi görmek, büyük bir adamdan gelecek yardıma *(mala)* işâretle tabir edilir.

• Bazı yorumculara göre, rûyâda piliç görmek, zahmet çekmeden acele tarafından *(ansızın)* gelen bir işe işârettir. Çünkü civcivlerin, büyüme esnasında *(büyüme devrinde)* hiç kimsenin yardımına ihtiyacı yoktur, kendiliğinden piliç oluverirler.

• Bazen de piliç görmek, iyi bir kısmete işârettir, yumurtacılık ve tavukçuluktan iyi bir para geleceğine işâret, olup bu işte para vardır, şeklinde bir işârettir, diye tabir olunur.

• Rûyâda yumurtadan piliç çıktığını görmek, çocuklarınızdan fayda ve yarar göreceğinize işârettir.

**PİLOT:** Rûyâda pilot görmek veya kendisinin pilot olmuş olduğunu görmek, mesleğinde yükselmeye ve büyük bir makama geçeceğine işâretle tabir olunur.

• Rûyâda görülen pilot rûyâsı, rûyâyı gören kimsenin, kendi zekası sayesinde geleceğinin çok parlak olacağına, zekâsı ile geleceğini ferah bir şekilde kazanacağına işâretle tabir edilir.

**PİPO:** Rûyâda pipo görmek, şımarıklığa ve ukalalığa ***(çok bilmişlik taslamaya)*** işârettir, diye yorumlanır. Bazen de:

• Pipo görmek rûyâda, bolluk ve sevinçli olmaya işârettir.

• Rûyâda piponun kırıldığını görmek, bir arkadaşınız veya bir dostunuzla aranızın açılacağına işârettir.

• Rûyâda pipo içtiğinizi görmek, hayatınızın bolluk içinde, ferah ve seviçli *(neş'eli)* bir durumda geçeceğine işâret ile tabir olunur.

**PÎR:** Rûyâsında bir pîr-i fânî ***(çok yaşlı ve nûr yüzlü bir ihtiyar)*** birini görmek, büyük bir hayra kavuşacağınıza ve mutluluğa ereceğinize işârettir.

**PİRE:** Rûyâda görülen pire, biraz zayıflık alâmetidir. Zayıf düşmanla tabir edilir. Bazı yorumculara göre ise, ummadığınız yerden kazanca işârettir.

**PİRİNÇ:** Rûyâda pirinç görmek, elde edilecek *(kazanılacak)* helal mala, ve bu malın kolayca kazanılacağına veya kolay, meşakkatsiz para kazanmaya işâretle tabir edilir.

• Pirinç görmek, bazen de, uzun ve neş'eli geçecek bir seyahat ve bu seyahattten elde edilecek mala *(zenginliğe)* işâretle yorumlanır.

• Rûyâda çiğ pirinç görmek, bazen de, zor ve yorularak, meşakkat ile elde edilecek mala ve zenginliğe işârettir, şeklinde yorumlanmıştır.

• Rûyâda pişmiş pirinç görmek ise, çok mala ve artan paraya *(zenginliğe)* işârettir, şeklinde tabir edilir.

**PİRİNÇ** *(MADEN):* Rûyâsında maden pirinç görmek, düşmanlık ve isyânkâr *(âsî)* olmaya işârettir.

• Rûyâsında pirinç *(madenini)* erittiğini görmek, düşmanlık ile tabir olunur, şeklinde de tabir olunur..

**PİRZOLA:** Rûyânızda pirzola görmek, istikbâlinizin *(geleceğinizin)* parlak olacağına ***(yani iyi ve huzurlu olacağına)*** işâretle tabir olunur.

• Rûyâda pirzola yediğinizi görmek ise, gelecekte aklınızı iyi kullanarak, durumunuzun düzelerek geleceğinizin refah ve zenginlik içinde geçeceğine işâretle yorumlanır.

**PİSKOPOS:** Rûyâsında kendisinin piskopos diye çağrıldığını gören kimse, bu durumdan hoşlanmadığını da görse, rûyâyı gören kimseye bir iftirada bulunulacağına işâretle tabir olunur. Rûyâda piskopos görmek, iyiye yorulmaz.

**PİSLİK:** Rûyâda pislik görmek, mal ve temizliğe işârettir. Rûyâda insan veya hayvan pisliğini görmek ve almak, eline mal *(para)* gireceğine işâret, pisliğini yaparken görmek, düşünce ve endişeden kurtulacağına işâret ile, elbisesine pislik bulaştığını görmek, eline haram mal *(para)* gireceğine işârettir.

**PİŞİRMEK:** Rûyâsında ateşte bir şey pişirdiğini görmek, istek ve dileğine, murâdına kavuşmaya veya bir işe başlamaya işâretle tabir olunur.

• Rûyâsında bir eti pişinceye kadar pişirdiğini görmek, ve etin pişmiş oluşu, muradına ermeye ve arzusunun gerçekleşeceğine işâretle tabir olunur.. Eğer pişirdiği etin pişmemiş olduğunu görse, o zaman muradına eremez, dilek ve arzusu gerçekleşmez, şeklinde tabir olunur. Çünkü etin iyice pişmesi rızıktır, rızıkla tabir edilir.

• Rûyâsında bir kimse, çiğ herhangi bir şeyi pişirse, pişirdiğini görse, yeni bir işe teşebbüs edeceğine, yeni bir işe başlayacağına işâretle tabir olunur.

**PİYANGO:** Rûyâda piyango bileti aldığını görmek, elindeki bulunan malını *(parayı)* kısa bir zamanda harcayıp bitireceğine işâretle tabir olunur.

**PİYANO:** Rûyâda piyano görmek, bazen sevinç, bazen keder ve üzüntüye, bazen de gürültü ve bağrışmaya işâret ile tabir edilir.

• Rûyâda piyano görmek, bazen de, ümitsizliğe düşmeyin, kendinizi teselli edin, çünkü aklınız iyi işliyor, şeklinde bir uyarı özelliği taşıyor, diye tabir olunuyor.

**PİYAZ:** Rûyâda piyaz görmek, veya piyaz yediğini görmek, rızkın artacağına *(mala)* işâret ile, hasta olan varsa, onun da iyileşeceğine işâretle tabir olunur.

**PLAJ:** Rûyâda plaj görmek veya plaja girdiğinizi görmek, iyiye yorulmaz. Bu rûyâ şeytanca işler çevirmek ve islâmi emirleri terketmek *(terketmeye-terkedeceğinize)* işârettir, şeklinde yorumlanır.

**PLAK:** Rûyâda plak görmek, gelecek günlerinizin iyi ve neşeli olacağına işâretle tabir olunur.

**PLATİN:** Rûyâda platin görmek, ânî bir sevgiye tutulacağınıza işâretle tabir olunur.

**POKER:** Rûyâda poker görmek veya oynadığınızı görmek, iyi bir rûyâ değil, iyiye ve hayra yorulmaz. Bu rûyâ sefâlet ve yoksulluk içinde kalacağınıza işâretle tabir olunur.

**POLİÇE:** Rûyâda poliçe görmek, bazen ticârette kâr edeceğinize, bazen de borçlanacağınıza işârettir.

**POLİS:** Rûyâda polisin sizi yakaladığınızı görmeniz, ömür boyu iyilik içinde olacağınıza ve rahat bir hayat yaşayacağınıza işâretle tabir olunur.

**PORTAKAL:** Rûyâda portakal görmek, halka *(insanlara)* hayır ve iyilikte bulunmaya ve onlara yardım etmeye işâretle tabir edilir.

• Rûyâsında portakal yediğini gören kimse, evlâdınhdan hayır göreceğine ve evlâdından yardım ve menfaat göreceğine işâretle tabir olunur. Rûyâda görülen portakal, bazen sağlık ve sıhhate işâretle tabir olunur.

• Rûyâsında portakalı bir şey ile sardığını görmek, bir kimsenin vefatına *(birinin ölümüne)* işâretle tabir edilir.

• Rûyâsında cebine portakal koyduğunu görmek, evlenmeye veya bir erkek çocuğu doğacağına *(yani erkek çocuğu olacağına)* işâretle tabir olunur.

**PORTRE:** Rûyâda bir portre görmek, hak ettiğiniz ödülü alacağınıza işâret ile yorumlanır. Rûyâda kendi potrenizi görmek, bir arkadaşınızın ânî *(beklenmedik)* ziyâretine uğrayacağınıza işâretle tabir olunur.

**POST:** Rûyânızda bir post ***(keçi, koyun vesâire hayvan postu)*** görmek, çalışmaktan bıkacağınıza ve bir zaman çalışmayıp tembellik yapacağınıza işârettir.

• Rûyânızda postta *(postun üzerinde)* oturduğunuzu görmek, geçiminizin başkaları tarafından görüleceğine ve tasasız, üzüntüsüz bir hayat içine gireceğinize işâretle tabir olunur.

**POSTACI:** Rûyâda bir postacıyı görmek, bazen yolculuğa, bazen de mal ve para biriktirmeye işâret ile, bazen de düşmanlık ve münâkaşalara işâretle tabir olunur.

• Rûyâda postacı görmek, hayra çalışan bir haberciye ve iyiliğe çalışan gayret ehli bir kimseyi temsil eder.

**POSTANE:** Rûyâda postane *(postahane)* görmek, herkese iyilik etmek, herkese yardımcı olmaya işârettir.

• Rûyâda postane görmek, uzun zamandır beklediğiniz haberin *(uzaktan gelecek haberin)* geleceğine işârettir.

• Rûyâda postaneye gittiğinizi ve postacıdan mektubu aldığınızı görmek, önemli bir haber alacağınıza işâretlle tabir edilir.

• Rûyâda posta kutusu görmek, büyük bir ümide işârettir.

• Rûyâda görülen posta memuru iyi bir haber alacağınıza işâretle yorumlanır.

• Rûyâda posta müdürünü görmek, zenginliğe ve serbest bir özgürlüğünüz olacağına işârettir.

**PÖSTEKİ:** Rûyâda pösteki görmek, mal ve para sahibi olacağınıza ve malınızdan fayda ve menfaat sağlayacağınıza işâretle tabir olunur.

**PRENS:** Rûyâsında bir kadın bir prens görse, bu rûyâsı onun evleneceğine işâretle yorumlanır.

**PRENSES:** Bir erkek, rûyâsında bir prenses görse, bu kısa bir nişanlılık veya evlenmeyi kabul edeceğine işârettir.

**PRİZ:** Rûyâda elektirik prizi görmek, geleceğinizin aydın ve ferahlık içinde güzel günler göreceğinize işâretle yorumlanır.

**PROFESÖR:** Rûyâda profesör görmek, uzaktan yeni bir haber alacağınıza işâretle tabir olunur.

**PROJEKTÖR:** Rûyâda bir projektör görmek, geleceğinizin çok iyi, kazancınızın çok kârlı ve maddeten zenginleşeceğinize ve ömrünüzün uzun olacağına işâretle tabir olunur.

**PROVA:** Rûyânızda prova olduğunuzu görmek, zengin bir hayata kavuşacağınıza, mal-mülk sahibi ve refah içinde bir yaşam süreceğinize işâretle tabir edilir.

**PUL:** Rûyâda pul görmek, kötülüğe düşmek veya kötü söz işitileceğine işâretle tabir olunur.

**PULLUK:** Rûyâda pulluk görmek, çalışmaktan kâr ve kazanç elde edeceğinize işâretle tabir olunur.

• Rûyâda pulluk görmek, bazende, bol ve bereketli bir mahsül elde edeceğinize ve kazancınızın artacağına, rızkınızın çoğalacağına işâretle tabir olunur.

**PUSU:** Rûyâda eşkiya ve anarşistler tarafından pusuya düşürüldüğünüzü görmek, dürüstlüğünüz ve açık gönüllü oluşunuz sebebiyle tehlikelere gögüs gererek, kıymetli dostlar edineceğinize ve bu sâyede işlerinizi rahat ve düzgünlük içinde yürüteceğinize işâretle tabir olunur.

**PUSULA:** Rûyâda pusula görmek, doğruluk, rehber ve yol gösteren bir kimseyi temsil eder.

• Rûyâda yanlış yön gösteren pusula görmek, doğruluktan ayrılacağınıza, işlerinizin düzeninin bozulacağına işâretle tabir olunur.

• Rûyânızda boynunuzda bir pusula asılı olduğunu görmek, güvenli bir kimse olduğunuza işâret ile ve güvenlik ile ilgili bir grupta vazife alacağınıza işâretle tabir olunur.

**PUT**: Rûyâda put görmek, yüzü güzel, fakat ahlâkı kötü *(huyu yaramaz)* ve gaddar, zâlim bir kimseyi temsil eder.

• Rûyâda puta taptığınızı görmek, günah işleyeceğinize işâret ile tabir olunur.

• Madenden yapılmış put görmek, dünyalık sahibi olacağınıza işâret ile yorumlanır.

• Rûyâda altından yapılmış put görmek, fakirliğe, yoksulluğa düşeceğinize ve sıkıntılı bir hayata düşeceğinize işâretle tabir olunur.

• Rûyâda tahtadan put görmek, iki yüzlü münafık kötü biriyle karşılaşılacağına işâretle tabir olunur.

**PÜSKÜL**: Rûyâda *(fes)* püskülü gibi püskül görmek, zenginliğe, yücelik ve muradınıza kavuşacağınıza işâretle tabir olunur.

• Rûyâda püskül görmek, bazen de zevceye *(hanıma)* ve muradınıza ereceğinize işâretle yorumlanır.

• Rûyâda büyük bir püskül görmek, büyük bir memuriyet, büyük bir işe tayin edilmek, küçük püskül görmek, küçük bir işe memuriyet ile görevlenmeye işâretle tabir olunur.

• Rûyâda püskülsüz *(püskülü olmayan, püskülü yok)* bir fes görmek, işinden ayrılmaya veya atılmaya ve zarar görmeye işâretle tabir olunur.

# R

**RADYO:** Rûyâda radyo görmek, uzak veya yakından bir habere işârettir

• Rûyâda bozuk bir radyo görmek, çevre ile ilişkiyi kesmek ile yorumlanır.

• Rûyâda radyodan müzik dinlemek, mutluluğunu eş-dost ve sevgiyle paylaşacağına işârettir.

**RAF:** Rûyâda raf görmek, iyiliğe işârettir. Rûyâyı görenin işlerinin yolunda gideceğine işârettir.

**RAHİB:** Rûyâda rahib görmek, hayra işârettir. Yani alacağı haberler iyi ve hayırlı haberlerdir.

• Rûyâyı gören erkek ise, işlerinde başrıya ulaşacağına işârettir.

• Rûyâyı gören kadın ise, hamileliğine işâretle tabir edilir.

**RAHİBE:** Rûyânızda rahibe görmek, iyi bir dünyalığa kavuşmak ve sevinçli günlere ereceğinize işârettir.

**RAHLE:** Rûyâda rahle görmek, yabancı bir misâfire işâret ile tabir edilir.

**RAKI:** Rûyâda rakı görmek veya içtiğini görmek, haram bir mal elinize geleceğine veya günah işleyeceğinize işâretle tabir olunur.

• Rûyâda rakı görmek, bazen de fitne çıkacağına veya kötülüklerin, düşmanlıkların ve kızgın, öfkeli kimselerin ortaya çıkacağına işâretle tabir olunur.

**RAMAZAN:** Ramazan-ı Şerîf ile ilgili rûyâlar dâima hayra yorulur. Ramazan hayra işârettir.

• Rûyâda Ramazan ayında olduğunu görmek, hayır ve iyiliğe ereceğinize işârettir.

**RAPOR:** Rûyâda rapor okumak, üzüntülü haber alınacağına işârettir.

• Rûyâda doktordan rapor aldığınızı görmek, sıhhatinizin azalacağına işârettir.

**RASTIK:** Rûyâda kaşlarına rastık çektiğini görmek, son günlerdeki sıhhatinin bozukluğunun düzeleceğine işârettir.

• Rûyâyı gören kimse erkek ise, bilmediği bir işte para kaybedeceğine, zarar göreceğine işâretle yorumlanır.

**RAY:** Rûyâda tren rayı görmek, zahmetli bir yolculuğa çıkacağınıza işârettir.

**REÇEL:** Rûyâda reçel yapmak ve yemek, iyiliğe ve sıhhate sağlıklı olmaya işârettir.

**REÇETE:** Rûyâda reçete görmek, hafif yollu bir hastalığa işâretle yorumlanır.

**REHBER:** Rûyâda size yol gösteren bir rehber görmek, büyük sözü dinleyerek mutluluğa ereceğinize işârettir.

• Rûyânızda yabancı kimselere veya turistlere rehberlik yaptığınızı görmek, yapacağınız veya yaptığınız bazı iyiliklerin sonucunu kısa bir zaman sonra göreceğinize işâretle tabir olunur.

**REHİN:** Rûyâda rehin karşılığı para verdiğini görmek, yapılan iyiliklerin karşılığının görüleceğine işârettir.

• Rûyânızda harhangi bir eşyanızı veya mücevherlerinizi borç karşılığı rehin olarak verdiğinizi görmek, luzumsuz ve gereksiz yere paralarınızı harcadığınıza işâret ile, eğer böyle devam ederseniz, kısa zamanda paralarınız bitecek ve parasız kalacağınıza işâretle tabir olunur.

**REİS VE BAKAN:** Rûyâda reis ve bakan görmek, ileride gelecek günlerde katılacağınız bir toplantıda ve toplantı sırasında ve arasında dedikodu ve tartışma gibi şeyler olacağına işâretle tabir olunur.

**REİS-İ CUMHUR** *(CUMHURBAŞKANI):* Rûyâda cumhurbaşkanı görmek, vazifenizde, işinizde terfi edeceğinize *(yükseleceğinize)* işâretle yorumlanır.

• Rûyâyı gören esnaf ise kazançlı bir iş yapacağına işârettir.

• Fakir bir kimse rûyâda Reis-i cumhur görse, durumunun varlığa ereceğine işârettir.

**REJİSÖR:** Rûyâda rejisör görmek veya rejisör ile dostluk yaptığınızı görmek veya kendinizi rejisör olmuş görmek, çeşitli işlere atılacağınıza ve hareketli günler geçireceğinize işâret olarak yorumlanır.

**REKÂBET:** Rûyânızda kendi mesleğinizden biri ile rekâbet halinde olduğunuzu görmek, bazı zararlı tutumunuz ve kıskançlığınız yüzünden devamlı üzüntü ve sıkıntı içinde bulunacağınıza işâret olarak bir uyarı niteliğinde görülen rûyâ olarak yorumlanır. Ve bu huyunuzdan vazgeçmeniz lazımdır.

**REKLÂMLAR:** Rûyânızda reklâm veya reklâmlar veya reklâm yaptığınızı veya yaptırdığınızı görmek, son günlerde sizi seven ve düşünen kimselere karşı bir soğukluk duyacağınıza ve dedikoduya sebeb olacağınıza işâretle tabir olunur.

**RENÇBER:** Rûyâda kendinizi bir rençber *(çiftçi)* olarak görmeniz, çalışma ve iş hayatınızın çok verimli olacağına, bekâr olan kimseler için de evlenmeye, evleneceklerine işâretle tabir olunur.

**RENDE:** Rûyânızda herhangi bir şeyi rendelediğinizi görmek, bir çok dert ve kederlerinizin ufak tefek *(küçük küçük)* sevinçlerle azalacağına ve zaman içinde yok olacağına işâretle tabir olunur.

• Rûyâda rende görmek, bazende ömrünüzün kısalacağına ve vakitlerinizi boşa geçirdiğinize işâretle yorumlanır.

**RENK:** Bir kimse rûyâsında kendi renginin sararmış olduğunu görse, o kimsenin hasta olacağına işâretle tabir olunur.

**RENKLER:** Rûyâda görülen renkler, renklerin anlatmak istediği *(ifade ettiği)* yorumlara göre tabir olunur.

• Rûyâda görülen siyah renk, kedere; beyaz renk, iyiliğe; yeşil renk, yüksek mertebeye; kırmızı ve al renk, düşmanlığa; sarı renk erkekler için hastalığa işâretle tabir olunur.

**RESİM:** Rûyâda resim görmek, iyiliklere yorumlanır.
• Rûyâda resim görmek, lâyık olduğunuz hediyeyi elde edeceğinize işârettir, şeklinde tabir edilir.

**RESSAM:** Rûyâda görülen ressam, görülecek başarılara işâret olarak yorumlanır.

**REVİR:** Rûyânızda revir görmek, atmış olduğunuz yanlış adımlarla geleceğinizi *(istikbalinizi)* tehlikeye sokacağınıza işâret olarak yorumlanan bir uyarı rûyâsı olarak tabir olunur.

**REVÜ:** Rûyânızda bir revünün *(sirkin)* temsillerinde bulunduğunuzu görmek, sevinçli ve mutlu günlerinizin son bulacağına işâretle tabir olunur.

**REY** *(OY):* Rûyânızda bir sandık başında reyenizi kullandığınızı görmek, bir iş konusunda dikkatli davranacağınıza işâretle tabir edilir.

**REYHAN:** Rûyânızda bir reyhan *(fesleğen)* bahçesinde reyhan çiçeği *(fesleğen)* gören kimse, ferahlık ve sağlık bulur ve güzel bir hanımla evlenip neş'eli bir hayat süreceğine işâretle tabir olunur.

**RIHTIM:** Rûyâda rıhtım görmek, rahatlık ve sakin bir hayat geçireceğinize işâretle tabir olunur.
• Bazen de rûyâda rıhtım görmek, bir yolculuğa çıkacağınıza işâretle tabir olunur.

**ROKET:** Rûyânızda bir roket görmek, başarılarınızın artacağına, istek ve dileklerinizin en kısa zamanda gerçekleşeceğine işâret ile tabir edilir.

**ROMAN:** Rûyâda roman okuduğunuzu görmek, çok hayal kurduğunuzu, bu yüzden de hayal kırıklığına uğrayacağınıza ve faydasız ve size hiç yararı olmayan kitablar okuyarak dimağınızı *(zekânızı)* yorduğunuza körlettiğinize işâretle tabir olunur.

• Kendinizin roman yazdığınızı görmek ise, gizli bir yönünüz olduğu sayesinde şöhret sahibi *(ünlü)* bir kimse olacağınıza işâretle tabir olunur.

**ROZET:** Rûyâda rozet taktığınızı görmek, yakında çevre değiştirip yeni arkadaş ve dostlar edineceğinize işâretle tabir olunur.

**RÖNTGEN:** Rûyâsında röntgen çektirdiğini görmek, hastalığa, sıkıntı ve üzüntüye işârettir.

**RUJ:** Rûyâsında kadınların kullandığı dudak boyası dedikleri ruju görmek veya dudağına sürmek, ummadığı bir yerden sürpriz bir haber alınacağına işâretle tabir olunur.

**RUKÛ:** Rûyâda rukû'a vardığınızı görmek, ibadetlere önem vermeniz gerektiğinin işâretidir.

**RÛYÂ GÖRMEK:** Rûyâlar, kişinin durumuna göre değişir. İnsan yattığı zaman nasıl bir hâleti rûhiye içinde olduğuna bağlı bir durumdur.

**RÜZGÂR:** Rûyâda rüzgâr görmek, makam ve mevkiin artacağına işârettir.

• Rûyâda hafif bir rüzgârın estiğini görmek, rahata ermek, sevinmek ve bereketlenmekle yorumlanır.

• Rûyâda rüzgâr ile göğe inip çıkmak, hastalıklardan şifa bulmaya işârettir.

# S

**SAAT:** Rûyâda saat görmek, iyiliğe işâretle yorumlanır. Örneğin, zenginlik, murada ermek gibi hayırlara işâretle tabir olunur.

**SABAH:** Rûyâda sabah olduğunu görmek, hayırla yorumlanır. Sabah genişlik, rahatlık ve ferahlıkla nefes alma, hatta hasta olan kimse görse şifâ bulacağına işâretle tabir edilir.

**SABAN:** Rûyâda tarım aracı olan saban görmek, mal-mülk, zenginlik ve bol kazanca işârettir

**SABUN:** Rûyânızda sabun görmek, elinize mal ve kazanç geçeceğine işârettir. Sabun yediğini görmek ise, işinde zorluk göreceğine işâret olarak yorumlanır.

**SAÇ:** Rûyâda baştaki saçı görmek, iyilikle tabir edilir. Uzun ömür ve hacc gibi iyiliklere işâretle yorumlanır.

• Yumuşak saç zenginlik gibi şeylere işâretle yorumlanır.

• Rûyâda görülen saçın durumuna göre tabir edilir ve yorum kazanır. Saçta yapılan işlemlerin dahi kendisine göre yorumlandığını aşağıdaki örneklerden göreceğiz.

• Rûyâda saçlarının döküldüğünü gören kimse, kedere düşer, sıkıntıya girer, malından zarar görür, malı noksanlaşır ve eksilir, şeklinde tabir edilir.

• Rûyâsında bir kimse, saçlarını çözdüğünü görse, bu rûyâsı, onun yolculuğa çıkacağına işâret olarak tabir edilir.

• Bir kadın, rûyâsında saçlarını uzun, uzamış olarak görse, kadının bu rûyâsı onun için çok sevineceği bir şeye işâret, ziynet olacak bir şeye işâretle tabir olunur. Bu rûyâyı erkek görse, bu onun için kedere düşeceğine veya hapse gireceğine işâretle tabir olunur.

• Rûyâsında saçını taradığını gören kimsenin, kısmeti açılır, rızkı açılır, şeklinde tabir olunur.

• Rûyâsında saçlarının çok çok güzel ve görkemli olduğunu gören kimse, hürmet, saygınlık ve itibarlılık kazanır veya kazanacağına işâretle tabir olunur.

• Bir kimse, rûyâsında saçlarının beyazlamış olduğunu görse, onun hanımı oğlan çocuğu dünyaya getirir *(doğurur)*, bir kaybı varsa, kaybolan birşeyi varsa o geri gelir veya geleceğine işâret olur veya fakirlikle karşılaşır, fakir ve yoksul düşer veya düşeceğine işârettir.

• Rûyâsında saçlarının dağınık bir halde bakımsız bir durumda olduğunu görmek, itibardan, saygınlıktan düşmeğe veya mal kaybına veya kaybedeceğine işâret olarak tabir olunur.

• Rûyâsında saçlarının simsiyah olduğunu görmek, rûyâyı gören kimsenin rahatsızlanacağına, hastalanacağına işâretle tabir olunur.

• Rûyâsında biraz kesilmiş saç görmek, iyi değildir. Bu rûyâ, eşler arasında *(karı koca arasında)* ayrılık olacağına ve sıkıntıya düşüleceğine işâretle tabir edilir.

• Rûyâda bir kimse, saçlarının çok çok parlak ve bakımlı, görkemli olduğunu görse, bu rûyâ onun rızkının artacağına ve gücünün, kuvvetinin artacağına işâretle tabir olunur.

• Rûyâsında bir kimse görse ki, hiç saçı yok, saç nâmına hiç birşeyi kalmamış, bu rûyâsı, onun çok malı olacağına ve rızkının artacağına işârettir.

**SAÇAK:** Rûyâda saçak görmek, hayırla yorumlanır.

• Bir kimse rûyâsında evlerin çatısında yan tarafları meydana getiren saçak görürse, bu onun bir korumaya alınacağına ve himâye edileceğine işârettir, biri tarafından himâye edileceğine işârettir.

• Rûyâsında evinin saçağını örttüğünü görmek, rütbe ve makamınızın yükseleceğine veya kazancınızın, rızkınızın artacağına işâret olarak tabir olunur.

• Rûyâsında saçağın yıkıldığını gören kimsenin bu rûyâsı, onun rütbe ve mevkiinin *(makamının)* tenzil edilmesine *(indirilmesine)* veya indirileceğine işâretle tabir olunur.

• Rûyâda görülen saçakla ilgili rûyâlar, saklamak, korumak, muhafaza etmek, sır saklamak, kedere düşmek, evlenmek, namuslu olmak ve sevinmek gibi şeylere temsilen de tabir olunur.

**SAÇKIRAN:** Bir kimse rûyâsında saçlarının saçkıran hastalığına yakalandığını görse, bu onun rütbe ve makamının gideceğine işârettir.

• Bazı yorumculara göre de, rûyâsında saçkıran olup saçlarının döküldüğünü görmek, sıkıntılardan kurtularak bolluğa ve refaha kavuşacağına işâret olarak tabir olunur, şeklinde yorumlanır.

**SAD SÛRESİ:** Bir kimse, rûyâsında bu sûreyi okuduğunu veya dinlediğini görse, o kimse, günahlarından tevbe eder, halkın *(insanların)* güvenini kazanır, malı mülkü çoğalır ve bütün işlerinde başarılı olur, şeklinde tabir olunur.

**SADAKA VERMEK:** Bir kimse, rûyâsında sadaka verdiğini görse, korku ve endişeden emin olur, belâ ve âfetlerden, musîbetlerden kurtulmaya veya kurtulacağına işâretle tabir olunur. Rûyâda sadaka vermek ile ilgili rûyâlar, hepsi hayırla yorumlanır.

**SAF SÛRESİ:** Bir kimse, rûyâsında bu sûreyi okuduğunu veya dinlediğini görse, bu kimse cihada katılır, Allah rızası için din yoluna yönelir ve şehit mertebesiyle, şehit sevâbı ile âhirete göçer, şeklinde tabir edilir.

**SAFA İLE MERVE:** Rûyâsında Safa ile Merve arasında koştuğunu gören kimsenin sonunun hayırlı geleceğine yorulur. Bu gördüğü rûyâ hayırlı ve bereketli bir rûyâ olarak tabir olunur.

**SAFFAT SÛRESİ:** Bir kimse rûyâsında bu sûreyi okuduğunu veya dinlediğini görse, hidâyete erişir, halka *(insanlara)* hizmetten şevk duyar, Allah'tan gereği gibi korkar, dinîne bağlı bir çocuğu olur, şeklinde tabir olunur.

**SAFRAN:** Rûyânızda safran görmek, sevinç ve saygınlığa işârettir. Üzerinize safran bulaşması, müjdeli sevindirici bir haber ve paraya işârettir.

**SAĞMAK:** Rûyâda koyun keçi cinsinden süt sağmak, iyilikle ve bol kazanç ile yorumlanır.

**SAHAN:** Rûyâsında bakırdan bir sahan görmek, evinde bulunan kimselerden birini yakında evlendirip evden ayıracağınıza işâretle tabir olunur.

**SAHRA:** Rûyâda sahra *(çöl)* görmek, ferahlık ve sevince işâretle yorumlanır.

• Bir kimse rûyâsında alabildiğine uzanan bir sahra *(çöl)* görse, şiddet ve mihnetten kurtularak, ferahlığa ve selâmete çıkacağına, günahlarından tevbe edip kurtulacağına, hastalıktan kurtulup sıhhate kavuşacağına işâretle tabir olunur.

• Rûyâsında çölde *(sahrada)* yürüdüğünü görmek, faydasız ve hiç kimseye yarar ve menfaat getirmeyen bir işe başlayacağına işâretle tabir olunur. Rûyâda görülen sahranın geniş oluşu, ekili oluşu ve yeşilliği nisbetinde rahatlık ve sevince işâret olarak tabir olunur.

**SAHUR YEMEĞİ:** Rûyânızda sahur yemeği yediğini görmek, yaptığınız veya yapacağınız iyiliklerin neticesi olarak bütün günahlarınızın affedileceğine, bütün günahlarınızdan kurtulacağınıza işârettir.

**SAKA:** Rûyâda saka *(sucu)* görmek, zenginlik faydalı ve yararlı şeylere erişileceğine işârettir.

**SAKAL:** Rûyâda sakal görmek, genellikle iyiye yorumlanır. Erkeğin sakal görmesi, mal-mülk ve saygınlık elde edeceğine işâretle yorumlanır.

• Rûyâsında sakal gören bir adamın rûyâsı, erkek için zenginlik ve şereftir. Yani, rûyâda görülen sakal erkek için hem zenginlik, hem de şerefe işârettir.

• Rûyâsında sakalının uzamış ve karnına kadar indiğini görmek, mal ve şöhret kazanılacağına, mal-mülk, zenginlik ve şan şöhret, saygınlık hepsi birlikte geleceğine ve olacağına işâretle tabir olunur.

• Rûyâsında sakalının gereğinden fazla uzadığını görmek, rûyâyı gören kimsenin borcunun olduğuna, üzüntü ve kederinin olduğuna, işâretle tabir edilir.

• Rûyâsında sakalının çok uzamış, hatta yere düşmüş olduğunu görmek, sakal sahibinin ölmesine, öleceğine işâretle tabir olunur. Bazı tabircilere göre ise, rûyâda sakalının uzadığını ve sakalının çok sık ve gür olduğunu gören kimsenin ömrü uzar ve malı çoğalır, şeklinde tabir edilir, demişlerdir.

• Rûyâsında henüz bülûğ çağına girmemiş olan bir çocuk kendisinin sakallı olduğunu görse, bu çocuk bülûğ çağına ulaşmadan ölür veya öleceğine işâretle tabir olunur. *(Bu yorumlar Nablûsi'nin yorumlarına göredir.)*

**SAKAT:** Rûyâda sakat birini görmek, Allah'ın vermiş olduğu nimetlere şükretmediğinize ve sıhhatinizin kadrini, kıymetini bilmemeye ve bilmediğinize işâretle tabir olunur. Bu rûyâ bir uyarı rûyâsıdır. Aklı başında olan bir kimse böyle bir rûyâ görünce kendisine gelmelidir.

**SAKIZ:** Rûyâda sakız görmek, çeşitli şekilde yorumlanır. Ekmek parasının zorlukla kazanılacağına işâretle yorumlanır.

• Rûyâda sakız çiğnemek, sevimsiz, kötü bir işte *(dedikodu gibi)* bulunmaya işâretle tabir edilir. Sakız bulmak veya almak, üzüntülü bir haberle yorumlanır.

**SAKIZ KABAĞI:** Rûyâsında sakız kabağı görmek, güzel bir söz duyacağınıza *(işiteceğinize)* veya bir kadının size meyledeceğine işâretle tabir olunur.

**SAKSAĞAN:** Rûyâda saksağan *(kuşu)* görmek, pek hayır ve iyiliğe alâmet değildir. 1. Vefasızlığa 2. Hilekârlığa 3. Muhtekir ***(karaborsacı)*** 4. Güvenilmeyen. İşte saksağan bu kötü meziyetler ile yorumlanır.

**SAKSI:** Rûyâda saksı görmek, bekârlar için iyi bir evlilik, evli olanlar için ise, iyi bir işe sahib olunacağına işâret olarak tabir edilir.

**SALATA:** Rûyâda salata yemek ve yediğini görmek, sağlık ve saflığa işâretle tabir olunur. Bazı yorumculara göre ise, salata yemek, salata yapmak hep üzüntü ve kedere işâretle tabir olunur. Hatta bazı tabircilere göre, rûyâda salata görmek, salata yapmak ve salata yediğini görmek, iyiye değil, işlerin karışıklığına işâret olarak tabir edilir.

**SALATALIK:** Rûyâda görülen salatalık üzüntü ve kedere işârettir. Bunun içindir ki, rûyâsında salatalık yediğini gören kimse, kendisine ağırlık getiren bir işte çalışır, şeklinde tabir olunur.

• Rûyâsında mevsiminde salatalık görmek, elde edilen veya elde edilecek rızka işâretle tabir olunur. Mevsimsiz görülen salatalık ise, hastalıktır veya hastalığa işârettir, şeklinde tabir olunur.

• Hanımı hamile olan bir kimse, rûyâsında salatalık yediğini görse, bir kız çocuğu olur veya olacağına işâretle tabir olunur.

• Bir hasta için rûyâsında bir salatalığı bıçakla kestiğini görmek, iyidir. Bu salata ikram edene de, edilene de iyiye yorulur, hayra yorulur.

• Rûyâda salatalık görmek, değersiz ve devamsız bir rızka işârettir. Rûyâyı gören kimsenin satın alarak evine götürdüğü salatalık, hanımının hamile olduğuna işâretle tabir olunur.

• Rûyâda görülen salatılık, kolay elde edilen bir rızka da işâret eder, şeklinde tabir olunur.

**SALATALIK TARLASI:** Rûyâda görülen salatalık tarlası *(bostanı)* birbirini takib ederek meydana gelecek rızık ve menfaatlara da işârettir. Bazı kere de nesli temiz bir kadına işâretle tabir olunur. Rûyâsında bir kimse, bir salatalık bostanına *(tarlasına)* sahib olduğunu görse, bu rûyâsı, onu bir mülk sahibi olacağına, zengin olacağına, bir ilim sahibi olacağına veya günâhlarından tevbe edeceğine ve tevbesinin kabul olup hayırla sonuçlanacağına işâretle tabir olunur.

**SALÇA:** Rûyâda mevsiminde salça gören kimse, büyük bir rızka ve kazanca ulaşır veya ulaşacağına işâretle tabir olunur. Rûyâda görülen salça eğer mevsiminde değilse, işinizden zarar edeceğinize veya zarara uğrayacağınıza işâretle tabir olunur.

**SÂLEP:** Rûyâsında sâlep görmek, zorluk ve zahmet çekmeden elde edilecek mal ve paraya işâretle tabir olunur.

• Hasta olan bir kimse, rûyâsında sâlep içtiğini görse, sıhhate kavuşacağına işâretle tabir olunur. Salep görmek, bazı kere de iyi bir şöhrete sahib olacağına işâretle yorumlanır.

**SALINCAK:** Rûyânızda salıncakta sallandığınızı görmek, pek iyiye ve hayra yorulmaz. Rûyâsında kendisinin salıncakta sallandığını gören kimse, din yönünden sağlam olmadığına, dînî inançlarının bozuk olduğuna işâret olarak tabir olunur.

• Yine bir kimse rûyâsında kendisini salıncakta görse, bu rûyâsı, o kimsenin sapıklık içinde bulunduğuna ve ne yaptığını bilmediğine işâretle tabir edilir.

**SALİH** *(A.S.):* Rûyâsında Hz. Salih peygamberi gören kimse, işlerinde doğru dürüst hareket eden ve sözlerinde doğruluktan ayrılmayan iyi bir kimse olduğuna işâret olarak tabir olunur.

• Bazı yorumculara göre, rûyâsında Hz. Salih Aleyhisselâm'ı gören kimse, düşmanları tarafından hafife alınır, küçük görülür. Ve ona haksızlık etmeye çalışırlar. Fakat sonunda rûyâyı gören adam, düşmanlarına gâlip *(üstün)* gelir. Ve onları yener, şeklinde tabir olunur.

**SAMAN:** Rûyâda saman görmek, hangi çeşidi olursa olsun, bütün samanlar hayra ve iyiye işâret olarak tabir olunur. Rûyâsında bir kimse, evine saman doldurduğunu görse, o kimsenin bu rûyâsı onun çok mala sahib olacağına, zengin olacağına, ucuzluk ve bolluk içinde yüzeceğine işâretle tabir olunur.

• Rûyâsında saman gören kimse, şu nîmetlerden birine veya bir kaçına ve yahut da hepsine nâil olabilir: Mala, hayra, nîmetlere, bereketlere, dilek ve murâdına kavuşacağına, zafer ve başarıya, rızıklara ve bolluğa mazhar olacağına işâretle tabir olunur.

• Rûyâ ilminin üstadlarından olan rûyâ tabiri bilimcisi İbn-i Sîrîn dostlarıyla birlikte gündüzleyin yolda giderken yol kenarında gördüğü saman yığınlarına tepecik halinde bulunduğunu da görmüş ve dostlarına

*"Şu samanları rûyâmda görmüş olsaydım"* demiş olduğunu Nablûsî nakletmektedir. Bu işâretlerden olacak ki, bazı yorumcular, rûyâsında saman gören bahtiyar kimse, paralarını koymak için hemen kasalar hazırlansın demişlerdir.

• Bazı yorumcular, rûyâda saman görmek, zahmet ve meşakkatle, zorlukla elde edilecek mala, zorlukla kazanılacak paraya işâretle tabir edilir. Çünkü saman, ekinlerin, sapların toplanması, dövülmesi gibi, zahmet ve meşakkat safhaları işlemi vardır. Saman bu işlemlerden sonra elde edilir, demişlerdir.

Bu açıklamalarımızdan da anlıyoruz ki, rûyâda saman görmek, iyi ve hayırdır.

**SAMANYOLU:** Rûyâda gökyüzündeki samanyolu adı verilen yıldız kümelerini görmek, hayatı seven, insanları seven, kalbinde kimseye karşı bir kötülük bulunmayan bir kimse olduğunuza işâretle tabir edilir.

**SAMUR:** Rûyâda samur görmek, pek iyi bir rûyâ değildir. Bu rûyânız, sizin toplum dışı, kendi başınıza yabân bir hayat yaşayacağınıza işâretle tabir olunur.

• Rûyâda görülen samur, halktan *(insanlardan)* uzak, tek başına yaşayan kimse ile konuşmayan ve kendisiyle de konuşulamayan, fakat çok mal biriktiren, bu maldan kimsenin faydalanamadığına ve kimseye hayrı dokunmayan ve ancak kendisinin malından ölümünden sonra faydalanılacak olan garip, acayip bir adama işârettir, şeklinde tabir olunur. Çünkü samur denen hayvan, ancak öldükten sonra ele geçer, denmiştir.

**SANCAK:** Rûyâda sancak görmek, değerli bir kadınla evliliğe işârettir. Rûyâda görülen sancak *(bayrak)* iyiliğe işâret olarak tabir edilir.

• Bir kadın rûyâsında elinde bir sancak görse, o kadın için bu gördüğü sancak kocaya işârettir. Yani bu rûyâ, rûyâyı gören kadının evleneceğine işârettir.

• Rûyâsında renkli sancaklar gören kimsenin rûyâsı, bol ve bereketli yağmurların yağmasına veya yağacağına işâretle tabir olunur.

• Rûyâsında bir ev üzerinde bir sancak bulunduğunu görmek, o evden bir cenâze çıkacağına, yani üzerinde sancak görülen evden birisinin öleceğine işâretle tabir olunur.

• Bazı kere de, rûyâda sancak görmek, evliliğe işârettir. Hamile olan bir kadın, rûyâsında sancak görse, bu sancak onun doğuracağı çocuğa işârettir. Rûyâda bir çok sancak görmek, rüzgâr ve yağmur yağacağına işâretle tabir olunur.

**SANCI:** Bir kimse, rûyâsında sancılandığını görse, rûyâyı gören kimse, malını günâh olan bir yerde harcayacağına ve sonra da bundan pişmanlık duyacağına işâretle tabir olunur. Bazı yorumculara göre, bu rûyâ, rûyâyı gören kimsenin âilesinin ve akrabalarının sıhhat ve sağlıklarının iyi olduğuna işârettir.

**SANDAL:** Rûyâda görülen sandal, sıkıntıdan kurtuluşa işârettir. Rûyâsında sandal gören kimse, üzüntü ve kederden, sıkıntı ve hastalıktan, darlık veya kıtlık içinde bulunmaktan kurtuluşa veya kurtulacağınıza işâretle tabir olunur.

• Bir kimse rûyâsında kendisini duran bir sandalda olduğunu görse, bu rûyâ, bir evvelki rûyânın tersiyle yorumlanır. Yani, duran sandalda olduğunu görmek, kedere, üzüntüye ve sıkıntıya düşeceğine veya işlerinin bozulacağına, işlerinin duracağına işâretle tabir olunur.

**SANDALYE:** Rûyâda görülen sandalye, rütbe ve makama işârettir. Rûyâsında bir erkek, sandalye görse, makam ve mevkii yükselir, yükseleceğine işârettir. Bir kadın rûyâsında sandalye görse, bekârsa evlilik ile, evleneceğine işâretle tabir olunur.

• Rûyâsında sandalye gören kimse, memur ise, rütbe ve mevkii artar, yükselir, halktan biri ise işleri düzelir veya düzeleceğine işârettir.

• Rûyâsında sandalye üzerinde *(sandalyede)* oturduğunu görmek, iyiye yorulur, bu kimsenin çevresinde sevilen, saygın biri olduğuna işârettir.

• Bazen de, rûyâda sandalye görmek, çeşitli şekilde yorumlanır. Meslek sahibleri için başarıya işârettir. Bekâr kadın ve kızlar için sosyeteye meyil edip söz sahibi olacaklarına işârettir. Çalışan kadın için daha yüksek bir rütbeye işârettir.

**SANDIK:** Rûyâda sandık görmek, genellikle hayra yorulur. Sandık görmek, yükselmeye, ilerlemeye işârettir. Sandık, hizmetçiler, yardımcılara da işârettir.

• Rûyâda yeni ve büyük sandık görmek, güzel ve iyi huylu bir kadınla tabir edilir.

**SANDVİÇ:** Rûyâda sandviç görmek, hasta iseniz, sıhhat bulacağınıza işârettir. Sandviç iyilikle yorumlanır.

**SANSAR:** Rûyâda sansar görmek, iyiliğe yorulmaz. Sansar, cimrilik, zorbalık, akraba düşmanlığı gibi hoş olmayan durumlara işâret olarak tabir edilir.

**SAPAN:** Rûyâda sapan gören kimsenin işinde kazancı artar, ticâretinde kârı artar, veya çok mahsul elde edeceğine işâretle tabir olunur. Rûyâda sapan görmek, bol kazanç, bol ve bereketli mahsul ile tabir olunur.

• Rûyâsında birisine sapanla taş attığını görmek, o kimseden bir şey istemeye veya isteyeceğine veya o kimseyi dava edeceğine işâretle tabir olunur.

**SARAÇ:** Rûyânızda saraç görmek, bekâr olan kimsenin evleneceğine veya bir yolculuğa çıkacağına veya bir vazifeden başka bir vazifeye *(göreve)* tayin edileceğinize veya ev değiştireceğinize, bir evden başka bir eve geçeceğinize *(taşınacağınıza)* veya bir dükkandan başka bir dükkana taşınacağınıza ve murâdınızın olacağına işâretle tabir olunur.

**SARAY:** Rûyâda saray görmek, hayra yorulur.

• Rûyâda saray ve köşk görmek, mal-mülk sahibi olunacağına işârettir. Emniyette olmak, güzel güzel yiyip içileceğine, huzur içinde olunacağına işâret olup işlerinin kolay yürümesiyle dahi tabir edilir.

**SARDALYA BALIĞI:** Rûyâsında sardalya balığı görmek, iyiye ve hayra yorulur, bazı kere de tersine yorumlanır.

• Rûyâsında sardalya balığı yediğini görmek, üzüntü, keder ve sıkıntıya düşeceğinize ve para sıkıntısı, mâli sıkıntı çekeceğinize işâretle tabir olunur.

**SARDUNYA:** Rûyâsında sardunya çiçeği görmek, çok uzaklardan evinize bir misafir geleceğine işâretle tabir olunur.

• Bazı kere de, rûyâsında sardunya çiçeği gören kimse, kendi malı olan, kendi evine taşınacağına işâretle tabir olunur.

**SARGI:** Rûyânızda kendisini sargılar içinde veya herhangi bir yerinde sargı olduğunu görmek, bu günlerde bir tehlike ile karşı karşıya kalacağınıza, düşmanlarınızın size tuzak kurduklarına, fakat bunu kolaylıkla atlatacağınıza işâretle tabir olunur.

**SARHOŞ:** Rûyâda sarhoş görmek, iyiye yorulmaz. Sarhoşluk ile ilgili rûyâ pek iyi sayılmaz. Sarhoş olmak haram yemekle, haram mal ile ve ele haram mal girip zenginlikle yorumlanır ki, hiç biri iyilikle yorumlanmaz.

**SARI:** Rûyâda sarı renk görmek, keder ve hastalıkla tabir edilir ki, bu rûyâyı hassas kimseler gördüğünden hayatta her şeyden etkilenmeleri bu duruma yorumlanır.

**SARIK:** Rûyâda sarık görmek, büyüklüğe şöhrete işârettir. Rûyâsında sarık görmek, bilgi sahibi kimselerle dostluk veya arkadaşlık kurarak bilginizi arttıracağınıza veya kazancınızın çoğalacağına işârettir.

**SARILIK:** Rûyâsında sarılık hastalığına tutulmuş birini veya kendisinin sarılık hastalığına tutulduğunu görmek, ev halkından bir kimsenin hasta olacağına veya işinde ufak bir kaza meydana geleceğine işâretle tabir olunur.

**SARMAŞIK:** Rûyâsında sarmaşık görmek, kendi işini kendiniz yapmanız gerektiğine, eşe dosta ve kimseye bel bağlamadan, kimseye güvenmeden kendi işini kendin yapman gerektiğine işâretle tabir edilir.

**SARMISAK:** Rûyâda görülen sarmısak dedikoduya işâretle tabir edilir. Bazı kere de, rûyâda sarmısak görmek, kötü söze ve haram mala işâretle tabir olunur. Bazı kere de sarmısak görmek, üzüntüye işârettir.

**SARNIÇ:** Rûyâda sarnıç görmek, iyi değildir. Bir iftiraya uğrayacağınıza işâretle tabir olunur. Bazı kere de üzüntüye işârettir.

**SARRAF:** Rûyâda sarraf görmek, işlerinizin biraz aksayacağına, ticâret işlerinizin biraz durgunluğuna işâretle tabir olunur.

**SATIR:** Rûyâda satır görmek, kuvvetli bir kimse olduğunuza ve iş bilir bir kimse olduğunuza, güç işleri çözen bir kimse olduğunuza işâretle tabir olunur.

**SATRANÇ:** Rûyâda satranç görmek, genellikle iyiye yorulur. Birisiyle tanışmak, kişilerle iyi geçinmeye, sevince, neş'eye, mal-mülk sahibi olmak gibi iyi şeylere işâretle yorumlanır.

**SAVAŞ:** Rûyâda görülen savaş, şiddet, pahallılık ve fitneye işârettir. Bazı kere de, rûyâda savaş görmek, akrabalar arasında, yakınlarınız arasında çıkacak kavgaya işâretle tabir olunur. Rûyâda savaşı kazandığını görmek, iyiye ve hayra yorumlanır.

**SAVCI:** Rûyâda savcı görmek, rûyâ sahibi kimsenin önemli işlerinin hal olacağına *(çözümleneceğine)* işâretle yorumlanır.

**SAY YAPMAK:** Rûyâda safa tepesi ile merve arasında say yaptığını görmek, bütün muradlarının *(dileğinin)* olacağına işârettir.

**SAYAÇ:** Rûyânızda su veya elektirik sayacı görmek, borçlanacağınıza işârettir.

**SAZ:** Rûyâda saz görmek, üzüntü ve kedere düşeceğinize veya bir kötülükle karşılaşacağınıza, birilerinden kötülük göreceğinize işâretle yorumlanır.

• Bazı kere de rûyâda saz çalmak veya dinlediğinizi görmek, sizin hakkınızda dedikodu yapılacağına ve bundan dolayı çok üzüleceğinize işârettir.

**SAZAN BALIĞI:** Rûyânızda sazan balığı görmek, iyi ve müjdeli bir haber alacağınıza, şöhretli *(ünlü)* birisi olacağınıza veya elinize çok para geçeceğine işâretle tabir olunur.

**SAZLIK:** Rûyânızda sazlık bir yer görmek, bir sıkıntıya düşeceğinize, fakat bir arkadaşınız ve bir dostunuz sayesinde *(yardımı ile)* bu sıkıntıdan kurtulacağınıza işâretle tabir olunur.

**SEBE SÛRESİ:** Rûyâsında bu sûreyi okuduğunu veya dinlediğini görmek, silah taşımayı sevdiğinize ve korkusuz, cesûr biri olduğunuza, atılgan *(girişken)* biri olduğunuza, devamlı ibâdetle uğraştığınıza ve tenhaları sevip oralarda dolaştığınıza işârettir.

**SEBİL:** Rûyâda sebil görmek, bir fakire sadaka vereceğinize ve yardım edeceğinize veya etmeniz gerektiğine işâretle tabir olunur.

• Rûyâda sebil görmek, herkese faydalı bir insan olduğunuza, zengin biri olduğunuza veya toplu bir mala sahib olduğunuza veya herkesin bilginizden tecrübe birikiminizden faydalandığına işârettir.

**SEBZE:** Rûyâda görülen sebze, kısmete, ümide işâretle tabir edilir. Rûyâda sebze görmek, uzun ömürlü olmaya, ümidle yaşamaya ve mutlu olunacağına işâretle tabir olunur.

• Genellikle rûyâda yaş sebze görmek, hayırla yorumlanır. Yani, rûyâda yaş sebze cinsinden şeyler görmek, iyiye ve hayra yorulur.

**SECCÂDE:** Rûyâda seccâde görmek, hayırla yorumlanır. Rûyâ sahibinin, iyilik sahibi bir kimse olacağıyla yorumlanır. Bekârlar için, iyi bir aile sahibi olacağına dâir de işâretle yorumlanmıştır.

**SECDE:** Rûyâda secde ettiğinizi görmek, iyiye işâretle yorumlanır.

**SECDE SÛRESİ:** Rûyâsında bu sûreyi okuduğunu ve dinlediğini gören kimse, Allah indinde *(katında)* kurtuluşa erenlerden olacağına, dünya tevhid ehli olacağına işâretle tabir olunur.

**SEDEF:** Rûyâda sedef görmek, hizmetçi kıza veya kadın hizmetçiye işârettir. Rûyâsında elinde bir sedef olduğunu veya kendisine bir sedef hediye edildiğini gören kimse, bir kadın hizmetçi alır veya alacağına işâretle tabir olunur. Rûyâsında sedefin kırıldığını görmek, hizmetçi kadının öleceğine işârettir.

**SEDİR:** Rûyâda ev içinde sedir görmek, sevinç ve ferahlık ile tabir olunur. Bazı kere rûyâda sedir görmek, bekâr kimse için, evliliğe veya evleneceğine işâretle tabir olunur.

**SEDYE:** Rûyâda sedye görmek, ölüme veya hastalığa işâretle tabir olunur. Bazı kere de rûyâda görülen sedye, hastalık ile birlikte üzüntü ve sıkıntıya işâretle tabir olunur.

**SEHBA:** Rûyâda sehba görmek, işlerinizi düzene koyacağınıza veya koyduğunuza işârettir.

• Îdam sehbası görmek ise, korkulu ve endişeli günler geçireceğinize işârettir.

• Çiçek sehbası görmek, istek ve arzularınızın gerçekleşeceğine, muradınızın olacağına işârettir.

**SEKRETER:** Rûyânızda bir kadın sekreter aldığınızı görmek, bir dostunuz veya arkadaşınızla aranızın açılacağına işâretle tabir olunur. Rûyânızda kendinizin bir yerde sekreter olarak çalıştığınızı görmek, birileri ile ortak olacağınıza işâretle tabir olunur.

**SEL:** Rûyâda yağmur yağmasından meydana gelen sel görmek, iyiye ve hayra yorulmaz. Sel rûyâsı görmek iyi değildir.

• Rûyâda her yere sel bastığını görmek, halka, bütün insanlara gelecek olan bir belâya veya üzerlerine gelen ve gelecek olan bir düşmana veya halka gelecek olan salgın bir hastalığa işâretle tabir olunur.

**SELVİ:** Rûyâsında selvi ağacı görmek, şan ve şerefe ve iyiliğe işâretle tabir olunur. Rûyâda görülen selvi, selvi boylu güzel bir kadına işârettir.

**SEMAVER:** Rûyâda semaver görmek, işlerin yolunda gideceğine ve bol kazanç elde edileceğine işârettir, şeklinde tabir olunur.

**SEMER:** Rûyâda semer görmek, hayat mücâdelesinde, çoluk çocuğunuzun rızkını kazanırken zahmet ve meşakkat çekeceğinize işâretle tabir olunur.

**SEMERCİ:** Rûyâda semerci görmek, doğru sözlü bir kimse olunacağına işârettir.

**SEMİZOTU:** Rûyâda mevsiminde semizotu görmek, ferahlığa sevince ve gönül huzûruna işâretle tabir olunur. Mevsimi dışında veya pörsümüş semizotu görmek ise, üzüntü ve kedere işârettir.

**SENET:** Rûyâda senet görmek, yurt dışı seyahat etmek, uzun bir ömre, işlerin iyiliğine ve ele para geçeceğiyle tabir edilir.

**SEPET:** Rûyâda boş sepet görmek, fakirliğe, dolu sepet görmek ise, zenginliğe işâretle yorumlanır.

**SERÇE:** Rûyâda serçe görmek iyidir. İşlerinde korkusuzluk olacağına işârettir.

**SERGİ:** Rûyânızda bir sergi görüp de gezdiğinizi görmek, bir iş için seyahate çıkacağınıza ve elinize bir miktar para geçeceğine işâretle tabir olunur.

**SEVİNMEK:** Rûyâda sevinmek, bazan ağlamaya, bazan ise, sevince ve iyi-müjdeli habere işârettir.

**SEYAHAT:** Rûyâda seyahat ettiğini görmek, işlerin pek çabuk ve olumlu bir şekilde sonuçlanmasıyla yorumlanır.

**SEYİS:** Rûyâda at bakıcısı denen bir seyis görmek, zenginleşeceğinize ve evinize bir hizmetçi alacağınıza işârettir. Kendinizin seyis olduğunu görmek, fakirleşeceğinize işârettir.

**SEYYAR SATICI:** Rûyâda seyyar satıcı görmek, pek hayra yorulmaz. Böyle bir rûyâ gören kimse aldatılacağına işâret vardır, dikkatli olmasına bir uyarıdır. Rûyâyı gören kadın ise, komşularıyla kavga edeceğine işârettir.

**SIÇAN:** Rûyâda sıçan görmek, pek iyiye yorulmaz. Rûyâyı gören çok dikkatli olmalıdır. Çünkü tehlikeli durum olabilir.

**SIĞIR:** Rûyâda sığır görmek, sevinç ve zenginliğe işârettir. Bazı yorumcular, ucuzluk ve bolluk senelerine işâretle yorumlamışlardır.

**SIĞIR ÇOBANI:** Rûyâda sığır çobanı *(sığırtmaç)* görmek, ziraat yoluyla gelecek olan rızka işârettir. Yani, rûyâsında sığırları güden, sığırtmaç *(sığır çobanı)* gören bir kimsenin rûyâsı, o sene tarımdan bol mahsûl *(hububat)* ve bol sebze-meyve gibi ziraat kanalıyla elde edilecek zenginliğe işâretle tabir olunur.

**SIĞIRCIK KUŞU:** Rûyâda sığırcık kuşu görmek, rûyâyı gören kimsenin bir çok seveni, bir çok taraftarı olduğuna, yolculuk yaptığında sevenlerinin kendisiyle beraber olacağına işârettir.

- Rûyâsında sığırcık kuşunun etinden yediğini görmek, hayra ve iyiliğe ereceğinize işârettir.

**SIKINTI:** Rûyâda sıkıldığını görmek, bir korku ile karşılaşacağına, bir korkuya uğrayacağına, işâretle tabir olunur.

- Rûyâda bir sıkıntıdan dolayı şikâyet ettiğini görmek ise, isteklerinin, arzularının olacağına, dileklerine kavuşacağına işâretle tabir olunur.

**SILA:** Bir kimse, rûyâsında sıla ziyâreti yaptığını görse, uzun zamandır *(senelerce)* görmediği bir akrabasını ve çok sevdiği bir arkadaşıyla ansızın karşılaşacağına işârettir, şeklinde tabir olunur.

**SINIF:** Rûyâsında bir okul sınıfı görmek veya okul sınıfında bulunduğunu görmek, çocukça *(sorumsuzca)* hareketleriniz bulunduğuna ve bununda çok zararlarını göreceğinize işâretle tabir olunur.

**SINIR:** Rûyâsında vatanımızın sınırlarını görmek veya vatanımızın sınırlarından bir sınır kasabasında veya sınır köyünde olduğunu görmek, yurt dışına gideceğinize ve vatan hasreti çekeceğinize işâretle tabir olunur.

• Rûyâda arsa veya tarla sınırlarınızı komşularınız tarafından ihlal edildiğini görmek, bazı eşyalarınızın çalınacağına, veya başka bir sebeble zarar göreceğinize işâretle tabir olunur.

**SIPA:** Rûyâda bir eşek sıpası *(yavrusu)* görmek, güzel bir erkek çocuğunuz olacağına, sıpaya bindiğinizi görmek, uzun bir yolculuğa *(seyahate)* çıkacağınıza işâretle tabir olunur.

**SIR:** Rûyâsında kendisine saklaması için söylenen veya verilen sırları gizlediğini *(sakladığını)* görmek, yani, kendisinin sır saklayabilen bir kimse olduğunu görmek, sülâlesinin ve soyunun temizliğine ve asâletine ve dahi güzelliğine işâret eden, bildiren bir güzel, şahane müjde rûyâsıdır, şeklinde tabir olunur. İnsan hayatında kendisine emânet edilen bir sırrı saklamak kadar, muhafaza etmek kadar güzel ve mükemmel bir meziyet ve özellik yoktur. Sır saklamak övgüye layık bir davranıştır.

**SIRAT KÖPRÜSÜ:** Rûyâda sırat köprüsü görmek, hayırla yorumlanır. Sırat köprüsünde yürüdüğünü görmek, doğruluk, iyilik üzerinde olmanın ve iyi bir kimse olmanın alâmetidir. Düşmek ise, doğruluktan ayrılığını veya ayrılacağını bildiren bir işârettir.

**SIRTLAN:** Rûyâda sırtlan görmek, pek iyiye yorulmaz. ***(Bu rûyâyı gören kimse dikkatli hareket etmelidir.)*** Sırtlan, zâlim ve hain düşman, hileci-münâfık düşmanla tabir edilir. Dişi sırtlan, yaramaz kadın, sihir, hile ve tuzak gibi sevilmeyen şeylerle tabir edilir.

Sırtlanı öldürmek, hanımın akrabalarıyla kavga ve dargınlık olacağına işârettir. Sözün kısası böyle rûyâ hayırla yorumlanmaz.

**SITMA:** Rûyâda sıtma görmek, keder ve sıkıntıya işâret olup özür sahibi olacağınıza delâlettir.

**SİCİM:** Rûyâda sicim görmek, seyahatle ve yolculuğa çıkılacağıyla yorumlanır.

**SİGARA:** Rûyâda sigara görmek, çeşitli şekilde yorumlanır. Boş ümit ve hayaller ve sevdalanma gibi şeylerle yorumlanır. Fikirlerinizi başkalarına zorla kabul ettirmek gibi faydasız hareketlerle de yorumlanır.

**SİĞİL:** Rûyâda siğil görmek, fayda ve yararlı şeylerin elinize geçeceğine işârettir.

**SİHİR:** Rûyâda sihir *(büyü)* ile ilgili rûyâ hayra yorulmaz. Yalan, yalancılık, ikiyüzlülük, riyâkârlık, hâinlik gibi sevilmeyen şeylerle yorumlanır.

**SİHİRBAZ:** Rûyâda sihirbaz-büyücü görmek, iyiye yorulmaz. Tehlike ve sıkıntıya işârettir.

**SİLAH:** Rûyâda silah görmek, hayırla yorumlanır. Bir rûyâ hayra işâretse artık fazla açıklama gerekmez.

**SİLAHÇI:** Rûyâda silah satan silahçı birini görmek, zâlim ve gaddar bir kimseye işârettir. Bu rûyâ iyi değildir.

**SİLAHLANMAK:** Kendinizi silahlanmış görmek ise, iyiye alâmettir. Korkusuzluk *(emniyet)* sıhhat *(şifâ bulmak)* galib gelmek *(zafer)*, yeni yardımı kuvvet almak yenmek ve zaferle gâlibiyet anlamlarına işârettir.

**SİLLE-TOKAT:** Rûyâda sille-tokat görmek, yapılan iyiliğin başa kakılacağına işârettir. Başkasından tokat yemek ise, doğru yola gelineceğine işârettir.

**SİMİT:** Rûyâda simit görmek, sefere-yolculuğa seyahate işârettir.

**SİNCAB:** Rûyâda sincab görmek, iş faaliyetlerinin artacağına işârettir.

**SİNEK:** Rûyâda sinek görmek, sahte arkadaşlık, yalancı arkadaş ve başını kavga ve nizaa'dan kurtaramamak anlamına tabir edilir.

**SİRK:** Rûyâda sirk görmek, geçim darlığı ile beraber mutlu ve neşeli bir aile hayatına işârettir.

**SİRKE:** Rûyâda sirke yemek, çok iyiye yorulur. Sirke helâl mal ile tabir edilir. Helâl mal ise, biraz zahmetli kazanılır. Testide sirke mal ve dindar kimse ile tabir edilir. Sirke yemek, uzun ömre işârettir.

**SİS:** Rûyâda sis görmek, sıkıntı ve kedere işârettir. Rûyâda sis görmek, din ve dünya işlerindeki karışıklığa işâret eden bir uyarıdır.

• Rûyâsında her tarafı sis kaplamış olduğunu görmek, bütün insanları içine alacak *(alan)* bir karışıklığa, bir fitneye veya bir düşmanlığa işârettir.

• Rûyâsında kendisinin bir sis içinde bulunduğunu gören kimse, üzüntü ve kedere düşer, sıkıntıya uğrar, şeklinde tabir olunur.

• Rûyâsında kendisini bir sis tabakası içinde olduğunu, fakat sisin yavaş yavaş dağıldığını ve açıldığını görmek, üzüntü ve kederden kurtulacağına işâretle tabir olunur.

• Rûyâsında bulunan bir sisi güneşin doğmasıyla dağıldığını görmek, hükümet tarafından halkın sıkıntılarının, üzüntülerinin giderileceğine işâretle tabir olunur.

**SİVİLCE:** Rûyâda sivilce görmek, en kısa zamanda zengin olacağınıza işârettir.

**SİVRİSİNEK:** Rûyâda sivrisinek görmek, dâimâ kuvvetli olacağınıza işârettir.

**SİYAH:** Rûyâda görülen genel anlamda siyah renk, mal-mülk ve yüceliğe işârettir. Adeti olmadığı hayde siyah giyinmiş görmesi hüzün ve kedere, siyah bir kadınla evlendiğini görmek ise, mal ve zenginliğe işârettir.

**SİYAH BENEK-NOKTALAR:** Rûyâda yüzünde siyah benek ve noktalar görmek, sevilmeyen hal ve hareketlere işârettir, dikkatli olmak gerekir.

**SİYAH MÜREKKEB:** Rûyâda siyah mürekkeb görmek, feyiz-bereket, ilerlemeye-yükselmeye işârettir.

**SOBA:** Rûyâda soba yakmak, hayırla yorumlanır. Evliler için mes'ûd gelecekler, bekârlar için, kısmetlerinin açılacağına işârettir.

**SOFA:** Rûyâda kendinizi evin sofasında görmek, güzel bir eve sahib olacağınıza işârettir.

**SOFRA:** Rûyâda sofra kurduğunuzu görmek, bol rızka, güzel bir seyâhate işârettir.

**SOĞAN:** Rûyâda soğan görmek, pek iyi değildir. Hayra yorulmayan bir rûyâdır.

**SOĞUK:** Rûyâda soğuk görmek veya donduğunu görmek, fakirliğe ve yoksulluğa işârettir. Rûyâda soğuk görmek, zahmet ve müşkülâtla *(zorluklarla)* karşılaşmaya işârettir.

**SOHBET:** Rûyâsında iyi bir kimseyle sohbet ettiğini görmek, iyidir, hayra yorulur, bundan menfaatlanacağınıza ve din yönünden de kuvvetleneceğinize işâretle tabir olunur.

• Rûyâsında kötü bir kimse ile *(kötü tanınan biriyle)*, sohbet ettiğini ve konuştuğunu görmek, iyi değildir. Bu rûyâ, zarar göreceğinize işâretle tabir olunur.

**SOKAK:** Rûyâda sokak görmek, rûyâyı gören kimsenin bir takım işlerinde yanlışlıklar yapacağına, işâretle tabir olunur.

• Rûyâsında sokaklarda gezerek birini aradığını, sorduğunu görmek, bir takım olaylarla karşılaşacağına, zor durumlara düşeceğine, harbe, imtihana, rızkınızı zorlukla kazanacağınız gibi, iyi olmayan şeylere işâret olarak tabir olunur.

**SOLAK:** Rûyâsında solak bir kimseyi görmek, bütün işlerinizin karışacağına, bunları halletmek ve çözümlemek için de çok çok yorulacağınıza işârettir, şeklinde tabir olunur.

• Rûyânızda kendinizi solak *(solakmış olduğunuzu)* görmek, herkesin aksine, davranışlarınızın size sonra da çok zararı dokunacağına işâretle tabir edilir.

**SOLUCAN:** Rûyâsında toprağı, bağı-bahçeyi kazarken solucan çıktığını gören kimse, topraktan mal kazanır, rızkını, maişetini toprak vasıtası ile kazanacağına işâretle tabir olunur.

• Rûyâsında toprağını kazarken solucanların pek çok, küme küme olduğunu görmek, bolluk-berekettir. Rûyâyı gören kimsenin, eline toprak sebebiyle çok para geçer veya geçeceğine işârettir.

• Rûyâda ağzından veya mak'atından *(arka gerisinden)* solucan çıktığını görmek, rûyâyı gören kimsenin, yaptığı kötü bir işten dolayı zarar görür veya göreceğine işâretle tabir olunur.

**SONBAHAR:** Bir kimse, rûyâsında sonbaharı, yaprakların dökülmekte olan *(hazân)* mevsimini, yaprakların döküldüğü sonbaharı görse, bu rûyâsı, onun yakınlarından veya arkadaşlarından birinin hastalanacağına veya bir kaza geçireceğine veya ölüm haberini alacağınıza, bu sebeble de çok üzüleceğinize işârettir.

**SOPA:** Rûyâda görülen sopa, kuvvet, güç ve yükselmeye işârettir. Rûyâsında elinde sopa ile dolaştığını görmek, bir dostunuza iyilik ve yardım edeceğinize veya bir dostunuzdan, arkadaşınızdan yardım ve iyilik göreceğinize işâretle tabir olunur.

**SOSİS:** Rûyâda sosis görmek veya yediğini görmek, maddi bir zarara işâret veya para kaybederek zarar göreceğinize işâretle tabir olunur. Rûyâda sosis görmek, büyük masraflar yaparak parasını azaltmaya da işârettir.

**SOYGUN:** Rûyâda soygun, soyulmak ile ilgili rûyâlar iyiye yorulur. Rûyâda görülen soygunculuk, çabuk yürümek, rızık, uzun ömür, bekâr kimse için evlenmek gibi, güzel ve iyi olan şeylere işâretle tabir olunur. Rûyâda kendisinin soyulduğunu görmek, kısmetinin ve işlerinin açılacağına işâretle tabir edilir.

**SOYUNMAK:** Rûyâsında kendisini soyunmuş gören kimse, rûyâsında bu halinden utandığını da görmesi, iyiye yorulur. Bu rûyâsı onun kötü durumlardan kurtulacağına, borçlu ise, borcundan kurtulacağına, sıkıntısı, üzüntüsü varsa bütün bunlardan kurtuluşa ereceğine, hasta ise, şifâ bulacağına işâretle tabir olunur.

• Bir kadın rûyâsında kendisini çıplak olarak *(soyunmuş)* görmesi iyiye ve hayra yorulmaz. Bu sûyâsı kocasından ayrılacağına işâretle tabir olunur.

**SÖĞÜT:** Rûyâda söğüt ağacı görmek, faydasız ve yararsız, vefasız, dostlarıyla iyi geçinmeyen bir kimseye işârettir.

**SÖKÜK:** Bir kimse, rûyâsında bir yerinde sökük veya bir yerinin söküldüğünü görse, bu rûyâsı onun üzüleceğine, üzüntü ve kederinin artacağına işâretle tabir olunur.

• Bir kimse, rûyâsında sökülmüş bir yerini diktiğini görürse, kendisine üzüntü verecek bir işini düzeltmeyi başaracağına işâretle yorumlanır.

**SU:** Rûyâda su görmek, çok çeşitli şekillerde yorumlanır. Evde su görmek, mutluluğa ve evliliğe, mal sahibi olunacağına işârettir. Su rûyâsı, genel olarak hayra işârettir.

**SUÇ:** Rûyâsında suç işlediğini görmek, iyi değildir. Rûyâsında suç işlediğini gören kimse, küfre ve sapıklığa düşer veya düşeceğine işâretle tabir olunur.

**SUSAM:** Rûyâda susam görmek, iyiye yorumlanır. Susam, malın zenginliğin artmasına yorulur..

**SUSUZLUK:** Rûyâda susuzluk görmek, hayra yorulmaz. Susuzluk, sıkıntıya, kederlenmeye, fakru zarurete-çaresizliğe işâret olarak yorumlanır.

**SÜLEYMAN** *(A.S.):* Rûyâsında Hz. Süleyman peygamberi görmek, yüksek bir makama geçeceğine ve kötülerin şerrinden emin olacağına işâretle tabir edilir.

**SÜLÜK:** Rûyâda sülük görmek, aç gözlülükle, tamahkârlık gibi sevilmeyen şeylerle yorumlanır.

• Rûyâda vucûda sülük yapıştırmak, malınızda eksiklik ve zarar görüleceğine işârettir.

**SÜLÜN:** Rûyâsında sülün avladığını görmek, yeni bir iş teşebbüsünde bulunacağınıza işâretle tabir edilir.

**SÜNBÜL:** Rûyâsında sünbül çiçeği görmek, rûyâyı gören kimsenin zengin olacağına işâretle tabir olunur.

**SÜNBÜL KÖKÜ:** Rûyâsında sünbül kökü yediğini görmek, nimete ereceğinize, helâl mal sahibi olacağınıza, kendiniz hakkında iyi sözler söyleneceğine işâretle tabir olunur.

• Rûyâsında taze sünbül kökü yediğini gören kimsenin eline helal mal geçer ve bu helal malından geçinir, adı hayır ile anılır ve çocuğu dünyaya gelir, şeklinde tabir olunur.

**SÜNGÜ:** Rûyâda süngü görmek, sıhhate kavuşulacağına sıhhatte olmaya işârettir. Rûyâda, süngü gibi, mızrak gibi şeyler görmek hayra yorulur.

**SÜNNET:** Rûyâda sünnet görmek, oğullarından ve ailesinden yardım göreceğine tişâretir.

• Kendisini sünnet olmuş görmek, akrabalından yardım, fayda ve yarar görecegine işârettir.

**SÜRGÜN:** Rûyâda kendinizin sürgün edildiğini veya sürgün edilmiş olduğunuzu görmek, sizi üzecek ve sıkıntıya sokacak bir olayla karşılaşacağınıza işâretle tabir olunur.

• Bazı kere de, rûyâsında sürgün edilmiş olduğunu görmek, eşinden ayrılacağına *(boşanmaya)* veya çok çok sevdiği biriyle aralarının bozulacağına işâretle tabir olunur.

**SÜRME:** Rûyâda göze sürülen sürme ve sürme çekmek *(sürmek)* doğru yola ermek ve mal sahibi olmakla yorumlanır.

**SÜRMEDANLIK:** Rûyâda sürmelik-sürme konan bir kutuyu görmek, iyi huylu, iyi hal ve hareketli bir kadınla tabir edilir.

**SÜSLENMEK:** Rûyâda süslenmek, evinize yeni malzeme *(eşyalar)* alacağınıza işârettir. Demek oluyor ki, süslenmek hayra yoruluyor.

**SÜT:** Rûyâda süt görmek, umûmiyetle *(genellikle)* iyiye ve hayra yorulmaktadır.

• Çeşitli hayvanlardan elde edilen sütler, kendi cinsine göre yorumlanır. Koyun ve keçi sütü, iyi ve helâl mala işârettir. İnek sütü, o sene bolluk ve zenginliğe işârettir. Ağız sütü ise hamile olan bir kadının selâmetle kurtulacağına işârettir.

**SÜTÇÜ:** Rûyâda görülen sütçü, helâl rızık ve doğru yol ile yorumlanır.

**SÜTLAÇ:** Rûyâda sütlaç görmek, candan dostlar edinileceğine delâlet eder.

**SÜVÂRİ**: Rûyânızda bir süvâri eri *(askeri)* görmek, dostlarınızla aranızın biraz açılacağına *(bozulacağına)* işâretle yorumlanır.

• Rûyânızda kendinizi süvâri ***(ata binmiş)*** olarak görmeniz bekâr iseniz evleneceğinize, evli iseniz, evinize yeni eşya alacağınıza işârettir.

**SÜZGEÇ**: Rûyâda süzgeç görmek, iyi huylu güzel kadınla tabir edildiği gibi, zorlukları yenmek, işleri düzeltmekle ve temizlikle de yorumlanır.

# Ş

**ŞABAN AYI:** Rûyânızda Şaban ayının içinde bulunduğunuzu veya, bu ayın içinde bir işe başladığınızı görmek, her ne şekilde olursa olsun, değerli bir dostunuzun yardımıyla rızkınızı alacağınıza, bol rızka ereceğinize ve kısmetinizin artacağına işârettir.

**ŞADIRVAN:** Rûyânızda şadırvan görmeniz, ömrünüzün uzayacağına işâretle yorumlanır. Ayrıca şadırvan helâl mal ve kazanç ile de yorumlanır.

**ŞAFAK:** Rûyâda sabah şafak söktüğünü görmek, ferahlığa işâret olarak tabir olunur.

**ŞAHİN:** Rûyâda şahin görmek, mevkiinden düşürüleceğine delâlettir. Şahin eti yiyenin menfaat ve yarar göreceğine işâretle tabir olunur.

**ŞAHİT:** Rûyâda şahitlik etmek rakiblerini yeneceğine ve herkese gücünü ve başarasını ispatlamakla tabir edilir.

**ŞÂİR:** Rûyâda şâir görmek, pek iyiye yorulmaz.

**ŞAL:** Rûyânızda şala büründüğünüzü görmek, itibarınızın, saygınlığınızın artacağıyla yorumlanır.

**ŞALGAM:** Rûyâda şalgam görmek, üzüntü ve kedere işârettir. İbn-î Sîrîn'in yorumuna göre, rûyâsında şalgam gören kimse, üzüntü ve kedere düşer, sıkıntı çeker, şeklinde tabir olunmuştur.

• Rûyâda şalgam görmek, şiddetli bir sıkıntıya uğrayacağınıza işâretle tabir olunur.

• Bir kimse elinde şalgam bulunduğunu görse ve onun yediğini de görmüş ise, daha büyük bir sıkıntı ve darlığa düşer, şeklinde tabir olunur.

**ŞALVAR:** Rûyâda şalvar görmek, kişiye göre değişir. Beyaz şalvar, iyilik ve yararlı şeylere ermeye işârettir. Yeni ve yeşil şalvar evlenmeye işâretle yorumlanır. Dar, mavi ve siyah şalvar keder, sıkıntı ile yorumlanır.

• Rûyâyı gören kimse, memursa, rütbe ve mevkiinin yükseleceğine işâretle yorumlanır.

**ŞAMANDIRA:** Rûyâda şamandıra görmek hayırlı bir haber alınacağına işârettir. Rûyâyı gören hasta ise şifâ bulacağına delâletle yorumlanır.

**ŞAMAR:** Rûyâda şamar *(tokat)* atmak, menfaate işârettir. Rûyâsında birisine bir şamar *(tokat)* attığını gören kimse, gafletten uyanır ve kendi hayrını ve şerrini ayırt eder, böylece menfaat elde eder, şeklinde tabir olunur.

**ŞAMDAN:** Rûyâda şamdan görmek, evliler için çocuk sahibi olacaklarına işarettir. Bekârlar için ise evlenip yuva kuracaklarına işâretle yorumlanır.

• Rûyâsında başkasından bir şamar *(tokat)* yediğini görmek de aynı şekilde yorumlanır.

**ŞAM FISTIĞI:** Rûyâda şam fıstığı görmek, mala ve mülke işarettir.

• Rûyâda şam fıstığı yediğini görmek ise,tersine yorumlanır.

• Rüyasında şam fıstığı yediğini gören kimse, işlerini takip etmeyen, işine önem vermeyen ve bu yüzden de işlerinden çok çok zarar eden ve sıkıntıya düşen biri olarak tabir olunur.

**ŞAMPANYA:** Rûyâda şampanya görmek veya içtiğini görmek, kibirli ve ihtiraslı bir kimse olacağınıza işârettir. Rûyâda şampanya patlatmak bazan da sevinçli günlere işârettir, şeklinde tabir olunur.

• Bazı yorumculara *(Nablûsî'ye)* göre ise, şampanya patlatmak, haram mal kazanmaya, faiz ve gayr-i meşrû' şeyleri yapmaya veya yapacağınıza işâretle tabir olunur.

**ŞAMPİYON:** Rûyâda şampiyon olduğunu görmek, yenilgiye ve başarısızlığa uğrayacağınıza işârettir.

**ŞAP:** Rûyâda şap görmek, işlerin durğunlaşacağına işârettir. Bazı yorumculara göre iyilik ve yarara işârettir.

**ŞAPKA:** Rûyâda yeni bir şapka görmek, yeni bir mevkiiye yükseleceğine işâretle yorumlanır.

**ŞARAP:** Rûyânızda şarap görmek, bir mal ve kazanç elde edeceğinize işârettir.

**ŞARAP FIÇISI:** Rûyâda şarap fıçısı görmek, haram mala işârettir. Rûyâda birisi şarap fıçısı görse, o kimse haramdan para kazanır, şeklinde tabir olunur.

**ŞARAMBOL:** Rûyânızda şarambole yuvarlandığınızı görmeniz, üzüntü ve kedere işâretle tabir olunur.

**ŞARKI:** Rûyâda şarkı söylediğini görmek, hile, yalan ve münaşa gibi sevilmeyen durumla karşılaşma ile yorumlanır.

• Rûyâda şarkı söylemek ise, neşe ve kendi kendini teselliye işârettir. Ünlü bir şarkıcı görmek ise,elinize çokca para geçeceğine işâretle yorumlanır.

**ŞATO:** Rûyâda şato görmek, gönlünüze göre güzel bir eve sahip olacağınıza işâret ile tabir olunur.

**ŞEFTALİ:** Rûyâda şeftali görmek, dostlarınız nazarında kibâr ve sevimli olduğunuza işârettir.

**ŞEHİR:** Rûyâda kendisini bir şehirde görmek, genellikle hayırla yorumlanır. Şehir görmek, emniyet, hayır, bereket, selâmet, kurtuluş gibi iyiliklerin simgesidir, şeklinde yorumlanır.

**ŞEHİT:** Rûyâda şehit olduğunuzu görmek, Cenâb-ı Hak, huzurunda dereceniz büyük demektir.

**ŞEHRİYE:** Rûyâda şehriye çorbası içtiğinizi görmek, tanımadığınız kimselerden yardım göreceğinize işâretle tabir olunur.

**ŞEKER:** Rûyâda şeker görmek, sevinçli bir haberle ve üzüntülerden kurtuluşunuza işâretle, hastalar için de şifâya kavuşacaklarına işâretle yorumlanır.

**ŞEKERCİ:** Rûyâda şekerci bir adam görmek, iyi bir kimse olacağınıza işâretle yorumlanır.

**ŞEKERKAMIŞI:** Rûyânızda şeker kamışı görmek, sevindirici bir haber alacağınıza, elinize çok para geçeceğine ve hasta iseniz şifâ bulacağınıza işârettir, diye yorumlanır.

**ŞEKER PANCARI:** Rûyânızda şeker pancarı görmeniz, yüksek bir geleceğiniz olacağına ve sevineceğinize işâretle tabir olunur.

**ŞELÂLE:** Rûyâda şelâle görmek, önünüzde çok mühim ve kıymetli zaman ve vakitlerinize, önemli işlerinize işârettir. Yani şelâle iyiye delâlet eden güzel bir rûyâdır.

**ŞEMSİYE:** Rûyâda şemsiye görmek, yakında işlerinizin düzeleceğine işârettir.

**ŞERBET:** Rûyâda tatlı şerbet içtiğini görmek, mal sahibi olmaya *(zenginliğe)* ve bolluk ve huzur içinde yaşamaya işâret olarak yorumlanır. İçtiği şerbet ekşi ise, kötülüğe delâletle yorumlanır.

**ŞEYTAN:** Rûyâda şeytan görmek, çeşitli şekilde yorumlanır. Şeytan kovalamak, doğruluk ve iyilik etmeye delâlet eder. Şeytandan korkmak, keder ve sıkıntıdan kurtulmaya işârettir.

• Rûyâda şeytan görmeniz, düşman tarafından bir zarar göreceğinize işârettir.

• Şeytan, çok günâh işlemekle, hile ve dalavere ile de tâbir olunur. Eşler arasında ayrılıkla da tâbir edilmiştir.

**ŞEZLONG:** Rûyâda şezlong görmek, makam ve itibar sahibi olmaya işâret olarak tabir olunur.

**ŞIRA:** Rûyâda üzüm şırası içtiğini görmek, büyük bir mutluluk içinde hayat süreceğinize, ancak fazla bir para sahibi olamayacağınıza, ama mutlu bir hayatınız olacağına işâretle yorumlanır.

**ŞIRINGA:** Rûyâda görülen şırınga, hastalık, üzüntü ve kedere işâret olarak tabir olunur. Rûyâda şırınga görmek, kendisine şırınga vurdurmak, iyiye yorulmaz. Keder, hastalık gibi üzücü şeylere yorumlanır.

**ŞİFRE:** Rûyâda şifreli herhangi birşey görmek, iyi değildir. Şifre, karışık ve pürüzlü işlere yorulur. Şifreyi açar veya çözer, çözmüş görmek, pürüzlerin gideceğine, işlerin yoluna gireceğine işarettir.

**ŞİİR:** Rûyâda şiir söylemek veya dinlemek çeşitli şekilde yorumlanır. İyi şiirler, maneviyatı arttıran şiirler, iyiye, nefisle dünya ile ilgililer de kötüye yorulur.

• Rûyâda ahlaka ait, ahlakla ilgili şiirler, iyiye ve güzele yorulur. Heves ve şehveti dile getiren şiirler kötüye yalan sözlere ve yalan şahitlik gibi iyi olmayan, faydasız şeylere uğraşmaya ve istenmeyen şeylere işaretle tabir olunur.

**ŞİLEP:** Rûyânızda şilep görmek, hasretinizin sona ereceğine, gurbette olan bir yakınınızın geleceğine ve hasretin sona ereceğine işaretle tabir olunur.

**ŞİLTE:** Rûyâsında şilte gören kimse, ehil ise ve layık ise, memurluk işine gireceğine, eğer memur olamayacak durumda ise, mal-mülk gibi şeyler olacağına işaretle tabir olunur.

• Rûyâda şilte satın aldığınızı görmek, evleneceğinize veya çocuklarınızdan birini evlendireceğinize işarettir. Bir şilte üzerinize oturduğunuzu görmek, bu günlerdeki gülüp eğlenmelerinizi ileride gelecek günlerinizde arayacağınıza işaretle tabir olunur.

**ŞİMŞEK:** Rûyâda şimşek çaktığını görmek, korkuya işarettir. Şimşek görmek genellikle korkulu ve şiddetli şeylere yorumlanır.

• Rûyâsında şimşek çaktığını gören kimsenin bu rûyâsı, kendisinin bir şeyden korkacağına ve korkulu bir olayla karşalaşacağına işâretle tabir olunur.

• Rûyâda görülen şimşek, meydana gelişinde görülen durumlara göre yorumlanır. Rûyâsında şimşek çaktığını gören kimse, şimşek çakarken yağmur da yağıyorsa, yani yağmur yağarken şimşek de çakıyorsa, rûyâyı gören kimse, kötü ve çirkin olan bir şeyle karşılaşır veya kendisi, kötü ve çirkin bir şey yapar şeklinde tabir olunur. *(Nablûsî'nin yorumu böyledir.)*

• Rûyâsında rüzgâr ve yağmurla karışık şimşek çaktığını görmek, işlerinizin hızla ilerleyip genişleyeceğine ve bununla beraber korkulu ve endişeli günler geçireceğinize işâretle yorumlanır. Yani, korku ve şiddet ile elde edilecek zenginlik ve mal-mülk ile de tabir ediliyor demek olur.

• Rûyâsında arka arkaya şimşek çaktığını görmek, o sene bolluk ve bereket olacağına, yani hem rûyâyı gören bolluk ve bereket görecek, hem de diğer insanlar, bolluk ve berekete kavuşacaklar demek olur, şeklinde tabir olunur.

**ŞİMŞİR:** Rûyâda şimşir görmek, zenginliğe, mal ve mülke işâret olarak yorumlanır. Rûyânızda şimşir ağacı veya şimşir ağacından yapılmış şeyler görmek, başarılı bir kimse olduğunuza ve dolayısıyla çok para kazanıp zengin olacağınıza işâretle tabir olunur.

**ŞİRKET** *(ORTAKLIK):* Rûyâda şirket ***(birileri ile ortak olduğunu)*** görmek, yarı mal, yarı menfaat ile tabir olunur. Rûyâda görülen şirket *(ortaklık)* görmek, sözünde durmaya veya duracağınıza işârettir, şeklinde tabir olunur.

• Fakir bir kimse, rûyâsında kendisinden daha zengin biriyle ortak olmuş olduğunu *(şirket kurduğunu)* görse, bu gördüğü rûyâsı, onun zengin olacağına işâretle tabir olunur.

**ŞİŞ:** Rûyâda kebap şişi ve çorap şişi gibi bir şiş görmek, istek ve arzunuzun olacağına *(gerçekleşeceğine)* ve hayır ve bereketin *(rızkınızın)* artacağına veya iş hayatınızda başarılı, iyi bir idâreci olacağınıza işâretle tabir olunur. Rûyâda kebab şişi görmek, bazen de hükümetten yani devletten istediği şeyin olacağına ve devletten olan gerçekleşeceğine işârettir.

**ŞİŞE:** Rûyâda şişe görmek, kadına *(hanıma)* işârettir. Şişe görmek, duruma, rûyânın görülüş şekline göre, şişenin durumuna göre de yorumlanır. Şu halde şişe ile ilgili görülen rûyâlar değişik şekilde yorum alır.

• Rûyâda elindeki şişenin durup dururken kırıldığını görmek, iyiye yorulmaz. Bu rûyâ, rûyâyı gören kimsenin, hanımından *(eşinden)* ayrılacağına işârettir, şeklinde tabir olunur. Rûyâda önceden kırılmış olan bir şişeyi görmek ise, mal sahibi olacağınıza işârettir.

• Rûyâda bir çok şişe veya çok çok şişeler görmek, kadınların bulunduğu kalabalığa, kadın kalabalığına ve faydasız, hiçbir yararı olmayan kimselere işâret olarak tabir olunur.

**ŞİŞECİ:** Rûyâda şişeci görmek, yalancı, yalan söyleyen ve kadınları aldatan bir adama temsil eder veya ahmak, kendi kendini beğenen zavallı bir adama işâretle de tabir olunur.

**ŞİŞLİK:** Bir kimse, rûyâsında bedeninde bir şişlik görmesi, malının artmasına *(zenginliğe)* ve istek, dileğinin olacağına *(gerçekleşeceğine)* işâretle tabir olunur.

• Bazı yorumculara göre ise, rûyâsında vücûdunda şişlik görmek, üzüntü ve kedere işâret ve sonra da ***(yani önce üzüntü, keder sonra da)*** zenginliğe, mal mülk sahibi olarak zengin olacağınıza işâret ile tabir olunur, diye yorumlamışlardır.

• Rûyâda görülen şişlik veya şişkinlik, kuvvet ve kudretli olmaya, iyi bir halde olmaya ve durumun yükselmesine işârettir, şeklinde de yorumlanmıştır. Rûyâda görülen şişlik bazen de kibirlenmeye işârettir, diye yorumlanmıştır.

**ŞİŞMANLIK:** Rûyâsında kendisini olduğu halden daha çok şişmanlamış olduğunu görmek, çok mal sahibi olmaya ve çok bilgili olmaya işârettir.

• Rûyâsında kendisinin çok acâyip bir halde şişmanlamış olduğunu ve üzerinde sarı bir elbise bulunduğunu gören kimsenin bu rûyâsı, onun *(rûyâyı görenin)* hastalanacağına ve bir müddet sonra da iyileşeceğine işârettir, şeklinde tabir olunur.

• Bazı yorumculara göre de şişmanlık rûyâsı yükselmeye ve itibarlı olmaya işârettir, bazıları da din ve îmân kuvvetine işârettir, demişlerdir.

**ŞÎT** *(A.S.):* Rûyâsında Hz. Şît Peygamberi gören kimsenin bu gördüğü rûyâsı, Cenâb-ı Allâh'ın takdir ve lûtfu ile nîmetlere ereceğine, sevinçli bir hayata kavuşacağına, çoluk çocuğuyla bu güzel hayatında nîmetler içinde, güzel yaşamları, güzel geçimleri olacağına, sözün kısası dünya hayatında her türlü mutluluğa ulaşarak, ömür süreceğine işârettir.

**ŞOFÖR:** Rûyâsında bir şoför gören kimsenin bu rûyâsı, yolculuğa çıkacağına veya bir yerden başka bir yere taşınacağına, muhît *(çevresini)* değiştireceğine veya bir yerden başka bir yere göç edeceğine işâretle tabir olunur.

• Rûyâsında kendisini şoför olmuş görmek, uzak bir yolculuğa çıkacağınıza, işlerinizde kararsızlık içinde davrandığınıza, acelecilik ve tezcanlılık gösteren bir tutumun içine gireceğinize işâretle tabir olunur.

**ŞORT:** Rûyâda şort giydiğinizi görmek, iyiye ve hayra yorulmaz. Bu rûyânız, borçlanmaya, hastalığa tutulmaya veya yolculuğa çıkacağınıza işârettir.

**ŞÖHRET:** Rûyâda ânîden şöhrete ermek ***(kendinizi ünlü biri olmuş)*** görmek, pek iyiye yorulmaz. Bu gördüğünüz ,rûyâ hayatınızda hatalı hareketler ve hatalı işler yaptığınıza ve hatalı bir yolda olduğunuza işâret ile sizi uyarıcı bir rûyâdır, şeklinde tabir olunur.

• Bazı kere de şöhrete ulaştığını görmek, kibirlenmeye, böbürlenmeye işâretle, gözden düşmeye ve çevresinde rezîl ve perîşan olmaya işâretle tabir olunur.

**ŞUARA SÛRESİ:** Rûyâsında bu sûreyi okuduğunu veya dinlediğini gören kimse, kendisini kötülüklerden uzak tutar, kötü söz söylemez, yalan söylemez, bu gibi kötü hallerden kendisini uzak tutarak muhafaza edeceğine işâretle tabir olunur.

• Bazı yorumculara göre de, bu sûreyi rûyâsında okuduğunu veya dinlediğini gören kimse, rızkını kazanırken güçlük, zahmet ve zorluk çeker. Herşeyi, rızık ve mal kazanır, ancak zahmet ve zorluk, güçlük çekerek kazanır, şeklinde tabir olunur. Aslında yalan söz ve hareketlerden kendini korumaya çalışmakta olan bir kişi için rızkını kazanırkende zorluk çekmesi tabiridir. Böyle bir rûyâyı gören kendi yolunun iyiliğini düşünmelidir.

**ŞUAYB** *(A.S.):* Rûyâda Hz. Şuayb Peygamberi görmek, işlerinizin iyi gitmeyen ve gerileyen bu işlerinize bir dostunuz veya oğullarınızdan birileri yardım elini uzatıp işlerinizi çok güzel bir şekilde yoluna koyarak sizi rahat bir dünya yaşamına kavuşturacağına işâretle tabir olunur.

**ŞÛRÂ SÛRESİ**: Rûyâsında bu sûreyi okuduğunu veya dinlediğini görmek, uzun ömürlü olmaya *(ömrünüzün uzun olacağına)*, hastalıktan selâmette olmaya, sağlıklı bir hayatı olacağına, Allâh'ın katında değerli ve kıymetli olan kullarından biri olduğuna, tevbe ve istiğfâr ehli olduğuna işâretle tabir olunur.

**ŞURUP**: Rûyâsında şurup içtiğini görmek, ilim sahibi olmaya, ömrünün uzun olacağına, mutlu ve mes'ûd bir hayatı olacağına ve dînî hayatının kuvvetli olacağına, din bakımından yükseleceğine işâretle tabir olunur. Demek oluyor ki, rûyâsında şurup ***(tatlı bir şurup)*** içtiğini görmek, uzun ömür, huzûrlu bir dünya hayatına, dindâr ve ibâdetlerine önem veren bir kimse olacağınıza işârettir.

• Rûyâda ekşi bir şurup içmek ise, üzüntü ve kedere işâret ettiğine yorumlanır. Rûyâda ekşi bir şurup içtiğini görmek, bazı kere de cimriliğe ve bir takım şeyleri gizlemeye işâret olarak tabir edilir.

• Baş ağrılarını gidermek için içildiğini gördüğünüz şurup ise, borçlulardan ve düşmanlıklardan iyi bir şekilde kurtulmaya güzel bir siyâset ve tatlı dille düşmanlıkları ortadan kaldıracağınıza işâretle tabir olunur. Ateş düşürmek için içilen şurup da aynı şekilde tabir olunur.

**ŞÜKRETMEK:** Rûyâda Allâh'a şükrettiğinizi görmek, üzüntü ve kederlerden kurtulacağınıza işârettir.

• Bu yoruma göre, rûyâsında halinden memnun olan, Allâh'ın kendisine lûtuf olarak verdiği nimetlerini düşünerek Allâh'a şükrettiğini gören kimse, üzüntülerinden ve kederlerinden kurtulup hayra erer, kuvvet ve bolluğa kavuşur. Mal, mülk sahibi, ucuzluğa ve bolluğa erer ve sevâba mazhar olur, şeklinde tabir olunur.

• Bu rûyâyı gören kimse, eğer vâli, kaymakam gibi bir idâreci ise, bağlık, bahçelik, yeşilliği bol olan ve mâmûr bir şehire vâli veya kaymakam olarak tayin edilir, şeklinde tabir olunur.

• Bazı tabircilere göre ise, bu rûyâyı gören kimse, yani Allâh'a şükrettiğini gören kimse, amelinde münâfıklık varsa, ondan kurtulur. İhlaslı, samimi bir kimse olur. Eğer iyi bir müslüman ise, şerefli ve rütbeli, değerli bir zatla arkadaşlık ve dostluk eder, şeklinde tabir olunur.

**ŞÜKÜR SECDESİ:** Rûyânızda Allâh'a şükür secdesi yapmanız, rızkınızın, kazancınızın artacağına işârettir. Allâh'a şükür için secde yaptığınızı görmeniz, sıkıntı ve yokluktan kurtulacağınıza işâret olarak yorumlanır.

• Rûyâsında şükür secdesi yaptığını gören kimse, belâları defettiğine, belâlardan kurtuluşa ereceğine işâret almış olur, şeklinde tabir olunur.

**ŞÜPHE:** Rûyâsında şüphe *(şübhe)*ye düştüğünü görmek, pek iyiye yorumlanmaz. Özellikle din konusunda rûyâda şüphe ettiğini gören kimse, çok dikkatli olması gerekir, kendisini iyiden iyiye kontrol etmesi gerekmektedir.

• Rûyâsında din husûsunda şübhe *(şüphe)* ettiğini görmek, ara bozuculuk, hîle yapmak gibi kötü şeylere işâret olmakla birlikte, namuslu olan değerli hanımı hakkında da şüphe ederek kötü zanda *(düşüncede)* bulunacağına da işâretle tabir olunur.

## ŞÜBHELİ RÛYÂLARIN YORUMLARINDA DİKKATLİ OLUNMALIDIR

Rûyâsında görülen hadisenin yorumunda bir tereddüt, bir şübhe ortaya çıktığında, o rûyânın yorumunu yapmakta acele etmemelidir. Çünkü rûyâlar, nasıl yorumlanırsa, öyle çıkar. İsâbetsiz yorumlar, rûyâyı gören kimsenin başına dert açabilir. Bu konuda kitabımızın baş tarafında kötü rûyâlar başlığında da anlatıldığı gibi, şüpheli rûyâların yorumu yapılmamalı ve rûyâyı gören kimsenin durumuna ve şartların elverişlerine bırakılmalıdır.

# T

**TABAK:** Rûyâda dolu tabak görmek bolluğa işârettir. Boş tabak görmek ise, kıtlığa, darlığa işârettir. Boş tabak görmek, biraz üzüntüye düşüleceğine işârettir, şeklinde tabir edilir.

• Dolu tabak, işlerin yolunda gitmesiyle ferahlığa işârettir.

**TABAKA:** Rûyâda sigara tabakası görmek, sevinçli sürprizlerle karşılaşıp memnun ve hoşnut olacağınıza işârettir.

**TABANCA:** Rûyâda tabanca görmek, çeşitli şekilde yorumlanır.

• Tabancayı kullanmak bir iftira tehlikesiyle yorumlanır. Tabanca satın almak ise dedikoduya delâlet ederken, tabanca temizlediğini görmek, yeni bir iş girişimine işâret ile yorumlanır.

**TABELA:** Rûyâda tabela görmek, pek hayır ile yorumlanmaz. İşleriniz kendi tavır ve hareketleriniz yüzünden pek başarılı olmasa gerektir.

**TABLO:** Rûyânızda tablo görmek, iyilikle yorumlanır. Senelerce düşlediğiniz hayallerinizin gerçekleşeceğine işâretle tabir edilir.

**TABUR:** Rûyâda Askerî tabur görmek, iyilik ve hayırla yorumlanır.

**TABURE:** Rûyâda tabure görmek, ancak seyahatlerde dinlenme ve istirahat etmenin mümkün olacağıyla tabir edilir.

**TABUT:** Rûyâda tabut görmek, çoğunlukla hayır ile yorumlanır.

**TAÇ:** Rûyâda taç görmek, hayır ile yorumlanır. Yani rûyâda taç görmek, çok iyiye işârettir.

**TÂHÂ SÛRESÎ:** Rûyâda bu sûreyi okuduğunu veya okunduğunu işittiğini görmek, hayra işârettir. Bu rûyâyı gören kimse, hayırlı işler yapar, düşmanlarına veya düşmanına galip *(üstün)* gelir, gurbette ise, evine âilesine döner ve duâsı makbul olur, şeklinde tabir olunur.

**TAHRİM SÛRESİ:** Rûyâsında bu sûreyi okuyan veya dinleyen kimse, kendi evinde âile efradına karşı geçimsiz biri olup, devamlı gönül kırar, gönül kırıcı sözler konuşur hiç beklemediği bir yerden yardım görür, hakkında söylenen eleştirilerden üzülerek kendisine gelir ve sonra bu halinden vaz geçip tevbe ederek gidişatını düzeltir, şeklinde tabir olunur.

**TAHT:** Rûyâda taht görmek, değişik şekillerde tabir olunur. Rûyâda görülen tahtın üzerinde minderi ve örtüleri yoksa *(çıplak bir taht ise)* yolculuğa işâretle tabir olunur.

• Rûyâsında mükemmel bir taht üzerinde olduğunu *(oturduğunu)* görmek, bu rûyâ, rûyâyıgören kimsenin devlet ve yüksekliğe ermesine izzet ve şerefe kavuşmasına işârettir, şeklinde tabir olunur.

• Hasta bir kimsenin, rûyâsında tahtının kırıldığını görmesi, bu onun hastalıktan kurtulacağına, şifâ ve âfiyet bulacağına işâretle tabir olunur.

• Bekâr bir erkek rûyâsında minderli örtülü bir taht üzerinde oturduğunu görse, bu gördüğü rûyâ onun yakında evleneceğine işâretle tabir olunur.

• Kocasız, bekâr bir kadın rûyâsında bir tahtı yüklenerek evine getirdiğini görürse, bu rûyâ o kadının pek yakında evleneceğine işâretle tabir olunur.

• Rûyâsında örtüsü minderi olmayan bir taht üzerinde bulunduğunu gören kimsenin bu rûyâsı, ölümüne veya uzak bir yere yolculuk yapacağına işâretle tabir olunur.

• Bir kimse, eşiyle birlikte bir taht üzerinde oturmuş olduklarını rûyâsında görmüş olsa, o kimse eşiyle birlikte zevk-u safa içerisinde mutlu ve bahtiyar bir yaşam süreceklerine işâretle tabir olunur.

**TAHTA KURUSU:** Rûyâda tahta kurusu görmek, çevrenizdeki kimselerin size zarar vereceğiyle; yani çevrenizi zararlı kimselerin sarmış olduğuyla yorumlanır.

**TAKKE:** Rûyâsında takke giymek kendisini kıskanan kimselerin bulunduğuyla yorumlanır.

**TAKLA ATMAK:** Rûyâda takla attığınızı görmek, iş hayatınızda ve hareketlerinizde çok dikkatli olmanıza işârettir.

**TAKSİ:** Rûyâda taksi görmek, rûyâyı görenin her teşebbüsünde başarılı olacağına işâret olarak yorumlanır.

**TAKUNYA:** Rûyâda takunya görmek, işlerin çok ağır ve aksaklığıyla yorumlanır. Yani işler pek yolunda değildir, şeklinde tabir olunur.

**TAKVİM:** Rûyâda takvim görmek, geçmişteki faaliyetlerinden ve geçmişteki hadiselerden dolayı mal ve servet sahibi olacağına işârettir. Yani rûyâda takvim görmek, hayır ve iyilikle yorumlanır.

**TAMBUR:** Rûyâda tambur görmek, üzüntüye işârettir.

• Rûyâda tambura görmek ise, batıl şeylere işârettir, şeklinde tabir olunur.

**TANDIR:** Rûyâda tandır görmek, hayırla yorumlanır.

**TARAK** : Rûyâda tarak görmek, faydalı ve yararlı bir kimseyle sevinç ve neş'e ile yorumlanır.

**TARÇIN:** Rûyâda tarçın yemek acı bir haberle yorumlanır.

**TARHANA:** Rûyâda tarhana görmek, pek iyilikle yorumlanmaz. Tarhana çorbası içen kimsenin sıkıntıya düşeceğine işâret vardır diye yorumlanır.

**TÂRIK SÛRESİ:** Rûyâsında bu sûreyi okuduğunu veya dinlediğini gören kimse, hayırlı bir evlât sahibi olur, evlâdından veya evladlarından hayır ve menfaat görür, ibâdete düşkün olur, hep hayır işler, duâ ve zikir ile meşgul olur, şeklinde tabir olunur.

**TARİFE:** Rûyâda tarife görmek, rûyâyı gören kimse için yolculuk var olduğuna işâretle tabir edilir.

**TARLA-ÇİFTLİK:** Rûyâda görülen tarla veya çiftlik bol hayır ve bereket ve aynı zamanda uyumlu bir yaşam anlamına işârettir.

• Rûyâsında ekili bir tarla gören kimsenin bu rûyâsı hayırlı bol bir rızka, zenginliğe ve muradına kavuşmaya işâret ile veya gönlüne ve haline uygun bir hanıma sahib olduğuna ve sabırlı, hoş görülü iyi huylu bir koçaya sahib olmaya veyahut da çoluk çocuğunun çok zorluk ve zahmet çekmiş olduklarına işâret olarak tabir olunur.

• Rûyâda mükemmel ve gönül açıcı bir güzellikte bulunan bir tarla veya çiftlik görmek, mahsulde bolluk, bereket, rızıkta çokluk, genişlik gibi güzelliklere işâret olarak tabir olunur.

• Rûyâda biçilmiş bir arazi, tarla görmek, iyi değildir. Bu rûyâ, savaş isteyen, öldürme fikrinde ve kavga yanlısı olan kötü kimseler arasında bulunacağınıza işâretle tabir olunur. Rûyâda tarla ve çiftliği iyi ve güzel bir şekilde, mükemmel bir durumda görmek, iyiye ve hayra işârettir. Kötü, çirkin ve harab bir durumda görmek ise, kötüye ve zarara işârettir.

**TARLA FARESİ:** Hasta olan bir kimse, rûyâsında tarla faresi görse, bu onun iyileşeceğine ve hastalıktan kurtulacağına işâretle tabir olunur.

**TARLA KUŞU:** Yeni evli bir kimse, rûyâsında tarla kuşu görse, bu onların mutlu olacaklarına işâret eden bir haber şeklinde tabir olunur.

• Rûyâda tarla kuşu görmek, yeni bir iş sahibi olacağınıza işâretle de tabir olunur. Tarla kuşu tuttuğunu gören kimse, yeni bir işe girer, şeklinde tabir olunur.

**TAS:** Rûyâda tas *(kâse)* görmek, şifâ bulacağınıza işârettir ki, duâ edip bu şifâya ermeye işârettir.

• Rûyâda görülen tas dolu veya boş olabilir, yine de fayda ve yarar elde edileceğine işârettir.

**TAŞ:** Rûyâda taş görmek, hayır ve iyiliğe ve menfaat görmeye işârettir.

• Rûyâsında bastonu ile taşa vurduğunu ve taş yarılıp su aktığını gören bir kimse, fakir ise, zengin olacağına, zengin ise, zenginliğinin artacağına işârettir, şeklinde tabir olunur.

• Rûyâda değirmen taşı görmek, ilim sahibi kimseye, çocuklara eşlere ve mal sahibi olmaya işârettir.

• Rûyâsında kaldırım taşlarının yerli yerinde döşenmiş olduğunu gören kimse, birliğe, beraberliğe, sevgiye,rızık ve geçimde genişliğe, üzüntü ve kederlerden kurtulmaya işâretle tabir olunur.

**TAŞ KÖMÜRÜ:** Rûyâda taş kömürü görmek, pek iyi değildir. Bu rûyâ hayra ve iyiye yorulmaz.

• Rûyâsında taş kömürü görmek, gaflet, katı kalbli olmak, isyan içinde ve günah işleyen gibi hoş olmayan şeylere işâret olarak tabir olunur.

**TAVA:** Rûyâda et tavası görmek, yumuşak huylu, tutumlu bir hanıma veya dürüst, tutumlu, efendisinin malını idareli kullanan bir hizmetçi, yardımcı bir kadına da işârettir, şeklinde yorumlanır.

• Rûyâsında tavada bir şeyler pişirdiğini gören kimse, evinde rahat ve bolluk içinde bir hayat ve yaşamı olduğuna işârettir.

• Rûyâda tava görmek, bazen de fakirlik, kedere yorulur.

• Rûyâda tava görmek, çocuğu yaşamayan, dolayısıyla üzüntü ve kederinden gözyaşı döken bir kadına işâret olarak da tabir olunur.

• Rûyâda tava görmek, bazen de mutlu bir âileyi temsil eder, şeklinde tabir olunur.

**TAVAF:** Rûyâda Kabe'yi tavaf ettiğini görmek, hayır ile yorumlanır. Murada ermeye işâretle tabir edilir.

**TAVAN:** Rûyâda evinin tavanının yıkıdığını görmek, acı bir haber alacağıyla tabir edilir.

• Rûyâda tavanın yıkıldığını görmek, bazen de ev sahibi adamın ölümüne, öleceğine işârettir

• Rûyâsında bir kimse, evinin tavanında akıntı, tavanın aktığını veya damladığını görmek, o evde bir ölünün veya bir hastanın üzerine ağlanacağına işâretle tabir olunur.

• Rûyâsında evinin tavanının çöktüğünü görse, bu rûyâ, o evin sahibinin öleceğine işârettir.

**TAVLA:** Rûyâda tavla görmek, yalan bir habere ve karşılıklı söz atışmasına, münakaşaya işârettir.

• Rûyâda tavla oynadığını görmek, maddeten ve mânen yükselmeye işârettir. şeklinde tabir olunur.

• Rûyâsında tavla oynadığını gören kimse, oyunu kazanırsa, muvafakiyetine, işlerinde başarılı olacağına işâretle, oyunu kaybederse, kaybettiğini görmüş olursa, hayal kırıklığına ve ruhen, moralman çökeceğine işâretle tabir olunur.

**TAVŞAN:** Rûyâda tavşan görmek, kadın ve evlilikle tabir edilir. Tavşan görmek, iyi bir talihle karşılaşacağınıza işârettir.

• Bir kimse rûyâsında bir tavşan tuttuğunu görse, bu rûyâsı o kimsenin evleneceğine işârettir.

• Rûyâsında kendisine âit bir tavşanı kestiğini gören kimsenin bu rûyâsı iyi değildir. Çünkü bu rûyâ eşinden ayrılacağına işârettir, şeklinde yorumlanır.

• Kendi tavşanının öldüğünü gören kimse, eşinden sebeb, bir üzüntü ve kedere düşer, şeklinde tabir olunur.

• Rûyâsında bir tavşan yavrusu eline geçiren kimse, üzüntü, keder ve sıkıntıya düşer, şeklinde tabir edilir. Yani, tavşan yavrusu üzüntü ve sıkıntıya işârettir.

• Rûyâsında tavşan eti yediğini görmek, küçük bir hastalığa düşeceğine, hafif bir hastalığa yakalanacağına işâretle tabir edilir.

• Rûyâsında tavşanın etinden derisinden bir şeyler aldığını gören kimse, hanımından az bir menfaat ve az bir para veya mala kavuşur, şeklinde tabir olunur.

**TAVUK:** Rûyâda tavuk görmek, güzel bir kadınla yorumlanır. Bekârların görmesi, evleneceğine evlilerin ise, kadın hizmetçilere sahib olacağına işârettir.

• Rûyâsında tavuk eti yediğini gören, bol rızıkla rızıklanır, tavuk eti ve tüyü görmek, mal sahibi olmak, nimete ermek ve para eline geçmek ile tabir olunur.

• Rûyâsında bir tavuğunu kestiğini gören kimse, bekâr bir kadınla *(bâkire kızla)* evleneceğine işârettir, şeklinde yorumlanır.

• Rûyâsında tavuklarını kuluçkaya yatırdığını görmek, çocukları olacağına işâretle tabir olunur. Rûyâsında tavuklarının yumurtladığını gören kimsenin çocuğu dünyaya gelir, çocuğu doğar, şeklinde tabir olunur. Tavuk görmek, kadına *(eşe, zevceye)*, civcivler, piliçler de çocuklara temsil *(işâret)* eder, şeklinde yorumlanır.

• Rûyâsında bir çok tavuğu olduğunu gören kimse, bir topluluğa başkan veya bir yere âmir olur, şeklinde tabir olunur.

• Rûyâsında bir tavuk tuttuğunu görmek, mal-mülk veya bir ev satın almaya işâretle tabir olunur. Rûyâsında bir siyah tavuğu olduğunu görmek, iyi huylu bir hanıma sahib olduğuna, hanımının iyiliğine işâretle tabir olunur. Evindeki tavuğun yumurtladığını görmek, iyi huylu mükemmel bir hanımdan mala kavuşmak, ondan menfaat elde etmeye işârettir, şeklinde tabir olunur.

**TAVUKÇU:** Rûyâda tavukçu, tavukçuluk yapan birini görmek, üzüntü ve kederden kurtulmak, üzüntü ve kederi gideren, bir adam herkese hizmet veren hayırlı ve yararlı bir adama işârettir.

• Rûyâda tavukçu görmek, bazen de hastalıktan şifâ bulmak, iyileşmek ve iyileşmeye işârettir.

**TAVUS KUŞU:** Rûyâda tavus kuşu görmek, güzel ve zengin bir kadına temsil *(işâret)* eder, şeklinde tabir edilir. Rûyâda görülen tavus kuşunun güzelliği o kadının siması *(güzelliği)*, tüyleri de o kadının malına işârettir. Tavus kuşunun kesilmesi de o kadının ölümüne işârettir, demiştir. ***(Nablûsî yorumunda)***

• Rûyâsında tavus kuşunun etini yediğini gören kimse, o kadının *(hanımının)* malına mülküne varis olacağına ***(hanımın mirasına konacağına)*** işârettir, şeklinde tabir olunur.

• Rûyâsında tavus kuşunun konuştuğunu gören kimse, büyük bir memuriyete, büyük bir makama kavuşur, şeklinde tabir olunur.

• Rûyâsında tavus kuşunun uçtuğunu görmek, o zengin kimsenin ölümüne veya ondan ayrılmaya, boşanmaya işâretle tabir olunur. Bazı yorumculara göre ise, işinden veya memuriyetinden ayrılır, şeklinde tabir olunur.

**TAY**: Rûyâda tay görmek, hayırdır, uğurdur ve müjdedir, âileye yeni katılacak çocuğa işârettir.

• Rûyânızda bir tay aldığınızı görmek, yeni bir çocuğunuz olacağına, bu müjdeli habere veya beğeneceğiniz bir hediyenin geleceğine işârettir.

• Rûyâda gördüğünüz kır renkli tay, sizin ünlü ve meşhûr biri olacağınıza; siyah bir tay ise, yüksek bir makam ve mala ereceğinize; doru renkli bir tay ise, güçlülük ve ferahlık ile yükseleceğinize; al *(kırmızı)* renkli tay da dindarlığınızın artacağına; kula renkli tay ise hastalığa düşeceğinize işârettir. ***(Nablûsî)***

**TAYIN**: Rûyâsında asker tayını yediğini görmek hayatta hiç bir zaman üzüntü ve sıkıntılı günler görmeyeceğinize, yoksulluk ve darlık çekmeyeceğinize, yaşamınız boyunca bolluk ve refah içinde olacağınıza işârettir, şeklinde tabir olunur.

**TAYYÂRE**: Rûyâda tayyâre görmek, bulunduğunuz yerin en saygı değer birisi, en büyüğü olacağınıza işârettir.

• Bazı yorumculara göre de hava yoluyla bir seyâhate, bir yolculuğa çıkacağınıza işâretle yorumlanır. Tayyâreye bindiğinizi de görürseniz, yolculuğunuzun rahat ve huzurlu olacağına işârettir.

**TAZE HURMA:** Rûyâda taze hurma görmek, hayra ve rızka işârettir.

• Rûyâda mevsiminde taze hurma görmek, işe, memuriyete ve rızka işâret olarak yorumlanır. Yine mevsiminde görülen taze hurma, herkes için helâl rızıkla, hastalar için, şifâya hastalıktan iyileşmeye ve herkes için sıkıntı ve üzüntülerden kurtuluşa işâret olarak tabir edilir.

**TAZI:** Rûyâda tazı görmek, zor ve tehlikeli işlere atılıp sonunda başarıya ulaşılacağı ile yorumlanır.

**TAZÎYE:** Rûyânızda bir dostunuza tazîyede *(başsağlığı temennisinde)* bulunduğunuzu görmek, menfaat göreceğinize ve emniyette olduğunuza işâretle tabir olunur. Bir dostunuz tarafından size bir taziyede *(başsağlığı temennisinde)* bulunduğunu görmeniz ise, müjdeli ve sevindirici bir haber alacağınıza işâretle tabir olunur.

**TEBBET SÛRESİ:** Rûyâsında bu sûreyi okuduğunu veya dinlediğini gören kimse, hilekâr ve aldatıcı olur veya kötü huylu bir kadınla evlenir, malını haramlarla, haram ve günah yerlerde harcar, şeklinde tabir edilmiştir. ***(İbn-i Sirin'in yorumudur.)***

**TEBEŞİR:** Rûyâda tebeşir görmek, bir zarara uğranılacağına işâretle tabir edilir.

**TEBRİK:** Rûyâda tebrik edilmek ve tebrik etmek, sıkıntılı günlerin sona ereceğine işâretle tabir edilir.

**TEFSİR:** Rûyânızda Kur'ân-ı Kerim tefsirini okuduğunuzu görmek, size bir büyüğünüz tarafından öğüd verileceğine işâretle tabir olunur.

**TEFTİŞ:** Rûyânızda iş yerinizde bir teftiş geçirdiğinizi görmek, herkesin gözünün sizin üzerinizde olduğuna işâret eden bir uyarı rûyâsıdır,şeklinde tabır olunur.

**TEĞABÜN SÛRESİ:** Rûyâsında bu sûreyi okuduğunu veya bir okuyan kimsenin okumasını duyan kimse, zengin ve cömert olacağına ve fakirlere yardım edeceğine ve bu özellikte bir kimse olacağına işâretle tabir olunur.

**TEHLİKE:** Rûyânızda kendinizin büyük bir tehlikede olduğunuzu görmek, son günlerde üzerinizde bulunan bazı talihsizliklerle mücadele edeceğinize ve bundan da başarılı çıkacağınıza, bu gibi durumların üstesinden geleceğinize işâretle tabir edilir.

**TEKÂSÜR SÛRESİ:** Rûyâsında bu sûreyi okuyan ve dinleyen kimse, din inancı bakımından kuvvetli olacağına ve dünya işlerinin yolunda gideceğine, rızkını güçlükle kazanacağına, bazen borç edeceğine, bunlara rağmen âhireti seveceğine ve dünyayı önemsemeyeceğine, işte böyle güzel vasıfları olan bir kimse olduğunuza işârettir, şeklinde tabir olunur.

**TEKBİR:** Rûyâsında *"Allahü Ekber"* diyerek tekbir getirdiğini görmek, düşmanına veya düşmanlarına gâlip *(üstün)* gelmeye, zafere kavuşmaya veya sevince ermeye, ferahlığa ve şerefe kavuşmaya işâretle tabir olunur.

**TEKE:** Rûyâda teke *(erkek keçi)* görmek, din yönünden sağlam iyi bir kimse olduğunuza ve şerefli bir insan olduğunuza işâretle tabir olunur.

• Rûyâda teke görmek, bazen de ahmak ve de cahil bir kimseye işâret olarak tabir edilir.

**TEKERLEK:** Rûyâda tekerlek görmek, işlerinizin her yönüyle iyiye dönüşeceğine, işlerinizin bol ve yolunda olacağına işâretle, işlerinizin günden güne düzeleceğine işâretle yorumlanır.

**TEKKE:** Rûyâsında tekke gören bir kimse, yolculuğa çıkar veya çıkacağına, zühd ve takvaya ereceğine veya Kur'ân-ı Kerim okuyacağına işârettir.

• Bazen de rûyâda tekke görmek, üzüntü ve kederleri unutmak için, uzunca sürecek bir seyahate çıkacağınıza işâretle tabir olunur.

• Rûyânızda bir tekkeyi yeniden tamir ettiğinizi *(onardığınızı)* görmek, fakirlere ve yoksullara yardım edeceğiniz, onlara iyilikte bulunacağınız, hizmet edeceğiniz veya Cenâb-ı Allah'a çok ibâdet edeceğinize işâretle tabir edilir.

**TEKME:** Rûyâsında birilerinden tekme yediğini görmek, bir dostunuzun ihanetiyle karşılaşacağınıza ve bundan da büyük bir zarar göreceğinize işârettir.

• Bazen de rûyâsında tekme yediğine görmek, tekme yediği o kimseden kendisine *(tekme yiyene)* bir belâ, bir musîbet bir zarar ulaşır, şeklinde tabir edilir. Onun yüzünden istemediği bir işe girer ve ondan da zarar ve pişmanlık gelir, diye tabir edilir.Kendisinin başkasına tekme attığını görmek, tersiyle yorumlanır. Hayvan tekmesi de musîbetle tabir olunur.

**TEKNE:** Rûyâda hamur teknesi veya banyo teknesi görmek, ömrünüzün ihtiyarlık dönemlerinin rahat ve mes'ûd olacağına işârettir.

• Rûyâda hamur teknesi görmek, bazen de bir düğüne davet edileceğinize işâretle tabir olunur. Hamur teknesinde hamur yoğurduğunuzu görmek, düğün sahibine bir hediye vereceğinize işârettir.

• Rûyâsında boş bir tekne görmek, çaresizliğe ve fakirliğe düşeceğinize işâretle tabir olunur. Rûyâda tekneyi dolu dolu görmek ise, mala veya menfaat göreceğinize işâretle yorumlanır.

**TEKVİR SÛRESİ:** Rûyâda bu sûrenin okunduğunu veya dinlendiğini görmek, iyiye ve hayra yorulmaz. Bu rûyâyı gören kimse, hastalanır, onun hastalığını duyan herkes çok çok üzülür veya komşuları arasında değeri az olur veya hiç kıymeti ve değeri bilinmez, şeklinde tabir olunur.

**TEL:** Rûyâda tel görmek, kuvvetli bir sevgiye delâlet eder. Bakır tel, istenilen şöhretin yakında elde edileceğinin alâmetidir. Altın tel, çok güzel bir hayatın elde edileceğinin işâretidir.

**TELEFON:** Rûyâda telefonla konuşmak, zaman zaman bazı münâsebetsiz kişiler tarafından rahatsızlık olacağına işârettir.

**TELGRAF:** Rûyânızda telgraf aldığınızı görmeniz, dört gözle beklediğiniz havadisin en kısa zamanda geleceğine işârettir.

**TENCERE:** Rûyâda tencere gören kimsenin, resmî makamlarla olan işlerini eninde sonunda iyilikle bitireceğinin işârettir.

• Rûyâsında tencerede et pişirdiğini gören kimse, hükümetten bir yardım göreceğine, bu yardımdan da iyilik ve menfaat elde edeceğine işârettir.

• Rûyâsında tencerede başka bir yemek pişirdiğini görmek, yeni bir işe gireceğine, faydalı bir işe başlayacağına işâretle tabir olunur.

• Rûyâsında tencereyi kaynattığını görse, rûyâyı gören kimse, yeni bir işe girişir veya girişeceğine ve bu işten hayırlı bir netice alacağına ve dileklerinin olacağına, muradına kavuşacağına işârettir.

**TENEKE:** Rûyâda teneke görmek, hayrı dokunmayan fayda ve yararı olmayan bir kazançla tabir olunur. Rûyâda görülen teneke her ne şekilde olursa olsun *(ister dolu, ister boş, ister tabaka, ister levha)*, faydasız, boş boğaz, luzumsuz gevezelik yapmaya işârettir, şeklinde yorumlanır.

• Rûyâsında teneke tabaka veya levha teneke görmek, dostlarınız veya arkadaşlarınız tarafından alaya alınacağınıza ve aşağılanacağınıza işârettir.

**TENEŞİR:** Rûyâsında teneşir *(ölülerin yıkandığı tahta)* görmek, rûyâyı gören kimsenin mal ve değeri, mertebe ve derecenin artacağına işârettir. Rûyâda teneşir tahtası görmek, iyiye ve hayra işâret olarak tabir olunur.

• Rûyânızda teneşir tahtasına yatırılmış olarak sizi yıkadıklarını görmeniz, ömrünüzün uzadığına ve uzun yıllar hayatta kalıp yaşayacağınıza işâret ile, başkasının yıkandığını görmek, biraz hastalanacağınıza işâretle tabir olunur.

**TENİS:** Rûyâsında tenis oynadığını görmek, kibirli bir kimse olduğunuza, başka insanları alaya almaya ve onları küçük görerek dışlamaya ve bu kötü niteliklerinizin yanı sıra din yönünden çok noksanlığınız ve eksikliğiniz olduğuna işâretle tabir edilir.

**TENTE:** Rûyâda tente veya bir tente altında gölgesinde olduğunuzu görmek, koruyucu biri olduğunuza, korkusuzca korunması gerekenleri koruyacağınıza ve bu gibi kimselere yardım edeceğinize işâretle tabir olunur.

**TEPE:** Rûyâda tepe görmek, erkek için ferahlığa, genişliğe ereceğine işârettir. Kadın görürse, bir erkek çocuğu olacağına işârettir.

• Yüksek bir tepeye çıkıp oturduğunu gören, mal mülk sahibi olacağına işârettir.

**TEPSİ:** Rûyâda tepsi görmek, hayatınızda yapmak istediğiniz mühim işlere hemen koyulmanız gerektiğinin işâretidir. Çünkü gelecek sizin için çok verimli olacağına işâretle tabir edilir.

• Rûyâda bir tepsi satın aldığını görmek, bekâr bir kimse için, evleneceğine işâretle tabir olunur.

• Rûyâda tepsi görmek, bazen de bir hizmetçiye, bir hizmetçi alacağınıza işâretle tabir olunur.

**TER:** Rûyâda ter görmek, murada ermek, istek ve dileğine kavuşmağa işâretle tabir olunur. Hasta olan bir kimse, rûyâsında terlediğini görse, o kimse hastalığından şifâ bulur, şeklinde tabir olunur.

• Rûyâsında normal bir şekilde terlediğini gören kimse, istek ve dileğine kavuşur, şeklinde tabir edilir.

• Rûyâda görülen ter, bazı yorumculara göre, mala işârettir. Bunun içindir ki, rûyâsında vucudundan ter aktığını gören kimse, vucudundan akan ter miktarınca malından gider, malını kaybeder, zarar eder, şeklinde tabir olunur. Bazen de rûyâyı gören kimsenin gördüğü ter, karşılaşacağı zorluklara ve zahmetlere işâretle tabir olunur.

**TERÂVİH:** Rûyâsında kendisinin terâvih namazı kıldığını gören kimse, peygamber Efendimizin kendisinden *(rûyâyı gören kimseden)* memnun olduğuna ve dolayısıyla peygamberimizin şefaatine kavuşacağına işâretle tabir olunur.

**TERÂZİ:** Rûyâda terâzi görmek, adâlete işâretle yorumlanır. Rûyâda terâzi görmek, adâlet, eşitlik *(müsâvât)* hâkim, mahkeme başkanı *(reis)*, Kur'ân-ı Kerîm ve mühendisi temsil eder, şeklinde tabir edilir.

• Rûyâsında doğru bir terazi görmek, adâletli hâkime, adalet sahibi bir reise *(başkana)* işârettir.

• Rûyâsında eğri bir terazi görmek, adaletsizlik, hükümet işlerinde ihanet ve hainlik olduğuna işâret olarak yorumlanır.

• Rûyâda terazi görmek, fakir bir kimse için zenginliğe, bol rızka işârettir, şeklinde tabir olunur.

• Rûyâda görülen terazi *(ölçek-ölçü)* görmek, bazen de içinde bulunan, gönlünde olan şeyi veya şeyleri muhafaza ettiğinden dolayı eşe *(zevceye)* işâret olarak tabir olunur.

• Bir kimse rûyâsında elinde terazi bulunduğunu görse, bu rûyâsı o kimsenin dîne uygun, peygamberimizin sünnetine uygun doğru dürüst birkimse olduğuna işâretle tabir olunur.

**TERE:** Rûyâda tere görmek, ***(Nablûsî'ye göre)*** üzüntüye kedere ve sıkıntıya düşmeye veya düşeceğine işâretle yorumlanır.

• Bazı yorumculara göre ise, rûyâsında tere otu yediğini gören kimse, gönül ferahlığına, sevince işâret olarak tabir olunur. Tereotu yemek, helâl rızka, bolluğa işârettir, şeklinde yorumlanmıştır.

**TEREYAĞI:** Rûyâda tereyağı görmek, yaşam şartlarınızın bollaşacağına işârettir.

• Hasta bir kimse, rûyâsında tereyağı yediğini görse, bu gördüğü rûyâsı o hastanın iyileşeceğine, hastalıktan kurtulacağına işâretle tabir olunur.

• Sıkıntı içinde bulunan bir kimse, rûyâsında tereyağı görse, bu kimsenin gördüğü rûyâsı, onun içinde bulunduğu sıkıntıdan kurtulacağına, bolluğa ve refaha ereceğine işâretle tabir olunur.

**TERFİ:** Rûyânızda terfi ettiğinizi *(rütbenizin yükseldiğini)* görmeniz, beklenmedik *(umulmadık)* bazı hadiselerle *(olaylarla)* karşılaşacağınıza işârettir.

**TERHİS:** Rûyâsında askerlikten terhis edildiğini görmek, asker olan bir kimse görürse bu rûyâyı, mutluluğa ve sevineceğine veya sevindirici bir haber alacağına işârettir. Sivil *(asker olmayan)* bir kimse, bu terhis olma rûyâsını görse, bu gördüğü rûyâ onun üzüntü ve kedere düşeceğine işâretle tabir olunur.

**TERLEMEK:** Rûyâsında kendisinin terlediğini gören kimse, üzüntü ve kedere düşeceğine veya hastalığa tutulacağına işârettir.

**TERLİK:** Rûyâda terlik satın aldığını gören kimse, yeni bir işe veya memuriyete gireceğine işâretle tabir olunur.

**TERZİ:** Rûyânızda terzi görmek, mal-mülk sahibi olacağınıza işâretle tabir edilir.

**TESBİH:** Rûyâsında dizilmiş taneler halinde *(tesbih taneleri)* görmek, çekilen tesbihlerden bir tesbih görmesi hayırla ve iyiye yorulan hayırlı bir rûyâ olarak tabir edilir. Rûyâsında tesbihinin ipinin kopması ve tanelerin dağılmasını görmek, üzüntü ve sıkıntıya işâretle tabir olunur.

**TESTERE:** Rûyâda testere gören kimse, bekâr olan için evlenmeye, evli olan için çocuk sahibi olmaya işârettir.

• Rûyâda testere ile bir şeyler kesmek, halledilmesi güç olan işlerin kolayca halledileceğine işârettir.

• Rûyâsında testere görmek, evlad, kardeş veya ortak ile tabir olunur. Yani yardımcılara işârettir.

• Rûyâsında testere ile bir şeyler kasteğini gören kimse, dilek ve muradına kavuşma şeklinde tabir olunur.

• Rûyâsında testere ile odun kestiğini gören kimse, düşmanına veya düşmanlarına gâlib *(üstün)* gelir şeklinde yorumlanır.

**TESTİ:** Rûyâda dolu bir testi görmek, yakın bir zamanda bir kız çocuğunun olacağına işârettir. Testi zevce ve hizmetçiye işâretle de tabir edilmiştir.

**TEVBE SÛRESİ:** Rûyâsında bu sûreyi okuduğunu veya dinlediğini gören kimse, salih *(iyi ve dürüst)* kimseleri sevmeye ve dini yaşantısını düzeltmeye ve fitneden uzak kalmaya çalışması gerektiğine işârettir.

**TEYZE:** Rûyâsında teyzesini ***(anasının kızkardeşini)*** görmek, herhangi bir şekilde olursa olsun, kaybolmuş paranızı bulacağınıza işâretle tabir olunur.

• Rûyâda teyze görmek, dünya malı elde etmek, murada ermek, şeklinde tabir olunur. Ölmüş olan teyzesini rûyâsında dirilmiş, sağmış gibi görmek, çok çok menfaat bulacağınıza ve çok ilerlemek ve yükselmek ile tabir olunur. Rûyâda teyze görmek, beklemediğiniz yerden mirasa ve paraya kavuşacağınıza işâretle tabir olunur. Teyzeniz sağ ise, mal ve mülke kavuşacağınıza işâret olarak tabir olunur.

**TEZEK:** Rûyâda tezek görmek, mala işâretle yorumlanır. Rûyâsında tezek gören kimsenin bu rûyâsı onun *(rûyâyı görenin)* bol para kazanacağına işâret olarak tabir olunur.

• Rûyâda tezek topladığı gören kimsenin para biriktirdiğine işârettir. Tezek yaktığını gören kimsenin de bol para harcadığını gösteren bir işârettir.

**TEZGAH:** Rûyâda tezgah görmek, hayırlı bir işe işârettir, şeklinde tabir olunur.

• Rûyânızda tezgah görmek, iş arkadaşlarınızla veya ortaklarınızla aranızda bir anlaşmazlık olduğuna işârettir, şeklinde de tabir edilir.

**TIĞ:** Rûyâda tığ görmek, iyi değildir. Rûyâsında tığ gören kimse, bir takım iğneli sözlerle gönül kırar ve sonra bu halinden pişmanlık duyacağına işârettir.

**TIMAR:** Rûyâsında bir atı tımar ettiğini gören kimsenin bu rûyâsı, dostları ve arkadaşları arasında sevilen bir kişi olduğuna işâretle tabir olunur.

**TIMARHANE:** Rûyâsında kendisini tımarhanede *(akıl hastanesinde)* gören kimsenin gördüğü bu rûyâsı, onun *(rûyâyı görenin)* akıllı başlı kimselerle arkadaşlık edeceğine işâretle tabir olunur.

**TIRNAK:** Rûyâda tırnak görmek, kuvvetli bir silah, düşmanı yenmeye, yardım ve menfaat, zinet gibi özelliklere işârettir.

• Rûyâda tırnak gören kimse, düşmanına gâlip *(üstün)* gelir, düşmanını yener, düşmanına karşı zafer kazanır, şeklinde tabir olunur.

• Rûyâsında tırnağının uzadığını, tırnaklarının uzamış olduğunu gören kimsenin bu rûyâsı, bol rızık, rızkının bol olacağına, zenginliğe işâret olarak yorumlanır. Bazen tırnağını uzamış görmek, Peygamberimizin sünnetini terketmeye *(uymamaya)* işâret olarak yorumlanır.

• Rûyâda görülen tırnak kişinin kuvvet ve kudretini, güçlülüğünü ortaya koyan bir işârettir. Bunun için bir kimse tırnaklarının kırılacak kadar uzamış olduğunu görmesi, kuvvet ve kudretinin ve malının, parasının artmasına ve düşmanına karşı kullanacağı silahı ve kendisini düşmanından koruyacak bir silah aletine işâret olarak tabir olunur.

• Rûyâsında tırnağının olmadığını gören kimsenin kuvveti elinden gider, güçsüz, kuvvetsiz kalır veya kalacağına işâretle tabir olunur.

• Rûyâsında tırnaklarını normal bir şekilde kestiğini gören kimsenin bu rûyâsı, onun Peygamberimizin sünnetine uyduğuna, sünnete uygun bir hayat yaşadığına işâret eder, şeklinde tabir olunur.

• Rûyâda görülen tırnak rûyâları tırnağın durumuna göre yorumlanır. Sarı, yeşil ve mavi renklerdeki görülen tırnak, ölüme işârettir. Temiz ve düzgün tırnaklar, iyi temiz helâl mal, idâre etmesini bilmek becermek, iyi ve güzel idâreye işârettir. Tırnakta eksiklik ve noksanlık görmek, mal ve paradan zarar etmek, kuvvetten düşmek, kuvvetin azalması veya yok olması ve zayıf düşmek şeklinde tabir olunur.

• Rûyânızda tırnaklarınızı bakımlı, normal bir şekilde görmek, her konuda moralinizin düzgün ve yerinde olduğuna işâret olarak tabir olunur.

**TİLKİ:** Rûyâda tilki görmek, hîlekâr ve hâinlik yapan bir düşmana işâretle tabir olunur. Rûyâda görülen tilki, yalancı, hîlekâr, kurnazlık yapan bir adamı temsil eder veya fena huylu yaramaz bir kadın, doktor ve zarar gelmek gibi şeylere işârettir.

• Rûyâsında bir tilki ile mücâdele ettiğini görmek, akrabalarından biriyle aralarında düşmanlık meydana gelir veya tilkiyle uğraşmak, hîlekâr biriyle kavga etmeye ve düşman olmaya işâretle tabir edilir.

• Rûyâsında evinde tilki olduğunu gören kimse, çok hîle ve dalavere çeviren bir kadınla evlenir, şeklinde yorumlanır.

• Rûyâsında tilkiyi yakalamak ve tutmak istediğini görmek, bir kadının kendisine sevgi gösterileri yapmasına ve onun kadına sevgi gösterisinde bulunmak ile tabir olunur.

• Rûyâsında tilkiyi kaçırdığını görmek, borç ödeyeceğine işârettir. Rûyâsında tilkinin kendisinden kaçtığını gören kimsein bu rûyâsı, o tilki gibi hilesi ve dalaveresi, aldatıcılığı olan bir borçlusu olduğuna işâretle tabir olunur.

• Rûyâda tilkinin durumunda bir sakinlik ve yumuşaklık görmek, yalancı ve dolandırıcı bir adam hîlesine aldanıp tuzağına düşmekle, tabir olunur.

• Rûyâda tilkinin bağırdığını görmek, yalancı ve dolandırıcı bir adamın hilesine *(tuzağına)* düşmeye veya düşeceğinize işâret le tabir olunur.

• Rûyâsında tilki eti yediğini görmek, o kimsenin *(rûyâyı görenin)* birilerinden az bir menfaat göreceğine işâretle tabir olunur.

• Rûyâsında tilkiyi sevdiğini veya okşadığını gören kimse, hasta olur veya soğuk algınlığına yakalanır da hasta olur, şeklinde tabir olunur.

• Rûyâsında bir tilki aldığını gören kimsenin bu rûyâsı, kendisine bir borçlusu veya bir düşmanı gelir veya geleceğine işâretle tabir olunur. Rûyâsında tilkiyi öldürdüğünü görse, borcundan kurtulur veya kurtulacağına işâretle tabir olunur.

• Rûyâsında tilki ile oynadığını gören kimsenin bu gördüğü rûyâsı, seveceği bir kadınla evlenir, her ikisi de birbirlerini sever ve Allah her ikisininde sevincini arttırır, şeklinde tabir olunur.

**TİMSAH:** Rûyâda timsah görmek, hayırla tabir edilmez. Genellikle timsah, düşmanlık simgesidir.

**TÎN SÛRESİ:** Rûyâsında bu sûreyi okuyan veya dinleyen kimsenin rızkı bol olur, yaptığı işler beğeni görür, kısmeti bol, ömrü uzun olur, dünya ve âhiret ile ilgili dilek ve murâdı gerçekleşir, şeklinde tabir olunur.

**TİRİT:** Rûyâda tirit görmek, hayat-yaşam ve geçim, sanat ve rızık, kısmet gibi şeylere işâret eder, şeklinde tabir olunur.

• Rûyâsında bir tabak dolusu tirit görmek, dünya geçiminin geniş ve dünyalığının *(zenginliğinin)* çokluğuna işâret şeklinde tabir olunur.

**TİYATRO:** Rûyâda tiyatro görmek, parlak ve görkemli görünüş ve davranışlardan korunmaya, aksi halde hayal kırıklığına uğrayıp aldatılmak durumunda kalınacağına işâret olarak yorumlanır.

**TOHUM:** Rûyâda tohum görmek, genellikle evlâda *(çocuklara)*, rızka ***(hayatta yaşamak için maişet geçimine)*** ve şifâ bulmaya, sağlık ve sıhhatte olmaya işâretle tabir olunur.

• Rûyâsında tarlasına tohum ektiğini gören kimse, bekâr ise, evlenir veya evleneceğine işârettir; evli bir kimse bu rûyâyı görürse, bir çocuğu olur veya olacağına işârettir veya çok mal ve para sahibi olur veya olacağına işâretle tabir olunur.

• Hububat tohumlarının kendisine ve durumuna göre yorumlar vardır. Rûyâsında tohumu havanda dövdüğünü gören kimse, evlenir veya evleneceğine işârettir. Rûyâsında yanmış bir tohum görmek, işlerinde durgunluk ve işlerin bozukluğuna veya kıtlığa işâretle tabir olunur.

• Rûyâsında tohum saçtığını görmek, ticaretten kâr etmeye işârettir. Bazen de bozgunculuğa sebeb olacağına işârettir. Rûyâsında karışık tohum görmek, bir sürü karışık sözlerle karşılaşmaya işârettir.

• Rûyâsında kurtlanmış tohum görmek, hileli mal, bozgunculuk yapmak, fena bir yoldan ticaret yapmak, haram para kazanmaya işârettir.

• Rûyâda keten tohumu görmek, bazen mal kazanmaya, bazen de kedere ve sıkıntıya işârettir, şeklinde tabir olunur.

• Rûyâda haşhaş tohumu görmekte keder ve mal ile yorumlanır. Yani bazen kedere düşüleceğine bazen de mal ve para kazanılacağına ve mal para geleceğine işâretle tabir olunur.

• Rûyâda pamuk tohumu görmek, zorluk çekerek ve zahmet çekerek kazanılan veya kazanılacak mala işârettir.

• Rûyâda çiçek tohumu görmek, önce kedere ve düşmanlığa işâret, sonra da sevince işârettir, şeklinde tabir olunur.

• Bazı yorumculara göre de çiçek tohumu veya soğanlarını rûyâda diktiğini veya aldığını görmek, gençler için dilek ve muradlarına ermekle, yaşlı erkekler için. beklemedikleri bir yerden iyilik göreceklerine, yaşlı kadınlar için *(rûyâyı yaşlı kadın görürse)* haklarında ve arkalarında birçok dedikodu yapılacağına işâretle tabir olunur, şeklinde yorumlanır.

**TOKA:** Rûyânızda toka görmek, bir kimseden emânet bir şey alacağınıza işâretle tabir olunur.

• Bazen de rûyâda toka görmek, sizin hakkınızda bir dedikodu yapılacağına ve bundan dolayı çok üzüleceğinize işâret olarak tabir edilir.

**TOKAT:** Rûyânızda bir kimseyi tokatladığınızı veya birinin size tokat attığını görmeniz, bir dostunuzu veya bir arkadaşınızı kaybedeceğinize ve bu yüzden çok üzüleceğinize ve bu arada maddi zararlarınız da olacağına işâret olarak tabir olunur. Rûyâda tokat *(şamar)* attığını görmek, bir menfaat elde edeceğinize ve aynı zamanda gafletten uyanmaya da işâret olarak yorumlanır.

**TOMURCUK:** Rûyâda herhangi bir çiçek veya ağaç tomurcuğu görmek, bol bir rızka kavuşacağınıza, hasta olan biri iseniz, hastalıktan kurtulacağınıza işâretle tabir olunur.

• Rûyâda görülen tomurcuk *(henüz açmamış çiçek tomurcuğu)* görmek, bazen de tüm istek ve dileklerinize kavuşacağınıza işâretle tabir olunur.

**TOP:** Rûyâsında top görmek, düşmanlık ve münâkaşa yapmaya işâretle tabir olunur. Rûyâda topla oynadığınızı görmek, düşmanlığa ve münâkaşa yapmaya işâretle tabir olunur.

**TOPAÇ:** Rûyânızda topaç çevirdiğinizi görmek, emriniz altında çalıştırdığınız insanları devamlı sömürdüğünüze ve sömürmeye devam edeceğinize işâret ederek, bu kötü huyunuzu size bildiren bir rûyâdır.

**TOPAL:** Rûyâsında topal bir adam görmek, işinizin ters gideceğine ve iş düzeninizin bozulacağına ve dolayısıyla sıkıntıya düşeceğinize işâretle tabir olunur. Rûyâsında kendisinin topalladığını görmek, işinizin ters gideceğine işâretle tabir olunur.

**TOPLANTI:** Rûyânızda kendinizi bir toplantıda bulunuyor görmek, küçük bir rahatsızlık geçireceğinize *(yani hastalanacağınıza)* işârettir.

• Rûyânızda bir toplantıda bulunduğunuzu ve bulunduğunuz toplantıya başkanlık ettiğinizi görmek, itibarınızın artacağına işâretle tabir olunur.

• Rûyâda halkın toplantı yerini, insanların toplandıkları yeri görmek ise, iyidir. Bu rûyâ hayra ve iyiye yorulur.

**TOPLU İĞNE:** Rûyâda toplu iğne görmek, iyiliğe yönelmeye işâretle tabir olunur. Rûyâda toplu iğne görmek, bazen de üzücü bir olaya işârettir.

• Rûyâda toplu iğne görmek, her şeyi sakin arkadaşca, dostca çözmeye işârettir, şeklinde yorumlanırken, münakaşa ile işlerin çözümlenemiyeceğine de işâret oluyor diye yorumlanır.

• Rûyâsında yanında çokca toplu iğne olduğunu veya çokca toplu iğne satın aldığını görmek, hayra işâret ve iyiye yorulur.

**TOPRAK:** Rûyâda toprak görmek, mala işâretle tabir olunur. Toprak, insanın ömrü ve hayatıdır. Rûyâda toprak görmek, rızka, ziraâata, açlık ve yardıma işârettir, şeklinde tabir olunur.

• Rûyâsında temiz ve güzel bir toprak üstünde oturduğunu, oturmuş olduğunu görmek, mutluluğa ve yardım edilmeye, yardım göreceğinize işâretle tabir edilir.

• Servet sahibi zengin bir kimse, rûyâsında malının yanında ve malının üzerinde toprak olduğunu görse, bu gördüğü rûyâsı, onun malının helâk olacağına ve yok olacağına işârettir, şeklinde tabir edilir.

• Zengin bir kimse, rûyâsında elinde ve üzerinde toprak olduğunu görüpte bu toprakları sirkeleyip elinden ve üzerinden temizleyerek yere attığını görse, bu gördüğü rûyâsı, onun fakirleşeceğine ve elindeki mallarının, paralarının gideceğine ve yoksul düşeceğine işârettir, şeklinde tabir olunur.

• Rûyâsında toprak düzlediğini görmek, mal mülk almaya, para kazanıp toplamaya işârettir.

• Rûyâda toprak topladığını görmek, rûyâyı gören kimsenin mal biriktireceğine işârettir.

**TOPRAK ÇANAK:** Rûyâda toprak çanak veya toprak kâse görmek, size yardımcı olan hizmetçi bir kıza veya hizmetçi bir delikanlıya *(çocuğa)* işâret olarak tabir olunur.

**TOPRAK KÜREĞİ:** Rûyâda toprak küreği görmek, evde her işe yardımcı olan, her işe yarayan hizmetçiye işârettir. Yardım ve işe yarayan bir duruma işârettir, şeklinde yorumlanır.

**TOP SESİ:** Rûyâda gürleyen bir top sesi duyduğunu görmek, fikir ayrılıklarının ve şiddetli tartışmaların sonucu olarak dargınlığa düşüleceğine işârettir.

**TOPUK:** Rûyâda topuk görmek, kumar oynayan bir çocuğa işâretle yorumlanır. Rûyâda görülen topuk, eş, kumarbaz evlâd, mal ve kuvvet gibi şeylere işâret eder, şeklinde tabir olunur.

• Rûyâsında topuğunun çıktığını görmek, üzüntü ve kedere veya bir zarara işâret olarak tabir olunur. Bazı yorumculara göre, rûyâda topuğunun kırıldığını gören kimsenin bu rûyâsı, rûyâyı gören kimsenin ölümüne işâret olarak tabir edilir. Veya bir gam, keder, musîbet ve bir mihnet, meşakkat isâbet eder, şeklinde yorumlanır. Topuk, insanın malıdır. Bunun için topuğunun olmadığını görmek, o kimsenin malının elinden gideceğine işârettir diye yorumlamışlardır.

**TOPUZ:** Rûyâda topuz görmek, ümidsizlik, şiddet ve sıkıntıya işâret olarak yorumlanır. Rûyâda topuz görmek, bazen de faydasız ve menfaatsız hizmet etmeye işârettir. Bazen de malsız ve eşyasız alacağınız kadına işâretle tabir olunur.

**TORBA:** Rûyâda torba görmek, iyi bir arkadaşa sahib olarak, sakin bir hayat yaşayacağınıza işârettir. Bazı kere de rûyâda görülen torba bir yolculuğa çıkacağınıza veya bir hanıma sahib olacağınıza veya bir hizmetçi alacağınıza işâretle tabir olunur.

**TORİK BALIĞI:** Rûyâda torik balığı görmek, evinizde ve işinizde bolluk ve bereket olacağına, evinizden misafirinizin hiç eksik olmayacağına, sağlık ve sevinç içinde bir sene geçireceğinize işârettir.

**TORNA:** Rûyânızda torna görmek, işlerinizde çalıştırdığınız biri sizin yokluğunuzda kendisine menfaat sağlamak sizi zarara uğrattığına size zarar verdiğine işâret olarak yorumlanır.

**TORUN:** Rûyâsında torununu gören kimse, mal-mülk sahibi olur veya müjdeli bir haber alacağına işâret olarak yorumlanır. Bazı kere de rûyâda torun görmek, uzun ömürlü olacağınıza, çocuklarınızdan hiçbir sıkıntı çekmeyeceğiniz ve mutluluk içinde bir hayat süreceğinize işâretle tabir olunur.

**TOSBAĞA:** Rûyâda tosbağa görmek, hayırlıdır, iyidir. Bu gördüğünüz rûyâ, âbîd, zâhid ve ilim sahibi bir kimseye işârettir. Nasıl ki bu kimselerden hayır görülürse, sizin rûyânızda bunlara benzetiliyor.

**TOSUN:** Rûyânızda tosun görmek, bolluk ve berekete erişeceğinize, değerli dostlar ve arkadaşlar edineceğinize işâret olarak yorumlanır.

**TOZ:** Bir kimse rûyâsında eşyaları üzerinde veya kendi üzerinde toz bulunduğunu görse, bu rûyâ mala işâretle yorumlanır. Çünkü toz topraktan meydana gelir. Toprak da mala işârettir.

• Rûyâsında ellerinde veya elbisesinde bulunan tozları silkelediğini gören kimse, fakirleşir, şeklinde yorumlanır. Bazı yorumcular, bu rûyâyı görenin ömrü uzun olur, şeklinde yorumlamışlardır.

**TÖREN:** Rûyâsında kendisini bir törende gören kimse, çevresini değiştireceğine ve yeni çevresinde yeni arkadaşlar edineceğine ve onlardan faydalanacağına ve her yönüyle seviyesinin yükseleceğine işâretle tabir olunur.

**TRAKTÖR:** Rûyâda traktör görmek, değişik bir durumda yorumlanır. Bir çiftçi, zirââtla uğraşan bir kimse, rûyâsında traktör görse, bu rûyâ, onun için bol ve bereketli mahsul alacağına işâretle tabir olunur. Diğer insanlardan biri, rûyâsında traktör görse, bu rûyâ onlar için dar geçime ve az rızık elde edeceklerine işâretle tabir olunur.

**TRAŞ:** Bir kimse kendi eliyle başını traş ettiğini görse, bu kimsenin gördüğü bu rûyâyı, onun borcunu veya borçlarını ödeceğine veya ödeyebileceğine işâret ile tabir olunur.

• Bazı kere de, rûyânızda traş olduğunuzu görmek, üzüntü ve kederden kurtulucağınıza işâretle tabir olunur.

• Rûyâsında her zamanki alışkanlığı ve âdeti üzere başını traş olmuş görmek, iyiye ve hayra yorumlanır.

**TREN:** Rûyâda tren görmek, yolculuk, seyâhat etmeye, yeni bir fırsatın ele geçmesi, ticaret etmek ve iyiliklere erişmek gibi şeylere işârettir.

• Rûyâda tren görmek, işinizde veya işlerinizde ilerlemek ve yükselmek için, elinize iyi bir fırsatın, yeni bir imkanın elinize geçeceğine işârettir.

• Trende tanıdık birisini görmek, arkadaşlarınızın yardımı ile iyi bir menfaat elde edeceğinize, trende bir çok tanımadık yolcu ile birlikte olduğunu görmek, işlerinizde iyi neticeler alacağınıza ve iyi haberlerle karşılaşacağınıza işâretle tabir olunur.

• Rûyânızda bir trene bindiğinizi görmek, işleriniz için veya işiniz için yolculuk yapacağınıza, bir seyahate çıkacağınıza işârettir. Trende giderken harab olmuş sanki bir harb alanını andıran bir tren görmek, hasta olacağınıza işârettir. Veya bir tren kazası görmek, bir kavgaya şahitlik edeceğinize işârettir.

**TÛBÂ** *(CENNETTE BİR AĞAÇ):* Bir kimse, rûyâsında cennetteki, cennette bulunan Tûbâ ağacını gördüğünü, görüyor olduğunu görse, rûyâyı gören kimse, tüm dilek ve muradına kavuşacağına ve mutlu bir hayata ereceğine ve mutluluk içinde yaşayacağına işâretle tabir olunur.

**TUFAN:** Rûyâsında bir tufan ***(bir su baskını)*** görmek, rûyâyı gören kimse, zengin ise, zarara, para kaybına, fakirleşeceğine işârettir. Rûyâyı gören kimse fakir ise, tersine yorulur. Yani fakirin bu rûyâsı, zengin olacağına, iyi bir kazanç elde edeceğine, hayatını düzene koyacağına, bolluğa kavuşacağına işârettir, şeklinde tabir olunur.

**TUĞLA:** Rûyâda tuğla görmek, doğruluktan ayrılıp yanlış yola sapış ve dostlarının güven ve itimadını kaybedişle tabir edilir.

**TULUM:** Rûyâda tulum görmek, çeşitli şekillerde yorumlanır. Rûyâda tulum görmek, mal konulan bir muhafaza kabına veya ilme işârettir.

• Rûyâda yağ dolu bir tulum görmek, hayırlı ve faydalı bir mal elde edeceğinize veya hayırlı bir mala kavuşacağınıza işâretle tabir olunur.

• Rûyâda bal dolu bir tulum görmek, âlim ve zengin bir adama işâret veya faydalı bir işe sahib olduğunuza veya memurluk elde edeceğinize işârettir.

**TULUMBA:** Rûyâda bir tulumba görmek, yeni bir işe, yeni bir kazanç kaynağı bulduğunuza işârettir. Tulumbadan su çektiğinizi görmek, elde ettiğiniz bu yeni işten fayda ve yarar göreceğinize işâretle tabir olunur.

**TÛR SÛRESİ:** Rûyâsında bu sûreyi okuduğunu veya dinlediğini gören kimse, iyi bir evlilik yapacağına ve mutlu olacağına ve çok çok hayırlı işler yapacağına işâretle tabir olunur.

**TURB:** Rûyâda turb görmek, helâl kazançla yorumlanır. Rûyâda Turb yemek ise sağlık ve sıhhat ile yorumlanır.

**TURŞU:** Rûyâda turşu yemek ve turşu görmek, iyi değildir. Bu görülen rûyâ üzüntü ve sıkıntıya işârettir. Rûyâda görülen turşu rûyâsı müsrifliğe, malını ve parasını israf edeceğine veya verdiği sözlerden döneceğine işâretle tabir olunur.

**TURUNÇ:** Rûyâda turunç görmek, iyiye ve hayra yorulmaz. Turunç görülen rûyâlarının hepsi kötülüğe ve fitneye işâretle yorumlanır. *(Bu tabir Nablûsî'nindir.)*

**TUTKAL:** Rûyâda görülen tutkal, sürüncemede kalan işlerin neticelenmesi ile sevince erilecek ve dostları arasında sözü dinlenecek bir şahsiyet olacağınıza işâret olarak tabir edilir.

**TUZ:** Rûyâda tuz görmek, bol para ile yorumlanır. Bazı yorumculara göre de rûyâda tuz görmek, biraz üzüntüye düşüleceğiyle tabir edilmiştir. Genellikle tuz iyiye ve hayra işârettir.

**TUZAK:** Rûyâda tuzak görmek, pek hayırla yorumlanmaz. Genellikle ortada hile ve aldatmalar olacağına işâret vardır. Dikkatli olmak gerekir.

**TÜCCÂR:** Rûyâda tüccâr *(esnaf)* görmek, umûmiyetle *(genellikle)* hayra yorulur. Fakirlikten kurtulma, ihtiyaçların görülmesi bol para *(rızık)* yüksek rütbe, makam elde etme gibi hayırlı işlerle tabir edilir.

**TÜFEK:** Rûyâda tüfek görmek, iyi ve hayır ile yorumlanmaz. Akraba ve dostlar arasında dargınlık, kırgınlık gibi iyi olmayan şeyler ile yorumlanmıştır.

**TÜL:** Rûyâda tül görmek, pek hayra yorulmaz. Bu rûyâyı gören kimsenin biraz dikkatli davranması gerektiğinin işâretidir.

**TÜLBENT:** Rûyâda tülbent görmek, iyilik ve hayır ile yorumlanır. Tülbent, iyilik, büyüklük, saygınlık işâretidir.

**TÜNEL:** Rûyâda tünel görmek, pek iyiye âlamet değildir. Özellikle dikkat ve temkinli hareket etmeye bir uyarı rûyâsıdır.

**TÜRBE:** Rûyânızda türbe görmek, hayır ile yorumlanır. Kendinizi türbe ziyâretinde görmeniz, işlerinizin iyilikle sonuçlanacağına işârettir. Türbede, Evliyayı dirilmiş görmek, sonsuz hayırlara ereceğinize işârettir.

**TÜTÜN VE DUMAN:** Rûyâda tütün ve duman görmek, iyi değildir. Sıkıntı ve darlığa ve geçim sıkıntısına işâretle tabir olunur. Bu rûyâlar, kıtlık, pahallılık veya azaba düşmek gibi şeylere işâret olarak tabir edilir.

# U

**UCUZ VE UCUZLUK:** Rûyâda görülen ucuz ve ucuzluk pek iyiye yorulmaz. Rûyâsında ucuz bir şey alıp sattığını gören kimsenin bu rûyâsı kendisinin yaptığı işlerin doğru olmadığına ve sonunda pişmanlık duyacağına işâret olarak tabir olunur.

• Bazı yorumculara göre, sıkıntı ve darda olan bir kimse, rûyâsında ucuzluk görse, bu rûyâsı, onun sıkıntı ve darlıktan kurtulacağına ve borcunu ödeceğine işâret olarak tabir olunur. Bolluk ve refah içinde olan bir kimsenin rûyâsında, ucuzluk görmesi ise, sıkıntı ve darlığa düşeceğine işâretle tabir olunur.

**UÇAK:** Rûyâda uçak görmek, yükselmeye, terfi etmeye, mevkî ve makamının yükseleceğine işârettir şeklinde tabir olunur.

• Rûyâsında bir uçağın düştüğünü veya parçalandığını gören kimse, bir belâ veya bir musîbete düşer, şeklinde tabir olunur.

• Rûyâsında bir uçak yaptığını veya bir uçak satın aldığını görmek, işlerinizde başarılı olacağınıza işâretle tabir olunur. Uçak sattığını gören ise, işlerinde başarılı olamayacağına işârettir.

• Rûyâda uçağa bindiğini görmek, kendisini tehlikeye attığına,uçaktan indiğini görmek, tehlikeden kurtulacağına veya kurtulduğuna, işârettir şeklinde tabir olunur.

**UÇKUR:** Rûyâda uçkur görmek, kadına temsilen tabir olunur.

• Bir kadının rûyâsında uçkur görmesi, kendi erkek kardeşine, beyinin *(kocasının)* akrabasına, dayısına ve amcasına işâretle tabir olunur.

• Hamile olan bir kadın, rûyâsında uçkur görse, bu rûyâsı, onun bir kız çocuğu dünyaya getireceğine işârettir.

• Bir kimse rûyâsında kilotunda uçkur olduğunu görse, bu rûyâsı onun hanımı hamile ise, bir erkek çocuğu dünyaya getireceğine işâretle tabir olunur.

• Rûyâsında kilotuna bir uçkur geçirdiğini gören kimsenin bir kız çocuğu dünyaya geleceğine işâretle tabir olunur. ***(Bu yorumlar Nablusî'ye göredir.)***

**UÇMAK:** Rûyâda hapiste bulunan kimse uçtuğunu görse, hapisten çıkacağına işârettir.

• Rûyâda bir kimse kanatsız uçtuğunu görse, yerini ve evini değiştireceğine işârettir.

• Rûyâda gurbetteki kimse uçtuğunu görse, memleketine döneceğine işâretle yorumlanır.

• Rûyâda bir evden bir eve uçtuğunu görmek, evini değiştireceğine veya ecelinin yaklaştığına işâretle tabir edilir.

• Rûyâda yerden göğe doğru uçtuğunu görmek, hacca gideceğine işâretle yorumlanır.

• Rûyâda bir öğrenci uçtuğunu görse, derslerini başarıyla neticelendireceğine işârettir.

**UÇURTMA:** Rûyâda uçurtma görmek, değer ve şerif sahibi olacağına işârettir. Bazen de muradına eremeyeceğine işârettir, şeklinde tabir olunur.

• Rûyâda uçurtma ile oynadığını gören kimsenin boş şeylerle uğraştığına işârettir. Uçurtma bazen de sihir ve büyüye işârettir.

• Rûyâda evinin üzerine uçurtma düştüğünü gören kimsenin evine sihir yapılacağının işâretidir.

**UÇURUM:** Rûyâda uçurum görmek, felâket ve belaya işâret ile tabir edilir.

**UD:** Rûyâda ud görmek, hastalıktan ve sıkıntıdan kurtulmaya işârettir.

• Rûyâda bekâr bir erkeğin ud görmesi, evleneceğine, evli bir erkeğin ise çocuğu olacağına işârettir.

**UFUK:** Rûyâda ufuk görmek, sıkıntıdan kurtulmaya işârettir.

• Rûyâda ufkun karardığını görmek, gelecek günlerde bir hadîseyle *(olayla)* karşılaşacağına işârettir.

**UMRE YAPMAK:** Rûyâsında umre yaptığını ***(Mekkeye gidip Kâbeyi ziyâret ettiğini)*** görmek, ömrünün kısaldığına işâretle yorumlanır. Bazen de umre yapmak, zenginliğe, mal çokluğuna ve ömrünün uzamasına işâretle tabir olunur.

• Rûyâsında Umre yaptığını gören kimsenin, ömrünün uzun ve amelleri Allah katında makbul olur, şeklinde tabir edilmiştir.

**UN:** Rûyâda un görmek, helâl rızık ve ticârette başarıya işâretle yorumlanır.

• Rûyâda arpa unu görmek, dinde doğruluk üzere olunduğuna işârettir, şeklinde tabir olunur.

• Rûyâda buğday unu görmek, kolayca kazanılan zenginlik ve helâl rızkın işâretle yorumlanır.

• Rûyâda uncuyu görmek, darlık ve sıkıntıdan kurtulup ferah ve bolluğa ermeye işârettir. Aynı zamanda rızkın kolay elde edilmesi ve hazır rızk elde etmeye de işâretle yorumlanır.

**UR:** Rûyâsında bir yerinde ur çıktığını görmek, zenğinliğe ve murada ermeye işârettir.

• Rûyâsında bütün vücudunun şiştiğini *(ur)* görse, o kimsenin malının artacağına ve meramının *(dileğinin)* yerine geleceğine işârettir.

**URGAN:** Rûyâda urgan görmek, rûyâyı görenin zengin olacağına ve aynı zamanda korkak bir kimse olacağına da işârettir.

• Bazı tabirciler ise urgan görmek, yolculuğa *(seyahate)* işâret ve hayatta mühim değişiklik ile tabir edilir demişlerdir.

**USKUMRU BALIĞI** : Rûyâsında uskumru balığı gören kimsenin bu rûyâsı, sıkıntılı bir durumda iken, önem vermediği bir dostundan gelen yardım parasını oldukça işine yarayacağına ve tüm sıkıntılarının gideceğine işâretle tabir olunur.

**USTA:** Rûyâda hangi meslekten olursa olsun "usta" görmek ve usta ile konuşmak, müşkül *(çıkmaz)* bir işin, zor bir davanın kolaylıkla halledileceğine *(çözüleceğine)* işârettir.

**USTURA:** Rûyâda ustura görmek, erkek evlâd ile *(erkek evlâda)* işâret eden bir rûyâ olarak yorumlanır.

• Bir kadın rûyâsında ustura görse, bu onun için bir söze işârettir, şeklinde tabir olunur.

**UYKU:** Rûyâda uyumak ile ilgili görülen rûyâlar, kişiye göre yorumlanır. Bazılarına göre rûyâsında uyku uyuduğunu görmek, iyidir ve hayra yorulur. Bazılarına göre ise iyi değildir, şerre ve gaflete işâret olarak yorumlanır. Aslında rûyâda uyumak ve uyuduğunu görmek, gaflete işârettir. Rûyâda uyuduğunu görmek, bazen rahatlığa işârettir. Çünkü uyku bir dinlenme sebebidir.

• Hayatından korkan bir kimse rûyâsında kendisini uyuyor, uyuduğunu görse, bu rûyâ onun için korktuğundan emin ve emniyette olacağına işârettir.

• Rûyâda uyuduğunu görmek, gaflete işârettir. Çünkü uyku insanı bütün işlerinden alıkoyar gaflette olmakta insanı uyku gibi işlerinden geri bırakır. Onun için uyku gaflete işâretle tabir edilir.

• Bir kimse arkası üzere uyuduğunu görse, bu rûyâsı onun dünyâda nâil olacağı kuvvet ve kudrete işârettir. Uyku, üzüntü ve kederin gitmesine de işârettir.

• Bir kimse rûyâda uyuduğunu veya uyumak istediğini görse, bu rûyâsı onun tembilliğine ve işsizliğine işâretle tabir olunur.

**UYUZ:** Rûyâda uyuz görmek, zengin olmaya ve faydalı şeylere sahib olmaya işârettir

• Rûyâda uyuz olup sonra kurtulduğunu görmek, sıkıntı ve kederden kurtulmaya işârettir.

**UZUV:** Rûyâda bir uzvunun yaralı ve kesik olduğunu görmek, yakın akrabalarından birinin hastalanacağıyla yorumlanır.

# Ü

**ÜCRET:** Rûyâda ücret *(yevmiye)* ödediğinizi görmek, iyiliğe ve hayırlı bir harekete işârettir.

• Rûyâda ücret alıyorsanız, birilerinin emri altına gireceğinize işâretle yorumlanır.

• Rûyâda ücret görmek, üzüntü ve kedere, yaramazlığa ve başkalarının elinde bulunan şeylere tamah etmeye işârettir ki uğursuzluktur.

**ÜÇGEN:** Rûyâda üçgen şekli görmek, özel ve mesleki işlerinizde dikkatli olmanız gerektiğine ihtar *(uyarı)* işâreti demektir diye yorumlanır.

**ÜFLEMEK:** Rûyâda ateşe üflemek, fitne gören kimse, *(kargaşa-karışıklık)* ve fesat çıkarmaya işârettir.

• Rûyâda yere üflemek, gizli şeyleri öğrenmeye ve bu sır olan şeyleri öğrenip sır saklayamayacak kimselere söyleyecek anlamına işâretle yorumlanır.

**ÜFÜRÜKÇÜ:** Rûyâda üfürükçü *(büyücü)* görmek, utanılacak bir işe düşüleceğine işârettir.

• Rûyâda kendinize üfürük *(muska)* yapıldığını görmek, üzüleceğinize ve paranızın ve canınızın tehlikeye düşeceği ile yorumlanır ki, dikkatli olmanız gerekir, şeklinde bir uyarı rûyâsıdır.

**ÜLKER YILDIZI:** Meslek sahibi *(san'atkâr)* olan bir kimse, rûyâsında ülker yıldızı görse, bu onun mesleğinde meşhur ve değerli bir kimse olacağına işârettir.

• Rûyâda ülker yıldızının yere düştüğünü görmek ise, o sene koyun-keçi ve sığır gibi hayvanların helâk ve telef olacağına ve meyvelerin az olacağına işârettir.

**ÜNİFORMA:** Üniformalarla ilgili görüler rûyâlar, mutluluk, devlet ve saâdete, şöhret ve kredi-haysiyete işâret eden yorumlardır.

**ÜNİVERSİTE:** Rûyâda üniversite görmek, durumunun düzeleceğine işâret ve devamlı aranılan bir elaman olacağınızla yorumlanır.

**ÜŞÜMEK:** Rûyâda üşüdüğünü görmek, yakınlarından veya dostlarından birini kaybedeceğine ve bu sebebden kederli günler geçireceğine işârettir.

**ÜTÜ:** Rûyâda sıcak ütü görmek, çok zeki olduğunuza işâret olup, zekanıza gereğinden çok güvenip zarar dahi görebileceğinize işâretle tabir edilir.

• Rûyâda terzi ütüsü görmek, iyi ve hayırlı haberlere işârettir, şeklinde tabir olunur.

**ÜVENDİRE:** Rûyânızda üvendire ile bir hayvanı kovaladığınızı ve dürttüğünüzü görmek, iyi ve kârlı bir işe girişileceğine işârettir.

**ÜVEY ANNE:** Rûyâda üvey ana ve üvey baba görmek, can sıkıcı bir haber alınacağına işârettir.

• Rûyâda üvey evlâd görmek, geçici bir işe sahib olmaya ve de haksızlığa uğranılacağına işârettir şeklinde yorumlanır.

**ÜZENGİ:** Rûyâda sadece *(eğersiz)* üzengi görmek, erkek evlâd sahibi olunacağına işârettir.

• Eğer ile görülen üzengi iyi ve hayırlı bir çocuğa sahib olunacağına işâret ile tabir edilir.

• Üzengi genellikle murada erileceğine işâret ile tabir edilir. Emniyet ve saâdet simgesidir.

**ÜZÜM:** Rûyâda üzüm görmek, mevki-makam, mal-mülk ile yorumlanır.

• Rûyâda beyaz üzüm görmek, hastalıktan şifaya işâret ile yorumlanır.

• Rûyâda üzüm satın almak, bir mala sahib olmaya işâret ile tabir edilir.

• Üzüm salkımı görmek, kadın tarafından mala sahib olmaya işârettir.

• Rûyâda kuru üzüm görmek, mal sahibi olmaya işârettir.

• Çok güzel nefis bir üzüm görmek, mala işâretle yorumlanır.

**ÜZÜNTÜ:** Rûyâda üzütülü olmak, rûyâyı görenin günahlarının bağışlanacağına delâlet eder.

# V

**VAAD:** Rûyâda bir yakınınıza söz vermek, bir vaadde bulunmak, herhangi bir nedenle borçlanacağınıza işârettir.

• Rûyâsında vaadini *(verdiği sözü)* yerine getirdiğini görmek ise, rûyâyı gören kimsenin doğruluğunu ve kuvvetli bir iman sahibi iyi bir mümin ve müslüman olduğuna işâretle tabir olunur.

**VAAZ:** Rûyâda kürsiye çıkıp halka vaaz verdiğini görmek, halkın sevgisini ve teveccühünü kazanmaya veya kazanılacağına işâretle tabir olunur.

• Rûyâsında büyük bir meydanda veya hiç kimsenin bulunmadığı bir yerde vaaz verdiğini gören kimse, etrafındaki kimselerin veya adamların hiç birine söz geçiremiyeceğine veya geçiremediğine işâretle tabir olunur.

• Rûyâsında hamamda vaaz verdiğini gören kimse, kötü kimselerle karşılaşır, şeklinde tabir edilir.

• Rûyâda kendisine vaaz *(nasîhat)* edildiğini görmek, bu kimsenin tavır ve hareketlerine dikkat etmesi gerektiğine işârettir.

**VÂDÎ:** Rûyânızda yemyeşil bir vâdide bulunduğunuzu görmek, hayatınızın başarılı olduğuna ve mutlu bir yaşam süreceğinize ve ayrıca çocuklarınız ve torunlarınızın çokluğu size ayrı bir mutluluk vereceğine işâretle tabir olunur.

• Rûyânızda vâdinin yeşillikleri içinde koştuğunuzu görmek ise, mutluluğunuzun hayatınız boyunca bir düzen içinde ömrünüzün sonuna kadar devam edeceğine işâretle tabir olunur.

**VAFTİZ:** Rûyâsında kendisinin vaftiz edildiğini görmek, başınızda bir tehlikenin dolaştığını ve bundan da tesadüfen rast gele, zorla kurtulacağınıza işâret olarak yorumlanır.

• Rûyânızda herhangi bir vaftiz olayı görmek ise, beklenmedik bir felâketle karşılaşacağınıza işârettir.

**VAGON:** Rûyâda kendisini bir vagon içinde gidiyor görmek, geleceğinizin iyiye gideceğine işârettir.

• Rûyâda vagon görmek, bazen de seyahate çıkacağınıza veya bir dostunuzla karşılaşıp birbirinize kavuşacağınıza işâretle tabir olunur.

• Rûyâda görülen vagon, zenginlik, zorluk ve zahmet, sıkıntı ile tabir olunur.

• Rûyâda kendini bir vagon içinde gidiyor olduğunu gören kimse, o yılını çok mutlu geçireceğine işâretle tabir olunur.

• Rûyâsında yüklü bir vagon görmek, işinde kolaylıklar olacağına ve bol kâr ve kazanç elde edeceğine işâretle tabir olunur.

• Rûyâsında kömür yüklü vagonlar gören kimsenin bol kazanç ve zenginliğe kavuşacağına işâretle tabir olunur.

• Rûyâsında boş bir vagon gören kimse, zorluk ve zahmet çekerek para kazanacağına veya az bir rızık elde edebileceğine işâretle tabir olunur.

• Rûyâsında bir çok çeşitli eşya ile dolu bir vagon görmek, birbirini takip eden zorluklar ve meşakkatler, sıkıntı ve güçlüklere işâret olarak tabir olunur.

**VAHA:** Rûyânızda çöl ortasında bir vaha görmek, sıkıntılı günlerinizin sona ereceğine ve ferahlı günlerin başlayacağına, başarılı günlerinizin geldiğine ve dertlerinizden, sıkıntılarınızdan kurtulacağınıza işârettir.

**VAHİY:** Rûyânızda kendinize vahiy geldiğini görmek, iyi ve hayırlı bir haber alacağınıza, Allah'ın affü mağfiretine kavuşacağınıza işâretle tabir olunur.

**VAHŞİ:** Rûyâda vahşet vahşi hayvan veya insan görmek, iftiraya uğramak ve düşmanların çoğalmasıyla yorumlanır.

• Rûyânızda vahşi hayvanattan, arslan, kaplan, ayı ve saire gibi yırtıcı hayvan görmek, çevrenizde düşmanlarınızın bulunduğuna, dört bir yanınızın düşmanlarınızla çevrili bulunduğuna ve bunlardan çekinmeniz ve sakınıp korunmanız gerektiğine işâretle tabir olunur.

• Rûyâda vahşi hayvanlardan bir hayvanı olduğunu gören kimse, yaramaz ve hayırsız adamlarla dost olacağınına işâretle tabir olunur.

• Rûyâsında vahşi bir hayvana binip istediği gibi idare ettiğini görmek, günahlardan kurtulacağına ve temiz bir hayata ereceğine işâretle tabir edilir.

**VÂİZ:** Rûyâda vaiz *(öğüd veren, nasihat eden birini)* görmek, değişik yorumlarla tabir olunur.

• Bazen vâiz görmek, ağlamaya ve birbirini takip eden üzüntü ve kederli bir kimseyi temsil eder, ağlayan, mahzun olan bir kimse, kederli ve sıkıntılı kimseye işâret şeklinde tabir olunur.

• Rûyâda bir hastanın yanına vâizin geldiğini görmek, o hastanın ölümüne *(bu hastanın öleceğine)* işâretle tabir olunur.

• Bazen de rûyâda vâiz görmek, her konuda size bir öğüd ve nasihatte bulunan ve doğru yolu gösteren bir büyüğünüzün bulunduğuna bu sebeble sizin de başarılı olacağınıza işâretle tabir olunur.

**VÂKIA SÛRESİ:** Rûyâsında Vâkıa Sûresini okuyan ve okuyanı dinlediğini gören kimse, dünyâda yoksulluk ve fakirlik yüzü görmeyeceğine işâret ile, âhireti de her yönüyle güzel ve rahat olacağına ve Allah'ın izn-i lütfuyla cennete gireceğine ve dünyâda korkusuz bir hayat süreceğine işâretle tabir olunur.

**VAKIF:** Rûyâsında bir şeyini vakfettiğini veya bir vakıf kurduğunu gören kimse, dünya ve âhirette Allah'ın rızâsını kazandığına veya kazanacağına işâret ile ve aynı zamanda dünya işlerinin de yolunca düzgün ve mükemmel gideceğine işâretle yorumlanır.

**VÂLİ:** Rûyâda vâli görmek, iyiye yorulmaz. Genellikle günaha dalmak, oyun ve eğlenceye düşmeye işârettir, şeklinde yorumlanır.

**VALS:** Rûyâda vals yaptığını görmek, önce biraz neş'e ve eğlence ile, fakat sonunda bir hiç yüzünden üzüntü ve kedere düşeceğinize işâretle tabir olunur.

**VAMPİR:** Rûyâsında vampir gören bir kimse, bir dostu veya arkadaşı tarafından aldatılacağına, onunla arkadaşlığını sıkı sıkıya iç içe sürdürdüğü ölçüde başına büyük tehlikeli işler açabileceğine işâret olarak tabir olunur.

**VAPUR:** Yorumu için gemi kelimesi bakınız.

**VARDIYA:** Rûyâda vardiyeli bir yerde çalışıp da vardıya değiştiriğini görmek, evinizde bazı değişikliklerin olacağına işâretle tabir olunur.

• Bazen de bir haber alacağınıza, bu haberden hem sevinip hem de üzüleceğinize de işâretle tabir edilir.

**VARGEL:** Rûyânızda fabrikada vargeller görmek, bu günlerde çok iyi ve gelirli bir işe niyetli olduğunuza ve bu konuda iyi bir teklif alacağınıza da işârettir.

**VARİL:** Rûyâda varil veya varile benzer bir şey görmek veya imal ettiğini görmek, bolluğa, bol bir rızık elde etmeye ve ucuzluğa işâretle tabir olunur.

**VARİS:** Rûyâda ayaklarında varis olduğunu ve rahatsızlık çektiğini gören kimse, işlerinde daha çok ayakta durması gerektiğine işâret ile yorumlanır.

• Rûyâsında başka birilerinde varis olduğunu görmek ise yoğun çalışma temposundan halsiz düşerek, rahatsız *(hasta)* olacağınıza, bu yüzden rızkınızın ve gelirinizin azalacağına da işâretle tabir olunur.

**VÂSÎ:** Rûyâsında vâsî tayin edildiğini gören kimsenin bu rûyâsı beş şekilde tabir olunur:

1. Haber verilen şeyin doğru olmasına,
2. Ona bir işin havale edilmesine veya edileceğine,
3. O kimsenin şanının yüce olacağına,

4. Çok fazlaca bir bilgiye sahib olduğuna,
5. Allah'ın koruması ve himayesi altında bu lunduğuna, işâret olarak yorumlanır.

• Rûyânızda bir çocuğa vâsî olduğunuzu görmek, önünüzdeki günlerde *(gelecek günlerinizde)* bol servet ve mala kavuşacağınızla tabir olunur.

**VASİYETNÂME:** Rûyânızda vasiyetnâmenizi yazdığınızı veya bir yakınınıza vasiyette bulunduğunuzu görmek, daha bir çok seneler uzun ve neş'eli, sağlık ve âfiyet içinde mutlu bir hayat yaşayacağınıza, rahat ve güzel bir ölümle öleceğinize işâretle tabir edilir.

**VAZO:** Rûyâda içi çiçek dolu vazo görmek, sevdiğiniz bir kimseden sevinç haberi alacağınıza işârettir.

• Bazen de, rûyâda vazo görmek, hırçın ve huysuz bir kadına işâret eder, şeklinde tabir olunur.

• Rûyâda vazo görmek, bazen de bir dostunuzdan veya yakınlarınızdan birinden gönül alıcı güzel bir hediye alacağınıza işârettir.

**VEBA:** Veba ile ilgili görülen rûyâlar iyiye yorulmaz. Sıkıntı gibi ezâ-cefâ gibi hoş olmayan şeyler bu cümlendir.

**VEDALAŞMAK:** Rûyâda görülen vedalaşmak ile ilgili rûyâlar, iyi değildir. Bu rûyâlar hayra ve iyiye yorumlanmaz.

• Rûyâsında bir yere gitmek üzere yakınlarıyla vedâlaştığını görmek, işinizi kaybedeceğinize, rütbenizin alınacağına, işinizden ayrılacağınıza, hastanızın öleceğine ve eşinizi boşayacağınıza, bir yerden başka bir yere geçeceğinize ve daha bir çok felâket haberlerine işâretle tabir olunur.

• Rûyâsında eşiyle vedâlaştığını gören kimse, eşinden ayrılır *(boşanır)* şeklinde rûyâsı tabir olunur.

• Bazen de vedâlaşmak, sevgi ve dostluğa, bazende vedâlaşmak, hastanın iyileşmesine, boşadığı hanımını yeniden evlenmeye işâretle tabir olunur.

**VEK ÂLET:** Rûyâda kendisine vekâlet verildiğini gören kimse, bir takım günahları yüklenmiş olacağına işârettir.Vekâlet zenginliğe ve başkasının malik olacağı ve onun mülküne ilâve olunacak şeye nezaret etmeye, eğer vekil bırakılan kimse hasta ise, öleceğine, sağlam ise hastalanacağına işâretle tabir olunur.

**VEKİL:** Rûyânızda bir işiniz için bir kimseyi vekil ettiğinizi görmek, dünya işlerinizin düzgünlüğüne ve yolunda gittiğine işârettir.

**VELÎ** *(ERMİŞ):* Rûyâda Allah'ın sevgili *(ermiş)* velî kullarından birini görmek, din yönünden aydınlatılmanız gerektiğine ve tevbe, istiğfar etmeniz gerektiğine işâret ile tabir olunur. Bir ikaz, uyarı niteliğinde bir rûyâdır.

**VEREM:** Verem ile ilgili görülen rûyâlar genellikle iyiye ve hayra yorulmaz. Bu rûyâlar gönül darlığına iç sıkıntısına ve kötü haberlere işâret olarak yorumlanır.

**VERESİYE:** Rûyânızda veresiye alış-veriş yaptığınızı *(mal aldığınızı)* görmek, israf ettiğinize ve sıkıntıya düşeceğinize işâretle tabir olunur.

• Rûyâda veresiye mal aldığınızı görmek, lüzumsuz ve gereksiz yere paralar harcayarak israf etmeniz sebebiyle hayatta hiç bir zaman sıkıntıdan kurtulamayacağınıza ve başarıya da ulaşamıyacağınıza, bu yüzden sıkıntı ve darlık çekeceğinize işârettir.

**VERGİ:** Rûyânızda vergi ödediğinizi veya vergi ihbarnâmesi aldığınızı görmek, son zamanlardaki sıkıntılarınızdan kurtulup feraha çıkacağınıza veya sıkıntılı, üzücü bir haber alacağınıza işârettir.

**VERNİK:** Rûyâda vernikle bir yeri parlattığınızı görmek, kendinizi süsleyerek olduğunuzdan daha iyi göstermeye çalıştığınıza işâretle tabir olunur.

**VESİKA:** Rûyânızda gördüğünüz herhangi bir vesika *(belge)*, alacağınız bir borçlanma haberi ile rahatınızın kaçacağına fakat kısa bir zaman sonunda tekrar feraha kavuşacağınıza işâretle tabir olunur.

**VEZNE:** Rûyâsında vezne veya veznedar görmek, ömrünüzün bolluk ve zenginlik içinde, rahatlık içinde geçeceğine işâretle tabir olunur.

• Rûyâda vezneye para yatırdığınızı veya vezneden para aldığınızı *(çektiğinizi)* görmek, hayatınızın bolluk içinde devâm edeceğine ve işlerinizin düzenli bir şekilde süreceğine işâretle tabir olunur.

**VİLLA:** Rûyâda villa görmek, çok arzulanan bir seyâhatin gerçekleşeceğine işârettir.

**VİNÇ:** Rûyâda vinç görmek, işlerinizin düzeleceğine, şimdiki durumunuzdan gelecekteki durumunuzun daha iyi olacağına işâretle yorumlanır.

**VİRÂNE:** Rûyâda virâne olmuş, yıkılmış bir yer görmek, ölüm veya perişanlık ile yorumlanır.

**VİŞNE:** Rûyâda tatlı vişne yemek helal mal sahibi olmaya işâretle, ekşi vişne yemek ise, haram mala sahib olmaya işâretle tabir edilir.

**VİTRİN:** Rûyâda vitrin görmek, rûyâyı gören kimsenin lûzumsuz yere gösteriş budalası olup sonunda gülünç bir hale düşeceğinin işâreti olarak yorumlanır.

**VİZE:** Rûyâda pasaportuna vize yaptırdığını görmek, yakın bir dostunun yardımıyla bütün sıkıntılardan kurtulacağının işâreti olarak tabir edilir.

**VİZİTE:** Rûyânızda viziteye çıktığınızı görmek, işinizde ve mesleğinizde büyük bir başarı kazanacağınıza işâretle tabir olunur. Bazan da yeni bir işe veya yeni bir vazifeye başlayacağınıza işârettir.

**VOLEYBOL:** Rûyâda voleybol oynadığını görmek, mes'ud ve neşeli günler geçirileceğine işârettir.

**VOLTMETRE:** Rûyâda voltmetre görmek, çok zamandır birikmiş olan işlerinizi kolaylıkla halledeceğinize veya bekâr iseniz evlenme işlerinizi mutlu bir sonuca vardırarak neticelendireceğinize işâretle tabir olunur.

**VOTKA:** Rûyâda votka içtiğinizi görmek, düşüncesiz ve dengesizce davranmanızın sonucu, işlerinizin her cihetinde büyük gerilemeler yüz göstereceğine ve bu yüzden büyük zararlar göreceğinize işâretle tabir olunur.

**VURGUN:** Rûyâda bir işte vurgun yapıp *(vurup)* çok para kazandığını görmek, hırs ve tamah yüzünden büyük bir maddi zarar göreceğinize işâretle tabir olunur.

# Y

**YABA:** Rûyânızda yaba görmeniz, sıkıntı ve zahmet çekeceğinize işâret olarak yorumlanır.

**YABAN ADAMI:** Rûyâsında tanımadığı yabanî bir adam görmek, size zarar verecek bazı dalaverecilerle karşılaşacağınıza ve onlarla işbirliği yapmanızı isteyeceklerine, bunu kabül ettiğiniz taktirde size büyük zarar vereceklerine ve saygınlığınızı kaybedeceğinize işâretle tabir olunur.

**YABANCI:** Rûyânızda yabancı, tanımadığınız bir adam görmek, korkulu, heyecanlı bir tehlikeye ve zarar göreceğinize yorulur.

• Rûyânızda yabancı bir adamla karşılaşmak veya tanışıp arkadaş olduğunuzu görmek, önümüzdeki günlerde yeni bir işe teşebbüs edeceğinize ve beklemediğiniz sevindirici bir haber alacağınıza işâret olarak tabir olunur.

**YABANCI DİL:** Rûyâsında yabancı bir dili güzel ve eksiksiz tam olarak konuştuğunu gören kimse, benzersiz bir değere, şeref ve mal-mülke kavuşur şeklinde tabir olunur. Rûyâyı gören kimse ticâret yapan biri ise, bulunduğu yerde meşhur olup isim yapar, şeklinde yorumlanır. Eğer san'atkâr, san'at sahibi biri *(sanatçı)* ise,yine şöhret sahibi *(ünlü, meşhur)* biri olur, şeklinde tabir olunur.

• Rûyâsında bütün dilleri konuştuğunu gören kimse ise, dünyaca meşhur olur ve bütün işlerde söz sahibi olup güçlü bir kimse olacağına işârettir.

**YABANCI İHTİYAR:** Rûyâsında yabancı bir ihtiyar adam görmek, bu görülen ihtiyar bilinmeyen adam, güçlü, kuvvetli biri ise, rûyâyı görenin de güç ve kuvvetine işâretle tabir olunur.

• Rûyâsında tanımadığı ihtiyar *(yaşlı)* bir adamın yukarıdan aşağıya doğru kendisine *(rûyâyı gören kimseye)* baktığını gören kimsenin rûyâyı görenin hayırlı işler yapmaya gücünün yeteceğine işârettir.

• Rûyâsında tanımadığı bu ihtiyar (yaşlı) adama uyup da arkasından gittiğini gören kimse, hayra ve iyiye uyacağına ve bol rızka kavuşup zengin olacağına işâretle tabir olunur.

**YABAN GÜLÜ:** Rûyânızda yaban gülü görmek ve koklamak, bu rûyâ sizin sevdiklerinizle aranızın açılacağına işâret olarak tabir olunur.

• Bazen de rûyâda yaban gülü görüp kokladığını gören kimsenin geleceğinin parlak ve mutlu günleri olacağına yeni arkadaşlar edineceğine ve bol rızıkla zengin ve bereketli günlere kavuşacağına işârettir şeklinde tabir olunur.

**YABAN GÜVERCİNİ:** Rûyâda yabanî güvercin görmek, yalancı, çok yalan söyleyen bir çocuğa temsilen tabir edilir.

• Bazı yorumcular, rûyâda yaban güvercini görmek, herkes ile anlaşamayan, uyumsuz, yalan söyleyen, gönül kıran, kötü sözlü ve dinide eksik, din yönü noksan bir kadına temsilen tabir edilmiştir, dediler.

• Bazen de rûyâ yaban güvercini görmek, ev sahibesi veya insaflı iyi bir hanıma işârettir, şeklinde tabir olunmuştur.

**YABAN KAZI:** Rûyâsında yabanî bir kaz gören kimse, bolluğa, berekete ve ucuzluk bulunan bir nimete kavuşur şeklinde tabir olunur.

• Rûyâda yaban kazı görmek, bazen de asâlet sahibi, zengin mal-mülk sahibi bir hanımefendiyi temsile işâret ile tabir olunur.

**YABAN KEÇİSİ:** Rûyâda görülen yaban keçisi, semiz ve güzel, dolgun, mükemmel bir şekilde görünürse, zengin ve servet sahibi kadına temsil edildiği gibi, zayıf ve görünümü güzel olmayan yaban keçisi de fakir bir kadına temsil olarak tabir olunur.

• Rûyâda görülen yaban keçisinin her biri bolluk. bereket, hayır ve ferah, rahat ve huzurlu bir yaşama işâretle tabir olunur.

• Rûyâsında bir yaban keçisi *(dağ keçisi)* bulduğunu gören kimse, geçimi için bir çalışma zemini bulacağına, bolluk ve berekete kavuşacağına ve hayırlara ereceğine işâretle tabir olunur.

**YABAN ÖRDEĞİ:** Rûyâda görülen yaban ördeği, beceriksiz, bilgisiz ve müsrif (israfcı) bir kadını temsil eder, şeklinde tabir olunur.

• Bazı yorumcular, rûyâda görülen yaban ördeği su hayvanı, su kuşu olduğundan dolayı yaban ördeği görmek, bolluk ve bereketle tabir olunur şeklinde yorumlamışlardır.

**YAĞ:** Rûyâda yağ görmek, çok çeşitli şekilde tabir olunur.

• Rûyâda yağ görmek, bazen iyi ve güzel söz sahibine işâret ile, bazen helâl mal ve rızık ile, bazen miras yoluyla ele gelen mal ile,bazen de keder ve sıkıntı ile tabir olunur.

• Rûyâsında tereyağı görmek, doğruluk üzere şahitlik yapacağınıza işâret ile, düşmanlarınıza galip *(üstün)* geleceğinize ve zahmetsiz elinize helâl mal *(para)* geleceğine işâretle tabir olunur.

• Rûyânızda zeytinyağı yediğinizi görmek, elinize helâl mal ve rızık geleceğine işâretle tabir olunur.

• Rûyâda zeytinyağı sürünmek, keder ve sıkıntıya düşeceğinize işâretle tabir olunur.

• Rûyâda bıyığını ve göğsünü yağladığını görmek, yalancı şahitliğe ve yalan yere yemin edeceğinize işâretle tabir olunur.

• Rûyâda hayvan *(et)* yağı yemek, uzun ömre ve devamlı rızıklanmaya, yani zenginliğe işârettir şeklinde tabir olunur.

• Rûyâda zeytinyağı görmek, helâl mal sahibi olmaya, sağlıklı ve şifâ bulmaya işâretle tabir olunur.

• Rûyâda görülen susam yağı, faydalanmak ve menfaat elde etmeğe işâretle tabir olunur.

• Rûyâda badem yağı görmek, rahat bir hayat, mal sahibi olmak ve şifâya ermek, iyi ve sağlıklı olmaya işârettir, şeklinde tabir olunur.

• Rûyâda yenen hayvan yağı görmek, rızık elde etmek ve iyi bir hayat standardı, iyi bir geçim ile,refah içinde bir yaşam ile tabir olunur.

• Yenmeyen hayvan yağı ise, haram bir malın elinize geçeceğine işâretle tabir olunur.

• Rûyâda otlardan çıkarılan yağlardan bir yağ *(nebâti yağ)* görmek, mal sahibi olacağınıza, bol nimete kavuşacağınıza veya miras yoluyla zengin olacağınıza işârettir, şeklinde tabir olunur.

**YAĞCI:** Rûyâda yağ satan birini *(yağcı)* görmek, faziletli ve anlayışlı, iyi bir adama temsilen yorumlanır.

• Rûyâsında kendisini yağcı olmuş *(yağ satan)* biri olarak görmek, bu rûyâyı gören kimse bekâr ise, zengin ve güzel olan biriyle evlenir veya evleneceğine işârettir, şeklinde tabir olunur.

• Rûyâda yağcı olarak görülen kimse, himâyesinde çalışan kimselere çok iyi bakan, onları doyuran, mutlu ve sevinçli, zengin ve mal-mülk sahibi bir kimseye temsil eder, şeklinde tabir edilir.

**YAĞMA:** Rûyâsında bir yerin yağmalandığını görmek veya kendisininde o yağmada bulunduğunu gören kimsenin eline haramdan kazandığı bir para veya mal geçeceğine işârettir.

Bu rûyâyı gören kimsenin kendi kazancını şöyle bir kontrol etmesi, araştırıp yoklaması gerektiği hususunda bir uyarı işâretidir.

**YAĞMUR:** Rûyâda hafif bir yağmur yağdığını görmek, bütün âfetlerden, musibetlerden emniyette olacağınıza işârettir.

• Rûyânızda yağmur yağdığını görmek, elinize para *(mal)* gireceğine işâretle yorumlanır.

• Rûyâda görülen yağan yağmurdan herhangi bir zarar meydana gelmiyorsa, gelmediyse bu rûyâ hayra ve rızka, zenginliğe işâretle tabir olunur.

• Rûyâda yağmur yağdığını görmek, hayır ve iyiliğe yorularak Cenâb-ı Allah'ın kullarına olan rahmeti ve lutfu olarak da tabir olunur.

• Rûyâda insanların *(halkın)* arzu ettiği bir vakitte yağmur yağdığını görmek, ***(yani vaktinde yağmur)*** hayır ve berekete yorulur.

• Vakitsiz yağmur yağdığını görmek, iyi değildir. Bu rûyâ, zarar ve ziyâna ve felâkete uğranılacağına işâret olarak tabir olunur.

• Rûyâda yalnızca bir ev veya bir tek mahalle üzerine şiddetli yağmur yağdığını görmek, o yerde ***(evde veya mahallede)*** keder ve sıkıntı olacağına veya hastalık ve belâ gibi bir musîbet ve zararın meydana geleceğine, zorluk ve zahmet gibi sevilmeyen şeylerin olacağına işâretle tabir olunur.

• Rûyâda aybaşında veya yılbaşında yağmur yağdığını görmek, o ayın veya o yılın bolluk ve bereketli olacağına işâret olarak tabir olunur.

• Rûyâsında bir hasta, yavaş yavaş yağmur yağdığını görse, bu rûyâsı o hastanın iyileşeceğine, hastalığından şifâ bulacağına işâret ile, eğer gördüğü yağmur çok şiddetli ve dumanlı gibi bulanık yağıyorsa, o hastanın hastalığı ya ağırlaşır, artar veya öleceğine işâretle tabir olunur.

• Rûyâsında yağan yağmur suyu ile abdest aldığını veya gusül yaptığını *(gusul-boy abdesti aldığını)* gören kimse, bu dünya hayatında çok çok rahat bir yaşam yaşayacağına işârettir.

• Rûyâda görülen yağmur ile ilgili rûyâlar, yağmur suyu ile yüz yıkamak, kurtuluşa ermek, selâmete çıkmak ve hasta için iyileşme, şifâ bulmak ile tabir olunur.Temiz yağmur suyu içmek, menfaat elde etmek, sıhhate kavuşmak ile yorumlanır. Bulanık yağmur suyu içtiğini görmek, hastalık ve keder ile tabir olunur.

• Şiddetli ve kuvvetlice yağmur yağdığını görmek, keder, sıkıntı ve zarar ile tabir olunur.

•Hafif hafif, yavaş yavaş yağan yağmur görmek, nimete ermek, sağlıklı bir hayata işâretle tabir edilir.

**YAĞMURLUK:** Rûyâda yağmurluk görmek, çok iyi bir mevkiye çıkacağınızla ve çok şöhrete sahib olacağınıza işâretle tabir olunur.

**YAHNİ** *(YEMEK):* Rûyânızda yahni pişirdiğinizi veya yahni yediğinizi görmek, geveze ve şakacı bir kadının mûzibliğine uğrayacağınıza işârettir.

• Rûyâda nohutlu yahni yediğinizi görmek, bir keder ve sıkıntıya uğrayacağınıza işâretle tabir edilir.

• Rûyânızda ekşimiş yahni yediğinizi görmek, biraz rahatsızlığa uğrayacağınıza işâretle tabir edilir.

**YAHÛDİ:** Rûyâda yahûdi görmek, düşmana işâret ile tabir olunur.

• Rûyâda ihtiyar bir yahûdi görmek, hastalığa yakalanacağınıza veya bir düşmanla karşılaşacağınıza işâretle tabir olunur.

**YAHYÂ** *(A.S.):* Rûyâsında Yahyâ peygamberi gören kimse, bütün belâ ve kazalardan *(afetlerden musîbetlerden)* ve günahlardan korunmuş olarak emniyet ve selâmette olacağına işâretle tabir edilir.

**YAKA:** Rûyâsında kirli bir yaka gören kimse, hayatta bol para kazanacağına, fakat bu paradan gereği gibi faydalanamıyacağınıza işâretle tabir olunur.

• Rûyâda birinin sizin yakanıza yapıştığını görmek, birinin hakkını vermemiş olacağınıza veya o kimsenin size hakkı geçmiş olacağına işârettir şeklinde tabir olunur.

• Rûyâda yakanızın buruşmuş olduğunu görmeniz, işleriniz de zarar edeceğinize veya herhangi bir sebebden dolayı ziyan edeceğinize işârettir.

**YAKI:** Rûyânızda yakı görmek, sağlığınıza önem vermenize işâret uyarısı olarak yorumlanır.

**YA'KÛB** *(A.S.):* Rûyâda Ya'kûb peygamberi görmek, bir çok erkek evlâda kavuşacağınızla yorumlanır.

**YAKUT:** Rûyâda yakut taşı görmek, âile hayatında *(evlilikte)* mutlu ve başarılı olacağınıza işâretle yorumlanır.

**YALAK:** Rûyâda yalak görmek, rızkın artmasına, bolluk ve bereketle yorumlanır.

**YALAN:** Rûyâda yalan söylemek, iyi bir rûyâ değildir. Yani yalan rûyâsı iyiye yorulmaz.

**YALDIZ:** Rûyâda yaldız görmek, riyâkârlık *(gösteriş)* yapacağınıza işâretle tabir olunur. Rûyâyı görenin hareketlerine dikkat etmesi gerektiğine işârettir.

**YALI:** Rûyâda yalı görmek, her türlü tehlikeden korunmuş olacağınıza işâretle yorumlanır.

**YALIN AYAK:** Rûyâda *(çorapsız)* yalın ayak görmek, zenginliğe yorulur. Yalın ayak yürüdüğünü görmek ise zahmet çekeceğinizle yorumlanır.

**YAMYAM:** Rûyâda yamyam görmek, mert ve yiğit kimselerle arkadaşlık kuracağınızla yorumlanır.

**YANARDAĞ:** Rûyâda yanardağ görmek, pek iyiye yorulmaz. Yanardağ görmek, iyi değildir.

**YANGIN:** Rûyâda dumansız bir yangın görmek, sıkıntıdan kurtulmaya delâlet ederken, dumanlı yangın ise, sıkıntıya düşüleceğine işâretle yorumlanır.

**YANKESİCİ:** Rûyâda yankesici görmek, pek iyiye yorulmaz. Hilekâr, dalavereci biriyle karşılaşacağınıza işâret olarak tabir olunur.

**YANMAK:** Rûyâda ateşe düşüp yanmak, tevbekâr olmanız gerektiğini, çünkü ömrünüzün az kalmış olduğunun işâretidir. Yanmakla ilgili rûyâlar, pek iyiye yorulmaz, acı bir haberdir. Aldatılacağınıza yorulmuştur. Aile hayatında huzursuzluk gibi yorumlar yapılmıştır.

**YAPI:** Rûyâda bir yapı, bir binanın yapılışını görmek, gören kimseye göre yorumlanır. Bir ev yapmak sıkıntıya, can sıkıntısına zarar ve ziyana yorulur.

**YAPRAK:** Rûyâda yeşil bir yaprak görmek, sıhhat ve sağlığa, kuru yaprak ise, hastalığa işârettir.

**YARA:** Rûyâda vücûdunda bir yara görmek, yaranın görüldüğü mahalle *(yere)* göre yorumlanır.

• Rûyâsında göğsünde veya kalbinin üzerinde yara gören yaşlı bir kimse, üzüntü ve kedere düşeceğine işârettir.

• Bir kimse, karnında veya vücûdunda kan akan bir yara görse, bu rûyâ, rûyâyı gören kimsenin malına bir zarar gelir, veya aleyhinde dedikodu yapılır, şeklinde tabir olunur.

**YARALANMAK:** Bir kimse, rûyâsında kendisini vücûdundan yaralanmış olarak görse bu rûyâ, onun *(rûyâyı görenin)* çalışması ile eline para veya mal geçeceğine işârettir, şeklinde tabir edilir.

• Rûyâsında vücûdundan yaralandığını gören kimsenin malı ve parası çoğalır veya çoğalıp iki katına çıkacağına işâretle tabir olunur.

• Rûyâsında bacağından yaralandığını gören kimsenin, akraba ve yakınlarının çok olacağına işâretle tabir olunur.

• Rûyâsında baldırından yaralandığını gören kimsenin, ömrünün çok çok uzadığına işârettir şeklinde tabir olunur.

**YARASA:** Rûyâsında bir yarasa kuşu görmek, iyi değildir. Bu yarasa rûyâsı iyiye ve hayra yorulmaz.

• Rûyâda yarasa görmek, körlüğe, sapıklığa işâretle tabir olunur. Bazen de yarasa görmek, zinâdan meydana gelen *(evlilik dışı doğan)* veya evlilik dışı ilişkiden doğacak çocuğa işâretle tabir olunur.

• Rûyâda yarasa görmek, bazen de hırsızlık gibi kötü bir suç işleyip de gizlemeye ve gizlendiği yerden kendisi hakkında gelecek gizli haberlerin gelmesini bekleyen kimseye işârettir.

• Bazen de elindeki nimetlerin gittiğine ve gideceğine ve alıştığı nimetlerden mahrum kalınacağına işâretle tabir olunur.

**YARDIM:** Rûyâsında yardım istediğini görmek, sevilmeye, rûyâyı gören kimsenin herkesce sevileceğine işâretle tabir olunur.

• Rûyâsında birilerine yardım ettiğini görmek, rûyâyı gören kimsenin hayırlı bir iş yapmasına veya yapacağına işâretle yorumlanır.

**YARIŞ:** Rûyânızda yarış yaptığınızı görmek, faydasız ve lüzumsuz bir yolculuğa çıkacağınıza işâretle tabir olunur.

• Rûyânızda yarışı kazandığınızı görmek, işlerinizde başarılı olacağınıza işâret ile, yarışı kaybettinizi görmek ise, işlerinizde başarısız olacağınıza ve hayal kırıklığına uğrayacağınıza işâretle tabir olunur.

**YARIŞ ATI:** Rûyâda yarış atı görmek veya at yarışında sizin tuttuğunuz atın yarışı kazandığını birinci geldiğini görmek, iş hayatınızda veya herhangi bir hususta rakiblerinizle olan ticârî yarışta sizin kazanacağınıza işâretle tabir edilir.

**YAS:** Rûyâsında kendisinin yas tuttuğunu gören kimsenin bu rûyâsı tersiyle yorumlanır. Kendisini yaslı ve yas tutmakta olduğunu gören kimsenin bu rûyâsı, rûyâ sahibi için ferahlık ve sevince işâretle yorumlanır.

• Rûyâda yas ve matem adı verilen yas tutulma olayı gören kimsenin gördüğü bu rûyâsı, düğüne ve eğlenceye işâretle tabir olunur.

**YÂSEMİN:** Rûyâda yâsemin görmek, sevince ve ferahlığa ve neş'eye işâretle yorumlanır.

**YÂSİN SÛRESİ:** Rûyâsında Yâsin sûresini okuyan veya dinleyen kimsenin, ömrünün uzun, rızkının *(geçiminin)* bol ve bereketli olacağına işâretle, dünyâ ve âhirette her türlü dilek ve muradının gerçekleşeceğine, bütün duâlarının kabul edileceğine ve son nefeste iman ile öleceğine işâret olarak tabir olunur.

**YASTIK:** Rûyâda yastık görmek, bir yardımcıya *(hizmetçiye)* sahib olmaya delâlet eder.

**YAŞLI KADIN:** Rûyâsında yaşlı bir kadın görmek, âcizlik, beceriksizlik ile tabir olunur.

• Rûyâsında yaşlı bir kadın görmek, elden giden dünyâ nimetine, keder ve üzüntüye işârettir. Bu nedenle dünyâdan zarar eden âhiretini kazanır demek olduğundan bu görülen rûyâ bazen de âhiret kazancına işâret eder, şeklinde yorumlanır.

• Rûyâsında dindâr ***(yani iyi bir müslüman olan)*** yaşlı kadın görmek, sevince ermeye *(sevinçli bir duruma)* ve helâl mal elde etmeye, helal para kazanmaya işâret olarak tabir olunur.

• Rûyâsında yaşlı bir kadının kendi evine geldiğini gören kimse, dünya nimetlerinin pek çoğuna kavuşacağına işâretle tabir olunur.

• Rûyâsında yaşlı bir kadının kendi evinden *(rûyâyı gören kimsenin evinden)* çıktığını görmek, rûyâyı gören kimsenin dünya işlerinin iyi gitmeyeceğine ***(yani dünyanın kendisinden yüz çevirmesine)*** işâretle tabir olunur.

• Rûyâda çok zayıf *(kuru)* yaşlı bir kadın görmek, o sene kıtlık olacağına işâretle tabir olunur.

• Rûyâda çirkin görünüşlü yaşlı bir kadın görmek, harbin *(savaşın)* ve kıtlığın sona ereceğine işâret olarak tabir olunur.

• Tanınmayan yani tanımadığı bir yaşlı kadın görmek, kıtlık bir seneye ***(yani o sene kıtlık olacağına)*** işâretle tabir edilir.

**YAŞMAK:** Rûyânızda yaşmak görmek, zenginliğe ve evlenmenize işâretle yorumlanır.

**YAŞ ÜZÜM:** Rûyâda yaş üzüm görmek, zenginliğe işâret olarak tabir olunur.

**YAT:** Rûyâda yat görmek, iyidir. Bu rûyâ iyiye işâretle tabir olunur.

**YATAK:** Rûyânızda yatak görmek, arzu ettiğiniz istirahate kavuşacağınıza işâretle yorumlanır.

**YAY:** Rûyâda yay görmek, doğru bir haber alacağınıza işâretle yorumlanır.

**YAYIK:** Rûyânızda yayık görmeniz, işlerinizin yolunda gideceğine ve bol kazanacağınıza işârettir, şeklinde yorumlanır.

**YAYLA:** Rûyânızda yayla görmeniz, mes'ud ve mutlu günler göreceğinize delâlet eder.

**YAZ:** Rûyâda bir yaz gününde olduğunu görmek, nimete ermek ile veya yolculuk ile veya berekete işâret ile veya dilek ve murada ermek ile tabir olunur. Bazen de meşakkat, zorluk ile veya mihnete düşmek ile tabir olunur.

• Rûyâsında yaz mevsimi olmuş olduğunu görmek, dilek ve murâdınızın olacağına *(yerine geleceğine)* işâretle tabir olunur.

• Rûyâda görülen yaz rûyâsı mevsiminde görülmüş olursa, mutluluk ve sevince ermeye, ümid ve muradın olmasına işâretle tabir olunur.

• Rûyâda yaz olduğunu gören kimse, bu rûyâyı kış mevsiminde görürse, keder ve sıkıntıya düşeceğine işâretle tabir olunur.

**YAZICI:** Rûyâda yazı yazan *(yazıcı)* birini görmek, iyiye ve hayra yorulur. Pek yakında iyi günlere geniş rızıklı günlere kavuşacağınıza işâretle tabir olunur.

**YAZIHANE:** Rûyâda yazıhane görmek, hayatta başarılı olmanız için çok çok yorulacağınıza işâretle tabir olunur.

• Rûyânızda herhangi bir kuruluşun yazıhanesine veya bürosuna gittiğinizi veya götürüldüğünüzü görmek, para durumunuzun düzeleceğine, rızkınızın artacağına işâretle tabir olunur.

**YAZI HOKKASI:** Rûyâda yazı hokkası görmek, zengin bir eşle evleneceğinize (kadın, zengin bir zevc, erkek, zengin bir zevce ile evleneceğine) işârettir, şeklinde tabir olunur.

**YAZI KALEMİ:** Rûyâsında yazı yazmak için elinde yazı kalemi olduğunu görmek, yeni bir işe gireceğine veya evlâd sahibi olacağına işârettir.

• Rûyâsında elinde kalem, yazı yazdığını gören kimse, dilediğinin istek ve arzusunun gerçekleşeceğine işâretle tabir olunur.

• Rûyâsında kaleminin kaybolduğunu görmek, iyiye yorulmaz. Bu da dileğine erememek, muradına kavuşamamak gibi hallere yorulur.

**YAZI TAHTASI:** Rûyâda yazı tahtası görmek, korkulardan emin olmaya, işâretle tabir olunur. Bir talebe *(öğrenci)* rûyâsında yazı yazılan tahta *(yazı tahtası)* görse, bu rûyâ o öğrencinin ilim öğrenmek için gayret ve çaba harcadığına işâretle tabir olunur.

• Rûyâda yazı tahtası görmek, bazen de hanıma ve çocuğa temsilen tabir olunur.

**YAZI YAZMAK:** Rûyânızda yazı yazmak, yazı yazdığını görmek, iyi bir haber alacağınıza işâretle veya başka birisini yazı yazarken görmek, sevdiğiniz kimseden bir mektup alacağınıza işâretle tabir olunur.

• Rûyânızda arkadaşlarınızdan birine mektup yazmak *(mektup yazdığınızı görmek)* veya onlardan mektup almak *(aldınızı görmek)* hayırlı bir haber ve sevindirici bir havadis ve müjdeye işârettir.

• Rûyânızda bir kitab yazmak *(yazdığınızı görmek)* kıymetli vakitlerinizi ve paralarınızı kaybedeceğinize işâretle tabir olunur.

• Bazı yorumculara göre, rûyâda yazı yazmak, hileye *(dalavereye)* işâret, yazı yazan birini görmek ise, hilekâr ***(hile yapan, dalavere çevirin)*** bir kimseye işâret ile tabir olunur. Rûyâsında kendi yazdığı yazıyı kötü diye beğenmediğini gören kimse, günahlarından tevbe edeceğine ve halkı (insanları) aldatmaktan (hile yapmaktan) vazgeçeceğine işâretle tabir olunur.

• Rûyâsında bir beyaz sayfa üzerine yazı yazdığını gören kimse, bir mirâsa kavuşur veya kavuşacağına işârettir, şeklinde tabir olunur.

• İbn-i Sîrîn'in yorumuna göre, rûyâsında bir kitab yazdığını gören kimse, haram bir mala sahib olacağına işâretle tabir edilmiştir.

**YAZMA** *(RENKLİ TÜLBENT)*: Rûyâda *(başa takılan, baş örtüsü)* yazma görmek, kocaya işâret kocaya temsilen tabir olunur.

• Rûyâda görülen yazmanın geniş ve büyüklüğü yani geniş ve büyük bir yazma görmek, kocasının *(kocanın)* refahına *(zengin ve bol rızıklanmasına)* işâret ile, görülen yazmanın küçük ve dar *(ensiz)* oluşu da, kocanın *(kocasının)* dar geçimli *(fakir oluşuna)* ve sıkıntı içinde olmasına işâretle tabir olunur.

**YELDEĞİRMENİ**: Rûyânızda yeldeğirmeni görmek, uyumlu kimselerle ortaklık edeceğinize veya ortak olacağına işâretle yorumlanır.

**YELEK:** Rûyâda yelek görmek, sıkıntıya işârettir. Bazen de zerâfete işâretle yorumlanır.

**YELKEN:** Rûyâda yelkenli gemi görmek, saltanata veya devlet başkanlığına işârettir.

• Rûyâsında bir gölde veya denizde yelken açıldığını görmek, bazen uzun bir deniz yolculuğuna, seyahate işâretle yorumlanır.

• Rûyâda yelken açan, yelkenci birini görmek, para kazanacağınıza ve sefere, yolculuğa çıkacağınıza işâretle tabir olunur. Yelkenci görmek, bazen de uçarı *(yaramaz ve hareketli)* bir arkadaşınız olup, ondan ayrılacağınıza işâretle tabir olunur.

**YELKOVAN:** Rûyâda bir saat yelkovanı görmek, büyük bir kimseden yardım ve iyilik göreceğinize işâretle, bundan böyle yani, gelecek günlerinizde geçmiş günlerinizi aratmayacak güzel ve ferah, mükemmel günler göreceğinize işâretle tabir olunur.

**YELLENMEK** *(OSURMAK):* Rûyânızda yellendiğinizi *(halk değimiyle osurduğunuzu)* görmek, iyiye yorulmaz. Bu rûyânız, sizin hakkınızda iyi olmayan dedikodular yapılacağına işârettir. Bu yorum, sesli olarak *(herkesin duyacağı gibi)* yellenme gördüğünüzde yapılan yorumdur. Sessizce *(kimsenin duymadığı, ancak kendiniz duyacak kadar)* yellendiğinizi görmek, gam ve kedere, üzüntü ve sıkıntıya düşeceğinize işârettir.

• Rûyâda yellenmek ile görülen rûyâ, arasında bulunduğu topluluğun dağılmasına ve yalan sözlerle vakit geçiren kimseye işârettir. Böylece rûyâ, ahmaklığa, yalnız kalmaya ve çevresindeki insanlardan ayrılma zorunda kalan ve yalnızlığa itilen kimseye işâretle tabir olunur.

**YELPÂZE:** Rûyâda yelpâze görmek, rahat bir hayat geçirmeye, mihnet ve sıkıntılardan kurtulmaya veya fakirlikten kurtulup zengin bir hayata kavuşacağınıza işâretle tabir olunur.

• Rûyâda görülen yelpâze, bazen de evliliğe ve bir çocuk sahibi olmaya işâretle tabir olunur.

• Rûyâda yelpâze görmek, insanların kendisinden rahatlık duyduğu ve müsterih olup, emin oldukları bir adamı temsil eder.

• Rûyâda hurma yapraklarından yapılmış bir yelpâze görmek ise mal sahibi olmaya ve zengin olacağınıza işâretle tabir olunur.

**YEM:** Rûyânızda hayvanlara âit bir yem görmek, rızkınızın artacağına ve malınızın çoğalacağına işâretle yorumlanıp mes'ûd ve mutlu günler geçireceğinize işâret olarak tabir olunur.

• Rûyânızda kümes hayvanlarınıza yem verdiğinizi görmek, onların önüne yem serptiğinizi görmek, hayır ve iyilik yapacağınıza işâretle yorumlanır.

**YEMEK:** Rûyânızda güzel yemekler yediğinizi görmek, iyidir. Bu rûyânız, malınızın, rızık ve kazancınızın artacağına ve mutlu günler geçireceğinize işâretle tabir olunur.

• Rûyâda güzel olmayan, çirkin ve kötü yemekler yediğinizi görmek ise, iyi değildir. Bu rûyânız da keder, üzüntü ve sıkıntılarınızın artacağına işâretle tabir olunur.

• Rûyâsında yemek pişirdiğinizi görmeniz, ummadığınız ve beklemediğiniz yerlerden hediyeler alacağınıza ve iyilikler göreceğinize işâretle yorumlanır.

• Rûyâsında rengi sararmış, sarı yemek yediğini gören kimse, her kim olursa olsun bu yemekler hastalığa işâretle tabir olunur.

**YEMEK BORUSU:** Rûyâsında yemek borusunu gören kimsenin bu rûyâsı, bazen hayra, yani sağlık ve âfiyete yorulur, bazen de hayra yorulmayıp, hastalığa işâret olarak tabir edilir.

**YEMEK DOLABI:** Rûyâda yemek dolabı görmek, dolabın durumuna göre yorumlanır.

• Rûyâsında boş bir yemek dolabı görmek, iyiye yorulmaz. Bu rûyâ, rûyâyı gören *(rûyâ sahibi)* kimse için geçim sıkıntısına, kazandığı para ile geçinememeye işâretle, geçim darlığına işâret olarak tabir edilir.

• Rûyâsında gördüğü yemek dolabında yiyecek ve içeceklerden bir şeyler varsa, dolabı dolu olarak gördüyse, bu rûyâ hayırlıdır, iyiye ve hayra yorulur. Bolluk ve menfaatlanmaya veya güzel bir yolculuğa işâretle tabir olunur.

**YEMEKHANE:** Rûyânızda genel bir yemekhane görmek, ünlü ve tanınmış bir kimseden yardım göreceğinize ve bu sebeble işlerinizi yoluna koyacağınıza ve para kazanacağınıza, böylece bol bir âile geçimine kavuşup ferah bir hayat süreceğinize işârettir.

**YEMENİ:** Yorum için tülbent ve baş örtüsü kelimelerinin yorumuna bakınız.

**YEMİN ETMEK:** Rûyâda yemin ettiğini görmek, edilen yeminin doğru ve yalan oluşuna göre yorum ve tabir olunur.

• Rûyâsında doğru bir olaya yemin ettiğini görmek, iyiye ve hayra yorulur. Bu rûyâ düşmanlarınıza veya düşmanınıza gâlip *(üstün)* geleceğinize ve başarılı olacağınıza işâretle yorumlanır.

• Rûyâsında yalan yere, yalan bir işe yemin ettiğini gören kimse, yoksulluğa ve fakirliğe düşer, halk arasında, etrafındaki insanlar arasında rezil ve rusva olur değeri düşer, çevresi onu aşağılar ve dışlarlar şeklinde tabir olunur.

• Evet, doğru yemin ettiğini görmek, gâlip ve üstün gelmeye, yalan yere yemin ettiğini görmek, rezillik, aşağılık ve dışlanmaya işârettir, şeklinde yorumlanmıştır.

**YEMİŞ** *(MEYVE):* Yorumu için meyve kelimesinin yorumuna bakınız.

• Rûyâda görülen yemiş rûyâları iyiye yorulur. Sağlık ve sıhhate yorulur. Yemiş yediğinizi görmek, şifâ bulmaya işâretle yorumlanır.

**YEMLİK:** Rûyâda evinde yemlik olduğunu gören kimse, her konuda güçlü ve kuvvetli olacağına işâretle tabir olunur.

• Yemlik, içine hayvanların yemesi için hayvan yemi *(arpa saman ve sâire)* konulan bir yerdir.

**YENGE:** Rûyâsında yengesini gören kimse, akrabasından hiç unutamıyacağı şekilde bir kötülük göreceğine işâretle tabir olunur.

**YENGEÇ:** Rûyâda yengeç görmek, değişik durumlarda tabir edilir.

• Rûyâda yengeç görmek, bazen iş ve ev durumlarınızda bazı aksaklıklar olduğuna ve bundan dolayı zahmet ve zorluk çektiğinize işâretle tabir olunur.

• Rûyâsında bir yengeç tuttuğunu *(yakaladığını)* gören kimse, düşmanına gâlip *(üstün)* geleceğine işârettir.

• Rûyâsında yengeç eti yediğini görmek, binbir meşakkat çekerek zorluk içinde para kazanıp mal sahibi olacağınıza işâretle tabir olunur.

**YENİ BİRŞEY:** Rûyâsında yeni bir şey görmek veya yeni bir şey aldığını görmek, çok sevindirici bir haber alınacağına işâretle tabir olunur.

**YENİÇERİ:** Rûyâsında bir yeniçeri görmek, ünlü biri olacağınıza, nam ve şerefinizin artacağına işâretle tabir olunur.

**YENİ YIL:** Yeni yılın ilk günü veya ilk gecesi görülen rûyâlar olduğu gibi çıkar (gerçekleşir), şeklinde yorumlanır.

**YER DÖŞEMESİ:** Rûyâda yer döşemesi görmek, hasta ise iyileşeceğine ve sağlık-sıhhâte yeniden kavuşacağına işâretle tabir olunur.

• Rûyâsında kendisini bir yerde görünmez halde olduğunu gören kimse, ömrünün son günlerini yaşadığına veya bir fesad *(bozukluk)* içinde olduğuna işâret olarak tabir olunur.

**YERE BATMAK:** Rûyâda yere batmak, uzun bir yolculuğa çıkacağınıza işâretle tabir olunur. Bazen de yere batmak, ömrünüzün kısaldığına, ecelinizin çok yaklaştığına işâretle tabir olunur.

• Rûyânızda her tarafta akar suların bulunduğunu ve suların şırıl şırıl aktığını ve kuşların cıvıl cıvıl dolaştıkları bir yerde yere battığınızı görmek, imânınızın çok sağlamlaştığına ve dininizin çok çok kuvvetleneceğine işâretle tabir olunur.

**YER ELMASI:** Rûyâda yer elması görmek, zenginliğe ve mal-mülk sahibi olmaya işâretle tabir olunur.

• Rûyâda yer elması görmek, bazan, rûyâyı gören kimsenin, çekeceği zahmet ve sıkıntıya işâretle tabir olunur.

• Rûyâda yer elması görmek, bazen de o yılın bolluk ve bereketli bir halde geçeceğine işârettir.

**YERİN YEŞERMESİ:** Rûyâsında yeryüzünün yeşerdiğini gören kimsenin bu rûyâsı, hanımının hamile olduğuna ve bir çocuğu olacağına işâretle tabir olunur.

**YER SARSINTISI** *(ZELZELE):* Rûyâsında yerin sarsıldığını *(zelzele olduğunu)* görmek, önemli bir tehlike ile karşılaşacağına işâretle tabir olunur.

**YER ZEMİNİ:** Bir kimse kendisini bir yer zemininde olduğunu görse, zengin olacağına ve emniyet içinde, vefalı bir yerde olduğuna işâretle tabir olunur.

**YEŞİL:** Rûyâda yeşil renk görmek, genellikle hayır ve berekete veya dilek ve muradınıza kavuşacağınıza işâretle tabir olunur.

• Rûyâda yeşil renkte bir elbise giymek, muradınıza ereceğinize, istek ve arzularınıza kavuşacağınıza işârettir, şeklinde yorumlanır.

**YEŞİLLİK:** Rûyânızda yeşil bir alan görmeniz ve seyrettiğinizi görmek, hayatınızda her ne istek ve dileğiniz varsa, onların olacağı ve gerçekleşeceğine işâretle tabir olunur.

• Rûyâsında gözünün alabildiğine bir yeşillik görmek ve seyrettiğini görmek, birileriyle uzun bir dostluk kuracağınıza işâret ile, rûyâyı gören bir kız ise, çok çok sevdiği biriyle en kısa zamanda evleneceğine işâret ile, kendisini yeşil elbise giymiş görmek, bu rûyâ da şeref ve ululuğa işâretle tabir olunur.

**YEŞİL EKİN BAŞAĞI:** Rûyâda yeşil bir ekin başağı görmek, mala işârettir, şeklinde yorumlanır.

• Rûyâsında yeşil ekin başağı görmek, biri biri üzerine yığılmış mala işâret olup çok çok zenginliğe işâretle tabir olunur.

• Rûyâda sapı üzerinde duran bir yeşil ekin başağı görmek, rızka, zenginliğe, ucuzluğa ve bolluğa işâretle tabir olunur. Kuru ekin başağı ise kıtlığa işârettir. Bazen de kuru başak, fazla mülke işârettir.

**YEŞİL KURT:** Rûyâda sebze ve meyveleri veya yapraklarını yiyen yeşil kurt ve yeşil böcek görmek, hırsızlık eden bir adama temsil eder, şeklinde tabir olunur.

**YEŞİL MEŞE:** Rûyâda yeşil bir meşe görmek, sağlık ve sıhhate işâretle tabir olunur. Kurusu ve kesilmişi ise, zarar ve ağır bir kayba işârettir.

**YETİM OLMAK:** Rûyâsında kendisinin yetim olduğunu veya yetim kalmış olduğunu gören kimse, hor ve hakir olacağına, yani herkes tarafından itilip kakılacağına, azarlanıp horlanacağına işârettir.

• Rûyâsında babası ölmüş bir yetimi gören kimse, düşmanına galip gelir ve o düşmanında alacak parası veya herhangi bir alacağı varsa, onu da alır ve kendi malına kavuşmuş olur şeklinde tabir olunur.

• Rûyâsında herhangi bir yetim kimseyi gören kimse, farkında olmayarak, çevresinde bulunan kimselere iyi davranacağına işâretle tabir olunur.

**YEVMİYE:** Rûyâsında herhangi bir yerde veya işte yevmiye ile çalıştığını gören kimse, hayatı *(yaşamı)* boyunca darlık ve sıkıntı içinde yaşayacağına işârettir.

**YIKAMAK:** Rûyâda başınızı yıkadığınızı görmek, artık baskı altında bulunduğunuz günlerin biteceğine ve bundan böyle sizi baskı altında tutanların sizden uzaklaşacağına veya baskı yapmaktan vazgeçeceklerine işâret olarak tabir olunur.

• Rûyâsında ellerini yıkadığını gören kimse, çok mutlu ve sevinçli, ferah bir hayata kavuşacağına işâretle tabir olunur.

• Rûyâsında bütün vücûdunu yıkadığını gören kimse, çok mutlu bir olayla karşılaşacağına ve herkesin kendisini beğenip iltifatlar yağdıracağına işârettir.

• Rûyâda yine su ile yıkandığını görmek, bazen gam ve kederden kurtulmaya, istek ve dileklerine, arzularına kavuşmaya, kulağını yıkamak, iyi haberler alacağına işâretle tabir olunur.

**YIKANMAK:** Rûyâsında yıkanmak, yıkandığını görmek, dindâr bir kimse olmaya veya olacağına işâret olup üzüntü ve kederden kurtulmaya da işârettir.

**YIKMAK VE YIKILMAK:** Rûyâda görülen yıkmak veya yıkılmak ile ilgili görülen rûyâlar iyi değildir. Bu rûyâlar hayra ve iyiye yorumlanmaz.

• Rûyâsında evinin yıkıldığını görmek, rûyâyı gören kimse bu rûyâsı ile kendisinin ölümüne dâir işâreti almış demek olur, şeklinde yorumlanır. Yani bir evin yıkılmasını görmek, o evin sahibinin ölümüne işâretle tabir olunur. Bir kimse kendi evini yıkılmış görürse, kendisi ölür. Başka birinin evini yıkılmış görürse, o ev sahibi ölür, şeklinde tabir olunur.

• Bir kimse eski bir evini rûyâsında yıkmış veya yıkıyor görse, rûyâyı gören o kimsenin çok sıkıntı ve kedere düşeceği ile tabir olunur.

• Bir kadın rûyâsında kendi evinin tavanını yıkılmış veya yıkıldığını görse, o kadının kocasının *(eşinin)* öleceğine işâretle tabir olunur.

**YILAN:** Rûyâda yılan görmek, değişik şekillerde yorumlanır. Yılan görmek, hilekâr bir düşmana işârettir. Bazen de sinsi bir düşmanı temsil eder, şeklinde, bazen bir hükümdarı temsil eder, bazen âile, evlâd ve kuvvete işâretle tabir olunur.

• Rûyâsında yılan görüp de korkmadığını gören kimse, mutlu bir hayat yaşar, kuvvet ve devlete ereceğine işâretle tabir olunur.

• Rûyâda yılan görüp etini yediğini gören kimse, sevince erer, fayda ve menfaat elde eder ve düşmandan mal alır, şeklinde tabir olunur.

• Rûyâsında bir çok yılan arasından geçtiğini görmek, çok çok yağmur yağacağına işârettir.

• Rûyâsında bir yılan öldürdüğünü gören kimse, düşmanına gâlip *(üstün)* gelir, şeklinde tabir olunur.

• Rûyâsında ölmüş yılan görmek, düşmanının yok olması ve düşmanın helâk olup gideceğine işârettir şeklinde tabir olunur.

• Rûyâsında beyaz bir yılan görmek, düşmanının şiddetli ve saldırgan *(öfkeli)* olduğuna işârettir.

• Rûyâda siyah bir yılan görmek ise, çok daha şiddetli ve saldırgan bir düşmanınız olduğuna işârettir, şeklinde tabir olunur.

• Rûyâsında bir yılanı tuttuğunu görmek, düşmandan mal almak ve düşmandan fayda ve menfaat elde etmek, şeklinde tabir olunur.

• Rûyâsında arkasından bir yılanın geldiğini görmek, rûyâyı gören kimsenin arkasından düşmanının gözetlediğine işâret olarak yorumlanır.

• Rûyâsında evinde yılan olduğunu görmek, rûyâyı görenin akrabasından bir düşmanı olduğuna işâretle tabir olunur.

• Rûyâsında yılanı öldürüp eline aldığını görmek, düşmanını yenmekle ve ondan hakkını alacağına işâretle tabir olunur.

• Rûyâsında yılanın ölmüş olduğunu görmek, düşmanınızın ölümüne işâretle tabir olunur.

**YILDIRIM:** Rûyâda yıldırım düştüğünü görmek, felâket ve azaba işâretle tabir olunur. Rûyâda görülen yıldırım felâket habercisi olarak tabir edilir.

• Rûyâda evine yıldırım düştüğünü görmek, rûyâyı gören kimsenin, evine hırsız gireceğine veya hastası varsa, o hastanın ölümüne işârettir şeklinde tabir olunur.

• Rûyâsında yıldırım düştüğünü görmek, bu rûyâ fırtına ve dolu gibi bazı âfetlere işâret, hastalık vesâire gibi bazı belalara işâret olarak tabir olunur.

• Rûyâda bir kimse bir yere yıldırım düştüğünü görse, o yıldırım düşen yerin halkına acı ve azab verecek bir felâketin geleceğine işâretle tabir olunur. Yıldırım görmek, hükümet tarafından gelecek cezâlara da işâret eder şeklinde tabir edilir.

**YILDIZ:** Rûyâda yıldız görmek, âlim ve değerli bir kimse ile görüşmeye işârettir, şeklinde tabir olunur. Bazen deniz yolculuğuna işâretle; büyük, saygıdeğer kimseleri temsil eder şeklinde yorumlanır.

• Rûyâda evde yıldız görmek, büyük ve âlim *(bilgin)* bir kimseye temsilen yorumlanır.

• Evde bir kaç tane yıldızın bulunduğunu görmek, o eve birkaç tane büyük zatın geleceğine ve o evde birkaç büyük saygıdeğer adamın toplanacağına işâretle tabir olunur.

• Rûyâda parlak bir yıldız görmek, ferahlık ve sevince işâretle tabir edilir.

• Rûyâda gökte ve evinde yıldız olduğunu görmek, iyiliğe, yüceliğe ve mutluluğa erileceğine işârettir.

• Rûyâsında bir yıldıza bindiğini gören kimse, müdür, başkan ve idâreci, âmir gibi rütbelerden birine yükselerek makam ve mevki sahibi olur, şeklinde tabir olunur.

• Rûyâsında elinde bir yıldız olduğunu gören kimsenin çok değerli ve büyük adam olacak bir çocuğu olacağına işâretle tabir olunur.

**YİTİK:** Rûyâsında bir yitik bulup aldığını görmek, bir yardımcı hizmetçiye ulaşacağına veya gönlünün istediği mükemmelliklere ereceğine veya beklenmedik büyüyünce çok iyi olacak bir çocuk sahibi olacağına veyabir yerden gelen veya gelecek bir mirasa konacağına işâretle tabir olunur.

**YOĞURT:** Rûyâda yoğurt görmek, helâl ve temiz mala *(ve temiz kazanca)* işâret olarak tabir olunur.

• Rûyâda taze ve tatlı yoğurt yediğini görmek, hayra ve temiz kazanca işâretle yorumlanır.

• Rûyâda ekşi yoğurt yediğini görmek ise, iyi değildir. Haram kazanca ve üzüntüye, sıkıntıya işâretle tabir olunur. Ekşi yoğurt görmek, hastalığa yakalanacağınıza ve bir müddet sonra iyileşeceğinize de işâret olarak tabir olunur.

**YOĞURT KURUSU:** Rûyâda yoğurt kurusu görmek, rızka ve mal kazanmaya, mal sahibi olmaya işârettir, şeklinde tabir olunur.

• Bazı yorumculara göre, rûyâda yoğurt kurusu görmek, az bir çalışma, az bir zahmetle kazanılan ve elde edilen rızık ile tabir olunur.

• Yoğurt kurusundan tirit yaptığını görmek ise, çok kazançlı bir ticaretten çok faydalar, menfaatlar elde edeceğinize işâretle tabir olunur.

**YOKSULLUK:** Rûyâsında yoksulluk içinde beş parasız olduğunu görmek, Allah'a yaklaşacağınıza işâretle tabir olunurken, bundan böyle dünya işlerinizin de düzene gireceğine işâretle tabir olunur.

• Rûyâda yoksulluk içinde olduğunuzu görmek, bazen de geçirmiş olduğunuz ferah günlerin kıymetini bilememeniz yüzünden biraz geçiminizin azalacağına işâretle kendinizi kontrol etmeniz ve hayatınıza çeki düzen vermeniz gerektiğine işârettir.

**YOL:** Rûyâda tek şerit, tek hat şeklinde görülen bir yol, bir cadde halinde uzayan bir yol görmek, doğruluğa, hayra ve selâmete ermeğe işâret ile ve dîne ve sünneti seniyeye uymaya işâretle tabir olunur.

• Rûyâda bir çok yolun bir arada görülmesi iyiye yorulmaz. Bu yollar sapıklığa, dalâlete işâretle yorumlanır.

• Rûyâsında yol olup da yolun dışında ve kenarında yürüdüğünü gören kimsenin, bu rûyâsı, onun *(rûyâyı görenin)* din yönünden bozuk bir kimse olduğuna işâretle tabir olunur.

• Rûyâsında yolu kesildiğini ve eşyalarının alındığını gören kimsenin bu gördüğü rûyâsı, onun *(rûyâyı görenin)* arkadaşı veya dostları sebebiyle, dost ve arkadaşı yüzünden sıkıntıya düşeceğine işâret olarak tabir olunur.

• Rûyâda görülen dostdoğru bir yol, Allah'ın kitabına, peygamberin sünnetine veya bir şeyhe veyahut da bir öndere uyacağına işârettir.

• Bu rûyâyı gören kimse, günahkâr *(günah işleyen)* biri ise, tevbe etmek kendisine nasip olur, kâfir ise, müslüman olacağına işâret olarak yorumlanır.

**YOL AZIĞI:** Rûyâsında yol azığı *(yolluk)* hazırlayıp yüklendiğini görmek, kara veya deniz yolcuğuna, zenginliğe veya borçtan kurtulmaya, kurtulacağına işâretle tabir olunur.

**YOLCULUK:** Rûyâsında iyi bir araç ile ve bol yolluğu *(yol azığı)* olduğu halde yolculuğa çıktığını gören kimse, işlerinin düzenli olduğuna ve dileklerinin, arzularının gerçekleşmesine, kavuşur, şeklinde tabir olunur.

• Rûyâda yolculuktan döndüğünü görmek, işlerinin bittiğine ve isteklerinin yerine geleceğine *(gerçekleşmesine)* işâretle tabir olunur.

• Rûyâsında yaya olarak yola çıktığını gören kimsenin gördüğü bu rûyâsı, borçlarının çoğaldığına. borcunun borç üzerine yığıldığına ve birikmiş borçlarına işâretle tabir olunur. Bir hasta rûyâsında uzak bir yola çıkarak yolculuk ettiğini veya bir evden bilmediği başka bir eve gittiğini görmesi, onun ölümüne işâretle tabir olunur.

**YONCA:** Rûyâda yonca veya hayvanların diğer yiyeceklerini görmek, çok hayırlı bir servete-zenginliğe ve mülke işâretle tabir olunur.

**YORGAN:** Rûyâda yorgan görmek, kadın ve evliliğe delâlet eder. Yorgan görmek, âile mutluluğuna işâretle yorumlanır.

• Bazen de rûyâda yorgan görmek, erkek için evleneceği veya evlendiği hanım ile tabir olunur.

• Rûyâsında geceleğin yorganı alıp içinde uyuduğunu gören erkek ise, bir kadınla evleneceğine işârettir. Veya rûyâyı gören rahat bir hayata kavuşur, şeklinde tabir olunur.

• Rûyâda görülen yorgan, rahatlık ve kuvvet ile tabir olunur, şeklinde yorumlar yapılmıştır. Yorgan, emniyet, rahatlık ve dinlenmeyi temsil eden bir rûyâdır, şeklinde tabir olunur.

**YOSUN:** Rûyâsında yosun gören kimsenin bu rûyâsı, tecrübe ve deneyimli bir kimseye, istikbalini *(geleceğini)* garanti altına almış olacağına ve faydalı yatırımlar yapmaya çalıştığına işâretle tabir olunur.

**YUFKA:** Rûyâda yufka ekmeği görmek veya hamurdan oklava ile yufka ekmeği açtığını görmek, bolluk ve berekete ulaşmaya ve sevince ereceğinize işâretle tabir olunur.

• Rûyâda yufka ekmeği yediğini görmek, bol bir rızka geniş bir maişet geçimine kavuşur, şeklinde tabir olunur.

**YULAF:** Rûyâda yulaf görmek, canlı hayvan ticaretine ve bu ticaretten kazanılacak rızka ve paraya işâretle tabir olunur. Çünkü yulaf hayvan yemidir. Fayda ve menfaatlar da hayvanlardan gelir ve gelecektir, şeklinde yorumlanmaktadır.

**YULAR:** Rûyâda hayvan yuları görmek ve elinde görmek, mal sahibi olmaya kendisine itaat edileceğine ve alçak gönüllü olmaya ve huzur içinde bulunmaya işâret şeklinde yorumlanır.

• Rûyâsında yuların ipini ayrıca elinde gören kimse, güç ve zor işleri kolaylıkla halledeceğine işâretler almış demek olur, şeklinde tabir olunur.

**YUMAK:** Rûyâda iplikten yapılmış bir yumak görmek, rızıkla, iyi bir geçimle ve menfaat elde etmeye veya edeceğine işâretle tabir olunur.

• Rûyâda görülen iplik yumağı, bazen de iyi bir görüşü olan, anlayışlı bir hizmetçiye veya uzun bir ömür yaşayacağınıza da işâret olarak tabir olunur.

**YUMRUK:** Rûyâda yumrukla vurmak, cimriliğe işârettir. Diliyle şunu şunu vereceğim diye cömert görünüp eliyle hiç bir şey vermemeye *(vermeyen palavracı kimseye)* işâretle yorumlanır.

• Rûyâsında yumrukla birisine vurduğunu görmek, müslümanlar arasında hatalı söz söylemeye ve yanlışlar konuşulacağına işârettir.

• Bazen de yumruk, intikam almaya veya kıskançlık *(hased)* yapmaya işâret olarak yorumlanır.

• Rûyânızda birine yumruk atmak veya birinden yumruk yediğinizi görmek, yapmakta olduğunuz işlerde sizi kıskanan ve işlerinizde size engel olmaya çalışan birilerinin veya birisinin olduğuna işârettir.

**YUMURTA:** Rûyâda yumurta görmek, evliler için çocukla tabir olunur.

• Rûyâsında tavuğun yumurtladığını görmek, bir çocuğunuz olacağına işâretle tabir olunur.

• Rûyânızda taze pişmiş yumurta görmek, rızkınızı kolaylıkla kazanacağınıza işinizin kolay bir iş olduğuna işârettir.

**YÛNUS** *(A.S.):* Rûyâsında Yûnus peygamberi görmek, aceleyle işlediği bir işten dolayı önce cezâlanır, üzüntü ve keder çeker sonra kurtulur ve ömrünün sonuna kadar rahat bir hayat yaşar, şeklinde tabir edilir.

• Bir kadın rûyâsında Yûnus peygamberi görse, meşhur *(çok ünlü)* mükemmel bir bekârla evleneceğine işârettir, şeklinde tabir olunur.

• Rûyâsında Yûnus peygamberi gören kimse, çabuk kızar *(öfkelenir)* ve öfkesi *(kızğınlığı)* çabuk geçer, şeklinde tabir olunur.

**YÛNUS BALIĞI:** Rûyâsında Yûnus balığı görmek, iş veya ev nakletmek ***(bir yerden diğer bir yere evinizi veya işinizi değiştirmek)*** şeklinde tabir olunur.

**YÛNUS SÛRESİ:** Rûyâsında Yûnus sûresini okumak veya okunduğunu işittiğini görmek, bol bir rızka erer, elindeki *(kazandığı)* maldan hayır görür düşmanlarından emin olur, sihir ve büyü gibi kötülüklerden korunur ve sağlık, sıhhat üzere uzun bir ömüre işâretle tabir olunur.

**YÛSUF** *(A.S.)*: Rûyâsında Yûsuf peygamberi görmek, iyiye ve hayra yorulur. Bu rûyâda herkes kendisine bir işâret bulabilir.

• Rûyâsında hapis olan bir kimse, Yûsuf peygamberi görse, hapislikten kurtulacağına ve hapisten dışarıya çıkacağına işârettir.

• Memur olan bir kimse, rûyâsında Yûsuf peygamberi görürse, terfi eder, rütbesi, derecesi yükselir, şeklinde tabir olunur.

• Bekâr bir kız veya dul olan bir kadın, rûyâsında Yûsuf peygamberi görürse, yakın bir zaman içinde evleneceğine işâretle tabir olunur.

• Rûyâsında Yûsuf peygamberi gören kimse, düşmanına veya düşmanlarına gâlip *(üstün)* gelir, onları yener ve sonunda da onları affedeceğine işâretle tabir olunur.

• Rûyâsında Yûsuf peygamberin gömleğini gören kimse, üzüntü ve kederinden kurtulur, hasta ise, şifâ bulur, iyileşir, şeklinde tabir olunur.

• Bir kızla veya bir kadınla evlenmek isteyen bir kimse, rûyâsında Yûsuf peygamberi görse bu kimse, dilek ve murâdına erer, yanı istediği ile evlenmek nasip olur, şeklinde tabir olunur.

**YÛSUFCUK KUŞU:** Rûyâsında Yûsufcuk kuşu gören kimse, hayırlı bir haber, sevindirici bir müjde ile karşılaşır veya fayda ve menfaat elde edeceği bir seyahate *(yolculuğa)* çıkar, şeklinde tabir edilir.

**YÛSUF SÛRESİ:** Rûyâsında Yûsuf sûresini okuduğunu veya okunduğunu işittiğini görmek, akrabalarından çok düşmanı olduğuna işâret ile, fakirlikten kurtuluşa erecek ve zenginliğe ve sıkıntıdan kurtulmaya da işâret olarak tabir olunur.

**YUVA:** Rûyâsında bir kuş yuvası gören kimse, yakında bir ev alacağına veya yaptıracağına ve yeni yuvasına taşınacağına işâretle tabir olunur.

• Bekâr bir kimsenin rûyâsında bir kuş yuvası görmesi, yakında evleneceğine işâretle tabir olunur.

• Evli olan kimsenin kuş yuvası görmesi ise, çocuklarından birini evlendireceğine işârettir.

• Hamile olan bir kadın, rûyâsında yuva görürse, bu rûyâsı, yakında çocuğunu doğuracağı şeklinde tabir olunur.

**YUVARLANMAK:** Rûyâsında bir yerden yuvarlandığını görmek, pek iyiye ve hayra yorulmaz.

**YÜK:** Rûyâsında bir yük taşıdığını gören kimse, yüksek bir makama çıkacağına işârettir.

• Bazen ağır yük taşıdığını görmek, günahkâr olduğuna işârettir, şeklinde tabir olunur.

• Rûyâda ağır yük taşıdığını görmek, bazen yaramaz, faydasız ve geçimsiz, yaramaz bir komşuya işârettir, şeklinde tabir edilir.

**YÜKSÜK** *(TERZİLERİN KULLANDIĞI):* Rûyâsında terzinin kullandığı parmağın ucuna taktığı yüksüğü görmek, kadın için âni bir evliliğe karar verdiğine işâret, erkek için sevdiği kadına veya kıza sevgisini açıklamak *(ilân-ı aşk)*, şeklinde tabir olunur.

**YÜN:** Rûyâda yün görmek, helâl mala, helâl bir kazanca işâretle tabir olunur.

• Rûyâsında deve yünü gören kimse, helâl bir kazanca kavuşur ve helâl bol rızıkla rızıklanır, şeklinde tabir olunur.

• Vücudunda yün bittiğini görmek, malının ve parasının artmasına, zenginliğinin artmasına işâretle tabir olunur.

• Rûyâsında yünü veya yünleri yaktığını görmek, elindeki malını veya parasını kaybetmeye, zarar edeceğine işâretle tabir olunur.

• Rûyâsında iplik haline gelmiş yün görmek, hayırlı bir mal veya hayırlı bir paraya,kavuşmaya veya kavuşacağına işâretle tabir olunur.

**YÜNCÜ:** Rûyâsında kış mevsiminde yüncüyü görmek, bol kazançlı ve kârlı bir ticâret yapacağınıza işârettir, şeklinde tabir olunur.

• Yaz mevsiminde yüncü görmek ise, üzüntü, keder ve sıkıntıya işâretle tabir olunur.

**YÜZME HAVUZU:** Rûyâda kendinizin yüzme havuzunda yüzdüğünüzü görmek, hastalar için iyileşmeye, şifâ bulacağına, sağlıklı olan bir kimse görürse, iyi bir başarıya kavuşacağına işâret olarak tabir edilir.

**YÜZMEK:** Rûyâsında kendinizi denizi yüzerek geçtiğinizi görmek, kurtuluşa işârettir.

• Suda denizde yüzmek, elinize helâlıdan mal ve para gibi şeylerin gireceğine işârettir, şeklinde yorumlanır.

• Rûyânızda suda yüzmek, muradınıza ereceğinize de işâretle yorumlanır.

**YÜZÜK:** Rûyâda yüzük görmek, genellikle hayra ve iyiliğe yorulur. Yüzük ile ilgili rûyâlar görmek, iyidir. Bu rûyâlar hayra yorumlanır.

• Rûyâsında birinin size yüzük verdiğini görmek, mal-mülk alacağınıza işâretle tabir olunur.

• Rûyâsında yüzüğünün kaybolduğunu görmek iyi değildir. Bu rûyâ zorluk çekeceğinize ve işinizden ayrılacağınıza veya ayıracaklarına *(atacaklarına)* işâretle tabir olunur.

• Rûyâda parmağında demir bir yüzük olduğunu görmek, kuvvetinizin artacağına ve zengin olacağınıza işâretle tabir olunur.

# Z

**ZAAF:** Rûyânızda kendinizi zayıf ve halsiz bir şekilde zaafiyet içinde görmek, durumunuzun zayıf olacağına işârettir.

**ZABITA:** Rûyâda görülen zabıta, iyi değildir. Keder ve üzüntüye ve başınızın derde giriceğine işâret olarak yorumlanır.

**ZABİT:** Rûyâda zâbit görmek, herkes tarafından saygı göreceğinize işâretle tabir olunur.

**ZAFER:** Rûyâsında zafer ve başarılmış bir olay (büyük bir hadise) gören kimse, hayırlı ve yararlı bir işe girişeceğine işâret eder, şeklinde tabir olunur.

**ZÂFERAN:** Rûyâda zâferan görmek, içinde ölüm haberi bulunan ferahlığa *(ölüm haberi ile sevince)* işârettir, şeklinde tabir olunur.

• Rûyâda zâferan görmek, bazen de ferahlık ve sevince işâret ile ve bu gibi yerlerde daha çok kadınların toplandığına işâretle tabir olunur.

• Rûyâda görülen zaferan, bazen de en güzel bir şekilde öğülmeye ve güzel bir nâm-ı şöhrete, halkın beğenisine ve övgüsüne işâretle tabir edilir.

• Rûyâsında çok çok zâferanı olduğunu gören kimse, mal veya çok paraya, zenginliğe kavuşur, şeklinde tabir olunur.

**ZAHÎRE:** Rûyâsında zahîre gören kimse, pek yakında çok zengin ve mutlu olacağına ve sıkıntılardan, üzüntü ve kederlerden kurtulacağına da işârettir.

**ZAKKUM:** Rûyâda zakkum ağacı görmek, iyi değildir, bu rûyâ hayra ve iyiye yorulmaz. Rûyâda zakkum ağacı görmek, Allah'a isyan etmeye ve kötü ameller işlemeye ve hayırdan mahrum olmaya işâretle tabir olunur.

• Rûyâda zakkum ağacı görmek, bazen de üzüntülü bir haber alacağınıza veya birileriyle ağız kavgasına gireceğinize işâretle tabir olunur.

**ZAMBAK:** Rûyâda zambak çiçeği görmek, iyiye ve hayra işâret olarak yorumlanır.

• Rûyâda zambak çiçeği gören hasta, iyileşir şifâya kavuşur şeklinde tabir olunur.

• Rûyâda görülen zambak çiçeği, sevgiye işâret ile bekâr olan bir kimse görürse, evlenmeye veya evleneceğine işârettir şeklinde tabir olunur.

• Bazen de zambak görmek, rûyâyı görenin pek yakında zengin ve ferah bir hayata kavuşacağına ve geçiminin garanti altına girdiğine işâretle, mutlu bir hayat süreceğine işâret olarak yorumlanır.

• Rûyâda zambak topladığını görmek, iyi bir haber alacağınıza, zambak çiçeği hediye almak ise, gönülden sevildiğinize işâretle tabir olunur.

**ZAMK:** Rûyâda zamkla birşey yapıştırdığınızı görmek, sürüncemede kalan işinizin biteceğine işârettir, şeklinde tabir olunur.

**ZANGOÇ:** Rûyâda zangoç görmek, akrabalarınızdan birinin yardıma muhtaç olduğunu, sizlerin fakir akrabalarınızla ilgilenmenize işâret olarak tabir edilir.

**ZAR:** Rûyâda zar oynadığını gören kimsenin malı elinden gider, zarar eder ve kaybedeceğine işâretle tabir olunur.

• Rûyâda zar görmek, hileye, birileriyle münakaşa edileceğine ve düşmanlıkların meydana *(ortaya)* çıkacağına işâretle yorumlanır.

**ZARF:** Rûyâda zarf görmek, gizliliğe, sırların saklanmasına işâret ile tabir olunur. O halde duyduğunuz sırları içinizde saklamalısınız.

• Rûyâda zarf mektup için olan zarf görmek, önemli bir sırrın sizden saklandığına işârettir.

• Açık zarf görmek, sırların ***(gizli olan şeylerin)*** açığa çıkacağına işârettir.

• Kapalı zarf görmek ise, sırların gizli kalacağına işâret eder,şeklinde tabir olunur. Üzeri yazılı zarf görmek ise, etrafınızda size hased edenler *(kıskananların)* olduğuna işârettir.

**ZÂRİYÂT SÛRESİ:** Rûyâsında Zâriyât sûresini okuyan veya okuyan birinden dinlediğini gören kimse, doğru yola erer, güçlük çektiği işlerinde kolaylığa kavuşur, rençber ***(zirâat ile uğraşan çiftçi)*** ise bol bereketli mahsul alır, bekâr bir kimse görürse evlenir, şeklinde tabir olunur.

**ZEBÂNÎ:** Rûyâsında cehennem görevlilerinden olan bir zebâni gören kimse, günahlarından tevbe etmesi gerektiğine işâretle tabir olunur.

• Rûyâda zebâni görmek, korkulu ve endişeli günlerin sizi beklediğine ve bu korkunç günlerin yaklaştığına işâretle tabir olunur.

**ZEBERCED:** Rûyâda zeberced taşı görmek, helâl mala işâret ile tabir olunur.

• Rûyâsında zeberced taşı gören kimse, helâl kazanılmış bir mala kavuşur ve kendisinin de temiz bir kimse olduğuna işâret olarak yorumlanır.

• Rûyâsında bir zeberced taşı bulduğunu gören kimsenin eline helâl para ve helâl kazanılmış bir mal geçer, şeklinde tabir edilir.

• Bazı yorumculara göre, rûyâsında zeberced görmek, temiz, doğru dürüst bir kimse olduğunuza işâret olarak yorumlanır denmiştir.

**ZEBRA:** Rûyâsında zebra görmek, normal bir hayat yaşadığınıza veya yaşayacağınıza işârettir.

• Bazen de rûyâda görülen zebra, alacağınız üzüntülü bir haber sebebiyle sevincinizin ve mutluluğunuzun azalacağına işâretle tabir olunur.

**ZEBÛR:** Rûyâda Dâvûd peygambere gelen dört büyük semâvî kitabtan biri olan zebûr'u görmek, genellikle hayra ve iyiliğe yorulur.

• Rûyâsında zebûr'u okuduğunu gören kimse, hayırlı ve güzel bir iş göreceğine işâretle tabir olunur.

**ZEHİR:** Rûyâda zehir görmek, mala işâret ile tabir edilir. Bunun için rûyâsında bir kimse kendisine zehir içirildiğini ve vücûdunda şişlik ortaya çıksa, şişlik kadar o kimseye mal veya para gelir,şeklinde tabir edilmiştir.

• Rûyâsında zehir içtiğini gören kimsenin ömrü uzar, gördüğü rûyâ, o kimsenin ömrünün uzadığına işâretle tabir olunur.

• Rûyâsında öldürücü bir zehir görmek, ölüme, rûyâyı gören kimsenin öleceğine işâretle tabir olunur.

• Rûyâsında zehirlenerek öldüğünü görmek, bir hayra bir iyiliğe ulaşmaya işâretle tabir olunur.

• Bazı tabircilere göre, rûyâsında zehirlenmek, zehirlendiğini görmek, haram bir mal, haram bir para yemeğe, yeneceğine işâretle tabir olunur.

**ZEKÂT:** Rûyâda zekât verdiğini görmek, malın artmasına veya artacağına işâretle tabir olunur.

• Bir müslüman, rûyâsında malının zekâtını verdiğini görmüş olsa bu rûyâsı onun malının o sene için çoğalacağına ve kazancına bereket gelerek artacağına işâret olarak tabir olunur. *(Bu yorum Nablûsî'nindir.)*

• Rûyâyı gören kimse, gerçekte zengin ise, parası ve kazancı kat kat artarak çoğalır, veya çoğalacağına işârettir, şeklinde yorumlanır.

• Rûyâyı gören gerçekte fakir ise, bu rûyâsı onun refah ve mutluluğa kavuşacağına ve bol kazanç ve rızka ereceğine işâretle tabir olunur.

**ZEKERİYÂ** *(A.S.):* Bir kimse rûyâsında Zekeriyâ peygamberi görse, onun bu rûyâsı, doğacak olan çocuğunun yaşayacağına ve duâsının Allah katında kabul edileceğine işâret ile tabir olunur.

• Bir kimse Zekeriyâ peygamberi rûyâsında görse, o kimse hayatı ve yaşamı boyunca hayırlı işler yapmaya muvaffak olur ve kendisine Cenâb-ı Allah hayırlı bir evlâd verir veya vereceğine işârettir şeklinde tabir olunur.

**ZELZELE:** Rûyâda zelzele görmek, korkuya ve bir yerden başka bir yere nakletmek *(göç etmek)*, maişet ve hastalık gibi çeşitli şekillerde yorumlanmıştır.

• Rûyâda zelzele görmek, bazı yorumculara göre, bir yerden bir yere göç etmek, nakletmek veya yolculuğa çıkılacağına da yorumlanır.

• Rûyâda zelzele görmek, bazen de rûyâyı gören kimsenin öleceğine işâret olarak tabir olunur. Bazen de zelzele görmek, köyde meydana gelecek fitnelere ve kötülüklere işâretle tabir olunur.

**ZEMBİL:** Rûyâda zembil görmek, âileye ve çocuğa işârettir. Zembil bereketle yorumlanır.

**ZEMZEM:** Rûyâda zemzem suyu içmek, kıyamette susuzluk görmeyecek demektir. Zemzemi gören kimse, hasta ise,şifâ bulur. Zenginliğe de işârettir, şeklinde tabir edilir.

**ZENCEFİL:** Rûyâda zencefil görmek, üzüntü ve kedere düşüleceğine işâret olarak tabir olunur.

• Rûyâsında zencefil yediğini gören kimsenin bu gördüğü rûyâ, zarar göreceğine, düşmanlıkla karşılaşacağına ve birileriyle münâkaşa yapılacağına işâretle tabir olunur.

• Rûyâsında zencefil yediğini gören kimse, hasta olur veya hasta olacağına işâretle tabir olunur.

**ZENGİN:** Rûyâda zengin birini görmek, sıkıntıya ve üzüntüye düşüleceğine işâretle tabir edilir.

• Rûyânızda zengin olduğunuzu görmek, fakirleşeceğinize işâret ile yorumlanır.

**ZERDÂLİ:** Rûyâda zerdâli görmek, mevsiminde olmaz *(yani rûyâda zerdâliyi görmek zerdâli mevsiminde değilse)* hastalığa, rûyâyı gören kimsenin hastalacağına işâret olarak tabir olunur.

• Bir kimse rûyâsında zerdâliyi mevsiminde olarak görse, bu rûyâ, rûyâyı gören kimsenin altın bir bahşişe veya altın bir hediyeye kavuşacağına işâretle tabir olunur.

• Rûyâsında tatlı bir zerdâliyi alıp yediğini gören kimse, zenginliğe ve mala kavuşur şeklinde tabir olunur. Zerdâli eğer ekşi ise, üzüntü ve kedere düşüleceğine ve düşmanlığa işâretle tabir olunur.

• Bir kimse, rûyâsında zerdâli ağacından zerdâli topladığını görse, rûyâyı gören o kimse, zengin biriyle evlenir, veya evleneceğine işâretle tabir olunur. Bazen de zerdâli görmek, korkuya işârettir.

• Rûyâda görülen zerdâli rûyâları için şöyle kısa bir özet yapılabilir.:

• Rûyâda görülen ekşi zerdâli kedere ve sıkıntıya düşmek ile veya düşmanlık gösteren bir durumla karşılaşmak veya düşmanlığa işârettir.

• Rûyâda tatlı bir zerdâli görmek, yemek, zengin olacaksınız. Çünkü mal ve altına kavuşacağınıza işâret ediyor, gördüğünüz rûyâ. Tatlı zerdâli, mal ve altındır, şeklinde tabir olunur.

• Rûyâda yeşil zerdâli görmek, sıhhat, sağlık ve âfiyete işârettir. Ve de altın paraya işârettir, şeklinde tabir olunur.

• Rûyâda görülen sararmış, sarı zerdâli görmek, hastalığa veya hastalık içinde bulunurken mala, paraya kavuşacağınıza işârettir.

• Rûyâda mevsiminde zerdâli görmek, altın ile tabir edilir.

• Rûyâda mevsimin dışında zerdâli görmek, keder ile tabir edilir.

• Rûyâsında bir zerdâli ağacından zerdâli topladığını gören kimse, mirasa konar, miras yoluyla elde ettiği para ve mal ile veya zengin olacağına işârettir şeklinde tabir olunur.

**ZERDE:** Rûyâda içine safran konmuş sarı renkli zerde görmek, hastalığa işâret olarak yorumlanır.

• Rûyâda görülen zerdenin rengi beyaz olursa, birilerinden bir menfaat göreceğinize ve zenginliğe işâretle tabir olunur.

• Rûyâda zerde görmek, bazen de bir düğün ziyâfetine veya herhangi bir yemek dâvetine katılacağınıza işâretle tabir olunur.

**ZEYBEK:** Rûyâda zeybek görmek, düğün dernekle yorumlanır.

• Rûyâsında bir zeybek oyunu oynadığını veya zeybek havası oynadığını görmek, pek yakında yapılacak bir düğüne katılacağınıza işâretle tabir olunur. Zeybek özel giyimli efeye denir. Özel zeybek havası olup zeybek veya zeybekler *(efeler)* tarafından oynanır.

• Rûyâsında zeybek efesini zeybek oyunu oynar görmek, efenin bulunduğu çevrede düğün dernek ve şenliğe işârettir. Zeybekle birlikte kendinizi de oynar görmek, sevinçli ve neş'eli günlerinizden sonra kederli günler göreceğinize işâretle tabir olunur.

**ZEYTİN:** Rûyâda zeytin görmek, duruma göre değişik şekilde yorumlanır. Zeytin görmek, bazen bereket, rızık olarak, bazen şifâya, iyiliğe işâret olarak, bazen de keder ve üzüntüye işâret olarak tabir edilir.

• Rûyâda zeytin ağacı görmek, mala veya âilesi, çocukları için iyi bir adam, faydalı ve saygı değer bir âile reîsi olan bir adama işâretle iyi bir kader, *(alın yazısı)* tecelli edecek güzel şeylere yorulur

• Rûyâda sarı ve taneli zeytin görmek, dinde keder ve üzüntüye işâret veya hastalık ve rahatsızlık ile tabir olunur.

• Rûyâsında zeytin sıktığını görmek, zenginliğe ve para kazanmaya veya hapislikten kurtulacağına *(hapisten çıkacağına)* veya darlık ve sıkıntıdan kurtulacağına işâretle tabir olunur.

• Rûyâsında zeytin yediğini görmek, helâl mala kavuşmak, rızkının artacağına veya önemli bir şeye yemin edeceğine işâretle tabir olunur.

• Rûyâda yeşil zeytin görmek, sıkıntı ve üzüntü ile *(yani biraz zahmetle)* ele geçecek mal ve paraya işâretle tabir olunur.

• Rûyâda zeytinyağı görmek, mala işâret, ticârette kâr etmek, bol kazanç elde etmek, kederden, sıkıntılardan kurtuluşa işâretle tabir olunur.

**ZIRH:** Rûyâda zırh görmek, düşmanlarınızdan korunacağınıza işâretle yorumlanır. Rûyâsında zırh dokuduğunu gören kimse, kendisine kuvvetli bir ev yapacağına işâretle yorumlanır.

• Rûyâsında zırh giydiğini görmek, çok zengin ve mutlu bir hayat yaşayacağınıza işârettir.

• Rûyânızda zırh giymiş adamlar görmek, dost ve arkadaşlarınız sebebiyle bütün zor ve müşkül olan işlerinizi kolayca halledeceğinize işârettir.

• Rûyâsında zırhlı gibi harb gemileri görmek, çok kuvvetli ve itibarlı bir makama yükseleceğinize işâretle tabir olunur.

**ZIRNIK:** Rûyâda zırnık görmek, zorluk ve meşakkat veya rahatsızlık ve hastalığa işârettir şeklinde yorumlanır.

• Rûyâsında zırnık yediğini görmek ise, hastalık ve ölüme işârettir, şeklinde tabir olunur.

• Rûyâda zırnık görmek, bazen de mala ve zenginliğe işâret olarak yorumlanmıştır.

**ZİFT:** Rûyâda zift görmek, bir kaç şekilde yorumlanır. Rûyâda zift görmek, bir menfaat elde etmeye, fayda ve yarar göreceğinize işâretle yorumlanır.

• Rûyâda zift görmek, kötülüklerden sakınmaya ve korunmaya işâretle tabir olunur. Bazen de tevbe ve istiğfâra işârettir, şeklinde tabir edilir.

• Rûyâsında elbisesine zift bulaştığını görmek, yeni işinden sıkılmak veya zan altında kalmak, iftiraya uğramak gibi kötüye yorulur. Bu rûyâ bazen ele gelecek mala işâret olarak tabir edilir.

• Rûyâsında zift yediğini görmek, haram mal kazanmak, rüşvet almak gibi haramdan para elde etmek, keder ve üzüntüye düşmek, kötü bir söz söylemek veya sözle karşılaşmak gibi hallere işârettir.

**ZİL:** Rûyâda zil görmek, değişik şekillerde yorumlanır. Zil, kötü haber ve kötü bir söze, yalan söze de işâret olduğu gibi, düşmanlık, kibirli olmak gibi hoş olmayan şeylere de işâretle yorumlanır.

• Rûyâda zil çalmak, zil çaldığını görmek, sevilmeyen bir haberle karşılaşacağınıza veya yalan bir söz söyleyeceğinize işârettir.

• Rûyâda def zilleri görmek, şöhret ve düşmanlık ve münakaşa etmek gibi iyi olmayan şeylere işâretle tabir olunur. Bazen de zil, kibirli kendini beğenmiş, dünyaperest, dünyaya bağlanan bir adama işâretle tabir olunur.

**ZÎNÂ:** Rûyâda zînâ ettiğini görmek, hainlik ve ihânet eden bir kimseye işâretle tabir olunur. Buna binâen rûyâsında bir kimse, zînâ ettiğini veya zînâ etmiş olduğunu görse, rûyâyı gören o kimse, bir ihanette, birine hainlik etmiş olur, şeklinde tabir edilir. Zînâ etmek veya ettiğini görmek, hırsızlığa, hırsızlık edeceğine işâretle de tabir olunur.

• Bir kimse rûyâsında, zînâ eden bir kadınla kendisinin de zînâ ettiğini görse, rûyâyı gören kimse, bir kötülüğe düşeceğine ve bir fitneye, belâ ve musibete sebeb olacağına veya kendisi bu kötülüklere düşeceğine işâretle tabir olunur.

**ZİNCİR:** Rûyâda zincir görmek, uzun ömürlü bir kadın ile helâl bir mala işâretle tabir olunur.

• Zincire bağlanmak, zincirlenmek şeklinde görülen rûyâlar ise iyi değildir. Rûyâsında zincirle bağlandığını veya bağlanmış olduğunu görmek, üzüntü ve kedere düşüleceğine işârettir.

**ZİNDAN:** Rûyâsında bir kimse zindana girdiğini veya girmiş olduğunu görmesi, üzüntü, keder ve sıkıntıya işâret ile veya zarar ve ziyana uğrayacağına işâret, şeklinde tabir olunur.

• Zindancı görmek, rûyâsında zindancılık yapan birini cezaevi gardiyanı görmek, mezar kazan mezarcıya işâretle tabir edilir. Zindancı mezar kazıcıya temsildir, şeklinde tabir olunur.

**ZÎNET** *(ZİYNET):* Rûyâda ziynet görmek, israfçılık ve yoksulluğa işâretle yorumlanır. Süs eşyası (ziynet) şekillerine göre de yorumlanır.

• Rûyâda görülen beyaz ziynet malzemesi, ferah ve sevince işârettir.

• Sarı ziynet, hastalık veya hastalığa işârettir.

• Siyah ziynet, üzüntü, keder ve sıkıntıya düşeceğinize işârettir, şeklinde tabir olunur.

• Yeşil ziynet görmek ise, dileklerinizin olmasına ve murada ermeye işârettir, şeklinde tabir olunur.

• Rûyâsında altın ziynet gören erkek, kedere düşeceğine, kadın görürse, feraha kavuşacağına ve sevineceğine işârettir.

• Gümüşten ziynet görmek, nimete ermek, menfaat elde etmek ile yorumlanır.

**ZİRÂAT:** Rûyânızda zirâatcılık, zirâat işleriyle meşgul olduğunuzu görmek, bolluk ve berekete kavuşacağınıza ve mal-mülk sahibi olacağınıza işârettir, şeklinde tabir olunur.

**ZİRVE:** Bir kimse, rûyâsında bir dağın zirvesine ***(doruk noktasına en tepesine)*** ulaştığını görse, bu rûyâsı onun, makam ve rütbede yükseleceğine ve işlerinde veya işinde çok ilerleyeceğine işârettir.

**ZİYÂFET:** Rûyânızda kendinizi bir ziyâfette görmeniz, kıskanç birinin oyununa geleceğinize işârettir,dikkatli olunuz.

• Rûyâda ziyâfet sofrası hazırladığınızı ve başkalarını ziyâfete davet ettiğinizi görmek, ziyâfet vermek, hayır ve iyilik üzerinde toplanmaya işâretle tabir olunur.

**ZİYÂN:** Bir kimse, rûyâsında herhangi bir şekilde olursa olsun, işlerinde ziyân *(zarar-ziyân)* ettiğini görse, bu rûyâsı onun çok yakın bir zamanda sevindirici ve müjdeli bir haber alacağına veya işlerinin yoluna gireceğine ve başarılarının ortaya çıkacağına işâretle tabir olunur.

**ZİYÂRET:** Rûyâsında sevdiği bir kimseyi veya dostlarını ziyâret ettiğini gören kimse, beklemediği bir yerden kısmete ereceğine ve mutluluğa kavuşacağına işâretle tabir olunur. Sevmediği bir kimseyi ziyâretini gören kimse ise, üzücü bir haber ile karşılaşır,şeklinde tabir olunur.

**ZUHRUF SÛRESİ:** Rûyâsında bu sûreyi okuyan veya okuyan birini dinleyen kimse, Allah'tan çok korkar, bu vasfa *(takvaya)* ulaşır, ömrü boyunca ibâdette ve doğrulukta sebât eder ve âhiret hayatında mutluluğa ulaşır şeklinde tabir olunur.

**ZULÜM:** Rûyâda iktidar sahibi bir kimsenin yaptığı zulmü görmek, mahvolmaya ve ülkenin harab olmasına işâretle tabir olunur.

- Rûyâsında kendisinin başkalarına zulüm *(haksızlık)* yaptığını gören kimsenin bu rûyâsı onun *(rûyâyı görenin)* fakirleşeceğine, yoksulluk çekeceğine işâret olarak tabir olunur.
- Rûyâsında yapmış olduğu zulümleri dile getirdiğini ben bu zulmü yaptım, yapmıştım gibi kendi zulmünü itiraf eden kimse, bu günahlardan Allah'a tevbe etmeye ve edeceğine işâret.

**ZURNA:** Rûyâda zurna çaldığını görmek, hayırlı birhaber alacağınıza veya ferahlık ve sevince işâret ile tabir olunur. Bazen de zurna, ölü üzerine ağlayan bir kadına işâret eder, şeklinde tabir olunur.

• Rûyâda zurna sesini işittiğini görmek, rûyâyı gören kimsenin bir ölüm haberi alacağına işârettir, şeklinde tabir edilir. Zurna verdiğini görmek, yüksek bir makama çıkacağına işâretle yorumlanır.

**ZURNACI:** Rûyâda zurna çalan birini görmek, fitneci yani yalan sözleriyle herkesi birbirine düşüren, herkese sıkıntı veren biri olarak tabir olunur. Rûyâda zurnacı görmek, oyuna, can sıkıntısına ve ağlayıp feryâd etmeye işâret olarak tabir olunur.

• Bazı yorumcuların tabir ve yorumlarına göre, rûyâsında zurnacı görmek, ferahlığa, sevince, üzüntü ve kederlerden, sıkıntılardan kurtulmaya veya kurtulacağına işâretle tabir olunur. *(Bu tabir Nablûsî'nin tabirîdir.)*

**ZÜHÂL YILDIZI:** Rûyâsında zühal yıldızını görmek, bekâr olan bir kimse için evliliğe, evlenmeye,zühal yıldızını evli biri görürse bu onun için sıkıntıya düşeceğine işâretle tabir olunur.

• Bazı yorumlara göre de, zühal yıldızı görmek, tüm dilek ve arzularının gerçekleşmesine işâret ile tabir olunur,.demişlerdir.

**ZÜHRE YILDIZI:** Rûyâsında zühre yıldızını gören kimsenin bu rûyâsı, kendisinin *(rûyâyı gören kimsenin)* büyük bir kimse tarafından sevileceğine ve bu mükemmel, cazibeli büyük kimse tarafından bir sevgiye kavuştuğunuza işâretle tabir olunur.

• Rûyâsında zühre yıldızının gökten yere indiğini görmek, evlenmeye, mutlu olmaya işâret ile, bazen de faydasız bir habere, bazen de bir çalgıcı kadına işâretle tabir olunur.

**ZÜLKARNEYN** *(A.S.):* Rûyâsında Zülkarneyn *(Aleyhisselâm)*ı görmek, uzun bir ömür yaşayacağınıza işâretle tabir olunur.

**ZÜLKİFL** *(A.S.):* Rûyâsında Zülkifl peygamberi görmek, birisine kefil olarak emâneti rûyâyı gören kendi üzerine alacağına işâretle tabir olunur.

**ZÜLÜF:** Rûyâda her iki tarafta yanak üzerinde görülen zülüfler hayırlı ve temiz iki erkek çocuğa işâretle tabir olunur. Bazen de rûyâda görülen zülüfler, hastalıktan şifâ bulmaya, iyileşmeye işâretle tabir olunur. Rûyâda, yanakları ve çenesine doğru uzanmış zülüflerini görmek, mala ve geçiminin iyi olacağına işâretle tabir olunur.

• Evli bir kadının rûyâsında saçlarının zülüflerini görmesi, iyi bir erkek çocuğu doğuracağına işâret ile ve o senenin de bolluk ve ucuzluk içinde geçeceğine işâret olarak tabir olunur.

**ZÜMER SÛRESİ:** Rûyâsında bu sûreyi okuduğunu veya okuyan birini dinlediğini gören kimse, kitab meraklısı olur, faydalı önemli kitabları toplar. Topladığı kitablardaki ilimleri öğrenir ve halka öğretir, faydalı bir kimse olacağına işâret olarak tabir olunur.

**ZÜMRÜT:** Rûyâda zümrüt görmek, din, mezheb, evlâd kardeş ve murada ermek gibi şeylere işâret ile tabir olunur.

• Bazı yorumculara göre, rûyâsında zümrüt taşı gören kimse, dininde ve mezhebinde güzel bir yol üzerinde olacağına işâret şeklinde yorumlanır.

• Rûyâsında büyücek bir zümrüt taşını elinde bulunduğunu görse, bu rûyâsı onun dine bağlı bir kimse olacağına veya olduğuna işârettir. Ve bu kimse elindeki bulunan helâl malından fayda görür şeklinde tabir olunur.

**ZÜRAFA:** Rûyâda zürafa görmek, malda kedere ve âfete işâret, güzel kadın, ahlaksız zevce ve garip bir habere temsil eder, şeklinde yorumlanır.

• Rûyâsında zürafa gören, güzel bir kadın aracılığı ile şaşkınlık geçireceği bir şaşılacak haber alır, şeklinde tabir olunur.

# FİHRİST



## A

## C



## Ç

# D

## E

F

## G

## H

## I



## İ

## N

## O

## Ö

# P

## Ş

## Y

Z

**31. Duâların Fazîletleri**
32. Ansiklopedik Büyük Rûyâ Tabirleri *(Yeni Çıktı)*
**33. Yâsinli Namaz Hocası**
34. Türkçe Anlamlı Yasin-i Şerif
**35. Resimli Namaz Hocası**
36. Duâlı Yasin-i Şerif
**37. Tevbe Duâlı Yasin-i Şerif**
38. Ramazan-ı Şerif, Kenzül'Arş Duâları
**39. Peygamberler Tarihi**

## EL KİTABLARI SERİSİ

1. Kıssadan Hisse Dini Hikayeler *(Çoçuklar için)*
**2. Namaz Abdest Gusul (Resimleriyle)**
3. Gönül Bahçem - İlahiler, Kasideler
**4. Rûyâ Tabirleri**
5. Tevbe Duaları
**6. Esmâül Hüsnâ / Salât-ı Tefriciye**
7. 70 Bin Kelîme-i Tevhid/İsmi A'zam Duâları
**8. Üç Ayların Fazîleti**
9. Nasreddin Hoca Fıkraları
**10. Komşuluk Hakları / Ana Baba ve Evlat Hakları**
11. Namaz Sûrelerinin Fazileti
**12. Bülbül - İlahi, Kasideler, Marşlar ve Duâlar**
13. Sevgili Peygamberimizden Duâlar
**14. Sarı Çiçek İlâhiler**
15. Türkçe Anlamlı Yasin-i Şerif

## CEB KİTABLARI SERİMİZ

1. Yasin Tebâreke ve Amme I. Hamur
**2. Abdest Namaz ve Seçilmiş Duâlar**
3. Arabça Yasin, Tebareke ve Amme Sûreleri

4. **İlâhili Mevlid-i Şerif**
5. Kızımın İlâhi Defteri
6. **Şifa Ayetleri (Hastalara Duâlar)**
7. Ramazan Duâsı ve Bal Tefsiri
8. **Ayetel Kürsinin Faziletleri**
9. Hacet-Dilek Duâları
10. **Seçilmiş Duâlar**
11. 32 ve 54 Farz
12. **Resimli Namaz Hocası**
13. Türkçe Okunuşlu Yasin-i Şerif ve Namaz Sûreleri

## KASETLERİMİZ

1. **MEVLİD-İ ŞERİF**:

Mevlid-i Şerif kasedimizi, kendine has tavır ve yorumuyla seslendiren **mevlidhân** Hacı Hafız **Necati Yaman** beyefendinin kadife sesinden dinliyeceksiniz.

Mevlid okumak nasıl ki bir sanat ve kabiliyet işi olduğu gibi, Mevlid-i Şerif dinlemekte bir o kadar sanat ve gönül işidir. Mevlid-i Şerif dinlemesini bilmeyen bir mecliste mevlidhan başarılı bir yorum getiremez. Mevlid okuyucusuna başarı veren mevlid dinleme âdâbına riâyet eden gönül ehli dinleyicilerdir.

Mevlid-i Şerif kasedimiz, her müslüman âilenin evinde bulunması gereken demirbaş bir kültür kasetidir. Görmenizi tavsiye eder zevkle dinlemenizi dileriz vesselâm!.

2. **NAMAZ SÛRELERİ:**

Namaz Sûreleri ismini verdiğim bu kasedimizde **"A'lâ Sûresi, Şems Sûresi, Leyl Sûresi,"** ve **"Vedduhâ"** dan **"Nas**

**Sûresine"** kadar olan Namaz Sûreleri adı verilen kısa sûreler okunmuş bulunuyor.

Ayrıca **Sübhâneke"**den başlayan Namaz duâları da bulunuyor.

Namaz Sûreleri kasedimizi de Hacı Hafız **Necati Yaman** beyefendi okumuş bulunuyor.

Her müslüman âilenin evinde bulunması gereken bir kaset olarak düşünüyoruz. Çünkü, her müslüman Namazlarında okuyacak kadar Kur'ân'dan ayetler ve Sûreler bilmesi üzerine farz (Allâh'ın emri) olduğunu bildiğinizi sanıyoruz.

3. **YASİN-İ ŞERİF:**

Yasin-i Şerif kasedimizde üç sûre Yasin Sûresi, Tebareke Sûresi, Amme Sûreleri bulunmaktadır. Halkımızın dinleyebileceği bir tarzda ağır ağır, tane tane, okunmuş olan kasedimizi yine Hacı Hafız **Necati Yaman** Hocamız okumuştur. Dinlemenizi tavsiye ediyoruz.

4. **TASAVVUFÎ İLÂHİLER (MÜZIKAL)**

Bu Kasetimizde tasavvuf sazları eşliğinde değerli sanatkâr **M. Doğan Dikmen** beyefendi tarafından seslendirilmiştir.

Evinizde ve arabanızda zevkle dinleyeceğiniz **Tasavvufî İlâhilir** kasedimizi dinlemenizi tavsiye ediyoruz. Biz çok beğendik sizlerinde beğeneceğinizi ümid ediyoruz.

5. **KASÎDELER:**

Sevilen kasidelerin yer aldığı bu kasedimizi yine Hacı Hafız **Necati Yaman** beyefendinin kadife sesinden dinleyeceksiniz.

Bize göre en güzel tavır ve tarzda okunan kasideler yıllarca Istanbul hafızlarının Mevlid meclislerinde okuya gelmiş oldukları bu kasidelerdir. Kasîde okuma tavrı ayrı özel bir tavırdır. Bunları kasedimizde bulacaksınız.

6. **İLÂHILER :** (Çarşılı ilahi grubu)

Seçme, sevilen ilahilerin seslendirildiği bu kasedimiz

H.H. **Dursun Çakmak** idaresinde Çarşılı ilahi grubu seslendirmişlerdir.

Değerli bestekâr H.H. **Dursun Çakmak** beyefendinin idaresinde yorumlanan ilahiler Camii Mûsikîsi örnekleridir.

7. **İLÂHILER :**

Sevilen ilahilerin yer aldığı 7. kasetimiz yine H.H. **Necati Yaman** hoca efendi tarafından seslendirilmiştir.

Halkımız tarafından zevkle dinlenen ve sevilen ilahilerden derlenmiş olan bu kasedimizi dinlemenizi tavsiye ediyoruz. Bizden hizmet sizlerden takdir diyoruz vesselam!.

**8. İLÂHILER :**

**8.** Kasedimizde genç bir grub tarafından seslendirilen ilâhiler; **"Bebek, Annem, Bülbül, Ka'benin yolları, Hakkın habîbinin sevgili dostu, Veysel Kârani"** ve daha bir çok sevilen ilâhiler yorumlanmıştır. Dinlemenizi tavsiye ediyoruz.

**9. İLÂHILER :** (Ney, Bendir. Kemençe eşliğinde)

Tasavvûf sazları refakatinde seslendirilen bu kasetimiz, **Ahmet Erdoğdular** tarafından kendine has tavırlarıyla yorumlanmıştır.

Evinizde ve arabanızda zevkle dinleyeceğiniz bu 9. kasetimiz dinlemenizi tavsiye ediyoruz. Hizmet bizden takdir sizlerden diyerek, sağlık ve afiyetler temenni ediyoruz.

**KASETLERİMİZİ DİNLEMENİZİ TAVSİYE EDİYORUZ.**

Zevkle dinleyeceğiniz kasedlerimiz size hem bir rehber, hem bir üstadlık görevi yapacak özelliktedir. Kasedlerimiz bandrollüdür.

Mükemmel bir kalite ile sunduğumuz sesli yayınlarımızı dinlemenizi tavsiye ediyor, **'bu iş bizim işimiz"** diyoruz.

Kasetlerimiz kalite bakımından birinci sınıf tesislerde seslendirilmiş olup zevkle dinleyeceğinizi umuyoruz.

**RİCA:** Kitablarımızın pek çok taklidi çıkmıştır. Aldanmayınız. Eserlerimizi isterken yazarı "Yusuf TAVASLI" olacak diyerek uyarıda bulununuz. Asıllarda feyiz ve bereket vardır. Sahtelerde hiç hayır ve bereket yoktur, ancak aldanış ve yorgunluk vardır.

"Amellerin (işlerin) değeri niyyetlere göre verilir." Allah için, Peygamber için, Dîn, vatan için olan niyyetler devamlı ve yararlıdır.

*Hattat Tavaslı Yayınları*